星海社 FICTIONS

新訳クトゥルー神話コレクション6

狂気の山脈にて

H・P・ラヴクラフト

訳／森瀬繚

Illustration／中央東口

星海社

はじめに

シリーズ第6集となる本書の収録作品には、大きく分けて三つのテーマが存在します。

ひとつは、前巻で予告した通りの〝ミスカトニック大学編Ⅱ　人外魔境の部〟。収録作品のうち、これに該当するのは表題作「狂気の山脈にて」と「時間(とき)を超えてきた影」の二作品と、〝ダービイ教授〟なる本編未登場の人物が言及されているという理由で今回特に併録することにした「「インスマスを覆う影」のための覚書」のみではありますが、いずれもＨＰＬ作品では屈指の長さのある中編であり、それ以前の複数作品においておぼろげに示されてきた暗黒の地球年代記が、ついに具体的な地質年代を伴う記述として立ち現れた重要な作品となっています。両作はいずれも〈アスタウンディング・ストーリーズ〉誌に掲載された、ミスカトニック大学の遠征が題材の作品で、共通のキャラクターが登場するなど連続性の強い物語です。また、作品世界の解像度をさらにあげるべく、「時間(とき)を〜」と関連性の強いリレー小説「彼方よりの挑戦」を併録したのみならず、〝イィス〟なる天体と、『エルトダウン・シャーズ』にまつわる他の作家たちの作品群——ただし、いずれもＨＰＬが関与——も収録しました。

もうひとつのテーマは〝秘境冒険物語〟。ＨＰＬが生きていた一九二〇年代から三〇年代にかけては、列強の帝国主義的な植民地政策と表裏一体ではありますが、地球上の未知の領域がいよいよ数を減らし、逆説的に〝人跡未踏の人外魔境〟がロマンを掻(か)き立てた最後の時代でした。ジュール・ヴェルヌの〝驚異の旅〟シリーズやエドガー・ライス・バローズの〝ターザン〟シリーズなどが人気を博した、冒険小説の時代でもあります。ＨＰＬの場合、そうした秘境冒険物語の中でも、とりわけ〝深淵(しんえん)への降下〟に強い関心と憧れがあったようです。ここで言う〝深淵〟というのは、象徴的な言葉なのだと考えていただいて構いません。たとえば、本シリーズでこれまでに紹介してきた「墳丘」（第1集）、「無名都市」（第2集）などの作品のクライマックスにおいて、主人公は地下空間へと降りていき、その果てに宇宙的な恐怖――これは、必ずしも文字通りの意味での宇宙に由来する事物ではなく、地球上で知られている観念や物質とは異なるものを意味する言葉です――に遭遇するわけですが、たとえば「ダンウィッチの怪異」のように、怪物的存在が待ち受ける丘へと登っていく作品もあります。本書では、十代のＨＰＬが執筆した「洞窟のけだもの」を頭に、秘境冒険物語的な要素のある作品も収録しています。

　三つ目のテーマは、〝人間の変容〟です。「洞窟のけだもの」は、長大な洞窟の中で長年暮らしていた人間が、けだものへと変容してしまう物語でした。後年、地球外に由来する生物とのミックスによって引き起こされる変容を描いたＨＰＬですが、同作や「ファアン・ロメロの変容」「潜み棲む恐怖」「故アーサー・ジャーミンとその家系にまつわる事実」などいくつかの作品においては、人類そのものが環境や近親交配などの要因で、変容あるいは退化しうる生物であることが示されました。「時間を超えてきた影」「彼方よりの挑戦」に描かれる精神交換も、〝人間の変容〟と呼べるかもしれません。ただし、後者はロバート・Ｅ・ハワードがＨＰＬの後を引き取ったことで、暴力が物を言うヒロイック・ファンタジーじみた展開に突入してしまうわけですが――

　これらの作品に加えて、オマケとしてアーサー・Ｃ・クラークによる「狂気の山脈にて」のパロディ、「陰気な山脈にて」を収録しました。愛に満ちた若き巨匠のファンレターを、どうかお楽しみください。

二〇二四年八月二〇日　ＨＰＬ聖誕祭の日に

❖目次 CONTENTS

『狂気の山脈にて』関連地図

「狂気の山脈にて」の関連地図である南極大陸の地図はp267に、
「時間を超えてきた影」の関連地図であるオーストラリアの地図はp374に
掲載しています。

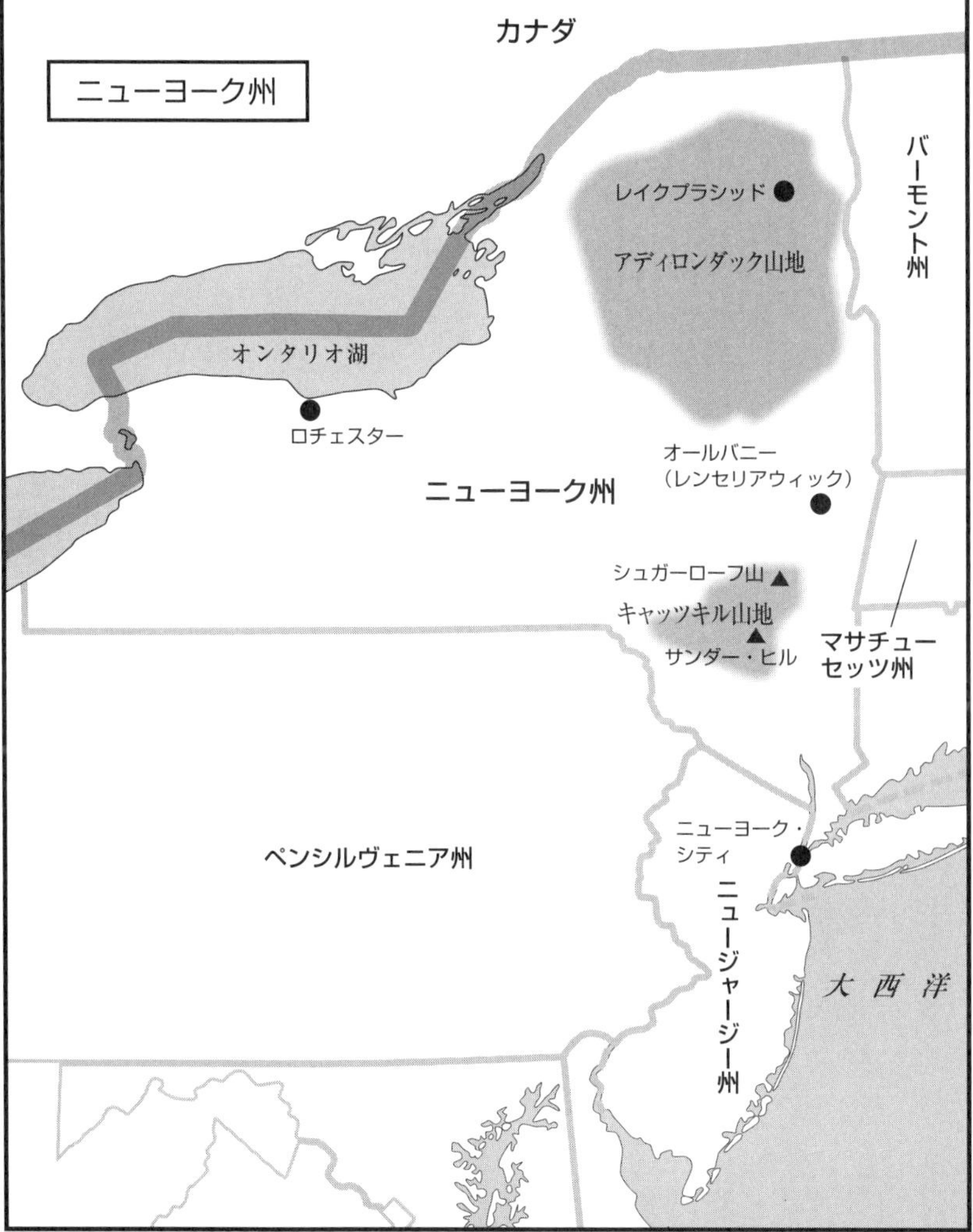

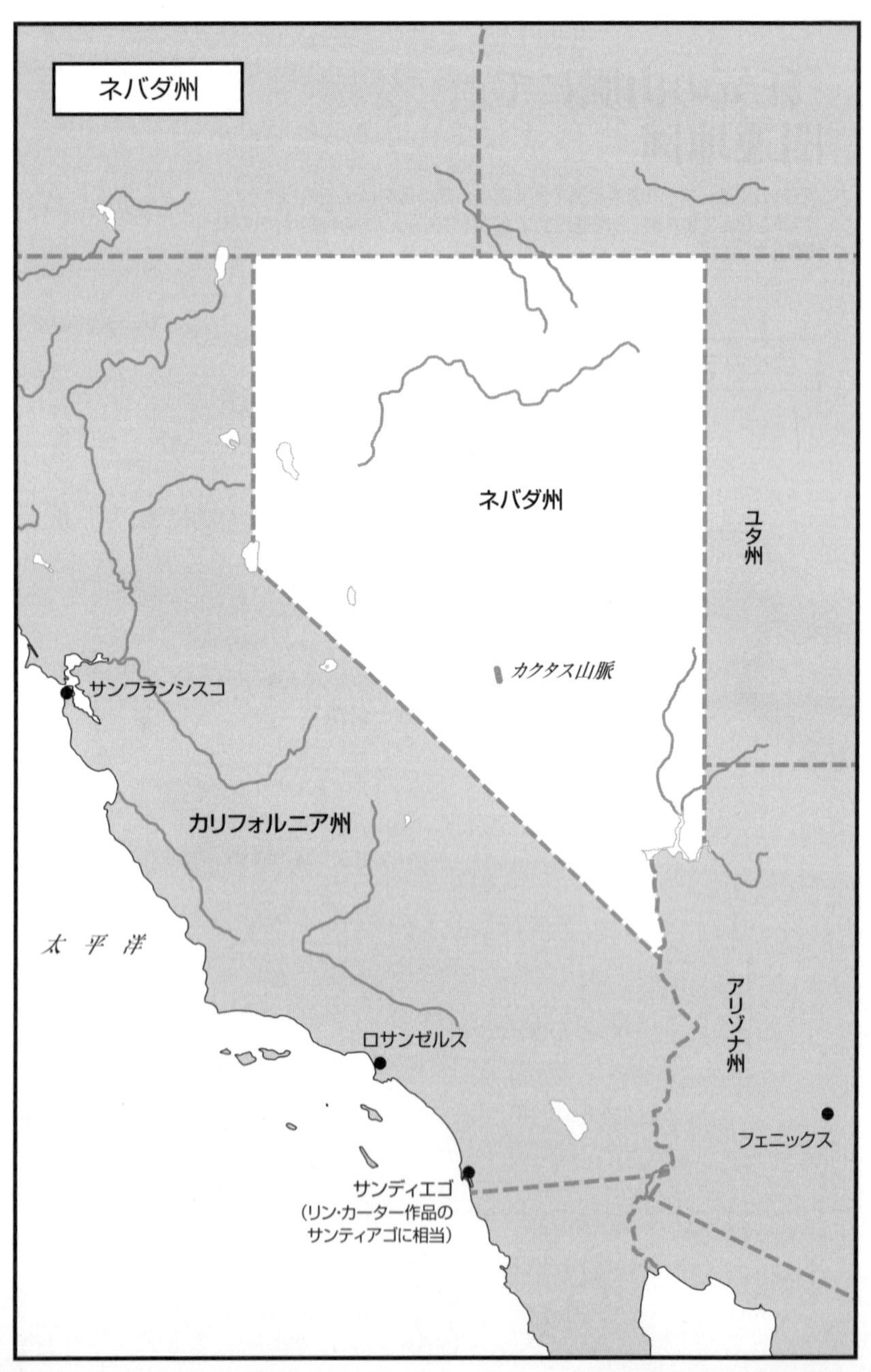
ネバダ州
ネバダ州
ユタ州
カクタス山脈
サンフランシスコ
カリフォルニア州
太平洋
アリゾナ州
ロサンゼルス
フェニックス
サンディエゴ
（リン・カーター作品の
サンティアゴに相当）

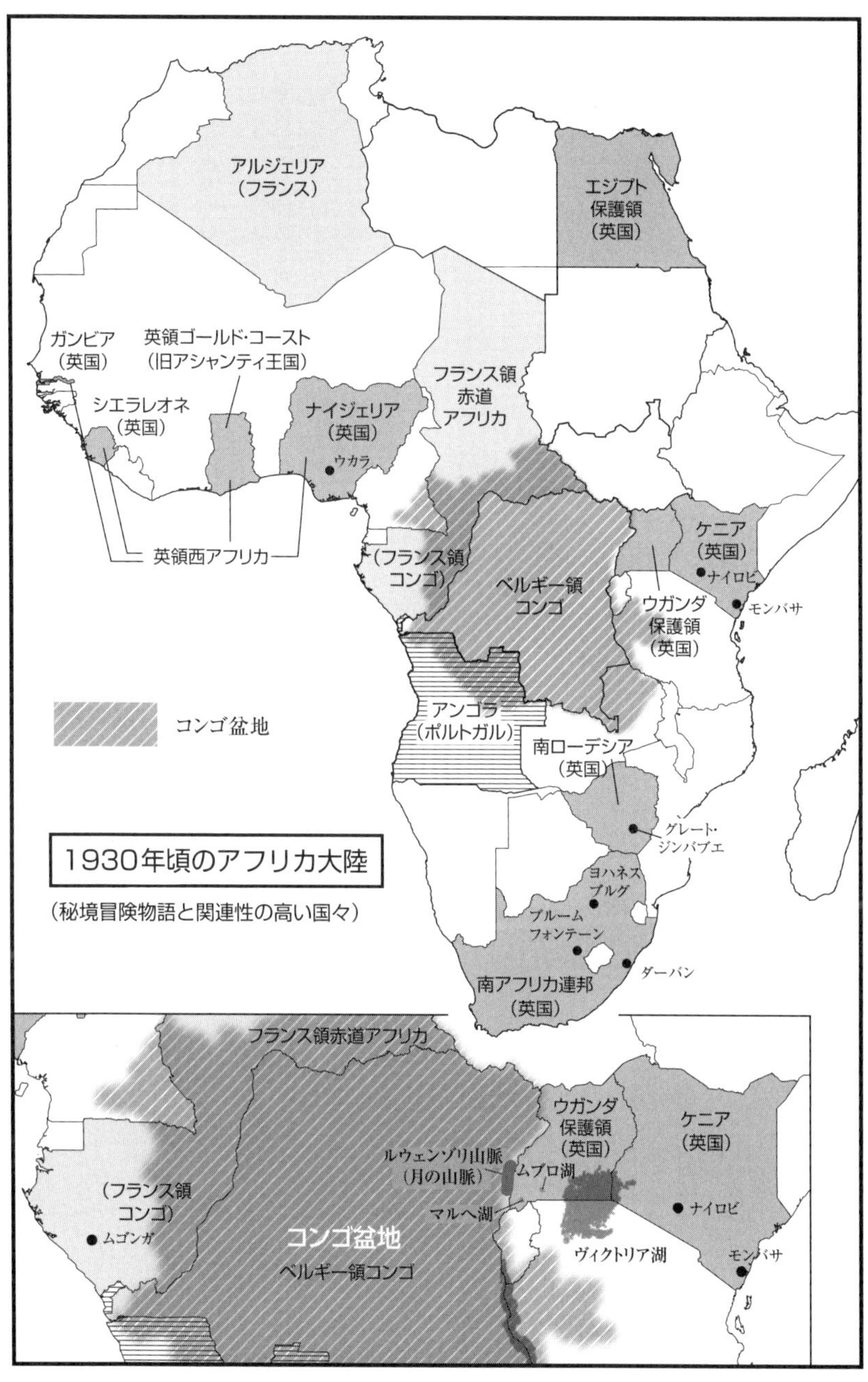
アルジェリア
(フランス)
エジプト
保護領
(英国)
ガンビア
(英国)
英領ゴールド・コースト
(旧アシャンティ王国)
フランス領
赤道
アフリカ
シエラレオネ
(英国)
ナイジェリア
(英国)
ウカラ
ケニア
(英国)
ナイロビ
英領西アフリカ
(フランス領
コンゴ)
ベルギー領
コンゴ
ウガンダ
保護領
(英国)
モンバサ
コンゴ盆地
アンゴラ
(ポルトガル)
南ローデシア
(英国)
グレート・
ジンバブエ
1930年頃のアフリカ大陸
(秘境冒険物語と関連性の高い国々)
ヨハネス
ブルグ
ブルーム
フォンテーン
ダーバン
南アフリカ連邦
(英国)
フランス領赤道アフリカ
ウガンダ
保護領
(英国)
ケニア
(英国)
ルウェンゾリ山脈
(月の山脈)
ムブロ湖
(フランス領
コンゴ)
マルヘ湖
ナイロビ
ムゴンガ
コンゴ盆地
ベルギー領コンゴ
ヴィクトリア湖
モンバサ

凡例

▼本文中の表現や単語については、執筆当時の価値観・倫理観に基づいている場合があります。

▼原文の雰囲気を可能な限り再現するため、英語の慣用句も含めそのまま日本語訳を行っております。ただし、情報を補わないと意味や文脈を汲み取りにくいと判断した場合に限り、割注を入れています。

例）Ｐ14　マウンテン・ライオン［ピューマの異名］

▼文中にしばしば現れる番号つきの記号は、各収録作末尾の訳注パートの記載事項に対応しております。本書に収録されていない他作品の内容に触れている場合がありますので、あらかじめご留意願います。

▼訳文中に示される著作物などの媒体は、以下のカッコ記号で示されます。

『』…単行本、映画などの名称。
〈〉…新聞、雑誌などの名称。
「」…小説作品、詩などの個別作品の名称。
《》…書物などからの引用文や特殊な名称など。

▼神名、クリーチャー名などの表記については、英語圏での一般的な発音を優先的に採用しております。

＊

編集部より

本書の収録作品には、今日的な観点からは差別的とされる表現が含まれています。これは、執筆当時の時代背景に基づくものであり、著者が故人であること、および20世紀初頭に書かれた作品のもつ資料性に鑑みて、原文を改変することなく訳出しています。

（星海社ＦＩＣＴＩＯＮＳ編集部）

洞窟のけだもの

The Beast in the Cave

1905

混乱と現実を認めたくない気持ちでいっぱいだった私の心に、次第に押し寄せてきた結論は、今や恐ろしいほど確実なものとなっていた。私は、マンモス・ケーブ[*1]の広大な迷宮の奥深くで、完全に、絶望的なまでに、道に迷ってしまったのである。

どの方角に向かおうとも、外界への道標となりそうなものは、何ひとつ視界に入ってこなかった。祝福に満ちた陽光を目にしたり、外の美しい世界の心地よい丘や谷を眺めることはもう二度と出来ないのだと、私の理性はもはやわずかな希望すら心に抱くことができなかった。

希望は失われた。だが、私は哲学の研鑽を積んでいたので、この無感動な態度に少なからず満足感を覚えた。同じような境遇の犠牲者が狂乱状態に陥るという話をよく本で読んでいたものだが、私はその轍を踏むことはなく、自分の方向感覚が失われていることを明確に認識するや否や、落ち着いて足を止めた。また、自分が一般的な捜索の範囲を超えてさまよい出してしまったのではないかと思い至っても、一瞬たりとも冷静さを失うようなことはなかった。もしも私が命を落とすにせよ、絶望というよりも静寂に包まれた、この恐ろしくも雄大な洞窟こそは、どこの教会にもあるような恰好の地下埋葬所なのだと考えたのである。

最終的に迎える末期の運命は、餓死であるに違いない。こうした状況下で発狂した人間がいることは知っているが、私はそうはならないだろうと感じていた。私を見舞った災難は、私自身の過失によるもので、案内人が気づかぬうちに、他の観光客の一団から離れてしまったのである。
そして、洞窟内の立入禁止の道を一時間以上さまよった挙げ句、同行者たちと離れてからひたすらに進んできた、曲がりくねった道を元通りに辿ることができないと気づいたのだった。

既に灯明は消えかかっていて、ほどなく私は大地の腸の完全で、ほとんど触ることすらできそうな闇黒に包まれることだろう。消えゆくおぼつかない光の中で立ち尽くしながら、私は自分の迎える末期の正確な状況について、ぼんやりと考えていた。私は肺病患者のコロニーについて聞いたことのある話を思い出した。巨大な洞窟に住むようになった彼らは、温度が一定で、空気が澄み、静寂に包まれ、一見健康に良さそうな地下世界に健康を求めたのだが、それと引き換えに、奇妙で恐ろしい形の死を見出したということだった。観光客の一団と一緒に移動していた時に、私は彼らの不格好な小屋の哀れな残骸を目にし、この巨大で静かな洞窟に長期間滞在することが、私のような健康で元気な人間にどのような不自然な影響を及ぼすものかと考えた。今こそ、この疑問を解決する機会が訪れたではないかと、私の心に辛辣な考えが浮かんだ。食糧の欠乏で、さっさと死んでしまわなければの話だが。

灯明の最後の輝きが失われかけてきた頃、私はいかなる困難にも屈せず、脱出のためにあらゆる手を尽くそうと心に決めた。そして、案内人の注意を引き付けようという無駄な望みのために、私は肺の力を総動員して、大声で叫び始めた。

とはいうものの、心の中では、こんな叫び声をあげたところで何の役にも立たず、私を取り巻く黒々とした迷路の無数の壁に当たり、反射された声が、私自身の耳に届くばかりなのだと信じていた。だが、洞窟の岩床を踏みしめる柔らかい音が聞こえた気がして、私はにわかに注意を固めた。

こんなにも早く、この状況から解放されるようなことがあるのだろうか。私の恐るべき懸念は全て杞憂に終わり、案内人が私の好ましからざる不在に気がついて、私の跡を辿って、この石灰岩の迷宮の中にいる私を探し当てたのだろうか。こうした楽観的な疑問が頭の中で湧き上がってくるのをよそに、私はさらに早く見つけてもらおうと叫び声をあげようとしたのだが、次いで耳にした音のせいで、喜びはただちに恐怖へと変化した。というのも、洞窟の完全な静寂の中で、これまでになく研ぎ澄まされた私の耳が、この足音が世の常の人間のものではないという予想だにしなかった認識を、ぼんやりした私の理性にもたらしたのだった。この地の底の静寂の中で、靴を履いた案内人の足音は、鋭く打ちつけるような音として聞こえるはずだった。しかし、この足音は柔らかく、まるでネコ科の動物の肉球のように、忍びやかなものだった。それに、耳を澄ませていると、二本の足ではなく、四本の足が地面につけられているように感じることもあった。

自分の叫び声が野獣を刺激し、引き寄せてしまったのだと私は確信した。おそらく、洞窟の中に偶然迷い込んできたマウンテン・ライオン［ピューマの異名］なのだろう。あるいは、全能の神が私のために飢えよりも早く、慈悲深い死を選んでくださったのかもしれないとも考えた。だが、まだ完全に眠りについてしまったわけではない防衛本能が胸の中に湧き上がり、迫りくる危険から逃れたところで、より厳しく、より長引く最期は免れないかもしれないのだが、それでも私は、できる限り高い対価なくして自分の命を手放すまいと決意したのだった。奇異に思えるかもしれないが、やって来る者の意図は敵意以外にないのだと、私はすっかり決めつけてしまっていた。したがって、この未知のけだものが、音を頼りにした方向感覚を失い、このままやり過ごせることを期待して、私はじっと静まり返った。しかし、この望みはかなわなかった。どうやらそのけだものは、気を散らす要因が全くない洞窟のような環境にあっては、かなりの距離を辿ることができるに違いない私の匂いを嗅ぎつけたようで、耳慣れぬ足音が着実に近づいてきたのである。

そこで私は、暗闇の中での不気味で目に見えぬ攻撃から身を守るために武装せねばならないと考え、洞窟の床のいたるところに転がっている岩の破片の中でも、特に大きなものを自分の周りにかき集めた。そして、すぐに使えるよう両手にひとつずつ握り、避け得ない結果を諦観と共に待ち受けた。

そうこうしている間に、おぞましい足音が近づいてきた。確かに、この生き物の行動は、何とも奇妙なものだった。近づいてくる間中ずっと、四足歩行のようではあったが、後ろ足と前足の足音の動きが揃わず、ごく短い間ではあったが、時折二本足で移動しているようでもあった。

いったい、どのような動物と出くわすことになるのだろうか。思うに、恐るべき洞窟の入り口に足を踏み入れた好奇心の代償として、その果てしない窖に一生閉じ込められることになった不運なけだものに違いない。そいつは、洞窟の目を持たぬ魚や蝙蝠、ネズミ、そして洞窟内の水と神秘的な経路で繋がっているグリーン川[*2]の支流から漂ってきた普通の魚を餌にしていたのに違いない。

この洞窟で長期間過ごして死んだ肺病患者たちの恐ろしい姿を思い起こし、洞窟での生活がこのけだものの身体構造にどのような変化をもたらしたかについてグロテスクな想像を巡らせながら、私は恐ろしい夜を過ごしていた。その時、私ははたと思い出した。たとえ敵を殺すことができたとしても、その姿を見ることはできないのだ。何しろ灯明はとうに燃え尽きてしまったし、マッチも持っていなかったのだから。私の脳を締め付ける緊張は、今や恐ろしいものとなった。無秩序な空想は、私を取り囲む不吉な暗闇から、恐ろしい形を思い起こさせ、それが実際に私の体を圧迫しているように感じられた。

恐ろしい足音がいよいよ近づいてきた。今にも鋭い叫び声をあげたいという切迫感に駆られたのだが、たとえそんな無鉄砲なことを実行に移そうとしたところで、声をあげることはできなかったことだろう。私は石のように固くなって、その場に釘付けになった。果たしてこの右腕は、決定的な瞬間が訪れた時、迫りくるものに石を投げつけることができるのだろうか。

まさにその時、パタパタいう規則正しい足音が間近に迫ってきた。今、すぐそこに。動物の苦しそうな息遣いが聞こえてきた。恐怖に打ちのめされた私は、この動物がかなり遠くからやってきて、相応に疲労していることを理解した。突然、呪縛が解けた。私の右手が、いつだって信頼に足る聴覚を頼りに、握りしめていた鋭い石灰岩のかけらを全力で投げつけると、それは呼吸とパタパタいう音が聞こえてきた暗闇の中に飛んでいった。素晴らしいことに、石はどうやら命中したようだった。何かが飛び上がり、遠く離れた場所に落下して、そのままそこで静止したことが、聞こえてきた音でわかったのである。

狙いを定めて二発目のつぶてを投げつけると、今回はさらに効果的だった。私は喜びを覚えながら、その生き物が完全に意識を失って倒れ込み、そのまま動かなくなった音を耳にした。大きな安堵感に押しつぶされそうになりながら、私はよろめいて壁に背中を預けた。重く、喘ぐような呼吸音が聞こえてきて、私はこの生き物に傷を負わせただけであることを知った。そしてこの瞬間、この生物を調べようなどという気持ちは消し飛んだ。

根拠のない迷信的な恐怖が、私の脳裏に入り込んできた。私は倒れた体に近づかず、とどめを刺そうとさらに石を投げることもしなかった。その代わり、私は狂気に浮かされたように、おそらくこちらから来たのだと思える方向へと、全速力で走り出したのである。

突然、物音が――いや、規則的な音が連続するのが聞こえてきた。その音はすぐに、鋭い金属音の連続に変化した。今度こそ間違いない。案内人だ。私は怒鳴り、わめき、叫び声をあげ、円弧を描いたアーチの上に、近づいてくる灯明のかすかにきらめく光が見えた時には、喜びの悲鳴さえあげたのだった。私はその灯りに飛びつき、正確に状況を把握する前に、案内人の足元に体を投げ出し、彼のブーツを抱きしめ、自慢の謙虚さもどこへやら、この上なく無意味かつ馬鹿げた調子で恐ろしい体験をまくしたて、それと同時に感謝の念で聞き手を圧倒した。ややあって、私は平常心を取り戻した。

案内人によれば、洞窟の入り口に到着した時、私の姿がないことに気づいた彼は、自身の直感に基づいて、最後に会話を交わした場所のすぐ前の通路を徹底的に調べ、四時間ほどかけて私の居場所を突き止めたということだった。

こうした話を聞かされて、灯明と彼の仲間たちの存在に勇気づけられた私は、少し前に暗闇の中で傷を負わせた奇妙なけだもののことを思い出した。そして、懐中電灯の明かりで、彼が仕留めた相手がいかなる種類の生き物だったのか、確かめようと提案した。かくして私は、今回は仲間たちから勇気を分けてもらって、あの恐ろしい体験をした場所まで戻ってきたのだった。

私たちはすぐに、地面の上に白い物体が横たわっているのを発見した。それは、輝く石灰岩よりもさらに白い物体なのだった。私たちは慎重に前進し、揃って驚嘆の声をあげた。私たちがそれ以前に目にしたことのあった自然にそぐわぬ怪物たちの中にあって、とりわけ奇異な存在だったのである。

そいつは――おそらく、どこかの旅回りの動物園から逃げてきたのだろう、大きな体格の類人猿のようだった。体毛が雪のように白かったのだが、これは洞窟の窖の中で長いこと生きてきたことによる漂白作用に違いない。だが、その毛は驚くほど薄く、頭部を除けばほとんどないも同然だった。

顔はこちらと反対側を向いていて、体をほとんど真横にして倒れていた。四肢の傾きは非常に独特で、四本の足を全て使うこともあれば、二本だけで進むこともあるという、私が先に指摘した四肢の使い方の交互性を裏付けていた。指ないしは蹄の先端からは、長い爪のような鉤爪が伸びていた。手や足は物を摑むのに適していなかった。私の考えでは、これは洞窟に長いこと住んでいたことによるものである。そのことは、既に述べたような全身の解剖学的特徴である、地球上の生き物とは思えぬ白さからも明らかだ。尾はないようだった。

呼吸が弱くなり、案内人がこの生物にとどめを刺そうとピストルを抜いた時、突然聞こえてきた音によって、ピストルは火を吹くことなくそのままおろされた。説明し難い音だった。既知の類人猿が出す通常の音声とは異なっていた。あるいはこの音声の不自然な性質は、長いこと続いた完全な沈黙の結果ではなく、けだものが最初に洞窟に入り込んで以来、絶えて目にすることのなかった光の出現から生じた感覚によって、迸り出たものではないだろうか。

その音は、深い声音の囁き声のようなもので、弱々しく続けられていた。その時、けだものの体内に一瞬、活力が漲ったように見えた。前足が痙攣し、手足が縮み上がった。白い体がピクリと動いて、顔がこちらに向けられた。私は一瞬、その眼に恐怖を感じ、他のものは目に入らなかった。雪のように白い体毛や体と対照的な、深い漆黒の双眸だった。他の洞窟の住人たちと同様に、眼窩が深く落ち窪んでいて、虹彩が全くなかった。よく見ると、この生き物の眼窩は普通の猿ほど前方に突き出しておらず、より毛深かった。鼻筋もはっきりしていた。私たちがこの不気味な光景を眺めるうちに、分厚い唇が開いていくつかの音声が発せられた後、そのものは死の脱力に身を委ねた。

案内人が私のコートの袖を握りしめ、激しく体を震わせたので、照明が激しく揺れ動いて、私たちを取り巻く壁に奇妙な動く影が映し出された。

私は身じろぎひとつせず、体を硬くして立ちすくみ、恐怖に満ちた眼を前方の床に向けていた。やがて恐怖は去り、驚き、畏怖、哀れみ、そして畏れがそれにとって代わった。というのも、石灰岩の上に横たわる打ちのめされた姿が発した音声が、驚くべき真実を物語っていたからだ。私が殺害した、底しれぬ洞窟の奇怪なけだものこそは、〝人間〟――あるいは、かつてそうであったものなのだ!!!

訳注

1 マンモス・ケーブ Mammoth Cave

ケンタッキー州の中央部に存在する鍾乳洞群で、現在判明している部分だけでも実に四一二マイル（約六六三キロメートル）に及ぶ、既知のものとしては世界最長の洞窟である。一九世紀には同州有数の観光名所として知られていたが、一九二六年に国立公園となるまでは私有地で、一八三九年から四三年にかけて、土地の権利を所有していたジョン・クローガン医師が洞窟内で結核の療養所とツアーを運営していた。

2 グリーン川 Green River

ケンタッキー州を東西に貫く川で、多孔質で溶けやすい石灰岩質のペニーロイヤル高原に長い年月をかけて穴を穿ち、マンモス・ケーブの洞窟群を形成するに至った。

眠りの壁の彼方

Beyond the Wall of Sleep

1919

「眠りの発現[*1]がやってきた」
——シェイクスピア

時に夢が孕むことのある巨きな意味、そして夢が属する不可解な世界について、人類の大多数が立ち止まり、思いを巡らせることはあるのだろうかと、私は常々考えてきた。

私たちの夜の幻視の大半がたぶん、起きている時に経験したことをほのかに、空想的に反映したものに過ぎないのだとしても——フロイトは幼稚な象徴主義でそれに異を唱えた——それでもなお、その非現実的で幽玄な性格が尋常の解釈を許さない夢もあって、そうした夢に漠然と漂っている心を湧き立たせ、そして騒がせる印象は、肉体的な生に劣らず重要なものでありながら、超えられない壁に隔てられている精神的な実存の領域を、わずかなりとも垣間見られる可能性をほのめかしている。

私の経験からすると、人間は現世の意識を失った時、私たちが知る生とはかけ離れた、まさしくもう一つの非実体的な生に滞まっているとしか思えないのだが、いざ目が覚めてしまうと、ひどくはっきりしない記憶がわずかに残るのみである。その朦朧とした切れぎれの記憶から、私たちは多くのことを推測できるのだが、証明できることは殆どない。

夢の生においては、生命や物質、生命力といったものは必ずしも、現世でそう考えられているような一定不変のものではないようであるし、時間や空間も、目覚めている時にそう理解しているような形では存在しない。この物質的でない生こそが私たちの真の人生であって、水と陸地から成る球体に虚しく存在すること自体が二次的な、あるいは仮想的な現象に過ぎないのではないかと信じることがある。

このような若者らしい思索に耽っていた私がふと我に返ったのは、研修医として勤務していた州の精神病患者の施設に、それ以来ずっと私の心に取り憑いて離れなくなった症例の患者が連れてこられた、一九〇〇年から一九〇一年にかけての冬のある午後のことだった。

記録上の彼の氏名はジョー・スレイターないしはスラーダーで、その風貌はキャッツキル山地[*2]の住民の典型という感じだった。初期の植民地時代の農民の血統に連なる、三世紀近くにわたり、ほとんど人の行き交わない田舎の丘陵地帯で孤立していたため、幸いにも人口密集地に落ち着いた同胞たちと協調するどころか野蛮人じみた衰退を辿ってしまった、偏屈で人好きのしない子孫たちの一人である。

南部における白人貧困層の退廃的な性質とまさに対応しているこれらの奇妙な連中の間には、法律や道徳観といったものが存在せず、その全般的な精神状態はおそらく、他のいかなるアメリカ先住民の部族よりも劣っていた。

ジョー・スレイターは、州の警察官四人の監視を受けながら施設にやって来て、きわめて危険な人物だと評されていたが、初めてその姿を目にした時は、その危険な性質を示す徴候は全くなかった。

中背というには背が高く、ややがっしりした体格だったが、潤んだ小さな目は青白く眠たげで、まばらに生えた黄色い顎髭が手入れされることもなく放置され、重たげな下唇がだらんと力なく垂れ下がっている様子は、害のない白痴のように見えた。

彼の輩には、家族の記録や恒久的な絆といったものが存在しないので、年齢は不詳だった。ただし、前頭部の禿げ具合と歯の傷み具合から、外科医長は四〇歳前後の男性と記録した。

医療カルテや裁判記録から、私たちは彼の症例について集められる限り全ての情報を把握した。浮浪者であり、ハンターであり、罠猟師でもあるこの男は、非文明的な生活を送る仲間たちの間でも、常に変わり者とみなされる存在だった。夜になるといつも、普通の人間よりも長い時間眠り続け、目を覚ますと想像力に乏しい有象無象の心にも恐怖を抱かせるような異様な調子で、誰も知らないようなことをよく話すのだった。言葉遣いが他の人間と異なっているというわけではなかった。というのも、この男は自分の生活環境で用いられている卑しい方言でしか話さなかったのである。だが、彼の発言の口調や話しぶりは、ひどく謎めいている上に熱狂的で、聞いていて不安を感じずにはいられないのだ。他ならぬ彼自身が、大抵は聴衆と同じくらい恐怖と困惑に襲われているようなのだが、目が覚めて一時間も経つ頃には、自分が話した内容や、少なくとも自分がそうした話をするきっかけになった夢の全てを忘れ果て、他の丘陵民たちと同じような鈍感で半ば気楽な普段の生活に戻っていった。

スレイターが年を取るにつれて、朝方の異常な振る舞いは次第に頻度と激しさを増していったらしく、施設にやってくる一ヶ月ほど前に衝撃的な惨劇が発生し、それが原因で当局に逮捕されたのだった。

ある日の正午近く、前日の午後五時頃からウィスキーをしこたま飲んで深い眠りについていた男が、突然に目を覚ますとこの世のものとも思えぬ恐ろしい喚き声をあげたので、近所の者たちが何人も彼の丸木小屋――自身と同じく形容しがたい家族と共に暮らしていた不潔な小屋――にやってきた。男は雪の中に飛び出すと、両腕を高く振り上げて、そのまま空に向かって何度も飛び跳ねた。そうしながら彼は、「屋根も壁も床も明るくて、大音量のへんちくりんな音楽が遠くから聞こえてくる、でけえでけえ丸木小屋」とやらに行くことにしたと喚き散らした。そこそこ体格の良い男たちが二人がかりで取り押さえようとすると、スレイターは狂人特有の膂力と熱狂で抗い、「きらきら光って、震えて、笑うもん」を見つけてぶち殺さねばならないのだと叫び続けた。

しまいには、拘束しようとしていた人間の一人に不意打ちを加えて一時的に昏倒させた後、血に飢えた悪魔さながらに逆上してもう一人にも飛びかかり、「空高く飛び上がって、邪魔する奴は何でも燃やして突き抜けてやる」という甲高い叫びを獰猛に張り上げた。

家族や近所の住人はあわてふためいて逃亡し、多少度胸のある者たちが戻ってきた時にはスレイターの姿は見当たらず、ほんの一時間前までは生きていた人間だったとは思えない、誰だったのか見分けがつかないぐずぐずの状態になったものが後に残されていた。

山男たちの誰一人としてスレイターを追いかけようとはせず、どうやら寒さで命を落とすことを期待したらしかった。しかし、数日後の朝に、遠くの峡谷のあたりから彼の金切り声が幾度も聞こえてきて、あの男が何とか生き延びたようなので、どうにかして始末をつけなければならないと悟った。

その後、武装した捜索隊がスレイターの後を追うことになったが、滅多にやってこない州の警察官の一人がたまたま見かけて問い質し、結果的に捜索隊に加わったことで、その目的（もともとの目的が何だったかはさておき）は保安官の率いる捜索隊と似たようなものになった。

三日目に、スレイターはとある木の洞で意識を失っているところを発見され、最寄りの拘置所に連行された。そこで意識を取り戻すとすぐに、オールバニーからやって来た司法精神科医たちが彼を診察した。スレイターの話は、単純なものだった。彼の言うには、あの日の午後は、大量の酒を飲んでから日没頃に眠りについたということだ。目を覚ましてみると、丸木小屋の前の雪の中で、両手を血まみれにして立っていて、足下には隣人のピーター・スレイダーのめちゃくちゃに引き裂かれた死体が転がっていた。恐怖に戦いた彼は、自分がやったのに違いない犯行現場から逃れようと、これといった考えもなく森に入り込んだのだった。それ以外のことは何も知らないようで、尋問を行った者たちによる熟練の質問も、何ら目新しい事実を引き出すことができなかった。

その夜、スレイダーは静かに眠り、翌朝目を覚ました時にも、わずかに表情が変化していただけで、特に変わった様子はなかった。患者を診察したバーナード医師は、彼の青白い瞳に独特の輝きが見られ、たるんだ唇もほとんど気づかれない程度に引き結ばれていて、まるで知的な決意を固めでもしているように感じた。だが、いざ質問を投げかけられると、スレイダーは山男特有の無表情を取り戻し、前日に話したことをひたすらに繰り返すばかりだった。

三日目の朝、彼は最初の精神的な発作を起こした。睡眠中に落ち着かない様子を見せた後、彼は激しく暴れ出し、その暴れぶりがあまりに強烈だったので、拘束衣を着せるのに四人の男手が必要だった。精神科医たちは、彼の家族や隣人たちがそれぞれ口にする、示唆に満ちていながら、あらかた矛盾している支離滅裂な話に好奇心を掻き立てられていたので、彼の言葉に熱心に耳を傾けた。

スレイダーは十五分以上にわたり興奮気味にうわ言を口走り続け、雄大な光の建造物、宇宙の海、影の落ちる山々や谷のことを、彼の暮らしている僻地の奇妙な方言でもごもご話し続けた。

しかし、彼が特にこだわっていたのは、彼を揺さぶり、嘲笑い、馬鹿にするという謎めいた燃え盛る存在だった。この巨大で漠然とした人格が、どうやら彼にひどい仕打ちをしたらしく、復讐を勝ち取るべく、そいつを殺し去ることが、彼の最大の望みなのだった。そいつに近づくためには——と、彼は言った――虚ろな深淵をいくつも飛び越え、自分の前に立ちはだかるあらゆる障害を燃やし尽くしてやるつもりだった。

こんな具合に話し続けていたのだが、彼は急に話を止めた。両眼からは狂気の炎が消え失せ、ぼんやりした驚きの表情を浮かべて質問者たちを見つめると、どうして縛られているのかと尋ねた。

バーナード医師は拘束衣の革の装帯を外してやると、夜になるまでそのままにしていたが、自分の利益のために、自らの意志でそれを着用するよう説得することに成功した。その男は、理由がわからないなりに、自分が時々妙な話をすることを自覚していたのである。

一週間の内にさらに二回の発作が起きたが、医師たちは何も得られなかった。スレイターの幻覚の源について、医師たちはあれこれと推測を重ねた。何しろ彼は読み書きができず、伝説やおとぎ話といったものを聞いたことがなかったようで、その絢爛な想像の産物に全く説明がつかなかったのである。それが既知の神話や物語に由来するものでないことは、この哀れな狂人が自分なりの単純なやり方でしか表現できなかったという事実によって、なかんずく証明されていた。

彼は、自分では理解も解釈もできない事柄――実際に経験したことだと主張したが、普段の、あるいは血縁者との会話からは知りえないものだった――を喚き散らしていた。司法精神科医たちは、ほどなく異常な夢こそが病巣だということで意見の一致をみた。その夢の生々しさは、基本的に劣っている男の覚醒時の精神を、一時的ではあるが完全に支配するほどだった。

かくしてスレイターは形式的な手続きを経て、殺人罪の容疑で裁判にかけられ、精神異常を理由に無罪となり、私が勤めていた施設に収容されたのである。

私が夢の世界について常より思索しているという話は既に述べた通りで、このことからも、私が彼の症例の事実関係をすっかり把握するや否や、この新たな患者の研究に熱心に取り組んだことは、容易に推測していただけると思う。彼は、私にある種の親しみを感じたようだった。その感情が、私の隠しきれない関心と、質問する時に示した穏やかな態度から生じたものであることは、疑うべくもなかった。発作を起こした彼の言葉が描き出す混沌とした、しかし宇宙的な情景に私が固唾をのんで見入っている間中、彼は私の存在を全く認識しなかった。しかし、落ち着いていて、おそらく二度と味わえないのだろう山での自由な生活のよすがとして、鉄格子つきの窓の近くに座って麦わらや柳の枝で籠を編んでいるような時、彼は私のことを意識していた。彼の家族が面会に来ることはなかった。おそらく、頽廃した山の民の流儀に従って、間に合わせの別の家長を見つけたのだろう。

次第に私は、ジョー・スレイターの狂気じみた空想に、圧倒的な驚きを覚えるようになった。彼自身は、知性も言語能力も哀れなほどに劣っていた。だが、彼の気宇壮大な輝かしい幻視は、粗野で支離滅裂な地元言葉で描写されるものではあったが、間違いなく優れた、あるいは並外れた頭脳のみが思い描けるものだったのである。

キャッツキル山地に居住する退廃した人間の鈍感な想像力が、そうしたものを抱けること自体が天才の閃きを秘めていることを物語るような光景を、いかにして喚び起こすことができるのか、私は幾度となく自問したものだった。スレイターが狂乱して喚き散らした、あの煌めく天上の光と空間の領域について、片田舎のうすのろがいかにして理解できたというのだろうか。

私はますますもって、目の前で縮こまっている哀れな人物の中に、私の理解を超えた何かしら手に負えない核心があると信じるようになった。それは、経験豊富だが想像力に乏しい、同僚の医学者たちや科学者たちの理解を、無限遠の彼方に置き去りにする何かだった。

　とはいうものの、私はその男から確かなことを何も引き出すことができなかった。調査結果をまとめたところ、スレイターは半ば非物質的な夢の中で、人間にとっては未知の、どこまでも果てしなく続く領域にある、眩く輝き渡る広大な峡谷や草原、都邑、光の宮殿を彷徨ったり漂ったりしているということだった。そこにいる彼は農夫でも退廃した民でもなく、重要な地位にあって躍動感に溢れた生を送る生き物となっていた。その生き物は誇らしく堂々と活動していたのだが、ある恐ろしくも致命的な敵が唯一の妨げとなっていた。その敵は、目には見えるが霊的な身体構造を有するようで、人間の姿形をしていないらしかった。というのも、スレイターはそれを〝人間〟と呼んだことはなく、ただ〝物〟としか呼ばなかったのである。

　その物体が、スレイターに何かしら恐ろしい、しかし言葉では言い表せないひどいことをしたので、この狂人（狂人だったとしての話だが）は復讐を切に望んでいるのだった。

　スレイターが、彼らのやり取りについてほのめかす話し方から、彼とその光を発する存在は対等の立場で出会ったのだと、私は判断した。夢の中でのスレイターは、彼自身が敵と同種族である光を発する存在だったのである。この印象は、宇宙を飛び回ったり、前進を妨げるものを全て燃やし尽くすという、彼が頻繁に口にした言葉によって裏付けられた。

　とはいえ、こうした概念の全てが、その内容を伝えるのには全く向いていない、野卑な言葉で表現されていたので、その状況からして、真なる夢の世界が実際に存在するのだとしても、そこで用いられている思考伝達の手段は、口頭の言語ではないという結論に私は達した。

この劣った肉体に宿る夢の魂(たましい)が、素朴(そぼく)でたどたどしい鈍重な舌では言い表せぬことを、躍起になって語ろうとしているなどということがあるのだろうか。それを見出し、読み取る術(すべ)を学んだなら、謎を解き明かしてくれるような知性の流出に、私は直面しているのだろうか。

中年というものは懐疑的(かいぎてき)かつ冷笑的で、新しい考えを受け入れたがらないので、私はこうした考えを年嵩(としかさ)の医師たちには話さなかった。その上、つい最近のことだが、この施設の所長から私が働き過ぎで、精神を休める必要があると、父親のような口調で忠告(ちゅうこく)されたばかりでもあった。

人間の思考は、基本的に原子ないしは分子の運動から成り立っていて、熱や光、電気のような放射エネルギーのエーテル波に変換(へんかん)できるというのが、長年に亘(わた)る私の信念だった。この信念によって、私は早い時期から適切な装置を用いての精神感応(テレパシー)や精神的な通信の可能性を企図(きと)するようになっていて、大学時代には、ラジオが登場する前の未熟な時代に無線電信に使われていた重く嵩張(かさば)る装置に似た、送信機と受信機のセットを開発したことがあった。私はこの装置を同級生と一緒にテストしてみたが、何の成果も得られず、将来使うあてもあるだろうと思って、すぐに他のあれこれの科学装置と一緒にしまいこんでしまったのだ。そして今、ジョー・スレイターの夢の生を探りたいという強い思いから、私はこれらの機器を探し出し、動作させられるよう数日がかりで修理した。そして、再び完動品になると、それらを試す機会を逃したりはしなかった。

スレイターが激しい発作を起こすたびに、私は送信機を彼の額(ひたい)に、受信機を自分の額に取り付けると、知的エネルギーとして仮定される様々な波長に合わせて、微妙(びみょう)な調整を行い続けた。

思考の印象が——うまく伝達されたとして——私の脳にどのような知的な反応を引き起こすことになるかについて、私はほとんど何もわかっていなかった。だが、それらを検出し、解釈できると確信していた。そうしたわけで、私は実験を続けたのだが、その内容については誰にも報告しなかった。

一九〇一年二月二一日、ついに事態が動いた。何年も後になってその時のことを振り返ると、いかに非現実的な出来事であったかわかるし、老フェントン医師が全てを私の興奮した想像力にしたことも、間違いではなかったのではないかと、半ば疑ってしまうこともある。私が話をする間、彼がとても親身に、そして辛抱強く耳を傾けてくれたことを覚えている。だが、話を聞き終えると、彼は私に鎮静剤を与え、半年間の休暇を手配して、私は翌週そこを後にしたのだった。

あの運命の夜、私は激しく動揺し、心をかき乱された。何故なら、この上なく手厚い看護を受けていたのにもかかわらず、ジョー・スレイターが間違いなく死にかけていたのである。

おそらく、山での自由が恋しかったのか、それとも脳の混乱が、彼のやや不調な健康状態に過剰な悪影響を及ぼしたのか、いずれにせよ衰弱した肉体の中で、生命の炎が弱々しく揺らめいていた。

死期の迫る彼は眠気に囚われ、夜の帳が下りると共に不穏な眠りに陥った。

いつも彼が眠る時のように拘束衣を着用させなかったのだが、死ぬ前に再び精神が錯乱した状態で目を覚ましたとしても、あまりにも衰弱しているので危険はないとわかっていたからである。

しかし、私は宇宙的な〝ラジオ〟の二つの端末を、私と彼の頭に着用し、望みは薄いとはいえ、残されたわずかな時間で夢の世界から最初で最後のメッセージが届くことに、一縷の望みをかけた。

私たちと同じ房には看護婦が一人いたが、この装置の目的を理解しておらず、私の行動について尋ねることもしない、凡庸(ぼんよう)な人物だった。時間が経つにつれて、スレイターの頭が不自然に垂れ下がったまま眠り続けているのが目に入ったが、彼を起こそうとはしなかった。私自身、健康な人間と瀕死の男のリズミカルな息遣いに誘われて、少し遅れて船をこぎはじめたのに違いなかった。

　私を目覚めさせたのは、奇妙に音楽的なメロディの音だった。高揚(こうよう)した和音、振動、ハーモニーが、至る処(ところ)で情熱的に反響する一方で、うっとりする私の視界に、窮極的(きゅうきょくてき)な美そのものの驚異的な光景が飛び込んできた。私がどうやら宙に浮かんでいるらしい場所の周りには、生ける炎の壁や列柱、まぐさ石(アーキトレーブ)といったものが煌々(こうこう)と燃え立っていて、言葉では到底言い表せぬほど壮麗(そうれい)な、果てしない高みにある丸(まる)天井(てんじょう)のドームへと伸びていた。

　この堂々たる荘厳(そうごん)な美しさに混ざり合うというか、万華鏡(まんげきょう)のように回転しながら、広大な平原や優美な峡谷、高い山々や心を誘(いざな)う洞窟の光景が、入れ代わり立ち代わりちらちらと垣間見えたのだった。歓喜に満ちた私の目で理解できる限りの、美しい風景の付随物(ふずいぶつ)があたりを覆(おお)っていたのだが、それらは全体的に、物質であるのと同じくらい精神性も帯(お)びた、思い通りの形を成すことのできる、光り輝く霊妙な実体で造られていた。

　じっくりと見つめるうちに、自分の脳がこれらの魅惑的な変成の鍵(かぎ)を握っていることに気がついた。眼前に現れた光景は、くるくると変化する私の心が最も見たいと願っていたものだったのである。

　この至福の領域(エリュシア)*3の只中で、私は闖入者(よそもの)として暮らしているわけではなかった。何故なら、光景と音の全てが、私にとっては馴染(なじ)み深いものだったのだ。数え切れぬほどの永劫(えいごう)を重ねた悠久(ゆうきゅう)の昔からそうであったように、これからも同じく悠久に亘(わた)ってそうであるように。

やがて、私の光の兄弟のまばゆく輝く霊光が近づいてくると、私と魂を交え、沈黙の裡に完璧な思考の交換があった。勝利の時が近づいていた。というのも、我らの同胞は、ついに屈辱に満ちた周期的な束縛から遁れようとしていたのである。永遠に遁れ、呪われた圧制者の後を追って、エーテルの弥果の領域に赴く準備をしていたのだった。その地では、数多なる天球を揺るがす、激しく燃え盛る宇宙的な復讐が実行されるやもしれないのだ。

私たちはしばらくの間こうして漂っていたのだが、やがて何らかの力が私を地球——最も行きたくない場所だ——に呼び戻そうとしているかのように、周囲の物がかすかにぼやけ、薄らぐのを感じた。近くにいる実体も変化を感じたようだった。というのも、次第に会話を結論に向かわせて、その場を去る準備をしていたからで、他の実体よりもいくぶん遅い速度で私の視界から消えていこうとしていた。さらに幾度か思考のやり取りがあって、私はその光り輝くものと私が束縛の中に呼び戻されていることを知ったのだが、光の兄弟にとってはこれが最後となるだろう。みじめな惑星の外殻はほとんど尽きようとしていて、あと一時間もしないうちに私の仲間は自由を得て、天の川に沿って星々を突き抜け、無限の果てまで圧制者を追いかけてゆくことだろう。

光の情景が消え入ってゆく最後の印象と、突然に、少しばかりきまりわるそうに目を覚まし、寝椅子の上の瀕死の人影がためらいがちに動くのを目にして、椅子の上で体をまっすぐにした印象との間には、はっきりそれとわかる衝撃が挟まっていた。

ジョー・スレイターは実際に目を覚ましつつあったのだが、おそらくこれが最後になると思われた。よく見ると、男の土気色の両頬に、これまでには見られなかった色の斑点が輝いていた。

唇もいつもとは違って、まるでスレイターよりも強靭な性格の力によって、固く引き締められているかのようだった。顔全体がこわばり始めていて、目を閉じたまま落ち着きなく頭を揺り動かした。

私は眠っている看護婦を起こさなかったが、夢見る者が伝えようとしているかもしれない別れのメッセージを捉えるつもりで、少し位置のずれた精神感応の〝ラジオ〟のヘッドバンドを調整しなおした。

その瞬間、頭が私の方に急に向き直り、目が見開かれたので、私は目にしたものに驚いてただ呆然と目を向けていた。キャッツキル山地の頽廃的な人間、ジョー・スレイターだった男は今、青色の濃さがわずかに増したように見える、光り輝く大きな目で私を見つめていたのである。その視線には狂気も頽廃も窺えず、その顔の背後に高次の活動的な精神があるのに違いないと、私はまざまざと感じていた。

この重大な局面において、私の脳は、外部からの影響が着実に作用していることを意識した。私は思考をより深く集中しようと目を閉じたのだが、長いこと探し求めていた精神的なメッセージがついに届いたという確かな知識に報われたのだった。伝達された思考のそれぞれが、私の精神の中で速やかに形をとり、実際の言語を使用していないというのに、概念や表現の習慣的な連想が非常に強かったので、メッセージを何の変哲もない英語で受け取っているように思えたほどだった。

「ジョー・スレイターは死んだ」と、眠りの壁の彼方から、魂を硬直させるような声、あるいは作用が聞こえてきた。私の見開いた目は、奇妙な恐怖に駆られながら苦痛に満ちた寝椅子の方に向けられたが、青い双眸が相変わらず穏やかに見つめていて、その表情には今なお知性が息づいていた。

「死んだ方が良かったのだ。宇宙的な実在の活発な知性を宿すには、不適格だったのだから。彼の粗悪な肉体では、霊的生命と惑星生命の間で必要な調整に耐えられなかった。あまりにも動物的で、人間としては卑小に過ぎたのだ。だが、彼の欠陥(けっかん)のためにこそ、きみは私を発見するに至ったのだ。宇宙と惑星の魂は、本来決して出会うはずがないのだから。彼はきみの地球の歳月における四二年間、私の苦痛そのものであり、日毎(ひごと)の牢獄(ろうごく)であったのだ。

　私は夢のない眠りの自由の中で、きみ自身がそうなるものと同じような存在だ。私はきみの光の兄弟であり、きみと共に光輝く谷間を漂ってきた。目覚めている地球の自分に、きみの真の姿を語ることは許されていないが、私たちは全て、広大な宇宙空間を流離(さすら)うものであり、数多(あまた)の時代を旅するものなのだ。来年には、私はきみが古代と呼ぶ時代の昏(くら)きエジプトか、あるいは三千年後に勃興(ぼっこう)するツァン＝チャンの無慈悲(むじひ)なる帝国で暮らしているかもしれない。きみと私は赤きアルクトゥルスを回転するいくつもの天体へと漂い、木星の第四の月の上を誇らしげに這(は)い回る昆虫(こんちゅう)学者の体に宿っていたこともある。地球の自分は、生命とその範囲について、何と無知であることか！　確かに、自らの平穏のためにそうあらねばならなかったとはいえ、何と知識の少ないことよ！　圧制者については、私には何も語れない――地球にいるきみたちは、知らず知らずのうちに遥(はる)か遠くにあるその存在を感じ取っていた――きみたちは知らず知らずのうちに、あの瞬(また)く燈火(ビーコン)に〝悪魔の星(デーモン＝スター)*4〟――アルゴールという名前を意味もなくつけているのだから。肉体という障害に阻(はば)まれながら、私は永劫を重ねた歳月を、かの圧制者と出遭(であ)い、打ち倒すべく虚(むな)しい努力を続けてきた。今宵(こよい)、私は正当な権利のもと、燃えるように破滅的(はめつてき)な復讐を担(にな)う神罰(ネメシス)として征(ゆ)く。〝悪魔の星(デーモン＝スター)〟の間近くの空に、私の姿を見るといい。ジョー・スレイターの体が冷たくなって硬直し、野卑な脳が私の望むように振動しなくなってきているので、これ以上は話せない。きみはこの宇宙における私の友人であり、この惑星(ほし)で唯一の私の友人でもあった――この寝椅子に横たわる厭わしい姿の中に私を感じ取り、探し出してくれた唯一の魂だった。また逢うこともあるだろう――たぶん、オリオンの剣の輝く霧[*5]の中で、あるいは先史時代のアジアの荒涼たる高原で。たぶん、記憶に残らぬ夜の夢の中で、あるいは太陽系が一掃された永劫の未来に、別の姿をとって」

この時点で、思考波が急に止まり、夢を見てる者――あるいは、死人と言っても良いだろうが――の青白い目が魚のようにどんよりと濁り始めた。半ば茫然自失状態だった私は、寝椅子に近づいて彼の手首に触れてみたが、それは冷たく、硬直していて、脈はなかった。土気色の頬が再び青白くなっていて、厚ぼったい唇がぽっかり開き、堕落したジョー・スレイターの不快なほど傷んだ犬歯が露わになった。

私はぶるっと体を震わせると、その悍ましい顔に毛布をかぶせて、看護婦を起こした。それから房を出て、黙りこくって自分の部屋に向かった。夢を覚えているはずのない眠りに落ちたいという、執拗で説明のつかない渇望があった。

クライマックスかね？　ありきたりな科学物語に、そうした修辞的効果があるはずもなし。私はただ、事実として魅力を感じた事柄を書き留めただけで、諸君は好きなように解釈してくれて結構だ。既に認めたように、私の上司である老フェントン医師は、私が話したことの現実性を全面的に否定している。彼は私が神経衰弱に陥っていて、寛大にも与えてくれた長期の有給休暇が肝要だと断言した。ジョー・スレイターは単なる低級な偏執病患者であり、その空想的な思いつきは、最底辺のコミュニティにさえ広まっている、先祖から語り伝えられてきた粗野な民話に由来しているのに違いないとも、彼は職業上の名誉にかけて断言した。

フェントン医師はそう言うのだが――それでも、スレイターが死んだ翌晩、空に見たものを私は忘れることができずにいる。私が偏見を持つ証人だと思われないように、別の者の筆で書かれた最後の証言を付け加える必要があるのだが、おそらくそれが、諸君の期待するクライマックスになることだろう。名だたる天文学の権威、ギャレット・P・サーヴィス教授の著作から、ペルセウス座新星[*6]にまつわる以下の記述をそのまま引用する。

「一九〇一年二月二二日、エディンバラのアンダースン博士により、アルゴールからそれほど遠くないところで、瑰麗（かいれい）なる新星が発見された。その時点より前に、そのあたりに星が見えたことはなかった。その見知らぬ星は、二四時間の内にカペラを凌（しの）ぐほどに明るくなった。一、二週間もすると目に見えて光が弱まり、数ヶ月も経つ頃には肉眼ではほとんど識別できなくなった」

資料・「州警察はいかにして名声を獲得したか」Ｆ・Ｆ・ヴァン・デ・ウォーター

（〈ニューヨーク・トリビューン〉一九一九年四月二七日号に掲載された記事の部分訳）

「記録によると、オールバニー近郊に隊舎を構えるＧ部隊は、逮捕や有罪判決に関して、他の部隊をわずかに上回るスコアを獲得している。これはおそらく、巡回する地域の性質によるものだ。これには、南部高地のいかなる地域よりも無法で退廃した人々が住んでいるキャッツキル山地とその周辺の峰々や、長年にわたり現地民が人間社会のあらゆる法律を心底軽侮してきたアディロンダック山地が含まれる」

「ヨーク・シティの住民たちは、キャッツキル山地が美しいことは知っているが、そこがいかに険しく、樹木が密生し、道路の整備も不十分な地域で、どのような現地民が暮らしているかについて、考えてみたこともない。裕福な人々はアディロンダック山地の壮大さを語り草にするが、年来その土地に住んできた人々の原始的な生活環境については全く知らずにいる。

オールバニーから四〇マイル以内には、ケンタッキー州の山地民よりもさらに原始的で、退廃した生活を送る山地民の集落がある。オールバニーの教会や善良な人々は、毎年のように彼らに寄付している。

州道から車で一時間もかからないキャッツキル山地には、スラーター一族が住んでいる。どうやらこれはスレイターという姓の現地発音のようで、多くの山地民がこの姓に発している。薄暗い道を進む灰色の制服を着た騎乗警官たちは、風雨に晒されて薄汚れた、小さな小屋集落に辿り着いた。中にいる、黄色い肌の痩せた住民たちは、騎乗警官たちが近づくと、怯えたリスのように身を縮こまらせていた。騎乗警官たちは、この退廃した小集団に、彼らが生まれて初めて味わう法と秩序をもたらしたのだ」

訳注

1　眠りの発現(きざし)　an exposition of sleep

このセリフは、ウィリアム・シェイクスピアの戯曲(ぎきょく)『夏の夜の夢』第四幕第一場からの引用である。

2　キャッツキル山地　the Catskill Mountain region

ニューヨーク州の中央部に広がるなだらかな山岳地帯で、ワシントン・アーヴィングによる米国版「浦島太郎(うらしまたろう)」ともいうべき短編小説「リップ・ヴァン・ウィンクル」の舞台である。〝猫を殺す〟とも取れる物騒(ぶっそう)なネーミングの由来については諸説あり、近くを流れている〝カエータースキル Kaaterskill〟（オランダ語で山猫の小川）という川に由来するというのが通説だが、オランダ語でテニスコート的な球技場を指す〝カーツバーン kaatsbaan〟に由来するとも言われている。

3　至福の領域(エリュシア)　elysian realm

〝エリュシアン elysian〟は、「エーリュシオンのような、喜びに満ちた場所」を意味する英語である。エーリュシオンというのは、ギリシャ神話において、神々の寵愛(ちょうあい)を受けた英雄たちの魂(たましい)が死後に安らぐという楽園で、ホメーロスの作と伝わる『オデュッセイアー』では世界の西の果て、オーケアノスの海流が流れる島とされる。
HPLは、ここでは小文字の一般語として用いているが、このフレーズがブライアン・ラムレイの「タイタス・クロウ・サーガ」シリーズにおける《旧き神々(エルダー・ゴッズ)》の神域、エリュシアのネーミングに影響を与えた可能性がある。

4　アルゴール　Algol

ペルセウス座のβ星で、英雄ペルセウスが掲げ持つ女怪メドゥサの首の部分に位置する。単一の恒星ではなく、共通の重心を巡る三重連星で、現時点では六八時間四九分の周期で二・一等〜三・四等の間で光度が変化する、食変光星である。この特性によってアラビアでは悪魔の星と見なされ、〝رأس الغول(ラーズ・アル＝グール)〟すなわち〝悪魔の頭(グール)〟と呼ばれたのだった。

5　輝く霧　shining mists

オリオン座の小三つ星の近く、図案で言えば狩人オリオンが腰に下げている剣のあたりにぼんやりと輝いている天の川銀河内の散光星雲、オリオン大星雲のこと。

6　ペルセウス座新星　the star Nova Persei

一九〇一年に実際に起きた天文現象で、正式名称は〝ペルセウス座新星1901〟。地球からペルセウス座の方角に一五〇〇光年離れた位置にあるペルセウス座GK星が、一九〇一年に新星爆発を起こし、スコットランドはエディンバラ在住の天文ファンであるトーマス・デイヴィッド・アンダースンによって観測された。続く部分で引用されているギャレット・P・サーヴィス（当時人気を集めた科学解説者で、初期のSF作家でもあった）の著作というのは、一九〇八年にハーパー&ブラザーズ社から刊行された『裸眼による天文観測：星座・恒星・惑星の説明と図表を収録した天体の新しい地理学 Astronomy with the Naked Eye: A New Geography of the Heavens, with Descriptions and Charts of Constellations, Stars, and Planets』のことである。

フアン・ロメロの変容

The Transition of Juan Romero

1919

一八九四年一〇月一八日と一九日に、ノートン鉱山[*1]で起きた出来事について、話したいとは思わない。この人生最後の数年間において、その恐怖を全き形で定義することが適わぬゆえに殊更の恐怖を伴う光景や出来事を思い起こさせるのは、ひとえに科学に対する義務感のみだ。だが、私は死ぬ前に、ファン・ロメロの——言ってみれば変容——について、知っていることを話しておくべきだと信じている。

私の名前と出自を後世に伝える必要はない。実際の話、伝えぬ方が良いと思う。なぜなら、人は合衆国や植民地に移住する際に、過去を置き去りにするものだからだ。それに、かつての私がいかなる人間であったかは、インドに勤務していた頃、同僚の将校たちよりも白い顎髭をたくわえた現地の導師たちの方が親しみやすかったという事実を除けば、私の物語とは全く関係がないのである。

災難に見舞われて、アメリカの広大な西部で新しい生活——ごくありきたりで、何の意味もなさない名前（つまり、現在の名前）を受け入れた方が良いとわかった生活——を送るようになったのは、私が東洋の奇妙な伝承を少なからず掘り下げていた時分のことだった。

一八九四年の夏と秋に、私はカクタス山脈の荒涼たる広野に住み、かの有名なノートン鉱山で、一般労働者として働いた。その数年前、年老いた探鉱者がこの地を発見したことにより、周辺の地域をほとんど無人の荒れ地から、浅ましい生命の沸き立つ大釜へと変貌させた。

山の湖の地下深くに横たわる黄金の洞窟は、老練の発見者に、その途方もない夢を凌ぐ富をもたらし、今では最終的にこれを買い取った企業の、大規模な坑道掘削作業の拠点となっている。

さらなる洞窟群も追加で発見され、黄金色の金属の産出量がきわめて多かった。そのため、屈強な鉱夫たちの雑多な軍勢が、夥しい数の通路や岩の空洞で、昼夜を問わず働いていた。監督であるアーサー氏は、このあたりの地層の特異性についてよく議論を交わしていた。一連の洞窟群のおおよその範囲を推測し、巨大鉱山事業の将来を見積もっていた。彼は金を産出する洞窟は水の作用によるものだと考え、最後の洞窟がもうすぐ開くと信じていた。

ファン・ロメロがノートン鉱山にやってきたのは、私が到着し、雇用されて間もなくのことだった。隣国からやってきた、粗野なメキシコ人の大群の一人だったのだが、ひとえにその容貌のせいで、最初から注目を集めていた。明らかに北米インディアンのタイプでありながら、ひどく明るい肌と優雅な顔立ちで、この土地の平均的な〝メキシコ野郎〟や地元のパイユート族〔西部に居住する北米先住民族〕とは全く似ても似つかなかった。奇妙なことに、ロメロはヒスパニック化した者たちや部族的インディアンとは大きく異なっていたにもかかわらず、白色人種の血が混じっているという印象を少しも与えなかった。その血筋はカスティーリャの征服者でもアメリカの開拓者でもなく、物言わぬ労働者*2が朝早く起きて、自分でもそれとわかっていない天性から、あたかも何らかの儀式を行っているかのように天球に両腕を差し伸ばす様子が想像力を掻き立て、古代の高貴なアステカ族であるかのように見せるのだった。

しかし、顔立ちを除くと、ロメロはいかなる意味においても貴族を思わせる人物ではなかった。無知で不潔な彼は、褐色の肌をした他のメキシコ人たちに馴染んでいた。何でも、(後から聞いたのだが)ひどく低劣な環境の出身ということだった。彼は子供の頃、死に至る疫病の唯一の生存者として、粗末な山小屋で発見された。何とも異様な岩の亀裂に近い小屋のそばには、禿鷲についばまれたばかりの二体の骸骨が横たわっていて、おそらく両親の亡骸の成れの果てだろうと思われた。

彼らの身元を知る者はおらず、ほどなく多くの人間たちから忘れ去られた。実際、後に起きた山崩れによって日干し煉瓦造りの小屋が崩れ、岩の亀裂が塞がると、その光景すらも忘れ去られたのである。フアンは、彼に名前を与えた家畜泥棒に育てられ、仲間たちと似たような人間になった。

ロメロが私に示した親愛の情は、私が作業していない時にはめていた、風雅で年代物のヒンドゥー教の指輪を通して始まったのに違いない。その性質と、入手した経緯については話せない。それは、永遠に閉ざされた人生の一生との最後の縁であり、私にとって大きな価値があったのだ。

ほどなく、この風変わりな顔立ちのメキシコ人もまた指輪に興味を抱き、単にそれを欲しがっているというだけのものではない表情でそれを見つめていることに気がついた。指輪の古ぼけた象形文字が、彼の純朴だが活発な心の中にかすかな記憶を呼び起こしているようだったが、これまでにそうした文字を目にしたことはなかったはずだ。

現れてから数週間のうちに、ロメロは私の忠実な召使のような存在となったが、私はといえば相変わらず一介の鉱夫だった。私たちの会話は、必然的にごく限られたものになった。彼は英語をほんの数単語しか知らなかったし、私の方もオックスフォード流のスペイン語がニュー・スペイン[3]の労働者たちの用いるスペイン語とは全く異なるものだとわかった。

私がこれから話そうとしている出来事は、久しい以前よりの予感があるわけでもなく起きたことだ。

ロメロという男は私に興味を抱き、とりわけ私の指輪に影響を受けていたのだが、大爆発が起きた時、私たち二人ともその後に何が起きるのか予想だにしていなかったように思う。

地層学的な検討により、地下エリアの最深部から真下に向けて鉱山が拡張される決定がくだされた。そして、硬い岩ばかりがあるだろうとの監督の信念が、途方もない量のダイナマイトの投入を促した。この作業にはロメロも私も関わっておらず、異常な状況については他の者から初めて知らされた。爆発の衝撃は、おそらく予想されていたよりも強いもので、山全体を揺るがすようだった。外の斜面にある掘っ建て小屋の窓が衝撃で割れ、近くの坑道にいた鉱夫たちが足を掬われて倒れた。爆破個所の直上にあるジュエル湖は、まるで大嵐のように揺れ動いた。調べてみると、爆心地の下には新しい深淵がどこまでも無限に広がっていた。その深淵は怪物じみた巨大さで、手近にあったロープでは測深することもできず、いかなる照灯でも照らし出すことができなかった。

困惑した作業員たちは、監督に協議を求めたところ、彼は長いロープを何本も坑内に運び込み、繋ぎ合わせたロープを底に届くまで絶え間なく繰り出し続けるように命じた。

その後間もなく、青ざめた顔の作業員たちが監督に失敗を報告した。彼らは敬意を表しつつも、毅然とした態度で、その亀裂の再訪と、そこが封鎖されるまでの間、鉱山内でさらに働くことを拒絶した。自分たちの経験したことのない何かが、眼の前に立ちはだかっていることは明らかだった。何しろ、彼らが確認した限りにおいて、眼下の空洞は底なしだったのである。

監督は彼らを咎め立てしなかった。代わりに深く考え込み、翌日の計画を数多く立てた。その日、夜間作業は行われなかった。

午前二時、山で一匹のコヨーテが陰惨な遠吠えを始めた。作業場のどこかから、一匹の犬が応えるように吠え声をあげた。コヨーテに、それとも他の何かに対して。山脈の峰々を取り囲むように強い風が吹き始め、凸状に膨らんだ月が幾重にも重なって巻層雲をなす蒸気越しに輝こうとしていることを示す、ぼやけた天空の光を、異様な形をした雲が恐ろしげに横切っていった。

私を目覚めさせたのは、頭上の寝台から聞こえてくるロメロの声だった。興奮と緊張を帯びたその声には、私には理解できない漠然とした期待がこもっていた。

「神の御母よ！——音が——あの音——聞いて！　聞こえねえですか？——旦那、**あの音が！**」

何の音のことを言っているのだろうと訝りながら、私は耳を傾けた。コヨーテ、犬、嵐、全ての音が聞こえてきた。風がますます激しくなるにつれて、最後に挙げたものが優位になった。宿泊小屋の窓から、稲妻の閃光が何度か見えた。

私は聞こえてきた音を挙げて、神経を張り詰めさせているメキシコ人に質問した。

「コヨーテか？——犬か？——風か？」

だが、ロメロは何も答えなかった。やがて、畏敬の念を込めて囁き始めた。

「リズムだ、旦那——大地のリズムだ——**地面の下で脈打ってやがる！**」

そして今や、私にも聞こえてきた。聞いて、わけもわからず震え上がった。深く、深く、私の足元の遥か下で、音——労働者の言葉を借りれば、リズム——が鳴り響いていた。ごくかすかなものではあったが、それでも犬やコヨーテ、そして激しさを増す嵐すらも凌いでいた。

説明しようとしても無駄だった——説明しようがないものなのだから。おそらくそれは、甲板から感じられる、巨大な客船の遥か底から響くエンジンの脈動のようなものだったが、そうした機械的なものではなかった。生命や意識といった要素が欠けているというわけではない。その音のあらゆる性質の中にあって、地の果てという印象が最も強く残った。

私の頭の中には、ポーがいみじくも効果的に引用してみせた、ジョゼフ・グランヴィル[*4]の文章の一節が浮かび上がってきた――

「――主（しゅ）の御業（みわざ）の広大なること、深遠なること、測り知れざること、
其（そ）はデモクリトスの井戸[*5]よりも深きものなり」

突然、ロメロが寝台から飛び降りた。私の前に立ち尽くし、稲妻が閃（ひらめ）くたび奇妙な光を放つ私の手の指輪を見つめてから、鉱山の立坑（シャフト）がある方をじっと見つめた。私も立ち上がると、不気味なリズムがいよいよ重大な性質を帯びるように感じられたので、二人してしばらくの間、耳を凝（こ）らしながら身じろぎもせずに立っていた。

やがて、はっきりした意図もないままに、強風の中でガタガタ音を立てて地に足のついた現実をほのめかし、慰（なぐさ）めを感じさせてくれる扉（とびら）のある方へと、私たちは移動し始めた。深みでの詠唱（えいしょう）――今や、そのような音であるように思えた――は、音量と明瞭（めいりょう）さを増していて、私たちは嵐の只中（ただなか）へ、さらにそこから立坑（シャフト）のぽっかり開いた闇黒（あんこく）へ、抗（あらが）いがたく駆り立てられるのを感じていた。

夜勤の男たちは仕事から解放されて、ドライ・ガルチの集落で眠たげなバーテンダーの耳に不吉な噂（うわさ）を流しているのに違いなかったので、私たちは誰にも遭遇（そうぐう）しなかった。

だが、監視員の小屋からは、小さくて四角い黄色い光が守護者の目のように輝いていた。あのリズミカルな音に、見張り人はどのような反応をしたのだろうかと私はぼんやりと考えたのだが、ロメロの移動速度がさらにあがっていたので、足を止めることなく後に続いた。

立坑を降りるにつれて、地下の音が雑多な音の混成であることが明らかになってきた。太鼓が叩き鳴らされ、数多くの声が唱和する東洋の儀式じみたそれに、私は恐ろしいほど衝撃を受けた。ご承知のように、私は長い時間をインドで過ごしたことがあるのだ。

ロメロと私は鏈押坑道［鉱脈沿いに水平に掘り進んだ坑道］を通り抜け、梯子を降りたりしながら、肉体的には躊躇うことなく移動し続けた――私たちを惹き寄せるものをひたすらに目指して、しかし情けないほど無力な恐怖と気後れを抱きながら。

ある時などは、自分の頭がおかしくなってしまったのではないかと思った――照灯も蠟燭もないのに、どうやって坑道が明るく照らされているのだろうかと訝り、指に嵌めた古の指輪が不気味な輝きを放ち、周囲の湿った空気中に青白い輝きを放っているのに気づいた時のことである。

たくさんある粗雑な造りの梯子の一つをよじ登った後、ロメロがだしぬけに走り出て、私を置き去りにしてしまった。私にはかすかに知覚できた程度の、ドラムの演奏と詠唱の中の新しく荒々しい調子が、彼に驚くべき影響を及ぼしたのである。彼は荒々しい叫び声をあげながら、導きもなしに洞窟の暗闇の中を突進した。彼が平坦な場所で無様につまずき、ぐらつく梯子を狂おしく降りていきながら、金切り声を繰り返しあげるのが聞こえてきた。

私はといえば、恐れ慄いてはいたが、彼の言葉がはっきり聞こえたとしても、私の知っている言葉ではないことに気づけるだけの知覚を保っていた。粗野だが印象的な多音節の言葉が、普段の下手なスペイン語と最悪の英語のごた混ぜに取って代わり、中でも頻繁に繰り返される〝ヴィツィロポチリ[*6]〟という叫び声にだけは、少なくとも聞き覚えがあった。

後に私は、この言葉をとある偉大な歴史家の著作中に見出した——そして、そこから導き出された連想に震え上がった。

あの恐ろしい夜のクライマックスは、様々なものの混成だったが、ごく短時間で、ちょうど私が最後の洞窟に到着した時に始まった。すぐ前方の暗闇から、メキシコ人の断末魔の絶叫が響き渡ったかと思うと、私がもう二度と聞くことのない、聞いたとしても決して生き延びることのできない野卑な音声の大合唱が加わったのだ。その瞬間、大地に秘された恐怖と怪異の全てが、人類を圧倒しようと声を発したかに思われた。

それと同時に私の指輪の光が消え、わずか数ヤードばかり低い空間で、新たな光が煌めくのが見えた。私は深淵に到ったのだが、そこは今や赫々と輝き、不運なロメロを呑み込んでしまったようだった。前進し、いかに長いロープでも底に届かぬ深い割れ目の縁から覗き込むと、そこは今や揺らめく炎と悍ましい喧騒の万魔殿と化していた。

最初に見えたのは、沸き立つように絶えず変化するぼんやりした輝きが見えるだけだったが、やがてそれぞれが果てしなく遠くに離れているいくつかの姿が、混沌たる集まりから離れ始め、私は見た——あれがフアン・ロメロだというのか——しかし、神よ！　何を目にしたのか、私には決して話せない！

……天国から何かしらの力が私を救いにやってきて、二つの銀河系が宇宙で衝突する時に聞こえるような凄まじい衝突音が発生し、視界も物音もかき消された。続いてなにもかもが混沌となり、私は忘却の安らぎを知った。

あまりにも特異な状況が関わっているので、どのように話を続けたものかわからないのだが、ともあれ現実と見かけを区別しようとすらせずに、最善を尽くすことにする。

目が覚めた時、私は安全な状態で寝台にいて、夜明けの赤い輝きが窓のところに見えた。少し離れたところには、ファン・ロメロの絶命した遺体がテーブル上に横たわっていて、野営地の医師を含む男たちのグループに囲まれていた。男たちは、メキシコ人が眠っている間に奇妙な死を遂げたことについて話し合っていた。その死はどうやら、山を襲って揺るがした恐ろしい稲妻と何らかの形で関係があるようだった。直接的な死因は明らかではなく、司法解剖を行っても、ロメロの生命活動が停止した理由はわからなかった。

切れ切れに聞こえてきた会話によれば、ロメロも私も夜の間、小屋を離れなかったことが疑問の余地なく示された。カクタス山脈を通り過ぎた恐ろしい嵐の最中、二人とも目を覚まさなかったのである。鉱山の立坑のところまで敢えて降りていった者たちの言うには、あの嵐が大規模な陥没を起こして、前日に多大なる不安を引き起こした底無しの深淵をすっかり閉ざしてしまったということだ。凄まじい落雷の前に、どんな音を耳にしたのか見張り人に尋ねたところ、彼はコヨーテ、犬、そして唸りをあげる山の風のことを口にした——それだけだった。私としても、彼の言葉を疑うつもりはない。

作業を再開するにあたり、特に頼りになる男たちに声をかけて、アーサー監督は深淵が現れた場所の周囲を少しばかり調査させた。嫌々ながらではあったが彼らは従い、深いところまで掘り下げられた。

その結果は、ひどく奇妙なものだった。開いていた時に見えていた空洞の天蓋は、決して分厚いものではなかった。しかし今、調査員たちの操るドリルは、どこまでも続く堅固な岩盤にぶつかったのだ。他には何も——黄金すらも見つからなかったので、監督はその試みを断念したのだが、机に座って考え事をしている彼の顔には時折、当惑の表情が浮かんでいた。

もう一つ、奇妙なことがあった。嵐がやんだ後の朝に目が覚めてまもなく、何とも不可解なことだが、ヒンドゥー教の指輪が指から外れていることに気がついた。とても大切にしていたのにもかかわらず、いざなくなってみると安堵感を覚えた。

仲間の鉱夫たちの一人がそれをくすねたのであれば、実に賢明なやり方で戦利品を処分したのに違いなく、失せ物の広告や警察の捜索にもかかわらず、あの指輪は二度と発見されなかった。

インドでは、数多くの奇妙なことを教えられていたので、人間の手によって盗まれたのではないのだろうと、どういうわけか私は疑っている。

この経験全体に対する私の意見は、その時々によって異なる。白昼、そしてほとんどの季節において、私はその大部分が単なる夢だったと考えがちだ。しかし時折、秋になると、風や動物たちが陰惨な吠え声をあげる午前二時頃、想像を絶する深みからリズミカルな鼓動を恐ろしくも想起させる音が聞こえてきて……フアン・ロメロの変容したものが事実、恐ろしい何かであったように感じることもある。

訳注

1　ノートン鉱山　Norton Mine
架空の鉱山。カクタス山脈のどこかにあるようなので、ネバダ州ナイ郡に位置しているのだろう。

2　ピーオン　peon
米国南西部とメキシコにおいて、借金返済のために奴隷的労働に携わる労働者を意味する俗語。解説も参照。

3　ヌエバ・エスパーニャ　New Spain
原文ではニュー・スペイン。一五二一年、メキシコ中央部のアステカ帝国の征服を完了したスペイン帝国が、新大陸に最初に設立した副王領である。

4　ジョゼフ・グランヴィル　Joseph Glanvill
一七世紀英国の作家、哲学者にして、心霊術研究家（第2集『『ネクロノミコン』の物語』収録の「祝祭」の訳注も参照）。エドガー・アラン・ポーの引用というのは、彼の「大渦巻に呑まれて」の題辞に含まれる一節なのだが、この文章は実はポーの創作である。

5　デモクリトスの井戸　the well of Democritus
デモクリトスは紀元前五〜四世紀の古代ギリシャの哲学者。ディオゲネス・ラエルティオス『ギリシア哲学者列伝』に紹介されているデモクリトスの不可知論的な言葉「真実については、我々は何も知らない。何故ならば、真実は井戸の中にあるからだ」を指す。ただし、この「井戸の底 in the well」は英訳時に慣用表現に改められたもので、原文は「深淵の中 εν βυθφ」だった。

6　ウィツィロポチリ　Huitzilopotchli
一五世紀から一六世紀にかけてメキシコ中央部で栄えた、アステカ帝国における戦争の神。〝ウィツィロポチトリ Huitzilopochtli〟の表記が一般的だが、一九世紀アメリカの歴史家ウィリアム・ヒックリング・プレスコットの『メキシコ征服の歴史 The History of the Conquest of Mexico』（一八四三年）ではこちらの表記が用いられた。解説も参照のこと。

故アーサー・ジャーミンと
その家系にまつわる事実

Facts concerning the Late Arthur Jermyn and His Family

1920

I

人生とは悍ましいもので、我々がそれについて知ることの背後より透けて見える悪魔めいたほのめかしが、それを千倍も恐ろしいものとすることがある。衝撃的な事実の数々が明らかとなり、既にして鬱々たるものとなっている科学こそが、おそらく人類種を――我々が単独の種であるのなら――終局的に絶滅させるものとなるのだろう。なにしろ、これまで明るみに出ることのなかった思いもよらぬ恐怖が世界に解き放たれたなら、生ける者の頭脳には決して耐えられないだろうから。

もしも、我々が自分の正体を知ったなら、アーサー・ジャーミン卿がそうしたようにするはずだ。アーサー・ジャーミンはある夜、全身を油に浸して、衣服に火をつけたのである。黒焦げの遺体のかけらを骨壺に納めたものはおらず、いかなる人物であったかを示す記念碑を建てた者もいなかった。というのも、ある種の書類と箱に入っていた物品が見つかって、誰しもが彼のことを忘れてしまいたくなったからだ。彼の知人の中には、彼がかつて実在したことを認めない者もいる。

アーサー・ジャーミンは、アフリカから運ばれてきた箱詰めの物体を目にした後、荒れ地に出て焼身自殺を遂げた。その物体こそが彼に自身の生命を絶たせたのであり、その特異な外見のせいではなかった。アーサー・ジャーミンのごとき特異な容貌の持ち主であれば、大抵の者が生きる望みをなくしたことだろうが、彼は詩人にして学者であり、そのことを気に病まなかった。

彼の一族は学問と縁が深く、曾祖父である準男爵ロバート・ジャーミン卿は著名な人類学者で、曽々祖父のウェイド・ジャーミン卿にしてもコンゴ地方[*1]の最初期の探検家たちの一人であり、この地の部族や動物、推測される古代の文物について学識豊かな記録を残していた。実際、老ウェイド卿はほとんど偏執的(へんしゅうてき)とも呼べる知的な情熱の持ち主で、先史時代のコンゴの白人文明にまつわる異様な推測は、その著書『アフリカのいくつかの地域にまつわる所見』の刊行時、多くの嘲笑(ちょうしょう)を引き起こしたものだった。この恐れを知らぬ探検家は、一七六五年にハンティンドン［ロンドンの九三キロメートル北に位置する町］の癲狂院(てんきょういん)に収容された。

狂気はジャーミン家の者たち全員に宿り、人々は彼らの数が多くないことをありがたく思った。一族には分家がなく、アーサーはその最後の一人だった。もしもそうでなかったなら、件(くだん)の物体が届いた時、彼はいったいどんなことをしでかしたことだろうか。

ジャーミン家の者たちの中に、まともな容貌をした者は皆無で――中でもアーサーが最悪だったが、何かがおかしかった――ジャーミン邸(てい)にある古い家族の肖像画(しょうぞうが)を見ると、ウェイド卿以前の代の者たちは、じゅうぶんに整った顔立ちをしていた。狂気の始まりがウェイド卿だったことは確かで、アフリカでの彼の荒唐無稽(こうとうむけい)な逸話(いつわ)の数々は、数少ない友人たちを喜ばせると同時に恐れも抱かせた。その狂気は、普通の人間であれば収集したり保存したりしないような戦利品や標本の数々からも窺(うかが)えて、彼が妻を人目に触(ふ)れさせない東洋風のやり方で囲い込んでいたことにも顕著(けんちょ)に表れていた。

彼の話では、この妻はアフリカで出会ったポルトガル人貿易商の娘で、英国式の習俗を好まなかったということである。彼女はアフリカで生まれた幼い息子を伴(ともな)って、ウェイド卿が二回目に行った最も長い旅から連れ帰ったのだが、最後のものとなった三回目の旅にも同行し、ついに帰らぬ人となった。暴力的(ぼうりょくてき)かつ特異な気質だったということで、彼女を間近で見た人間は、使用人の中にすらいなかった。

ジャーミン邸で暮らしていた短い間、彼女は奥まった翼に住み、夫が一人で世話をしていた。実際、ウェイド卿は酷く変わったやり方で家族に気を使っていた。アフリカに戻った時も、ギニア出身のぞっとするような黒人女性以外に、幼い息子の世話をさせなかったくらいである。ジャーミン夫人が亡くなった後、帰国した彼は坊やの世話の一切を自分だけでするようになった。しかし、こうしたことはウェイド卿が酒に酔って口にしたことで、友人たちが彼のことを頭がおかしくなったと考えるようになったのは、もっぱらこのような話を聞かされたからだった。

一八世紀のような理性的な時代にあっては、コンゴの月のもとでの荒涼たる眺望や風変わりな景観、崩れ果て、蔓が生い茂る忘れ去られた都市の巨大な壁や柱の数々や、底知れぬ宝物庫や想像も及ばぬ地下墓地の暗闇へと果てしなく続いている、じっとり湿って物音ひとつ立てぬ石段について話すようなことは、学識ある人間として賢明なことではなかったのである。

なかんずく、そうした場所に跳梁跋扈する生き物どもについてまくしたてるのは、賢明なことではなかった。半ば密林に属し、半ば神の威光を損なうほどに歳月を重ねた都市に属する生物——壁や柱、丸天井のある地下房や奇怪な彫刻のある死せる都邑を、大型の類人猿どもが蹂躙した後に生まれたのかもしれない、プリニウス[*2]すらも懐疑的な筆致で描写するような絵空事めいた生き物について話すなど。

ともあれ、最後の旅を終えて帰宅したウェイド卿は、《騎士の頸》亭でグラスを三杯傾けた後、身震いを覚えるほどに薄気味悪い熱心さで、密林で見つけたものや、彼以外に知る者とてない恐ろしい廃墟で暮らしたことを自慢しながら、そうしたことを話したのだった。そうしてついには、件の生き物どものことをまくしたてた挙げ句、癲狂院に連れて行かれたのである。

彼の心はすっかり常軌を逸していたので、ハンティンドンの鉄格子の嵌った部屋に閉じ込められた時にも、少しも悔やんでいる様子はなかった。息子が幼児期を脱する頃になると、自分の家を次第に厭うようになり、ついには恐怖を感じるようになっていた。彼は《騎士の頸》亭に入り浸り、監禁された時にはまるで保護されでもしたかのような、漠然とした感謝の言葉を口にした。

三年後、彼は亡くなった。

ウェイド・ジャーミンの息子であるフィリップは、きわめて風変わりな人物だった。身体的には父親とよく似ていたにもかかわらず、姿勢と行動が多くの点で粗暴だったので、世間一般から忌み嫌われた。一部の者たちから恐れられていた狂気は受け継がなかったものの、極端に頭が鈍く、自分でも抑えられない短時間の暴力的な発作をよく起こした。

体格は小柄だったが、非常に力持ちで、信じがたいほどにすばしっこかった。

爵位を継いだ一二年後に、ジプシーの血筋だという猟場番の娘と結婚したが、息子が生まれる前に平の水兵として海軍に入隊したことで、性癖や身分違いの結婚に起因する世間の嫌悪感を完成させた。

アメリカ戦争〔一七八三年終結の独立戦争のこと〕の終結後は、アフリカ貿易に携わる商船の船員となり、膂力と登攀力に優れていることである種の評判を得ていたようだが、乗り組んでいる船がコンゴ沖に停泊していた夜に姿を消してしまったということである。

フィリップ・ジャーミン卿の息子の代において、今ではこの一族の特異性として知られている、奇妙かつ運命的な変化が起きた。

背が高くなかなかのハンサムで、姿勢にやや妙なところがあるとはいえ、不思議な東洋風の気品を備えたロバート・ジャーミンは、学者かつ探索者（インヴェスティゲーター）として人生に乗り出した。狂（くる）った祖父がアフリカから持ち帰った膨大（ぼうだい）な遺物のコレクションを初めて系統的に研究し、その家名を探検家としてだけでなく、民族学の分野においても高からしめたのが、他ならぬ彼だった。

一八一五年、ロバート卿は第七代ブライトホームズ子爵の娘と結婚し、立て続けに三人の子供に恵まれたが、最年長と最年少の子供は心身ともに奇形だったということで、人目に触（ふ）れることはなかった。このような家庭の不幸を悲しんだ科学者は、仕事に癒（い）やしを求めるようになり、アフリカ奥地へと二度にわたる長期遠征（えんせい）を行った。一八四九年、フィリップ・ジャーミンの無愛想（ぶあいそ）とブライトホームズ家の傲岸（ごうがん）を併（あわ）せ持つかに見える、この上なく人好きのしない次男のネヴィルが、下々（しもじも）の踊（おど）り子と駆け落ちしたのだが、翌年に帰国した父親はこれを赦（ゆる）した。

彼（ネヴィル）は、やがてアーサー・ジャーミンの父親となる幼い息子のアルフレッドを連れ、男やもめとなってジャーミン邸に戻ってきた。友人たちの言によれば、この一連の悲しみがロバート・ジャーミン卿の心の箍（たが）を外してしまったということなのだが、この不幸を引き起こしたのは、あるいはアフリカの民間伝承のひとかけらに過ぎぬ物語だったのかもしれない。

老境に達した学者は、奇怪な交雑生物が棲（す）むという失われた都市にまつわるウェイド卿の荒唐無稽な話をどうにか裏付けられないものかと期待して、祖父と自身が探検した地域の近くに居住するオンガ族[*3]の伝説を蒐集（しゅうしゅう）していた。彼の先祖の奇妙な論文には、ある種の一貫性があって、強靱（きょうじん）な想像力が原住民の神話に刺激された可能性をほのめかしていたのである。

一八五二年一〇月一九日、白き神に支配される白い類人猿(るいじんえん)の灰色の都市にまつわる伝説は、民族学者にとっては金銭を支払(しはら)うのに値する貴重なものだろうと考えた探検家のサミュエル・シートンが、オンガ族の間で蒐集した覚書の原稿(げんこう)を携(たずさ)えてジャーミン邸を訪問した。やり取りの中で、彼はおそらくさらなる追加情報を提供したのだろう。一連の恐ろしい悲劇(ひげき)が唐突(とうとつ)に起き始めたので、その内容がいかなるものだったのか、決して知ることはできなくなった。

ロバート・ジャーミン卿が書斎(しょさい)から出てきた時、背後には探検家の絞殺(こうさつ)死体が残されていて、彼は拘束(こうそく)される前に三人の子供たち——余人の目に触れなかった二人と、かつて家出した息子——の息の根を止めていた。ネヴィル・ジャーミンは二歳の息子の命を守りつつ死んだのだが、この息子もどうやら老人の狂気の殺人計画に含(ふく)まれていたようだった。ロバート卿自身は、度重(たびかさ)なる自殺未遂(みすい)を経て、明瞭(めいりょう)な説明を断固として拒絶(きょぜつ)したまま、拘禁生活の二年目に脳卒中(のうそっちゅう)を起こして亡くなった。

アルフレッド・ジャーミン卿は、四回目の誕生日を迎える前に準男爵となったが、彼の趣味嗜好(しゅみしこう)がその称号に相応(ふさわ)しいものになることは決して無かった。二〇歳でミュージックホールの芸人(パフォーマー)の一座(バンド)に加わり、三六歳で妻子を捨て、アメリカを巡回(じゅんかい)するサーカス興行に同行した。

彼の最期は、実に不愉快(ふゆかい)なものだった。

一緒に旅をしていた見世物(エキシビション)の動物たちの中には、普通よりも明るい体色をした大きな雄(おす)のゴリラがいて、驚くほど扱いやすい獣(けもの)ということで、パフォーマーたちの間で特に人気を集めていた。アルフレッド・ジャーミンはこのゴリラに異様なほど魅了(みりょう)され、しばしば鉄格子を挟(はさ)んで長時間互(たが)いに見つめ合っていた。やがて、ジャーミンはこのゴリラに調教をつける許可を願い出て、観客とパフォーマー仲間を驚かせるような成功を収めた。

シカゴにいたある朝のこと、ゴリラとアルフレッド・ジャーミンはきわめて巧妙（こうみょう）なボクシング試合の練習をしていたのだが、ゴリラがいつもより強力な一撃（ブロー）を見舞い、素人調教師の身体と威厳（いげん）を傷つけた。

その後に起きたことについて、〝地上最大のショー〟のメンバーたちはあまり語りたがらなかった。アルフレッド・ジャーミン卿が人間離れした金切り声をあげるのを耳にしたり、ヘマをした対戦相手を両手でひっつかんで檻（おり）の床（ゆか）に叩（たた）きつけ、毛むくじゃらな喉（のど）に悪鬼（フィーンド）のごとく嚙（か）みつくのを目にしたりするなど、予想だにしなかったのである。

ゴリラは警戒心（けいかいしん）を緩（ゆる）めていたが、それも長いことは続かず、正規の調教師が何かしら手を打つ前に、準男爵のものだった体は見分けのつかぬものと成り果てていた。

II

アーサー・ジャーミンは、アルフレッド・ジャーミン卿と出自の定かならぬミュージックホールの歌手の息子だった。夫とその父親が家族を捨てた時、母親は子供をジャーミン邸に連れていった。彼女がそこに住みつくことに反対する者は誰もいなかった。彼女は、貴族の品格というものがどうあるべきかについて知らぬわけでもなく、息子には限られた資産の中で実現しうる最高の教育を受けさせた。

一族の資産は、今や悲しいほどに乏（とぼ）しくなっていて、ジャーミン邸は痛ましくも荒廃（こうはい）の一途（いっと）を辿（たど）っていたのだが、若きアーサーはこの古びた殿堂（でんどう）とその中にあるものの全てを愛していた。

彼はこれまでに現れたジャーミン家のどの人間とも違っていた。詩人であり、夢想家（ドリーマー）だったのである。ウェイド・ジャーミン卿の人目に触れないポルトガル人の妻のことを聞き知っていた近隣（きんりん）在住の親類の中には、彼女に流れるラテン系の血が顕（あらわ）れたのに違いないと断言する者もいたが、大多数の者たちは彼らの社会に受け入れていないミュージックホール出の母親ゆずりのものと見なして、美に対するアーサーの鋭敏（えいびん）な感受性を嘲笑（あざわら）うばかりだった。

アーサー・ジャーミンの詩的な繊細（せんさい）さは、無骨な外見によって、ことさらに目立っていた。ジャーミン家の者たちは大抵、何とも言い難い風変わりで人好きのしない顔立ちをしていたのだが、アーサーの場合はきわめて衝撃的だった。具体的に何かにたとえるのは難しいのだが、彼の表情、人相、腕の長さといったものが、初対面の人間を嫌悪感で身震いさせたのである。

こうした彼の容貌を償（つぐな）っていたのが、アーサー・ジャーミンの精神と性格だった。才能と学識に恵まれた彼は、オックスフォード大学で首席の栄誉（えいよ）に輝き、一族の知的名声を取り戻すと思われた。科学者というよりは詩人の気質の持ち主だったが、彼はウェイド卿の実に素晴らしい、しかし奇異なる蒐集物を活用して、アフリカの民族学と古代の習俗における父祖らの仕事を引き継ぐつもりだった。

彼は想像力に富んだ精神で、狂気の探検家が暗黙（あんもく）の裡（うち）に信じ込んでいた先史文明についてしばしば思いを巡（めぐ）らし、彼が晩年にしたためた荒誕（こうたん）な内容の覚書や小論において言及されている沈黙の密林の都市についての物語を、次から次へと織（お）り上げていった。

密林の交雑種であるという、名もなき得体の知れぬ種族に対し、彼は恐怖と魅了の入り混じった独特の感情を抱いていて、このような奇想の根拠となりうるものを推測し、曾祖父（ウェイド卿）とサミュエル・シートンがオンガ族の間で蒐集した、より最近のデータの中に光明を見出そうとした。

一九一一年、母親が亡くなった後、アーサー・ジャーミン卿は徹底的な域まで調査を拡大することを決意した。必要な資金を得るべく地所の一部を売却し、探検隊を編成すると、コンゴに向けて出向した。ベルギー当局［現在のコンゴ共和国は、当時はベルギーの植民地だった］にガイドの一団を手配してもらい、オンガ族とカリリ族[*3]の土地で一年を過ごした結果、予想を遥かに超えるデータが得られた。

カリリ族にはムワヌという年老いた族長がいて、非常に記憶力が優れていただけでなく、古い伝説に対する並外れた理解と関心を抱いていた。この古老は、ジャーミンが聞き知ったあらゆる昔話を確認した上で、石造りの都市と白い類人猿について、彼が聞かされた言葉そのままの説明を付け加えてくれた。

ムワヌによれば、灰色の都市と交雑種の生物どもは、かなり昔に好戦的なンバング族[*3]に滅ぼされて、もはや存在していないのだという。この部族はほとんどの建造物を破壊し、生きとし生ける物を殺害した後、彼らの探求の目的であった剝製にされた女神を運び去った。

それは、奇妙な生き物どもが崇拝し、コンゴの言い伝えによれば、彼らの間で姫君として君臨していた者の姿を象っているのだと信じられていた、白い類人猿の女神である。

その白い類人猿のような生き物がいかなる存在だったのか、ムワヌには見当もつかなかったが、彼の考えではその生き物たちが廃墟となった都市の建設者だということだった。

ジャーミンは推測することもままならなかったが、細々と質問を重ねたことで、剝製にされた女神について、絵に描いたような生々しい伝説を得ることができた。

類人猿の姫君は、西の方からやってきた大いなる白い神の妃になったのだという。二人は、長いこと連れ添って都を治めていたのだが、息子が生まれると、三人揃って立ち去ってしまった。
その後、神と姫君が帰還し、姫君が亡くなると、その神聖なる夫は遺体をミイラにして巨大な石造りの家に安置し、そこを崇拝の対象としたのだった。やがて彼は、一人きりで立ち去った。

この伝説には、どうやら三つの異なる物語が存在するようだった。

ある物語によれば、剝製の女神はそれを所有する部族にとっての至高の象徴となりはしたのだが、それ以外には特に何も起きなかった。ンバング族が剝製を持ち去ったのは、そのためである。

二番目の物語では、神の帰還と、祀られている妻の足元で死を迎えることが告げられていた。

三番目では、成人——あるいは成猿、成神——しているが、自らの正体に気がついていない、息子の帰還が物語られていた。

この途方もない古伝の背後にいかなる出来事があったにせよ、想像力豊かな黒人たちは、きっとそれを最大限に活用したのだろう。

ウェイド卿が記述した密林の都市の実在について、アーサー・ジャーミンはそれ以上の疑念を抱かず、一九一二年の初めにその痕跡を発見した時も、ほとんど驚かなかった。規模については誇張されていたのに違いないが、あたりに転がっている石材が、そこが単なる黒人の村ではないことを証明していた。残念なことに彫刻はただのひとつも見つからず、遠征隊が少人数だったこともあり、ウェイド卿が述べていた丸天井の地下房に続いているらしい一本の通路から、障害物をどかすことができなかった。白い類人猿と剝製の女神について、この地域の全ての原住民の長たちと話し合ってみたのだが、ムワヌ老人が提供してくれたデータを補強してくれたのは、ヨーロッパ人だった。

コンゴの交易所のベルギー人支配人であるヴェルハーレン氏(ムッシュウ・ヴェルハーレン)は、剝製の女神についておぼろげに聞いたことがあって、その在処(ありか)を見つけるだけでなく、手に入れることもできると請(う)け合った。というのも、かつては強大だったンバング族は、今ではアルベール王[*4]の政府の従順な配下であり、多少なりとも説得すれば、彼らが運び去ったぞっとするような神を手放すよう仕向けられるというのである。

そうしたわけで、ジャーミンが英国に出航した時、彼の曽々祖父の書き残したものの中でも最も荒唐無稽な話——すなわち、それまでに聞き知った中でもとりわけ荒唐無稽な話を裏付けてくれる、値がつけられぬほど貴重な民族学的遺物を数ヶ月以内に受け取れそうだという高揚感(こうようかん)を、彼はその胸に抱いていたのだった。ジャーミン邸の近所に住む同郷人(どうきょうじん)たちはたぶん、《騎士の頸(ナイツ・ヘッド)》亭のテーブルを囲んでウェイド卿の話に耳を傾けた先祖から、さらに荒唐無稽な話を聞いたことがあるのだろうが。

アーサー・ジャーミンは、ヴェルハーレン氏から箱が届くのを辛抱強く待ち受ける一方で、狂気の先祖が遺(のこ)した手稿をいよいよもって精力的に研究した。

彼はウェイド卿に親近感を抱くようになり、アフリカで活動していた頃のものだけでなく、英国での晩年の私生活を偲(しの)ばせる遺物をも探し始めた。人の目から遠ざけられていた謎(なぞ)めいた妻についての噂話は数多くあったが、ジャーミン邸で暮らしていたことを示す具体的な遺物は何一つ残っていなかった。ジャーミンは、どのような事情がこのような状態を引き起こし、あるいは許したのかと訝(いぶか)しく思い、夫の狂気が主たる要因なのだろうと結論づけた。

彼の曽々祖母が、アフリカで活動していたポルトガル人交易商の娘だと言われていたことを、彼は思い起こした。実体験と、暗黒大陸にまつわる表層的な知識から、彼女がアフリカの内陸部についてのウェイド卿の話を愚弄したのに違いなく、彼のような男がそれを許すはずもなかったのだ。

彼女はアフリカで亡くなったということだが、おそらく、自分の言ったことを証明しようと決意した夫によって、無理やり連れて行かれたのだろう。

しかし、ジャーミンはこうした思索にふけりながらも、風変わりな先祖が二人とも亡くなってから一世紀半が経過した今、彼らの無駄な試みを冷笑せずにはいられなかった。

一九一三年六月、ヴェルハーレン氏から剝製の女神を見つけたことを告げる手紙が届いた。そのベルギー人が断言するには、この上なく異様なものであり、素人には分類のしようもないものであるとか。それが人間なのか類人猿なのかは、科学者にしか判断できないだろうし、不完全な状態なのでその判断を下すのもひどく困難だろうとも書かれていた。

時の流れとコンゴの気候は、ミイラを手荒く扱った。とりわけ今回のケースのような、素人の手によるものとなればなおさらだった。この生き物の首には黄金の鎖がかけられていて、その鎖には紋章つきの空のロケットがつけられていた。これはンバング族に略奪された不運な旅人の形見で、彼らの手でお守りとして女神にかけられたものであるのに違いない。

ミイラの顔の輪郭について、ヴェルハーレン氏は妙な言い回しで何かとの類似をほのめかした。というよりも、それを目にした文通相手がいかなる感慨を抱くものだろうかと、おどけた調子の疑問を提示していたのだが、科学的な関心が遥かに勝っていたので、そうした戯言に多くの文言を費やさなかった。

剝製の女神は、手紙の到着に一ヶ月ほど遅れて、きちんと梱包された状態で届くとも書かれていた。

箱詰めされた物体は、一九一三年八月三日の午後にジャーミン邸に届けられ、ロバート卿とアーサー卿が蒐集したアフリカ由来の標本のコレクションが並べられている大きな部屋へと、ただちに運ばれた。

その後に何が起きたかについては、使用人たちの話や、後で調べられた物品や書類にあたるのが一番良いだろう。様々な証言の中でも、屋敷の執事を務めていた年嵩のソームズの話したことが、とりわけ豊富かつ首尾一貫したものだった。

この信頼のおける人物によると、アーサー・ジャーミン卿は箱を開ける前に全員を部屋から追い払ったのだが、金槌と鑿の音がすぐに聞こえてきたので、ただちに作業に取りかかったことがわかった。しばらくの間、物音一つしなくなり、それがどのくらいの時間だったのかはソームズにも正確なところがわからなかったのだが、ジャーミンの声に違いない恐ろしい悲鳴が聞こえてくるまでに、少なくとも一五分は経過していたことは確かだった。

その直後、ジャーミンが部屋から出てくると、何やら悍ましい敵に追われてでもいるかのように、半狂乱の体で屋敷の玄関に向かって駆け出した。彼の顔に浮かぶ表情ときたら、平静な時でも十分に怖気を震うようなものだったのだが、それはもう筆舌に尽くしがたいものとなっていた。

正面扉の近くまで来ると、彼は何かを思いついたように走る向きを変えて、おしまいには階段を下りて地下室に消えていった。使用人たちはすっかり呆気にとられて、階段の上で見守っていたのだが、主人は戻ってこなかった。階下からはただ、油の臭いが漂ってくるばかりだった。

日が暮れると、地下室から中庭へと通じている扉からガタガタいう物音が聞こえてきたかと思うと、頭から足先まで油でてらてらと輝き、油の臭いを漂わせたアーサー・ジャーミンが、人目を避けるように外に出てきて、屋敷を取り囲む黒々とした荒れ地へと消えていくのを、馬丁の少年が目撃した。

やがて、この上なく高まる恐怖の只中で、皆が事態の結末を目にした。荒れ地に火花が奔り、焔が立ち上り、燃え盛る人間の炎の柱が天まで伸びた。

ジャーミン家は、ここに絶えたのである。

アーサー・ジャーミンの黒焦げの遺体のかけらが回収されず、埋葬もされなかった理由は、その後に発見されたもの、とりわけ箱の中にあったものにあった。

剝製にされた女神は、萎びて虫に喰われた見るも忌まわしい代物だったのだが、記録されているいかなる種よりも体毛が薄く、限りなく――けしからぬほど人間に近いものだった。

詳しく記述したところで不愉快さが増すばかりだろうが、二つの重要な特徴については語っておかねばなるまい。というのも、ウェイド・ジャーミン卿のアフリカ遠征についての覚書と、白き神と類人猿の姫君にまつわるコンゴの伝説に、忌まわしくも符合していたからだ。

問題の二つの特徴というのは、次のようなものである。

その生き物の首にかけられていた金のロケットに描かれていた紋章は、ジャーミン家の紋章だった。

そして、ヴェルハーレン氏が冗談混じりでほのめかしていた、萎びた顔とある種の類似性を有するものというのは、ウェイド・ジャーミン卿とその未知なる妻の曾々々孫であるところの、繊細な気質のアーサー・ジャーミンに他ならず、そのことが生々しくも怖気を震う、不自然な恐怖をもたらしたのだ。

王立人類学会[*5]の学者たちはそのミイラを焼却し、ロケットを井戸に投げ込んだ。彼らの中には、アーサー・ジャーミンなる人物がかつて存在していたことを認めない者もいる。

訳注

1　コンゴ地方　Congo region

一般的に、コンゴ川流域を取り巻くアフリカ中央部の広大な土地を包含するコンゴ盆地を指し、高温多湿な熱帯雨林が全域に広がっている。一四世紀末からコンゴ王国が栄えていたが、一五世紀にポルトガル王国と接触して以来、王国は緩やかに衰退し、一八八五年のベルリン会議においてポルトガルとベルギー、フランスにより分割統治されることになった。欧米の秘境冒険物語において、〝コンゴ〟と呼ばれるのは大抵、ベルギー国王レオポルド二世の私領地とされたコンゴ自由国と、ベルギーの植民地となった一九〇八年以降のベルギー領コンゴを指す。これに対し、フランス領コンゴは一八八〇年に保護領となったブラザヴィルを中心としていることから、コンゴ＝ブラザヴィルなどと呼ばれることもある。

2　プリニウス　Plinius

その大著『博物誌』において、アフリカの奇怪な生物について記している一世紀のローマの博物学者、ガイウス・プリニウス・セクンドゥスのこと。

3　オンガ族、カリリ族、ンバング族　Onga tribes, Kaliris, N'bangus

いずれも実在しない架空の部族である。

4　アルベール王　King Albert

当時のベルギー国王（第三代）だったアルベール一世のこと。（在位一九〇九年～一九三四年）

5　王立人類学会　Royal Anthropological Institute

正式名称は〝英国およびアイルランド王立人類学会 Royal Anthropological Institute of Great Britain and Ireland〟。一八六〇年代に存在していたロンドン人類学会とロンドン民族学協会が合併する形で、一八七一年に設立された。

潜み棲む恐怖

The Lurking Fear

1922

I　煙突の影

潜み棲む恐怖を見つけ出そうと、嵐が山の頂にある廃屋に赴いた夜、空には雷鳴が轟いていた。私は一人きりではなかった。その頃は、文学と人生における異様な怪異にまつわる探求をライフワークとして私に続けさせたグロテスクなものへの愛情と、無鉄砲さが入り混じってはいなかったからだ。一緒にいたのは、行動を起こす時に呼び寄せた、信頼のおける筋骨たくましい二人の男たち。彼らはその並外れた体力ゆえに、私の背筋を凍らせるような探検行に長いこと協力してくれたのだった。

一ヶ月前の奇怪な恐慌――悪夢の如く忍び寄る死をもたらしたもの――の後、未だに居座り続けている記者たちのせいで、私たちはこっそりと村を出発した。後になって、彼らの力を借りられたかもしれないとも思ったが、その時にはそれを望まなかったのだ。

神よ、彼らと捜索を分担していさえすれば、世間が私を狂人呼ばわりしたり、あの魔性の深意を余人が知って発狂することを恐れ、これほどまでに長い間、秘密を独りで抱え込まずに済んだものを。

ともかくも今、考え込んだ果てに気が触れてしまわぬよう、私はこれを話しているのだが、そもそも隠し立てなどせねばよかったと思うのだ。なぜなら、かくいうこの私だけが、あの虚ろで荒涼とした山に、いかなる恐怖が潜み棲むのかを知っているのだから。

私たちは何マイルもの間、原生林や丘陵地を小型の自動車で走り抜け、木々の茂る坂道で停車した。

いつも群れをなしている捜査員たちがいなくなった夜にこの土地を眺めると、普段よりも不気味な様相を呈していたので、誰かに見られてしまうかもしれなかったが、幾度もアセチレンのヘッドライトを使いたい気分になった。暗くなってからのあたりの風景は、健全とは言い難く、そこに蔓延る恐怖のことを知らなかったとしても、そのあたりの病的な雰囲気に気付けたように思う。

野生の動物は一匹たりともいなかった——死が間近に迫ると、彼らは賢くなるのだ。落雷に打たれた痕がある古の木々は、不自然なまでに大きく捻れているように見えた。他の植物にしても、不自然な感じで狂おしく密生し、閃電岩の孔がそこかしこに開いている草深い地面に、奇妙な土塁や小丘が点在する様は、巨大に膨れ上がった蛇や死人の頭蓋骨を思い起こさせた。

一世紀以上もの長きにわたり、嵐が山には恐怖が潜み棲んでいた。そのことは、この地域が初めて世間の耳目を引き寄せた大災害にまつわる新聞記事からすぐにわかった。

この場所は、キャッツキル山地*1の中でも辺鄙で物寂しい高地にあり、かつてオランダ系移民が束の間、細々と住み着いたものの、彼らが引き上げた後には、廃墟となった数軒の館と、孤立した斜面にあるみすぼらしい村落で暮らしている、堕落した不法居住者たちだけが残された。

州警察が設置されるまで、まともな人間がこの地域に足を踏み入れることは滅多になく、今日でも州の騎乗警官が稀に巡回するくらいのものだった。

とはいえ、この恐怖は近隣の村落に古くから言い伝えられてきた伝統だった。というのも、その話は、自分たちが撃ち殺したり、栽培したり、あるいは製造したりできないような原始的な必需品を、手編みの籠と交換するべく折に触れて谷間を離れる貧しい混血の住民たちの交わす素朴な会話における、うってつけの話題だったのである。

潜み棲む恐怖は、無人の廃墟となったマーテンス館を根城としていた。その館は、頻繁に雷雨に見舞われることから嵐山と名付けられた、小高く緩やかな高台に建っていた。

この古風で木立に囲まれた石造りの屋敷は、かれこれ百年以上にわたり、夏になるとあたりに出没するという、音もなく忍び寄る巨大な死の怪物といった類の、信じ難いほど破天荒で、怪物じみて悍ましい数々の怪談の恰好の舞台となってきた。

不法居住者たちは、暗くなると悪魔が一人きりの旅人を捕まえては、連れ去ったり、ばらばらに嚙み裂かれた恐ろしい状態で放り出すといった話を、哀れっぽくすすり泣きながらしつこく物語り、時には遠くにある屋敷まで血の痕が続いているなどと囁くこともあった。雷鳴が潜み棲む恐怖をその棲処から喚び出すのだと言い立てる者もいれば、雷鳴こそがそいつらの唸り声なのだと言う者もいた。

こうした様々な矛盾した話――かすかに垣間見られたという悪魔についての支離滅裂で大げさな描写――を信じた者など、辺境の森林地の外には誰もいなかった。

それでも、農夫も村人も、マーテンス館に食屍鬼じみたものが跳梁すると信じて疑わなかった。不法居住者たちの間でとりわけ生々しい話が囁かれるようになった後、この建物にやってきた捜査員たちが誰一人として、幽霊じみたものが存在する証拠を発見できなかったにもかかわらず、地元の歴史がそうした疑いを抱くことを禁じたのである。

老婆たちは、マーテンスの幽霊についての奇妙な神話を物語った。その神話というのは、マーテンス一族自体にまつわるもので、左右で色の異なる遺伝性の奇妙な目であるとか、その不自然なまでに長い年代記、そして一族に呪いをかけた殺人事件の話が含まれていた。

その現地に私の足を運ばせることになった脅威（きょうい）は、山地民たちのこの上なく荒唐無稽（こうとうむけい）な伝説を唐突に、しかし不吉な形で裏付けるものだった。前代未聞（みもん）の激しい雷雨が収まった後の、とある夏の夜のこと、単なる妄想（もうそう）が原因とは片付けられない不法居住者たちの殺到（スタンピード）に、その界隈（かいわい）は騒然（そうぜん）となった。哀れな現地民たちの群れは、自分たちに降りかかった名状しがたい恐怖のことを声高に叫（さけ）び、泣き喚（わめ）いた。彼らはそのものを直接目にしたわけではなかったが、忍び寄る死がやってきたことを知らしめる絶叫（ぜっきょう）が、集落のひとつから聞こえたというのである。

朝になると、村人や州の騎乗警官たちが、震え上がる山地民を先に立たせて、死が訪れたという場所に向かった。しかして、死は確かにそこにあった。不法居住者の村のひとつの地面が雷（いかずち）の一撃（いちげき）で抉（えぐ）り取られ、悪臭（あくしゅう）ふんぷんたる小屋のいくつかが破壊されていたのである。しかし、この物理的な損傷の上には、それどころではない生物的な惨事が重なっていた。このあたりに住んでいたと思われる七五人の現地民のうち、生きている者は一人もいなかったのである。

手に負えないほど破壊された地面には、血と人間の残骸（ざんがい）が一面に散らばっていて、悪鬼（デーモン）の歯と爪（つめ）とがもたらした破壊の猛威（もうい）をあまりにも生々しく物語っていた。だというのに、その殺戮（さつりく）の現場から何物かが去った痕跡（こんせき）は見当たらなかった。

何かしら悍ましい野獣（やじゅう）の仕業に違いないと、居合わせた者皆が意見の一致を見た。このような不可解な大量死を、退廃的（たいはいてき）なコミュニティにありがちな薄汚い殺人だなどと今更言い立てる者はいなかった。

その疑いが再び口にされたのは、死体を確認したところ、推定人口のうちおそらく二五人が行方不明になっていることが判明した時だった。とはいえ、五〇人がその半数の人間に殺害されたという説明には流石（さすが）に無理があった。何にせよ、ある夏の夜、天から稲妻（いなづま）が落ちてきた事実、そして村人の死体がひどく切り刻（きざ）まれ、嚙まれ、引き裂かれたという事実が依然として残留したのである。

興奮した田舎の住民たちは、現場から三マイル［約四・八キロメートル］以上離れているのにもかかわらず、ただちにこの恐怖と悪霊に取り憑（つ）かれたマーテンス館を結びつけた。騎乗警官たちはどちらかといえば懐疑的で、例の館（やかた）をとりあえず捜査範囲に含めはしたが、そこが全く無人だと知ると、一切顧（かえり）みなくなった。しかし、土地の住民や村人たちは、細心の注意を払ってこの場所を徹底的に調べあげ、屋敷の中にあるあらゆるものをひっくり返し、池や小川を浚（さら）い、藪（やぶ）を打ち、近くの森を隈（くま）なく探し回った。

しかし全ては無駄であり、どこからか到来した死は、殺戮そのものを除いて何の痕跡も残さなかった。捜索の二日目までに、この事件は新聞で大きく扱われ、記者たちが嵐が山（テンペスト・マウンテン）狭しと駆け巡った。彼らは事件についてかなり細かく報道し、地元の老婆たちが語る恐怖の物語を説き明かすべく、多くのインタビューを行っていた。

怪異に一家言のあった私は、最初のうちそれらの記事をのんびりと追いかけていたのだが、一週間後になって、私の心を妙に揺さぶる空気を感じ取った。そこで私は、一九二一年八月五日、嵐が山（テンペスト・マウンテン）の最寄りの村であり、捜索隊の拠点と見なされているレファーツ・コーナーズ[*2]のホテルに集まった記者たちの一人として、宿帳に名前を書き入れたのだった。

さらに三週間が過ぎる頃、記者たちは散り散りになったので、私はそれまでに忙（せわ）しく取り組んでいた細かな調査と測量に基づいて、心おきなく恐ろしい探検に乗り出せるようになった。

かくしてあの夏の夜、遠雷が轟く中、私はエンジンを停めた自動車を離れると、武装した二人の仲間と共に、前方のオークの木々の合間に姿を見せ始めている幽霊じみた灰色の壁に懐中電灯の光を投げかけながら、土塁に覆われた嵐が山の最上部をのしのしと進んでいった。

この陰鬱な夜闇を照らし出す、弱々しく揺れる孤独な光の中で、巨きな箱にも似た建造物は、日中には露わにされていない恐怖を、おぼろげにほのめかしていた。

それでも、ある考えを確かめる断固たる決意のもとにやってきたのだから、私は躊躇わなかった。私は雷が死をもたらす悪鬼をどこか恐ろしい秘密の場所から喚び出すのだと確信し、その悪鬼が確固たる実体であろうが、朦朧たる疫病のようなものであろうが、それをこの目で見るつもりだったのである。


既にこの廃墟を徹底的に捜索したことがあったので、見取図をしっかり把握していた。不寝番をする場所として、地元の昔話の中でその殺害が頻繁に取り沙汰される、ヤン・マーテンスのかつての居室を選んだ。この古の殺人被害者の部屋こそが、私の目的に最も適っていると、何となく感じたのである。

およそ二〇フィート四方［二〇フィートは約六・一メートル］のその部屋には、他の部屋と同じく、家具の成れの果てであるガラクタがいくつかあった。二階の南東の角に位置していて、東側には大きな窓が、南側には狭い窓があり、いずれも窓ガラスや鎧戸がなくなっていた。大きな窓の反対側には、放蕩息子を描いた聖書画のタイルが貼られた巨大なオランダ式の暖炉があり、狭い窓の反対側には、壁に埋め込まれている広々としたベッドがあった。

木々に遮られてくぐもって聞こえる雷鳴が大きくなってゆく中、私は計画の手筈を細かく整えた。手始めに、持参した三本の縄梯子を、大きな窓の出っ張りに横並びで固定した。以前に試したことがあるので、縄梯子が外の芝生の適当な場所に届くとわかっていた。続いて、別の部屋にあった幅広の四柱式ベッドを三人がかりで引っ張ってきて、横向きでその窓にくっつけた。そのベッドに樅の枝を撒き散らすと、全員が自動小銃を構えてその上に座り、二人が楽にしている間、三人目が見張りをした。悪鬼がどの方向からやってきたとしても、逃げ道は万全だった。屋敷の内部から来るなら、窓の梯子があった。外から来るなら、ドアと階段があった。前例に鑑みて、最悪の事態に陥っても、そいつらが遠くまで追いかけてくるとは思わなかった。

午前零時から一時まで見張りをしていたが、禍々しい屋敷に無防備な窓に加え、雷と稲妻が近づいてくるのにもかかわらず、妙に眠くなってきた。私は二人の仲間たちに挟まれていて、ジョージ・ベネットは窓側に、ウィリアム・トビーは暖炉側にいた。ベネットも私と同様、異様な眠気に襲われたらしく、既に眠っていたので、私はトビーを次の見張りに指名したのだが、彼ですらも船を漕ぎ始めていた。私がやけに熱心にあの暖炉を見つめていたのも、おかしな話ではあった。

次第に強くなる雷鳴が、夢にまで影響したのに違いなく、眠っていた短い時間に、私は黙示録的な幻覚に見舞われた。一度、窓側で眠っていた男が落ち着きなく私の胸に腕を投げ出したせいで、半ば目が覚めたことがあった。トビーが見張りの役目を果たしているかどうか、確認できるほどに目が覚めていなかったのだが、その点に不安を感じたのは確かだった。悪しきものの気配が、これほど痛切に私を苦しめたことは、未だかつてなかったのである。

その後、私は再び眠りに落ちたのに違いなく、これまでに経験したこともないような悲鳴で、夜が悍ましさに満たされた時、跳ね起きた私の精神は、夢幻の如き混沌の裡にあった。

その叫び声の中で、人間の恐怖と苦悩の最奥にある魂（たましい）が、狂（くる）おしくも絶望的に、忘却（ぼうきゃく）を司る黒檀（こくたん）の門戸を引っ掻（か）いていた。想像を絶する夢の景色がどんどん遠くに沈んでゆき、恐怖症と結晶化した苦悩が後退し、反響する中、目を覚ました私は赤い狂気と悪魔の嘲笑（ちょうしょう）に取り囲まれていた。

明かりはついていなかったが、右側に何もなかったことで、トビーがいなくなったとわかった。どこに消えたのかは神のみぞ知る、だ。胸の上にはまだ、左側で眠っている男の重い腕が乗っていた。

その時、山全体が揺れ動く壊滅的な落雷があって、年経（としふ）りた森の最も昏（くら）い窖（あなぐら）が照らし出され、捻（ねじ）くれた木々の最長老が粉々に砕（くだ）け散った。怪物じみた稲光の悪魔の如き閃光の中で、眠っていたものが俄（にわか）に跳ね起きたかと思うと、窓の外からの光が、私が一瞬たりとも目を逸らさなかった暖炉の上の煙突に、そいつの影を鮮明に映し出した。

私が生き長らえて、なおも正気を保っているのは、理解の及ばぬ驚きだ。どうして理解が及ばないのかというと、煙突に映し出された影は、ジョージ・ベネットのものでないことはもちろん、およそ人間の姿をしたものですらなく、地獄の最奥の火口からやって来た冒瀆的（ぼうとくてき）な異形だったのである。

それは、いかなる精神にもしかと理解できず、いかなる筆でも部分的にしか描写することのできぬ、名前も形もない、忌（い）まわしい何かだったのだ。

次の瞬間、私は呪われた屋敷にただ一人でいて、全身を震わせながらうわ言を呟（つぶや）いていた。ジョージ・ベネットとウィリアム・トビーは影も形もなく、争いの痕跡すら残さなかった。

彼らの消息は、それきりだった。

Ⅱ　嵐を通り抜けるもの

森に包まれた館(やかた)でのあの悍(おぞ)ましい体験の後、私は何日もの間、レファーツ・コーナーズのホテルの部屋で、すっかり神経を滅入(めい)らせて横になっていた。

どうやって自動車に辿(たど)り着き、エンジンをかけ、誰(だれ)にも見られることなく村までこっそり戻ってこれたのか、正確なところは覚えていなかった。私がはっきりと覚えているのは、荒々しい枝ぶりの巨木や、悪鬼(デーモン)の唸り声じみた雷鳴、そしてあの地域に点在し、縞模様(しまもよう)をなしている背の低い土塁の数々の向こうに浮かび上がる黄泉の渡し守(カローン)の如き影[*3]くらいのものだったからだ。

体を震わせながら、あの脳天を突き刺すように投げかけられた影のことを考えるにつけ、私はついにこの世の至高の恐怖のひとつに到達したことを知った――あれこそが、宇宙の最果てで悪魔が爪を立てるかすかな音が聞こえてくることあるものの、私たちの限りある視覚が慈悲深(じひぶか)くも見えないようにしてくれている、外なる虚空(こくう)の名付けられざる災禍(さいか)のひとつなのだ。

私が目にした影について、分析したり特定したりする気にはなれなかった。あの夜、私と窓の間には確かに何かが横たわっていたのだが、それを本能的に分類してしまいそうになるたびに、私はぞっとするのだった。せめて唸ったり、吠(ほ)えたり、くすくす笑いを漏(も)らしたりしてくれたなら――そういうものさえあれば、忌まわしいまでの悍ましさを和らげることもできただろう。

だが、そいつはひどく静かだった。そいつは私の胸に、重い腕だか前肢(まえあし)だかを預けていた……それは明らかに生物であるか、かつて生物だったものだ……私が侵入した部屋の主であるヤン・マーテンスは、館の近くの墓地に埋葬されていた……もしも生きているのなら、ベネットとトビーを見つけ出さなければ……どうしてそいつは二人を攫って、最後に私を残したのだろうか。

……眠気がひどく息苦しく、夢はとても恐ろしい……

ほどなく、誰かに自分の経験を伝えなければ、完全に壊れてしまうに違いないことを、私は自覚した。この時既に、潜み棲む恐怖の探求を放棄しないと心に決めていた。無知からくる向こう見ずのせいで、たとえ明かされる真実がどれほど恐ろしいものであろうとも、啓蒙を得た方が何もわからずにいるよりもマシだと思えたのである。

そこで私は、誰に秘密を打ち明けて、二人の男を死に至らしめ、悪夢のような影を投げかけたその事件を追求する方法について、最善の策を心に決めたのである。

レファーツ・コーナーズでの主だった知り合いは、気のいい記者たちで、何人かは惨劇の最後の反響を集めようと、まだこの村に残っていた。彼らの中から相棒を選ぼうと決心し、考えれば考えるほど、アーサー・マンローという人物に気持ちが傾いた。年の頃三五歳ほどの浅黒い痩せた男で、学歴や趣味、知性、気質の全てが、従来の考えや経験に囚われない人間であることを示しているように思われた。

九月頭のある日の午後、アーサー・マンローは私の話に耳を傾けてくれた。彼は最初から私の話に関心を抱き、同情してくれた。そして、私が話し終えると、彼はこの件をきわめて鋭敏かつ的確に分析し、議論の相手にもなってくれた。加えて、彼の助言はひどく実際的だった。より詳しい歴史的、地理的なデータを集めて補強できるまで、マーテンス館での作戦を延期するよう勧めてきたのである。

彼の主導で、私たちはかの恐るべきマーテンス家に関する情報を求めてあの界隈を隈なく調べて回り、驚くほど示唆に富む先祖の日記を所有している男性を発見した。また、恐怖と混乱から遠く離れた丘陵地に逃げ出さなかった、混血の山の民たちとも長々と話し合い、私たちの最終的な任務——詳細の歴史に照らして、館を徹底的かつ決定的に調査すること——の前に、不法居住者の昔話に出てくる様々な惨劇に関連するあらゆる場所を、同じように徹底的かつ決定的に調査することにしたのである。

この調査の結果は、最初のうちはこれといって何かが明らかになったわけではなかったが、集計してみると、かなり意味ありげな傾向が明らかになった。すなわち、報告されていた怪異の件数は、避けられた屋敷に比較的近い地域、あるいは屋敷と病的に発育の良い森を介して繋がっている地域において、圧倒的に多かったのである。確かに例外もあった。実際の話、世間の耳目を集めたあの恐ろしい事件は、屋敷からも、そこから続いている森からも遠く離れた、木の一本も生えていない場所で起きたのだ。

潜み棲む恐怖の性質と外見については、怯えきった愚かな小屋住みの連中からは、何の情報も得られなかった。彼らはそいつのことを、蛇と巨人、雷の悪魔と蝙蝠、禿鷹と歩く樹という具合に、まぜこぜに呼んでいた。だが、私たちはそいつが雷雨の影響を非常に受けやすい生命体だと仮定するのが妥当だと判断した。また、いくつかの話では翼があるとほのめかされたが、そいつは開けた空間を嫌うようなので、陸上を移動すると考えた方が良さそうだった。この見解と唯一矛盾するのは、その生物の仕業とされている行為の全てを実行するには、かなりの速度で移動せねばならないという点だった。

不法居住者たちのことをよく知るようになると、色々な意味で、彼らが妙に人好きのする連中だとわかってきた。彼らは素朴なけだもので、不運な先祖や無意味な孤立のせいで、進化の段階を緩やかに後退していったのである。彼らはよそ者を恐れていたが、次第に私たちに慣れていった。そしてついに、私たちが潜み棲む恐怖を探そうとそこらじゅうの低木を払ったり、屋敷の仕切りを全て取り払うような時に、大いに手助けしてくれるまでになった。

それでも、ベネットとトビーを探すのを手伝って欲しいと頼んだ時、彼らは心底から困惑したようだった。彼らとしては、手伝いたいのはやまやまなのだが、身内の行方不明者たちと同じく、これらの犠牲者もこの世から完全に消えてしまったことを知っていたのである。このあたりの野生動物が遥か昔に絶滅したのと同じように、大勢の者たちが実際に殺害され、連れ去られたことを、私たちは当然確信していた。そして、さらなる悲劇が起きるのではないかと、不安に駆られながらも待ち続けたのである。

一〇月中旬になったが、私たちは進展がないことに困惑した。晴れた夜が続いていたので悪鬼の襲撃は発生せず、屋敷や周囲の土地の徹底的な捜索も無駄に終わったので、私たちは潜み棲む恐怖を、実体を持たない媒介物であると見なすようになった。あらゆる情報が、悪鬼が冬になると大抵静かにしているということで一致していたので、寒気が到来して探検を中止せざるを得なくなるのを恐れていた。

そのため、怪異に襲われた、恐ろしさのあまり不法居住者たちがいなくなり、今や無人の廃墟と化した村落を、これが最後と日中に隅々まで調査した時には、ある種の焦りと必死さが漂っていた。

凶運に見舞われた不法居住者の村落には名前がなかったが、それぞれ円錐山、楓が丘と呼ばれる二つの高台に挟まれた、木の生えていない、しかし風雨を避けられる窪地にずっと以前から存在していた。どちらかといえば円錐山よりも楓が丘に近く、粗末な住居のいくつかは後者の斜面に掘られた坑だった。

地理的には、嵐山（テンペスト・マウンテン）の麓（ふもと）から北西におよそ二マイル［約三・二キロメートル］ばかり、オークに囲われた館（やかた）から三マイルのところに位置していた。村落と館（やかた）の間に開いている距離のうち、村落側の二と四分の一マイルは完全に開けた土地で、蛇を思わせるいくつかの背の低い土塁を除けばかなり平坦で、植生はといえば牧草と、ところどころに生えている雑草くらいのものだった。

この地形を考慮に入れて、私たちは最終的に、悪鬼（デーモン）が円錐山（コーン・マウンテン）を通って来たのに違いないと結論付けた。

円錐山（コーン・マウンテン）の南側の延長部は嵐山（テンペスト・マウンテン）の西側の突端のすぐ近くまで伸びているのである。地面の隆起については、悪鬼（デーモン）を喚び起こすことになった雷が落ちた場所である、楓が丘（メイプル・ヒル）の地滑（じすべ）りによって生じたものであると、私たちは最終的に突き止めた。

アーサー・マンローと私は、かれこれ二〇回かそれ以上の回数にわたり、暴力に晒（さら）された村の隅々まで細かく調査をしたのだが、ある種の落胆（らくたん）と、漠然とした恐怖に改めて襲われた。尋常ならざる恐ろしい出来事がしょっちゅう起こるというのに、かくも圧倒的な事件の後に、何の手がかりも残されていないのは、ひどく不気味なことだった。何をしても無駄だという考えと、何かしなければという考えの合わさった感覚から生じる、やり場のない悲壮な熱意に導かれるまま、私たちはうろうろと歩き回った。

私たちは極めて細心の注意を払い、全ての小屋にもう一度立ち入り、丘の斜面にある全ての地下壕（ちかごう）で改めて死体を捜索し、巣穴や洞穴がないかと隣接する斜面の茨（いばら）の這（は）い回る足下を隈なく探し回ったが、何の成果も得られなかった。だが、先に述べたように、漠然とした新たな恐怖が、私たちの上を脅（おびや）かすように漂っていた。それはまるで、蝙蝠の翼を持つ巨大なグリフォンの見えない姿が山の頂（いただき）に座り込み、宇宙の深淵（しんえん）を見据えた奈落（アバドン）の双眸（そうぼう）で睨（にら）みつけているかのようだった。

　午後が深まるにつれて、視界がますます悪くなり、嵐が山（テンペスト・マウンテン）の上空からは雷鳴が聞こえ始めた。このような場所にいる時でのこの雷鳴は、当然ながら私たちを覿面（てきめん）に動揺（どうよう）させたが、夜間であればそれどころでは済まなかっただろう。

　実際、私たちは暗くなってからも嵐がずっと続いてくれるよう切望し、その希望を胸に抱きながら、丘陵地でのやみくもな捜索を切り上げて、調査に力を貸してくれる不法居住者たちを集めようと、最寄りの村落に向かうことにした。彼らは怖気（おじけ）づいていたが、何かあっても護（まも）ってやるという私たちのリーダーシップに感銘（かんめい）を受けた若者たちの何人かが、協力を約束してくれたのである。

　しかし、私たちが踵（きびす）を返そうとした途端、目も眩（くら）むような激しい豪雨が降り注いだので、どこかで雨宿りをしなければならなくなった。ほとんど夜のような、極端な空の暗さのせいで、私たちはみじめに足をよろめかせていたが、頻繁に輝く稲妻と、村についての詳細な知識のお陰（かげ）で、その一角で一番屋根の穴が少ない小屋に辿り着いた。丸太と板材を雑多に組み合わせたもので、辛（かろ）うじて残っている扉と一つだけある小さな窓は、どちらも楓が丘（メイプル・ヒル）に面していた。

　風雨の猛威を遮ろうと背後の扉を閉め、繰り返し捜索した時に見つけていた粗末な窓の戸板を、元の場所に取り付けた。真っ暗な中、ぐらつく箱の上に座っていることには気が滅入ったが、私たちはパイプをふかし、懐中電灯を点（つ）けたりもした。時折、壁の隙間から稲妻が見えた。午後の空はとても暗かったので、稲妻が閃（ひらめ）くたびにひどく鮮（あざ）やかに見えた。

　嵐の只中（ただなか）での不寝番は、嵐が山（テンペスト・マウンテン）での身の毛のよだつ夜を、身震いと共に思い出させた。私の心は、悪夢のような出来事が起きて以来、ずっと繰り返されてきたあの奇妙な疑問に直面していた。何故、あの悪鬼（デーモン）が窓側からか内部からか三人の見張りに近づいた時、まず両側の男たちに手をかけて、巨大な落雷に怯えて逃げ出すまで、真ん中の男を最後まで残したのだろうかと、改めて疑問に思ったのである。どの方向から近づいたにせよ、自然な順序で考えれば二番目の犠牲者となるはずの私をどうして捕らえなかったのか。どれほど遠くまで伸びる触手（しょくしゅ）で獲物を捕らえたのか。あるいは、私がリーダーだと知っていて、仲間たちよりもひどい運命に遭（あ）わせるべく、私を残したのではないだろうか。

そうした反芻（はんすう）の最中、まるでそれらの疑問を劇的に強めるよう仕組まれでもしたかのように、近場に恐ろしい落雷があり、続いて土砂崩れの音がした。それと同時に、狼（おおかみ）の如く吼（ほ）え猛（たけ）る風が悪鬼（デーモン）のような唸り声をあげて、それは次第に大きくなっていった。

私たちは楓が丘（メイプル・ヒル）の木の一本がまたもや落雷に見舞われたことを確信し、マンローは箱から立ち上がると、その被害を確認しようと小さな窓に向かった。彼が戸板をはずした途端、風雨が耳をつんざくような音を立てて吹き込んできたので、私は彼が何を言っているのか聞き取れなかった。しかし、彼が体を乗り出して、万魔殿（パンデモニウム）の如く荒れる大自然を探っている間、私はじっと待っていた。

風が次第に収まっていき、異様な暗闇（くらやみ）が霧消（むしょう）して、嵐が去ったことを告げた。探求の助けになるだろうからと、夜まで続いてくれることに期待していたのだが、背後の壁の穴から差し込んでくる日差しが、その可能性を消し去った。

また大雨になるかもしれないが、明るくした方がいいとマンローに声をかけ、私は閂（かんぬき）を外して粗末な扉を開け放った。外の地面は泥（どろ）と水たまりだらけで、ごく小規模の地滑りで出来た真新しい土山ができていたが、同行者が黙(だま)りこくったまま窓から身を乗り出すほど興味を示すようなものは見えなかった。

私は前のめりになったままの彼に近づき、肩を叩いた。だが、彼は動かなかった。それで、おどけたように彼を揺さぶってこちらに振り向かせた時、私は無限の過去と、時間(とき)の彼方(かなた)にわだかまる夜の底知れぬ深淵に根を張っている癌(がん)の如き恐怖の、喉首(のどくび)を絞めてくる触手を感じたのだった。

アーサー・マンローは死んでいた。

嚙み裂かれ、抉(えぐ)られた彼の頭部の残骸には、もはや顔がなかった。

Ⅲ　赤い輝きの意味するもの

一九二一年一一月八日の嵐の夜、死を暗示させるような冥(くら)い影を投げかける角燈(ランタン)を片手に、私はヤン・マーテンスの墓をただ一人、馬鹿のように掘り起こしていた。午後から掘り始めたのは、雷雨が近づいていたからだ。今や暗くなりまさり、頭上の葉叢(はむら)を狂おしい嵐がざわつかせていることに、私は喜びを覚えた。

八月五日以来に起きた出来事、つまり屋敷に現れた悪鬼(デーモン)の影や、ずっと続いた緊張と失望、そして一〇月の嵐の只中に村落で起きた出来事によって、私の心は多少なりとも箍(たが)が外れていたのだと思う。

あの事件の後、私は理解の及ばぬ死を遂げた者のために墓を掘った。余人の理解を得られないことがわかっていたので、アーサー・マンローは姿を消してしまったのだと思わせておくことにした。

彼らは捜索したが、何も見つからなかった。

不法居住者たちは何が起きたのか察したかもしれないが、この上さらに怯えさせることもない。

私自身はといえば、妙に頭が冷えていた。

屋敷で受けた衝撃が私の脳に何か影響を及ぼしたのか、今となっては私の想像の裡で破滅的な規模にまで大きくなった、恐怖の探求のことしか考えられなくなっていた。

アーサー・マンローの最期が、私に口を鎖し、独りで続けるよう誓わせた。

私が穴を掘る光景だけでも、世の常の人間を怖気づかせるのに十分だったことだろう。

不浄を感じさせる大きさ、樹齢、グロテスクさを兼ね備えた、悪意を孕む古木の群れが、何か地獄じみたドルイド神殿の列柱さながらに頭上から私を睨みつけ、雷鳴を遮り、忍び寄る風を見出し、雨を殆ど通さなかった。その背後にある、火傷を負った木々の彼方には、かすかな漏れ出ずる稲光に照らしだされた、無人の館の蔦に覆われたじめつく石壁が聳え立つ一方で、その少し手前には、放棄されたオランダ庭園があって、その歩道や花壇は、白化して黴に覆われ、腐敗し、栄養過多で、満足に日光を浴びたことのない植物に汚染されていた。

そうしたものの中で、最も近くにあるのが墓地で、変形した木々が、その根でもって不浄なる墓石を押しのけ、その下にあるものから毒を吸い取りながら、錯乱した枝を張り巡らしていた。

時折、大洪水以前からあるような古い森の中、腐敗して膿み爛れた褐色の葉の帳の下で、落雷に痛めつけられた土地の特徴である、背の低い土塁の不吉な輪郭を辿ることができた。

歴史が、私をこの古い時代の墓へと導いた。

実際、他の全てが悪魔崇拝への嘲笑に終始した後、歴史こそが私に残された最後の手がかりだった。

私は今、潜み棲む恐怖は物質的な存在ではなく、真夜中の稲妻に乗じる、狼の牙（きば）を備えた亡霊（ゴースト）であると信じていた。そして、アーサー・マンローとの調査で掘り起こした大量の地元の言い伝えに基づき、その亡霊（ゴースト）は一七六二年に死んだヤン・マーテンスのものだと信じていた。彼の墓を馬鹿みたいに掘り返していたのは、それが理由なのである。

マーテンス館は、ニューアムステルダム[*4]の裕福な商人、ゲリット・マーテンスによって一六七〇年に建てられた。彼は英国統治下での秩序（ちつじょ）の変化を嫌い、人跡未踏（みとう）の静寂（せいじゃく）と奇観を気に入った人里離れた森林地の頂（いただき）に、この堂々たる館を建造したのである。

この土地について失望させられた唯一の重大な欠点は、夏になると激しい雷雨が頻繁に発生することだった。この丘を選んで館を建てる際、マーテンス氏（マインヘーア・マーテンス）［"マインヘーア"は"ミスター"に相当するオランダ語］はこの頻発する自然現象を、その年限りの特殊なものと考えていたが、やがてこの地域が特にこのような現象が起きやすい場所なのだと気がついた。最終的に、こうした嵐が健康に害を及ぼすことがわかったので、猛り狂う万魔殿（パンデモニウム）から隠（かく）れられる地下室を備え付けたのである。

ゲリット・マーテンスの子孫については、彼自身ほどにはよく知られていない。何故なら、彼らは皆、英国の文化を憎（にく）むように育てられ、それを受け入れた入植者たちを避けるように躾（しつ）けられていたからだ。彼らの生活は極端に世間から隔離（かくり）されていて、人々はその隔離が、彼らの会話能力や理解力を鈍重（どんじゅう）なものにしたのだと断言した。外見的には、一族に連なる者たち全員の双眸（そうぼう）に特異な遺伝的特徴があり、片方の目は青く、もう片方の目は褐色なのが一般的だった。

社会と交流する機会は次第に減っていき、ついには領地の周辺に数多く住んでいる下層階級の者たちと婚姻するようになった。館にひしめく家族の多くの者たちが堕落し、別の谷間に移り住んで、後世、哀れな不法居住者たちを生み出すことになる混血の住民たちと交わった。残りの者たちは、拗ねたように先祖代々の館に籠もり、ますます排他的で寡黙になっていったが、頻発する雷雨に対して神経質に反応するようになった。

こうした情報の殆どは、オールバニー会議[*5]の報せが嵐が山に届いた時、ある種の落ち着きの無さから植民地軍に加わった、若きヤン・マーテンスを通じて外界に伝わった。

彼は、ゲリットの子孫の中でも、広い世界を最初に目にした人物であり、六年間の従軍を終えて一七六〇年に帰郷した際、左右で色の異なるマーテンス家特有の目をしていたにもかかわらず、父親やおじ、兄弟からよそ者として疎まれた。

彼はもはやマーテンス家の風変わりな性格や偏見を分かち合うことができず、山の雷雨も以前のようには彼を酔わせることがなくなった。むしろ、周囲の環境に気が滅入ってしまい、彼はオールバニーの友人に頻繁に書き送った手紙の中で、累代の屋根の下から離れる計画に触れていた。

一七六三年の春、オールバニー在住のヤン・マーテンスの友人、ジョナサン・ギフォードは、文通相手の音信がないことに不安を覚えていた。マーテンス館の状況と諍いのことを考えるとなおさらだった。

ヤンと直に会う決意を固めた彼は、馬の背に乗って山に分け入った。

彼の日記には、九月二〇日に嵐が山に到着し、ひどく老朽化した屋敷を目にしたと記されている。左右で異なる眸をした陰気なマーテンス夫妻は——その不潔で動物じみた容貌に、ギフォードは衝撃を受けた——かすれた喉声で、ヤンが死んだと告げた。夫妻の主張によれば、ヤンは前年の秋に落雷に打たれ、今は放置されている沈底式庭園の裏に埋葬されているとのことだった。彼らは訪問客にその墓を見せたが、貧相で何の標もない墓だった。

マーテンス夫妻の態度に、ギフォードは反発と疑念を覚えた。それで一週間後、彼はスコップとツルハシを携えて、墓のある場所を調べに戻った。彼はそこで予期した通りのもの――残忍な打撃によって無惨にも砕かれた頭蓋骨――を発見したので、オールバニーに戻ると、公然とマーテンス一族を近親者殺害の罪で告発したのだった。

法的な証拠が欠けてはいたが、この話はたちまち片田舎の一帯に広まった。それ以来、マーテンス一族は世間から排斥され、誰からも相手にされなくなり、孤絶した地所は呪われた場所として敬遠されるようになったのである。

彼らは、自分たちの領地の産物でどうにか自活しているようだった。というのも、遥か遠くの丘から時折垣間見える灯りが、彼らが今なおそこで暮らしていることを証明していたのである。この光は一八一〇年の後期まで見られていたが、年の瀬にさしかかる頃には、滅多に見られなくなった。

その間に、館と山の周辺には大量の悪魔伝説が広まり始めた。問題の場所は以前に倍する熱意で避けられるようになり、口伝えの昔話から派生しうる、あらゆる声を潜めた噂が纏わりつくようになった。

不法居住者たちが、明かりがすっかり点かなくなっていることに気がついた一八一六年まで、館を訪れる者は絶えて久しかった。その年に、徒党を組んだ者たちが調査に赴いたところ、屋敷は無人になっていて、廃墟化がある程度進んでいることがわかった。遺骨が全く見当たらなかったので、死に絶えたのではなく、そこから離れたのだろうと推測された。一族は数年前に立ち去ったらしく、急拵えの差掛け小屋(ペントハウス)がいくつもあって、移住前に夥(おびただ)しく住人の数が増えていたことが窺(うかが)われた。

文化レベルはとことん劣化していたようで、所有者がいなくなった後、長い間放置されていたに違いない朽ちかけた家具や散らばった銀食器がそのことを証明していた。

しかし、恐れられていたマーテンス一族がいなくなったにせよ、幽霊屋敷の恐怖は継続し、退廃した山地民たちの間で新しい奇談が生まれる度(たび)に、その恐怖はいや増しになった。その館は、今なお存在した——放棄され、恐れられ、ヤン・マーテンスの亡霊(ゴースト)と結び付けられていた。私がヤン・マーテンスの墓を掘っていた夜も、館はそこに屹立(きつりつ)していた。

長時間かけて掘り起こす作業のことを、私は馬鹿な行為だと表現したが、実際、その目的も方法も、馬鹿げていた。ヤン・マーテンスの棺(ひつぎ)はすぐに掘り起こされた——今は砂と硝石(しょうせき)がこびりついているだけだった——が、彼の亡霊(ゴースト)を掘り出そうとするあまり、私は彼が横たわっていた場所のさらに下を不合理に、そして不器用に掘り進んだ。

何を見つけると私が予期していたのかについては、神のみぞ知るといったところだ——夜な夜なその亡霊(ゴースト)が徘徊(はいかい)している男の墓を掘っているという感覚だけがあった。

私のスコップが、続いて足が地面を突き抜けた時までに、どれほど凄(すご)い深さまで到達していたのか、私には知る由(よし)もない。周囲の状況からして、これは途方もなく恐ろしい出来事だった。そこの地下に空間が存在するという私の気違いじみた推論が、恐ろしいほどの確証を得てしまったのだから。

少し落としてしまったせいで、角燈(ランタン)の明かりが消えていたが、私は懐中電灯を取り出して、二つの方向に果てしなく続いている、小さな水平方向の隧道(トンネル)を覗(のぞ)き込んだ。

隧道（トンネル）は、人が這って通れる程度の広さがあった。正気の人間であれば誰もそんなことをしようとはしなかっただろうが、当時の私は潜み棲む恐怖を掘り起こすことにひたすら執心し、危険も理性も、体が汚れるという感覚もすっかり忘れ果てていた。

館の方角に伸びているものを選んで、私は無謀にも狭い穴に這い入（い）った。やみくもに先を急ぎ、体をくねらせて前方に向かいながら、目の前に構えた懐中電灯を点（つ）けることすら滅多にしなかった。

無限に底知れぬ大地に迷い込んだ——土を掻き分け、身体（からだ）を捩（よじ）り、ぜいぜいと息を喘（あえ）がせ、時間、安全、方角、それどころか明確な目的すらも見失い、記憶されざる太古の闇に鎖（とざ）された地の底の渦巻きの中を狂おしく這いずる男の姿を、どのような言葉で表現できるだろうか。

何か悍（おぞ）ましいものを孕（はら）んだ姿だが、それこそが私のやったことなのだ。

長時間にわたり続けたので、それまでの人生が朧（おぼろ）に霞（かす）んで遠い記憶となり、夜闇に包まれた深みのモグラや地虫と一体化していた。実のところ、いつ終わるとも知れぬ長い間、身体をのたくらせた末に、すっかり忘れていた懐中電灯が点いたのは、全くの偶然に過ぎず、その光線は前方に伸びた先で曲がっている、固まった黒土（ローム）の穴を不気味に照らし出した。

しばらくの間、その状態で這い進んでいたので、電池がかなり消耗（しょうもう）していたが、通路が急に上り勾配（こうばい）となったので、私は進み方を切り替えた。そして視線を上げると、全く思いがけないことに、今にも消えかけている懐中電灯の明かりの、悪意に満ちた反射光が二つ、遠くに煌（きら）めくのが見えた。その反射光は、見紛（みまが）うはずもない有害な輝きを放ち、ぼんやりと霞んだ記憶を荒々しく引き戻した。

私は無意識に立ち止まったが、引き返そうとは思いもしなかった。やがて、双眸が近づいてきたが、目の他には爪しか見分けられなかった。それにしても、何という鉤爪（かぎづめ）だろう！　その時、遥か頭上でかすかな轟音が聞こえ、それが何なのか私にはわかった。神経症的な怒りに駆られた、山に轟く激しい雷鳴だった——私はしばらくの間、上方に這い進んでいたのに違いなく、地表がすぐそこに迫っていた。

くぐもった雷鳴が鳴り響く中、その双眸は虚ろな悪意をこめて、相変わらず私を見つめていた。

その時に、それが何なのかわからなかったことを、神に感謝すべきだろう。そうでなければ、私は命を落としていたことだろうから。しかし、私はそいつを呼び出した雷鳴に救われたのだ。というのも、いくばくかの悍（おぞ）ましい時間が過ぎ去った後、そこからは見えない外の空から、このあたりで頻発していた稲妻が落ちたのだ。地面に開いた裂け目や、雑多な閃電石としてその余波を目にしていた、例の稲妻である。一眼巨人（キュクロープス）の怒りもかくやという凄（すさ）まじさで、稲妻が忌まわしい穴の直上の地面を引き裂いて、眼が眩（くら）み、耳も聞こえなくなったが、完全に失神するまでには至らなかった。

大地が滑り、揺れ動く混沌の中で、私はなすすべもなく手足をばたつかせ、盲滅法（めくらめっぽう）に土を掻き分けていたのだが、頭に降りかかる雨で落ち着きを取り戻してみると、いつの間にやらすっかり見慣れた地上——嵐が山（テンペスト・マウンテン）の南西側の斜面にある、急峻（きゅうしゅん）で木の生えていない場所——に這い出していた。

絶え間なく発生する稲妻が、崩れた地面と樹木に覆われた高い斜面から突き出す、背の低い奇妙な土塁の残骸を照らしていたが、その混沌の中にあっては、死を招く地下墓地（カタコンベ）から私が抜け出した場所を示すものは何もなかった。私の脳も、大地と同じくらい混沌としていたようで、南に遠く離れたあたりで炸裂（さくれつ）した赤い輝きが風景を染め上げた時にも、自分が目撃した恐怖の正体を理解できなかった。

しかし二日後、不法居住者たちからあの赤い輝きの意味するものを聞いた時、私の感じた恐怖は墓地の穴や鉤爪、双眸のそれを凌（しの）いでいた。その意味合いが圧倒的だったため、より恐ろしかったのだ。

私を地上に連れ戻してくれた稲妻が炸裂した後、二〇マイル［約三二・二キロメートル］離れた村落において恐怖の騒擾（そうじょう）が続き、名状しがたい化け物（シング）が張り出した樹の上から、屋根の脆（もろ）い小屋の一つに落下してきたのである。そいつは忌むべき行為を働いたのだが、狂乱した不法居住者たちが、そいつが逃げ出す前に小屋に火を放った。私が目にした鉤爪と双眸の持ち主である化け物（シング）の上に地面が崩れ落ちてきたまさにその瞬間、そいつはその行為の最中だったのである。

Ⅳ　双眸に映る恐怖

嵐が山（テンペスト・マウンテン）の恐怖について私と同様に知りながら、そこに潜み棲む恐怖をただ独り追い求めようなどという者の心の中に、正気などかけらも存在しない。

恐怖の化身のうち少なくとも二体が破壊されたことは、この魑魅魍魎（ちみもうりょう）が跋扈（ばっこ）する地獄（アケロン）にあっては、精神的かつ肉体的な安全をわずかに保証するものに過ぎなかった。それでも、起きたことやその暗示するものがよりいっそう怪物的なものとなるにつれて、私はさらに熱意をもって探求を続けた。

あの双眸と鉤爪を備えたものが巣食う窖（あなぐら）を、恐る恐る這い進んだ二日後になって、あの双眸が私を睨みつけていたのと同時に、二〇マイル離れた場所で化け物（シング）が悪意をもってうろつき回ったことを知った時、私は恐怖のあまりひきつけを起こしそうになった。

しかしその恐怖には、驚嘆（きょうたん）の念と強く心をそそる怪奇趣味が混ざり合って、ほとんど快感と呼べるものになっていた。目に見えない力が奇異なる死都に連なる屋根の上を通り過ぎ、嗤笑(ししょう)するニスの裂け目[*6]へと人を巻き込んで押しやろうとする悪夢の苦しみの中で、荒々しい悲鳴をあげながらも、破滅の夢の悍(おぞ)ましい渦に身を任せ、たとえ底なしの深淵がぽっかりと口を開けていようとも、自らそこに飛びこんでゆくのは時に救済であり、時に喜びですらあるのだ。

嵐が山(テンペスト・マウンテン)を闊歩(かっぽ)する悪夢も、そうしたものだった。二匹の怪物がその地を跳梁していたという事実を見出した時、私は最終的に、呪われた大地の奥深くに飛び込んで、毒に侵(おか)された土壌(どじょう)のいたるところから顔をのぞかせる死の怪物を、この両手で掘り出してやろうという、狂おしい渇望に駆られていた。

可能な限り速やかにヤン・マーテンスの墓を再訪すると、以前掘った場所を虚しく掘り返した。広範囲に亘(わた)る陥没が地下通路の痕跡を全て消し去り、雨のせいで掘削(くっさく)したところに大量の土砂が逆流したこともあって、あの日、どれだけ深く掘ったのかわからなくなっていた。

同じように、死の怪物が焼き殺された遠くの村落にも労を厭(いと)わず足を向けてみたのだが、その甲斐(かい)は殆どなかった。悲運に見舞われた小屋の灰の中に、いくつかの骨を見つけたものの、どうやら怪物の骨は含まれていないようだった。不法居住者たちによれば、怪物の犠牲者はたった一人だということなのだが、完全な状態の人間の頭蓋骨とは別に、人間の頭蓋骨の一部だと思われる骨片がもう一つあったので、彼らの証言は不正確だと判断した。

怪物が急降下する姿は目撃されていたのだが、その生き物がどのようなものだったか、誰にも説明できなかった。一瞥(いちべつ)した者は、シンプルに悪魔と呼んでいた。

そいつが潜んでいた大木を調べても、目立った痕跡は見つからなかった。足跡か何かを探そうと、黒々とした森に入り込もうともしてみたが、この時ばかりは、病的なほど肥大した幹や、地中に沈み込む前に、悪意を漲(みなぎ)らせてその身を捩(よじ)る大蛇のような根を目にするのに耐えられなかった。

次に私がとった行動は、最も多くの者たちに死が訪れ、アーサー・マンローが生きているうちに告げることのできなかった何かを目撃した、例の荒れ果てた村落を、顕微鏡的(けんびきょうてき)な注意を払って再調査することだった。以前の無駄に終わった調査にしても、極めて微細なものだったのだが、今や私は検証してみるべき新たなデータを手に入れていた。墓場を這いずった恐ろしい経験から、この異形の怪物の、少なくとも側面の一つが、地中棲の生物であることを確信したのである。

一一月一四日、今回の私の探索は、不運な村落を見下ろす円錐山(コーン・マウンテン)と楓が丘(メイプル・ヒル)の斜面にもっぱら集中し、とりわけ後者の高台にある、地滑りで弛(ゆる)んでいる地面に注意を払った。

午後の捜索では何も発見できず、楓が丘(メイプル・ヒル)に立って村落を見下ろし、谷の向こうの嵐が山(テンペスト・マウンテン)を眺めていると、夕暮れが訪れた。

落日は目の覚めるような美しさで、満月に近い月が昇り、平原や遠くの山腹、あちこちに盛り上がる奇妙な背の低い土塁に銀色の洪水を降らせていた。それは平和に満ちた理想郷(アーケイディア)*7の風景だったが、そこに隠されているものを知っていたので、私には厭(いと)わしかった。

嘲笑する月、偽善的な平原、膿(う)み爛(ただ)れた山、そしてあの禍々しい土塁の数々が厭わしかった。そうしたありとあらゆるものが、忌まわしい疫病に汚染され、隠れ潜む歪(ゆが)み果てた諸力との有害な結託によって生命を吹き込まれているように思えたのである。

月明かりに照らし出された眺望をぼんやりと眺めていると、ほどなく、特定の地形要素と配置の中に、何やら他とは異なるものが目に付くようになった。地質学の厳密な知識はなかったが、私は当初からこの地域の奇妙な土塁や小丘に興味を抱いていた。嵐山(テンペスト・マウンテン)周辺のかなり広範囲に分布していることには気付いていたが、平野部では丘の頂(いただき)の近くよりもその数が少ないようで、先史時代の氷河はその印象的で現実離れした幻想(やま)に、さぞかしやすやすと浸食し得たに違いない。

今しも長く不気味な影を落としている、空の低いところにかかる月の光の下(もと)で、土塁の並びがそこかしこに作る点や稜線(りょうせん)が、嵐山(テンペスト・マウンテン)の頂(いただき)と特別な関係にあることを、私は強く感じていた。あの頂(いただき)こそが紛れもなく、稜線や点の不規則で夥(おびただ)しい列が、放射状に伸びていくまさにその中心なのであり、その有り様はあたかも不健全なマーテンス館が目に見える恐怖の触手を放っているかのようだった。

その触手という思いつきに説明のつかない興奮を覚え、私は立ち止まって、それらの土塁が氷河の浸食によるものだと信じる根拠を分析した。分析を重ねれば重ねるほど、私はそれを信じられなくなり、その思い込みから新たに解き放たれた私の心に対して、外面的な景観と、地中での私の経験に基づいたグロテスクで恐ろしい類推が湧(わ)きあがり始めた。いつしか私は、熱に浮かされたように支離滅裂な言葉を自分に言い聞かせていた。

「何てこった(マイ・ゴッド)！……モグラ塚だ……この忌々しい場所は、蜂(はち)の巣で覆われていやがるんだ……あの夜、館で……あいつらはベネットとトビーから……両端にいた……」

私はそれから、一番近くまで伸びていた土塁を死物狂いで掘り起こし始めた。必死に、ぶるぶると震えながら、しかし歓喜さえ感じながら掘り続け、そしてついに、あの魔性の夜に自分が這い進んだのとそっくり同じ隧道(トンネル)だか巣穴だかを掘り当てて、置きどころのない感情のままに絶叫した。

その後、スコップを手に走り回ったことを覚えている。月明かりに照らされている、土塁の痕跡が残る草原を横切り、山腹の森の病的な急勾配をなす奈落をいくつも通り抜けて、飛び跳ね、絶叫し、息を切らしながら、あの恐ろしいマーテンス館を目指して飛ぶように駆けていったのだ。

茨に覆われた地下室のあらゆる場所を、あの悪意に満ちた土塁の作る世界の核心にして中心を見つけ出すべく、盲滅法に掘りまくったことを覚えている。やがて、通路を偶然発見した時に、どんな笑い声をあげたのかを覚えている。それは古びた煙突の基部にある穴で、雑草が密生していたのだが、たまたま手にしていた一本の蠟燭（ろうそく）の光に奇妙な影を落としたのだった。あの地獄の巣穴の底に、いかなる存在がなおも留まり、雷に目覚めさせられるのを待ち受けているのか、私にはわからなかった。

二匹が殺害されていて、たぶんそれで終わりだったのだろう。

だが、改めて明確で、物質的で、有機的なものだと見なすようになっていた恐怖――その最奥の秘密に到達せんとする燃えるような決意が、私の裡（うち）に残っていたのである。

懐中電灯を手にしてすぐにも一人で通路を探検するか、それとも探求のために不法居住者の集団を組織してみるべきか、私の優柔不断な思索は、急に外から吹き付けてきた突風によって中断され、蠟燭が吹き消され、私は真っ暗闇の中に取り残された。

月の輝きが頭上の隙間や開口部から差し込むことはもはやなく、私は警戒（けいかい）を促す運命的な感覚を抱きながら、不吉で意味深な雷鳴が近づいてくるのを耳にした。次から次へと浮かび上がり、ごちゃ混ぜになった思考が私の脳を支配し、地下室の一番奥の片隅へと手探りで引き返させた。しかし、私の目は煙突の基部の恐ろしい開口部から決して逸らされなかった。かすかな稲妻の光が外の森を貫（つらぬ）いて、壁の上部の亀裂を照らす度に、崩れかけた煉瓦や不健康な雑草が垣間見えるようになった。

恐怖と好奇心の入り混じった感情が、一秒毎に私を蝕んだ。

いったい、嵐が何を喚び起こすのか——そもそも、喚び起こされるものがまだ残っているのか。

稲妻の閃光に導かれるままに、私は誰かに見られることなく開口部を見ることのできる、密集した雑草の茂みの背後に身を潜めた。

もしも天国が慈悲深いものであるのなら、いつの日にか私が目にした光景を意識から拭い去り、残された人生を安らかに過ごさせて欲しいものだ。私は今、夜に眠ることが出来ず、雷鳴が聞こえると鎮静剤を服用せねばならなくなっている。

その化け物——悪鬼——は突然、予告なしに現れた。遠く離れた想像も及ばぬ無数の坑からネズミの如く慌ただしく走り出し、地獄めいた喘ぎ声や押し殺した唸り声をあげ、ついには煙突の下のその開口部から、病み崩れたような無数の生物が溢れ出たのだった——それは、生ける者の狂気と病が喚び出した最も冥き魔霊よりも、さらに致命的で悍ましい、忌まわしき夜の落とし子どもの腐肉の洪水だった。

蛇を覆う粘液の如く逆巻き、沸き立ち、波打ち、泡立ちながら、ぽっかり口を開けた穴から転び出て、腐敗の疫病の如く蔓延し、地下室のあらゆる出口から外に流れ出し——呪われた真夜中の森に散らばって、恐怖、狂気、そして死をばら撒いたのである。

一体どれほどの数がいたのかは、神のみが知るところだが——数千匹はいたのに違いない。

断続的に走る稲妻のかすかな光で、奴らの群れが流れる様を見るのは衝撃的だった。

個々の識別ができる程度にまばらになった頃、奴らが矮小で体つきの変形した毛むくじゃらの悪魔ないしは類人猿——猿の朋輩（ともがら）の怪物的かつ悪魔的なカリカチュア——であることがわかった。悍ましいほどの静けさを保ち、他から離れていた集団の最後の一匹が、長年研鑽（けんさん）を重ねた技で、弱っている仲間を手慣れた動きで餌食（えじき）にした時にも、ほとんど鳴き声もあげなかった。他の連中は、その一匹の食べ残しに飛びつくと、よだれを垂（た）らしながら美味（うま）そうに貪（むさぼ）った。

その時、恐怖と嫌悪に圧倒されて朦朧（もうろう）としていたにもかかわらず、私の病的な好奇心が勝利を収めた。怪物の最後の一匹が、未知なる悪夢を孕む地下世界（ネザー・ワールド）から単独で這い上がってきた時、私は自動拳銃を抜いて、雷鳴にまぎれて引き金を引いたのだった。

叫び声をあげ、這いずりながら、赤く粘（ねば）つく狂気の奔流の如き影が、紫電に満たされた地の果てしなく続く血塗（ちぬ）られた回廊を、互いに追いかけ回していた……記憶に残る屍肉喰らいの凄惨（せいさん）な光景が、混沌とした幻影となり、万華鏡の如く千変万化した。

蛇の如き根をくねらせて、夥しい数の人肉嗜食（ししょく）の悪魔どもが蔓延（はびこ）る大地から、名状しがたい液体を吸い上げる、肥え太った怪物じみたオークの森。ポリープ状に変異した地下の果核から、手探りするように伸びてくる土塁の如き触手……悪意に満ちた蔦（つた）の絡みつく壁や、黴の生えた植物に塞（ふさ）がれた悪魔の拱廊を照らし出す狂気の稲妻……人里——晴れ渡った空の穏やかな星々の下で眠りについている平和な村——へと、本能が無意識のうちに導いてくれたことについては、天の配剤に感謝しなければ。

私は一週間の後に、マーテンス館と嵐山（テンペスト・マウンテン）の頂（いただき）全体をダイナマイトで爆破し、見つかる限りの土塁の巣穴を全て塞ぎ、その存在そのものが健全な世界への侮辱（ぶじょく）に他ならぬ栄養過多の木々を根こそぎ伐採（ばっさい）するべく、オールバニーに人をやって男衆を十分に集められる程度に回復した。

彼らがそれを遂行した後、ようやく少しだけ眠れたのだが、潜み棲む恐怖の名状しがたき秘密を記憶している限り、真の安息は決して訪れないことだろう。あの化け物のことが、これからも私に取り憑いて離れないはずだ。奴らが根絶され、世界のどこかで似たような現象が起きていることもないなどと、誰が言い切れるだろうか。このような知識を抱えたまま、将来的な可能性に対する悪夢めいた恐怖を覚えることなく、地球上の未知の洞窟に思いを馳せることなどできはしないのだ。

私はといえば、井戸や地下鉄の入り口を目にしただけで、震え上がってしまう始末である……どうして医者は私を眠らせたり、雷鳴が轟く時に精神を鎮めてくれる薬を処方してくれないのだろうか。

遅れてやってきた、あの言語を絶する個体に発砲した後、懐中電灯の光が照らし出したものは実にシンプルで、そのことを理解した私が錯乱するまでに一分もかからなかった。そいつは吐き気を催させる代物で、鋭く尖った黄色い牙を生やし、もつれた毛並に覆われた、醜悪な白っぽいゴリラのような化け物だった。それは、哺乳類の退化が窮極的に行き着くところにして、地上と地下双方での孤立した繁殖とネズミ算式の増加、そして人肉嗜食の恐るべき結果であり、生命の背後に潜んで唸り声をあげる混沌と、嗤笑する恐怖を具現化したものにほかならなかった。

そいつは死ぬ時に私を見たのだが、その双眸には地下で私を見つめ、朦朧とした記憶を喚び起こした別の個体の双眸と同じ、奇妙な特徴があった。片方の目が青く、もう片方が褐色だった。

それこそは、古い伝説が告げるマーテンス家の左右で異なる双眸であり、私は声にならない恐怖の大洪水に攫われてゆきながら、あの姿を消した一族――雷鳴に狂わされた、恐るべきマーテンスの一族――に、何が起きたのかを悟ったのである。

補遺・散文詩「記憶」（一九一九年）

ニスの谷では、呪われた欠けゆく月がおぼろに輝き、そのか弱き両角は、ウパスの巨樹の危うき葉群ごしに光の道を投げかけている。而して、その光の届かぬ谷の深奥では、見るに耐えぬものどもが動き回っている。両の斜面には草木が生い茂って、邪なる蔓や地を這う植物が、廃墟となりし宮城の石の合間を這い進み、毀れたる柱や奇怪なる一枚岩の数々にきつく絡みつき、忘れ去られしものどもの手により敷かれた大理石の舗石を持ち上げている。そして、崩れ果てた中庭に生い茂る巨大な木々の中を小さき猿どもが跳ね回り、深みに潜む宝物庫の内にも外にも、毒もつ蛇や名も知れぬ鱗のある生き物どもが蠢いている。

じめつく苔の下に眠る石塊はいずれも巨大で、それらが崩れ落ちた壁は強大だった。石塊を積み上げたるものどもが、永遠の時間をかけて造営り上げたそれは、実に今もなお貴き役割を果たしている。何となれば、その下には灰色の蟇が住まいするのだから。

谷の最も深き底には、タン川のぬるついて浮草だらけの水が流れている。隠されし泉より湧き出でて、地下の洞窟へと流れ込むが故に、谷の魔霊はその水の赤き所以も、その水の向かう先も知らぬ。

月の光に宿りし精霊は、谷の魔霊にこう言った。「余は年老いて、多くのことを忘れ果てた。これらの石造物を建てたものたちの行い、姿、名前を教えてくれぬか」

そして、魔霊はこう答えた。「我は《記憶》であり、過去の知識に能く通じているが、我もまた年老いた。かのものどもはタン川の水の如くで、理解の及ばぬものだった。かのものどもの行いは、思い出すことができぬ。ほんのわずかな間のことだったからだ。彼らの容姿も、おぼろにしか思い出せぬ。木々の中にいる小さな猿どものようだったからだ。かのものどもの名前は、はっきり覚えている。というのも、川の名前と韻（いん）を踏んでいたからだ。過去（きのう）の存在であるそのものどもは、人間（マン）と呼ばれていたのだ」

　そうして、精霊（ジニー）は細い角を備えた月へと飛び戻り、魔霊（ダイモーン）は毀（こわ）れかけた中庭に生えている木々の中、小さな猿どもを一心に見つめたのだった。

訳注

1 キャッツキル山地 the Catskills

「眠りの壁の彼方」の訳注を参照。

2 レファーツ・コーナーズ Lefferts Corners

架空の町。〝コーナーズ〟は小さな町の意。

3 黄泉の渡し守の如き Charonian

カローンは、ギリシャ神話の物語に登場する、冥界を流れる川であるステュクス（憎しみ）とアケローン（嘆き）の渡し守である。エレボス（闇）とニュクス（夜）の子とされるのは、一四世紀イタリアのジョヴァンニ・ボッカッチョ『異教の神々の系譜』が出典。

4 ニューアムステルダム New-Amsterdam

一六六五年から六七年にかけての第二次英蘭戦争を経て、英国に割譲される以前の、オランダ植民地時代におけるニューヨークの旧名。

5 オールバニー会議 Albany Convention

オールバニーは、ニューヨーク・シティから、ハドソン川を二二〇キロメートルほど北上した州の北部に位置する州都である。一七五四年から六三年にかけて、北米を舞台に大英帝国とフランス王国、スペイン帝国の間で勃発したフレンチ・インディアン戦争に先立ち、各英領植民地の総督と先住民族の指導者たちがオールバニーに集まり、会議を開いて一三植民地の連帯を強めた。

6 ニスの亀裂 chasm of Nis

ニスは、ポーの詩「ニス・ヴァレー The Nis Valley」にある地名。同詩ではシリア語で〝不安〟を意味すると説明されたがこれは誤りで、後年の改作「不安の谷 The Valley of Unrest」で削除された。〝ニスの谷 the valley of Nis〟はＨＰＬの散文詩「記憶」でも言及される。

7 理想郷 a peaceful Arcadian

ギリシャやローマの伝説において、アルカディアは牧人の憩う田園的な理想郷とされた、古代ギリシャのペロポネソス半島中央部の地域名。ここでは慣用句的な表現なので、英語形の〝アーケイディア〟を選んだ。

前哨地

The Outpost
1929

夕暮れて黄金(きん)色の川を冷(さ)まし
　影さして密林の径(みち)を忍び歩(あり)くに
　夢見を畏(おそ)るる偉大なりし王のため
ジンバブエ宮[*1]は煌々(こうこう)と光耀(かがや)けり

諸人(もろびと)の中でただかれ一人のみ
　蛇(くちなわ)も避くる沼地を渡り
　沈める陽をさして足掻(あが)きあらがい
背後に闢(ひら)ける草原に到る

人に視(み)すべく目の貸(わた)されてより
　他の誰しも彼処(かしこ)に目を向けざるも
　夕暮れの夜に移ろいし時
かれ〝上代(かみ)の秘密〟の在処(ありか)を見出(みいだ)せり

奇異なる櫓（やぐら）は平原の彼方に聳（そび）えて
　外壁堡塁（がいへきほうるい）は周囲（まわり）を巡り
　雨後（うご）の病み崩るる真菌（きのこ）の如く
遥（はる）けき円堂（ドーム）は地を穢（けが）したり

恨めしげなる月は蠢（うごめ）き照らす
　生命（いのち）の住みえぬ遠離（おんり）を越えて
　遥けく遠き青ざめし塔と円堂（ドーム）こそ
いずれも窓なく凶々（まがまが）しけれ

幼（いとけな）き頃には恐れも知らず
　蔓（つる）の下がりし廃墟（はいきょ）を駆けたる王は
　見しものに震えにき——彼処（かしこ）には
人の死滅のみありしかば

半ば見え、半ば覚えし人ならぬ影
　半ば肉、半ば霊なる落とし子は
　天に口開きし星なき虚空より

悪疫に侵されし壁に群がりたり
その悪疫の狂土より虚空に向けて
　無形の群れは陰々と舞い戻り
　朧（おぼろ）なる爪に摑（つか）まれ運ばれたるは
人の夢や知り得しものの残骸（ざんがい）なり
外世界（そと）より来たる古（いにしえ）の漁者（いさり）ども*2は
　いかにして蒼古（そうこ）の世界を見出し
　その幻想にて見つくる財を得たるか
大祭司の物語るを聞かざりきや？
彼奴輩（きゃつばら）の秘（かく）されし恐怖の前哨地（ぜんしょうち）は
　無量無辺の宇宙に遍（あまね）く広がれり
　なべての生命に忌避せらるれど
孤独なるが故に傷（いた）みなし
窺（うかが）い見る者は恐懼（きょうく）の汗に濡（ぬ）れて

　蛟蛇（くちなわ）も避くる沼地に返し
　払暁（あかつき）には眠れる宮殿に帰り来て
安堵（あんど）の裡（うち）に横たわれり

かれ出でて、払暁（あかつき）に戻りしを見る者なく
　その肉体（からだ）には呪わしき昏闇（やみ）にて
　遭遇（まみえ）しものの痕跡（しるし）もあらず
されどはやその眠りに安らぎの到ることなし

夕暮れて黄金（きん）色の川を冷（さ）まし
　影さして密林の径（みち）を忍び歩（あり）くに
　夢見を畏（おそ）るる偉大なりし王のため
ジンバブエ宮は煌々（こうこう）と光耀（かがや）けり

訳注

1　ジンバブエ宮　Zimbabwe's palace

現在のジンバブエ共和国（本作の書かれた時点では英領南ローデシア）の、首都ハラレから南西に三百キロメートルほど離れた高原にある、グレート・ジンバブエ遺跡のこと。原住民であるショナ族の用いるショナ語で〝石の家〟を意味する言葉で、現地ではかつての王宮と見なされていた。一九世紀後期には、「列王記」において黄金の産地とされたことから、後世、シバの女王国の都市と見なされるようになったオフィルと同一視された。

グレート・ジンバブエ遺跡
（撮影者：本方暁）

2　外世界(そと)より来たる古(いにしえ)の漁者(いさり)ども　The ancient Fishers from Outside

本作が初出の謎めいた存在。「翅(はね)のある死」にも《外世界よりの漁者(いさり)ども Fishers from Outside》として言及され、同作によればウガンダ奥地の巨石遺構を、ツァドグワ（ツァトーグァ）、クルル（クトゥルー）などの邪悪な神々と共に地球上の根城ないしは前哨地として使っていた。リン・カーターは、「外世界よりの漁者(いさり)ども The Fishers from Outside」（未訳）において、「夜の末裔(まつえい)」「バル＝サゴスの神々」などの作品でロバート・E・ハワードが言及しているものの、それ以上は掘り下げなかった謎めいた闇の神ゴル＝ゴロスとこの存在を同一のものとした。「外世界～」によれば、ゴル＝ゴロスはムノムクアという巨大な蜥蜴(とかげ)の姿をした神の兄弟で、クームヤーガを長老とするシャンタク鳥の支配者とされる。魔術師ハオン＝ドルの地下の旅を描くカーター「深淵への降下」でも、『エイボンの書』の記述という形で同じ設定が示された。

狂気の山脈にて

At the Mountains of Madness

1931

※本編の最終ページに関連地図を掲載しています。

科学者たちが、その理由を理解しようともせずに私の助言を容れなかったので、こうして口を開かざるを得なくなった。今回企図されている南極への侵入――膨大な量の化石を採集し、太古の氷冠［陸地を覆う五万平方キロメートル未満の氷河の塊で、これよりも広い場合は氷床と呼ぶ］の大規模なボーリングを行い、それを溶かして調べることを含む――に反対する理由を話すのは、まったくもって不本意であるし、その警告が無駄に終わるであろうことを思えば、なおさら気が進まない。

私が暴露せざるを得なかった正真正銘の事実が疑われることになろうとも、突飛で信じ難いと思われることを伏せてしまったなら、後には何も残らないことだろう。

これまで公表を差し控えていた写真は、通常のものも航空写真も忌まわしいほどに鮮明かつ生々しいので、私にとって有利に働くはずである。とはいえ、写真偽造の技術は大抵のことをやれてしまうので、どうしたって疑念を呼ぶことになるはずだ。インクで描いたスケッチについてはもちろん、捏造したに違いないと嘲笑されることとだろう。たとえ、美術の専門家が目を見張り、困惑させられるような、奇怪な技法で描かれたものであろうとだ。

結局のところ、少数の指導的な科学者――私のデータを、それ自体の悍ましくも説得力のある内容か、さもなくばある種の原初的かつ高度に不可解な神話大系に照らして比較検討できるだけの思考の独立性を備えている一方で、あの狂気の山脈の一帯における、世の探検家たちの軽率かつ野心的な計画を抑止できるだけの影響力（えいきょうりょく）を備えている人々——の判断と名声に頼るほかはないのである。

残念ながら、私や同僚（どうりょう）たちのような、小さな大学にしか関わっていない比較的無名な人間は、途方もなく奇怪で、大いに物議を醸（かも）す種類の事柄（ことがら）については、影響を与えられる機会が滅多（めった）にないのである。

さらに、私たちが厳密な意味で、主に関わりのある分野の専門家ではないことも、不利に働いている。

地質学者である私がミスカトニック大学遠征隊を率（ひき）いた目的はただひとつ、工学部のフランク・H・パーボディ教授が考案した素晴らしいドリルを用いて、南極大陸の各地から深層の岩石や土壌（どじょう）の標本を採取することだった。これ以外の他の分野における先駆者となるつもりはなかったのだが、これまでに探検されてきた経路の様々な地点で用いることによって、通常の採集方法では到達できなかった種類の物質が発見できるのではないかと期待していたのだった。

パーボディの掘削装置（ドリル）は、私たちの報告書を通して既に世人からも知られているように、軽くて持ち運びができ、通常の掘り抜き掘削機（アーテジアン・ドリル）の原理と小型の円形穿岩機（サーキュラー・ロック・ドリル）の原理を組み合わせ、様々な硬度（こうど）の地層に素早く対応できるという点で、他に類を見ない画期的なものだった。鋼鉄（スチール）製のヘッド、繋（つな）ぎ合わされたロッド、ガソリン駆動のモーター、折り畳（たた）み式のデリック［貨物を吊り下げて移動するクレーンの一種］、ダイナマイト爆破（ばくは）のための装置、コード類、岩屑（いわくず）を除去する削岩（さくがん）オーガー、そして幅五インチ［一二・七センチメートル］、深さ千フィート［三〇四・八メートル］に及ぶ、掘削穴に通すための組み合わせ式のパイプといったものの全てに必要な付属品を加えても、七頭立ての犬橇（いぬぞり）三台が運べる程度の荷物にしかならなかった。これが可能になったのは、金属製品のほとんどが、扱いやすいアルミニウム合金で造られていたからだった。

ドルニエ社製の四機の大型航空機*1は、南極高原で必要とされる驚異的な高度の飛行のために、特別に設計されたもので、パーボディが開発した燃料を加温して素早くエンジンを始動する装置を追加されていた。この航空機は、巨大な氷壁の端に設けられた基地から、内陸の適当な場所まで、我々の遠征隊を丸ごと輸送することができ、そこからは十分な数の犬たちが役立ってくれることだろう。

我々は南極で一シーズン——どうしても必要なら、さらに長い期間——を過ごす間、可能な限り広範囲をカバーすることを計画し、主にロス海の南側の山脈と高原で活動するつもりだった。そこは即ち、シャクルトン、アムンセン、スコット、バード[*2]が皆、程度の差こそあれ探検を敢行した地域である。飛行機によって頻繁にキャンプ地を変えながら、さらには地質学的に意味のある距離を移動しながら、これまでにない分量の——とりわけ、これまでに南極ではごく狭い範囲の標本しか得られていなかった先カンブリア時代〔五億四千百万年前より古い地質年代〕の地層における——資料を発掘できることが期待されていたのだ。

我々はまた、上層部の化石を含む岩石をできるだけ多くの種類、採取したいと考えていた。なぜなら、この氷と死の支配領域における原初の生命誌こそは、地球の過去を知るためにはこの上なく重要であるからだ。

南極大陸がかつては温暖で、熱帯ですらあり、植物や動物が豊富に生息しており、その中にあって生き残っているのが地衣類や海洋生物、蜘蛛類、そして北端にいるペンギンのみであることについては、広く一般にも知られていたが、我々はその情報を多様さにおいて、正確さにおいて、詳細さにおいて拡大したいと考えていた。

簡単なボーリング作業で化石の痕跡が見つかると、我々は適切な大きさと状態の標本を採取するべく、発破で開口部を広げた。ボーリング作業については、上層の土壌や岩石の有望性に応じて様々に深さを変えながら、地表が露出した土地や、露出しそうな土地に限って行われた——一、二マイル［一マイルは約一・六キロメートル］ほどの厚みがある氷が下層を覆っているので、こうした場所は必然的に斜面や尾根となった。ただの氷河のために、無駄に深くまで掘削するわけにはいかなかったのであるが、パーボディは繰り返しボーリングを行って広げた太い穴に、銅の電極を埋め込んで、ガソリン駆動の発電機の電流で限られた範囲の氷を溶かすという計画を立てていた。

この計画——我々のような遠征隊では実験的に行うことしかできなかった——こそは、南極から帰還して以来、私が幾度も警告を発しているにもかかわらず、これから行われようとしているスタークウェザー＝ムーア遠征隊[*3]が実行しようと目論んでいることなのである。

ミスカトニック大学の遠征隊については、〈アーカム・アドヴァタイザー〉[*4]紙やAP通信社に頻繁に無線で報告を行い、帰還後のパーボディや私の記事を通して、広く一般に知られている。

大学からは四名のスタッフ——パーボディ、生物学部のレイク、物理学部のアトウッド（気象学者でもある）、そして地質学部を代表して名目上の指揮を執る私——が参加していて、これに加えてミスカトニック大学の大学院生七名と、熟練の機械工九名から成る一六名の助手がいた。

この一六名のうち一二人は航空機パイロットの操縦資格を有し、二人を除いて全員が優秀な無線通信士だった。そのうち八人が、パーボディ、アトウッド、さらには私と同様、羅針盤と六分儀を用いた航海術を心得ていた。それに加えて、我々の乗り組む二隻の船——氷の状態に備えて強化され、補助の蒸気機関を備えた木造の元捕鯨船——にはもちろん、十分な人員が乗り組んでいた。

ナサニエル・ダービイ・ピックマン財団[*5]が、いくばくかの特別な寄付を行って探検の資金を提供してくれたので、大々的な宣伝がなかったにもかかわらず、我々の準備は充実し過ぎるほどだった。犬たち、いくつもの橇、機械類、キャンプ用品、そして飛行機五機分の未組み立てのパーツがボストンで引き渡され、そこで船に積み込まれた。

我々の特別な目的を果たす上では驚くほど潤沢な装備が整っていて、補給品、管理、輸送、そしてキャンプ設営に関するあらゆる要素において、近年南極に挑んだ、数多の優秀な先人たちの素晴らしい前例を参考にしたのだった。これらの先人たちが、異例の数と名声を誇っていたがために、我々の遠征は――結構な規模だったのにもかかわらず――世間一般ではさほど注目されなかったのである。

新聞が伝えるところによれば、我々は一九三〇年九月二日にボストン港を出航し、海岸線をゆっくりと下ってパナマ運河を通過、サモアとタスマニアのホバートに寄港して、後者で最終的な補給を行った。探検隊の誰一人として極地に赴いたことがなかったので、我々は皆、船の船長たち――ブリッグ型帆船[*6]《アーカム》号を指揮し、海上班の隊長も務めるJ・B・ダグラスと、バーク型帆船[*6]《ミスカトニック》号を指揮するゲオルク・トルフィンセンに大きな信頼を寄せていた。彼らは共に、南極海域における豊富な捕鯨の経験を有してもいるのだった。

人間の住む世界を離れると、太陽は日に日に北の空の低いところを通るようになり、水平線上に長くとどまるようになっていった。南緯六二度付近で初めて氷山――側面が垂直に切り立っているテーブルのような形をしたもの――を目にし、一〇月二〇日には独特の古風な儀式を行って南極圏に入り込んだのだが、そこに到達する直前には浮氷原に大分悩まされた。

熱帯地域の長い航海の後では、気温の低下がかなり気がかりだったのだが、これから先にやってくるのだろうより厳しい状況に備えようと、私は気を引き締めた。

事あるごとに遭遇した風変わりな大気の効果が、私を大いに魅了した。その中には、遥か遠方の氷山が想像を絶する宇宙的な城郭の胸壁のように見えるという、びっくりするほど鮮やかな蜃気楼も含まれていた——私はそんなものを生まれて初めて目にしたのである。

幸い、洋上の氷は広範囲に広がっているわけでもなく、厚みもなかったので、我々は氷を突き破りながら進んでいき、南緯六七度、東経一七五度のところで再び開けた海域に出た。

一〇月二六日の朝、南方に鮮やかな〝陸映え〟［極地の雪に覆われた陸地が黄色っぽく輝いて見える現象］が見えて、正午前には前方の視界全体を覆う、広大で高い、雪に覆われた連山を目の当たりにして、全員がぞくぞくするような興奮を覚えたのだった。

我々はついに、雄大な未知なる大陸の前哨地と、その謎めいた凍てつく死の世界に相見えたのである。この山嶺こそロス[*7]が発見したアドミラルティ山脈であるに違いなく、これよりアデア岬をぐるりと回ってヴィクトリア・ランドの東海岸を航行し、南緯七七度九分［現在の地図では三二分］に位置するエレバス山の麓のマクマード入江にある、基地設営を予定していた海岸へと向かうのが、我々のなすべき事だった。

この航海における最後の海路は、鮮烈にして空想を掻き立てるものだった。謎に包まれた不毛の大山嶺が西方に聳え立つ一方で、正午には北の低い空をよぎり、真夜中には南の水平線をかすめている太陽が、ぼんやりと赤らんだ光線を白い雪や青みがかった氷や水路、そして花崗岩の斜面に露出した黒い部分に降り注いでいた。荒涼たる山嶺の頂では、断続的に吹き付けてくる恐るべき南極風が吹き荒れていた。その風鳴りの抑揚には、広音域に亘る荒々しい、半ば意識を有する笛の音を漠然と想起させるところがあって、何か潜在意識の裡に存在する理由から私の心を乱し、漠然とした恐怖すら感じていた。

その光景はどこか、ニコラス・レーリヒ*8がアジアを描いた奇怪かつ不穏な絵画や、狂えるアラブ人アブドゥル・アルハズレッドの恐ろしい『ネクロノミコン』に見出される、邪悪な伝説に包まれたレン高原*9にまつわる、それに輪をかけて奇怪かつ不穏な記述を想起させるのだった。後に私は、大学の図書館であの怪物的な本を閲覧したことを、多少なりとも後悔したものである。

一一月七日、西方の山脈が一時的に見えなくなった後、我々はフランクリン島を通り過ぎた。翌日が、ロス島にあるエレバス山の円錐丘とテラー山、その彼方に長い稜線を連ねるパリー山脈を前方に望んだ。今しも東側には、雄大な氷壁の低く白い線が伸びている。その氷壁は、ケベックの岸壁の如く二〇〇フィート［約六一メートル］の高さまで垂直に立ち上がり、南への航行の終わりを示していた。

午後になって、我々はマクマード入江*10に入り、煙を吐くエレバス山の風下になっている、岸辺から離れた位置に停泊した。東の空を背にして一万二千七百フィート［約三八七一メートル］もの高さに聳え立つスコリア丘の山頂部は、まるで神聖なるフジヤマを描いた日本の版画のようだった。一方、その向こうには、今は死火山となっている標高一万九百フィート［約三三二二・三メートル］のテラー山が、白い幽霊の如く聳えていた。

エレバス山からは断続的に煙が上がり、院生の助手の一人――ダンフォースという優秀な青年――が、雪の斜面に溶岩のようなものがあるのを指差すと共に、一八四〇年に発見されたこの山こそ、ポー［エドガー・アラン・ポーのこと］がその七年後に書いた、次の詩のイメージの源泉になったのに違いないと指摘した。

——休む間もなく流れ落ちる溶岩は
硫黄を孕みヤアネックを滔々と流れ降る
弥終なる極地の領域を——
ヤアネック山を流れ降る溶岩の呻き声
北風吹き荒ぶ極地の王国を

ダンフォースは怪奇ものの愛読者で、よくポーの話をしていたものだった。私自身についていえば、南極のシーンがあるということで、ポー唯一の長編小説に興味があった——あの不穏で謎めいた『アーサー・ゴードン・ピム』[*11]のことである。

荒涼とした海岸と、その背景に高く聳える氷壁の上では、無数のグロテスクなペンギンがやかましく鳴き騒ぎ、ヒレ状の翼をばたばたと羽ばたいていた。その一方で、水面にはまるまると太ったアザラシがたくさんいて、泳ぎ回ったり、ゆっくりと漂う大きな氷塊の上に寝そべったりしているのが見えた。

真夜中をわずかに過ぎた九日の朝、我々は小型のボートを使用し、それぞれの船から一本ずつの太索を引きながらロス島への困難な上陸を果たすと、吊り下げ型救命ブイを用いる方法で物資を降ろす準備にとりかかった。

初めて南極の土を踏んだ時の我々の感動は、この時点ではスコットやシャクルトンの遠征隊に先んじられていたのにもかかわらず、切実にして複雑なものだった。

火山の斜面の下にある、凍てついた海岸に設営した我々のキャンプは暫定的なものに過ぎず、本部は

《アーカム》号の船上に置かれていた。我々は、掘削装置、犬、橇、テント、食糧、ガソリンタンク、実験的な融氷装置、通常のカメラと航空機用のカメラの両方、航空機の部品類、その他もろもろの付属品を全て陸揚げしたが、その中には（飛行機に取り付けるものの他に）三台の携帯用小型無線機が含まれていて、これらは我々が出かけていく可能性のある南極大陸のいかなる地域からでも、《アーカム》号の大型無線機と交信することが可能なのである。船内装備の無線機は外界との交信用で、マサチューセッツ州のキングスポート岬にある〈アーカム・アドヴァタイザー〉紙の強力な無線局に報道用の記事を送るためのものだった。

　我々は南極のひと夏で仕事を終えたいと思っていたが、それが不可能とわかったら、《アーカム》号で越冬し、氷が張る前に《ミスカトニック》号を北に向かわせ、次の夏の物資補給を行うつもりだった。

　最初の頃の活動については、新聞が既に報じた内容を繰り返すこともないだろう――エレバス山の登攀、ロス島の複数地点における鉱物のボーリングの成功と、パーボディの装置が堅い岩の層を突き破ってそれを成し遂げた異例のスピード、小型の融氷装置の暫定的なテスト、橇と物資を携えての危険な大氷壁の登攀などに加えて、最終的に五機の大型航空機を氷壁上のキャンプに集結させたこともあった。

　陸上班――二〇名の男性と五五匹のアラスカン・スレッジ・ドッグ――の健康は、これまでのところ本当に破壊的な低音や暴風には見舞われていないとはいえ、驚くほど良好だった。温度計は概ね華氏零度から二〇度ないしは二五度［摂氏マイナス一七度からマイナス六・七度ないしは三・九度］の間を推移していたが、ニューイングランド地方の冬を過ごした経験から、私たちはこの種の厳しい寒さには慣れていたのである。

　氷壁のキャンプは半永久的なもので、ガソリン、食糧、ダイナマイトなどの貯蔵庫となる予定だった。

実際に探検に用いる資材の運搬に必要な飛行機は四機だけで、万が一、探査機が全て失われてしまった場合、《アーカム》号から我々のいるところに到達するための手段となすべく、五機目についてはパイロット及び船からの人員二名と共に、貯蔵庫に残された。

後日、機材の移送に他の飛行機を使わない時は、この貯蔵庫と、ベアードモア氷河を越えて六〇〇〜七〇〇マイル［九六五・六〜一一二六・五キロメートル］ほど南下した大高原に設(もう)けるはずの、もうひとつの恒久基地との間を行き来する定期往復便に、一機か二機を使用することになるだろう。

高原から吹き下ろす凄(すさ)まじい風や嵐(あらし)について、ほぼ全員が異口同音(いくどうおん)に意見を申し述べたが、私たちは中継基地を設置しないことに決定した。経済性と効率性を考慮(こうりょ)し、運に任せることにしたのである。

無線の記録によれば一一月二一日、我らが飛行隊は四時間に亘(わた)る息詰(いきづ)まる無着陸飛行を敢行し、西側に広漠たる峰々(みねみね)が聳(そび)え立つ中、底知れぬ静寂(せいじゃく)にエンジン音を響(ひび)かせて、高い棚氷(たなごおり)を越えたのだった。風に悩まされることもなく、一度だけ遭遇(でくわ)した乳白色の濃霧(のうむ)も、無線方向探知機(ラジオコンパス)の助けで切り抜けた。

南緯八三度から八四度の間で広大な高台が前方に現れた時、我々は世界最大の谷氷河であるベアードモア氷河に到達し、凍てついた海が今しも、山の立ち並ぶ険しい海岸線に変化していくことを知った。我々はついに南の最果て、永劫(えいごう)の昔に死に絶えた白い世界に入り込んだのである。その事を実感している間にも、東方の遥か遠方には、ほとんど一万五千フィート［四五七二メートル］の高さに聳え立つ、ナンセン山の頂(いただき)が見えてきた。

南緯八六度七分、東経一七四度二三分の氷河の上に、首尾よく南側の基地を設営したことと、橇での移動や航空機での短距離飛行によって到達した様々な地点において、驚異的な速度で実行された効果的なボーリングと爆破は、歴史的な快挙と言って良いだろう。一二月一三日から一五日にかけて、パーボディと二人の院生――ゲドニーとキャロル――がナンセン山に登攀した際の労苦と勝利も同様である。我々は海抜八五〇〇フィート［約二・六キロメートル］あたりにいて、実験的な掘削によって、場所によっては雪と氷のわずか一二フィート［約三・七メートル］下方に堅い地面があることが判明すると、小型の融氷装置を大いに駆使して、従前の探検家たちが鉱物標本を確保しようなどと考えもしなかった多くの場所でボーリングを行い、ダイナマイトによる爆破を行った。

　このようにして得られた先カンブリア時代の花崗岩とビーコン砂岩は、この台地が西側にある大陸の大部分と同質であるが、東側にある南アメリカ大陸の南に位置する部分とは多少異なっているという、我々の信念を裏付けるものだった――我々は当時、ロス海とウェッデル海の間に凍りついた接合部が存在して、それが大きな大陸を分割し、独立した小大陸を形成していると考えていたのだけれど、バードがその後、この仮説が誤りであることを証明した。

　ボーリングによってその性質が判明した後にダイナマイトで爆破され、たがねで割られた砂岩のいくつかには、非常に興味深い生痕化石やその断片――特に目についたのは羊歯類、海藻類、三葉虫、海百合、さらに三味線貝の仲間や腹足類のような軟体動物のもの――が見つかり、その全てがこの地域の原初の歴史との関わりにおいて、真に重要な意味を持つものであるように思われた。

　また、最大径が一フィートほどの奇妙な三角形の線紋があった。深層を爆破した開口部から掘り起こされた三つの粘板岩の破片を、レイクが繋ぎ合わせたのである。これらの破片は、クイーン・アレクサンドラ山脈に間近い西方の地点で採取されたもので、生物学者であるレイクは、この奇妙な線紋が異様に不可解かつ刺激的なものだと感じたようだが、地質学者である私の目には、堆積岩（たいせきがん）によく見られる漣痕（れんこん）とさして変わらぬものに見えた。粘板岩というものは、堆積層が圧力を受けて変成したものにほかならず、その圧力自体がおよそいかなる模様をも生じさせる歪曲（わいきょく）作用を及ぼすのだから、こうした縞模様（しまもよう）の溝（みぞ）をことさらに訝（いぶか）しがる必要はないだろう。

　一九三一年一月六日、レイク、パーボディ、ダンフォース、六人の学生たち全員、四人の整備士たち、そして私は、二機の大型飛行機で南極点の真上を飛行した。一度だけ、突然の強風で着陸を強いられたものの、幸いなことに嵐らしい嵐にはならなかった。

　各紙が報じているように、これは数回行われた観測飛行の一回に起きた出来事である。他の回では、我々はそれまでの探検家が到達できなかった地域の、新しい地理的な特徴を見出そうと試みた。最初のうちの飛行は、この点において期待はずれだった。とはいえ、航海中にわずかなりとも予感していた、幻想的で人を欺（あざむ）く極地の壮大（そうだい）な蜃気楼をいくつか実見することができた。

　遠くの山々が魔法の都邑（とゆう）の如く空に浮かび、真っ白い世界全体が、真夜中の低い太陽に魔法をかけられて、ダンセイニ風の夢と冒険の期待に満ちた黄金色や銀色、緋色（ひいろ）の土地へと溶解していくこともしばしばあった。雪の降り積もった大地と空が溶け合わさって、神秘的なオパール色の空間になり、その境界を示す地平線が見えなくなりがちだったので、曇（くも）っている日には飛行するのが大変だった。

　やがて私たちは、四機の探査機全てを使って五〇〇マイル［約八〇四・七キロメートル］東に飛行し、おそらくは二つに分断されている——私たちは誤ってこう認識していた——大陸の小さい部分に位置するのであろう地点に新しい分屯（ぶんとん）基地を設けるということに決めた。比較研究のためにも、そのあたりで得られる地質標本が望ましいものだろう。

これまでのところ、私たちの健康状態はすこぶる良好だった。缶詰や塩漬けばかりの単調な食事をライム＝ジュースがうまく埋め合わせてくれたし、気温もおおむね零度以上だったので、一番厚い毛皮を着込まなくても大丈夫だった。今はまさに夏の真っ盛りで、手早く慎重に作業をすれば、三月までに仕事を完了し、長い南極の夜が続く退屈な冬ごもりを避けられるかもしれなかった。

西からの猛烈な風雨が幾度か襲ってきたが、アトウッドが巧みに、重い雪のブロックを用いて簡単な飛行機用のシェルターや風よけを拵え、キャンプ地の主な建物を雪で補強してくれたおかげで、損害を被らなかった。私たちの幸運と効率ときたら、気味が悪いほどだったのだ。

もちろん、外の世界も私たちの計画を知っていたし、新基地に大々的に移転する前に、西へ――いや、むしろ北西へ――探検行に赴くべきだと、レイクが奇妙に思えるほど執拗に主張していることも知らされていた。レイクは、粘板岩に刻まれていた三角形の線紋について、驚くほど過激で大胆な考えを抱き、相当に熟考していたようだった。現物と地質年代の間にある種の矛盾が存在していることを読み取り、そのことが彼の好奇心をこれ以上なく刺激して、発掘された破片が間違いなくそこに属している、西に伸びる地層に対して、もっとボーリングや発破をかけたいと熱望してやまなかったのである。

彼はその線紋について、かなりの進化を遂げた、巨大で未知の、根本的に分類不可能な生物のつけた痕跡であると奇妙な確信を抱いていたのだが、その線紋が刻まれた岩石はとてつもなく古い時代――先カンブリア時代とまではいかずとも、カンブリア紀――のもので、高度に進化した生物が存在するはずもなく、単細胞生物か、せいぜい三葉虫くらいの生物しか存在しなかったはずなのだ。

奇妙な痕跡のついたこれらの破片は、五億年から十億年前のものであるに違いなかった。

Ⅱ

私の見たところ、レイクが前人未到にして人間の想像力の及ばぬ地域を北西に進んでいく様子を無線で伝えると、一般大衆は盛んに想像を掻き立てられたようだった。しかし、生物学や地質学といった学問全体に革命を起こそうという彼の途方もない望みについては、私たちは触れずにおいた。

一月一一日から一八日にかけて、彼と他の五名は橇で予備的なボーリング行に出発し——氷床の只中の巨大な氷丘脈を越える際、二匹の犬を失うという大きな痛手を蒙りはしたが——、さらに数多くの始生代の粘板岩をもたらした。そして、例の信じがたいほど古い地層に、生痕化石と思しいものが異様に数多く残っていることについて、私でさえも興味をそそられた。しかし、これらの化石は非常に原始的な下等生物のもので、明らかに先カンブリア時代であるらしい岩石に下等生物が含まれることを除けば、さしたる矛盾は存在しなかった。だから、時間節約を旨とする私たちの計画にレイクがもう一幕を差し挟むよう要求してくるのは、分別のあることには思えなかった——何しろその一幕のために、四機の飛行機全てと数多くの人員、さらには探検隊の機械装置全体が必要になるのだから。

結局、私はこの計画を却下しなかった。しかし、地質学上の助言が欲しいとレイクが言ってきたにもかかわらず、私は北西部行きの隊には同行しないことにした。

彼らがいない間、私はパーボディと五人の隊員たちと共に基地に残って、東部への移転のための最終的な計画を練ることにしたのである。この移転の準備のために、飛行機のうちの一機がマクマード湾から補給用のガソリンを運び始めていた。しかし、これは一時的に先延ばしにしても構わなかった。

私は橇一台と犬九頭を手元に残しておいた。永劫に続く死の世界で、いついかなる時でも移動できる手段を持たずにいるのは、賢明ではないからだ。

未到領域へと向かったレイクの分遣隊は、誰もが記憶していることだろうが、飛行機上の短波送信機から独自の報告を送信した。南方の基地にある我々の装置と、マクマード湾の《アーカム》号がそれらの報告を同時に受信し、そこから五〇メートルに波長を増幅した電波で外の世界に中継したのである。

出発は一月二二日の午前四時。無線の第一信を私たちが受け取ったのはわずか二時間後で、レイクによれば私たちから三〇〇マイルほど離れた地点で地上に降り、小規模の解氷とボーリングを開始するということだった。その六時間後に届いた、非常に興奮した第二信によれば、浅い縦穴を掘り下げて発破をかけるというビーバーじみた一心不乱の作業の結果、粘板岩の欠片が複数発見されたのだが、最初の困惑を引き起こした岩によく似た模様のあるものが、いくつも含まれていたということである。

三時間後、猛烈な強風の中で飛行を再開するとの短い報告があり、これ以上の危険は避けたいと私が抗議の電信を送ったところ、新たに発見した標本のためにはいかなる危険でも冒す価値があると、レイクはぶっきらぼうに答えてきた。私は、彼の興奮がもはや反乱の域に達しており、この向こう見ずな冒険を阻止することはできないと悟った。とはいえ、クイーン・メアリー・ランドとノックス・ランド[*12]の、半ば既知で半ば想像上の海岸線までおよそ一五〇〇マイルも続いている、暴風雨と底知れぬ謎を孕んだ、不吉で油断のならぬ白い広漠の中に彼がいよいよ深く突入していくことを思い、ぞっとした。

それからおよそ一時間半余りが経過し、移動中のレイクの飛行機から二倍増しで興奮した電信が届いたのだが、私の気持ちはほとんどひっくり返り、隊に同行すれば良かったと考えたほどだった。

「午後一〇時五分。機上より。吹雪の後、これまで目にしたいかなる山よりも高い山々の連なりを、前方に発見した。台地の標高を考慮すると、ヒマラヤ山脈に匹敵するかもしれない。おそらく、南緯七六度一五分、東経一一三度一〇分。右にも左にも視界の限りに続いている。煙を吐いている錐状 火山が、二つあるようだ。全ての峰が黒く、雪がない。山々から強風が吹き下ろしていて、航行を妨げている」

その後、パーボディと他の者たち、そして私は、息を殺して受信装置にかじりついた。そのような巨大な山塊が七〇〇マイル離れたところに存在するのだと思うと、心の奥底にある冒険心がくすぐられ、私たち自身の功績ではなくとも、ともかくこの遠征隊が発見者となったことを嬉しく思った。

三〇分後、レイクから再び連絡が入った。

「モールトン機が麓の台地に着陸を余儀なくされたが、怪我人はなく、たぶん修理可能。必要であれば、帰還ないしはさらに遠くへ移動するべく、他の三機に必需品を移すつもりだが、今のところさらに大掛かりな飛行機の旅は必要ない。山脈は想像し得るいかなるものも超えている。積荷を全部おろしたキャロル機で偵察に赴くつもり。こんなもの、きみたちには想像もつくまい。最高峰は三万五千フィート［一万フィートは三〇四八メートル］を超えるはずだ。エベレストは競争圏外だ。キャロルと僕が上がっている間、アトウッドが経緯儀で標高を測定する。地層が層を重ねているように見えるので、錐状火山の件は間違いだったようだ。先カンブリア時代の粘板岩に、他の地層が混ざっている可能性がある。稜線の輪郭の見え方が奇妙だ——最も高い峰々に、立方体状の規則正しい区画がへばりついている。低い太陽の赤金色の光に照らし出された、全景が素晴らしい。夢の中で目にする神秘の国、あるいは前人未到の驚異に満ちた禁断の世界への門戸のようだ。きみたちもここにいて調べられたら良かったのに」

規則上では睡眠をとる時間だったが、聴いている私たちは誰ひとり、眠ろうなどと思わなかった。貯蔵庫と《アーカム》号で電信を受け取っているマクマード入江でも、概ね同じような状況だったに違いない。というのも、ダグラス船長がこの重要な発見について皆を祝福する連絡を寄越してきたし、貯蔵庫の通信士であるシャーマンもその気持ちに賛同を示したのである。

もちろん、飛行機の破損は残念だったが、簡単に修理できるとの見込みがあった。

やがて午前一一時に、レイクからの新たな電信が届いた。

「キャロルと一緒に、最高峰の麓に広がる丘陵の上を飛行する。今現在の天候では高い峰々に挑むことはできないが、後で挑んでみるつもりだ。上昇は困難で、この高度では飛び続けるだけでも一苦労だが、それだけの価値はある。大山脈は切れ目なく続いているので、向こう側を垣間見ることはできない。主峰の頂はヒマラヤ山脈を凌駕し、ひどく奇妙だ。山脈は先カンブリア時代の粘板岩のようで、他の多くの地層が隆起した痕跡がはっきりと見える。火山について報告したのは間違いだった。山脈は視界の続く限り、どの方角にも果てしなく伸びている。およそ二万千フィートより上は、雪がきれいになくなっている。最高峰の山々の斜面には、奇妙な累層（るいそう）がある。正確に垂直に切り立つ側面のある、巨大で背の低い正方形のブロックと、矩形のラインに並ぶ背の低い垂直の塁壁（るいへき）が立ち並んでいて、その様子はまるでレーリヒの絵画に描かれた、険しい山にへばりついているアジアの古城のようだ。遠くから見ても強い印象を受ける。いくつかの近くまで飛んでみると、キャロルはそれらがより小さく分かれたかけらから形成されていると考えたようだが、十中八九、風化によるものだろう。まるで何百万年もの間、嵐や気候の変化にさらされてきたかのように、ほとんどの縁（へり）の部分が毀（こぼ）れて丸みを帯びていた。その一部――特に上部は、斜面の表面に露出しているどの地層よりも明るい色の岩石であるらしく、結晶体を起源としているのは明白だった。近くを飛行すると、洞窟（どうくつ）の開口部が数多く見えるのだが、中には不自然なほどに輪郭が規則正しいものがあり、正方形や半円形をしたものもあった。きみたちはここにやってきて、調査するべきだ。一つの峰の頂に、正方形の塁壁が見えたように思う。標高はおよそ三万から三万五千フィートといったところだろう。僕自身は二万千五百フィートの高度まで上がっていき、肌（はだ）を嚙（か）むような呪（のろ）わしい寒さの只中にいる。風が吹き抜け、洞窟を出たり入ったりしてびゅうびゅうと唸（うな）りをあげているが、今のところ飛行に支障はない」

それからさらに三〇分ほど、レイクは矢継ぎ早にコメントを続け、いずれかの峰を徒歩で登ってみるつもりだと表明した。私は、飛行機を一機寄越してくれたらすぐにも合流するつもりであり、私とパーボディとで最良のガソリン補給計画――遠征の性格が変化したことを踏まえて、どこにどうやって補給を集中させるか――を練ることにすると返信した。

　レイクがボーリング作業を続けるにせよ、飛行機で活動するにせよ、山々の麓に設ける新しい基地に大量のガソリンを運ばねばならないことは明白だった。それに、ともかくもこの季節は、東への飛行が行われない可能性があったのである。

　私はこの件についてダグラス船長に連絡し、できるだけ多くのガソリンを船からおろして、そちらに一隊を残しておいた犬橇隊で氷壁を登ってきてくれるよう頼んだ。レイクのいる場所とマクマード入江の間の未知領域を横断する最短ルートを、私たちは何としても確立せねばならないのだ。

　その後、レイクから連絡があって、モールトン機が不時着して既に修理が多少進んでいる場所にキャンプを張ることにしたと告げられた。氷床が非常に薄く、そこかしこに黒い地肌が見えたので、彼は犬橇で出かけたり山に登ったりする前に、その場所で少しばかりボーリングと爆破を行うつもりだった。

　彼は、その景色全体の言いようのない荘厳さについて、そして世界の縁に天まで届く壁の如く立ち並ぶ、静寂に包まれた巨大な尖峰の風下にいることの、何とも奇妙な感覚について語った。

　経緯儀によるアトウッドの観測では、最も高い五つの峰の高さは、三万から三万四千フィートということだ。あたりの地面が吹きさらしになっていることに、レイクは明らかに不安を覚えていた。これまでに遭遇したことのない、桁外れの強風が吹くことを示しているからだ。彼のキャンプは、山の裾野が急激に高くなっているところから、五マイル［約八キロメートル］余り離れた位置に設営されている。

　私たち全員が作業を急ぎ、この奇妙な新領域での調査を一刻も早く済ませてしまおうと促す彼の言葉――七百マイルの虚ろな氷河を越えてきた言葉――の底には、警戒心が潜んでいるように感じられた。

およそ比類のない速度で奮闘（ふんとう）し、成果をあげながら一日中休むことなく作業を続けていた彼は、今しも眠りにつこうとしていた。

朝になると、私はそれぞれ遠く離れた基地にいるレイクとダグラス船長を相手に、三者間の無線会議を行った。そして、レイクの飛行機のうち一機が、パーボディと五人の隊員と私を迎えに私のいる基地に飛んできて、運べる限りの燃料を積んでいくという合意に達した。燃料事案の残りの部分は、東へ移動するかどうかの判断如何（いかん）にかかっていたが、まだ数日は先送りできた。レイクの手元には、当面の間、キャンプの暖房とボーリングの実行に十分な量の燃料があったのだ。

いずれは、南の旧基地にも燃料を補給せねばならない。しかし、東に向かうのを延期するなら、次の夏まではそこを使わなくなる。その間に、レイクは飛行機を一機飛ばして、新たに発見した山脈とマクマード入江（サウンド）を結ぶ最短ルートを探らねばならない。

パーボディと私は、状況次第ではあるが、短期間ないしは長期間にわたり、私たちのいる基地を閉鎖（へいさ）する覚悟を決めた。南極で越冬するのであれば、私たちはたぶんレイクの基地から《アーカム》号へ直行することになり、ここに戻ることはないだろう。

円錐形のテントのいくつかは、既に硬い雪の塊（かたまり）で補強してあったので、今は恒久的エスキモーの村を作る作業を完遂することにした。テントの貯蔵品が非常に豊富だったおかげで、私たちがレイクの基地に到着した後も、彼の手元には必要なものが全て揃（そろ）っていた。

パーボディと私は、一日作業をして一晩休めば、北西へ移動する準備ができると無線で連絡した。

しかし、午後四時以降、私たちの作業はあまり捗（はかど）らなかった。というのも、その頃にレイクが興奮した異様な電信を送り始めたからである。

　その日の彼の作業は、出だしから幸先の悪いものだった。ほとんど露出している岩の表面を飛行機で調査したところ、彼が探し求めていた、キャンプからは決して手の届かぬ高さに聳え立つ巨峰の大部分を形成する始生代や原初の時代の地層が、全く存在しないことが判明したのである。目につく岩石はといえば、ジュラ紀やコマンチ紀[*13]の砂岩やペルム紀や三畳紀の片岩がほとんどで、時折露出している光沢のある黒いものは、硬い粘板岩状の石炭だと思われた。

　これにはレイクもいささか落胆した。彼の計画は全て、五億年以上前の標本を発掘することにかかっていたのである。例の奇妙な痕跡を発見した始生代の粘板岩の岩脈を見つけ出すためには、この裾野から巨大な山々の急斜面まで、長い橇の旅をせねばならないことは明白だった。

　にもかかわらず、彼は遠征隊の通常の計画の一環として、現地でボーリングを行うことにした。そうしたわけで、彼がドリルを設置し、五人の隊員たちがそれを操作する間に、他の者たちはキャンプの設置と損傷した飛行機の修理を完了した。

　最初の試料採取では、見た感じ最も軟らかそうな岩——キャンプから四分の一マイルほど離れたところの砂岩——が選ばれて、発破の補助もさほど必要とせず、ドリルは目覚ましく掘り進んだ。

　およそ三時間後、この作業では最初の大掛かりな爆破に続き、ドリルを操作していた者たちが歓声をあげた。そして、ゲドニー青年——現場監督の代理——が、驚くべきニュースを持ってキャンプに駆け込んできた。洞窟にぶつかったのである。

　ボーリングを開始して最初のうちは砂岩層だったのが、頭足類、珊瑚、海胆、スピリファー〔腕足動物の一種〕

などの微小な化石に満ち、時には珪質海綿動物や海洋脊椎動物の骨――後者はおそらく硬骨魚類、鮫類、硬鱗魚類だろう――も見られる、コマンチ紀の石灰岩の岩脈に変化した。

　このこと自体が、探検隊が最初に手に入れた脊椎動物の化石という意味で、十分に重要な出来事だったのだが、その直後に、ドリルのヘッドが地層を突き破って空洞らしきものに抜けた時、掘削していた者たちの間には全く新しい二重の興奮が広がった。

　かなり大がかりな爆破が、地底の秘密を露わにした。そして今、幅五フィート、厚さ三フィートばかりのギザギザになっている穴を通して、五千万年以上前、往古の熱帯世界の地下水のしたたりが穿った石灰岩の浅い空洞の一部が、貪欲な探求者たちの前にぽっかりと口を開いたのである。

　空洞のある層は深さ七、八フィートにも満たないが、四方八方に果てしなく広がり、新鮮でわずかに動く空気が、この場所が広大な地下構造系の一部であることを示唆していた。天井と床には大きな鍾乳石や石筍が豊富に存在し、中には上下が繋がって柱のようになっているものもあった。

　しかし、何より重要なのは、ところどころで通路を塞ぎかけている、膨大な貝殻や骨の堆積物だ。中生代の木生羊歯や菌類の密林や、第三紀の蘇鉄や扇状葉の椰子、原始的な被子植物の森から押し流されてきたこの骨の寄せ集めには、最も優秀な古生物学者が丸一年をかけても数えきれず、分類しきれぬほど大量の、白亜紀、始新世、その他の時代の動物種の見本が含まれていたのである。軟体動物、甲殻類の殻、魚類、両棲類、爬虫類、鳥類、初期の哺乳類――大きなものや小さなもの、既知のものもあれば、未知のものもある。

　ゲドニーが叫び声を上げながらキャンプに戻ったのも無理からぬことであるし、他の者たち全員が作業を中断し、肌を嚙む寒さの中を、地球内部と消え去った永劫の過去の秘密への新発見の門戸を示している背の高い櫓に、がむしゃらに殺到したのも何ら不思議なことではなかった。

レイクは最初の強烈な好奇心を満たすと、ノートにメッセージを書き付け、モールトン青年をキャンプに駆け戻らせ、それを無線で送信させた。それが、私が受け取った発見についての最初の知らせで、初期の貝殻、硬鱗魚類や板皮類の骨、ラビリントドンとテコドントの残骸、大型モササウルスの頭骨片、恐竜の脊椎や鎧板、翼竜の歯や翼の骨、始祖鳥[*14]の残骸、中新世の鮫の歯、原始的な鳥の頭蓋骨、そしてパラオテリウム、クシフォドン、ディノケラス、エオヒップス、オレオドン、チタノテリウムといった太古の哺乳類の頭蓋骨、椎骨、その他の骨が確認されたと書かれていた。マストドン、象、駱駝、鹿、あるいはウシ亜科の動物のような最近の動物は含まれていなかった。このことによってレイクは、最後の堆積は漸新世に起き、空洞のある地層が少なくとも三千万年にわたり、現在のように乾燥し、死に絶え、近づきがたい状態のままだったのだと結論づけた。

その一方で、ごく初期段階の生命形態の化石が数多く存在するのは、すこぶる異常なことだった。ヴェントリクリテス属[*15]などの典型的な埋没化石が含まれるという証拠から、この石灰岩の地層は紛れもなくコマンチ紀のもので、それより少しでも早い時代に存在したはずはなかった。しかし、空洞の中に散らばっていた欠片の中には、遥かに古い時代に特有のものとこれまで考えられてきた生物——未発達の魚類、軟体動物、珊瑚などシルル紀やオルドビス紀のような遠い時代のものすらも——が、驚くほど大きな割合で含まれていた。

必然的に導き出される推論は、世界のこの地域において、三億年以上前の生物とたかだか三千万年前の生物との間に、著(いちじる)しく特異な連続性が存在したというものである。この洞窟が塞がれた漸新世以降、連続性がいつ頃まで持続したかについては、もちろん推測は及ばない。いずれにせよ、五〇万年前——空洞が経てきた歳月に比べれば、つい昨日のことだ——の洪積世(こうせきせい)〔約二五八万年前〜一万年前の地質年代。現在はもっぱら更新世と呼ばれているが、本書では古い言葉を使用する〕における恐ろしい氷期の到来が、この地域で通常よりも長く生き延びることができた原初の生命形態の全てに、終止符を打ったに違いない。

　レイクは最初に送ったメッセージでは満足せず、モールトンの帰還を待たずして新たな報告を書きとらせ、雪の中をキャンプに持って行かせた。その後、モールトンは飛行機のうち一機の無線機に留まり、レイクが立て続けに届けさせる追伸(ついしん)を、私に——そして、外の世界に中継させるべく《アーカム》号に——送信した。新聞報道を追われていた方は、その日の午後の報告が科学者たちの間に巻き起こした興奮を覚えておいでのことだろう。この報告が巡り巡って、数年を経た今、私がその目論見を思いとどまらせようと躍起(やっき)になっているスタークウェザー＝ムーア遠征隊の結成のきっかけとなったのである。

　レイクが送信してきて、基地の通信士(オペレーター)であるミクタイグが鉛筆(えんぴつ)で書き取った速記から書き改めたメッセージを、一字一句そのままの形で伝える方が良さそうだ。

「ファウラーが、爆破によって得られた砂岩と石灰岩の破片の中に、きわめて重要なものを発見した。始生代の粘板岩の中に見られたものと同様の、いくつかのはっきりした三角形の線状痕で、六億年以上前からコマンチ紀までの間、それをつけた生物が何ら形態学的な変化をせず、平均的なサイズが減少することもなく、存続していたことを証明していた。コマンチ紀の痕跡は、古い時代のものよりも原始的ないしは退化したものであることが明白だ。報道では、この発見の重要性を強調すること。生物学におけるその意味は、数学や物理学にとってのアインシュタインの意味に匹敵するだろう。僕のこれまでの研究成果と結びつき、結論の数々を増幅することにもなる。僕がかねてそうではないかと疑っていたのだが、従来知られていた始生代の細胞に始まる有機生命のサイクルよりも以前、地球上には、ひとつないしは複数のサイクルが存在していたことを示すようなのだ。この惑星がまだ若く、いかなる生命形態も、通常の原形質の組織も生息していなかった十億年以上前に、それは進化し、特殊化した。そこで問題になるのは、その発達がいつ、どこで、どのように起きたのかだ」

「その後。大型で陸棲・海棲のトカゲ類や原始的な哺乳類の骨格片を調べたところ、その骨格構造に、いかなる時代の既知の捕食動物や肉食動物に起因するものでもない、局所的な傷ないしは損壊を発見した。二種類ある——まっすぐに貫通した穴と、明らかに何かで叩き切られたような切り口だ。骨が綺麗に切断されているケースも一、二例ある。被害を受けている標本は多くない。懐中電灯をキャンプに取りに行かせている。鍾乳石を切除して、地下の捜索範囲を広げるつもりだ」

「さらにその後。このあたりのどの地層とも全く異なっている、幅約六インチ〔約一五・二センチメートル〕、厚さ約一・五インチほどの石鹸石の欠片を発見した。緑色を帯びているが、年代を特定できるような証拠は何もない。奇妙に滑らかで、形が整っている。五芒星のような形をしているが、先端が欠けていて、内側の角と表面の中心部に、割れ目のような跡がある。傷がない側の表面の中心には、小さく滑らかな窪みがある。その出所と、それが風化していることについて、大いに興味がそそられる。おそらく水の作用による変形なのだろう。拡大鏡を手にしたキャロルは、地質学的に重要な痕跡が他にも見つけられるだろうと考えている。小さな点の集まり（グループ）が複数、規則正しく並んでいる。僕たちの作業中、犬たちは不安げで、どうやらこの石鹸石を嫌っているようだ。特有の臭（にお）いがあるのかどうか、確認せねば。懐中（かいちゅう）電灯を持ったミルズが戻ってきたら、また報告を入れる」

「午後一〇時一五分。重要な発見。九時四五分に地下で作業をしていたオーレンドーフとワトキンスが、まったくもって性質のわからない巨大な樽型（たるがた）の化石を発見した。未知の海洋性放射相称動物[*16]の育ちすぎた個体でなければ、たぶん植物だろう。見たところ無機塩により体組織が保存されたようだ。革のように頑強（がんきょう）だが、ところどころ驚くような柔軟性（じゅうなんせい）を保持している。両端と側面に、部位がちぎれたような跡がある。端から端まで六フィート［一フィートは約三〇・五センチメートル］、中央部の直径は三・五フィート、両端は一フィートと先細りになっている。樽に似ていて、五本の膨（ふく）らんだ隆線（りゅうせん）が樽板の代わりになっている。これらの隆線の中心部をぐるりと囲むように、細い茎（くき）のような横方向の切れ目がある。隆線と隆線の間の溝（みぞ）には、奇妙なものが生えている。扇のように折り畳（たた）んだり広げたりする櫛（くし）ないしは翅（はね）だ。ほぼ七フィート［約二・一メートル］の翅を広げられる一枚を除いて、全てひどく破損している。こうした要素の組み合わせは、原初の神話における種の怪物たちの一種、とりわけ『ネクロノミコン』に記されている伝説的な《先住者（エルダー・シングス）》[*17]を想起させる。これらの翅は膜状（まくじょう）で、腺管（せんかん）の骨組みに張られているようだ。翅の先端にある骨組みの腺管には、微細な開口部があるようだ。胴体（どうたい）の両端はしぼんでいて、内部やそこから切断された部分についての手がかりはない。キャンプに戻ったら、解剖しなければ。植物か動物かも判別できない。多くの特徴は、明らかに信じがたいほど原始的だ。総出で鍾乳石を切除し、さらなる標本を探している。傷のついた骨が新たに見つかったが、こいつは後回しにせねばならない。犬たちには困ったものだ。新しい標本に耐えられず、遠ざけておかないとズタズタに引き裂いてしまうことだろう」

「午後一一時三〇分。ダイアー、パーボディ、ダグラスは謹聴せよ。最高の——超越的と言っても良い——重要な事柄だ。《アーカム》号は、ただちにキングスポート岬無線局に中継せよ。あの奇妙な樽こそが、岩に痕跡を残した始生代の生物なのだ。ミルズ、ブードロー、ファウラーが、開口部から四〇フィート離れた地下の位置で、さらに一三体の群れを発見した。先に発見したものよりも小型の、奇妙な丸みを帯びた形状の石鹸石——星型をしているが、先端のいくつかの箇所を除いて破損の跡がない——の欠片と一緒にだ。有機体の標本のうち八体は、見たところ完全な状態で、付属器官を全て具えている。犬たちを遠ざけておいて、全てを地表に引き出した。彼らはその物体に耐えられないのだ。記述には細心の注意を払い、正確を期すべく反復すること。新聞各紙には、正しく理解させねばならない」

「これらの物体は全長八フィート［一フィートは約三〇・五センチメートル］。五本の隆線を有する樽状の胴体が六フィートで、中央部の直径は三・五フィート。両端の直径は一フィート。暗灰色で柔軟性があり、この上なく頑強である。七フィートの膜状の翅は同じ色で、折り畳まれた状態で発見され、隆線の間の溝から広げられる。翅の骨格は管状もしくは腺状で、より明るい灰色をしており、翅の先端には開口部がある。広げた翅の縁は鋸歯状になっている。胴体の中心線の周囲には、垂直に五本並んでいる樽板のような隆線の中央の

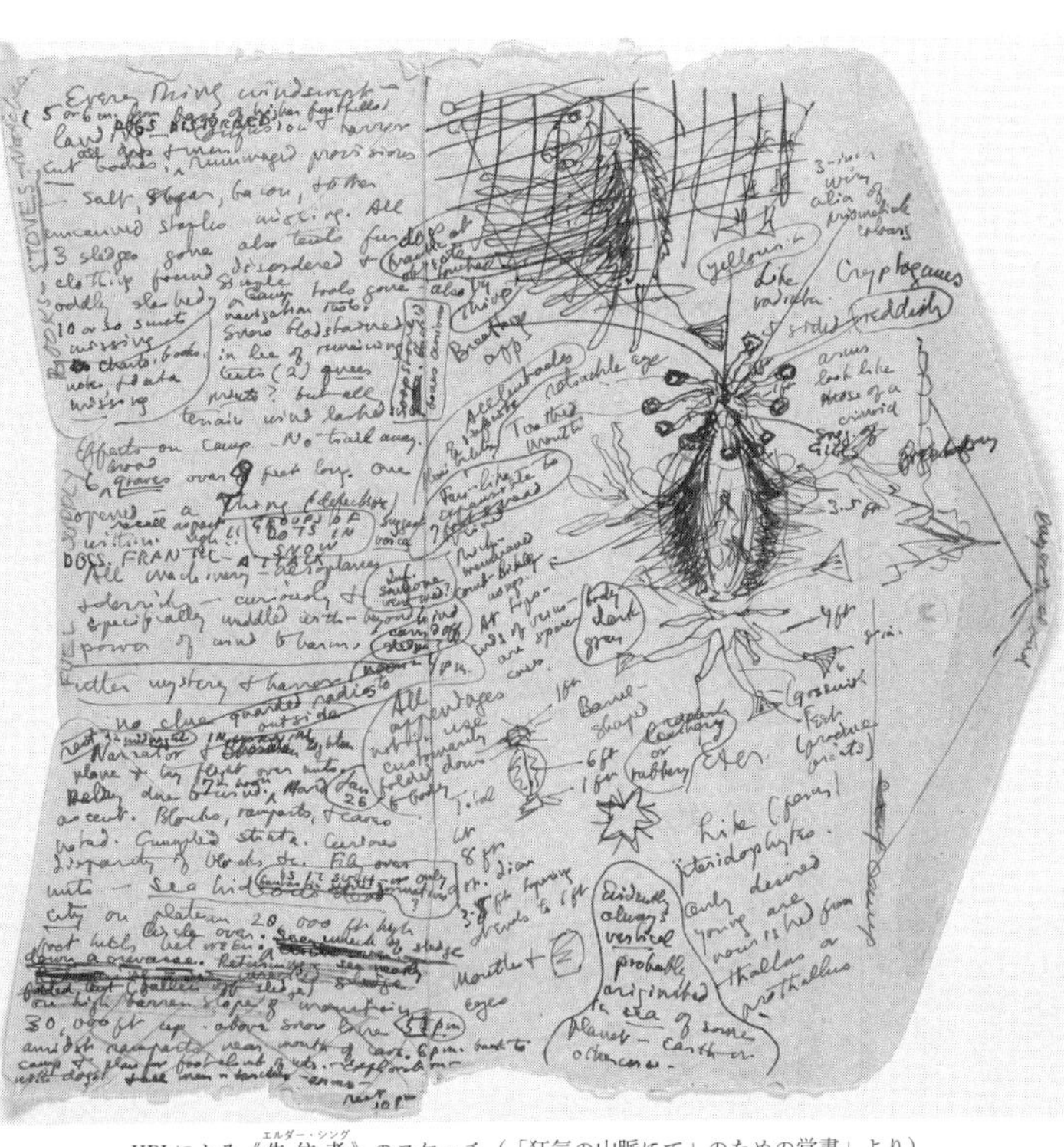

HPLによる《先住者（エルダー・シング）》のスケッチ（「狂気の山脈にて」のための覚書」より）

頂点に、淡灰色の柔軟な腕ないしは触手が五系統並んでいて、発見時には胴体にぴったり折り畳まれていたが、最大で三フィート以上の長さまで伸縮する。原始的なウミユリの腕に似ている。直径三インチ［一インチは約二・五センチメートル］の単茎が、六インチ先で五本の副茎に分かれ、各茎は八インチ先で五つの小さな先細りの触手ないしは蔓に分かれていて、合計二五本の触手を具える格好となる」

「胴体上部にある短くて太い球根状の首は、明るい灰色で鰓のようなものがあり、多彩な色を帯びた三インチの針金状の繊毛で覆われた、五つの頂点がある黄色がかった海星型の頭部らしきものを支えている。この頭部は分厚く膨らんでいて、頂点から頂点までの間はおよそ二フィートばかり、各頂点からはそれぞれ、三インチの柔軟で黄色がかった管が数本ずつ伸びている。頂部の真ん中にある切れ目は、おそらく呼吸を行う開口部である。それぞれの管の先端には球状の拡張部があって、触れると黄色がかった膜が巻き戻され、どうやら眼球であるらしい、赤い虹彩のあるガラス状の球体が露わになる。海星型をした頭部の内側の角からは、やや長い赤みがかった管が五本伸びているのだが、その先端は同じ色の嚢状の膨らみになっていて、これを圧迫すると最大径二インチの釣鐘型の孔が開き、白い歯に似た鋭い突起が並んでいる。たぶん口なのだろう。これらの管や繊毛、海星型をした頭部の突起は、いずれも発見時はしっかり折り畳まれ、管や突起は球根状の首や胴体にしっかり畳み込まれていた。その頑強さに似合わぬ柔軟性は、驚くべきものだ」

「胴体の基部には、頭部の諸器官におおまかに対応しているが、しかし機能が異なっているものが存在する。明るい灰色をした球根状の偽首には鰓孔がなく、緑色がかった五つの突起がある海星状の器官を保持している。強靭な筋肉質の腕は長さ四フィート、基部のところの直径は七インチだが、先端にかけておよそ二・五インチに細まっている。それぞれの先端には、小さくて緑色がかった、五本の脈が通っている、三角形の膜状器官がついていた。この器官こそ、十億年から五、六千万年前の岩に痕跡を残した水かき、鰭(ひれ)、あるいは偽足なのだ。海星状器官の内側の凹(へこ)んだ部分からは、基部では直径三インチ、先端で一インチに先細りする、長さ二フィートの赤みがかった管が突き出している。その先端には孔(あな)が開いている。こうした部位の全てが、限りなく頑丈で革のような硬さがあるが、きわめて柔軟でもある。水かきのついた四フィートの腕は、海やそれ以外の場所において、何かしらの移動手段として使用されたことは間違いない。動かしてみると、筋肉が並外れて発達していることが窺える。発見時、これらの突起は全て、もう一方の端と同じように、偽首と胴体の端にしっかり畳み込まれていた」

「動物界と植物界のどちらに属するかはまだ断定できないが、今のところ、動物界に属する可能性が高そうだ。おそらく、ある種の原始的な特徴を失うことなく、放射相称動物が信じがたいほど高度に進化したものである。局所的に相反する証拠もあるが、棘皮(きょくひ)動物との類似性は間違いない。海洋に棲息していた可能性が高いので、翅の構造を備えているのは不可解だが、水上航行に用いたのかもしれない。左右の対称性は妙に植物的で、動物的な前後構造ではなく、植物的な上下構造を示している。進化した時期が非常に早いことが――これまでに知られている最も単純な始生代の原生動物に先立っている――、起源にまつわるあらゆる推測を妨げている」

「完全な標本は、原初の神話に登場するある種の生物と気味が悪いほど酷似(こくじ)しているので、古くは南極以外の場所にも生存していたと考えざるを得ない。ダイアーとパーボディは『ネクロノミコン』を読み、その本のテキストに基づいたクラーク・アシュトン・スミス[*18]の悪夢のような絵を目にしたことがあるので、戯れか誤りから地球上の全ての生命を創造したとされる《先住者》についての話をしても、わかってくれることだろう。研究者たちはこれまでずっと、そうした概念について、ひどく古い時代の熱帯の放射相称動物について病的な想像をたくましくしたことから形作られたのだろうと考えていた。それに、ウィルマースが話していた、先史時代の伝承上の怪物たち——クトゥルー崇拝における従属的な存在やら何やらにも似通っている」

「途方もない広さの研究分野が開かれたんだ。一緒に見つかった標本から判断するに、おそらく白亜紀末期ないしは始新世初期のものだろう。大量の石筍が、その上に堆積している。削り取るに苦労したが、頑丈なので破損は免れた。保存状態は奇跡的で、明らかに石灰岩の作用によるものだ。今のところ、これ以上の発見はないが、後ほど調査を再開する予定。当面の作業は、狂ったように吠えて、とてもそばに近づけられそうにない犬を使わずに、一四体の巨大な標本をキャンプまで運ぶことだ。九人もいれば——三人は犬の番をさせるために残す——ひどい風が吹いているが、三台の橇をうまく操ることができそうだ。マクマード入江と飛行機で往復して、資材の輸送を始めなければならない。だが、休息を取る前に、標本の一体を解剖しなければ。ここにちゃんとした実験室があればいいんだが。ダイアーは、僕が西に向かうのを止めようとしたことを後悔するんだな。最初は世界最大の山々、お次はこいつだ。この最後の発見が遠征の山場でないのだとしたら、いったいこの先何があるのか見当もつかないね。僕たちは根っからの科学者だものな。おめでとう、パーボディ、きみのドリルが洞窟を掘り当てたんだ。さて、《アーカム》号はこの説明を復唱してくれたまえ」

この報告を受け取ったパーボディと私の興奮は、ほとんど筆舌（ひつぜつ）に尽くしがたいものだったが、仲間たちの熱狂のほども私たちに引けを取るものではなかった。ぶんぶん唸る受信機から聞こえてきた言葉の要点を手早く書き留めていたミクタイグは、レイクの通信士（オペレーター）が通信を終えるとすぐに、自分の速記から電文全体を書き出した。その場にいた全員がこの発見の画期的な意義を認（みと）め、《アーカム》号の通信士（オペレーター）が言われた通りに書き起こされた文面を復唱すると、私はすぐさまレイクに祝電を送った。そして、マクマード入江（サウンド）の物資貯蔵所にいたシャーマンと、《アーカム》号のダグラス船長も私に倣（なら）った。然（しか）る後に、遠征隊長である私が、《アーカム》号を経由して外の世界に伝達するべき言葉を付け加えた。

もちろん、この興奮の只中にあって、休息を取るなどとんでもないことだ。私の望みはただひとつ、可能な限り早くレイクのキャンプに赴くことだった。山間部に強風が吹き始め、早朝に飛行機で移動することができなくなったという知らせを受けた時には、私は意気消沈した。

しかし、一時間半も経つ頃には、再び湧（わ）き起こった興味が落胆を追い払った。レイクがさらに電文を送ってきて、一四体の巨大な標本を、キャンプへすっかり運び終えたことを告げたのである。驚くほどの重量のため、大変な作業になったが、九人がかりで首尾よくやり遂げたのだった。目下、数名の隊員たちが、キャンプから安全な距離を空けたところに、雪で急ごしらえの家畜小屋を作っていた。そこに犬たちを連れてくれれば、ずっと便利に餌（えさ）を与えられるだろう。標本は、レイクが大雑把（おおざっぱ）な解剖を試みている一体を除いて、キャンプ近くの硬い雪の上に並べられていた。

この解剖は、予想以上に大変な作業のようだった。というのも、新しく張られた実験用テントの中は、ガソリン・ストーブで熱せられていたにもかかわらず、選ばれた標本——頑強で無傷な個体——の見かけによらず柔軟な組織は、革のような強靭さを全く失わなかったのだ。いったいどのようにすれば、彼が見たいと望んでいる構造上の美しさを台無しにしかねない乱暴な力を加えることなく、必要な切開を行うことができるのか、レイクは頭を悩ませた。実際の話、完全な状態の標本がもう七体ありはした。とはいうものの、この洞窟から無尽蔵に出てくるのでない限り、むやみに浪費してしまうには少なすぎる数なのだ。そこで彼は、その標本をどけると、別の標本——両端に海星型の残骸があるものの、ひどく潰れていて、胴体の大きな溝に沿って部分的に破損しているもの——を引きずってきた。

すぐに無線で報告されてきた解剖の結果は、実に不可解かつ刺激的なものだった。異様な組織をろくに切断することもできない器具に、繊細さや正確さを望むべくもなかったが、わずかに得られた成果は、私たち皆に畏怖と困惑の思いを抱かせた。既存の生物学を全面的に見直さなければなるまい。何しろこの生物ときたら、科学が知るいかなる細胞増殖の産物でもなかったのだから。

鉱物との置換はほとんどなく、おそらく四千万年もの歳月を経ているのにもかかわらず、内部組織はまったく無傷だった。革のようで、劣化せず、ほとんど破壊できないという性質は、この生物の組織の形態に特有のものだった。私たちの推し量る能力をすっかり超越した、無脊椎動物の進化における遥か太古[*19]の周期に属しているものなのだ。

レイクが発見したものは、その全てが最初のうちは乾燥していたが、暖房の利いたテントの中で解凍されると、傷のない側から、刺激性の不快な臭気を放つ有機的な水分が滲み出してきた。血液ではないが、同じ目的を果たしているものらしい濃厚な暗緑色の液体だった。

レイクの作業がこの段階に達するまでに、三七頭の犬は全て、キャンプの近くのまだ完成していない家畜小屋に連れてこられていたのだが、それだけの距離が空いていたにもかかわらず、刺激性で広がりやすい臭気を嗅(か)ぎつけた犬たちは野蛮(やばん)な吠え声をあげ、落ち着かなげな様子を見せていた。

だが、この暫定的な解剖は、その奇妙な生物の位置づけを特定するのに役立つどころか、謎を深めただけだった。外見上の器官についての推測は全て正しく、それらの証拠からしてこの存在を動物と呼んでしまって差し支えないだろう。しかし、内部を観察してみると、植物的な生物である証拠があまりにも多く、レイクはすっかり途方に暮れてしまった。それは消化と循環(じゅんかん)を行っていて、海星(ヒトデ)型の底部の赤みがかった管から老廃物(ろうはいぶつ)を排出していた。ざっと見たところ、そいつの呼吸器官は二酸化炭素ではなく酸素を処理しているようで、空気を貯(たくわ)えるいくつかの房室(ぼうしつ)を備え、外部の開口部から少なくとも二種類の十分に発達しきった呼吸器系——鰓(えら)と気孔(きこう)——に呼吸を切り替えることができたことを示す、奇妙な証拠が見られた。明らかに水陸両生で、おそらくは空気のない場所での長い冬眠期間にも適応していたのだろう。発声器官は主要な呼吸器系と連結して存在しているようだが、すぐには解明できない異常な点があった。音節を区切った発声という意味における分節的な会話をしていたとは、到底考えられなかったが、広い音域をカバーする音楽的で笛の音のような声だった可能性は非常に高かった。筋肉(きんにく)組織は、超自然的と呼ぶに値するほど発達していた。

神経系はレイクが愕然(がくぜん)とするほど複雑で、高度に発達していた。いくつかの面では原始的かつ初歩的なものだったが、特殊な発達が極限に達していたことを示す神経節の中枢(ちゅうすう)と結合組織が、この生物には備わっていた。五つに分かれた脳は驚くほど発達していた。そして、他のいかなる地球上の生物とも異なる要素を含む、頭部の針金じみた繊毛が部分的にその機能を担っている、感覚器官の兆候(ちょうこう)があった。

おそらくは五感よりも多い感覚を有しているので、その習性は既存の生物との類似性から予測することができないだろう。レイクの考えでは、この生物は原初の世界において、鋭敏な感覚と微妙に分化した個々の役割を持つ生物だったに違いなかった。ちょうど今日のアリやミツバチのような。隠花植物――とりわけ羊歯植物と似たような方法で繁殖し、翼の先端に胞子嚢があり、明らかに葉状体もしくは前葉体から成長した。

しかし、この段階で命名するのは、愚かしいことでしかなかった。放射相称動物のように見えたが、それ以上のものであることは明らかだ。部分的には植物だが、動物の構造に不可欠なものの四分の三を備えていた。海洋起源であることは、その対象的な外形や、その他いくつかの特徴から明らかだったが、その後、どこまでの環境に適応したかについて、正確なところはわからなかった。何といってもその翼の存在が、空を飛ぶ生物であることを如実に示していた。

生まれたばかりの地球上で、いかにしてこれほどの複雑な進化を遂げ、始生代の岩石にその痕跡を残すことができたのか――その疑問はレイクをして、星界から降りてきて、冗談ないしは何かの間違いで地球上の生命を創造したという《大いなる古きものども》にまつわる原初の神話[20]――さらには、ミスカトニック大学の英語学部に在籍する民俗学者の同僚[21]が話してくれた、〝外側〟から到来した丘陵地の宇宙的な怪物どもにまつわる荒唐無稽な物語のことを、何とはなしに想起させたほど、想像を遥かに超えたものだった。

当然、彼は先カンブリア時代の痕跡が、今ここにある標本ほどに進化していない祖先がつけたものであるという可能性を考えた。しかし、古い化石の高度な構造的特質を考慮して、この安易に過ぎる説をすぐさま否定した。後のものの外形は、高度な進化というよりはむしろ、退化を示していたのだ。擬足（ぎそく）は小さくなり、形態は全体的に粗（あら）く、単純化されているように見えた。のみならず、先ほど調べたばかりの神経や器官には、さらに複雑な形態から退行したかのような、特異な兆候が見られた。萎縮（いしゅく）し、退化した部位が、驚くほど多かったのである。結局、解明したと言える点はほとんどなかった。そして、レイクは神話に頼って仮の名前をつけることにした——彼の発見したものを、冗談めかして《先住のもの（エルダー・ワンズ）》と名付けたのである。

午前二時三〇分頃、作業を中断して少しばかり休息をとることにしたレイクは、解剖した生物を防水シートで覆って実験用のテントから出てくると、新たな興味を無傷の標本に向けた。絶え間なく照りつける南極の太陽が、標本の組織をわずかに柔らかくし始めていて、二、三体の頭部の突起や管が伸び広がる兆候を示していたのだ。しかし、レイクは概ね氷点下の空気中では、ただちに腐敗する危険性はなかろうと考えた。ともあれ、彼は未解剖の標本をまとめて近くに移動させると、直射日光を避けるべく予備のテントをその上に被せた。こうすれば、犬たちのところまで臭いが届きにくくなるだろう。人数の増えた隊員たちが小屋の周りに急いで雪を積み上げ、いよいよ高さを増している壁越（かべご）しですら、彼らは敵意むき出しの不穏な様子を示し、本格的な懸念（けねん）事項になりつつあったのである。

強風が吹き荒れる中、レイクはテント布の隅に重い雪の塊を置き、固定せねばならなかった。巨人の如き山脈が、今にも強烈な突風を吹き付けてきそうに思えたからだ。突発的に起きる南極の風に対する以前の不安が蘇（よみがえ）り、アトウッドの監督下（かんとくか）で、テントや新しい犬小屋、雑な造りの飛行機用シェルターの山側を雪で補強するという予防策が講じられた。後者のシェルターは、暇（ひま）を見つけては硬い雪のブロックを積み上げて造り始めたものだが、十分な高さがあるとは言えなかった。最終的に、レイクは全員に他の作業をやめさせて、この作業に専念させることにした。

　レイクがようやく通信を切る準備をし、シェルターの壁がもう少し高くなったら自分たちのチームは休息を取るから、きみたちの方も休むのが良いと勧めてきたのは、四時過ぎのことだった。彼は、大気（エーテル）越しにパーボディと親しくおしゃべりし、彼の発見を助けてくれたドリルの素晴らしさを繰り返し褒め称えた。私はレイクに温かい祝福の言葉をかけ、西への遠征については彼の方が正しかったことを認め、朝の一〇時になったら無線で連絡を取るということで一同合意した。その時に強風が収まっていれば、レイクは私の基地にいる隊員たちのために、飛行機を一機寄越してくれることだろう。

　就寝する直前、私は《アーカム》号に最後の電文を送り、この日のニュースを外の世界に伝える際は、トーンを抑えるように指示した。詳細な内容はいくぶん過激に過ぎるので、より具体的な証拠が示されない限り、不信の声を呼び起こすと思われたからである。

Ⅲ

　これは私の想像なのだが、その日の朝は、私たちのうち誰一人としてぐっすりと、あるいは途中で目を覚ますことなく眠り続けることができなかったことだろう。レイクの発見がもたらした興奮と、次第に激しさを増していく風の両方が、そうさせてくれなかったからだ。私たちのいるところですらかなりひどく風が吹き荒んでいたのだから、その強風が生み出され、吹き下ろしてくる源である未知なる巨峰の直下にあるレイクのキャンプは、さぞかしひどい有様だろうと心配せずにはいられなかった。

　ミクタイグが一〇時頃に目を覚まし、約束通りレイクに無線で連絡しようとしたものの、何やら西の方角の荒れ模様の大気の電気的状態のせいで、通信ができないようだった。しかし、《アーカム》号とは繋（つな）がって、ダグラスの方もレイクと連絡を取ろうとしたものの、徒労に終わったということだった。

　彼は風のことを知らなかった。私たちのいるあたりではしつこく風が吹き荒れていたのに、マクマード入江（サウンド）ではほとんど吹いていなかったのである。

　私たちは終日、気を揉（も）みながら耳をそばだて、ある程度の時間をおいて幾度もレイクを摑まえようとしたが、うまくいったためしはなかった。正午あたり、西の方から猛烈（もうれつ）な強風が吹きつけてきて、こちらのキャンプの安全性が危ぶまれるようなこともあったが、やがて風はおさまり、午後二時頃に多少ぶり返しがあったくらいだった。三時を過ぎる頃になるとすっかり穏やかになったので、私たちはいよいよ熱心に、レイクに連絡を取ろうと試みた。

　彼は四機の飛行機を駆り出していて、いずれの機体にも優（すぐ）れた短波通信装置が備わっているのだから、生半可な事故が起きたところで、一度に全ての無線通信機が使えなくなるような事態は考えにくかった。だというのに、石のような沈黙（ちんもく）が依然として続いていた。先程の強風がレイクのいるあたりで猛威（もうい）を振るったのではないかと、私たちとしても最悪の想像をしないわけにはいかなくなってきた。

　六時頃になると、私たちの不安はいよいよ強く確かなものとなり、ダグラス、トルフィンセンの二人と無線で相談した後、私は調査に乗り出す決意を固めた。

　マクマード入江（サウンド）の物資貯蔵所に、シャーマンおよび二人の船員と一緒に置いてきた五機目の飛行機は、良好な状態で、すぐにも使用することができた。そして私たちはまさに今、こんなこともあろうかとこの機体を温存していた緊急事態に直面しているように思われた。

私はシャーマンに無線で連絡すると、大気の状態がたいそう良好な今のうちに、船員二人を連れて、できるだけ早く飛行機で南の基地にいる我々と合流するよう命令した。それから調査隊の人員を話し合った結果、全員が参加するだけでなく、手元に置いていた橇や犬たちも駆り出すことになった。大荷物ではあるが、重機輸送のために特注した大型飛行機なのだから、無理ということはあるまい。そうこうしている間にも、無線でレイクに連絡を取ろうと幾度も試みたのだが、徒労に終わった。

シャーマンは、船員のグンナルスンとラーセンを連れて七時三〇分に出発し、飛行中に幾度か、穏やかなフライトだと報告してきた。彼らは真夜中にこちらの基地へ到着し、私たちはただちに、全員で今後の行動について話し合った。複数の中継基地を持たぬ状態で、ただ一機の飛行機で南極大陸を航行するのは危険ではあるが、そうせねばならないことは明白だったので、尻込みした者はいなかった。

私たちはある程度の荷物をあらかじめ飛行機に運び込んだ後、二時に帰着して短い休息をとったが、積み込みと梱包を終えようと四時間後には再び起き出した。

一月二五日の午前七時一五分、隊員十名、犬七頭、橇一台、燃料と食料、さらには飛行機の無線装置を含むその他の機材を載せて、私たちの飛行機は、ミクタイグの操縦で北西に向けて飛び立った。

大気は澄んでいて、しんと静まり返り、気温も比較的穏やかだったので、レイクがキャンプを設営した場所だと指定してきた経緯度に到達するまでに、手間取るということはなさそうだった。

懸念していたのは、この行程を終えた時、そこに何かを見つけること——あるいは何も見つけられないことだった。何しろ、キャンプにいくら呼びかけても、相変わらず沈黙が続いていたのだから。

その四時間半にわたる飛行中に起きた全ての出来事は、私の人生における重大な転機となったので、記憶に焼き付いている。つまり、私は五四歳にして、目に見える自然と自然法則についての慣れ親しんだ観念を通して、正常な精神が得られるはずの平穏と均衡の一切を失ってしまったのだ。

この後、私たち十人は――とりわけ学生のダンフォースと私自身は他の誰にも増して――何をどうしようと私たちの感情から消し去れぬ、できることなら人類一般とそれを分かち合うことになって欲しくない、潜み棲む恐怖が悍ましくも敷衍された世界に直面することになったのである。

新聞各紙には、私たちが移動中の飛行機から送った速報――私たちの無着陸飛行、油断のならぬ上空の強風との二度にわたる戦い、三日前のレイクが場所を移動しながらボーリングを行ったところの、崩れた地面を垣間見たこと、どこまでも続いている凍てつく高原を風に乗って転がっていく様子をアムンセンやバードが記録していた、ふわふわした奇妙な雪の円筒の一群を目撃したこと――が掲載された。

しかし、報道機関に理解できるような言葉では、私たちの感じていることを伝えられない瞬間が訪れ、そのさらに後には、事実上の箝口令を敷かねばならない瞬間が到来したのである。

円錐丘と尖峰の連なりから成る、魔女の帽子のようなギザギザの列が前方にあるのを、真っ先に見つけたのは船員のラーセンで、その叫びを聞いた皆が押し合いへし合いしながら飛行機の窓にとりついた。

かなりの速度で飛行していたにもかかわらず、はっきりと見えてくる速度の方はひどく遅かったので、途方もなく遠くにあって、異常なほどの高さがあるためこうして見えているだけなのだとわかった。

とはいうものの、山々は西の空に向かって少しずつ、厳かな様子で立ち上がってきた。地肌が剝き出しの、荒涼たる黒々とした山頂が連なる様子が私たちにも見分けられるようになってきて、虹色にきらめく輝く氷塵の雲を刺激的な背景に、赤みがかった南極の光の中で目にしたその姿は、私たちの心に幻想的で不思議な感覚をかきたてたものだった。

この光景全体に、途方もない秘密と潜在的な啓示——あたかもこの荒涼たる悪夢じみた連峰が、禁断の夢の領域や、遥か遠い時間、空間、超次元が錯綜する深淵へと通ずる恐るべき出入り口の塔門であることを仄めかすような何かが、あまねく執拗に漂っていたのである。

私はそれを、邪悪なものであると感じずにはいられなかった——その向こう側の斜面が、呪われた窮極の奈落か何かを見下ろしている、狂気の山脈なのだ、と。

あの煮えたぎるような、半ば輝きを発している雲の背景は、地球上の空間とはかけ離れた、朦朧としてこの世のものならぬ彼岸をたとえようもなく暗示し、この未踏にして底知れぬ南方世界の全き僻遠、隔絶、寂寥、そして永劫の長きにわたる死を、凄絶に思い起こさせた。

高峰の稜線の奇妙な規則性に私たちの注意を向けさせたのは、ダンフォース青年だった——レイクが電文で告げていた、完全な立方体の欠片がいくつもへばりついているかのような規則性で、レーリヒが繊細かつ異様な筆致で描いた、雲のかかったアジアの山々の頂にある原初の寺院の廃墟に見られる、夢のようにおぼろげな仄めかしのことをレイクが引き合いに出したのは、正鵠を射た譬えだった。

山塊の神秘に満ちたこの世のものならぬ大陸には、確かにレーリヒ的な、心に取り憑いて離れぬ何かがあったのだ。一〇月にヴィクトリア・ランドを初めて目にした時にも感じたことだが、私は今、改めてそのことを感じていた。

それと同時に、太古の神話との類似について、不安な意識のざわつきもあった。この死に至る領域が、原初の記録に現れる悪名高いレンの高原と、穏やかならぬ符合を見せていたことについてである。神話学者たちは、レンを中央アジアに位置づけていた。だが、人間——あるいはその前任者たち——の種族的な記憶は長大であり、ある種の物語がアジアよりも、そして私たちの知るいかなる人間の世界よりも古く、恐ろしい土地や山々、神殿（しんでん）から伝わってきたことも、大いに有り得ることだろう。神秘主義者（ミスティック）たちのごく少数ではあるが、複数の断片から成る『ナコト写本』の起源が洪積世以前に遡（さかのぼ）るものであり、さらにはツァトーグァの崇拝者たちがツァトーグァ自身と同様、人類とは異質な存在なのだと仄めかす者たちがいるのである。

レンは——それがいかなる時間と空間にわだかまっていようとも——私にとって、そこに行きたいとも近くにいたいとも思わない地域であったし、レイクが言及していた、正体のわからぬ始生代の怪物的な存在を生み育てた世界に近寄るのも嬉しいとは思わなかった。

私はこの時、忌（い）み嫌われる『ネクロノミコン』を読んだり、不愉快（ふゆかい）に思えるほど博識な民俗学研究者のウィルマースと大学であれほど話し込んだことについて、後悔の念を覚えていた。

このような気分が、山々に接近して麓（ふもと）の波打つような丘陵の重なりが見えてきた時、オパールのような乳白色の光を次第に強く放つ天頂から忽然（こつぜん）と現れた、奇怪な蜃気楼に対する私の反応を、殊更（ことさら）に悪化させたのに違いない。

この数週間、私は何十回と極地の蜃気楼を目にしてきて、そうした中には今回現れたのと同じくらい不気味で、現実離れした生々しさを備えたものもあった。だが、この蜃気楼は全く新しく、不穏な象徴性をそこはかとなく帯びていて、頭上で騒然とかき乱れる氷の靄（もや）の中から、物語に現れるような壁や塔（タワー）、光塔（ミナレット）がひしめく迷宮がぬっと現れた時、私はぞっとして震え上がった。

その光景こそは、人間が見たことも想像したこともない建築物——幾何学（きかがく）の法則を奇怪に捻（ね）じ曲げ、禍々（まがまが）しくも異様なグロテスクの極致に達した、夜闇（よやみ）の如く黒々とした膨大な数の石造建築物の密集する、巨石造りの都市（キュクローピアン・シティ）に他ならなかった。

円錐の先端を切り取ったような建物がいくつもあって——段重ねになっているものがあれば、縦溝が彫（ほ）り込まれたものもあった——その上に建っている背の高い円筒形の柱は、そこかしこが球根のように大きく膨らみ、大抵、貝殻のように縁がギザギザの薄い円盤（えんばん）で階層を区切られていた。また、夥しい数の長方形の平板や円板、五芒星が、下のものに覆いかぶさるように積み重なっている、張り出すような形状の奇妙なテーブル状建造物もあった。円錐とピラミッドを組み合わせた建物が、あるものは単独で、あるものは円筒や立方体、先に言及したものよりも平べったくなっている、先端を切り取った円錐やピラミッドの上に載っているかと思えば、針のような尖塔が五つ集まった不思議な形の建物もあった。

熱病のもたらす幻（まぼろし）の如きこれらの建造物は全て、多少の違いはあれ目も眩（くら）むような高さで、互いに交差する筒状の橋で結びつけられているように見えて、暗示される全体の規模は、ただひたすらに巨大であるが故（ゆえ）に、恐怖と圧迫感を与えていた。

大部分の蜃気楼は、北極圏の捕鯨（ほげい）漁師スコアズビー[*22]が一八二〇年に観察してスケッチした、熱に浮かされたような形状のものと似ていなくもなかった。しかし、暗澹（あんたん）たる未知の山峰が行く手に茫洋（ぼうよう）と聳え立ち、あの尋常（じんじょう）ならざる旧世界の発見が脳裏にあり、どうやら起きてしまったものらしい災厄の棺（ひつぎ）掛け

〔棺を覆う布のこと〕が遠征隊員の大部分を覆っている今この時、この場所において、私たちの誰もが、目に見えぬ悪意と果てしなく邪な予兆の痕跡を、その中に目にしたように感じたのだった。

蜃気楼が崩れ始めた時は嬉しかったが、その過程で、それぞれに悪夢めいた小塔や円錐体の形状が、いっとき歪み果てていっそう醜悪なものとなった。幻影全体が渦を巻くオパール色の光に溶けてゆくと、私たちは改めて地上に目を向けるようになり、この旅の終わりがそう遠くないことを知った。前方の未知の山脈は、さながら巨人たちの築いた恐ろしげな塁壁の如く目を眩まさんばかりにそそり立ち、奇妙な規則性があるのが、遠眼鏡がなくとも驚くほど鮮明に見えてきた。

目下、私たちは麓に広がる丘の一番低いあたりの上空を飛んでいて、ひときわ目立つ高台の雪と氷、そして剝き出しの地肌の只中に、レイクのキャンプとボーリングの坑と思われる黒っぽい点がいくつか見えた。より高い丘陵が五、六マイル〔五マイルは約八キロメートル〕先から急に聳え立ち、その向こうのヒマラヤの峰々にも勝る恐ろしい連峰とは、ほとんど別個の山脈を形成していた。

ややあって、ロープス——ミクタイグに代わって操縦していた学生——が、大きさからしてキャンプだと思われる左手の黒い地点に向けて飛行機を下降させ始めた。その間に、ミクタイグは世界が我が探

Fig. 34.

スコアズビーによる“魔法の海岸”のスケッチ

検隊から受信したものとしてはこれが最後となる、検閲されていない電信を送ったのである。

私たちの南極滞在の残りの部分についての簡潔で素っ気ない速報を、もちろん皆が読んだことだろう。

着陸から数時間後、私たちはそこで見出した悲劇について慎重な報告を送信し、前日ないしはその前の夜の恐ろしい風によって、レイク隊の全員が壊滅したことを不本意ながら発表した。

確認された死者は一一名で、ゲドニー青年は行方不明。世人は、この悲しい出来事が私たちに与えたに違いないショックを察して、細部がぼやけた報告のことを大目に見てくれた上、風に何もかも滅茶苦茶にされたため、一一名の遺体全てが外に運び出せる状態ではないという私たちの説明を信じてくれた。

実際の話、悲痛と全き困惑、魂が鷲掴みにされるような恐怖の只中にありながら、具体的な出来事を報告するにあたり事実からほとんど逸脱しなかったことを、私は自負している。途轍もなく重大な事実は、私たちが敢えて語らなかったこと――すなわち、名付けられざりし恐怖から他者を遠ざけるために警告する必要がなければ、今とて語るつもりはなかったことの裡にこそ潜んでいるのだ。

風が恐ろしい惨状を引き起こしたことは事実である。たとえもうひとつの事情がなかったとしても、全員があの中を生き延びられたかどうかは、はなはだ疑わしい。狂ったように打ち付けてくる氷の粒が吹き荒れた嵐は、我々の遠征隊がこれまでに遭遇したことのないものだったに違いない。

飛行機用のシェルターのひとつ――いずれも脆弱で不完全な状態で放置されていたようだが――は、ほとんど粉微塵になっていて、遠くにあるボーリングの櫓はすっかりバラバラに砕け散っていた。

着陸していた飛行機や掘削機械の露出した金属部分は、氷の粒に打たれてピカピカに磨きあげられていて、小型テントのうち二つは、雪を積み上げて補強したにもかかわらずぺしゃんこに潰れていた。

突風に晒された木材の表面には穴が空き、塗装は剝げていて、雪上の足跡も完全に消え去っていた。また、始生代の生命体については、完全な状態で外に持ち出せるようなものを見つけられなかったというのが、本当の話である。私たちは、滅茶苦茶になった巨大な残骸の山から鉱物をいくらか拾い集め、その中には緑がかった石鹼石のかけらもいくつか含まれていたのだが、その五芒星形の丸みを帯びた形状と、いくつかの点の集まりから形成されるかすかな紋様が、あれほど多くの疑わしい比較を引き起こしたのである。化石化した骨もいくつかあったが、その中には、奇妙に傷つけられた標本の、とりわけ典型的なものが含まれていた。

犬は一頭も生き残っておらず、キャンプの近くに急ごしらえで造られた雪の囲いは、ほぼ完全に破壊されていた。風のしわざなのだろうが、風上側ではなく、キャンプに隣接している側がよりひどく壊れているので、猛獣たち自身が外に飛び出したか、破壊するかしたらしかった。橇が三台ともなくなったことについては、風によってどことも知れぬ場所に吹き飛ばされたのだろうと、どうにか理屈づけた。ボーリングの場所にあったドリルと解氷装置は損傷がひどく、サルベージする価値がなかったので、レイクが爆破した、あの微妙に不穏な過去の世界への開口部を塞ぐのにそれを使用した。

生き残った私たちの隊には、正式な訓練を積んだ操縦士が全部で四人――シャーマン、ダンフォース、ミクタイグ、ロープス――しかいなかった上に、ダンフォースは神経をやられてまともに操縦できる状態ではなかったので、私たちは飛行機の中で特に損傷のひどい二機をキャンプに置いていくことにした。

私たちは、見つけ出せた限りの本や科学機器を持ち帰ったのだが、どういうわけかその多くが吹き飛ばされてしまっていた。予備のテントや毛皮はなくなっているか、使い物にならぬ状態になっていた。

飛行機での広範囲の捜索が功(こう)を奏(そう)さず、ゲドニーは死んだものと諦(あきら)めざるを得なくなり、慎重に言葉を選んだ電文を中継させるべく《アーカム》号に送ったのは、午後四時頃のことだった。

私の考えでは、できる限り冷静で当たり障りのない文面に仕上げられたように思う。私たちが現地の動揺について最も多くの文言を割いたのは、気の毒なレイクの話から予測されていたことではあるが、あの生物標本の近くで狂おしく怯えた様子を見せた犬たちについてだった。緑がかった特異な石鹸石や、荒れ果てた場所にある他の物体——科学機器や飛行機、キャンプやボーリング場の双方にあった機械などを嗅(か)ぎ回った際、彼らが同じような不安を示したことについては触れなかったように思う。それらの部品はゆるめられたり、動かされたり、いじられたりしていたのだが、それが風の仕業なのだとすると、ひどく並外れた好奇心と探究心を抱く風であったのに違いない。

一四体の生物標本については、申し訳なく思えるほど、はっきりしたことは話さなかった。見つかったのは破損したものだけだったが、レイクの記述が完膚(かんぷ)無(な)きまでに正確であることが十分に証明できる程度のものが残されていたという報告をした。この件については、個人的な感情を持ち込まないようにすることがたいそう難しかった——私たちは標本の数を説明しなかったし、発見したものをいかなる状況で見つけたかについても明言しなかった。

その頃になると、私たちはレイクの部下たちの狂気を示唆(しさ)するようなことは一切話すまいと申し合わせていたのだが、実際の話、中生代ないしは第三紀の地層から発掘された、緑がかった奇妙な石鹸石の紋様にそっくりな点の集まり(グループ)で覆われた五芒星形の塚(つか)の下、深さ九フィートの雪中の墓に直立した姿勢で丁重に葬(ほうむ)られた不完全な怪物の遺体が発見されたなどという話は、狂気の沙汰に思えたのである。

レイクの説明にあった八体の完璧な標本は、どうやらすっかり吹き飛ばされてしまったらしい。

私たちは大衆の心の平穏にも気を配っていたので、ダンフォースと私は、山々を越えていく翌日の恐ろしい旅についてはほとんど口にしなかった。あのような高い山脈を横断できるのは、極端に荷を軽くされた飛行機くらいのものであるという事実が、何とも慈悲深いことにこの偵察行に赴く人員を私たち二人のみにとどめさせたのである。

午前一時に戻ってきた時、ダンフォースは神経症になりかけていたが、それでも立派に口を閉ざした。

スケッチやポケットに入れて持ち帰ったものを誰にも見せず、外部に伝えようと両者が合意した異常のことを、他の者たちには一切話さないこと、そして後から個人的に現像するためにカメラのフィルムを隠しておくということを彼に約束させるにあたって、説得する必要もなかった。だから、私がこれから始める話の一部は、パーボディ、ミクタイグ、ロープス、シャーマン、そして他の隊員たちにとって、世間一般の人々がそうであるのと同様、初めて聞くものとなるだろう。

実のところ――ダンフォースは私よりも口が固いのだ。何しろ、彼が見た――あるいは見たと思っている――あるものについて、彼は私にすら決して話そうとはしないのだから。

皆もご承知の通り、私たちの報告書には困難な登攀のことや、この雄大な峰々は始生代の粘板岩とその他の、少なくともコマンチ紀の時代から変化していない非常に古い時代の波打つ地層から成立しているというレイクの見解の追確認、山肌にへばりつく立方体や塁壁の構造についての紋切り型なコメント、洞窟の入り口が溶けた石灰質の岩脈を示しているという結論、熟練した登山家であればある種の斜面や峠(とうげ)を登って山脈全体を横断できるだろうという推測、そして謎に包まれた向こう側には、山脈そのものと同じくらい古く不変の、高く広大な超高原――標高二万フィートで、薄い氷河の層からグロテスクな岩層が突き出し、高原全体の表面と最高峰の切り立った断崖の間には低くなだらかな麓の丘陵が挟まれている――が広がっているという指摘が含まれていた。

この一連の情報は、言及されている限りにおいてあらゆる点で真実であり、キャンプに残っていた者たちを申し分なく満足させた。私たちは一六時間――それは、飛行、着陸、偵察、そして岩石採集の計画に必要として予告していた時間よりも長かった――も音信を断ったことについて、逆風状態がとんでもなく長い間続いたせいにして、山々のあちら側の麓に着陸したという本当の話をした。

幸い、私たちの話はもっともらしく、いかにもありそうなことに聞こえたので、他の隊員たちが私たちの真似をして飛行しようなどという誘惑にかられることはなかった。もしもそんなことをしようとする者が現れたなら、私はあらゆる説得を尽くして彼らを止めただろうし――ダンフォースがどんなことを仕出かしたかわかったものではない。

私たちの不在中、パーボディ、シャーマン、ロープス、ミクタイグ、ウィリアムスンは、レイクのもとにあった飛行機のうち最も状態の良い二機を相手に、ビーバーのように働いていた。これら二機の操縦桿が全く不可解なやり方でいじられていたのを、元の状態に戻して使えるようにしたのである。

私たちは、翌朝になったら全ての飛行機に荷物を積み込み、できるだけ早く最初の基地に戻ることにした。直行ではないが、それがマクマード入江に向かう最も安全な方法だった。永劫の昔に死滅した大陸の、他のどこにも増して何も知られていない領域を直線飛行することには、さらに多くの危険を伴うことになるからだ。

悲劇的な壊滅と掘削機械の破壊のことを考えると、それ以上の探検はどうしたって不可能だった。そして、私たちを取り巻く疑念と恐怖――私たちはその正体を明かさなかったのだが――が、この荒廃し狂気を孕んだ南方世界から一刻も早く脱出したいと、切に願わせたのである。

一般に知られているように、私たちの世界への帰還はそれ以上の災難に遭（あ）うことなく達成された。翌日――一月二七日――の夕方、全機が迅速（じんそく）な無着陸飛行で旧基地に到着した。そして二八日には、大高原を越えた後に氷棚の上を吹く烈風の中で方向舵を誤って切ってしまったため、ごく短い休止時間を挟み、一度折れ曲がる形でマクマード入江（サウンド）に向かった。

さらに五日後、《アーカム》号と《ミスカトニック》号は全隊員と装備を乗せ、厚みを増す氷原を振り払い、ロス海を遡上（そじょう）していった。西方ではヴィクトリア・ランドの嘲笑（あざわら）う山々が荒れ狂う南極の空を背に聳え立ち、咽（むせ）び泣くような風の音が広音域の笛の音となって、私の魂を凍りつかせた。

それから二週間も経たないうちに、私たちは極地をすっかり後にして、この惑星のまだ冷え切っていない地殻の上で物質が初めて蠢（うごめ）き泳ぎだして以来、生と死、空間と時間が黒々とした冒瀆的（ぼうとくてき）な同盟を結んで来た、魔に取り憑かれた呪わしい領域から逃れられたことを天に感謝した。

帰還して以来、私たち全員が見事な団結と誠実さのもと、常に南極探検を阻止しようと努（つと）め、ある種の疑念や臆測（おくそく）を胸の中にしまいこんできた。ダンフォース青年でさえ、神経衰弱にもかかわらず、医師を前に物怖（ものお）じすることもなければ、わけのわからぬことを口走ることもなかった――実際、前述の通り、自分だけが見たと思っていて、私にすら話そうとしないことが彼にはあるのだ。

もしも彼が私に話すことに同意してくれたら、精神状態が改善する手助けになると思うのだ。そうすれば多くのことに説明がつき、心の安定にも繫がるかもしれないのだが、おそらくその内容は、以前に受けた衝撃の余波で生じた妄想に過ぎないのだろう。ごくまれに、彼が茫然自失となった瞬間に、支離滅裂なこと——我に返った途端に、その内容を激しく否定するのだけれど——を私に囁くことがあって、そのことから受けた印象である。

あの大いなる白き南方に向かおうとする人々を引き止めるのは困難だろうし、私たちの取り組みの中には、却って関心を煽り、私たちの意図に真っ向から反する害をもたらしそうなものもある。人間の好奇心は不滅であり、私たちが発表した成果だけでも、長い年月をかけた未知への追求に人々を駆り立てるのに十分過ぎることを、私たちは最初から知っていたのではないだろうか。

あの生物学的な怪物たちについてのレイクの報告は、博物学者や古生物学者を興奮の渦に巻き込んだ。もっとも、実際に埋められていた標本から採取した部位や、発見時の標本を撮影した写真を見せたりはしなかった。また、傷のある骨や緑がかった石鹼石など、より不可解なものを見せるのも差し控えた。その一方でダンフォースと私は、山脈の向こう側の超高原で撮影した写真や描いた絵、くしゃくしゃになっていたものを広げて恐る恐る調査し、ポケットに入れて持ち帰ったものを厳重に保管している。しかし今、スタークウェザー＝ムーア隊が組織されつつあり、その徹底ぶりは私たちの試みたものを遥かに凌駕している。もしも阻止できなかったなら、彼らは南極の最奥部に到達し、氷を溶かし、ボーリングをして、ついには我々の知る世界を終わらせてしまいかねないものを掘り出すことだろう。

そのような次第で、私はついに沈黙を破らざるを得なくなった——狂気の山脈の彼方、あの窮極の名付けられざりし存在についてすらも、語らねばならなくなったのである。

Ⅳ

レイクのキャンプと、そこで実際に見つけたもの――そして、あの恐ろしい山壁の彼方に存在したもうひとつのものを思い返すことについては、ひどく大きな躊躇いと忌避感しか覚えない。細部から目を背け、厳然たる事実や避け得ぬ結論をほのめかしにすり替えてしまいたいという誘惑を、私は絶えず感じているのだった。

既に話してきたことで事足りて、残りの部分については簡単な説明で済ませたいものだ。残りというのはつまり、キャンプの恐ろしい状況についてのことである。

風に荒らされた地勢、破損したシェルター、かき乱された機械類、犬たちのそれぞれに不安げな様子、行方不明となった橇やその他の物品、人間と犬の死、ゲドニーの不在、そして四千万年前に死滅した世界よりの、構造的な損傷の割には不思議と組織が状態の良い、正気とは思えぬ埋葬をされた六体の生物標本については既に話した。犬の遺体を確認したところ、一頭が行方不明になっていたことについて言及したかどうかは覚えていない。そのことについては、私たちは後々まであまり考えなかった――実際の話、そのことをわずかでも考えたのはダンフォースと私だけだった。

私がこれまで伏せてきた重大なことは、死体に関することと、一見混沌とした状況に悍ましくも信じがたい合理性を与えることになるかもしれない、ある種の微妙なポイントについてである。当時、私は隊員たちの心をそれらのポイントから遠ざけようとした。というのも、レイクの隊の誰かしらが発狂したせいだと考える方がずっとシンプルで——ずっと正常だったからだ。

現地の様子からして、あの魔性の山風は、地球上のあらゆる神秘と荒廃の中心に位置するこの場所にあって、いかなる人間であれ気が狂ってしまうほどのものであったに違いない。

何にも増して異常なのは、もちろん死体の状態だった——それは人間も犬も同じだった。彼らは皆、ある種の恐ろしい争いに巻き込まれ、悪魔のように残酷な、全く不可解なやり方で引き裂かれ、ぐちゃぐちゃにされていた。死因は、私たちに判断できた限りでは、いずれも絞殺か裂傷によるものだった。犬がトラブルの発端になったのは明らかで、なぜかと言うと、粗雑な作りの囲いの状態が内側から力ずくで壊されたことを物語っていたのである。動物たちがあの地獄めいた始生代の生物体を嫌うので、キャンプから少し離れたところに囲いが設置されていたのだが、その予防措置は無駄だったようだ。高さの足りない薄っぺらの壁の向こうで、あの怪物じみた風の中に取り残された時、彼らはどっと逃げ出したのに違いない——風そのものが原因だったのか、悪夢めいた標本が次第に強く発していた微妙な臭いが原因だったのかはわからない。

もちろん、標本はテントの布で覆われていた。だが、南極の低い太陽がその布を絶え間なく照らし、太陽熱が妙に状態が良くて強靭な組織を弛緩させ、伸長させる傾向があるとレイクも説明していた。たぶん、風が布を吹き飛ばし、標本を揺さぶったことで、信じがたい古さにもかかわらず、それらのいっそう嗅覚を刺激する性質が顕になりでもしたのだろう。

ともあれ、何が起こったにせよ、ひどく悍ましく胸をむかつかせることだったのだ。たぶん私は、潔癖さを脇において、いい加減に最悪のことを話してしまった方が良いのだろう——ただし、ダンフォースと私の直接の観察とこれ以上なく厳正な推論に基づき、あの時行方不明だったゲドニーは、私たちが発見した胸をむかつかせる恐怖に何ら関与していないという、断固たる意見を申し述べておく。

死体が二目と見られぬぐちゃぐちゃの状態になっていたことについては既に述べた。

今になって付け加えなければならないのは、いくつかの死体が実に奇妙で冷酷な、非人間的なやり方で切開され、部分的に切除されていたということだ。犬も人間も同様だった。四足歩行であろうと二足歩行であろうと、より健康的で太った死体は全て、慎重な肉屋がやったように、とりわけ硬い組織の塊を切り取られるか取り除かれるかしていたのである。その周囲には、妙な作法で塩――飛行機の荒らされた備蓄箱から取り出されたものだ――が撒かれていて、何とも恐ろしい連想を掻き立てられた。

この出来事が起きたのは、飛行機の一機が引きずり出されていた雑な造りの飛行機シェルターのひとつで、その後の風のせいで、もっともらしい仮説を立てられそうな痕跡は全て消えていた。

散らばっていた衣服の切れ端は、刻まれた人間から荒っぽく切り離されたもので、何の手がかりにもならなかった。廃墟と化した囲いの風を免れた片隅に、ある種のかすかな雪跡があったような気もしたが、今更持ち出しても詮無(せんな)いことだ――というのも、その印象は人間の足跡とかけ離れていて、それ以前の数週間に、気の毒なレイクが話していた化石の足跡の話と明らかに混ざり合っていたからだ。

あの覆い被さるように影を落とす狂気の山脈の風下では、自分の想像力に気をつけねばならなかった。

先に述べた通り、ゲドニーと一頭の犬が結局、行方不明になっていた。あの恐ろしいシェルターに向かった時点では、二頭の犬と隊員二人が見つからなかったのだが、あの奇怪な墓を調査した後に入った、さほど損傷を受けていなかった解剖用テントに手がかりがあった。

そこは、レイクが立ち去った時のままの状態ではなかった。というのも、布に覆われた原初の怪物の体の部位が、即席のテーブルからなくなっていたのである。実のところ私たちが発見した、不完全な状態で正気とは思えぬ埋葬をされた六体の標本のひとつ——独特の厭な臭気を今なお放っていたもの——が、レイクが解剖を試みた実体の部位を集めたものに他ならないのだと、私たちは気づいていた。

その実験台の上や周囲には、他にもいろいろなものが散らばっていて、それが注意深く、しかし妙に不器用なやり方で解剖された一人の人間と一匹の犬の部位であることを推測するのに、そう時間はかからなかった。遺族の心情を察するに余りあるので、その隊員が誰であったかについては説明を省略する。レイクの解剖器具はなくなっていたが、それらを慎重に洗浄した形跡があった。ガソリン・ストーブもなくなっていたが、その周りにはマッチが妙な具合に散乱しているのが目に入った。人体のパーツは他の十人の傍らに、犬科の動物のパーツは他の三五頭の犬たちと一緒に埋葬した。実験台の上や、その近くにぞんざいに投げ出された何冊かのイラスト入りの本についていた異様な染みについては、当惑のあまり何の推測もできなかった。

これがキャンプにおける恐怖の最たるものであったが、同じくらい不可解なことが他にあった。

ゲドニーと一頭の犬、八体の無傷の生物標本、三台の橇、そしてある種の器具類、イラスト入りの技術書や学術書が複数、筆記用具、懐中電灯と電池、食料と燃料、暖房器具、予備のテント、毛皮の衣類などがなくなっていたことについては、まともな推測の及ぶところではなかった。何枚かの紙にインクの飛び散った跡があったり、キャンプやボーリングの場所にあった飛行機その他のあらゆる機械装置の周囲に、詮索好きな外来者がいじり回し、実験を試みた形跡があることについても同様だった。

犬たちはこの妙に乱(みだ)された機械装置を忌避しているようだった。それと、食料庫がひっくり返され、主食類の食品がなくなり、およそありえないやり方でありえない場所をこじ開けられたブリキの缶詰が、滑稽(こっけい)ではあるがどうにも気に障る様子で山積みになっていた。

大量のマッチ――未使用のものもあれば、折れたものも、使用されたものもあった――が散乱していることも、別口の小さな謎だった。加えて、想像もつかない用途のための不器用な努力の結果であるらしい、特異かつ異常な裂け目の走るテント布や毛皮の衣類が二つ三つ落ちていたこともそうだった。人間と犬の死体のひどい扱いや、損傷のある始生代の標本の狂った埋葬は、この明らかに支離滅裂な狂気と一貫したものだった。

今回のような事態が起きることを想定して、私たちはキャンプにおける狂った混乱を示す主だった証拠全てを、注意深く撮影してある。そして、予定されているスタークウェザー＝ムーア遠征隊の出発に反対する我々の主張を、その写真を使って立証するつもりである。

シェルターの中で死体を発見した後、私たちが最初にしたことは、五芒星形の雪塚のある正気を失った墓の列を写真に撮影し、それを暴(あば)くことだった。

一群の点の集まり(グループ)が穿(うが)たれているこれらの怪物的な塚が、緑がかった奇妙な石鹼石についての気の毒なレイクの描写と似ていることに、私たちは気づかずにはいられなかったが、鉱物の積み上げられた山の中から石鹼石の現物を見つけた時、私たちはそれらが実によく似ていることを知った。

全体的な形状は――このことは明言しておかねばなるまい――あの始生代の実体の海星(ヒトデ)状の頭部を忌まわしくも連想させるもので、この連想が興奮状態にあったレイクの過敏になった心に強力に作用したのだろうと、私たちの意見は一致した。

私自身、埋葬されていた実体の現物を初めて目にした瞬間は恐怖そのもので、パーボディと私の想像力は、かつて読んだり聞いたりしたことのある衝撃的な原初の神話に引き戻されたものだった。このような怪物を目撃し、それが間近にあったことが、重苦しくのしかかってくる極地の寂寥や魔性の山風と相俟（あいま）って、レイクの隊を狂気に駆り立てたのに違いないというのが、我々全員の一致した見解だった。

というのも、狂気——唯一の生存者かもしれないゲドニーが最有力の候補であった——こそ、皆が口にしたことに限れば、皆が自然に採用した納得の行く説明だったからである。とはいえ、各人が正気の沙汰とは思えぬ荒唐無稽な推測を内心に抱いていて、正気であるが故にそうした考えを完全な形に組み立てることができずにいたことを否定するほど、私は単純素朴な人間ではない。

午後になると、シャーマン、パーボディ、ミクタイグは、ゲドニーと失われた様々なものを捜索するべく、双眼鏡（フィールドグラス）で地平線を隈（くま）なく眺めながら、周囲のあらゆる領域を飛行機で徹底的に飛び回った。しかし、何も見つからなかった。この隊の報告によれば、巨大な障壁の如き山脈が右にも左にも果てしなく続いていて、高さも基本的な構造も全く衰（おとろ）えないということだった。しかし、いくつかの峰では、あの規則的な立方体と塁壁のような地形がより険しく凹凸（おうとつ）がはっきりして、レーリヒに描かれたアジアの山岳の遺跡を彷彿（ほうふつ）とさせる幻想みがいや増していた。雪が剝がれた黒い山頂に見える神秘的な洞窟の開口部は、山脈が続く限りほぼ均等に開（あ）いているように見えた。

恐怖が蔓延（はびこ）っていたにもかかわらず、私たちにはまだ、あの謎めいた山々の彼方に広がる未知なる領域に思いを馳（は）せるだけの純然たる科学的熱意と冒険心が残っていた。

抑えめの電文で述べたように、私たちは恐怖と困惑の一日を終えた後、真夜中に休息した。しかし、積荷を減らし、航空カメラと地質学者用の装備を積み込んだ飛行機で、山脈を越える高度の飛行を一回ないしはそれ以上の回数、翌朝から開始するという暫定的な計画を立てないわけにはいかなかった。ダンフォースと私がまずはやってみようということになり、早朝に出発するべく、私たちは午前七時に起床した。だが、強風のため――外の世界への短信でも触れた通り――出発は九時近くまで遅れた。

一六時間後に帰還した後、キャンプで隊員たちに話したこと――そして外部にも伝えたこと――については、既に話した通りだ。今となっては、慈悲深い空白を埋め、山向こうの隠された世界で私たちが実際に目にしたもの――ついにはダンフォースの神経を崩壊（ほうかい）に至らしめた暴露――を仄めかし、この説明を補強することが、私の恐ろしい義務なのである。

自分だけが見たと彼が考えているもの――神経性の妄想（もうそう）に過ぎないのかもしれないが――、そしておそらく彼を現在の状態に追いやる最後の藁一本（ラスト・ストロー）〔「堪忍袋の緒」のような英語の慣用句〕となったことについて、彼が率直な一言を添（そ）えて欲しいものだが、彼は頑（かたく）なにそれを拒（こば）むのだ。

私にできることは、私たちが共に体験したあの生々しくも具体的な衝撃の後、飛行機が風に揉（も）まれる峠を急上昇して引き返した時、彼に悲鳴をあげさせたものが何であったのかについて、彼が切れ切れに囁いた言葉を繰り返すことくらいのものである。それが、私の最後の言葉になるだろう。

私が明かした話に含まれる、旧（ふる）き恐怖が生き延びているという明白な徴（しるし）が、それでもなお他の者たちの南極の奥地への干渉を――さもなくばせめて、禁断の秘密と永劫に呪われた人外の廃墟の広がる弥終（いやはて）の荒れ地の地下をあまりに深く詮索するのをやめさせるのに十分でないというなら、名状しがたい、おそらく測り知れない害悪が起きたとしても、それは私の責任ではないはずだ。

ダンフォースと私は、パーボディが午後の飛行時に作成したメモを吟味し、六分儀で確認したところ、山脈のこのあたりで尾根を越えるのに使えそうな最も標高の低い峠が、私たちのやや右手、キャンプから見える範囲に存在し、海抜はおよそ二万三千フィートないしは二万四千フィートほどだと計算した。

それで、探索飛行に出発した私たちは、積荷を降ろし軽くした飛行機で、まずはこの地点に向かった。キャンプ地自体は大陸の高台から聳える丘陵の上にあり、標高はおよそ一万二千フィートだ。よって、実際に上昇せねばならない高度はそれほどでもなかった。とはいうものの、上昇するにつれて空気が薄くなり、寒さが厳しさを増すのを、私たちは強く意識していた。視界の関係で、キャビンの窓を開け放しておかねばならなかったからである。もちろん、私たちは一番厚い毛皮を身に纏っていた。

クレバスに裂かれた雪と、その隙間の氷河が織りなす列の頭上に聳える、暗く不吉な峰々が近づくにつれて、私たちは斜面にへばりついている妙に規則正しい構造物がますます目につくようになった。そして、ニコラス・レーリヒの異様なアジアの絵画が改めて思い出された。

古く風化した岩層は、レイクの報告にあった全てを十分に裏付けるものであり、この年経りた白い尖峰の数々が、地球の歴史の驚くほど早い時期——おそらく五千万年以上前から、全く同じような姿で屹立していたことを証明していた。かつてどれほどの高さであったかについては推測の域を出ないが、この奇妙な地域のあらゆるものが、変化を抑制する何とも説明し難い影響を大気が与えていることを示し、気候による岩石崩壊のプロセスが通常よりも遅いのだろうと思われた。

しかし、何にも増して私たちを魅了し、不安にもさせたのは、山腹にごちゃごちゃと固まっている均整の取れた立方体、塁壁、そして洞窟の入り口だった。ダンフォースが操縦している間、私は遠眼鏡でそれらを観察し、航空写真を撮影した。そして、時には彼が双眼鏡を使えるように――航空機の知識については、私はド素人（しろうと）だったのだが――操縦を代わってやりもした。

見えたものの大部分が、やや明るい色をした始生代の珪岩（けいがん）からできていて、そのあたりの地表の広い範囲に見られるいかなる累層とも似ていないことが容易に見て取れた。加えて、気の毒なレイクの報告には微塵も示唆されていなかったのだが、それらは極端かつ不気味に思えるほど規則的だった。

レイクが言っていたように、それらの構造物の角（かど）は、言い知れぬ永劫の歳月にわたる野蛮な風化作用によって崩れ、丸みを帯びていた。だが、その素材の超自然的な堅牢（けんろう）さと強靱さにより消滅を免れていた。多くの部分、とりわけ斜面に最も近いあたりは、周囲の岩肌と同じように見えた。

全体的な配置はアンデスのマチュ・ピチュ遺跡*23や、一九二九年のオックスフォード＝フィールド博物館探検隊が発掘したキシュ*24の原初の城壁の土台に似ているようだった。そして、ダンフォースも私も、レイクが同じ飛行機に乗っていたキャロルから聞いたという独立した巨石塊（キュクロ―ピアン・ブロック）を、幾度か目にしたような気がした。どうしてこの場所にそうしたものが存在するのか、正直なところ私の理解を超えていて、地質学者としては妙に謙虚（けんきょ）な気分になっていた。

火成岩の地層にはしばしば奇妙な規則性がある――たとえば、アイルランドの有名な〝巨人の石道（ジャイアンツ・コーズウェイ）〟*25のような――だが、この途方もない山脈は、当初、レイクが煙のあがっている火山錐があるのではないかと疑ったとはいえ、構造的に火山性のものであるはずがなかった。

奇妙な洞窟の入り口の数々は、異様な構造物が特に多く見られるあたりの近くにあり、その整った輪郭は、ささやかながらもうひとつの謎を提示していた。レイクの報告にあったように、その多くがほぼ正確な正方形ないしは半円形で、あたかも魔法の手か何かが、自然状態の開口部をより左右対称になるよう整えでもしたかのようだった。その数の夥しさと分布の広さは驚くべきもので、この地域全体が、石灰岩層の溶解したトンネルで蜂の巣状になっていることを示唆していた。私たちはちらりと覗き込んだだけで、洞窟の奥深くについては請け合えないが、鍾乳石や石筍のない洞窟であることは確かだった。外側について言えば、開口部近くの山の斜面はどこも滑らかで整っているように見え、風化に起因するわずかな亀裂や穴ぼこが、ダンフォースの考えでは異様な模様を形作っていた。

彼はキャンプで見つかった恐ろしいものや奇妙なものでいっぱいいっぱいになっていたので、それらの穴ぼこが、原初の緑がかった石鹼石の表面にちりばめられた、不可解な点の集まり——あの六体の怪物じみた生物を埋めた上に造られていた、狂気の沙汰としか思えぬ雪塚に、悍ましくも複製されていたものと、どことなく似ていることをほのめかした。

私たちは進路に選んだ比較的低い峠を目指し、麓の高い丘陵を飛びながら次第に高度をあげていった。先に進みながら、私たちは時折、陸路を覆う雪と氷を見下ろしては、果たして昔のような簡単な装備でこのような旅路に挑むことができただろうかと考えた。

いささか驚いたことに、そのあたりの地勢はそこまで悪路ではないとわかった。クレバスなどの難所がありはしたが、スコットやシャクルトン、アムンセンの橇の道行を阻むほどではなかったのだ。

氷河の中には、風が吹きすさぶ峠まで不自然に思えるほど切れ目なく続いているらしいものもあり、私たちが選んだ峠に到着してみると、そこも例外ではなかった。

向こう側の領域が、これまで既に目にし踏破してきた地域と本質的に異なっていると考える根拠はなかったにせよ、山頂を回り込んで未踏の世界を見渡す準備をしていた時の、私たちのぴんと張り詰めた期待感は、筆舌に尽くしがたいものがあった。

この障壁のような山々や、頂(いただき)の間に見え隠れする、我々を手招きするかのようなオパール色の光を放つ空の海には、言葉では説明できそうにない、ごく微妙かつ弱々しいものではあったが、邪(よこしま)なる神秘の気配があった。どちらかといえば、それは漠然とした心理的象徴や美的連想の範疇(はんちゅう)だった――異国風の詩や絵画、忌避された禁断の書物に潜む太古の神話にまつわるものなのだ。

低く唸る風の音すらも悪意を孕む特異な緊張感を帯びていて、一瞬ではあるが、そこらじゅうにある音の反響する洞窟の口を突風が出入りする際に聞こえる合成音の中に、広音域にわたる口笛のような、あるいは笛の音のような異様な音色が混ざっていたような気がしたこともあった。その音には、強い嫌悪を思い起こさせられる濁(にご)った響きがあり、他の暗澹たる印象と同様、複雑で得体が知れなかった。

緩慢な上昇の後、アネロイド気圧計によれば私たちは現在、二万三千五七〇フィート〔約七・二キロメートル〕の高さにいて、眼下に雪が積もる領域からすっかり離れていた。この高さともなると、黒く剝き出しになった岩の斜面と、粗い畝(うね)のある氷河の始まりがあるばかりだった――しかし、あの挑発的な立方体、塁壁、反響する洞窟の口といったものが、不白然で、幻想的で、まるで夢の中ででもあるかのような予感をそこに加えていた。

高峰の連なりに沿って目を走らせると、気の毒なレイクが言及していた、まさしく直上に塁壁が聳える峰らしきものが見えた。それは南極の異様な靄(もや)の中に半ば隠れているようで、早い段階でレイクが火山を想定したのはたぶん、そうした靄のせいだったのだろう。

峠が真正面に迫り、そのギザギザで悪意たっぷりに他者を寄せ付けぬ塔門の間は滑らかで、風が吹き抜けていた。その向こう側には、渦巻く蒸気にかき乱され、低い極地の太陽に照らされた空が広がっていた――人間の目がそれまでに見つめたことのない、神秘的な遥か遠き領域の空だった。

もう数フィート高度を上げれば、その領域が見えることだろう。

峠を駆け抜け、やかましいエンジンの騒音に追い討ちをかけるように吹き荒れる風の中で、叫ぶ以外に言葉を発することができなかったダンフォースと私は、雄弁な眼差しを交わした。

それから最後の数フィートを上昇しきった時、私たちはまさしく、この容易ならざる分水嶺を越えて、旧き時代の全く異質な地球の、余人に閲されたことのない秘密を見つめていたのである。

V

ようやく峠を越えて、その向こうにあるものが見えた時、私たち二人は同時に、畏怖と驚愕、恐怖、そして自分の五感への不信が入り混じった叫び声をあげたように思う。

もちろん、頭の片隅には、自分の理性を当面落ち着かせるためのもっともらしい解釈があったはずだ。たぶん、コロラド州にある〝神々の庭〟のグロテスクに風化した岩石の数々や、風に削り取られて幻想的な左右対称形となったアリゾナ砂漠の岩のようなものだろうと想定していたのだろう。前日の朝、あの狂気の山脈に初めて接近した時に見たような蜃気楼だと、半ば思い込みかけていたかもしれない。

私たちの目が、あの果てしなく広がる、嵐によって傷つけられた高原を一望し、最も厚いところでもせいぜい四〇ないしは五〇フィート［四〇フィートは約一二・二メートル］ほどの深さしかなく、見るからにところどころ薄い箇所もある氷床の上に、崩れて穴の空いた頂（いただき）を隆起させた、巨大で、規則的で、幾何学的な均整の取れた石塊（ブロック）から成る、ほとんど無限と言ってよい迷宮をしっかり捉（とら）えた時、私たちは何かしらそういう真っ当な概念をよりどころにしていたのに違いないのだ。

その途方もない光景の印象たるや、筆舌に尽くしがたいものがあった。何しろ、既知の自然法則に対する何か悪魔じみた侵犯が起きていることを、出だしから確信させられたのである。

ここは、標高二万フィート［約六〇九六メートル］の高さにある地獄じみた古（いにしえ）の台地に位置し、五〇万年以上前の人類が誕生する以前の時代から人間の居住地としては致命的な気候で、捨（す）て鉢（ばち）の精神的な自己防衛（ぼうえい）によるものでなければ、意識的かつ人工的な成因があるものとしか考えられない整然たる岩石の並びが、視界の届く限りにどこまでも広がっていた。

私たちはそれまで、山腹の立方体は塁壁が自然由来のものではないという仮説を、真面目な考えとしては否定し続けてきた。この地域が現在あるような凍てつく死（氷河）の破られざる支配に屈（くっ）した頃、人類そのものが類人猿から分化しきれていなかったのだから、そんなことはありえないのだ。

しかし今、理性のぐらつきは反論の余地なく揺るがされているように思われた。というのも、四角い石塊（ブロック）や湾曲（わんきょく）した石塊、それと斜めに傾（かし）いだ石塊で構成された巨大な石造り（キュクローピアン）の迷路には、都合の良い逃避の一切を断ち切る特徴があったのである。そこが、蜃気楼として見えていた冒瀆的な都市に他ならぬことは、厳然たる、客観的な、避けがたい現実なのだった。

あの忌まわしい前兆にはやはり、物質的な基盤があったのだ――水平に広がる氷塵の層が上空にあり、反射の単純な法則に従って、この衝撃的な石造の遺物が山々の彼方にその姿を映し出したのである。しかし今、むろん、その幻影は歪んで誇張され、元になった現物には存在しないものを含んでいた。現物を目の当たりにして、遠くから見えた幻影よりもさらに悍ましく、脅威的に思えた。

数十万年――あるいは数百万年――もの間、荒涼たる高台で暴風に晒される中にわだかまってきた、この恐るべきものが完全な消滅から免れ得たのは、ひとえに巨大な石塔の数々や塁壁の、人間離れした途方もない巨大さによるものだった。

「コロナ・ムンディ（世界の頂点）……世界の屋根だ……」

信じがたい光景を呆然と見下ろしながら、私たちはあらゆる空想的な言葉を口走っていた。

この死に包まれた南極世界を初めて目にした時から、執拗に私の心に取り憑いてきた原初の神話のことを、私は再び思い出していた――レンの魔性の高原のこと、ミ＝ゴあるいはヒマラヤの忌まわしき雪男[*26]のこと、人類の誕生以前にまつわる仄めかしがある『ナコト写本』のこと、クトゥルー教団のこと、『ネクロノミコン』のこと、無形のツァトーグァと、その半実体と縁のある無形の星の眷属（スター＝スポーン）よりもなおひどい存在にまつわるヒュペルボレイアの伝説のことを。

その迷路はほとんどまばらになることもなく、あらゆる方向に何マイルも果てしなく延びていた。実際、山の縁からそれを隔てている低くなだらかな山裾に沿って、右から左と目で追ってみたのだが、私たちが通ってきた峠の左方で途切れているのを除き、まばらな箇所はどこにもないとの結論に達した。

私たちは計り知れぬ広さを持つ何かの限られたごく一部に、偶然出くわしたに過ぎないのである。

山裾の丘陵には、グロテスクな石造建造物がまばらに散らばっていて、恐ろしい都市と、どうやら山の前哨基地となっているらしい、既に見慣れた立方体や塁壁とを結んでいた。これら後者の建造物は、異様な洞窟の入り口と同様、山脈の内側にも外側と同じくらい密集していた。

その名付けられざりし石の迷宮はそのほとんどが、氷の部分を除くと高さが一〇フィート〔約三メートル〕から一五〇フィート、厚さは五フィートから一〇フィートに変化する壁で構成されていた。その多くは、太古に遡る黒い粘板岩、片岩、砂岩の巨大なブロック――大部分が四×六×八フィートの大きさだった――を組み立てたものだが、先カンブリア時代の粘板岩の、堅固でむらのある岩盤から削り出されたように見える箇所もいくらかあるようだった。

建物の大きさは均等とは言い難く、蜂の巣状に並ぶ建物が途方もない範囲に広がっているところもあれば、より小さい建物が孤立しているところもあった。これらの建物の一般的な形状は、円錐型やピラミッド型、あるいは段々をなしていたが、完全な円筒形、完全な立方体、立方体の集合体、その他の直方体の形状をしたものも数多く、五芒のある設計が現代の要塞(ようさい)を彷彿とさせる、角ばった巨大な建物が散在しているのも目を引いた。建造者たちはアーチの性質を至る所で巧(たく)みに応用していて、この都市の最盛期にはおそらく、ドーム状の建物も存在していたことだろう。

ごちゃつく建物は全体的にぞっとするほど風化していて、塔が突き出す氷の表面には、崩れ落ちたブロックや記憶されざる太古の瓦礫(がれき)が散らばっていた。氷が透(す)けているあたりに巨大な柱の下部が見えて、異なる塔同士をまちまちの高さのところで繋ぐ石の橋が、氷で保存されているのがわかった。露出している壁面には、同じような橋がもっと高いところに架(か)かっていたことを示す痕跡が見受けられた。よく観察すると、大きな窓が無数にあった。そのうちいくつかは、もともとは木製だった石化した鎧戸で閉ざされていたのだが、ほとんどの窓が禍々しくも脅（おびや）かすような様子で開け放たれていた。廃墟の多くには、当然のように屋根がなく、上部の縁（へり）は風によって丸みを帯びていたものの、平坦ではなく凹凸（おうとつ）があった。その一方で、鋭い円錐型やピラミッド型のものがあるかと思えば、周囲の高い建造物に護（まも）られている廃墟は、至る所で崩れたり穴が空いたりしながらも、無傷の状態で輪郭を保っていた。遠眼鏡で眺めてみると、帯状に水平に並ぶ彫刻（ちょうこく）装飾らしきものがかろうじて見分けられた――その中には、古（いにしえ）の石鹸石につけられていて、今や非常に大きな意味合いを帯びてきた、あの奇妙な点の集まり（グループ）も含まれていた。

多くの場所において建物が総じて崩壊し、さまざまな地質学的要因によって、氷床は深く裂けていた。また、石組みが崩れ落ちて、氷すれすれの高さになっているところもあった。

高原の内部から、私たちが抜けてきた峠から一マイルほど左方にある山裾の丘陵の裂け目まで続く、帯状の広い一帯には、建物が全く存在しなかった。これはおそらく、第三紀――数百万年前――にこの街を通り抜け、障壁となっている大山脈の驚くべき地の底の深淵へと注ぎ込んだ大河だったのだろう。

まことにこの地こそは、人の手の届かぬ洞窟や深淵、そして地下の秘密の領域なのだった。

私たちの感情を振り返ってみると、人類が誕生する以前だと私たちが考えていた永劫の太古から残存する途方もない遺物を目の当たりにし、唖然（あぜん）とした時の有様が思い出されるにつけ、よくもまあ上辺だけでも平静を保っていられたものだと驚き呆（あき）れるばかりである。

もちろん、私たちが何かを――年代か、科学理論か、さもなくば私たち自身の意識か――嘆（なげ）かわしいまでに間違えていることは承知していた。ともあれ、私たちは飛行機を操縦できる程度の平静を保ち、多くのことをつぶさに観察し、私たちと世界の両方に役立つかもしれない一連の写真を慎重に撮影した。私について言えば、体に染(し)み付いた科学者としての習慣が助けとなったのかもしれない。

というのも、この年経りた秘密をさらに深く理解したいという好奇心——この測り知れぬほど巨大な都市をいかなる生物が建設し、そこで生活していたのか、そしてこれほど特異な生命の密集が、当時ないしは他の時代の世界全体とどのような関係にあったのか——が、当惑や脅威のあらゆる感覚を圧倒する勢いで燃え盛っていたのである。

何しろ、この場所は凡百の都市では決してなかったからだ。遥かな太古の信じがたい地球史の一章の、最重要の核心にして中心地であったに違いなく、この地から外部に派生したものは、この上なく不明瞭(ふめいりょう)かつ歪曲された神話の中でおぼろげに思い起こされるのみで、私たちの知る人類が類人猿の段階からよろめきつつも抜け出してくる遥か以前に、地上の大変動の混沌の只中で完全に消滅してしまったのだ。

ここには太古の巨大都市が広がっていて、これに比べれば、伝説のアトランティスやレムリア、コモリオムやウズルダロウム[27]、そしてロマールの地にあるオラトエ[28]などは今日この頃のものでしかなく——昨日のものですらない。ヴァルーシア[29]やルルイエ、ムナールの地のイブ、そしてアラビアの砂漠にある〝無名都市〟のような、人類誕生以前の冒瀆的な場所と噂(うわさ)される都市に肩を並べる巨大都市なのだ。

堅固な巨塔の絡み合う上空を飛びながら、私の想像力は時にあらゆる束縛(そくばく)を逃れて、幻想的な連想の世界をあてどなく彷徨(さまよ)った——この失われた世界と、キャンプの狂気に満ちた怪異にまつわる私自身の荒唐無稽な夢想との間に関連性すら組み立てていた。

機体を大きく軽量化するため、飛行機の燃料タンクはいっぱいにしていなかったので、探検にあたっては慎重にならざるを得なかった。しかしそれでも、風がほとんど無視できる高さまで急降下した後、私たちは広大な範囲の土地を——というよりも空を踏破した。山脈はどこまでも限りなく続いているようだったし、その内側の山裾と接する恐ろしい石造都市の長さにも限りがないようだった。それぞれの方向に五〇マイル［一〇マイルは約一六・一キロメートル］ずつ飛行してみたのだが、久遠に溶けない氷の下から死体さながらに鉤爪を突き上げている岩石と石造建築の迷宮が、目立って変化するようなことはなかった。

とはいえ、きわめて興味深い多様性がいくらか見られた。たとえば、幅広い川がかつて山麓の丘陵地を貫き、大山脈に沈んでいく場所に近づくあたりの峡谷には、彫刻がいくつもあった。川の流れの入り口に突き出している岬にはくっきりと彫刻が施されていて、巨大な石造りの塔門となっていた。その彫刻の畝のある樽のような形状のデザインは、どういうわけかダンフォースと私の心に、妙に漠然として厭わしい、心乱される記憶のようなものを喚び起こした。

また、公共の広場と思われる星型の空き地がいくつもあって、そこの地勢には様々な起伏があるようだった。急峻な丘があるところは大抵くり抜かれて、石造りの建物のようなものが不規則に広がっているのだが、少なくとも二箇所の例外があった。そのひとつは風化がひどく、突き出した高台に何があったのかはわからなかったが、もうひとつには堅固な岩から彫り出された円錐型の幻想的なモニュメントが今なお残っていて、ペトラの古の渓谷にある有名な〝蛇の墓〟[*30]におおよそ似ていた。

山脈から内陸の方に飛んでいくと、その都市は無限に広がっているわけではないとわかったのだが、それはそれとして山裾の丘陵は果てしなく続いているように思われた。三〇マイルほど進むと、グロテスクな石造りの建物はまばらになり始め、さらに一〇マイル進むと、人工的なものの痕跡がほとんど見られない、どこまでも続く荒野に辿(たど)り着いた。都市の向こうへと川が流れていた跡は、幅広い窪んだ条(すじ)が示しているようだった。その一方で、霧の烟(けぶ)る西の方角に遠ざかるにつれて、土地はいくぶん凹凸を増していき、少しばかり上向きに傾(かたむ)いているように見えた。

　これまでのところ、私たちは着陸を試みていなかったのだが、あの怪物的な建造物の中に入ってみることもなく高原を離れるなどと考えもしなかった。そこで私たちは、通り抜けてきた峠の近くの丘陵に平坦な場所を見つけて、そこに飛行機を着陸させ、徒歩による探検の準備を整えることにした。

　その緩(ゆる)やかな斜面にも部分的に廃墟が点在していたのだが、低空を飛んでいると、すぐに着陸可能な場所がいくつも見つかった。次のフライトでは大山脈を越えてキャンプに戻ることになるので、峠に最も近い場所を選び、午後一二時三〇分頃、障害物が全く存在せず、後々、迅速かつ滞(とどこお)りない離陸をするのに向いていそうな、滑らかで硬い雪原に降下することに成功した。

　ごく短時間のことであり、この標高では強風もなく快適なので、雪を積み上げて飛行機を保護する必要はなさそうだった。だから、私たちは着陸用のスキーが問題なく固定され、機械の重要な部分が寒さから護られていることを確認するのにとどめた。

　徒歩の行程に備えて、私たちは分厚い飛行用の毛皮を脱ぎ、小型の方位磁針(コンパス)、携帯用カメラ、少量の食料、大量のノート類と紙、地質学者向けのハンマーと鑿(ノミ)、標本袋、登山用ロープの束、そして強力な懐中電灯と予備の電池といった、ささやかな分量の装備を携えていった。これらの装備は、着陸して地上の写真を撮ったり、図面や地形のスケッチを描いたり、むき出しの斜面や露頭、山の洞窟から岩石標本を採取したりするのに備えて、飛行機に積んできたものである。

　幸いなことに、私たちは余分な紙を持ってきていたので、これを千切って予備の標本袋に入れ、昔ながらの〝ウサギと猟犬（りょうけん）〟ゲーム[*31]のやり方を応用し、うまいこと入り込めた洞窟内部の迷路の中で、進路の目印として使うことにした。岩を削って道標（みちしるべ）とする定番のやり方の代わりに、こうした迅速で手軽なやり方が使えるほど空気が静かな洞窟網を見つけた時のための備えである。

　オパール色に輝く西の空を背に聳え立つ途方もない石の迷宮に向かって、固まった雪の上を慎重に降りていきながら、私たちは四時間前に未踏の峠に接近した時と同じくらい強く、目前に差し迫った驚異の感覚をひしひしと感じていた。

　たしかに、障壁をなす峰々に隠されていた信じがたい秘密について、既に見慣れてきていたのだが、おそらく数百万年前——人類の知るいかなる種族も存在するはずのない時代——の、意識ある存在によって築かれた原初の壁の中にこれから実際に足を踏み入れるのだという展望には、やはり畏怖を覚えたものだし、宇宙的な異常存在と関係があるという意味合いにおいて、潜在的な恐怖もあった。

　これほど突出した標高になると空気が薄くなるので、体を動かすのは通常時よりもやや困難だったが、ダンフォースも私も、我がことながら実によく持ちこたえていて、自分たちに課せられるいかなる仕事も均（ひと）しくこなせるだろうと感じていた。

　わずかに歩いただけで、雪と同じ高さまですり減った、原型をとどめていない廃墟に辿り着いたが、その一方で、一〇ロッド〔約五〇・三メートル〕か一五ロッドほど先には、五芒の巨大な外形を未だ完全な状態で保っている屋根のない大きな塁壁が、一〇フィート〔約三メートル〕ないしは一一フィートの不揃（ふぞろ）いな高さに聳えていた。それで、私たちは後者に向かうことにした。

　そして、風化した巨石(キュクローピアン)のブロックにとうとう手を触れられた時、普通であれば私たちの種族には閉ざされている忘れ去られた永劫の歳月と、未曾有(みぞう)にしてほとんど冒瀆的と言っても良い絆(きずな)を結んだことを、私たちは感じたのだった。

　この塁壁は星のような形をしていて、先端から先端までの間隔はおそらく三〇〇フィート、表面が平均六×八フィートの不規則な大きさをしている、ジュラ紀の砂岩のブロックで造られていた。幅四フィート、高さ五フィートほどのアーチ型の隙間や窓が一列に並んでいて、星の先端とその内側に引っ込んだ角(かど)に沿って完全に対称をなすように配置され、底部は氷の地面から四フィートほど離れていた。それらを覗き込んでみると、石積みは優に五フィートもの厚さがあり、内部には仕切りが残っておらず、内壁には彫刻や浅浮き彫りが帯のように並んでいた痕跡があった。それらの事実は、この塁壁や他の同じような塁壁の上空を低空飛行した際に、私たちが推測していた通りだった。

　本来はもっと低い部分もあったはずだが、そうしたものの痕跡は全て、このあたりの厚い氷と雪の層によってすっかり見えなくなっていた。

　私たちは腹ばいになって窓のひとつから入り込み、ほとんど消えかけた壁面の意匠(いしょう)を読み解こうと無駄な努力を重ねてみはしたが、氷に覆われた床をみだりにいじろうとはしなかった。偵察飛行の際に、都市の多くの建物がそこまで氷に覆われておらず、上部に屋根のある建造物に入り込めば、本当の地面の高さまで降りられる、綺麗な状態の内部を見つけられるかもしれないことがわかっていたのだ。

　その塁壁を後にする前に、私たちはそこを注意深く写真に収め、漆喰(しっくい)を使っていない巨石(キュクローピアン)の石組みを、ひどく困惑しながら調査した。パーボディがいてくれれば、彼の工学的な知識が、この都市とその周辺の建造物が建設された信じられぬほど遠く離れた時代に、これほどの巨大なブロックをどのように扱ったのかを推測する助けになってくれただろうに。

空高く聳える峰々を背景に、上空の風がやみくもに荒々しい叫(おら)びをあげる中、件(くだん)の街へと続く半マイル〔約八〇五・七メートル〕の下り坂を歩いた時のことは、いかに些細(ささい)なことであれ、私の心にいつまでも刻み込まれることだろう。ダンフォースと私以外の人間が、このような視覚効果を思い描けるとすれば、それは幻想的な悪夢の中くらいのものだろう。

私たちと西の渦巻く蒸気の間では、冥(くら)い石塔が怪物じみた様子で絡(から)みあっていた。その常軌(じょうき)を逸(いっ)した信じがたい姿は、異なる角度から見るたび、私たちに新たな印象を与えた。それは堅固な石で造られた蜃気楼であり、もしも写真がなければ、斯様(かよう)なものが存在するはずはないとなおも疑ったことだろう。

全体的な石造建築の様式は先に調べた塁壁と同様だったが、それが都市という形をとって現出した途方もない形状の数々には、筆舌に尽くしがたいものがあった。写真ですら、その無限の奇抜さ、無限の多様性、超自然的な巨大さ、そして全く異質な異国趣味の、ほんの一、二面しか示していなかったのだ。

ユークリッドも名前を思いつけないような幾何学的な形状がいくつもあった――様々な程度に切られた不揃いな円錐形、バランスが崩れていて心をざわつかせるあらゆる種類の雛段(テラス)、ところどころが奇妙な球根状に膨れ上がった柱体、折れた円柱の奇妙な集まり(グループ)、そして狂おしくもグロテスクな五芒星形ないしは五つの隆起の並びといったものが。

近づくにつれて氷床の透明な部分の下が見えるようになって、現実のものとは思えぬ様子であちらこちらに点在する構造物を、様々な高さで繋いでいる管状の石橋を、いくつか見つけることができた。
整然とした街路はないらしく、左手に一マイルほど離れたあたりにただ一箇所、古い時代の川が町を通り抜けて山々に流れ込んだところに違いない、幅広い帯状の土地が開けていた。

双眼鏡を用いると、建造物の表面には、ほとんど消えかけた彫刻や点の集まり（グループ）から成る水平の帯が広範囲に見えて、かつてこの都市がどのような姿をしていたのか――たとえ屋根や塔の天辺が当然の如く失われていたにせよ、半ば想像することができた。

全体としては、曲がりくねった小路や路地が複雑に絡み合ったものだった。そのいずれも深い峡谷となっていて、張り出した石組みや覆いかぶさる橋によって、トンネルとさして変わらぬ路（みち）もあった。

今しもその都市は私たちの眼下に、西に向かう霧を背にして夢幻の如く浮かび上がり、その霧の北の端では、昼下がりの低く赤みがかった南極の太陽が、どうにかして光を透過させようとしていた。

その太陽がより濃厚な障害物に一瞬遮（さえぎ）られ、景色を一時的に影の中に落とし込むと、その効果たるや、私にはとても表現できないような、何とも言えぬ脅威を感じさせるものだった。背後の雄大な峠では、体感できない風のかすかな遠吠えや笛に似た音さえも、意味深長な悪意の荒々しい響きを帯びていた。

町へと続く最後の下り坂は非常に急峻で険しく、勾配（こうばい）が変化する端のあたりに岩が露出していることから、かつてはそこに人工的な雛段（テラス）が存在したことが推測された。思うに、氷の下には階段ないしはそれに相当するものがあったに違いない。

私たちは崩れた石組みをよじ登り、崩落して穴の空いた壁の圧倒的な近さと、自分たちの矮小さを思い知らされる高さに身を竦（すく）ませながら、ようやく迷宮じみた町そのものに踏み込んだ時、よくもまあ自制心を保てたものだと驚嘆してしまう程度に、私たちの感覚が蘇ってきた。

ダンフォースはあからさまにビクビクしていて、キャンプの怪異について不愉快なまでにあられもない憶測を巡らせ始めた――この古代から生き延びてきた、悪夢じみた病的な遺物の多くの特徴から必然的に導き出されるある種の結論を彼と共有しないわけにはいかず、私はますますもって腹を立てた。

憶測は、彼の想像力にも働きかけた。ある場所――瓦礫が散乱する路地が急な角にさしかかるところ――で、彼は何とも嫌な感じのする痕跡が地面にうっすらと見えると言い募った。また別の場所では、彼は足を止めて、どこかからかすかに聞こえてくるという想像上の音――曰く、山の洞窟の風の音に似ていなくもないが、どこか不穏な感じがする、くぐもった笛の音――に耳を傾けた。

周囲の建物や、辛うじてそれとわかる壁面のアラベスク模様に絶え間なく現れる五芒星形は、漠然と不吉な暗示を帯びて私たちにどこまでもつきまとい、この穢れた場所を建設し、そこに棲まった原初の実体にまつわる恐ろしい無意識下の確信を、わずかなりとも私たちに与えてくるのだった。

とはいえ、私たちの科学者魂と冒険家魂が死に絶えたわけではなく、石組みに見られる様々な種類の岩石から標本を切り出す計画を、私たちは機械的に実行した。この場所の年代についてより良い結論を導き出すべく、潤沢な標本を揃えたかったのである。雄大な外壁のいずれもジュラ紀やコマンチ紀より新しい時代のものではなく、この都市全体に、鮮新世よりも新しい時代の石材は存在しなかった。

私たちが彷徨っているのが、少なくとも五〇万年、おそらくはもっと長い年月にわたり君臨してきた死の只中であることについては、はっきりした確信があった。

石の影に覆われた仄暗い迷路を進みながら、私たちは手頃な開口部を見つけるたびに立ち止まって中を覗き、中に入り込める可能性を探った。あるものは手の届かない高所にあり、またあるものは丘の塁壁と同様、屋根もなく荒れ果てた氷漬(こおりづ)けの廃墟にしか通じていなかった。あるものは広々として有望そうだったが、降りていく手段とて見当たらぬ、底なしの奈落にどうやら面しているようだった。

時折、鎧戸の名残(なごり)である石化した木材を調べる機会があり、今なお識別できる木目がほのめかす嘘臭(うそくさ)く思えるほどの古さに感銘を受けた。それらの材料は、中生代の裸子(らし)植物や球果植物――特に白亜紀の蘇鉄(そてつ)――そして、明らかに第三紀の産物である扇葉の椰子や初期の被子植物なのだった。鮮新世以降のものだと断言できるものは、何ひとつ見つからなかった。

これらの鎧戸の配置からして――鎧戸の縁(へり)からは、遠い昔に失われて久しい風変わりな蝶番(ちょうつがい)がかつて存在していたことが窺えた――、様々な用途があったらしく、深い斜間(はすま)の外側についているものもあれば、内側についているものもあった。取り付けられた場所にすっかり食い込んでいるらしく、かつてそれを固定していた、おそらく金属製の締め具や留め具が錆(さ)びた後も、そこに保持されたのだろう。

ややあって、私たちは一列に並んだ窓――頂点が損傷を受けていない、五つの隆起がある巨大な円錐形の膨らんだ部分にあった――に出くわして、中を見ると石敷きの床のある、保存状態の良い広々とした部屋に通じていた。しかし、窓はその部屋のあまりにも高い位置についていたので、ロープなしでは降りていくことができなかった。私たちはロープを持ってきていたが、やむを得ない事情でもなければ、二〇フィート［約六・一メートル］もの高さをわざわざ降りていく気にはならなかった――この高原の希薄(きはく)な空気の中では、心臓の動きに大きな負荷がかかるのだから、なおさらだ。

この巨大な部屋はどうやらある種の講堂か回廊(かいろう)らしく、懐中電灯で照らしてみると、大胆でくっきりした、あるいは驚くべきものかもしれない数々の彫刻から成る幅広の帯が壁一面にぐるりと並んでいて、同じくらい幅広の様式化されたアラベスク模様の条(すじ)に区切られて、縞模様をなしているのが見えた。

　私たちは、もっと楽に入れる場所が見つからなければ、ここから中に入ろうと目論見(もくろみ)ながら、その周囲を注意深く調査した。しかしついに、私たちの期待通りの開口部に出くわした。幅六フィート、高さ一〇フィートほどのアーチに覆われた通路で、現在の氷の高さよりも五フィートほど高い位置にある路地にかつて渡されていた、空中の橋の終端部の跡だった。この種のアーチに覆われた通路はもちろん、上層のフロアと同じ高さに渡されていて、このケースでは、そうしたフロアのひとつが現存していた。

　この通路で中に入り込めるのは、私たちの左手にある、矩形(くけい)の建造物を雛段状(テラス)に重ねた西向きの建物だった。路地を挟んで反対側――そこには別のアーチに覆われた通路がぽっかりと口を開けていた――には、老朽化した円筒形の建物があって、窓はなく、開口部から一〇フィートほど上に奇妙な膨らみがあった。中は真っ暗で、アーチに覆われた通路はどこまでも続く空っぽの縦穴に面しているようだった。

　積み重なった瓦礫のおかげで、巨大な左手の建物に入るのはかなり容易になっていたのだが、私たちは長らく待ち望んだ好機をとらえるのをいっとき、躊躇(ためら)った。私たちは、この往古の謎がもつれ合った場所に入り込んでしまっていたとはいえ、その本質がいよいよ悍(おぞ)ましくも露(あら)わにされつつある、伝説上の旧世界に属する、完全な状態で保持されている建物の中に実際に入り込むのにあたり、改めて決意を固める必要があったからだ。だが、私たちは結局のところ思い切って足を踏み出し、瓦礫をよじのぼってぽっかりと口を開けている斜間(はすま)の中に入り込んだ。

　その先の床には大きな粘板岩が敷かれていて、壁に彫刻が施されている、天井が高く長い廊下の出口になっているようだった。そこからたくさん伸びているアーチに覆われた通路の中を観察したところ、内部にある房室が複雑な網（あみ）の目（め）状になっていることがわかったので、私たちは〝ウサギと猟犬〟ゲームのやり方で、道標（みちしるべ）をつけながら先に進むことにした。

ここまでは方位磁針（コンパス）があり、後方にある塔の間に広大な山脈が頻繁に垣間見えたので、道に迷うことを防いでこられたのだが、ここから先は人工的な代替品が必要だ。そこで私たちは、余分な紙を適当な大きさに細断してダンフォースが持ち運ぶ袋に入れ、安全が許す限り節約して使用する手はずを整えた。

この原初の石造建造物の内部には、空気の強い流れがないようだから、このやり方ならたぶん迷子にならずに済ませられることだろう。もしも強い風が吹いたり、紙切れが底をついたりしたなら、より面倒で時間のかかる手段ではあるが、削り取った岩屑（いわくず）を使用する、より安全なやり方に立ち戻ればいい。

いったいどれほど広大な領域に私たちが入り込んできたのかは、踏査してみないことには推測すらままならなかった。個別の建物が密集している上、頻繁に連結されていて、重厚な建造物に入り込んでいる氷はほとんどないようなので、局所的な崩落や地質学的な裂け目に阻まれている場所を除けば、氷の下の橋を渡って、建物から建物へと次々に移動することができそうだった。

透明な氷に覆われているほとんど全ての領域で、氷に埋もれた窓が固く閉ざされているのが見えて、その様子はまるで、下層部を氷の結晶に閉じ込められるまでの間、この町はずっと変わらぬ状態で放置されていたかのようだった。実際、この場所は突然の災害に見舞われたわけでも、徐々に衰退していったわけでもなく、いつとも知れぬ過ぎ去りし永劫の昔に意図的に封鎖（ふうさ）され、見捨てられたかのような、不思議な印象を受けるのだった。氷の到来が予見され、名付けられざりし住民たちが、運命に翻弄（ほんろう）されずに済む場所を求めて、集団で退去でもしたのだろうか。

この地点で氷床が形成された、正確な地形学的条件について、後世の解明を待たねばなるまい。はっきりしているのは、じりじりと進行したものではないということだった。積もった雪の圧力が原因かもしれないし、川の氾濫（はんらん）や、大山脈にある古（いにしえ）の氷河の堰（せき）の決壊が、今こうして見られるような特殊な状態を作り出したのかもしれない。

この場所については、およそどのような想像を巡らせることもできるのだった。

Ⅵ

あの洞窟めいた、永劫の昔に死に絶えた原初の石造構造物の形成する蜂の巣の中――計り知れぬ歳月を経て、今初めて人間の足音が谺（こだま）を響かせた、上古（エルダー）の秘密に満ちた怪物じみた巣窟（そうくつ）――を彷徨（さまよ）い歩く私たちの道行（みちゆき）を、順を追って詳しく説明したところで煩（わずら）わしいだけだろう。

身の毛がよだつようなドラマと啓示の多くが、そこらじゅうにある壁の彫刻を仔細（しさい）に調べただけで得られたのだから、なおさらである。

懐中電灯の明かりで撮影したそれらの彫刻の写真の数々は、私たちが今まさに開示しようとしていることの真実性を裏付けるために大いに役立つだろうから、もっと大量のフィルムを持っていかなかったことが残念でならない。ともあれ、フィルムを使い切ってしまうと、私たちは特に目立った彫刻のいくつかをノートに粗（あら）くスケッチした。

私たちが入り込んだ建物は非常に大きく精巧に造られたもので、この名称なき地質学的な太古の建築様式の印象的な概念を教えてくれるものだった。内部の仕切りは外壁ほど重厚ではなかったが、低層部では見事に保存されていた。迷宮のような複雑さ――奇妙なことに、床の高さが不規則に異なっていることを含む――が全体的な構造を特徴づけていて、千切った紙を通ってきた道に撒いておかなければ、間違いなく最初から道に迷っていたことだろう。

手始めに、より老朽化が進んでいる上層部を探検することに決め、雪に覆われ、荒れ果てた最上階の房室の並びが、極地の空にぽっかりと大きな口を開けているところまで、迷路の中を百フィート〔一〇フィートは約三メートル〕ばかり登っていった。登るのにあたっては、あらゆる場所で階段代わりとなっている、横向きの畝が入っている、急な石造りの傾斜路もしくは傾斜面を使用した。

私たちが出くわした部屋は、五芒星形から三角形、完全な立方体に至るまで、およそ想像し得るありとあらゆる形状と大きさのものだった。全体的な平均値は、床面積が約三〇×三〇フィート、高さが約二〇フィートだったが、もっと大きな広間もたくさんあった。

上層階から氷の高さの階にかけてを徹底的に調べた後、氷に沈んだ部分へと一階ずつ降りていったのだが、私たちがいるのは連結した房室と通路から成る切れ目ない迷路の只中で、おそらくこの建物の外まで果てしなく続いているのだろうと、すぐに気がついた。

私たちを取り囲むあらゆるもののキュクロープス的な重厚さと巨大さが、異様な圧迫感を与えてきて、冒瀆的なまでに古めかしい石造物の輪郭、規模、比率、装飾、そして構造上のニュアンスといったものの全てに、漠然としてはいるが、深く人間離れしたものがあった。ほどなく私たちは、彫刻の数々から、この怪物的な都市が何百万年も前のものであることを理解した。

巨大な岩塊の変則的なバランス取りと調整に用いられた工学的な原理については今もって究明できずにいるのだが、アーチの機能が大いに頼りにされていたことは明白だった。

私たちが訪れたいくつかの部屋の内部には、持ち運び可能な物品が一切なく、そうした状況がこの都市が意図的に放棄されたという私たちの信念を裏付けていた。主だった装飾的な特徴は、ほとんどあらゆる場所に存在する壁の彫刻で、幅三フィートの連続した帯をなして水平に連続する傾向があり、幾何学的なアラベスク模様の入った同じ幅の帯と交互をなす形で、床から天井まで配置されていた。この配置規則には例外もあったのだけれど、その優位性は圧倒的なものだった。ただし、多くの場合、奇妙な紋様をなす点の集まり（グループ）を含む一連の滑らかな装飾枠（カルトゥーシュ）が、アラベスク模様の帯のひとつに沿って埋め込まれていた。一見してわかるほど、その技巧は成熟し、洗練され、文明の粋（すい）を極めた美的な進化を遂げていたのだが、あらゆる細部において、人類の知るいかなる芸術の伝統とも全く異質なものだった。その出来栄えの繊細さにおいて、それまで目にしてきたいかなる彫刻も、これらの足元にも及ばなかった。彫刻の大胆なスケールにもかかわらず、植生や動物の生態の精緻な細部が、驚くほど生き生きと表現されていた一方で、様式化された意匠（デザイン）についても、熟練の手による複雑さを極めた奇蹟（きせき）だった。アラベスク模様は数学原理の深遠な応用によるもので、五という数字を基準にしたそこはかとない対称性を有する曲線と角度で構成されていた。絵画的な彫刻の帯は高度に形式化された伝統に則（のっと）り、独特なやり方の遠近法が用いられていたのだが、膨大な地質年代の隔たりにもかかわらず、私たちを深く感動させる芸術的な力強さがあった。

それらのデザイン技法は、断面図と二次元のシルエットを妙な具合に並置させるという特異なやり方に偏重していて、古代のいかなる既知の種族をも凌(しの)ぐ分析心理学を具現していた。

この芸術作品を、私たちの美術館に展示されているものと比較しようとて、無駄なことである。私たちの撮影した写真を目にした人間はおそらく、最も斬新奇抜な未来派芸術における、ある種のグロテスクな構想のうちに、それと一番近い類似点を見出すことだろう。

アラベスクの模様は上から押し付けたように平たく窪んだ線で構成されていて、風化していない壁面では、一～二インチ〔一インチは約二・五センチメートル〕の深さがあった。点の集まり(グループ)のある装飾枠(カルトゥーシュ)――明らかに知られざる原初の言語とアルファベットの銘刻である――が現れる時には、平滑(へいかつ)な窪みは一・五インチほどで、点の窪みはおそらくさらに半インチほど深かった。

絵画的な彫刻の帯は皿穴式の薄浮き彫りで、背景は元の壁面から二インチほど窪んでいた。いくつかの標本には、かつての色彩の痕跡が認められたのだが、ほとんどの場合、語り得ぬ永劫の歳月が、かつて塗りつけられていたのかもしれない顔料(がんりょう)〔水や油に溶けない塗料のこと〕を崩壊させ、消し去っていた。

素晴らしい技巧を仔細に調べるほどに、そうした作品の数々に感嘆した。その徹底した様式化から、芸術家たちの緻密で正確な観察眼と、絵画的な技倆(ぎりょう)が窺えた。実際、その様式そのものが、描かれたあらゆる対象の真の本質や重大な差異を象徴し、際立たせる役割を果たしていたのだ。

また、こうして認識可能な美点の他にも、私たちの知覚の及ばぬところに潜んでいるものがあるとも感じていた。そこかしこに見られるある種のタッチが、目に見えぬシンボルや刺激を漠然と仄(ほの)めかしていて、人間とは異(アナザー)なる精神的、感情的な背景があれば、そしてより完全な、さもなくば異なる感覚器官があれば、深遠かつ痛切な意味を伝えてくれるのかもしれなかった。彫刻の主題は明らかに、それらが造られた時代の生活に由来するもので、歴史であるに違いないものを多く含んでいた。原初の種族の、こうした異様な歴史志向こそが――偶然が重なり、奇跡的に私たちにとって有利に働いたのだ――この彫刻を非常に有益なものとしてくれたので、私たちはそれらの写真撮影と転写を他のどんなことよりも優先したのである。いくつかの特定の部屋では他の場所とは異なり、地図や天文図、その他の科学的な図案の拡大されたものがもっぱら飾られていた――これらは、絵画的な彫刻の施された小壁や腰板から収集したものに、単純で恐ろしい裏付けを与えていた。

　こうした全体から見えてきたものをほのめかすにあたり、私の説明を一部なりと信じてくれる人々に、真っ当な人間の警戒心を超えた好奇心を呼び起こさないことを願うばかりである。思いとどまらせるための警告それ自体により、死と恐怖の領域へと誘われてしまう者が現れたなら、それは悲劇だ。

　彫刻のある壁を遮っているのは、高い窓や、高さ一二フィートの重厚な戸口で、そのいずれにも、往時は鎧戸や扉だった石化した木の板――精巧な彫刻が施され、磨き上げられていた――が、時に残っていた。金属製の留め具は、とうの昔に全てなくなっていたのだが、いくつかの扉は元の場所にそのまま残っていて、部屋から部屋へと進む際に、力ずくで脇に押しのけねばならなかった。

　風変わりな透明のガラス――大部分は楕円形――の嵌った窓枠も、そこかしこに残っていたのだが、それほど多くはなかった。大きな壁龕も頻繁にあって、大抵は空っぽだったが、たまに緑色の石鹸石を彫り込んだ奇怪な物体が中に置かれていることがあって、それらは壊れているか、おそらくあまりに出来が悪いので、持ち去られなかったものだった。他の開口部は、多くの彫刻に示されている往古の機械設備――暖房、照明やその類い――と接続されていたのに違いない。

天井は大抵無地で、緑色の石鹸石などで造られたタイルが嵌め込まれていることもあったが、ほとんどが今は脱け落ちてしまっていた。床にもそうしたタイルが敷かれていたが、剝き出しの石が目立っていた。

先に申し上げた通り、家具やその他の持ち運びできるものは何もなかったのだが、彫刻のお陰で、音が反響するまるで墓所のような部屋の数々をかつて満たしていた、奇異なる装置の数々を明瞭に思い浮かべることができた。

氷よりも上にある階の床は大抵、岩屑や塵芥、瓦礫に厚く覆われていたが、下層に降りていくにつれて、こうした状態は少なくなった。下の方にある房室や廊下には、砂まじりの埃や古の時代の堆積物しかないところもあり、時には新たに掃き清められたばかりであるかのように塵ひとつない、不穏な空気の漂う区域もあった。

もちろん、裂け目や崩落のあるところでは、下層部であっても上層部と同様に散らかっていた。この建物でも――上空から目にした他の建造物と同様――中心に中庭があるので、内部が完全な暗闇になることはなく、彫刻の細部を調べる時は別として、上の方の部屋で懐中電灯を使う必要は滅多になかった。しかし、氷帽［陸地を覆う氷河の塊］の下では、薄闇が深まっているので、建物のもつれ合う地表面の多くの場所では、真っ暗闇に近い状態だった。

この非人間的な石組みの迷路に入り込んだ時の私たちの考えや感情を、わずかなりとも理解するためには、変わりやすくとらえどころのない気分、記憶、印象が入り交じる、絶望的なまでに人を狼狽えさせる混沌（カオス）を相関させなければならない。
この場所のあまりの古さと殺伐（さつばつ）とした荒廃の雰囲気は、いかなる感じやすい人間をも圧倒するのに十分だったが、こうした要素に加えて、直近にキャンプで目にしたばかりの説明のつかない恐怖と、私たちを取り巻く恐ろしい壁の彫刻によって、あまりにも速やかに明かされた新事実の数々があった。曖昧（あいまい）な解釈の余地のない完全な彫刻の完全な部分に出くわすや、わずかに調べただけで悍（おぞ）ましい真実が判明したのである――ダンフォースと私は互いにそれをほのめかすことすら慎重に避けてきたのだが、各自がそれまでに疑ってみたこともないと主張するのは天真爛漫（らんまん）にも程がある、そういう真実が。人間の祖先が原始的な古代哺乳類で、巨大な恐竜がヨーロッパとアジアの熱帯の草原（ステップ）を闊歩（かっぽ）していた数百万年前に、この怪物的な死都を建造し、そこに棲んでいた生物の本性について、もはや慈悲深い疑いを抱くことはできなかった。

私たちはその時までもう一つの別の可能性に必死でしがみつき、至る所に五芒星のモチーフが存在しているのは、五芒星の形質を明確に体現していた始生代の自然物を、文化的ないしは宗教的に称揚していたことを意味するのに過ぎないと、強く――各々（おのおの）が自分自身に――言い張っていた。たとえば、ミノア文化のクレタ島の装飾のモチーフが神聖な牡牛（めうし）を、エジプトのそれがタマオシコガネ（スカラベウス）を、ローマのそれが狼（おおかみ）と鷲（わし）を、そして様々な未開部族のそれがトーテム動物を称揚していたように。

だが、この唯一の逃避先は今や奪（うば）い去られ、私たちはこのページを読んでいる者であればとうに予期していただろう、理性を揺さぶる現実との直面を余儀（よぎ）なくされたのである。今となっても、白い紙に黒インクで書き記すことに耐えられぬほどなのだが、たぶんその必要はないだろう。

恐竜たちの時代に、かつてこの恐ろしい石造建造物の中で生まれ育ち、暮らしていた生物は、実のところ恐竜ではなく、もっと性質(たち)の悪いものだった。恐竜などは新しい生き物で、脳味噌(のうみそ)が無いも同然の代物だった――だが、この都市の建設者(ビルダーズ)たちは賢(かしこ)くて古いものたちであり、当時ですら既に堆積から十億年近い歳月を閲(けみ)した岩石に……ある種の痕跡を残していたのだった……地球の真の生命が、自在に形状変化する細胞群よりも進化する以前に堆積した岩石に……地球の真の生命が全く存在しないうちに堆積した岩石にである。

彼(か)のものたちこそは、その生命の創造者にして奴隷化(どれいか)した者であり、そして何よりも、『ナコト写本』や『ネクロノミコン』などが恐ろしげにほのめかしている悪魔的な上古(エルダー)の神話の原型(オリジナル)であるのに違いなかった。彼らは、地球がまだ若かった頃に、星々の世界を時間をかけて通り抜けてきた《大いなる古きものども(グレート・オールド・ワンズ)》なのだ――異質な進化により形成された実体(にくたい)と、この惑星(ほし)で決して生まれたことのないような諸力を備えた生物なのである。

そしてつい前日に、ダンフォースと私は遠い昔に化石化した彼らの実体(にくたい)の欠片(かけら)を実際に目にしたばかりであり……気の毒なレイクと彼の隊が、彼らの完全な外観を目にしたことを思うと……

もちろん、人類が誕生する以前の生命体にまつわるこの途方もない物語(チャプター)について、私たちが知るに至った経緯を、きちんと順序立てて説明することは私にはできない。

ある発見によって、最初の衝撃的な事実が明らかになった後、私たちは回復するためにしばらく足を止めねばならず、系統的な調査を行うべく出発した時には、とうに三時を回っていた。

私たちが入った建物の彫刻は、地質学的、生物学的、天文学的な特徴からして比較的後期――たぶん二〇〇万年前——のもので、氷の下の橋を渡った先の、より古い建物で見つけた標本に比べると、頽廃(デカダン)的とも呼べる芸術を体現していた。堅固な岩から切り出されたある大型の建物は四千万年、ひょっとすると五千万年前——始新世下部あるいは白亜紀上部——に遡るようで、私たちが遭遇したものの中では、ただ一つの途轍(とてつ)もない例外を除いて他のいかなるものも凌駕(りょうが)する、芸術性の高い浅浮き彫りがあった。そこが、私たちが踏査した最も古い居住用の建造物だったということで、我々の意見は一致している。まもなく公表されるフラッシュ撮影写真の裏付けがなかったら、狂人として監禁されたくはないので、私は自分が発見し、推測したことを口にするのを差し控えるところだった。

もちろん、この継ぎ接ぎ(パッチワーク)の物語のほとんど冒頭の部分——星頭の生物たちが地球にやってくる以前、他の惑星、他の銀河系、そして他の宇宙での生活を表現したもの——は、彼ら自身の幻想的な神話(つくりばなし)であると安易に解釈することもできる。しかし、数学や天体物理学における最新の知見と不気味に似通った図案(デザイン)や図表(ダイヤグラム)がそうした部分に描かれていることもあり、私にはどう考えたら良いのかわからない。私が公開する写真を目にした余人に、判断を委(ゆだ)ねたいところだ。

当然のことではあるが、私たちが遭遇した一連の彫刻は、どれをとっても関連する物語のほんの一部しか物語っておらず、そうした物語の様々な段階を、適切な順序で見つけることすらもできなかった。いくつかの広大な部屋の中には、彫刻の図案(デザイン)に関する限り独立したユニットもあれば、連続している複数の部屋や廊下を通して連続した年代記が描かれている場合もあった。

地図や図表(ダイヤグラム)の中でも最高のものは、古(いにしえ)の地面の高さよりもさらに低い、恐るべき奈落の壁の数々にあった——そこは、おそらく二〇〇フィート四方、高さ六〇フィート［一〇フィートは約三メートル］の洞窟で、ほぼ間違いなくある種の教育センターだった。

異なる部屋や建物で、同じ題材が何度もしつこく繰り返されていたのは、特定の体験にまつわる物語（チャプター）や種族の歴史の特定の要約や局面が、明らかに個々の装飾者や居住者のお気に入りだったからだろう。しかし、時には同じ主題の別ヴァージョンがあって、議論の余地のある点を解決したり、空白を埋めたりするのに役立った。

私たちが使える短い時間に、よくまあこれだけのことを推論できたものだと、今でも不思議に思う。もちろん、その今ですら辛うじてほんのわずかに輪郭を摑めた程度だし、その大部分は撮影した写真やスケッチを研究したことにより、後になって得られたものだ。

そうした事後の研究の影響――蘇（よみがえ）った記憶と漠然とした印象が、彼の人並みの感受性と、私にすらその核心を明かそうとしない、最後に垣間見たと思い込んでいる恐怖と結びついて作用している――が、ダンフォースを現在苛（さいな）んでいる神経衰弱の直接的な原因となったのだろう。

しかし、そうならざるを得なかったのだ。可能な限り完全な情報がなければ、理性に訴える警告を発することはできないし、そうした警告を発することが何にも増して必要なのだ。乱れた時間と異質な自然法則が支配する、あの未知なる南極世界に、なかなか消え去ることのないある種の影響が残存しているからには、これ以上の探検を思いとどまらせるよう動かざるを得ないのである。

Ⅶ

読み解かれた限りの物語の全容は、遠からずミスカトニック大学の公式な紀要［大学が定期的に刊行する論文集］に掲載される予定である。ここから先は、文章を整えず、とりとめなく書き綴るやり方で、特に目立つ重要な点のみを略述することにする。

神話であろうがそうでなかろうが、その彫刻群は、星頭の生物たちが宇宙空間から形成の途上にある生命なき地球に到来したことを——彼のものたちの到来と、そして特定の時期に宇宙開拓に乗り出してきたような、他の数多なる異星存在の到来のことを物語っていた。

彼らは、その巨大な膜状の翼で、星間のエーテルを横断することができたようだった——この事は、かなり以前に、好古趣味の同僚から聞かされた奇妙な丘の民間伝承を奇しくも裏付けていた。

彼らは長いこと海中で暮らしていて、幻想的な都市を建設し、未知のエネルギー原理を用いた複雑な装置を用いて、名付けられざる敵対者たちと壮絶な戦いを繰り広げた。

彼らの科学と機械工学の知識は、明らかに今日の人間を遥かに凌駕するものだったが、より広く普及した精巧なタイプの装置については、必要に迫られた時にしか使用しなかった。彫刻のいくつかからは、彼らが他の惑星において機械化された生活を送ったことがあるものの、感情的に満足のいくものではなかったと判断して、そこから脱却したことが窺えた。超自然的なほどに強靭な身体組織と、生理的欲求の単純さの故に、彼らは人工的に製造された特別な物品がなくとも標高の高い平地で暮らすことができたし、風雨から身を守るような機会を除いて、衣服すら纏（まと）わなかった。

最初は食用として、後には他の目的のために、彼らが初めて地球の生命を創造したのは海の中だった――長いこと知られてきた方法に従い、ありあわせの物質を用いたのである。様々な宇宙の敵を全滅させた後、より手の込んだ実験が行われた。彼らは他の惑星でも同じことをしていた。必要とされる食料のみならず、催眠術の作用のもと組織を一時的にあらゆる種類の器官に成形することができる、ある種の多細胞の原形質の塊（かたまり）を製造し、それを共同体（コミュニティ）の重労働をこなす理想的な奴隷としたのである。

この粘（ねば）つく塊こそは、紛れもなくアブドゥル・アルハズレッドが恐ろしい『ネクロノミコン』の中で、声を潜めて〝ショゴス〟[*32]と呼んだものに他ならぬのだが、かの狂えるアラブ人ですら、アルカロイドを含む特定の薬草を噛んだ者の夢の中以外で、地球上に存在することをほのめかしてはいないのだった。

この惑星（ちきゅう）にいる星頭の《古きものども（オールド・ワンズ）》が、単純な食料タイプを合成し、十分な量のショゴスを繁殖させていた頃、彼らは他の細胞群が様々な目的のために他の動物や植物などの生物群へと進化するのを放置し、厄介な存在については皆殺しにした。

膨張すると桁外れの重量を持ち上げることができるショゴスの力を借りて、海中にある小型で背の低い都市は、後に陸上に聳え立つことになる都市と大差ない、広大な堂々たる石の迷宮に成長した。

実際、適応力の高い《古きものども（オールド・ワンズ）》は、宇宙の他の星域でも長いこと陸上で生活していたので、おそらく陸上に建築する伝統的な技術の多くを保っていたのだろう。

彫刻が施された太古の都市――その時に私たちが進んでいた、永劫の昔に死に絶えた回廊も含まれる――の建築様式を研究しながら、私たちは奇妙な偶然の一致に気がついたのだが、そのことについては今もって、自分たちに対してすらも説明を試みたことがないままだ。

　私たちを今まさに取り巻いている都市では、もちろん遠い昔に風化して形をとどめぬ廃墟と化していた建物の天辺が、浅浮き彫りの中にはっきり見つけられたのだ――針のような尖塔が広い範囲に密集し、円錐やピラミッドの頂部には繊細な造りの頂華（フィニアル）があり、さらには円筒形の支柱を軸に、波形の縁取りのある薄い円盤が水平に何層にも重なっている様子が見えたのである。

　これはまさしく、数千年、数万年も前に、そのような輪郭を失って久しい死都が空に投影したものであり、気の毒なレイクの悲運に見舞われたキャンプに初めて接近した時、底しれぬ狂気の山脈の向こうから無知なる私たちの目に迫ってきた、あの怪物的で不吉な蜃気楼の裡（うち）に目撃したものだった。

《古きものども（オールド・ワンズ）》の生活については、海中のものであれ、一部が陸上に移住した後のものであれ、数巻に及ぶ本を書くことができる。浅い海域に棲んでいた者たちは、頭部にある五本の触手の先端についた眼を十全に活用し続け、彫刻や筆記の技術を、ごく普通のやり方で練習した――筆記については、防水蠟（ろう）を塗（ぬ）りつけた板面に尖筆（スタイラス）で書き込んだのである。

　大洋の深いところに棲んでいた者たちは、奇妙な燐光（りんこう）生物を照明に使っていたのだが、頭部にある多彩な繊毛を通して働く、霊妙な特殊感覚で視覚を補っていた――この感覚のお陰で、あらゆる《古きものども（オールド・ワンズ）》は緊急時に、ある程度は光に依存せずにいられるのだ。

　彼らの彫刻と筆記の形態は、海の底で暮らしている間に奇異な変化を遂げていて、ある種の科学的な塗装法らしきものを確立した――おそらく、燐光を保持するためだと思われる――ようなのだが、浅浮き彫りからはそのやり方がよくわからなかった。

この生物は泳いだり――身体の脇にある海百合のような腕を用いた――、擬足を含む触手の下層を蠢(うごめ)かせたりして、海中を移動した。時には、二対ないしはそれ以上の数がある、扇に似た折り畳める翼を補助的に用いて、長い距離を急降下することもあった。陸上では、特定の場所では擬足を使用したが、時には翼を用いて超高空や長距離を飛行することもあった。

海百合のような腕からたくさん枝分かれしているほっそりした触手は、この上なく繊細で、柔軟で、力強く、筋肉と神経の協調も正確だったので、いかなる芸術的な作業やその他の手作業において、最大限の技量と器用さを発揮することができた。

彼らの強靭さは、およそ信じがたいほどのものだ。深海の恐ろしい水圧でさえ、彼らを害することができないようだった。暴力以外の原因で死ぬことは滅多にないらしく、埋葬地もごく限られていた。彼らが垂直に立たせた状態で埋葬した死者の上を、銘を刻んだ五芒星形の塚で覆うという事実が彫刻から明らかになると、ダンフォースと私の心には様々な考えが浮かび上がり、改めて休憩(きゅうけい)を取って回復を図(はか)らねばならなかった。

この生物は胞子によって繁殖した――レイクが考えていた通り、まるで羊歯植物のように――のだが、その驚異的な強靭さと寿命の長さにより、成員を補充する必要がないので、新たな地域に植民する時を除いて、新しい前葉体の大規模な発育を促すことはしなかった。幼体は急速に成長し、私たちの想像できる水準を明らかに超える教育を受けた。一般的な知的、美的生活は高度に進化していて、粘り強く存続している一連の習慣や制度を生み出したのだが、このことについては、近日発表する小論で詳しく説明するつもりだ。これらの習慣や制度は、海と陸で多少異なるが、基本と要点は同じだった。

彼らは植物と同様、無機物からも栄養を得ることができたが、有機物、とりわけ動物性の食物をずっと好んでいた。海中では海洋生物を生のまま食べたが、陸上では彼らにとってのご馳走を調理した。彼らは狩猟を行い、食肉用の群れを飼育した——屠殺には鋭利な武器を使用し、私たちの遠征隊が、特定の化石化した骨に奇妙な痕跡があることに着目していた。

彼らは常温のあらゆる温度に驚くほど耐え、そのままの自然な状態で、氷点下に達するまでの水の中にも棲息することができた。しかし洪積世——およそ百万年前——の大寒波がやってくると、陸上に棲んでいた者たちは、人工的な暖房を含む特別な手段に頼らざるを得なかった。そして最終的には、致命的な寒さが彼らを海に追い返したようである。

伝説によれば、自身の先史時代において宇宙空間を飛行するために、彼らはある種の化学物質を吸収して、食事や呼吸、周囲の熱からほとんど切り離されたのだが、大寒波の頃にはその方法を失っていた。いずれにせよ、そうした人工的な状態を、無害なままで無制限に長引かせられるものではない。

番（つがい）を持たず、半植物的な構造の生物である《古きものども（オールド・ワンズ）》は、哺乳類のように家族生活を送るという生物学的基盤を持たなかった。しかし、快適な空間利用と——共同生活を送る者たちの暮らしぶりや娯楽に興じる様子の描写から推測するに——気の合う者同士の交流という原則に基づき、大家族を形成していたらしかった。自宅に家具を揃える際には、巨大な部屋の真ん中に全てを配置して、壁の空間は全ての装飾のために空けておかれた。陸上で暮らしている者の場合、照明はおそらく、電気化学的な装置を使用していた。

陸上と水中のどちらでも、彼らは風変わりなテーブルや椅子、円筒形の枠のような寝椅子——触手を折り畳んで下に降ろし、直立したまま休んだり寝たりしていたのだ——、そして彼らの書物である点の打たれた板の一揃いを蝶番で綴(と)じたものを収めるための棚を使用していた。

政治体制はどうやら複雑で、おそらく社会主義的なものだったと思(おぼ)しいのだが、私たちが目にした彫刻からは、この点について確かなことを推測することはできなかった。地元でも別の都市との間でも、大規模な商取引が行われていて、小さくて平らな、五角形で銘刻の入った数板(カウンター)が貨幣(かへい)として使用されていた。おそらく、私たちの遠征隊が発見した、様々な緑がかった石鹸石のうち小型のものは、そうした通貨だったのだろう。

文化はもっぱら都市型だったが、いくらかは農業が行われ、畜産も盛んだった。鉱業と、限定的な規模ではあるが製造業も営まれていた。旅行はたいそう頻繁に行われていたが、種族を拡大した大規模な植民運動を別にすれば、永続的な移住は比較的稀(まれ)だったらしい。

個人が移動する際に外的な補助手段は用いられなかった。というのも、陸上、空中、水中において、《古きものども(オールド・ワンズ)》は非常な高速で移動する能力を有していたらしいからだ。ただし、荷物を牽(ひ)くのは輓(ばん)獣(じゅう)——海中ではショゴス、陸上に進出した後年には、様々に奇妙な種類の原始的な脊椎動物——だった。

これらの脊椎動物は、他の無数の生命形態——海洋や陸上、天空(エーテル)の動植物——と同様に、《古きものども(オールド・ワンズ)》によって創造されたのだが、彼らの注意の及ばぬ範囲に逃れた生命細胞に作用した、導かれざる進化の産物だった。支配生物と衝突することがなかったので、野放図に発達することができたのである。もちろん、厄介な生命形態は機械的に駆除された。

最も新しく、最も頽廃的(デカダン)な彫刻のいくつかに、陸上居住者たちが時に食用に、時に愉快な慰(なぐさ)み物に用いた、よろめき歩く原始的な哺乳類が見られるのは、私たちにとっては何とも興味深いことだった――その哺乳類は、漠然としたものではあるが、紛れもなく猿や人間の徴候を示していたのである。陸上都市の建設において、高い塔の巨大な石塊(ブロック)は大抵、これまでに古生物学の世界で知られていなかった種の、巨大な翼を有する翼竜の一種により持ち上げられた。《古きものども(オールド・ワンズ)》が、様々な地質学的変化や地殻変動を生き延びてきた持続性ときたら、奇跡的としか言いようがなかった。彼らの最初期の都市の殆どあるいは全部が、始生代を超えて生き残らなかったようだが、その文明と記録の伝達が中断されることはなかった。

彼らがこの惑星に最初に到着した場所は南氷洋で、月を形成する物質が隣(とな)り合う南太平洋からもぎ取られてそれほど長い時間が経たない時期に到来したようだった。

彫刻された地図の一つによると、当時は地球全体が水に覆われていて、永劫の歳月を重ねるうちに、石造りの都市が南極から次第に遠く離れた場所に散らばっていったのだ。別の地図からは、南極点の周囲には広大な陸地が広がっていて、生物の一部が試験的な居留地を築き始めていたことがわかったが、彼らの重要な中心地は最も近い海の底に移されていた。後者の地図には、この広大な陸地がひび割れ、いくつかの切り離された部分を北方に送り出したことが示されていて、これは最近、テイラー、ヴェーゲナー、さらにはジョリー[*33]によって提唱された大陸移動説を、驚くべき形で裏付けていた。

南太平洋に新たな陸地が隆起すると共に、途方もない出来事が始まった。海中都市のいくつかはどうしようもなく粉砕されたが、それとても最悪の不幸ではなかった。ほどなく、もう一つの種族――蛸(たこ)に似た陸棲の種族で、おそらくは人類が誕生する以前の伝説的なクトゥルーの落とし子(スポーン)に相当する――が宇宙的な無限遠から長い年月をかけて到来しはじめ、怪物じみた戦争を引き起こして、一時（いっとき）は《古きものども（オールド・ワンズ）》を完全に海へと追いやったのである――陸上の入植地が増えていたので、これは途方もない痛手となった。

その後、和平が成立し、新しい陸地がクトゥルーの眷属（スポーン）に与えられ、その一方で《古きものども（オールド・ワンズ）》は海と古くからある陸地を確保した。新たな陸上都市が創建され――最大のものは南極にあったのだが、それはこの地域が彼らの最初に到着した聖地だったからである。

その後は、以前と同じように、南極は《古きものども（オールド・ワンズ）》の文明の中心地であり続け、クトゥルーの眷属（スポーン）がその地に築いた都市は、見つかる端から全て抹消（まっしょう）された。

やがて、唐突に太平洋の陸地が再び水没し、恐るべき石造都市ルルイェと全ての宇宙蛸を共々に巻き添えにしたので、《古きものども（オールド・ワンズ）》は、彼らが口にしようとしない、とある影濃い恐怖を例外として、再びこの惑星の至高者（シュープリーム）となったのである。

さらに後の時代になると、彼らの都市は地球上の全ての陸地と水域に点在していた――私が近日発表する小論において、遠く離れた特定のいくつかの地域で、パーボディの考案したような装置を使って、組織的なボーリング調査を行うようとある考古学者に提案しているのは、この故なのである。

水から陸に移るという傾向は、時代を経ても変わらなかった。この動きは、新しい大陸の隆起によって促進されたが、海洋に棲む者が全くいなくなることはなかった。陸地へ移住するもう一つの原因は、海洋での暮らしの成功を左右するショゴスの繁殖と管理に、新たな困難が生じたためである。

彫刻が悲しげに告白していたように、時の経過と共に、無機物から新しい生命を創り出す技術は失われてしまったので、《古きものども》は既に存在している生命形態を作り変えるやり方に頼らねばならなかった。陸上では、大型爬虫類が非常に御しやすいことが判明したのだが、分裂することで増殖し、危険な段階の知性を偶然獲得した海棲のショゴスが、一時的に恐るべき問題を引き起こしたのだ。

彼らは通常、《古きものども》の催眠暗示によって制御されて、その強靭で、自在に形状が変化する身体を成形して、様々に役に立つ手足や器官を一時的に生じさせた。しかし、現在では彼らの自己成形能力は、時に勝手に行使され、過去に受けた暗示によって教え込まれた様々な形態を模倣するようになっていた。彼らは半ば安定した脳を発達させていたらしく、その独立した、時に頑強な意志は、《古きものども》の意志を反映したものの、常に従ったわけではないらしい。

このようなショゴスの彫刻された姿は、ダンフォースと私を恐怖と嫌悪感で満たした。それらは通常、泡が凝集したようにも見える、粘ついたゼリーで構成された無定形の実体で、球体になった場合の個々の平均的な直径は、およそ一五フィート［約四・六メートル］だった。

しかし、それらの形状と体積は絶え間なく変化し、自発的に、あるいは暗示に従って、一時的に生じさせた器官を伸ばしたり、主人を模倣して視覚、聴覚、発声の器官に見えるものを形成したりした。

ペルム紀の中葉、おそらく一億五千万年ほど前に、海棲の《古きものども》は文字通りの意味での再征服戦争を彼らに仕掛けた時、ショゴスは殊のほか御し難くなっていたようだ。

この戦争や、ショゴスどもに殺害され、置き去りにされた犠牲者にありがちな、頭部を喪った粘液塗れの姿を描いた絵画は、言いしれぬ歳月の深淵が間に挟まっていたにもかかわらず、この世のものならぬ恐ろしさがあった。

《古きものども(オールド・ワンズ)》は、分子を攪乱(かくらん)する奇怪な兵器を叛乱者(はんらんしゃ)どもに使用し、最後には完全な勝利を収めた。それ以降の彫刻には、アメリカ西部の野生の馬がカウボーイに手懐(てなず)けられたように、武装した《古きものども(オールド・ワンズ)》にショゴスが手懐けられ、調教された時代が示されていた。叛乱の最中(さなか)、ショゴスは水の外で生きる能力を示したが、この移行は奨励(しょうれい)されなかった。なぜなら、陸上での有用性は、それを管理する面倒さに見合うものではなかったからである。

ジュラ紀の間に、《古きものども(オールド・ワンズ)》は外宇宙からの新たな侵略という形で、新たな災禍(さいか)に直面した——今度は、最近発見された遠隔の冥王星(めいおうせい)と同一視される惑星から到来した、半ば菌類、半ば甲殻類の生物である。この生物は、北方の丘陵地帯で囁かれる伝説に登場し、ヒマラヤではミ゠ゴないしは〝忌まわしき雪男〟として記憶されているものと、間違いなく同一の生物である。

この生物と戦うべく、《古きものども(オールド・ワンズ)》は地球に到来して以来初めて、再び惑星間のエーテルの只中に出撃しようとした。しかし、かつてのやり方に則ってあらゆる手筈を整えたにもかかわらず、地球の大気圏を出ることはもはや不可能であることが判明したのだった。

古き時代の恒星間旅行の秘密が何であったにせよ、今となっては間違いなく、種族から失われていた。最終的に、ミ゠ゴは北方の全ての土地から《古きものども(オールド・ワンズ)》を追い出したものの、海棲の者たちを脅(おびや)かすには力不足だった。

先住種族は、本来の棲息地である南極へと、少しずつ後退していった。

クトゥルーの落とし子(スポーン)とミ゠ゴの両方が、《古きものども(オールド・ワンズ)》の身体よりも、私たちの知る物質とは遥かに異なる物質で構成されているらしいことを、絵画に描かれた戦闘から気がつくというのは、何とも奇妙なことだった。彼らは敵対者には不可能な変形や再生に耐えることができたので、宇宙空間の更に遠い深淵からやって来たものと考えられる。

異常な強靭さと特異な生命機能にもかかわらず、《古きものども(オールド・ワンズ)》は間違いなく物質的な存在であり、その実際の起源は既知の時空連続体の裡(うち)にあったに違いない。その一方で、他の生物たちの根源については、息を殺しながら推測することしかできない。

もちろん、こうしたことの全ては、侵略してきた敵勢力に帰せられる地球外との繋がりや異常性が、純然たる神話(つくりばなし)ではないことを前提にしている。《古きものども(オールド・ワンズ)》が、時に喫(きっ)する敗北を説明するために、宇宙的な設定の枠組みを発明したとも考えられるのだ。なぜかと言えば、歴史への関心と誇りが、明らかに彼らの主要な心理的要素を形成しているからである。

彼らの編年史的な記録が、ある種の隠微な伝説においてその強大な文化や聳え立つ都市が執拗に描かれている、数多くの高度で強力な生物の種族に言及していないことは、実に意味深長だ。

長い地質学的な時代を通じて変化してきた世界の様相は、彫刻された地図や情景の多くに、驚くほど鮮明に表現されていた。既存の科学が修正を迫られる場合もあれば、その大胆な推論が見事に裏付けられた場合もあった。先に申し述べた通り、テイラー、ヴェーゲナー、ジョリーの仮説によれば、全ての大陸が元々は南極の陸塊の断片であり、遠心力によって割り裂かれて、専門的な言い方では粘性の高い地殻下層の表面を漂っていったのだというのだが——この仮説は、アフリカと南アメリカの相補的な輪郭や、一続きの大山脈が巻き上げられ、押し上げられる有様によって示唆される仮説は、この尋常ならざる情報源によって驚くべき後押しを受けているのだ。

一億年前ないしはそれよりも古い石炭紀の世界を示したものらしい地図には、後の時代にアフリカを、かつては地続きの領域だったヨーロッパ（当時は地獄めいた原初の伝説に言うヴァルーシア）、アジア、南北アメリカ、南極大陸から切り離す運命にある、意味深長な亀裂や地溝が描かれていた。

他の図表——中でもとりわけ重大なひとつは、私たちを取り巻く広大な死都が五千万年前に建設されたことを示していた——では、現在の諸大陸が全て、明確に分離していた。そして、発見できた最も新しい見本——おそらく鮮新世に由来するもの——では、アラスカはシベリアと、北アメリカはグリーンランドを介してヨーロッパと、さらに南アメリカはグレアム・ランドを介して南極大陸と繋がってはいたものの、今日のおおよその世界が実に明瞭に出現していた。

石炭紀の地図では——海底も隆起した大陸も同様に——《古きものども（オールド・ワンズ）》の広大な石造都市の表象（しるし）が地球全体につけられていたが、後代の地図では、徐々に南極へ後退していったことがはっきりわかった。最新のものである鮮新世の見本には、南極大陸と南アメリカの先端を除いて陸上都市が見当たらず、南緯五〇度線以北には海洋都市も存在しなかった。北方世界への知識と関心はおそらく、あの扇に似た膜状の翼による長距離の探検飛行の途上で行った海岸線の調査を除き、《古きものども（オールド・ワンズ）》の間では、明らかにゼロに等しいところまで衰えていた。

山脈の隆起、遠心力による大陸の分裂、陸地や海底の地震による大変動、その他の自然現象に起因する都市の破壊が頻繁に記録されていたのだが、時代が下るにつれて、代替の都市が少なくなっていくのが目に見えてわかり、何とも奇妙な思いがした。

私たちの周囲にぽっかりと口を開けている、死に覆われた広漠たる巨大都市（メガロポリス）は、この種族の最後の中心地であるらしかった。白亜紀の初期に、それほど遠くない場所にあったさらに広大な前身が、大規模な地殻の褶曲（しゅうきょく）によって消滅した後に建設されたのである。

この地域全体が、最初に到来した《古きものども（オールド・ワンズ）》が原初の海底に居を定めたと言われる場所であり、他のどこにも増して神聖な地点（スポット）であったようだ。

新しい都市――その主要な場所の大部分を彫刻で確認することができたが、私たちが高空から見渡した視界の最遠を超え、山脈に沿って両方向に、たっぷり一〇〇マイル〔約一六〇・九キロメートル〕は延びていた――には、最初の海底都市の建材であり、地層全体が屈曲する過程で長い年月をかけて陽（ひ）の光の下（もと）に押し出されてきた聖石群が保存されているということだった。

Ⅷ

当然ながら、ダンフォースと私は特別な関心と妙に個人的な畏敬の念を抱きつつ、今まさに自分たちがいるこの区域に関連する、あらゆる事物を調査した。当たり前のことだが、地元にまつわる資料は膨大な量に及んだ。幸運なことに、建物のもつれあう都市の地表面で、非常に新しい時代の一軒の家屋を見つけることができた。接している地溝のせいで、その壁は多少壊れていたものの、頽廃的（デカダン）な技巧の彫刻が施されていて、私たちが人類誕生以前の世界の様相を直近で概観した鮮新世の地図の時代を遥かに凌ぎ、この地域にまつわる物語を伝えてくれたのだった。

その場所で発見したものが私たちに当面の新たな目標を与えてくれたので、そこは私たちが詳しく調査した最後の場所となった。

確かに私たちは、地球上のあらゆる場所にも増して奇妙で、異様で、恐ろしい場所のひとつにいた。現存する全ての陸地の中でも、最も古いところなのだ。そして、この悍(おぞ)ましい高地こそは、『ネクロノミコン』の狂える作者すらも語るのを躊躇(ためら)った、かの伝説的な悪夢じみたレンの高原に違いないという確信がこみあげてきたのである。

この大連山は途方もなく長かった――ウェッデル海沿岸のルイトポルト・ラントにおいて低い山脈として始まり、実質的に大陸全体を横断していた。本当に高い部分は、東経六〇度南緯八二度のあたりから東経一一五度南緯七〇度のあたりに至る巨大な弧を描きながら伸びていき、その窪んだ側が私たちのキャンプの方を向いていて、その海側の終端は、ウィルクスとモースンが南極圏でその丘陵を垣間見た、氷に閉ざされた長い海岸にあった。

しかし、さらに途方もなく誇張された自然界の威容が、不穏なほど間近に迫っているようだった。

これらの峰々はヒマラヤ山脈よりも高いと先に述べたが、彫刻を見てしまうと、それを地球の最高峰と呼ぶのは憚(はばか)られた。その厳かな栄誉は、彫刻の半分が記録することを躊躇い、他の彫刻にしても明らかに嫌悪と戦慄(せんりつ)と共にその姿を示しているものに対してこそ、間違いなく与えられるべきなのだ。

そこは、古(いにしえ)の陸地の一部――地球が月を振り捨て、《古きものども(オールド・ワンズ)》が星々の世界を時間をかけて通り抜けてきた後、最初に水中から隆起した場所――であり、漠然と得体のしれない邪悪な地として忌避されるようになったのである。

そこに建設された都市の数々は時を待たずして崩れ去り、忽然(こつぜん)と無人の廃墟となり発見されたのだ。

そして、コマンチ紀に最初の大きな地殻変動がこの地域を揺るがした時、恐るべき連山が、凄まじい喧騒(けんそう)と混沌の只中に突如として聳え立ち――地球は最も高く、最も恐ろしい山脈を受け入れたのである。

彫刻に示された規模が正しいのであれば、この忌まわしき山脈は高さ四万フィートを遥かに超えていたに違いない――私たちが越えてきた衝撃的な狂気の山脈よりも、遥かに広大だった。

その山々は、南緯七七度東経七〇度から南緯七〇度東経一〇〇度の範囲に広がっていて――死都からは三〇〇マイルも離れていなかったから、あの朦朧(もうろう)たるオパール色に輝く靄(もや)がなければ、西の彼方にその恐ろしい頂を見ることができたことだろう。クイーン・メアリー・ランドに長く伸びる南極圏の海岸線からも、その北端が見えるはずだ。

頽廃期(デカダン)にあった《古きものども(オールド・ワンズ)》の中には、その山脈に奇妙な祈りを捧(ささ)げる者もあったが、そこに近づくこともなければ、その彼方に何があるのか敢えて想像する者もいなかった。

人の目に触れたことはなく、私は彫刻から伝わってくる感情を仔細に調べながらも、今後も誰かの目に触れることのないよう祈った。

向こう側の海岸沿いは丘陵――クイーン・メアリー・ランドとカイザー・ヴィルヘルム・ラント――が護りを固めていて、これまで誰もその丘を登れなかったことを、私は天に感謝した。

私は以前そうだったほどには古い物語や恐怖について懐疑的ではなく、稲妻が時折、陰鬱な山頂のひとつひとつで意味ありげに静止し、長い極地の夜の間、あの恐ろしい連峰のひとつから正体不明の光が射したというような人類誕生以前の彫刻家の考えを、今となっては笑い飛ばしたりしない。冷たき荒野のカダスについて、古(いにしえ)の『ナコト』の囁くところには、現実に即した途方もない意味があるのかもしれない。

だが、手の届く距離にある地域とても、名付けようもなく呪われたものではないにせよ、その奇異なることにおいて引けを取らなかった。

都市の建設から間もなく、主だった神殿が大山脈に建てられて、現在は妙な具合にへばりついている立方体と塁壁しか見えないところに、かつていかなるグロテスクで幻妖（げんよう）な塔が天空を貫いていたのかを、多くの彫刻が示していた。時代が過ぎると共に洞窟が出現し、形を整えられて神殿の付属施設となった。

さらに時代が下ると、あたり一帯の石灰岩脈が地下水によってくり抜かれ、山脈とその麓の丘陵、さらにその下の平原は、繋がっている洞窟や地下通路が織りなす、文字通りの網の目になった。

数多くの絵画的な彫刻が、地下深くの探検のことや、大地の底に潜む陽光の射さぬ地獄（スティギア）の如き海をついに発見したことを伝えていた。

この夜闇に包まれた広大なる深淵は、あの名もなき恐ろしい西方の山脈から流れ下り、かつては《古きものども（オールド・ワンズ）》の山脈の麓で曲がった後、連山の脇を流れて、ウィルクス・ランドの海岸線に位置するバッド・ランドとトッテン・ランドの間でインド洋に流れ込んだ、あの大河によって削られたのに違いなかった。その流れは少しずつ石灰岩の丘の土台を侵食、ついには地下水の溜まった洞窟に到達し、合流してさらに深い奈落の穴を掘り進んだ。

最終的に、その流れは空（うつ）ろな丘陵に注ぎ込んで、海へと向かう昔の川底を干上（ひあ）がったままにした。

私たちが今目にしている後代の都市の大部分は、その古い川底の上に築かれたものだった。

《古きものども（オールド・ワンズ）》は、何が起こったのかを理解すると、持ち前の鋭敏な芸術的感覚を発揮して、大河が永遠の暗闇の只中に流れ落ちていく丘陵地帯の崖に、装飾的な塔門を彫り込んだ。

往時は数多くの立派な石橋が渡されていたこの川は明らかに、私たちが飛行機で調査した時に、干上がった水路を目にした川だった。都市にある様々な彫刻に描かれた川の位置は、永劫の昔に死に絶えたこの地の、歴史上の様々な段階における出来事がどこで起きたのかを私たちが把握するのに役立った。

このお陰で、私たちはさらなる探検の指針とするべく特に目立つ場所——広場や重要な建物など——を手早く、しかし念入りに、地図に描きこむことができたのである。

建物や山脈、広場、郊外、景観、豊かに生い茂る第三紀の植生がどのようなものだったかを、彫刻が正確に教えてくれたので、ほどなく私たちは百万年前、一千万年前、あるいは五千万年前と同じように、この気宇壮大な都市の全体像を、空想の中で再現することができるようになった。

さぞかし驚異的で神秘的な美しさだったに違いなく、そのことに思いを馳せると、この都市の非人間的な古さ、巨大さ、殺伐さ、辺鄙さ、氷に鎖された薄明といったものに精神を窒息させられ、重苦しくのしかかられていた、ひんやりとじめつく不吉な圧迫感を忘れそうになった。

しかし、いくつかの彫刻によると、この都市の住人たちもまた、のしかかってくるような恐怖を感じていたようだ。というのも《古きものども》が、大河の中に見いだされて、あの恐ろしい西の山脈から波打つ蔦に覆われた蘇鉄の森を抜けて流れ下ってきたとある存在——彫刻の図案に含めることは決して許されなかった——に怯えて後退る光景が繰り返し描かれていたのである。

私たちが、都市の放棄に到る最後の災厄の徴候をわずかにも確認できたのは、頽廃的な彫刻の施されている、後期に建てられた一軒の家屋の中のみだった。緊張に満ちた不安定な時代に、気力も熱望も衰えていたことを考慮に入れても、同年代の彫刻が他の場所にも数多く存在していたに違いない。実際、その後間もなく、他の彫刻の存在する確かな証拠が私たちの前に現れている。しかし、私たちが直（じか）に遭遇したのは、これが最初で最後の、ただ一揃いのものだった。

その後、さらに詳しく調べるつもりだったのだが、先に述べた通り、今しも置かれている状況から、当面の目的を別のものに切り替えた。とはいえ、限界はあったはずだ——何しろ、《古きものども（オールド・ワンズ）》の間で末永くここに棲み続ける希望が潰（つい）えた後では、壁の装飾を完全にやめざるを得なかっただろうから。

終局的な打撃はもちろん、かつて地球の大部分を従わせ、不運なる南北両極から二度と離れなかった、大寒波——その大寒波こそが、世界のもう一方の極地において、伝説のロマールとヒュペルボレイアの地に終止符を打ったのだ——の到来である。

南極がこのようになり始めたのがいつなのか、正確な年数を口にすることは難しい。現在では、汎（はん）世界的な氷河期の始まりについて、今からおよそ五〇万年前とされているのだが、極地ではずっと早い時期から恐ろしい災禍が始まっていたのに違いない。

数量的な推定は全て、部分的には当て推量だ。とはいえ、頽廃期（デカダン）の彫刻が作られたのは百万年よりもかなり後の時期である可能性が高く、実際に都市が放棄されたのは従来、洪積世が始まるとされていた時期——地球の全表面に関して言えば五〇万年前——よりもずっと早く完了していた可能性が高い。

頽廃期（デカダン）の彫刻からは、あらゆる場所で植生が薄くなり、《古きものども（オールド・ワンズ）》の方でも田園生活を送る者が減っている徴候が窺えた。家の中には暖房器具が現れ、冬の旅行者は防寒着に身を包む姿で描かれた。続いて、より温暖な最寄りの避難所への移住が絶えず増加していく様子が描かれる、一連の装飾枠（カルトゥーシュ）（これら後期の彫刻では、連続した帯状の並びが、しばしば途切れていた）を見た――ある者は遠く離れた海岸の沖にある海底都市に逃れ、またある者は空ろ(うつ)な丘の中にある石灰岩の洞窟の網目を抜けて、洞窟と接している地下の海の黒々とした奈落へと這うように降りていった。

　結局、最も多くの植民者を受け入れたのは、洞窟に接する奈落だったようだ。その理由のひとつが、この特別な地域が伝統的に聖地とされてきたことにあったのは間違いないが、蜂の巣状に穿たれた山脈にある大神殿を使用し続ける上で、かつまた広大な陸上都市を夏の居住地、様々な鉱山との連絡拠点としておくのに便利だったことが、より決定的だったのかもしれない。

　新旧の居住地の繋がりは、連結ルートに沿って設けられた数箇所の勾配や改良工事によって、いっそう機能的になった――そうした中に含まれていたのが、古(いにしえ)の大都市(メトロポリス)から黒々とした奈落の底へと続く、無数の直通隧道(トンネル)――この上なく入念な見積もりに基づき、作成中のガイドマップに私たちが慎重にその入り口を描きこんだ、鋭く下降する隧道(トンネル)のことだ――である。

　このような隧道(トンネル)の少なくとも二本が、私たちのいる場所から探索可能な距離にあることは明白だった。どちらも都市の山側の端にあって、一本は古の川筋の方に四分の一マイル弱を進んだところ、もう一本はその二倍の距離を反対方向に進んだところにあった。

　例の奈落にはどうやら、場所によっては緩い勾配の乾(かわ)いた岸があるようなのだが、《古きものども(オールド・ワンズ)》は新しい都市を水中に建設した――その方が確実に、均一な暖かさを保てるからに違いない。隠された海の深さは非常に大きいものだったようで、そのおかげで地球内部の熱が、都市の居住性を無期限に確保してくれた。あの生物たちは、時間を区切っての――もちろん、最終的には恒常的となるのだが――水中生活に難なく適応した。鰓（えら）の組織を決して退化させなかったからである。彼らが頻繁に海底の同胞のもとを訪ね、大河の深い底で習慣的に水浴びしていたことを示す彫刻が、数多く存在する。長い南極の夜に慣れ親しんだ種族にとっては、地球内部の暗闇もまた、何の障害にもならなかった。

彼らの様式が頽廃的（デカダン）だったことは間違いないが、これら最も新しい彫刻には、洞窟の海に新しい都市を建設したことを物語る、真に叙事詩的（じょじしてき）な性質が備わっていた。《古きものども（オールド・ワンズ）》は科学を活用してそれを行った。蜂の巣状に穴が穿たれた山脈の中心から、不溶性の岩石を切り出し、最寄りの海底都市から熟練の作業員を雇い入れ、最善の方法に従って建設を進めたのである。

これらの作業員は、新たな事業を立ち上げるために必要なあらゆるもの――最初は石を持ち上げさせるために使用し、いずれは洞窟都市で駄獣として使役するショゴスを増殖させる組織や、照明に用いる燐光を放つ有機生体を形成するその他の原形質――を持ち込んだ。

そしてついに、地獄（スティギア）の海の底に強壮なる大都市が誕生した。その建築様式は陸上の都市とよく似ていて、その技巧は建設作業に特有の正確な数学的要素のお陰で、他と比較してそれほど頽廃（たいはい）しているようには見えなかった。

新たに増殖させられたショゴスは、いずれも途方もない大きさに成長して、並外れた知性を持つようになり、驚くべき迅速さで命令を受け取り、実行する様子が描かれていた。

彼らは《古きものども（オールド・ワンズ）》の声――気の毒なレイクの解剖により示唆されたことが正しいのであれば――を真似て《古きものども（オールド・ワンズ）》と会話をしているらしく、かつてのように催眠術で暗示をかけるというよりも、口頭の命令で働いていたようだった。

とはいえ、彼らは見事に制御されていた。燐光を放つ有機生体はたいそう機能的に光を供給し、外界の夜につきものの極地のオーロラが見えなくはなったが、間違いなくその埋め合わせとなっていた。

もちろん、ある種の頽廃はあったものの、芸術と装飾が追求されていた。《古きものども(オールド・ワンズ)》はこの劣化に自覚的であったようで、同じような衰退期にあったコンスタンティヌス帝が、ギリシャやアジアから最も優れた芸術品を奪い取り、ビザンティン帝国の新たな首都に、自国民が創り出せる以上の壮麗な輝きを与えようとした政策を先取りし、陸上都市から古(いにしえ)の彫刻が特に美しい石材を移送したのだった。彫刻のある石材の移送がそれほど広範囲に及ばなかったのは、最初のうち、陸上都市がすっかり放棄されたわけではなかったという事実を裏付けているのに違いない。

完全に放棄されるまでには——それは、極地が洪積世に入ってからそれほど時間が経っていない頃に起こったはずだ——《古きものども(オールド・ワンズ)》はおそらく、自分たちの頽廃した芸術に満足してしまったのだろう——あるいは、古の彫刻の優れた美点を認めなくなったのかもしれない。

いずれにせよ、私たちを取り巻く永劫の静寂に包まれた廃墟は、彫刻を全て剝ぎ取られたわけではなかった。とはいえ、動かせる他のものと同様、特に優れた個別の彫像は全て運び去られていたのだが。

この物語を語る装飾枠(カルトゥーシュ)と腰板は、先に述べた通り、限られた探索の間に見つけた最も遅い時期のものだった。それらは、《古きものども(オールド・ワンズ)》が夏には陸上都市、冬には洞窟海の都市という具合に行ったり来たりし、時には南極沿岸沖の海底都市と交易していた様子を、絵図という形で私たちに残してくれた。

彫刻の数々には、悪意に満ちた寒波の侵食の徴候が数多く見られたので、この頃までには、陸上都市が最終的に破滅の運命を辿(たど)ることが認識されていたに違いない。植生は衰え、冬の恐ろしい雪はもはや、真夏になっても完全に溶けてくれはしなかった。蜥蜴類（とかげるい）の家畜はほとんどが死に絶え、哺乳類もあまり耐えられなかった。地上での仕事を続けるためには、無定形で不思議なほど寒さに強いショゴスの一部を陸上生活に適応させる必要があった。それは、《古きものども（オールド・ワンズ）》が、かつてはやりたがらなかったことである。

大河からはもはや生命が失われ、海の上層でも、アザラシや鯨以外の住人がほとんどいなくなった。鳥たちは、グロテスクで大きなペンギンのみを除いて、皆が飛び去ってしまった。

その後に起きたことについては、推測することしかできなかった。

新しい洞窟海の都市はどのくらい長く存続したのだろうか。永久（とこしえ）の闇黒の中で石の死骸となり、今なお地下にあるのだろうか。地底の海はついに凍りついてしまったのか。外界の海底都市はいかなる運命を辿ったのか。忍び寄る氷帽に先んじて、北方に移動した《古きものども（オールド・ワンズ）》はいたのだろうか。現在の地質学は、彼らの存在の痕跡を何ひとつ示さない。

恐るべきミ＝ゴは、北方の地上世界において、なおも脅威だったのだろうか。地球最深部の水底（みなそこ）の、光射さぬ未踏の奈落に、今も何かが潜んでいるのかどうか、確かなことを誰に言えようか。あの生き物どもは、どうやらいかなる圧力にも耐えることができたらしい——それに、海で働く男たちが、時に不思議な物体を釣（つ）り上げてきたではないか。

それに、一世代前にボルクグレヴィンクが気がついた、南極のアザラシについている残忍で謎めいた傷跡について、シャチの仕業（しわざ）とする説は本当に解明できたと言えるのだろうか。

気の毒なレイクが発見した標本は、このような憶測の対象にはならなかった。というのも、地質学的な状況は、それらが陸上都市のかなり早い時期に生きていたことを裏付けていたからだ。発見された場所からして、確かに三千万年以上前のものであるはずで、彼らの時代には洞窟海の都市はおろか、実際の話、洞窟自体が存在していなかったのだから。

彼らはもっと古い時代の光景を——緑豊かな第三紀の植物が至る所に生い茂り、周囲には芸術の花開く若々しい陸上都市があり、遥か遠い熱帯の海洋に向かって、大山脈の麓を大河が北へ流れていく様子を記憶していたことだろう。

だというのに、私たちはあの標本のことを——とりわけ、悍(おぞ)ましくも損壊されたレイクのキャンプから姿を消した、八体の完全な標本のことを考えずにはいられなかった。

あの件全体に、何か異常なものがあった——私たちがやみくもに誰かの狂気のせいにしようとしていた奇妙なことが——あの恐ろしい墓——失くなったものの量と性質——ゲドニー——あの太古の怪物のこの世のものとは思えぬ強靱さ——そして、この種族が所有していたことを今しも彫刻が示している、怪(あや)しからん異形の生物ども……ダンフォースと私はこの数時間で、実にたいそうなものを目にしてきて、原初の大自然にまつわる、凄まじくも信じがたい数多くの秘密を現実のことであると信じ、それについて沈黙を守る覚悟を固めていたのだった。

Ⅸ

頽廃期(デカダン)の彫刻が私たちの当面の目標に変化をもたらしたことについては既に述べた。これはもちろん、以前はその存在を知らなかったのだが、今となってはどうにか見つけ出し、通り抜けたいと切望している、闇黒の内部世界（インナー・ワールド）へと切り抜かれた道に関係していた。

彫刻に示された規模からして、近くにある隧道（トンネル）のいずれかを通って、急な下り坂を一マイル［約一・六キロメートル］ばかり歩けば、大いなる深淵（グレート・アビス）の上に聳える、陽（ひ）の光に照らされることのない眼の眩むような高さの断崖の縁に辿り着けることだろう。その崖下には、《古きものども（オールド・ワンズ）》が整備した使用に足る脇道があって、夜闇に包まれた隠されし大洋の岩がちな岸辺に続いているのだ。この伝説的な深淵を実際に目の当たりにすることは、ひとたびその存在を知った身には抗いがたい誘惑だった――だが、今回の飛行調査のうちにこれを行うのであれば、ただちに探索を始めねばならないことを理解してもいた。

現時刻は午後八時で、懐中電灯をいつまでも点（とも）し続けるには、予備の電池が足りなかった。氷層の下でたっぷりと調査や複写をしたので、少なくとも五時間ぶっつづけで電池を使い続けていたのである。特殊な乾電池とはいえ、あと四時間ほどしか保たないのは明白だった――ただし、特に興味深い場所や移動しづらい場所を除き、懐中電灯のひとつを使わないでおけば、もっと保たせられるかもしれない。この巨石造り（キュクローピアン）の地下通路（カタコンベ）で灯（あか）りなしではどうにもならないので、奈落へと赴くためには、これ以上の壁画解読は諦めるほかはなかった。もちろん、私たちはこの場所を再訪し、何日も、あるいは何週間もかけて徹底的な研究と写真撮影を行うつもりだった――とうの昔に好奇心が恐怖心を克服していたのである――だが、今は急がねばならない。

道筋に目印をつけるための紙が無限にあったわけではなく、予備のノートやスケッチ用紙を犠牲にしてまでそれを増やしたいわけでもなかった。とはいえ、私たちは大きめのノートを一冊手放した。最悪、岩を削るという手もあった——もちろん本当に道に迷っても、試行錯誤する十分な時間があれば、どこかしらの通路から陽の光の下に出ることができるだろう。

そうしたわけで、私たちはついに、一番近い隧道があるはずの方向へ勇躍出発した。

地図作りの参考にした彫刻によれば、私たちが立っている場所から目的の隧道の入り口までは四分の一マイル〔約四百メートル〕も離れていないはずだ。その途中には堅固に見える建物がいくつも並んでいて、氷層の下を今も通り抜けていけそうだった。

入り口自体は——麓の丘陵から一番近い角地のあたりの——見るからに公共の、おそらく儀式用途なのであろう巨大な五芒星形の建造物の地下にあるはずなので、私たちは遺跡を空中から調べた時のことを思い出して、その建物を特定しようとした。飛行中のことを思い起こしても、そのような構造物を見た覚えはなかったので、私たちは上部が大きく損傷しているか、さもなくば飛行中に目にした氷の亀裂によってすっかり砕けてしまったのだろうとの結論に達した。後者の場合、隧道は塞がっているのだろうから、私たちは次に近い隧道——北に一マイルも離れていない——を試さねばならない。この行程では、間にある川床に妨げられて、南側の隧道を試すことはできなかった。実際、近くの隧道が両方とも塞がっていた場合、北側の次の隧道——第二の候補の一マイルほど先にある——に挑戦できるほど、電池が保つかどうかは疑問だった。

私たちは地図と方位磁針を頼りに迷宮の薄暗い道を進んでいった——廃墟になっていたり保存状態の良かったりする部屋や廊下を通り抜け、傾斜面をよじ登り、上部の階や橋を渡り、再び這うように降りていき、塞がった戸口や瓦礫の山に出くわし、時には綺麗に保存された、薄気味悪く思えるほど汚れひとつない場所を急ぎ足で進み、誤った道を引き返し（そうした場合、私たちが背後にまいてきた、役目を終えた紙を取り除いた）、時には陽光が降り注ぐか漏れ入ってくる天井の開けた立坑の底に出くわし――そうした道すがら、私たちは幾度となく彫刻の施された壁に惹（ひ）きつけられたものだった。大部分が、歴史的に重要な出来事を物語っているのに違いなく、後日、改めて訪れる見込みがなければ、とても通り過ぎることなどできはしなかった。実を言えば、私たちは時々歩みを遅くして、二本目の懐中電灯を点したものだった。フィルムがもっとあれば、一時的に足を止めていくつかの浅浮き彫りを撮影したのだろうが、時間を食う写生は明らかに問題外だった。

さて、私は改めて口ごもるか、述べるのではなくほのめかすにとどめておきたい誘惑に強く駆られる箇所にやってきた。だが、これ以上の探検を思い止まらせようという私の主張を正当化するためには、残りの部分を明かさねばなるまい。

私たちはじりじりと進み、隧道（トンネル）の入り口があるとされるあたりのすぐ近くまでやって来た――二階の橋を渡り、突出した壁の先端と思しい場所まで行き、後期の技巧による頽廃的な手のこらされた、どうやら儀式的なものと思しい彫刻がふんだんに施された、廃墟と化した廊下へと降りていき――午後八時三〇分頃、ダンフォースの若く鋭敏な鼻が、何か異常なものの最初の徴候を嗅ぎつけた。犬を連れてきていたなら、もっと前に警告を発していたことだろう。

最初のうちは、それまで水晶（すいしょう）のように澄（す）み切った空気のどこが悪いのか、正確にはわからなかったが、数秒後、私たちの記憶があまりにもはっきりと反応した。臆（おく）せずに説明しよう。ある臭気が漂ってきたのだ――その臭いは、漠然としたかすかなものではあったが、気の毒なレイクが解剖した恐ろしいものの正気とは思えぬ墓を暴いた時、私たちに吐き気を催させたものと、疑いようもなく似ていたのである。もちろん、あの時は今ほどに歴然たる事実ではなかった。考えつく説明はいくつかあったので、私たちは小声での話し合いにぐずぐずと時間を費やした。何にも増して重要なのは、これ以上の調査をやめて引き返したりはしなかったということである。ここまで来たからには、明確な災厄に出くわしでもしない限り、尻込み（しりご）したくはなかったのである。

ともあれ、私たちが疑っていたことは、あまりにも荒唐無稽で信じがたいことだった。そのようなことは、正常な世界では起こらないのだ。私たちが使用していた方の懐中電灯の光を弱めたのも――圧しかぶさるような壁から脅（おど）すように睨（ね）めつける頽廃的（デカダン）で禍々しい彫刻に、もはや誘惑されることはなかったので――いよいよ乱雑さを増していく床や瓦礫の山を、用心深く爪先立ちになったり、這いつくばったりして乗り越えるよう私たちの歩みを和らげたのも、おそらくはまったくもって非合理的な本能のなせる業（わざ）だったのだろう。

ダンフォースの目は、鼻と同様に私よりも優れていたので、地面と同じ高さの階の部屋や廊下に続く、半ば塞がりかけたアーチをいくつも潜り抜けた後、瓦礫の様子がおかしいことに最初に気づいたのも彼だった。数千年もの測り知れぬ歳月を無人のまま放置されていたようには見えず、用心深くさらに光を当ててみると、そこにはごく最近、一条（ひとすじ）の帯状の跡がつけられたようだった。ごみが雑然と散らばっているので、はっきりした痕跡ではなかったが、平滑な場所では、何か重いものを引きずったような跡があった。一度などは、まるで橇（そり）の滑走部（ランナー）のような、並行した轍（わだち）の跡のようなものを目にしたような気がした。それで私たちは再び足を止めたのである。

小休止の間、私たちは——今度は二人同時に——前方から漂ってくる別の臭気を感じ取った。矛盾しているようだが、その臭気は以前のものより恐ろしくはなく、同時により恐ろしくもあった——本質的にはそれほど恐ろしくないのだが、知っての通りの状況の、この場所においては限りなくぞっとするものだった……もちろん、ゲドニーがそこにいるのでない限りは。というのも、その臭気はごく一般的な石油——ありふれたガソリンの、嗅ぎ慣れた臭いに過ぎなかったのである。

その後に私たちが取った行動の動機については、心理学者にお任せする。私たちは今、キャンプを見舞った恐怖の延長上にある恐ろしい何かが、この夜の帳に覆われた永劫を閲する埋葬地に忍び込んでいるのに違いないことを知った。だから、目と鼻の先——現在、あるいは少なくともごく最近——に、名付けられざる状況が存在していることを、もはや疑うことはできなかった。

しかし、結局のところ、燃え盛る好奇心——あるいは不安——それとも自己催眠——さもなくばゲドニーに対して抱いている漠然とした責任の念に衝き動かされ、私たちはまっすぐ進んだ。

ダンフォースは再び、上の廃墟の路地を曲がったところで目にしたと思った足跡のことを、そしてそのすぐ後に、未知なる深みから聞こえてきたように思った、かすかな——風の吹きすさぶ峰々の洞窟の口に谺した響きによく似ていたが、レイクの解剖報告に照らすと、途方もない意味を孕む可能性がある笛の音のことを、小声で口にした。

私の方はといえば、キャンプがどのような状態になっていたかを話した——失くなっていたものは何だったか、そしてただ一人の生存者の狂気が、想像を絶すること——怪物じみた山々を無謀にも越えて、未知なる原初の石造構造物の中へと降りていくなどということを思いつかせたのではないかと……
だが、私たちはお互いを、いや私たち自身すらも、明確にこうだと納得させることはできなかった。私たちは足を止めている間、全ての懐中電灯を消していたので、遥か頭上から深く濾過されてきた陽光が、あたりを完全な暗闇にしないでいることに漠然と気がついた。無意識で前に進み始めた私たちは、時折閃かせる懐中電灯の灯りを道標にした。

掻き乱された瓦礫の様子が、私たちに拭い去れぬ印象を与え、ガソリンの臭いも次第に強くなった。いよいよ多くの廃墟が目に飛び込んできて私たちの歩みを妨げ、やがて前方の道が途絶えようとしているのが見えた。上空から垣間見た亀裂についての悲観的な推測は、あまりにも正しかった。隧道の探求はどん詰まりで、奈落へと続く開口部のある地下に到達することすらできなかった。

私たちがいる行き止まりの廊下の壁を覆う、グロテスクな彫刻を懐中電灯で照らしていると、程度の差はあれ塞がっているいくつかの出入り口が見えた。そのうちの一つから、ガソリンの臭いが――他の臭いの痕跡を完全に覆い隠すほどに――特に濃厚に漂ってきた。さらにじっくり見てみると、その出入り口からは間違いなく最近、少しばかり瓦礫が取り除かれていることが確認できた。

そこに潜む恐怖が何であれ、そこに直接向かう道が今、はっきり現れたのだと私たちは確信した。

私たちがさらなる行動を取るまでに相当な時間を費やしたのだが、不思議に思う者はいないだろう。とはいえ、いざ思い切ってあの闇黒のアーチの中に入り込んでみると、最初の印象は拍子抜けしたものになった。その彫刻が施された地下室――一辺が二〇フィート〔約六・一メートル〕ほどの完全な立方体――の瓦礫が散乱する中には、ぱっと見で識別できる大きさの新しいものは、何も残されていなかったのである。

それで私たちは本能的に、無駄とは思いつつも、もっと奥の出入り口を探すことにした。

しかし次の瞬間、ダンフォースの鋭敏な視力が、床の破片が乱れているところを発見した。私たちは、両方の懐中電灯の光をめいっぱい強くして、そこを照らし出した。

その光の中で私たちが目にしたものは、実際には単純で些細なものだったのだが、それが暗示するものの故に、話すことはあまり気が進まない。そのあたりの瓦礫はぞんざいに均(なら)されていて、その上にはいくつかの小さいものが無造作に散らばっていて、一方の隅には最近、かなりの量のガソリンが撒き散らされたらしく、この超高原の標高であっても強烈な臭気が残るほどだった。

言い換えれば、それはある種のキャンプ以外の何物でもなかった――奈落への道が思いがけず塞がれてしまっていたため、私たちと同様に引き返してきた探求者たちがこしらえたキャンプなのである。

はっきり言ってしまおう。散乱していたのは、中身に関する限り、全てレイクのキャンプで使われていたものだった。あの荒れ果てた現場で目にしたのと同じように、奇妙なやり方で開けられたブリキ缶、たくさんのマッチの燃えかす、多少なりとも妙な汚れのある三冊の挿絵(さしえ)入りの本、空のインク瓶(びん)とそれを描いた絵、取扱説明のある紙箱、一本の壊れた万年筆、鋏で妙な形に切り取られた毛皮とテント布の切れ端、使い古しの電池と説明書、私たちのテントの暖房器具に付属していた印刷物(フォルダー)と、あたりに散乱するくしゃくしゃになった紙といったものがあった。それだけでも十分にひどかったのだが、紙を広げて中を見た時、私たちは最悪の事態を迎えたと感じた。私たちは、キャンプで不可解なインク染みのついた紙を見つけていたので、心の準備ができていても良さそうなものだったが、人類誕生以前の悪夢めいた都市の地下室で目にした光景の衝撃は、およそ耐え難いものだった。

狂えるゲドニーが、ちょうどあの正気のものとは思えぬ五芒星形の塚にあった点の集まり(グループ)を作ったのと同じように、あの緑がかった石鹸石にあったものを模倣して点の集まり(グループ)を打ったのかもしれない。そしておそらく彼が、大まかなスケッチを手早く描いたのだろう――正確さについてはまちまちであるが――そのスケッチには街の近隣部分の略図が描かれていて、これまで進んできた道筋からは外れている、円形で表現された場所――そこは彫刻にあった大きな円筒形の塔で、上空からの調査において広大な円形の溝が垣間見えた場所だ――から、今いる五芒星形の建造物と、その中にある隧道(トンネル)の入り口への道筋が描かれていた。

彼が――繰り返すが、これは可能性だ――そのスケッチを描いたのかもしれない。何しろ、私たちの目の前にあるものは、私たちが見たり扱ったりしてきたものではないにせよ、私たち自身が氷の迷宮のどこかにあった後期の彫刻から収集したのと同様、明らかにそうしたものから収集されたスケッチだったのである。だが、性急かつぞんざいであったにもかかわらず、下手をすると参考にした頽廃的(たいはいてき)な彫刻の数々よりも優れた、奇妙で自信に溢(あふ)れた技法――死せる都市の最盛期における《古きものども(オールド・ワンズ)》自身の、特徴的で見間違いようのない技法――でそのスケッチを描くことなど、芸術に疎(うと)いあのおっちょこちょいにできるはずもなかった。

その後、ダンフォースと私が命からがら逃げ出さなかったのは、まったく気が狂っていたのだと言う人もいるだろう。というのも、私たちの結論は――その荒唐無稽さはともかく――今やすっかり確定し、その性質について、ここまで私の記録を読んでこられた方々には申し上げるまでもないからだ。

たぶん、私たちは狂っていたのだろう――あの恐ろしい峰々は、狂気の山脈だと申し上げたはずだ。

だが、アフリカの密林で猛獣を追いかけ回し、写真を撮影したり習性を研究したりする者たちにも、同じ精神のようなものを――そこまで極端な形ではないにせよ――感じるような気がするのだ。恐怖で半ば麻痺していたとはいえ、私たちの裡には畏怖の念と好奇心の焔が燃え上がり、最後にはそれが勝利を収めたのである。

もちろん私たちは、そこにいたと知っているもの――あるいはものたち――と直接対面するつもりはなかったが、彼らはもう行ってしまったに違いないと感じていた。

彼らは今頃、奈落に通じるもうひとつの入り口を見つけ、その中を抜けて、窮極の深淵――彼らも未だ目にしたことのない窮極の深淵の中で待ち受けているかもしれない過去の夜闇の断片か何かへと向かっているのに違いない。あるいは、その入り口も塞がれていたなら、別の入り口を求めて北に向かったことだろう。彼らが必ずしも光を必要としないことを、私たちは思い出した。

あの瞬間を振り返ってみても、私たちの新しい感情が正しくはどのような形で湧き上がったのか――目先の目標の変化が、私たちの期待感をこれほどまでに鋭くさせたのは何だったのか――私はほとんど思い出すことができずにいる。確かに、私たちは恐れていたものと直面するつもりはなかった――だが、どこかの隠れた有利な地点から、特定の何かを覗き見たいという無意識の願望を潜在的に抱いていた可能性を否定しようとは思わない。たぶん、奈落そのものを垣間見るという熱意を捨てたわけではなかったのだが、私たちが見つけたあのしわくちゃなスケッチに描かれていた、あの大きな円形の示す場所という形をとって、新たな目標が挟まれたのである。

それが最初期の彫刻に描かれているのだが、上から見た時には巨大な丸い開口部としか見えなかった、途方もなく大きな円筒形の塔であることはすぐにわかった。性急に描かれた図であっても、その印象的な表現から、氷層の下にある部分は、今なお特別に重要なものを形成しているに違いないと思われた。もしかすると、まだ私たちが出くわしていない、驚異的な建築物があるのかもしれない。それが示されていた彫刻によれば、確かに信じ難いほど古いもので——この都市で最初に建造されたもののひとつなのだった。そこの彫刻が保存されているのだとしたら、大いに重要なものとなるはずだ。

しかも、この建築物は、地上世界との今現在使用可能な接続路となっているかもしれない——私たちが注意深く目印をつけながら進んできた経路よりも、おそらく例の異生物(アザー・ビーイングズ)たちが下ってきた道よりも短い経路になりそうだ。いずれにせよ、私たちがしたことは、その恐ろしいスケッチを吟味し——それは私たち自身のスケッチを完全に裏付けていた——示された道筋を辿って、円形の場所の方に引き返し始めることだった。あの名前のわからぬ先行者たちが、私たちの前に二度通ったはずのこの道筋を。

奈落へと通じるもうひとつの隣接する門口が、その向こうにあるだろう。

道中について話をする必要はあるまい——その間にも、私たちは節約しながら紙の痕跡を残し続けた——というのも、その道筋はどん詰まりに辿り着いた時と全く同じ種類のものだったからだ。ただし、地面と同じ高さに密着しがちで、時に地下の廊下へ降りていくこともあったのを除けばの話だ。

時折、私たちは足元の瓦礫や塵の中に、ある種の不穏な痕跡を見つけることがあった。そして、ガソリンの臭いが漂う範囲の外側に出た時、私たちは再びより悍ましく、より執拗な匂(にお)いをかすかに——途切れ途切れに——意識した。道が元来た道から枝分かれした後、私たちは時々、懐中電灯の光を壁沿いに当ててみたのだが、ほとんど毎回、至る所に彫刻があるのが目に留まり、まさしくそれが

《古きものども（オールド・ワンズ）》の美意識の主たる捌（は）け口となっていたことが窺われた。

午後九時三〇分頃、氷に覆われた床が地面よりいくらか低いように見え、天井が進むにつれて低くなる丸天井の廊下を通り過ぎていくと、前方に強い日差しが見え始め、懐中電灯を消すことができた。どうやら、広大な円形の場所に近づきつつあるようで、上方の空との距離もそれほど遠くないはずだ。廊下は、こうした巨石遺構にしては驚くほど低いアーチで終わっていたのだが、そこを抜ける前から、多くのものを見通すことができた。アーチの向こうには、瓦礫に覆われている桁外れに巨大な丸い空間――直径は優に二〇〇フィート〔約六一メートル〕はあった――が広がり、私たちがそのひとつを今しも通り抜けようとしているのと同様の、大部分は塞がっているアーチ道がたくさんあった。

壁には――空いている面には――大胆な彫刻が施されていて、勇壮な螺旋状（らせんじょう）の帯をなしていた。そして、屋根のない場所であるが故の破壊的な風化にもかかわらず、それまでに遭遇したいかなるものよりも遥かに優る芸術的な壮麗さを示していた。物が散乱した床は分厚い氷に覆われていて、本来の底はもっと深いところにあるのではないかと思われた。

しかし、その場所でひときわ目を引いたのは巨岩造りの傾斜路で、アーチを避け、外側に急に曲がって開けた床へと向かうそれはまるで、かつて古代バビロンの怪物じみた巨大な塔やジッグラトの外側を登っていったものを内側に対応させたかの如く、巨大な円筒形の壁を螺旋状に上がっていくのだった。飛行速度が速かったのと、塔の内壁と下降路を混同させる遠近感の狂いのせいで、上空からはこうした特徴に気づけなかったので、私たちは氷層の下へと通じる別の道を探すことになった。

パーボディなら、この構造がいかなる技術によって支えられているのかを説明できたかもしれないが、ダンフォースと私はただただ感心し、驚嘆することしかできなかった。そこかしこに力強い石の持送り（コーベル）や柱が見えたが、私たちが目にしたものだけで、その構造を支える機能を十分に果たせはしなかった。

この建物は、現在の塔の最上部まで見事に保存されていて——風雨に晒されていることを鑑（かんが）みると、実に注目に値する——その遮蔽性（しゃへいせい）は、壁面に刻まれている異様で、心騒（こころさわ）がせる宇宙的な彫刻を保護するのに大いに役立っていた。半ば減じられた恐ろしげな光を浴びながら、この怪物じみた円筒の底部——五千万年前のもので、間違いなくこれまでに目にした中で最も原初的な古（いにしえ）の建造物——に足を踏み入れると、傾斜路の続く側面が、優に六〇フィート［約一八・三メートル］はある、目のくらむような高さまで伸びているのが見て取れた。

このことは、航空調査を思い起こすと、外側を覆う氷の深さが四〇フィートほどに及ぶことを意味していた。というのも、私たちが飛行機から目にした、あのぽっかりと口を開けていた深淵は、崩れ落ちた石積みでできた高さ二〇フィートほどの丘の頂（いただき）にあり、その円周の四分の三は、より高い廃墟のどっしりしとして湾曲した壁によって、風雨からいくらか守られていたのである。

彫刻によれば、元々この塔は巨大な円形広場の中心にあり、高さはおそらく五百か六百フィートで、頂の近くには水平な円盤がいくつかの層をなし、上部の縁に沿って針のような尖塔が並んでいた。

石組みの殆どは、明らかに内側ではなく外側に向かって倒れていた——これは幸運な出来事で、そうでなければ傾斜路は粉々に砕け、内部全体が塞がれてしまっていたかもしれないのだ。実のところ、傾斜路は哀れをそそるほどの損傷を受けていたのだが、中を塞いでいたものについては、底部のアーチ路は全て、最近になって半ば片付けられたように見えた。

私たちはただちに、これこそがあの異存在（アザーズ）が降りていった経路であり、私たちが長々と紙を撒き散らしてきた別の道筋とは関係なく、自分たちが登るにはこの経路が論理的に正しいのだと結論付けた。塔の入り口は、私たちが入った大きな雛壇状（ひなだんじょう）の建物よりも、麓の丘陵や飛行機の待機場所から離れているわけではなく、この行程でさらに氷層の下を探検するのであれば、このあたりの地域が良いだろう。妙な話だが、私たちはまだこの先の行程のことを考えていた――あれほどのものを目にし、推測してきたというのに。

その時、私たちが広い床面の瓦礫の散らばった上を用心深く進んでいると、他の全てのことがどうでもよくなる光景が目に飛び込んできた。それまで私たちの視界から遮られていた、傾斜路の下部にある外側に突き出た道の奥の方に、三台の橇が整然と並んでいたのである。

そこにあったのは――レイクのキャンプから行方不明になっていた三台の橇で――過酷な使用によってボロボロになっていて、たとえば雪のない石組みや瓦礫の上を長距離にわたり強引に引きずられたり、全く滑っていけない場所を手で運ばれたりするようなことも多かったに違いない。

その橇には、慎重かつ頭の良いやり方で梱包され、紐（ひも）をかけられている、見覚えのある馴染（なじ）み深いものがたっぷりと積み込まれていた――ガソリン・ストーブ、燃料缶、器具を収めたケース、食料の缶詰、見たところ本で膨れ上がった防水シート、そして中身がよくわからない膨らんだ防水シート――全て、レイクの装備から持ってこられたものだった。

別の部屋で見つけたもののことを思えば、この遭遇に対するある程度の心の準備はできていた。

本当に大きな衝撃を受けたのは、近づいて、その輪郭が私たちを妙に不安にさせていた防水シートを剝がした時のことだった。どうやらレイクのみでなく、あの異存在（アザーズ）も典型的な標本の収集に関心があったようだ。というのも、いずれも固く凍りついて、完璧に保存され、首の周りの傷が絆創膏で補修されていて、それ以上の損傷を防ぐべく見るからに注意を払って包（くる）まれていた、二体の標本があったのだ。

それは、ゲドニー青年と行方不明になっていた犬の遺体だった。

X

あの陰鬱な発見の直後、北の隧道（トンネル）と奈落のことを考えた私たちのことを、多くの人々が冷淡であると同時に気が狂っていたと判断することだろうが、ある状況が割って入り、全く新しい一連の憶測を引き起こしたのでなければ、私たちとしてもそうした考えをすぐに蘇（よみがえ）らせたとは言い難い。

私たちは気の毒なゲドニーの上に防水シートを掛け直し、ある種の無言の当惑を抱えて立ち尽くしていたのだが、その時、ついにあの音が私たちの意識に達したのだ——この世のものとは思えぬ高みから唸るような甲高い山風がかすかに鳴り響く開口部から降りてきて以来、初めて耳にした音だった。

聞き慣れた平凡（へいぼん）な音ではあったが、この遠隔の死の世界で今耳にすると、いかなるグロテスクで現実のものとは思えぬ音色にも増して予想外で、怖気づかせるものだった——私たちが抱いていた宇宙的な調和についての観念を、またしても根底から覆したのである。

もしもそれが、レイクの解剖報告書が異存在（アザーズ）のものと考えさせるように私たちを導いた、広い音域に亘（わた）る異様な笛の音色を思わせる音の残響だったなら——実際、キャンプの恐怖に出くわして以来、私たちの過剰な空想は、耳にする全ての風の唸りの中にそれを読み込んでいた――それは、私たちの周囲を取り巻く永劫の死の領域とある種の地獄めいた調和をとるものとなっていたことだろう。

　異なる時代からの声は、異なる時代の墓所に属するものだ。しかし、その音（ノイズ）は、私たちに深く根付いた適応――南極の内陸は、月の不毛の円盤のように、通常の生命の痕跡が全く存在しない、変更を加えようのない虚ろな荒野であるという、私たちの暗黙の了解の全てを微塵に打ち砕いたのだった。

　私たちが耳にしたのは、その超越的に強靭な肉体から、長い歳月に亘り拒絶してきた極地の陽光が怪物じみた反応を呼び起こした、太古の地球に属する埋もれた冒瀆的存在のあげた、伝説に語られるような音声ではなかった。それどころか、ヴィクトリア・ランド沖の海で過ごした日々や、マクマード入江（サウンド）でのキャンプで過ごした日々によって、がっかりさせられるほどに普通の、聞き違いようのなく耳慣れた音だったので、そんなものが聞こえるはずのないこの場所では、想像しただけでもぞっとしたのである。要するに――それはペンギンの騒々（そうぞう）しい鳴き声に過ぎなかったのだ。

　そのくぐもった音は、私たちがやって来た廊下のほぼ反対側にある、氷の下の奥まった場所――明らかに、広漠なる奈落へと続くもうひとつの隧道（トンネル）の方向にある領域から聞こえてきた。

　このような方向に――この世界の表面には、長い年月に亘り生命が一様に存在しなかった――生きた水鳥がいるということは、導き出される結論は一つだけだ。それで、私たちが真っ先に思いついたのは、その音が客観的に実在するかどうかを確かめることだったのである。

　実際、その音は繰り返し聞こえてきて、時には複数の喉（のど）から聞こえてくるようでもあった。その発生源を求めて、私たちは多くの瓦礫が取り除かれているアーチ路に入り、陽光の届く範囲を後にすると、道標(みちしるべ)の紙を再び撒き始めた——橇(そり)に積まれていた防水シートの包みのひとつから、妙な反発を覚えつつも取り出してきた紙を用いたのである。

氷に覆われた床に岩屑が散乱するようになると、何かを引きずったような妙な跡ははっきりと識別できた。一度など、ダンフォースがある種のはっきりした足跡を見つけたのだが、それがどんなものだったかを説明するのは余計なことでしかないだろう。

ペンギンの鳴き声が示す経路はまさしく、私たちの地図と方位磁針(コンパス)がさらに北にある隧道(トンネル)の入り口に向かう道として示していたもので、ありがたいことに橋のない地上の通路と地下層がどうやら繋がっているらしいとわかった。地図(チャート)によれば、隧道(トンネル)は大きなピラミッド型の構造物の地下から始まるはずで、この構造物は、航空調査で目にした際には非常によく保存されていたことが漠然と思い出された。

私たちが進む道沿いに、一本の懐中電灯の光が相変わらず数多くの彫刻を照らし出していたが、私たちは立ち止まってそれらを調べたりはしなかった。

突如、私たちの前方に白く大きな塊がぬっと現れ、私たちは二本目の懐中電灯を閃かせた。

この新しい探求が、近くに何かが潜んでいるかもしれないというそれまでの恐怖を、私たちの心からすっかり取り除いてしまったのだから、何とも奇妙なものである。

あの大きな円形の場所に物資を置いていった異存在(アザー・ワンズ)は、奈落の方か、それともその中に入る偵察を終えた後、戻ってくるつもりだったに違いない。だが、私たちは今、まるで彼らなど存在していなかったかのように、彼らに対する警戒心をすっかり捨てていた。

この白くてよたよたと歩くものは、優に六フィート［約一・八メートル］もの背丈があったが、それが異存在(アザーズ)の一体でないことはすぐにわかった。彼らはもっと大きくて黒く、彫刻によれば、海で生まれた触手状の奇妙な器官にもかかわらず、陸上での動作は素早く確実なものだった。

とはいえ、その白いものが私たちをひどく怯えさせなかったと言い募っても、無駄なことだろう。実際、私たちは一瞬、異存在(アザーズ)に対する理性的な恐怖の最悪のものよりも遥かに鋭いものと言って良い、原初的な恐怖に囚われた。やがて、拍子抜けの瞬間がやってきたのは、その白い姿が私たちの左側にあるアーチ道に体を横にして入っていき、けたたましい声でそれを呼んだ他の二羽と合流した時だった。そいつは、ただのペンギンだったのである——巨大な未知の種で、既知のオウサマペンギン属の最大級のものよりも大きく、白子(アルビノ)で事実上眼を持たない怪物じみた生き物ではあったのだが。

その生物の後を追ってアーチ道の中に入り、無関心でこちらに構わない三羽に両人の懐中電灯を向けると、彼らは皆同じ未知の巨大な種の、眼のない白子(アルビノ)だとわかった。その大きさは、《古きものども(オールド・ワンズ)》の彫刻に描かれた太古のペンギンの一部を思い出させ、彼らが同じ系種の子孫であり——より暖かい地下の領域に引きこもることで生き延びたのだが、常闇が彼らの色素形成を破壊し、彼らの眼をただの役に立たない切れ目に退化させたのだと結論付けるのに、それほど時間はかからなかった。

彼らの現在の生息地が、私たちが探している広漠たる奈落であることについては、一瞬たりとも疑う余地はなかった。その深淵が引き続き暖かく、住みやすい場所であるというこの証拠は、私たちをこの上なく奇妙で、微妙に心騒がせられる空想で満たしたのだった。

私たちはまた、この三羽の鳥が普段いる生息地から飛び出してきたのは何故だろうかと訝(いぶか)った。巨大な死都の様子と静寂を見れば、そこが季節ごとの繁殖地だったことがないのは明らかだし、その一方で三羽が私たちの存在に明らかに無関心であることからして、通りかかったあの異存在（アザーズ）の一団に驚かされたというのも違和感があった。

異存在（アザーズ）が攻撃的な行動をとったり、肉の供給量を増やそうとしたことはあり得るだろうか。

犬たちが嫌ったあの刺激臭が、ペンギンたちにも同じような反感を抱かせるかというと、それは疑わしかった。彼らの祖先は明らかに《古きものども（オールド・ワンズ）》と良好な関係を築いていたからである——その友好的な関係は、《古きものども（オールド・ワンズ）》が生き残っている内は、奈落の底でも続いていたのに違いない。

この特異な生物を写真に収められないことを残念に思いながら——純然たる科学者魂が燃え上がったのだ——私たちは間もなく彼らの泣き騒ぐ声を後にして、その道が通じていることが今やはっきりと証明され、時折見かけるペンギンの足跡がその正確な方向を教えてくれる、奈落に向かって突き進んだ。

ほどなく、長く、天井が低く、扉がなく、奇妙なことに彫刻のない廊下の急な下り坂を降りていくと、私たちはようやく隧道（トンネル）の入り口に近づいたことを確信した。

さらに二羽のペンギンとすれちがい、すぐ前方からも他のペンギンたちの鳴き声が聞こえてきた。

その廊下はやがて、私たちに思わず息を呑（の）ませるような、途方もなく大きい空間に突き当たった——完全な状態の逆さにした半球で、明らかに地中深くに存在した。直径は優に一〇〇フィート［約三〇・五メートル］、高さは五〇フィートで、一箇所を除いて低いアーチ道が円周を取り巻くあらゆる場所に開いており、その一箇所には、黒々としたアーチ型の開口部がぽっかりと洞窟のような口を開いていて、その開口部は丸天井の対称性を崩し、一五フィート近い高さまで伸びているのだった。

それが、大いなる深淵（グレート・アビス）への入り口だった。

この広漠たる半球――その窪んだ天井には、頽廃的(デカダン)ではあるが印象的な彫刻が施され、原初の天蓋(てんがい)を模していた――の中で、数羽の白子(アルビノ)のペンギンがよたよたと歩いていた――そこにいる彼らは外来者(エイリアン)だったが、ペンギンたちは無関心で何も見えなかった。

黒々とした隧道(トンネル)は、急勾配の下り坂が延々続く先にぽっかりと口を開けていて、その開口部はグロテスクな彫刻が施された脇柱と楣石(まぐさいし)で飾られていた。

私たちは、その謎めいた入り口から、ほんのり暖かい空気と、おそらくわずかに蒸気のようなものが流れているのではないかと想像し、下方に果てしなく広がる空洞や、それと繋がっている陸地と山々を蜂の巣状に穿つ坑(あな)には、ペンギン以外にいかなる生命体が隠されているのだろうかと考えた。

また、気の毒なレイクが最初に見たと思っていた山頂の煙の痕跡は、私たち自身が塁壁を頂く峰の周囲に感じた奇妙な靄(もや)もそうだが、このような蒸気が地球の中心(コア)の未知なる領域から、曲がりくねった経路で上がってきた結果、生じたのではないかとも考えた。

隧道(トンネル)に入ってみると、その外観は――少なくとも最初のうちは――幅も高さも約一五フィート［約四・六メートル］で、側面、床、そしてアーチ型の天井は、通常の巨石で造られていた。

両側面には、後期の頽廃的(デカダン)な様式の、ありふれた意匠(デザイン)の装飾枠(カルトゥーシュ)がまばらに施されていて、全ての建築構造と彫刻が驚くほど良好な状態で保存されていた。床はというと、外に向かうペンギンの歩いた跡と、中に向かう異存在(アザーズ)の歩いた跡を示すわずかな岩屑を除いて、非常に綺麗だった。

進めば進むほど暖かくなったので、私たちは間もなく厚手の服のボタンを外し始めた。私たちは、下方ではよもや火山活動が起きているのだろうか、陽光に当たらぬ海の水は熱いのだろうかなどと訝(いぶか)った。

少し先に進むと、石組みは堅固な岩に変化したが、隧道（トンネル）は同じ比率を保ち、見た目には規則正しく穿たれているのと変わらない様相を示していた。時折、勾配が急になって、床に溝が掘られているところもあった。図面には記されていない小さな横穴の入り口を幾度か視認したのだが、どれも私たちの帰途に厄介事を持ち込む類（たぐ）いのものではなく、奈落から戻る途中で歓迎されざる実体と出くわした時の避難場所として、いずれも歓迎すべきものだった。

あの生物たちの名付けようのない匂いが、はっきりと漂っていた。このような状況下で隧道（トンネル）に入り込んだのは、自殺行為に等しい愚かな行為に違いないのだが、ある種の人間にとって、未踏の場所の誘惑というものは、大多数の人間が考えているよりも強いのである――そもそも、この超自然的な極地の荒野に私たちを連れてきたのは、まさにそうした誘惑だったのだ。

移動中に数羽のペンギンを見かけ、この先歩かねばならない距離を推測した。彫刻の様子から、奈落までは一マイル［約一・六キロメートル］ほどの急な下り坂が続くものと予想していたのだが、ここまでに彷徨（さまよ）い歩いた経験が、スケールの大小については全く当てにできないことを教えてくれた。

四分の一マイルほど歩いた後で、あの名付けようのない匂いが非常に強まり、私たちは通り過ぎていく様々な横穴を注意深く記録するようにした。入り口で感じたような、目に見える蒸気はなかったが、これは対照的な冷たい空気がなかったからに違いない。

気温が急速に上昇し、私たちは戦慄を覚えるほど見慣れたものが無造作に積み上げられている場所に出くわしても驚かなかった。それは、レイクのキャンプから持ち出された毛皮とテント布で構成されていて、その布地が奇怪な形に切り裂かれているのを調べようと立ち止まったりはしなかった。

この地点のすぐ先で、横道の大きさと数が明らかに増えていることに気づき、私たちは高い丘陵地帯の地下に広がる、蜂の巣構造の洞窟が密集する地域に到達したのだと判断した。あの名付けようのない匂いは、今はもう一つの同じくらい不快な臭気と奇妙に混ざり合っていた――正体はわからなかったが、腐敗した生物か、ひょっとすると有機物や未知なる地底の菌類なのだろう。やがて、隧道（トンネル）は彫刻からは想像だにしない驚くべき広がりを見せた――幅は広く、天井も高くなって、床が平坦な、天然物に見える楕円形の洞窟となったのだ。奥行きは七五フィート［約二二・九メートル］ほど、幅は五〇フィートほどで、地下の謎めいた暗闇へと通じる巨大な横道がたくさんあった。

この洞窟の見た目は天然のものだったが、懐中電灯を二本とも使って調べてみると、これと接している蜂の巣状の洞窟の間にある壁を意図的に破壊して造られたものだとわかった。壁はでこぼこしていて、アーチ型の高い天井には鍾乳石が厚くこびりついていた。しかし、頑丈な岩の床は平らに均されて、瓦礫や岩屑はおろか、塵ひとつ落ちていないのは、いっそ異常なほどだった。

私たちが通ってきた本道を除き、これは洞窟から続く大きな通路全てに言えることで、その異様さに私たちは戸惑（とまど）うばかりだった。あの名付けようのない匂いに加わった新たな悪臭が、ここではひどく刺激的で、別の匂いの痕跡をすっかり消してしまうほどだった。

床が磨き上げられて、ほとんど輝いてすらいるこの場所全体に宿る何かが、これまでに遭遇したいかなる怪物的な事物よりもそこはかとなく不可解で恐ろしいとの思いが、私たちに襲いかかった。

すぐ前方の通路は均整で、比較的ペンギンの糞（ふん）が多かったので、同様の大きさの洞窟の入り口がたくさんある中で、正しい道を選ぶのに迷うことはなかった。とはいえ、道がこれ以上複雑になるようであれば、道標（みちしるべ）の紙撒きを再開することにした。もちろん、埃の足跡はもう期待できないからである。

再びまっすぐ進み始めると、私たちは隧道（トンネル）の壁に懐中電灯の光を当てて――そして、通路のこの部分の彫刻がにわかに劇的な変化を見せていることに驚き、立ち止まった。もちろん、隧道（トンネル）が掘削された時代に、《古きものども（オールド・ワンズ）》の彫刻がどれほど頽廃していたかについては承知していたし、私たちが後にしてきた壁面に見られるアラベスク模様の拙劣（せつれつ）さにも気づいていた。

しかし今、洞窟を越えたこの深部において、まったくもって説明し難い突然の変化が起きたのだった――単なる出来栄えの違いにとどまらぬ、基本的な性質の違いであり、これまで観察してきた衰退の速度からは予想もできないほどの、深刻かつ悲惨な技巧の劣化を伴うものだった。

この新しい堕落した作品は、粗雑で、野放図で、細部の繊細さを全く欠いたものだった。これまでの部分にまばらにあった装飾枠（カルトゥーシュ）と概ね同じ高さのラインに沿った帯状に、むやみに深い皿穴を穿つやり方で造られていたのだが、浮き彫りの高さは表面全体の高さに達していなかった。

ダンフォースの考えでは、これは二重に彫ったものだった――以前あった意匠（デザイン）を消した上に成形した、パリンプセスト〔以前に書かれた文字を不完全に消した後で、別の文字を上書きした羊皮紙の写本〕のようなものだというのである。

実際、その彫刻はまったく装飾的で様式化されたものであり、《古きものども（オールド・ワンズ）》の数学的伝統である五つに分けるやり方に概ね則った、粗雑な螺旋と角度で構成されていたのだが、伝統を遵守（じゅんしゅ）したというよりはパロディのように見えた。

私たちは、この技術の背後にある美的感覚に、微妙な、しかし深く異質な要素が加わっているという考えを頭から振り払うことができなかった――ダンフォースが、どう考えても手間のかかる意匠（デザイン）の置き換えの原因なのだろうと推測した、異質な要素が。

それは、私たちが《古きものども(オールド・ワンズ)》の芸術として認識してきたものと似通っているようで、不穏な違いがあった。ローマ風に作られたパルミレネの不格好な彫刻のような雑多な様式の混ざりあったものを、私はしきりに思い出していた。とりわけ特徴的な意匠(デザイン)のひとつの前の床に、使用済みの懐中電灯の電池が落ちていたことは、異存在(アザーズ)もつい先頃、この彫刻の帯に気づいたことを示唆していた。

調査に長い時間を費やす余裕はなかったので、私たちはざっと見ただけで前進を再開したが、さらに装飾的な変化が起きないものかと、懐中電灯の光を幾度も壁に当てていた。それらしいものは何も感じられなかったが、床の滑らかな横穴の入り口がたくさんあるので、彫刻は場所によってはまばらだった。

ペンギンの姿を目にしたり、その声を聞いたりすることは少なくなったが、大地の奥底のどこかから、彼らが大合唱する果てしなく遠い声を耳にしたのではないかという、漠然とした疑念がついて回った。新しい方の不可解な臭気は忌まわしいほどに強烈で、もうひとつの名付けようのない匂いはほとんど感じられなかった。前方には蒸気の靄(もや)が見え、温度差が増し、大いなる深淵(グレート・アビス)の陽光の当たらない海岸の崖が相対的に近づいていることを物語っていた。

やがて、全く予期せぬことに、私たちは前方の磨かれた床の上に障害物を見出(みいだ)した――間違いなくペンギンではない障害物だ――そして、その物体が完全に静止しているのを確認すると、私たちは二本目の懐中電灯を点(とも)したのである。

Ⅺ

さらに再び、先を続けるのがひどく難しい箇所にやってきた。ここまで来れば、耐性がつきそうなものだが、ある種の経験や暗示は、あまりにも深い傷をつけるので癒（い）やすことを許してくれず、思い出すことが元の恐怖を全て呼び起こすようなさらなる神経の過敏さだけを後に残すのである。

先に述べた通り、磨かれた床の上に、とある障害物が見えた。付け加えれば、それとほとんど同時に、あの奇妙で他の匂いを制する悪臭が異様なほど強まって私たちの鼻孔に襲いかかり、今やはっきりと、私たちの先を行くあの異存在（アザーズ）たちの名付けようのない異臭と混ざり合っていた。

二本目の懐中電灯の光は、それらの障害物の正体について疑う余地を残さなかったが、遠目に見ても、気の毒なレイクのキャンプにあった怪物的な星型の墓から掘り出された、似たような六体の標本がそうだったように、何かに危害を及ぼす能力（ちから）を全く失っているとわかったので、私たちは敢えて近づいた。

それらは確かに、私たちが発掘したものの大部分と同じく、完全な状態ではなかった——もっとも、その欠損がごくごく直近のことであるのは、周囲に広がる濃緑色の液体の池を見れば一目瞭然だった。レイクの報告によれば、私たちに先行していた一団は少なくとも八体はいたはずなのだが、そこには四体しかいないようだった。このような状態になっている彼らを発見したのは全く予期せぬことで、私たちは暗闇の中でいったいどんな怪物的な争いが起きたのだろうかと訝（いぶか）った。

ペンギンは、集団でいるところを襲われると、嘴（くちばし）で猛烈に反撃する。そしてまさに今、私たちの耳に聞こえてきた音が、遥か遠くに営巣地があることを確信させた。この異存在（アザーズ）はそうした場所を騒がせて、殺意に満ちた追跡を受ける羽目になったのだろうか。障害物（しがい）の様子からは、そうは思えなかった。というのは、ペンギンの嘴がレイクが解剖した強靱な組織に突き立っても、近づくにつれて見分けられてきた恐ろしい損傷の原因にはなりえないからである。それに、私たちが目にしたあの巨大な盲目（もうもく）の鳥たちは、疑いもなく温和な性質に見えたのである。

ならば、異存在（アザーズ）の間で争いが起きて、ここにいない四体がやったのか。もしその通りなら、彼らはどこにいるのか。すぐ近くにいて、ただちに私たちの脅威になり得るのだろうか。

ゆっくりと、正直に言えばいやいや近づきながら、私たちは床が滑らかな横穴のいくつかへと、不安げにちらちらと目線を投げた。いかなる諍（いさか）いが起きたにせよ、ペンギンたちを怖がらせて不慣れな放浪（ほうろう）をさせたのは、明らかにそれが原因だった。となると、普段このあたりに鳥が棲んでいた形跡はなかったので、その諍いは測り知れない深淵の、かすかに音が聞こえる集団繁殖地の近くで起きたに違いない。

おそらく――と、私たちは思った――走りながらの悍ましい戦いがあって、劣勢な方の一団は、隠してあった橇（そり）のところに戻ろうとしていた時に、追っ手にとどめを刺されたのだろう。

狂おしく鳴き騒いで前方へと逃げ惑うペンギンたちの大群と共に闇黒の奈落から迸（ほとばし）り出た、名付けようのない怪物的な生物同士の悪魔的な闘争劇を思い浮かべる者もいることだろう。

お話ししたとおり、私たちは欠損のある状態で横たわっている障害物（しがい）に、ゆっくりといやいや近づいていった。ああ、あんなものに近づいたりせず、油でもひいたように滑らかな床と、そいつらに取って代わられたものを猿真似（さるまね）し、嗤笑（ししょう）するような壁画のある、あの冒瀆的な隧道（トンネル）から、全速力で逃げ戻れば良かったのに——私たちが見てしまったものを目にする前に、二度と再び安らかな呼吸もままならなくなるような何かで私たちの心が灼かれてしまう前に、駆け戻れば良かったのに！

懐中電灯が二本とも、横たわった物体に向けられたので、私たちはすぐにその不完全さの主たる要因に気づいた。その四体は潰され、圧縮され、ねじられ、断裂していたのだが、主な損傷は共通していて、頭部をまるごと失っていることだった。それぞれが、触手の生えた海星型の頭部を取り去られていたのである。近くに寄って見てみると、それが奪われたやり方は普通の切り裂き方ではなく、引きちぎるか吸い出すかしたような、地獄めいた手口のようだった。悪臭ふんぷんたる濃緑色の体液が、今しも広がり続けている大きな水たまりを作っていたが、その異臭はより新しく、より馴染みのない異臭——ここでは、私たちが通ってきた道筋のどこよりも強烈だった——に半ば覆い隠されていた。

第二の、説明しようのない悪臭の直接の源を辿ることができたのは、ようやく障害物のすぐ近くにやってきた時のことだった——その瞬間、ダンフォースは一億五千万年前のペルム紀における《古きものども》の歴史を示すひどく真に迫った彫刻を思い出し、神経を逆撫でするかのような叫び声をあげ、その叫び声は邪悪なパリンプセストの彫刻のある、古の丸天井造りの通路にヒステリックに響き渡った。その叫び声に、私自身もあやうく谺を返してしまうところだった。というのも、私もまたそれらの原初の彫刻を目にして、その名付けようのない芸術家が、欠損のある状態で横たわった《古きものども》——大いなる再征服戦争において、恐るべきショゴスが独特のやり方で殺害し、吸い出して身の毛のよだつ首なしの姿に成り果てていた——に見られる、悍ましくも粘液で覆われている様子を表現した技法に、身震いしながらも高く評価していたのである。

遥か昔の、過ぎ去りし出来事を物語ったものであっても、忌まわしい悪夢じみた彫刻だった。ショゴスどもとその所業は、人間に見られるべきでも、いかなる存在にも描かれるべきでもないのだから。『ネクロノミコン』の狂える著者は、この惑星で一匹たりとも生まれたことはなく、薬に溺（おぼ）れた夢想家（ドリーマー）たちが彼らを想像したのに過ぎないのだと、神経質に断言しようとした。

あらゆる形態、器官、活動を模倣し、反映することのできる無定形の原形質――泡立つ細胞の粘ついた凝集体――無限に形を変え、引き延ばすことのできる、ゴムのような一五フィート［約四・六メートル］の長球体――暗示の奴隷、都市の建設者――ますます陰鬱に、ますます知的に、ますます水陸両方に適応し、ますます模倣能力を高め――大いなる神よ！　あの冒瀆的な《古きものども（オールド・ワンズ）》をして、このようなものを進んで使役し、彫刻に描かせたとは、いかなる狂気のなせる業（わざ）なのか。

そして今、ダンフォースは、生々しく光り輝き、虹色の光を反射する黒々とした粘液（スライム）が、頭部を失った死体にびっしりと付着し、病んだ空想のみがその源を思い描くことができる、新しい未知の匂いをいやらしく放っている様（さま）を目にしていたのだ――その粘液（スライム）は死体に付着し、呪わしくも彫り直された壁の滑らかな部分に、それほど多くはないが一群の点描の集まり（グループ）となって輝いていて――私たちはその宇宙的な恐怖（フィアー）の性質を、根底まで理解した。

それは、いなくなった四体の異存在（アザーズ）に対する恐怖ではなかった――彼らが二度と再び危害を与えることはないのだと、私たちは十分過ぎるほどよくわかっていたのである。

気の毒な魔物（デヴィル）たち！　結局のところ、彼らはその種において悪しき存在ではなかった。

彼らは異なる時代の、異なるありようの種属の人間だったのだ。

自然は彼らに地獄めいた悪戯（いたずら）を仕掛けた——死せるものと眠れるものが悍ましくも混在する極地の荒野へと、人間の狂気、無感覚、さもなくば残酷さといったものがこれからも引きずり込んでしまうかもしれない、他のものたちと同様に——これは、彼らの悲劇的な帰郷（ききょう）だったのである。

彼らは野蛮人ですらなかった——実際、彼らが何をしたというのだろうか。未知の時代の寒さの只中で迎えたひどい目覚め——たぶん、半狂乱で吠え猛（たけ）る毛むくじゃらの四足獣からの攻撃や、その獣たちと、奇妙な着衣や道具を身に着けた、同じように半狂乱の白い類人猿どもに対する、頭が朦朧（もうろう）とした状態での防御があって……気の毒なレイク、気の毒なゲドニー……そして気の毒な《古きものども（オールド・ワンズ）》！

最後まで科学者だったのだ——彼らがしたのは、私たちが彼らと同じ立場だったらしたことばかりではないか。神よ、何という知性と忍耐だろう！　彫刻に描かれる彼らの同族や先祖たちが、決して引けを取らぬ信じ難いことにまさしく立ち向かってきたように、信じ難いことに立ち向かうとは！

放射相称動物、植物、奇形生物、星の落とし子（スター゠スポーン）……何であったにせよ、彼らは人間だったのだ！

彼らは氷の峰々を越え、かつて神殿だった場所で祈り、木生羊歯の間を歩き回って斜面に辿り着いた。呪いの下にわだかまる死都を見出（みいだ）し、私たちがそうしたように、彫刻に刻まれた落日の歴史を読み解いた。自分たちは見たことのない、漆黒の闇に包まれた伝説的な深みにいる、生きている仲間たちのもとに向かおうとして——いったい何を見つけたのだろうか。

頭部を失い、粘液に覆われた彼らの姿から、胸をむかつかせるパリンプセストの彫刻と、その傍（かたわ）らの壁に真新しい粘液（スライム）で描かれた魔性の点描の集まり（グループ）へと目をやりながら、そうした全てがダンフォースと私の思考の中で一時（いちどき）に閃いた——ペンギンたちがその周縁に棲む、夜闇に包まれた奈落——今しも、ダンフォースのヒステリックな金切り声に応えるかのように、不吉な渦巻く霧を青白く噴(ふ)き出し始めた場所――にある巨大な石造り(キュクローピアン)の水中都市で、何が勝利し、何が生き残ったのかを、私たちは見て、理解した。

あの怪物じみた粘液(スライム)と、頭を失った死体を認識したショックで、私たちは物言わぬ不動の彫像の如く凍りつき、その瞬間に全く同じことを考えていたのは、後日話し合った時に初めて知った。

永劫の長い時間をそこに立ち尽くしていたように思えたが、実際には一〇秒か一五秒より長いということはなかったはずだ。あの憎悪(ぞうお)に満ちた青白い霧は、あたかも遠くから進んでくる大きな塊に、文字通り押し出されているかのように、渦を巻きながら前進した――その時、私たちが心に決めたばかりのことの大部分を覆す一つの音が聞こえ、それで呪縛から解き放たれて、私たちは狂人のように走り出し、ぎゃあぎゃあと鳴き騒ぎながら混乱するペンギンたちを通り過ぎ、前に来た小路を通って都市まで引き返し、氷に沈んだ巨石の廊下に沿って大きく開けた円形広場に向かい、そしてあの古(いにしえ)の螺旋状の傾斜路をあがって、正気の世界の外気と陽光を求めて、無我夢中で突進したのだった。

先に述べた通り、新しく聞こえた音は、私たちが心に決めたことの一切をひっくり返した。なぜならその音は、気の毒なレイクの解剖報告に基づいて、私たちが死んでいると判断したばかりのあの生物のものだと思い込んでいたものだったからである。

後になってダンフォースが教えてくれたのだが、それはまさしく、表層の上の小路の角の向こうから、どこまでもくぐもった音として彼の耳が捉えたという音だった。その音は、高い山の洞窟の周囲で私たちが二人共に耳にした、風の立てる笛のような音に、確かに衝撃的なほど似ていたのである。

幼稚(ようち)なことを言うと思われるかもしれないが、もうひとつ付け加えておこう。ダンフォースの受けた印象と私の受けた印象は、驚くほど一致したに過ぎないのだが。

もちろん、同じ本を読んでいたことが、二人が共に同じ解釈をした下地になったのである――ただしダンフォースは、百年前にポーが「アーサー・ゴードン・ピム」を書いた時に入手したのだろう、未知なる禁断の情報源について、奇妙な考えをほのめかしている。

あの幻想的な物語には、南極にまつわる未知の、しかし恐ろしくも不吉な意味を孕む言葉が出てきて、その悪意ある地域の中心部に棲む巨大で幽霊じみた、雪白の鳥たちがそれを永遠に叫び続けるのだ。

「テケリ＝リ！　テケリ＝リ！」

それはまさしく――私も認めよう――進み寄る白い霧の背後から突然聞こえてきた、異様に広い音域にわたる、油断のならぬ音楽的な笛の音だったのである。

三つの音符というか音節が発せられる前に、私たちは一目散に逃げ出したのだが、《古きものども(オールド・ワンズ)》の素早さなら、虐殺(ぎゃくさつ)の生き残りが叫び声を聞いて追いかけてきたのであれば、その気になればすぐに私たちに追いつけるだろうとわかっていた。

しかし、攻撃的ではない行動を取り、彼らと同様の理性を示すことで、あの生物に捕らえられても、助けてくれるかもしれないという漠然とした希望を抱いていた。科学的好奇心のみが、彼らの動機なのであればの話だが。結局のところ、あのような存在は、我が身に危険が及ばないのであれば、私たちに危害を加える動機を持たないはずだ。

こうなると隠れても無駄なので、懐中電灯を使って背後をちらりと見た所、霧が薄くなってきたのがわかった。ついに、あの異存在（アザーズ）の完全な生きた標本を見ることができるのだろうか。

再び、あの油断のならぬ音楽的な笛の音が聞こえてきた――「テケリ＝リ！　テケリ＝リ！」

その時、私たちは追跡者との距離が近づいていないことに気がつき、あの実体は負傷でもしているのだろうかと考えた。だが、そいつが他の実体から逃げているのではなく、ダンフォースの悲鳴を聞いて近づいてきているのは明らかだったので、危険を冒（おか）すことはできなかった。

タイミングがあまりにも近すぎて、疑う余地がなかったのである。あの想像も及ばぬ、説明しようのない悪夢――その姿を垣間見てすらいない、粘液（スライム）を吐き出す原形質の、悪臭を放つ山のように大きな存在――その種族は奈落を征服し、彫刻をやり直させるべく送り出された領土の開拓者が、丘陵の洞窟をその身をのたくらせて通り抜ける――がどこにいるのか、私たちには想像もつかなかった。

そして、どうやら怪我をしているらしいこの《古きもの（オールド・ワン）》――おそらく唯一の生き残り――を、捕獲される危険と名付けようのない運命に委（ゆだ）ねるのは、本当に心苦しいことだった。

私たちの逃げ足が緩（ゆる）まなかったことを、天に感謝したい。渦巻く霧が再び濃くなって、速度を増して前方に進んでいった。その一方で、後方にいた迷子のペンギンたちは、ぎゃあぎゃあと鳴いたり喚（わめ）いたりして、パニックに陥（おちい）る徴候を見せていた。

ふたたび、あの不吉な広音域の笛の音が聞こえてきた――「テケリ＝リ！　テケリ＝リ！」

私たちは間違っていた。あの存在は負傷しているのではなく、倒れ伏した同族の死体と、その上の壁に刻まれた地獄のような粘液（スライム）の文字に出くわして、立ち止まっただけなのである。

あの魔性の伝言が何なのか、私たちが知ることは永遠にない――だが、レイクのキャンプにあった墓地は、あいつらが死者をどれほど大切にしているのかを示していた。

私たちが無謀にも使っていた懐中電灯が、さまざまな道が合流する大きな開けた洞窟を前方に現すと、私たちはあの病的なパリンプセストの彫刻――見えていない時にも、存在が感じられるほどだったのだ――を後にできることを嬉しく思った。

洞窟の出現に触発されて、もう一つ思い浮かべた考えは、この大きな横穴が集中する錯綜（さくそう）した場所で、追跡者を撒けるかもしれないというものだった。その開けた場所には盲目で白子（アルビノ）のペンギンが何羽かいたのだが、迫りくる実体に対する恐怖が不可解なほど高まっているのは明らかだった。もしもこの時点で、懐中電灯の光を必要最低限な程度に暗くして、厳密に前方だけを照らしたなら、霧の中で動いている巨大な鳥たちの怯えたような鳴き声が私たちの足音をかき消し、本当の進路を包み隠して、どうにか追跡者を誤魔化せるかもしれない。

螺旋状に渦を巻く霧の中にあっては、この先に続く、床に物が散乱して光りもしない主要な隧道（トンネル）は、病的に磨き上げられた他の洞窟とはほとんど見分けがつかないことだろう。これは私たちの推測でしかないが、たとえ《古きものども（オールド・ワンズ）》が、非常時において完全ではなくとも部分的に光なしで活動できる、特別な感覚を有することを示していたとしても、である。

実際の話、私たちは急ぐあまり道を間違えてしまわないかと、いくぶん心配していた。というのも、当然ながら死都に向かってまっすぐ進むことに決めていたからだ。何しろ、あの丘陵の未知なる蜂の巣状の洞窟内で道に迷ったら、その結果どんなことになるか想像もつかないのである。

私たちがこうして生き延び、脱出できたという事実は、こちらが幸運にも正しい横穴に飛び込んだのに対し、あの存在が間違ったものに入り込んだことを十分に証明している。ペンギンたちがいたというだけでは役に立たなかったことだろうが、霧の存在と相俟(あいま)って、私たちの救いになってくれたようだ。

　蒸気は絶えず揺れ動き、今にも消えてしまいそうだったので、渦巻く蒸気が適切な瞬間に必要なだけの濃さを保ってくれたことは、恵み深い運命以外の何物でもなかった。

　実際、あの吐き気を催させる、彫刻がやり直された隧道(トンネル)から洞窟に出る直前、蒸気が一瞬だけ晴れたので、懐中電灯を暗くしてペンギンの群れに紛れ込み、追跡をかわそうとする前に、私たちはこれが最後と絶望的な恐怖に満ちた目線を背後に向けて、迫りくる実体を初めて垣間見たのだった。

　私たちの姿を包み隠してくれたのが恵み深い運命だったとすれば、それを垣間見せた運命は限りなく反対側のものだった。あの時、一瞬だけ半ば目にしたものが、それ以来私たちに取り憑いて離れずにいる恐怖のまるまる半分の出処(でどころ)なのだから。

　私たちがもう一度背後を振り返った正確な動機はたぶん、追跡者の性質と進路を確かめようとする、追われている者の記憶されざる遠い昔からの本能に他ならないのだろうし、さもなくば私たちに具(そな)わっている感覚のひとつが無意識に投げかけた疑問に、反射的に応えようとしたのかもしれない。

　逃亡の最中、私たちはありったけの能力を脱出することに集中させていたので、細部を観察したり分析したりできるような状態ではなかった。しかしそれでも、私たちの潜在的な脳細胞は、鼻孔からもたらされたメッセージを訝(いぶか)しく思ったのに違いない。そのメッセージが何だったのかを私たちが理解したのは、後になってからのことだ――頭部を失った障害物(しがい)を覆う、悪臭を放つ粘液(スライム)から私たちが離れたのと時を同じくして、追跡してくる実体が接近したにもかかわらず、論理的な帰結として起きるはずの、異臭と悪臭の入れ替わりがなかったのである。

横たわったものの近くでは、あの新しい、今しも説明のつかないことが起きている悪臭が他の匂いを圧していたのだが、この時点では、あの異存在（アザーズ）にまつわる名付けようのない異臭に大方取って代わられているはずだ。そうはならず——その代わりに、より新しく耐え難い匂いが、今やほとんど薄められておらず、一秒ごとに毒々しいまでの執拗さを増していくのだった。

それで私たちは振り返り——同時に見えたが、一方の動きにもう一方がつられたのに違いない。

かくして私たちは、目一杯強くした二本の懐中電灯の光を、一瞬薄くなった霧に閃（ひらめ）かせた。見られるものは全て見たいという原始的な切望から来たものなのか、それとも、光を暗くして前方の迷宮の中心にいるペンギンたちの中に入り込んで身をかわす前に、実体の目を眩（くら）ませようという、それほど原始的ではないが、同じくらい無意識の努力からのものなのか。

そうするべきではなかった！　オルペウスその人であれ、ロトの妻であれ、ひと目振り返ったためにこれ以上の代償（だいしょう）を払うことはなかったのだ。

そしてまた、あの衝撃的な広音域に響く笛の音が聞こえてきた——「テケリ＝リ！　テケリ＝リ！」目にしたことについては——ありのままに話すことには耐えられないとしても——率直に述べた方が良いかもしれないのだが、あの時の私たちは、お互いにすらもそれを許すべきではないと感じていた。

読者に届けられる言葉では、あの光景そのものの恐ろしさを仄（ほの）めかすことすらできない。

それは、私たちの意識をすっかり麻痺させてしまったので、よくまあ計画通りに懐中電灯を暗くし、死都に向かう正しい隧道（トンネル）を選べたものだと不思議に思う。ひとえに本能のなせる業（わざ）だった——たぶん、理性でやったよりもうまく事が運んだのだろう。

だが、そのことが救いになったのだとしても、私たちは高い代償を支払うことになった。

理性について言えば、ほとんど残っていなかったのは確かだ。

ダンフォースはすっかり気力を失い、残りの行程のことで真っ先に思い出すのは、彼が軽い躁状態になって、人類の中でこの私だけが正気を失った無関係のたわごと以外の何かを見出せる、ヒステリックな文言をぶつぶつと唱えているのを耳にしたことだった。

その言葉は、ペンギンが鳴き騒ぐ中、裏声の谺を幾度も返されながら、前方の丸天井造りの廊下に、そして――神に感謝を――今や何もなくなった背後の丸天井造りの廊下にも響き渡った。すぐに唱え始めたのではないはずだ――そうでなければ、私たちはこうして生きて、やみくもに走り続けることはできなかったことだろう。

彼の神経質な反応のわずかな違いが、何を引き起こしていたかと考えると身震いがする。

「サウス・ステーション・アンダー――ワシントン・アンダー――パーク・ストリート・アンダー――ケンドール――セントラル――ハーヴァード……」

この気の毒な相方は、何千マイルも離れたニューイングランドにある、私たちの平和な故郷の地下を貫くボストン＝ケンブリッジ・トンネルの、お馴染みの駅名を唱えていたのだが、私にとって、その儀式は無関係でもなければ、故郷にいるような懐かしさもなかった。これを思いつかせた、怪物じみて忌まわしい類似を、私は確かに知っていたので、ただただ恐怖だけがあったのだ。

背後を振り返った時、もしも霧が薄かったなら、恐ろしくも信じ難い動きを見せる実体が見えるだろうと私たちは予想していたのだが、その実体については、はっきりした考えがあった。
果たして、私たちが目にしたのは——霧は悪意たっぷりに薄くなっていた——全く異なる、さらに測り知れぬほど悍ましく、憎悪すべきものだった。それは、幻想小説家の言う「あってはならぬもの」を、まったく客観的に具現化したもので、それと最も近くわかりやすい類例は、駅のプラットフォームから見た、突進してくる巨大な地下鉄列車——大きくて黒々とした前面が、無限の地底の彼方からその巨軀（きょく）をぬっと現し、奇妙な彩（いろど）りの灯（あか）りが星空のようにちりばめられ、ピストンがシリンダーを満たすように途方もなく巨大な穴を埋め尽くす、あの地下鉄列車なのである。

しかし、私たちは駅のプラットフォームにいたわけではない。虹色のきらめきを放つ黒々とした、いかなる形にも変化する悪夢のような円柱が、一五フィートの洞窟にぎゅう詰めになって、その不浄な速度をあげ、前方で再び濃くなりまさる青白い奈落の蒸気がつくる螺旋状の雲を追い立てながら、どろどろと滲（にじ）み出すように突き進んでくる、その線路の先にいたのである。

それはいかなる地下鉄よりも巨大で、恐ろしく、筆舌に尽くしがたいものだった——原形質の泡が集積した無定形の塊（かたまり）であり、自らかすかに発光し、私たちの方に迫りくる隧道（トンネル）を満たす前面の全体に、緑がかった光を放つ疣（いぼ）として、無数の一時的な眼を形成したり崩したりしながら、半狂乱のペンギンたちを押しつぶし、そいつとそいつの同類たちに全ての塵芥（ちりあくた）を忌まわしくも一掃されて、てらてらと輝いている床の上を滑るように進んでくるのである。

あの気味の悪い嗤笑（ししょう）するような叫び声が、なおも聞こえてきた——「テケリ＝リ！　テケリ＝リ！」

私たちはここにきて、あの魔物（デーモン）じみたショゴスども——生命、思考、自在に形を変える器官の雛形を

《古きもの(オールド・ワンズ)ども》によってのみ与えられ、点の集まり(グループ)で表現する以外に言語を持たない――が、同様に、かつての主人たちのアクセントを真似た声しか持たないことを、ようやく思い出したのだった。

XII

ダンフォースと私は、彫刻が施された大きな半球の中に入り、巨石(キュクロ－ピアン)で造られた死都の部屋や廊下を縫(ぬ)うようにして帰路を辿ったことを記憶している。だが、それらは純粋な夢の断片に過ぎず、意志を働かせたことや、細かいことや、肉体を駆使したような記憶は全く含まれていない。まるで、時間、因果律(いんがりつ)、方向といったものが存在しない、朦朧(もうろう)とした世界だか次元だかを漂ってでもいるかのようだった。

広大な円形の空間に半ば射し込んでいた灰色の陽光が、いくらか気分を落ち着かせてくれたのだが、私たちは隠された橇に近づくことも、気の毒なゲドニーと犬を再び見ることもしなかった。彼らにはこの奇異なる巨大な霊廟(れいびょう)があり、願わくはこの惑星(ほし)が終焉(しゅうえん)を迎えるまで、乱されずにいて欲しいものだ。

巨大な螺旋状の傾斜路を苦労して登っている時、高原の薄い空気の中を走ったからか、私たちは初めてひどい疲労と息切れを感じた。だが、倒壊するのではないかという恐怖も、太陽と空のある正常な外の世界に辿り着くまで、私たちを立ち止まらせることはできなかった。

あの埋葬された諸時代から脱出するにあたり、どこか相応(ふさわ)しいものがあった。というのも、原始的な石組みで造られた高さ六〇フィート［約一八・三メートル］の円筒を、ぜいぜいと喘(あえ)ぎながらぐるぐると回って登っていく時、私たちの横には、死せる種族の初期、衰退する以前の技法で作られた英雄的な功(いさお)しを描く彫刻の不断の列が見えていたからだ——五千万年前に書かれた、《古きものども(オールド・ワンズ)》からの別れの言葉だった。

ついに頂上まで登り切ると、私たちは崩れ落ちた石塊(ブロック)が積み重なっている大きな塚の上に出た。さらに高く石が積まれた湾曲した壁が西に向かって聳(そび)え立ち、東の方には、より崩落の度合いのひどい建造物の向こうに、大山脈の陰鬱な峰々が見えていた。

真夜中の南極の低い太陽が、南の地平線から、ギザギザになった廃墟の裂け目を通して赤く燃えるような姿を覗かせていて、悪夢のような都市の恐るべき古さと生気のなさが、極地の風景という比較的見慣れたものとの対比によって、いっそう際立って見えた。頭上の空は、渦を巻いてオパールのような乳白色に輝く氷の蒸気の塊で、寒さが私たちの体の芯(しん)をがっちりと捉(とら)えていた。

必死で逃げてくる間、本能的にしがみついていた装備袋を倦(う)み疲れた様子で下に置くと、私たちは厚手の衣服のボタンを留め直し、よろめく足取りで塚を降りていき、永劫の時を閲(けみ)した石造りの迷路を抜けて、飛行機を待機させている麓(ふもと)の丘陵まで歩いていった。

地球の秘密と古(いにしえ)の深淵の暗闇から逃げ出した理由について、私たちは何も語らなかった。

一五分と経たぬうちに、私たちがそこを降りてきた、麓の丘陵に続く急勾配の斜面——たぶん太古の雛段状の建物だ——を見つけ、前方の上り斜面のまばらな廃墟の中に、大型飛行機の黒い巨体が見えた。

ゴールに向かう上り坂の中ほどで、私たちは一息つくために足を止め、幻想的で遥かな太古に属する、そんなものがあるとは到底信じられないような石造りの建造物がもつれ合う様(さま)——それは未知なる西方を背景に、改めて神秘的な輪郭を浮き上がらせていた——が、眼下に広がっているのをもう一度眺めようと振り返った。そうしているうちに、彼方の空の朝靄が消えていることに気がついた。落ち着き無く動き回る氷の蒸気が天頂にまで上がってきて、その嗤笑するような輪郭が、はっきりした、あるいは決定的なものとなることを恐れていた、何かしら異様な形に固まろうとしているようだった。

今や、そのグロテスクな都市の背後の白い地平線には、朧に妖霊じみた菫色の稜線が見えていて、その針のように尖った高みが、西の空の手招きするような薔薇色を背景に、夢のように大きくそそり立っていた。その揺らめく縁に向かって、古の台地が傾斜し、かつて川が流れていた窪みが不規則な影の帯となって、そこを横切っていた。一瞬、私たちはこの光景のこの世のものとも思われぬ宇宙的な美しさに息を呑み、やがて漠然とした恐怖が私たちの心に忍び込み始めた。この遥かな菫色の線こそ、禁断の地の恐ろしい山脈――地球の最高峰にして、地球上の邪悪の焦点に他ならないからだ。

名付けようのない恐怖と始生代の秘密の潜伏するところであり、その意味を刻むことを恐れた人々によって忌まれ、そこに向けて祈りを捧げられたところであり、地球上の生きとし生けるものが足を踏み入れたことがない代わりに、不吉な稲妻が訪れては極夜の平原を超えて奇異なる光条を放つところ――この場所こそが疑いようもなく、不浄なる原初の伝説が遠回しにほのめかしている、忌まわしきレンの彼方の冷たき荒野にある、あの恐ろしいカダスの知られざる原型なのである。

私たちは、それを目にした最初の人類であり――そして最後の人類になることを神に願う。もしも、あの人類以前の都市にあった彫刻のような地図や絵図が真実を語っているのなら、この謎めいた菫色の山脈は三百マイル〔約四八二・八キロメートル〕も離れていないということはないはずだ。

それでもなお、その朧に妖霊じみた精髄が、遥か遠くの雪に覆われた縁の上に、あたかも怪物じみた異星の鋸歯状の断崖が尋常ならざる天空に聳え立つように、鋭く突き出していたのだった。

となると、その高さは既知の全ての山々と比しても遥かに凌駕する、想像を絶するものであったに違いない——向こう見ずな飛行家たちが、説明のつかない墜落の後に辛うじて命を存え、声を潜めて噂するような、ガス状の亡霊が棲まう大気の希薄な層にまで達しているのだ。

その山脈を眺めながら、私は往古の川が呪われた斜面から都市へと流してきたものにまつわる、とある彫刻が暗示していたものに神経を尖らせた——そして、不承不承それを彫り込んだ《古きものども》の恐怖の裡に、どれほどの分別があり、どれほどの愚かさがあったのだろうかと訝しんだ。

私は、山脈の北端がクイーン・メアリー・ランドの海岸近くまで伸びていることを思い出し、その時でさえも、ダグラス・モースン卿の遠征隊が、千マイルも離れていない場所で活動していたに違いなく、私はダグラス卿と彼の部下たちが、防壁となっている海岸の山脈の向こうに何があるのかを垣間見るような、悪しき運命に見舞われることのないよう願った。

このようなことを考えていること自体が、あの時の私が過度の興奮状態に陥っていたことを物語っているのだが——ダンフォースはさらにひどい状態のようだった。

しかし、巨大な星型の廃墟を通り過ぎ、飛行機に辿り着くずっと前から、私たちの不安は、再びそれを越えなければならない、あれほどの高さはないにしても、やはり広大な山脈へと移っていた。

麓の丘陵から見上げると、廃墟に覆われた黒々とした斜面が、東の方角を背にして悍ましくも峻巌に聳え立ち、ニコラス・レーリヒがアジアを描いた奇異なる絵画の数々が思い出された。

そして、その斜面の中にある忌々しい蜂の巣状の洞穴や、山頂部の空洞状の尖峰にすら、悪臭を放ってのたうつその身を押し込んでいるのかもしれないあの恐ろしい無定形の実体どものことを考えると、広音域に響き渡る、邪(よこしま)な笛の奏でる音曲(おんぎょく)のような音を風が立てている、あの思わせぶりに空に向かって口を開いた洞窟群の近くを再び飛んでいくという見通しに、動揺せずにはいられなかった。

さらに悪いことに、いくつかの山頂の周囲には、ところどころ微量の霧が出ているのがはっきりと見えていて——気の毒なレイクが当初、火山があると勘違(かんちが)いした時にも、それを目にしたに違いない——そして、私たちが逃れてきたばかりのあの霧のようなもののことを、そしてまた、あのような蒸気を吐き出している、恐怖を育む冒瀆的な奈落のことを、身震いしながら思い浮かべた。

飛行機の状態は良好だったので、私たちは厚手の飛行用の毛皮服をぎこちなく羽織(はお)った。ダンフォースが支障なくエンジンを始動させて、私たちの飛行機は悪夢のような都市の空へとスムーズに離陸した。眼下には、原初の巨石造り(キュクローピアン)の建造物が、初めて目にした時——ほんの少し前のことなのに、果てしなく遠い昔のようだった——と同じように広がっていて、峠を越えるための風の様子を確かめようと、私たちは上昇して向きを変えた。

遥かな上空では、空気に大きな乱れがあったに違いなく、天頂を取り巻く氷塵(ひょうじん)の雲があらゆる幻想的な様子を見せていたのだが、峠越えに必要な高度二万四千フィート［約七・三二キロメートル］の空では、全く問題なく航行できた。

突出した峰々に近づくにつれて、風の立てる奇異なる笛の音が再びはっきり聞こえてきて、操縦桿(そうじゅうかん)を握るダンフォースの両手がぶるぶると震えているのがわかった。

私は素人ではあったが、尖峰の間を抜ける危険な飛行を成功させるためには、私の方が彼よりも優れた操縦者(ナビゲーター)になれるかもしれないと考えた。それで、席を替わって操縦を引き継ぐことを身振りで示すと、彼は抵抗しなかった。

私は自分の技術と自制心の全てを保つことに努め、峠の岩壁の間に覗いている、赤みがかった遠くの空をじっと見つめていた――山頂の蒸気の噴出については決して気にするまいと心を固め、あの心騒がせる風笛の音を意識から遠ざけるために、セイレーンどもの島の沖を離れるユリシーズの船員たちのように、蠟で耳に封ができたらと願っていた。

しかし、操縦の仕事から解き放たれ、危険なほど神経を高ぶらせたダンフォースは、じっとしてはいられなかった。私は、彼が向きを変えようと体をひねり、背後に振り返っては後方に遠ざかっていく恐ろしい街を眺め、かと思うと前方に向き直って、洞窟だらけで立方体がいくつもフジツボのようにへばりついている峰々を眺め、横を向いては雪景色の荒涼たる海や、塁壁が散在する丘陵を眺め、上を向いてはグロテスクな湧き立つ雲に覆われた空を眺めるのを感じていた。

峠を安全に越えようと操縦桿を構えたまさにその時、彼の狂った金切り声が、私が固く保持していた自制心を粉々に打ち砕き、一瞬だが操縦桿をめちゃくちゃに弄(いじ)って、危うく遭難するところだった。

一秒後には私の不屈の対応力が勝利を収め、無事に峠を越えられた――だが、思うにダンフォースは二度と元には戻らないだろうと、私は考えている。

先に言った通り、最後の最後にいかなる恐怖がダンフォースをして狂おしい絶叫をあげさせたのか、彼は私に話そうとしなかった――その恐怖が、現在彼が患(わずら)っている神経衰弱の主たる原因であることを、痛ましいことではあるが、私は確信している。

山脈の安全な側に到達し、キャンプに向かってゆっくりと降下していく時、私たちは風の音とエンジンの唸りの中で、切れ切れに会話を交わしたのだが、その大部分は、悪夢のような都市を離れる準備をしていた時に交わした、秘密厳守の誓約（せいやく）にまつわることだった。

ある種の事物については、余人に知られてはいけないし、軽々しく議論するべきでもないと、私たちは合意していた——スタークウェザー＝ムーア遠征隊や、その他の探検隊を、いかなる対価を払うことになろうとも阻止する必要がなければ、私は今も口を閉ざしていたことだろう。

人類の平和と安全のためには、地球の昏（くら）い死角や、未探査の深みの数々に手を出さずにいることが、絶対に必要なのである。眠れる異常存在が覚醒（めざ）めて生命（いのち）を蘇（よみがえ）らせ、冒瀆的に生き残った悪夢じみたものどもが、身をよじって闇黒（あんこく）の巣穴から飛び出し、より新しく広い征服先へと向かうことのないように。

ダンフォースがほのめかしたのは、彼が最後に目にした恐怖は、蜃気楼だったということだけだ。

彼はこのように言い張るのだ——私たちが通り抜けた、立方体の数々や反響する洞窟、蒸気、蜂の巣状の洞窟で虫食いになっている狂気の山脈とは何の関係もなかったのだと。

ただ、《古きものども（オールド・ワンズ）》が忌避し、恐れていた、西方に聳える菫色の山脈の奥にあるものが、渦巻く天頂の雲の中に、幻想的で魔性の光景を束の間、垣間見せただけなのだと。

私たちがそれまでに溜めたストレスや、山向こうの死都の蜃気楼をそれとは知らず実際に目にした、レイクのキャンプの近くでの前日の体験から生み出された、全くの妄想だった可能性は非常に高い。

しかし、ダンフォースにとってはこの上ない現実で、今なおそれに苦しめられていた。

彼は稀（まれ）に、「黒々とした坑（あな）」、「彫刻のある縁（へり）」、「原ショゴス（プロト＝ショゴス）」、「五つの次元のある窓のない固体」、「名付けようのない円筒」、「上古の灯台（エルダー・ファロス）」、「ヨグ＝ソトース」、「原初の白いゼリー」、「宇宙の彼方よりの色」、「翼」、「暗闇の眼」、「月の梯子（ムーン＝ラダー）」、「本源のもの（オリジナル）、永遠のもの（エターナル）、不死のもの（アンダイイング）」、さらに他の異様な概念について、支離滅裂で出鱈目（でたらめ）なことを囁くことがある。だが、完全に正気を取り戻すと、こうしたものを全て否定し、何年も前に読み漁（あさ）った風変わりで猟奇的な書物のせいだろうと言うのである。ダンフォースは、大学図書館の中で鍵（かぎ）と錠前（じょうまえ）に護（まも）られている、虫食いだらけの『ネクロノミコン』の刊本を思い切って通読したことのある、数少ない人間の一人として知られているのだ。

　私たちが山脈を越えた時、より高い空には確かに蒸気が立ち込め、十分に乱れていた。私は天頂を見ていないのだが、氷塵（ひょうじん）の渦が奇妙な形をとったことは、ありありと想像できる。

　そうした落ち着きのない雲の層によって、遠くの光景がいかに鮮明に反射され、屈折し、拡大されるかを知っていれば、残りは想像力で容易に補えたことだろう——そしてもちろん、ダンフォースは過去に本で読んだことを思い起こす機会を得るまで、そうした具体的な恐怖をほのめかしはしなかったのだ。

　一瞬、視線を投げただけで、それほど多くのものが見えたはずがない。あの時、彼のあげる悲鳴はその出処があまりにも明白な、ただひとつの狂った言葉を繰り返すだけだった。

「テケリ＝リ！　テケリ＝リ！」

南極大陸

グレアム・ランド
ウェッデル海
ルイトポルト・ラント
アーネスト・シャクルトン
の到達点
南極点
ベアードモア氷河
南基地
狂
気
山
脈
東経60度南緯82度
クイーン・
アレクサンドラ山脈
遠征隊の経路
南
極
横
断
山
脈
レイク隊の飛行経路
ロス海
ロス島
マクマード入江
南緯76度15分
東経113度10分
（レイク隊が山脈を目撃）
ナンセン山
アドミラルティ山脈
ヴィクトリア・ランド
古代都市
（推測）
レイク隊のキャンプ
（推測）
東経115度南緯70度

訳注

※アーカムやミスカトニック大学、『ネクロノミコン』などの基本的なクトゥルー神話用語については、既刊の訳注や解説、あるいは拙著『クトゥルー神話解体新書』（コアマガジン）を参照されたい。

1　ドルニエ社製の航空機　Dornier aëroplanes
ドルニエ社はドイツの航空機メーカー。ＨＰＬの念頭にあったのは、ローアル・アムンセンが一九二五年の北極飛行で使用したドルニエDo.Jワール極地型かもしれないが（一九三九年の第三回ドイツ南極遠征でも同型機が使用された）、この機種は飛行艇なので、おそらく木製車輪などを取り付けて陸上運用を可能にしたもの。

2　シャクルトン、アムンセン、スコット、バード　Shackleton, Amundsen, Scott, and Byrd
いずれも南極探検家。解説を参照。

3　スタークウェザー＝ムーア遠征隊　Starkweather-Moore Expedition
架空の遠征隊。一九九九年に米ケイオシアム社が発売した『クトゥルフ神話ＴＲＰＧ』のサプリメント『狂気の山脈の彼方に：スタークウェザー＝ムーア遠征隊 1933-34 Beyond the Mountains of Madness: An Epic Campaign and Sourcebook: The Starkweather-Moore Expedition of 1933-34』は、この遠征が題材である。

4　〈アーカム・アドヴァタイザー〉　Arkham Advertiser
アーカムの大衆新聞。初出は「ダンウィッチの怪異」で、一九一七年にダンウィッチのウィルバー・ウェイトリイ少年の異常な成長速度についての記事を掲載した。

5　ナサニエル・ダービイ・ピックマン財団　Nathaniel Derby Pickman Foundation
この財団の基盤となった財産を遺（のこ）したのだろうナサニエル・ダービイ・ピックマンなる人物については詳細不明だが、「ピックマンのモデル」「『ネクロノミコン』の歴史」などに言及されるセイラムのピックマン家、あるいは「戸口に現れたもの」のダービイ家の縁戚である可能性がある。何かしらの目的で怪奇現象の調査を行っている団体として恰好(かっこう)の設定であり、フリッツ・ライバーの「アーカムそして星の世界へ」でも、クトゥルー神話的な事象の調査・解明に取り組むミスカトニック大学の研究者たちのスポンサーとして名前が挙がっている。

6　ブリッグ型帆船、バーク型帆船　brig, barque

ブリッグは、二本のマストを備え、前マスト（違う場合もある）が横帆になっている帆船。バークは、一九世紀以降は三本以上のマストを備え、最後尾は縦帆で、残りは横帆になっている大型船の呼称である。

7　ロス　Ross

英国の軍人、探検家ジェイムズ・クラーク・ロスのこと。ミスカトニック大学遠征隊が南極大陸に上陸したロス島は、一八四一年に彼が発見した。この島にあるエレバス（ギリシャ神話における冥界の神）、テラーという二つの山は、彼の隊の船名にちなんでいる。

8　ニコラス・レーリヒ　Nicholas Roerich

ドイツ系ロシア人の画家ニコライ・リョーリフの名前のドイツ語形ニコラ・レーリヒを、さらに英語読みしたもの。一九一三年五月にパリのシャンゼリゼ劇場で初演が行われたイーゴリ・ストラヴィンスキーのバレエ『春の祭典』の舞台美術を担当したことで、一躍名前が知られるようになった。一九二〇年から米国のニューヨークに居住し、この時期に複数の神智学サークルに参加した。レーリヒは二五年から二九年にかけてアジア奥地への探検に出発したのだが、二七年夏から翌年六月にかけて消息が途絶え、後世、オカルト的な噂がつきまとうことになった。二九年に帰還したレーリヒは、主にヒマラヤ山脈の自然を描いた絵画を披露するべく、ニューヨークでニコラス・レーリヒ美術館を設立。早速、美術館を訪れたＨＰＬは大いに感銘を受け、翌年執筆の本作においてレーリヒとその絵画に繰り返し言及した。

9　レン高原　plateau of Leng

「猟犬」が初出の、中央アジアのどこかにあるらしい謎めいた高原。「セレファイス」「未知なるカダスを夢に求めて」では地球の幻夢境(ドリームランド)の北方に広がる冷たき不毛の荒野で、カダス山が聳(そび)えている。本作では『ネクロノミコン』におけるレン高原の描写と南極が結び付けられているだけだが、「墳丘」において「カダス山の近くに栄えた南極の文明」の言及がある。

10 フジヤマ Fujiyama

ボストン美術館には葛飾北斎の浮世絵「富嶽三十六景」シリーズなどが収蔵されているので、HPLはこれを目にしたことがあるのだろう。

11 「アーサー・ゴードン・ピム」 Arthur Gordon Pym

一八三八年発表のエドガー・アラン・ポーによる冒険小説で、「ナンタケット島出身のアーサー・ゴードン・ピムの物語」が正式なタイトル。物語の後半展開は南極探検で、温暖な内海に入り込み、ツァラル島という奇妙な島にたどり着いた主人公が、古代エジプト語で〝南方の領土〟を意味するヒエログリフを目撃する。本作で用いられる「テケリ＝リ！」という謎の声の出典で、ポーが南極にまつわる何かしらの真実を知っていたことが匂わされる。なお、HPLが愛読していたジュール・ヴェルヌは、一八九七年に同作の続編「氷のスフィンクス」を発表している。この小説のクライマックスで主人公たちの前に姿を現す恐怖は、位置的に「狂気の～」の狂気山脈と一致しているのだが、残念ながらHPLがこれを読んでいたというエビデンスは見つかっていない。

12 クイーン・メアリー・ランド、ノックス・ランド Queen Mary and Knox Lands

前者は一九一一年から一四年にかけてのオーストラリア南極遠征隊が発見した、フィルヒナー岬（東経九一度五四分）からホーダーン岬（東経百度三〇分）に挟まれる陸地のことで、オーストラリアが領有権を主張している。後者は一八四〇年にチャールズ・ウィルクス海軍中尉率いるアメリカ遠征隊に発見された、ホーダーン岬（東経百度三一分）からプルクワ・パ岬（東経一三六度一一分）に挟まれるウィルクス・ランドのことで、同隊に参加していたサミュエル・R・ノックス中尉の名前にちなんだノックス海岸が含まれている。

13 コマンチ紀 Comanchian

HPLは明らかに地質年代としてこの語を使用しているが、実際には米国のテキサス州と、メキシコのコアウイラ州のあたりの、白亜紀下部（前期）に含まれる地層（九九六〇万～一億二七〇〇万年前）の名前で、正確な訳はコマンチ階ないしはコマンチ層。下層にはジュラ紀上部（後期）の、上層にはガルフ紀の地層がある。

14　始祖鳥 archaeopteryx
さらりと書かれているが、始祖鳥の化石は現在に至るもドイツのバイエルン地方でしか見つかっておらず、南極大陸で発掘されたのだとすれば歴史的な大発見である。

15　ヴェントリクリテス属 ventriculites
珪質石海綿動物の一種。

16　海洋性放射相称動物 marine radiata
体の構造が、主軸を含む面で三個以上の等しい部分に分割可能な海洋生物のことで、クラゲやウニ類が含まれる。

17　《先住者（エルダー・シングス）》 Elder Things
本作が初出の地球先住種族。『クトゥルフ神話TRPG』などでは《古きもの（エルダー・シング）》の呼称が用いられているが、作中ではもっぱら《古きもの（オールド・ワン）》と呼ばれている。HPL「魔女の家で見た夢」には本来の出身星、あるいは地球以外の別の植民惑星にいる同種族が登場している。

18　クラーク・アシュトン・スミス Clark Ashton Smith
HPLの文通友達であった、カリフォルニア在住の詩人、画家、彫刻家、小説家。クトゥルー神話作家としては、『エイボンの書』と、ツァトーグァをはじめとするヒュペルボレイアの神々の創造者。HPLはこの箇所で、スミスが『ネクロノミコン』の読者であることを示唆している。

19　遥か太古 palaeogean
地質年代の区分の一つである古第三紀（六六〇〇万〜二三〇三万年前）。HPLはこの語をよく「遥か太古」の意味で用いた。本作が〈アスタウンディング・ストーリーズ〉誌に掲載された際、編集部が勝手に「暁新世 palaeocene」に変更してしまい、HPLを憤慨（ふんがい）させた。

20　星界（スターズ）から降りてきて、冗談ないしは何かの間違いで地球上の生命を創造したという《大いなる古きものども（グレート・オールド・ワンズ）》にまつわる原初の神話 the primal myths about Great Old Ones who filtered down from the stars and concocted earth-life as a joke or mistake
覚書では「クトゥルー&その他の神話——冗談で地球上

の生命を創造したという、ネク（『ネクロノミコン』の略記）における宇宙的な存在（シング）の神話 Cthulhu & other myth-myth of Cosmic Thing in Nec. which created earth life as joke」となっていた。これより前に、「冗談ないしは何かの間違いで地球上の全ての生命を創造したとされる《先住者（エルダー・シング）》」というフレーズもある。

21　民俗学者の同僚　folklorist colleague

「暗闇で囁くもの」の語り手である、ミスカトニック大学のアルバート・N・ウィルマース教授のこと。少し後に名前も出てくる。ここでいう「〝外側（アウトサイド）〟から到来した丘陵地の宇宙的な怪物ども cosmic hill things from Outside」も、同作に登場する異星人、《外側のもの（アウトサイド・ワン）》あるいは《ユゴスよりの真菌（きのこ）》のことである。「暗闇で～」の事件の後、クトゥルー神話に深入りするようになっているらしく、ブライアン・ラムレイの〝タイタス・クロウ・サーガ〟シリーズではこれを受けて、大学の内部組織ウィルマース・ファウンデーションを創設したことになっている。

22　スコアズビー　Scoresby

一九世紀英国の捕鯨者、探検家ウィリアム・スコアズビー（一七八九～一八五七年）。一八二〇年刊行の『北方捕鯨の歴史と解説を含む北極圏の記録 An account of the Arctic regions with a history and description of the northern whale-fishery』には、蜃気楼の絵画が見当たらないが、一八四二年刊行の『準男爵ウォルター・スコット卿宛ての自然魔術に関する手紙 Letters on natural magic addressed to Sir Walter Scott, bart.』に挿絵として掲載されている、スコアズビーが一八二二年にグリーンランド沿岸で目撃した〝魔法の海岸〟のスケッチ（P155に掲載）が該当するらしい。上下逆に反転した山の一部が複製される、〝ファタ・モルガーナ〟と呼ばれる蜃気楼現象を描いたものである。

23　マチュ・ピチュ遺跡　ruins of Machu Picchu

南米アンデス山脈に連なる、ペルーのウルバンバ谷沿いの尾根にある、インカ帝国（一五～一六世紀）以前からある都市遺構。A・W・ダーレスの連作「永劫の探求」では、近くにあるコルディジラ・デ・ヴィルカノータの地底湖がクトゥルー崇拝者の拠点とされた。

24　キシュ　Kish
紀元前六千年紀に遡る古代メソポタミア文明初期の都市。イラクのバビール県内に位置し、宮殿や墓所、聖塔の遺跡が見つかっている。

25　〝巨人の石道〟
「霧の高みの奇妙な家」（第4集）の訳注7を参照。

26　ミ＝ゴあるいはヒマラヤの忌まわしき雪男　Mi-Go, or Abominable Snow-Men
「暗闇で囁くもの」（第5集）の訳注17を参照。

27　コモリオム、ウズルダロウム　Commoriom, Uzuldaroum
コモリオムは、クラーク・アシュトン・スミス「サタムプラ・ゼイロスの物語」における古代ヒュペルボレイア大陸に栄えた王国の首都。同作に描かれる事件の影響で廃都と化し、南のウズルダロウムに首都が移される。

28　ロマール、オラトエ　Lomar, Olathoë
「時間を超えてきた影」の訳注12を参照。

29　ヴァルーシア　Valusia
「時間を超えてきた影」の訳注9を参照。

30　〝蛇の墓〟　Snake Tomb
ヨルダン南部のペトラ遺跡にある、とぐろを巻いた蛇の石像のことで、おそらく紀元前二世紀頃に造られたもの。

31　〝ウサギと猟犬〟ゲーム　hare-and-hounds
屋外で行われるゲーム。一、二人のウサギとその他の猟犬に分かれ、紙切れ（匂い）を撒き散らしながら目的地を目指すウサギを、一定の時間が経ってから出発する猟犬たちが追いかけて、捕まえるというもの。

32　ショゴス　Shoggoth
本作が初出のクリーチャー。「インスマスを覆う影」「戸口に現れたもの」において、生き残りがインスマスの《深きものども》と繋がっていることが示唆される。

33　テイラー、ヴェーゲナー、ジョリー　Taylor, Wegener, and Joly
全て地質学者で、一九一〇年に大西洋が広がって大陸が移動したという仮説を唱えた米国のフランク・バーズリー・テイラー、一二年に大陸移動説を提唱したドイツのアルフレート・ヴェーゲナー、二八年にマントルの熱対流を予測したアイルランドのジョン・ジョリー。

翅（はね）のある死

Winged Death

（ヘイゼル・ヒールドのための代作）

1932

I

南アフリカ[*1]のブルームフォンテーン[*2]、鉄道駅に間近いハイ・ストリートに建つオレンジ・ホテル。

一九三二年一月二四日の日曜日、その三階の一室で、四人の男が恐怖に震えながら座り込んでいた。一人はホテルの支配人、ジョージ・C・ティタリッジ。もう一人は中央署のイアン・デ・ウィット巡査。三人目は地元の検視官ヨハネス・ボガート。四人目の、見たところグループ内で最も動揺の少ない人物は、検死医のコーネリアス・ヴァン・クーレン医師だった。

床の上には、夏の息苦しい暑さの只中で、不快なまでに歴然と、男の死体が横たわっていた——だが、四人が恐れていたのは、この死体のことではなかった。

彼らの胡乱げな視線は、奇妙なものが雑多に置かれたテーブルから、頭上の天井へと移動していったのだが、その滑らかな白い表面には、大きくてたどたどしい筆致のアルファベットの文字が、いったいどうやったものかインクで書き殴られていた。そして、ヴァン・クーレン医師は左手に持っている摩耗した革表紙付の帳面に時折、半ば盗み見るようにしてちらちらと視線を向けていた。

四人の恐怖は、その帳面、天井に書き殴られた言葉、テーブル上のアンモニア入りの瓶に浮かんでいる異様な外見の死んだ蝿に、ほぼ等分されているようだった。

テーブル上にはまた、蓋の開いたインク壺、ペンと便箋、医療用の救急箱、塩酸の瓶、マンガンの黒色酸化物[*3]［二酸化マンガンのこと］で四分の一ほど満たされたタンブラー［平底のガラス容器］があった。

摩耗した革表紙付の本は、床に倒れている死者の日録（ジャーナル）で、ホテルの宿泊簿（しゅくはくぼ）に記された「フレデリック・N・メイスン、鉱山地主、トロント、カナダ」という名前は偽名（ぎめい）なのだと、ただちに判明した。同様に判明したこと――恐ろしいこと――が、他にもいくつかあった。のみならず、はっきりさせるでもなく、すっかり信じさせるにも足りぬ、遥（はる）かに大きな恐怖を悍（おぞ）ましくもほのめかす記述もあった。一月の焼け付くような熱気にもかかわらず、鬱然（うつぜん）たるアフリカに黒々と沈殿（ちんでん）した秘密の近くで暮らしてきたことで、半ば信じるようになっていた様々なことが、四人の男たちに激しい身震いをもたらした。

帳面はそれほど大きいものではなく、綺麗な筆跡で書き込まれていたのだが、終わりの方になるにつれて、ぞんざいで苛立（いらだ）った様子の筆跡に変化していった。

最初のうちはやや不規則な間隔（かんかく）で書かれていたが、やがて毎日書かれるようになった。筆者の一連の行動のみを記録したものなので、日記（ダイアリー）と呼ぶのは正確ではないだろう。

ヴァン・クーレン医師は、表紙を開いた途端に死んだ男の名前がわかった。その名前は、アフリカの医療事情に大きく関わってきた、彼自身の専門分野における高名な人物のものだったのである。

次の瞬間、四ヶ月前に各紙の紙面を賑（にぎ）わせた、公式には未解決の卑劣（ひれつ）な犯罪とこの名前が結びついていたことを思い出し、彼は恐怖を覚えた。そして、先を読めば読むほどに、彼の恐怖、畏怖（いふ）、嫌悪感、狼狽（ろうばい）の念が深まりゆくのだった。

以下は――基本的に――その不吉な、不快さのいや増す部屋において、周囲にいる三人の男たちが息を荒（あら）らげ、椅子（いす）の上でそわつき、天井やテーブル、床の上にあるものに加えて、お互いに対しても怯（おび）えた視線を向けている最中（さなか）に、医師が声に出して読み上げた文章である。

トーマス・スローエンワイト医学博士の日録

ニューヨーク州ニューヨークにあるコロンビア大学の無脊椎動物生物学教授、ヘンリー・サージェント・ムーア博士（ニューヨークのブルックリン在住）への罰について。たとえ我が復讐が成功したとしても、その成就を公にする満足を得られぬのでは意味がないので、死後に読まれるようこれを準備した。

一九二九年一月五日――私は今まさに、ヘンリー・ムーア博士を殺害する決意を完全に固め、最近のある出来事によって、それを実行する方法も見出した。

これより先は、一貫した行動指針に従うことにしよう。故に、この日録はここより始まる。

報道でこの一件を知る大衆は、重要な事実関係の全てを熟知しているだろうから、私がこうせざるをえなくなった経緯について、今更繰り返すまでもあるまい。

私は一八八五年四月一二日、ニュージャージー州トレントンにて、南アフリカのトランスバールはプレトリア出身の、ポール・スローエンワイト医師の息子として生を享けた。一族の伝統として医学を修めた私は、父（私が南アフリカ連隊の一員としてフランスで従軍していた一九一六年に亡くなった）の指導を受けてアフリカの熱病を専門とするようになった。

コロンビア大学を卒業した後は、ナタール州［南アフリカ東部の旧州］のダーバンから赤道直下にかけての地域で、多くの時間を研究に費やした。モンバサ*4［ケニア東部の都市］では、私の住居で見つけた、今は亡き政府の医師であるノーマン・スローン卿の論文にわずかではあるが助けられながら、弛張熱［不規則に上下し、低い時でも平熱にならない発熱］の感染と発症に関する新しい学説に取り組んだ。そうして研究成果を発表し、一躍権威として名を高らしめた。

帰化をすれば、南アフリカの保健当局のほぼ最高位に就けるのみならず、爵位(しゃくい)も得られそうだと聞いたので、当然ながら必要な手続きをとった。

その時、ヘンリー・ムーア殺害のきっかけとなる事件が起きた。この男は私の同級生で、アメリカとアフリカにおける長年の友人だったのだが、私自身の学説の正当性を故意に台無しにしようとした。ノーマン・スローン卿があらゆる重点的な細目において私に先んじていたと主張し、私がこの件について説明した以上に、さらに多くの彼の論文を見つけたのかもしれないとほのめかしたのである。

彼はこの馬鹿(ばか)げた言いがかりを裏付けるために、ノーマン卿が私よりも早くこの学説に到達していて、急死しなければすぐにもその成果を発表するつもりでいたことを示す、ノーマン卿からのとある私信を提出した。この点については、残念だが認(みと)めぬわけにはいかなかった。

看過(かんか)できなかったのは、私がノーマン卿の論文から学説を盗んだのではないかという、嫉妬(しっと)深い疑念である。英国政府は、賢明(けんめい)にもこの疑惑を無視したものの、半ば約束されていた任命と爵位については、私の理論が独自のものであったにせよ、実際には新しい説ではなかったという理由で保留された。

ほどなく、アフリカにおける私のキャリアは、目に見えて後退していった。アメリカの市民権を放棄(ほうき)してまで、この地でのキャリアに希望を託していたというのにである。

モンバサの政府関係者、とりわけノーマン卿の知己(ちき)の間で、私に対する冷淡(れいたん)な態度が目立ち始めた。

手段はわからないが、遅(おそ)かれ早かれムーアと決着をつける決心をしたのは、その時のことである。

あの男は最初の頃の私の名声に嫉妬し、私を破滅(はめつ)させようとノーマン卿との古い文通を利用したのだ。

他ならぬ私がアフリカに関心を持つように仕向けた友人——アフリカの昆虫学(こんちゅうがく)の権威として、そこそこの名声を得るまでの間、私が指導し、元気づけてきた友人から、このような仕打ちを受けたのである。とはいえ、こうなった今でも、彼の学識の深さを否定するつもりはない。私が彼を作り上げ、その見返りに彼は私を破滅させた。今度は――いつの日にか――私の方が奴を破滅させてやるのだ。

モンバサでの地盤を失ったことを悟ると、私はウガンダ[*5]の国境からわずか五〇マイル［約八〇・五キロメートル］しか離れていない内地――ムゴンガで当座の職を求めた。そこは綿花と象牙の交易所で、白人は私の他に八人しかいなかった。ほとんど赤道直下の穢らしい掃き溜めで、人類の知るありとあらゆる熱病が蔓延していた。毒のある蛇や虫がいたるところにいて、黒んぼどもは医学大学校以外では聞いたこともないような病気にかかっていた。とはいうものの、私の仕事は困難なものではなく、ヘンリー・ムーアに始末をつける計画を立てる時間は、常にたっぷりあった。あの男の『アフリカ中央部並びに南部の双翅目』を書棚の目立つところに置いて、私は悦に入った。実際、この本は模範的な手引書なのだ――コロンビア大学、ハーバード大学、そしてウィス大[*6]［ウィスコンシン大学のこと］でも使われている――が、その優れた記述の半分を、かくいう私の提案に拠っているのだ。

先週、私はムーアの殺害方法を決定づける出来事に遭遇した。

ウガンダからやってきた一行が、未だ診断の下せない奇妙な病気にかかった黒人を連れてきた。彼は嗜眠状態［強い刺激を受け続けないと、眠りに落ちてしまう意識障害］にあって、体温がきわめて低く、妙な具合に体をもぞもぞと動かしていた。他の大多数の者たちが彼のことを怖がり、呪医の呪いか何かに侵されているのだと言い立てた。

だが、通訳のゴボは虫に咬まれたのだと言っていた。その虫がどんなものなのか、私には想像もつかなかった――腕には、ごく小さな咬み傷がひとつあるだけだったからだ。その傷の色は明るい赤だが、周囲を紫色の輪が囲んでいた。何とも面妖（めんよう）な傷だ――連中が黒魔術のせいにするのも無理はない。彼らは以前にも同じような症例を見たことがあるようで、どうすることもできないのだと言った。交易所にいるガラ族[*7]の男どもの一人であるンクル老人が言うには、悪魔（あくま）の蠅に咬（か）まれたに違いなく、そいつは犠牲者（ぎせいしゃ）を徐々に衰弱（すいじゃく）させて死に至らしめ、まだ生きているのなら犠牲者の魂（たましい）と人格を奪（うば）い取り――その好悪や意識を持ったまま、そこらを飛び回るというのである。何とも奇妙な伝説だ――これを説明するに足る致死性の地元の虫を、私は知らなかった。

私はこの病（やまい）にかかった黒人――メヴァナという名だ――にキニーネをしっかりと注射し、検査のため血液サンプルを採取したのだが、あまり進展はなかった。奇妙な細菌（さいきん）が存在することは確かなのだが、その種類をほんのちょっとでも特定することすらできなかった。最も近いのは、ツェツェ蠅[*8]に咬（か）まれた牛、馬や犬に見られる細菌（バチルス）だが、ツェツェ蠅は人間を感染させないし、いずれにせよ彼らの生息域からは北に離れ過ぎている。しかし――重要なのは、ムーアの殺害方法を私が決めたということだった。もしも、この内陸部に原住民が言うような猛毒（もうどく）をもつ虫がいるのなら、あいつの疑いを招かず、無害な虫だと信じさせるような場所から送りつけてやるのだ。未知の虫を調べるということになれば、彼は警戒心をかなぐり捨ててしまうことだろう――後は自然の成り行きに任せればいい！

黒人たちをこれほど怖がらせる昆虫を見つけるのは、そう難しいことではないはずだ。まずは、哀（あわ）れなメヴァナがどうなるか見届けよう――それから、死を運ぶ特使を見つけ出すのだ。

一月七日――知っている限りの抗毒素（こうどくそ）を注射したが、メヴァナは良くなっていない。震えの発作を繰り返し、死んだら魂が自分を咬（か）んだ虫の中に入り込んでしまうと恐ろしげに喚（わめ）き散らすのだが、発作の合間には半ば意識が混濁した状態が続いていた。

心臓の鼓動はまだ強いので、乗り切らせることができるかもしれない。自分が咬まれた場所へと誰よりもうまく案内してくれるだろうから、何とかやってみるつもりだ。その間に、ここの前任者であるリンカーン医師に手紙を書いてみることにしよう。交易所の仲買人頭であるアレンによれば、地元の病気について深い知識を持っているということだからだ。死の蝿について白人が知っていることがあるなら、彼が知っているはずだそうな。今はナイロビにいるので、黒人の使い走りを出せば――旅程の半分は鉄道を使うとして――一週間以内に返事がもらえることだろう。


一月一〇日――患者の容態は変わらないが、欲しがっていたものを見つけた！　リンカーンからの連絡を待っている間、私が熱心に目を通していた地元の保健衛生の古い記録の中に、それは見つかった。

三〇年前、ウガンダで数千人もの原住民を死に至らしめた伝染病があって、その原因は紛れもなく、グロッシーナ・パルパリスと呼ばれる珍しい蝿――グロッシーナ・マルシタンス、つまりツェツェ蝿の近縁種である――だったというのである。この種は湖や川の岸辺の茂みに生息していて、クロコダイルやアンテロープ、さらには大型哺乳類の血を啜る。これら餌食となる動物がトリパノソーマ症、またの名を睡眠病の病原菌を持っているとこれを拾い、三一日間の潜伏期間の後に、急性の感染症へと発達させるのだ。それから七五日の間、咬まれた人間に確実な死をもたらすのである。

間違いなくこれこそが、黒人どもの言う〝悪魔の蝿〟に違いない。今や、目指すべきものがわかった。メヴァナが乗り切ってくれることを願う。もう四、五日のうちにリンカーンから連絡があるはずだ――

彼はこの種の病の治療を成功させることにかけては定評がある。

最悪の問題は、ムーアに気づかれることなしに、いかにして蠅どもを送りつけられるかだ。呪わしくも堅実な学者気質の彼奴のこと、実際の記録に残っているこの虫を、知っていてもおかしくない。

一月一五日――グロッシーナ・パルパリスにまつわる記録を全て把握しているリンカーンから連絡があった。彼は、手遅れになる前に投与されれば多くの症例に効果があるという、睡眠病の治療薬を持っていた。トリパルサミド[*9]の筋肉注射だ。メヴァナが咬まれたのは二ヶ月ほど前なので、効き目があるかどうかはわからない――だが、リンカーンによれば一八ヶ月も引っ張る症例もあるとのことなので、たぶん手遅れではないだろう。リンカーンが薬を送ってくれたので、私はメヴァナに無理やり注射した。現在は意識不明である。村からメヴァナの第一夫人が連れてこられたが、彼は妻のことを全く認識していない。回復すれば、蠅の居場所を教えてくれることだろう。聞いた話では、彼はクロコダイル狩りの名手で、本のようにウガンダのことを何でも知っているのだとか。明日、もう一度注射を打ってみる。

一月一六日――メヴァナは、今日は少し元気になったようだが、心臓の動きが少し鈍くなっている。注射は続けるつもりだが、打ち過ぎないようにする。

一月一七日――今日は本当に、メヴァナが見るからに回復していた。注射の後に彼は眼を開けて、朦朧としてはいたが、意識があるようだった。ムーアがトリパルサミドを知らないことを祈る。あいつは医薬品に大して興味がないので、おそらく知らないだろう。メヴァナは舌が麻痺しているようだったが、目覚めさせることができさえすれば、治せると思う。私自身がぐっすり眠るのは構わないが、こういう眠りは御免蒙りたい。

一月二五日——メヴァナはほぼ完治した！　もう一週間もすれば、密林に連れて行ってくれるだろう。初めて意識を取り戻した時は——自分が死んだ後、人格を蝿に奪われると——怯えていたが、私がじきに良くなると話すと、ようやく元気になった。今は妻のウゴウェが面倒を見てくれているので、私も少しは体を休められる。いよいよ、死の遣いを探しに行くのだ！

二月三日——今やメヴァナが良くなったので、蝿狩りの話をした。蝿に捕まった場所に近づくのを怖がっていたが、私は彼の感謝の気持ちにつけこんだ。それに、メヴァナは私が病気を治せるだけでなく、防ぐこともできると考えていた。彼の気概は、白人を恥じ入らせることだろう——行ってくれることに疑問の余地はない。筆頭仲買人には、地元の衛生のための旅だと話せば済むことだ。

三月一二日——ついにウガンダに到着！　メヴァナの他に黒人の男を五人雇ったのだが、全員ガラ族だった。メヴァナの身に起こったことが噂になり、この地域にやってくる目的で地元の黒人を雇うことができなかったのだ。この密林は疫病の発生する場所で——瘴気がもうもうと立ち込めていた。どの湖も澱んでいるように見えた。ある場所で、巨石を積み上げた廃墟の痕跡に遭遇し、ガラ族たちですら大きく迂回して走り、やり過ごした。彼らの話では、これらの巨石は人類よりも古く、《外世界よりの漁者ども[*10]》——それが何を意味するのかはわからないが——やツァドグワやクル[*11]といった邪悪な神々の根城ないしは前哨[*12]地だったということだ。それらは今日に至るまで悪影響を及ぼし、悪魔の蠅とも何らかの関係があるのだという。

三月一五日——今朝、ムロロ湖[*13]に到達した——メヴァナが咬まれた場所である。緑色の浮きかすが漂う地獄めいた様相で、そこらじゅうクロコダイルだらけだった。メヴァナが、細い針金の網にクロコダイルの肉を餌に仕掛けて、蠅取りの罠を準備した。入り口が狭いので、いったん入り込んだ獲物には、逃げ出し方がわからないのである。蠅どもは致命的であるのと同時に愚かで、新鮮な肉や血で満たされたボウルを貪欲に求めている。十分な数が捕まえられるといいのだが。そいつらで実験をしなければならないと心に決めた——ムーアに識別できないように、外見を変える方法を見つけるのだ。たぶん、他の種と交配させて、感染力を低下させずに、見慣れぬ姿の交雑種を生み出すことができるはずだ。そのうちわかるだろう。待たなければならないが、今は急いでいない。準備ができたら、ウイルスに感染した肉をメヴァナに持ってこさせて、死の遣いの餌にする——それから、郵便局に持っていくのだ。この国はまさしく疫病の巣窟なので、感染に困ることはないはずだ。

三月一六日——幸運。二つのケージがいっぱいになった。翅をダイヤモンドのように輝かせる、元気な標本が五匹。メヴァナがそいつらを上部がしっかり網で覆われた大きな缶に移しているところで、よくまあ間に合ってくれたものだ。これで問題なくムゴンガに運ぶことができる。餌にするため、クロコダイルの肉をたっぷりと使う。全てか大半が感染していることは間違いない。

四月二〇日——ムゴンガに戻り、実験室で忙しくしている。プレトリア大学[*14]のヨースト博士に、交配実験用のツェツェ蝿を何匹か求める手紙を送った。この交配がうまくいけば、パルパリスと同じような致死性の、しかも識別しにくい蝿が生まれるはずだった。うまくいかなかったら、内陸部の他の双翅目も試してみようと思う。また、コンゴ種のいくつかの双翅目を求める手紙を、ニュングウェのヴァンダーヴェルデ博士に送っておいた。結局、感染した肉をさらに取得するべく、メヴァナを派遣する必要はなくなった。先月手に入れた肉から採取した、培養したトリパノソーマ・ガムビエンセ菌を、ガラス管に入れた状態でほぼ無期限に保存できることが判明したからだ。その時が来たら、新鮮な肉を汚染して、翅のある使者たちにたっぷりと食べさせる——その時こそ、旅立ちの日だ!

六月一八日——ヨーストからツェツェ蝿が届いた。繁殖用のケージはずっと前に準備してあったので、今は選別中である。成長速度を早めるため、紫外線を使うつもりだ。幸い、必要な器具は常備品の中に揃っている。当然のことだが、自分が何をしているのか、誰にも話していない。ここにいる数人の男たちの無知のお陰で、自分の目的を隠しながら、医学的な理由から既存の種を研究しているだけだというふりをするのは容易かった。

六月二九日——交配結果は豊作だ！　先週の水曜日に、十分な数の卵が産まれ、今や立派な幼虫が得られた。成虫が、こいつらと同じくらい見慣れない姿になってくれたら、これ以上何もする必要はない。異なる標本のために、番号を付けた別々のケージを用意している。

七月七日——新しい交雑種ができた！　形状については見事に偽装できているが、翅の光沢は依然としてパルパリスをほのめかした。胸部にはツェツェ蠅の縞模様を彷彿とさせるものがかすかに見られる。個体によって若干のばらつきがある。全部に汚染されたクロコダイルの肉をやり、感染力が高まったら、何人かの黒人で試してみることにする——もちろん、事故に見せかけてだ。このあたりには、弱毒の蠅がたくさんいるので、疑いを持たれることなく簡単に実行できる。下男のバッタが朝食を持ってきた時、網戸をしっかり閉ざした食堂に一匹放つことにしよう——私自身は十分に警戒すればいい。うまく効き目があったなら、捕まえるか叩き潰すかして——虫の愚かさ故に、容易いことだ——さもなくば、部屋の中を塩素ガスで満たして窒息死させる。うまくいかなければ、効き目があるまで何度でも試すのだ。もちろん、自分が咬まれた場合に備えて、トリパルサミドを用意しておく——だが、解毒剤は確実に効くわけではないので、咬まれないように用心せねば。

八月一〇日——感染力が成熟し、うまいことバッタを咬ませることができた。バッタについた蠅を捕まえて、ケージに戻した。ヨウ素で痛みを和らげてやると、哀れな奴はそのサービスにたいそう感謝していた。明日は、仲買人の使いをしているガムバに、別の種類の標本を試してみよう。この場所で敢えて実行するテストはそれで全部だが、さらに必要だったら、ウカラに標本を数匹持っていき、追加データを取得するつもりだ。

八月一一日——ガムバを咬ませられなかったが、蠅は生きたまま捕獲した。バッタは相変わらず元気そうで、咬まれた背中に痛みもない。改めてガムバを咬ませるのは、しばらく待つことにする。

八月一四日——ようやくヴァンダーヴェルデから虫が届いた。種類がはっきり異なる蠅が全部で七匹いて、程度の差はあるが、毒性のある個体も数匹いた。ツェツェ蠅との交配がうまくいかなかった場合に備えて、餌をたっぷり与えておく。パルパリスと似ても似つかない個体も数匹いたが、問題なのは、パルパリスと交配しても繁殖できない可能性があることだ。

八月一七日——午後、ガムバを捕まえたものの、彼の周囲を飛び回っている蠅を殺さなければならなかった。左肩に咬みついたのだ。咬まれた箇所の手当をしてやると、ガムバはバッタと同じように感謝していた。バッタは変化なし。

八月二〇日——ガムバは今のところ変化なし——バッタも同様。交配を補うために、新しいタイプの偽装を試している——パルパリスの翅の特徴的な輝きを変えるために、染料のようなものを使うのだ。青みがかった色が最適だろう——蠅の群れ全体にスプレーできるものだ。手始めに、プルシアン・ブルーやターンブル・ブルー——鉄塩やシアン塩——などを調べることにする。

八月二五日——バッタが今日、背中が痛むとこぼしていた——何かが進行しているのかもしれない。

九月三日——実験は、かなり捗っている。バッタが睡眠病の兆候を示し、背中がずっと痛いと言っている。ガムバは咬まれた肩が凝っているように感じ始めた。

九月二四日——バッタの容態はますますひどくなり、咬まれたことを怖がり始めている。悪魔の蝿に違いないと考え、蝿を殺してくれと懇願してきたので——ケージに入れるところを見たのだ——ずっと前に死んだと誤魔化した。死んだ後で、魂が蝿の中に入ってしまうのは嫌だと言っていた。元気を出させるために、注射器で真水を何度か注射してやった。その蝿は明らかに、パルパリスの特性を全て保持しているようだった。ガムバも倒れ、バッタと全く同じ症状を見せている。蝿の効果が十分に証明されたので、ガムバにはトリパルサミドを試してみようと思う。だが、バッタはこのままにしておくつもり。症状がいつまで続くのか、大まかな見当をつけておきたいからだ。

　染色実験は順調に進んでいる。フェロシアン化第一鉄の異性体とカリウム塩の混合物をアルコールに溶かし、虫にスプレーすると素晴らしい効果が得られた。翅は青く染まるが、黒っぽい胸部にはあまり影響がなく、標本に水をかけても色が落ちない。この偽装があれば、今あるツェツェ蝿の交雑種を使うことができて、さらなる実験に煩わされずに済むだろう。いかにムーアが鋭敏だろうと、ツェツェ蝿の胸部を半ば備えた青い翅(はね)の蝿を識別できはしまい。もちろん、この染色作業は全て、厳重に秘密にしている。後になって、青い蝿と私の関係が判明するようなことがあってはならないのだ。

一〇月九日――バッタは反応が鈍く、床に臥(ふ)せっている。ガムバにはトリパルサミドをここ二週間投与しているので、いずれ回復するだろう。

一〇月二五日――バッタの容態はひどく悪いが、ガムバはほぼ回復している。

一一月一八日――昨日、バッタが死んだのだが、地元の伝説やバッタ自身の恐怖を考え合わせると、心底ぞっとさせられる奇妙な出来事が起きた。彼の死後、実験室に戻ると、バッタを咬(か)んだ蝿を入れてある一二番ケージから、ブンブン、バタバタいうひどく異様な音が聞こえてきたのだ。その生き物は錯(さく)乱(らん)していたようだが、私が姿を現すと暴(あば)れるのをやめ――金網に止まって、この上なく奇妙な仕草で私を見つめた。まるで当惑しているかのように、金網に足を突っ込んだ。アレンと食事をしてから戻ると、そいつは死んでいた。暴れ狂(くる)い、ケージの側面にぶつかって命を落としたのに違いない。

ちょうどバッタが死んだ時にこのようなことが起きるとは、何とも異様な話だった。黒人の誰かがこれを眼にしたらすぐに、悪魔が魂を吸いとったなどというつまらない理屈(りくつ)をつけたことだろう。青く染めた交雑種を、もうそろそろ送りつけるつもりだ。この交雑種の致死率は、純粋(じゅんすい)なパルパリスのそれを少しばかり上回っているようだ。バッタは感染から三ヶ月と八日で死亡した――とはいえ、もちろん不確実な誤差が常にある。ガムバの症状を長引かせておけば良かったと思うほどだ。

一二月五日——いかにしてムーアに我が遣いを送りつけるか、計画を練るのに忙しい。彼奴の『アフリカ中央部並びに南部の双翅目』を読んで、この「識別不能の新種」を研究しようと考えている、利害関係のない昆虫学者が送ったように見せかけなければならない。また、この青い翅の蠅が無害だと、原住民の長年の経験から証明されているという、十分な保証も必要だ。ムーアは油断するだろうし、遅かれ早かれ蠅の一匹に咬まれるだろう——それがいつになるかはわからないが。早めに結果を知るには、ニューヨークの友人たち——彼らは今でも時折、ムーアのことを話題にするのだ——の手紙に頼るしかないが、あいつが死ねば新聞が報道するだろう。何よりも重要なのは、ムーアの件に関心を示さないようにすることだ。旅先から蠅を郵送するつもりだが、その際に気づかれないようにせねばならない。最善の計画は、内陸部で長期の休暇を取り、その間に髭を伸ばして、昆虫学者を装ってウカラに滞在しながら小包を郵送し、髭を剃り落としてここに戻ることだ。

一九三〇年四月一二日——長い旅を終えて、ムゴンガに帰還。全てうまくいった——時計仕掛けのように正確にだ。痕跡一つ残さず、蠅をムーアに送ったのだ。一二月一五日にクリスマス休暇を取ると、適切なものを携えてすぐに出発した。遣いの餌として、細菌に汚染されたクロコダイルの肉を入れられるだけの余裕のある、とても良い郵送容器を拵えた。二月末には、ヴァンダイク風に形を整えられる程度の、十分な髭が伸びていた。

三月九日にウカラに姿を現して、交易所のタイプライターでムーア宛ての手紙をタイプした。署名は〝ネヴィル・ウェイランド＝ホール〟――ロンドンからやってきた昆虫学者という設定だ。実にそれっぽく書けたと思う――科学者仲間としての関心や、その他のあれこれを盛り込んだ。標本が「完全に無害」であることを強調するさりげない書きっぷりは、芸術的ですらあった。誰にも怪しまれなかった。ここに戻ってくる時、日焼けにむらが生じないように、未開地に着くとすぐに髭を剃り落とした。沼地の小さな一帯を除いて、原住民の人足を使わないようにした――ナップサックの一つもあれば驚くほどのことができるし、方向感覚も優れている。幸い、私はこうした旅に慣れている。不在が長引いたことについては、少しばかり発熱したことと、未開地を通り抜けた際に方向を間違えたことを理由にした。

しかし、精神的に最も難しいのは今ここからだ――緊張していることを気づかれないようにしながら、ムーアについての知らせを待ち続けるのである。もちろん、毒の効き目がなくなるまで、咬まれずに済む可能性はある――だが、無謀な彼奴のことだから、悪い目が出る確率は一〇〇分の一程度だろう。後悔はしない。あいつが私にしたことを考えれば、それ以上の報いを受けても当然だ。

一九三〇年六月三〇日――やった！　第一段階はうまくいった！　コロンビア大学のダイスンから、ムーアが新種の青い翅の蠅を何匹か受け取ったのだが、それにひどく困惑していることにさりげなく触れた手紙が届いたのだ！　咬まれたという話はなかったが、私が常々思っているムーアの杜撰なやり口からして、そう長くはかからないだろう！

一九三〇年八月二七日――ケンブリッジ大学のモートンからの手紙。彼によれば、ムーアからの手紙にひどく衰弱していると書かれていて、それとは別に首の後ろを虫――六月中旬に受け取った奇妙な新種――に咬まれたとも書かれていたということだ。成功したのだろうか？　どうやらムーアは、咬まれたことと自分の衰弱を結びつけていないようだ。この知らせが本当なら、ムーアは蠅の感染性があるうちに咬まれたということになる。

一九三〇年九月一二日――勝利！　ダイスンの新たな手紙によると、ムーアは実に危うい状態であるという。目下、六月一九日の正午頃に受けた咬み傷が病因だと突き止めていて、その虫の正体についてひどく困惑しているようだ。彼は送り主である〝ネヴィル・ウェイランド＝ホール〟に連絡を取ろうとしているとか。私が送った百匹あまりのうち、二五匹ほどが生きたまま彼のもとに届いたようだ。咬み傷を負った時に逃げ出したものもあるが、発送後に産み付けられた卵から数匹の幼虫が孵化したらしい。ダイスン氏によれば、ムーアはこれらの幼虫を慎重に孵化させているという。幼虫が成長すれば、ツェツェ蠅とパルパリスの交雑種だとわかってしまうだろう――だが、それがわかっても今や何の役にも立たないはずだ。ただ、青い翅がどうして遺伝しないのか、不思議に思うのではないだろうか！

一九三〇年一一月八日――六人の友人たちからの手紙で、ムーアが重病だと報された。ダイスンからの手紙は今日届いた。彼によれば、ムーアは幼虫から育った交雑種に全く途方に暮れていて、両親が何らかの人工的な方法で青い翅を得たのではないかと考え始めているとのこと。今では殆どの時間をベッドで過ごさなければならないようだ。トリパルサミドを使っているという話はない。

一九三一年二月一三日――どうもうまくない！　ムーアは衰弱し、治療法がわからないようなのだが、私を疑っているように思う。先月、モートンからたいそう冷淡な調子の手紙が届いたが、ムーアについては何も書かれていなかった。そして、今度はダイスンから手紙が届き――同じくやや気詰まりな調子で――ムーアがこの件全体について仮説を立てていると書かれていた。彼はあちこちに――ロンドン、ウカラ、ナイロビ、モンバサ、その他いくつかの場所に――電信を打って、〝ウェイランド・ホール〟を探しているのだが、もちろん見つからなかった。私の見るところ、彼はダイスンに誰を疑っているのか話したようだが、ダイスンはまだ信じていないのだろう。モートンが信じていることを恐れている。

ここから逃げ出して、完全に行方を晦ます計画を立てた方が良さそうだ。あれほど順調なスタートをきったキャリアだというのに、何と残念な終わり方だろうか！　何もかもムーアのせいだ――だが、今回は彼奴が前払いをするのだ！　南アフリカに戻ることになりそうだ――そしてその間は、新しい自分――〝カナダ、トロントのフレデリック・ナスミス・メイスン、採掘権仲買人〟――の名義で、こっそり財産を預金しておこうと思う。身分証明のための新しい署名を作ろう。その手続が不要になれば、現在の身元に再送金するのは簡単だ。

一九三一年八月一五日――半年が過ぎたが、どっちつかずの状態がまだ続いている。ダイスンとモートンは――その他数人の友人たちと同様――私に手紙を送ってこなくなった。サンフランシスコのジェイムズ博士が、ムーアの友人たちから折に触れて連絡を受けていて、ムーアがほとんど昏睡状態に陥っていることを報せてくれた。五月以降は歩くこともできないでいる。話せていた時には、寒いとこぼしていた。今現在は、意識の片鱗はあるらしいが、話すことはできなくなっている。呼吸は短くて速く、少し離れたところからも聞こえてくる。トリパノソーマ・ガムビエンセ菌に蝕まれていることは間違いない――だが、このあたりの黒んぼどもよりもよく持ちこたえている。バッタは三ヶ月と八日で死んだが、ムーアは咬まれてから一年以上経った今でも生きている。ウカラ周辺で〝ウェイランド・ホール〟の集中的な捜索が行われたという噂を、先月耳にした。しかし、まだ心配する必要はないだろう。

この件と私を結びつけるものは、全く存在しないのだから。

一九三一年一〇月七日――ついに終わった！〈モンバサ・ギャゼット〉[*15]紙の記事。ムーアが一連の瘧の発作と、平熱を大幅に下回る低体温で、九月二〇日に亡くなった。これでしまいだ！私は彼を仕留めると誓い、そうしてやった！新聞には、彼の長い闘病と死、そして〝ウェイランド・ホール〟の虚しい捜索について、三段組の記事が掲載されていた。どうやらムーアは、私が思っていた以上にアフリカでは大きな存在だったようだ。生き残った標本と成長した幼虫から、彼を咬んだ虫の正体は完全に特定され、翅の着色も検出された。殺害目的で蠅が準備され、郵送されたことは、今や広く知られている。ムーアはダイスンに特定の誰かに対する疑惑を伝えたようだが、ダイスン――それと警察――は、証拠がないことから秘密主義を貫いている。ムーアの敵は全員捜査対象となっていて、ＡＰ通信は「おそらく海外にいる著名な医師に関わるらしい捜査が続くだろう」とほのめかしている。

記事の最後に書かれている文章——間違いなくイエロー・ジャーナリストの安っぽい作り話(ロマンス)——は、黒人の伝説や、バッタが死んだ時に蝿が暴れ回ったことが思い出され、変に身震いしてしまった。ムーアが死んだ夜、奇妙な出来事が起きたらしい。ダイスンが、青い翅(はね)の蝿——その蝿はすぐに窓から飛び去った——の羽音で目を覚ましたその直前に、看護婦が何マイルも離れたブルックリンのムーアの自宅から電話をかけて、訃報(ふほう)を伝えたというのである。

しかし、私が最も気を揉(も)んでいるのは、アフリカ側の情勢だ。ウカラの住民には、手紙をタイプ打ちして小包を発送した髭面のよそ者を覚えていて、警察は彼の荷物を運んだ可能性のある黒人を探して国中を捜索している。私はあまり多くの人足を使わなかったが、もしも警官がンキニの密林地帯で私を案内したウバンデスを尋問したら、私は気の進まない説明を強いられそうだ。どうやら姿を晦(くら)ます時が来たようなので、明日にも職を辞して、未知の土地に出発する準備をするつもりである。

一九三一年一一月九日——辞職を承認してもらうのに苦労したが、今日自由の身になった。ただちに住まいを引き払って、疑惑を悪化させたくはなかった。先週、ジェイムズからムーアの死について報らされた——だが、新聞に載っている以上のことは何もなかった。ニューヨークにいる彼の周囲の人々は、詳しいことをあまり語らないようだが、皆が徹底的な捜査について話しているという。

東部にいる友人たちからは、何の連絡もない。ムーアが意識を失う前に、何かしら物騒(ぶっそう)な疑惑を広めていたのに違いない——しかし、彼が提示できた証拠はほんのわずかにもなかった。

それでも、危険を冒すつもりはない。木曜日にモンバサに向けて出発し、そこから蒸気船に乗って、海岸沿いにダーバンに向かう。その後、私は姿を晦ますつもりだ――しかし、その後すぐに、トロント出身の採掘権仲買人フレデリック・ナスミス・メイスンがヨハネスブルグに姿を現すことになる。

ここで私の日録(ジャーナル)を締(し)めくくることにしよう。最後まで私が疑われなければ、私の死後、この日録(ジャーナル)は本来の目的を果たし、これがなければ知ることのできなかった事柄を明らかにするだろう。そうはならず、こうした疑惑が具体化し、風化することなく残り続けるのであれば、この日記は漠然としていた告発を裏付け、明らかなものとして、数多くの重要かつ不可解な空隙(くうげき)を埋(う)めることになるだろう。

もちろん、危険が我が身に迫(せま)ってきたなら、これを破壊しなければならないだろう。

ともかくも、ムーアはくたばった――当然の報いである。今、トーマス・スローエンワイト医学博士も死ぬ。そして、かつてトーマス・スローエンワイトだった肉体が死に至る時、この記録が世間の人々の手に渡るようなこともあるかもしれない。

Ⅱ

一九三二年一月一五日――年が明けた――そして、気が進まないがこの日録(ジャーナル)を再開する。事が完全に終わったわけではないと考えるのは莫迦(ばか)げているので、今回は気晴らしのためだけに書いている。私は新しい名前でヨハネスブルグのヴァール・ホテルに滞留していて、今のところ身元を疑う者はいない。採掘権仲買人としての役割を維持するために、実のない商談をいくつかこなしたのだが、まるで実際にこのビジネスに携わっているように思えてきた。いずれはトロントに赴き、虚構の過去のためにいくつかの証拠をでっちあげておくつもりだ。しかし、私を悩ませているのは、今日の正午頃に部屋に侵入してきた虫だ。もちろん、ここ最近は青い蠅にまつわるあらゆる種類の悪夢を見てきたのだが、神経がひどく張り詰めた状態が続いているのだから、それも致し方ないことだ。とはいえこれは、起きている間の現実であって、どうにも説明がつかなかった。そいつは優に一五分もの間、私の本棚の周囲をブンブンと飛び回り、あらゆる殺害や捕獲の試みを巧みに避けた。

最も奇妙だったのは、そいつの色と外見だ――青い翅を備えていて、私が交雑させた死の遣いとあらゆる点で瓜二つだったのである。そいつがあの虫どもの中の一匹であるなどというところが、実際の話、あり得るのだろうか、私には全くわからない。ムーアに送りつけなかった交雑種は――着色したものもしていないものも――全て処分したし、逃亡を許した覚えもない。

これは、完全な幻覚なのだろうか？　それとも、ムーアが咬まれた時にブルックリンで逃げ出した標本の中に、アフリカに帰ったものがあったのだろうか？　ムーアが死んだ時、ダイスンを目覚めさせたという青い蠅の与太話があった――だが、ともかくも何匹かが生き残り、戻ってくることは不可能なわけではない。私が考案した色素は、永続性という点では刺青と同じくらい優れているので、青い色が完全に翅に付着したままということもあり得るのだ。

消去法で考えれば、それがこの蠅に対する唯一の合理的な説明のようだが、こんな南方までやってくるというのも、たいそう妙な話だ。ひょっとすると、ツェツェ蠅の系統に固有の遺伝的な帰巣本能なのかもしれない。結局のところ、こいつのツェツェ蠅の側面は南アフリカに属しているのだから。

咬まれないように気をつけねば。もちろん――こいつが本当にムーアの元から逃げ出した蠅の一匹なのだとしたら――本来の毒性はとうに弱まっている。しかし、アメリカから飛んで戻る間に食餌をしたはずで、中央アフリカを通過する際に新たな感染性物質を拾った可能性は十分にある。実際、どちらかといえばその可能性が高い。こいつの遺伝子の半分はパルパリスなので、当たり前のようにウガンダに戻り、トリパノソーマ症の病原菌も持ち帰ったはずだ。トリパルサミドは、まだいくらか残っている――たとえ罪と問われることになるとしても、薬箱を破棄するのは忍びなかったのだ――だが、この件についてあれこれ調べてから、薬の効能について以前ほど確信が持てなくなっている。薬物は戦うチャンスを与えてくれる――確かにガムバはそれで救われた――だが、失敗する可能性も常に高いのである。

この蠅が、偶然に私の部屋に――アフリカの広大な土地の中で、よりにもよって！――やってきたことには、悪魔じみたいかがわしさがある。偶然だとしても、限度を超えているように思える。また飛んできたら、確実に殺してやるつもり。普段は、この種の奴らは極めて愚かで捕まえやすいので、今日、逃がしてしまったのは驚きだ。結局、幻覚に過ぎないのだろうか？　確かに最近は、今まで――ウガンダのあたりにいた頃――にはない熱気に悩まされているのだが。

一月一六日――私は正気を失いかけているのか？　今日の正午に蠅がまたやって来たのだが、あまりにも異常な行動をとって、わけがわからなかった。あのブンブンいう害虫がしたように思えることは、私の妄想だという説明しかつけられない。どこからともなく現れたかと思うと、まっすぐ私の本棚に向かい――ムーアの『アフリカ中央部並びに南部の双翅目』の前でぐるぐると旋回した。

時々、その本の天や背に留まったり、私を目がけてまっすぐ飛んできたりして、折り畳んだ新聞で叩こうとすると後退した。愚かなことで有名なアフリカ産の双翅目にして、かくも狡猾な振る舞いは聞いたことがない。半時間近く、この呪わしい生物を捕らえようとしたが、結局、私が気づいていなかった網戸の穴から窓の外に飛び出していった。武器の届く範囲に飛んできて、攻撃すると巧みに避けることがあり、意図的に嘲弄しているのではないかと思えたこともあった。意識をしっかり保たなければ。

一月一七日——私が狂っているのか、それとも世界が突然、我々が知る確率の法則を停止したのか。あの呪わしい蠅が正午前にどこかからやってきて、書棚にあるムーアの『双翅目』の周りをブンブン飛び回り始めた。改めて捕獲しようとしたが、昨日体験したことが繰り返された。ついにその害虫は、テーブルの上にある蓋が開けっ放しのインク壺に飛びつくと、その中に身を浸した——浸したのは脚と胸部だけで、翅は綺麗なままだった。それから天井に飛び上がってそこに止まると——曲線を描くようにして這い回り、インクの跡を残していった。しばらくすると、少し跳ねて、這い回った跡とは繋がっていないインクの点を一つつけた——その後は、私の目の前にまっすぐ飛んでくると、私が捕まえる前にブンブンと羽音を立てていなくなった。

この出来事全体に、途方もなく不吉で、異常な何かが感じられた——納得のいく理屈を思いつけない何かが。天井のインクの跡を異なる角度から眺めていると、だんだん見覚えがあるように思えてきて、突然、それが完全なクエスチョンマークになっていることに気がついた。

これほど悪意に満ちた仕掛けがあるだろうか？　よくも気絶しなかったものだ。今のところ、ホテルの従業員はこれに気づいていない。今日の午後と夕方、蠅を目にしていないが、インク壺にはしっかり蓋をしておいた。ムーアを駆除したことが私を苦しめ、病的な幻覚を引き起こしているのだと思う。あるいは、蠅など存在しないのかもしれない。

一月一八日——いかに奇妙な、生ける悪夢の地獄に突き落とされたのだろうか。今日起きたことは、普通なら起こり得ないことだ——だが、ホテルの従業員が、天井につけられた印を目にして、それが現実であることを認めている。午前一一時頃、私が原稿を書いていると、何かが一瞬だけインク壺に飛び降りたかと思うと、それが何なのかわからない内に再び高く飛び上がった。見上げると、以前のように地獄のような蠅が天井にいて——また天井を這いずりながら、曲線や折れ線から成るインクの跡を描いていた。どうすることもできなかったが、近くまで飛んできたら仕留めてやろうと準備していた、新聞紙を折り畳んだ。そいつが天井で数回向きを変えた後、暗い隅に飛んでいってそこに姿を消したので、再び汚された天井の漆喰を見上げると、真新しいインクの跡は、紛れもなく巨大な5の数字だった！

しばらくの間、私は完全には説明することのできない、名付けられざる脅威の波に襲われて、ほとんど茫然自失となっていた。やがて、決意を固めると、積極的な行動に出た。薬局に赴き、粘着トラップを拵えるのに必要な粘性ゴムなどの品物——それと、そっくり同じインク壺——を買い求めた。部屋に戻ると、新しいインク壺にねばねばした混合物を入れ、古いインク壺があった場所に置いて、蓋を開けっ放しにしておいた。その後は、読書に集中しようとした。三時頃に、あの呪わしい虫の羽音がまた聞こえて、新しいインク壺の周りを飛び回っているのが見えた。虫はねばつく液体の表面近くに降りたが、触れようとはせず、その後まっすぐ私に向かって飛んできて——私が叩く前に退いた。それから本棚の方に向かうと、ムーアの論文の周りをぐるぐると旋回した。侵入者がその本の近くをホバリングする有り様には、深遠にして悪魔的な何かがあった。

最悪だったのは、最後の振る舞いだ。ムーアの本を離れた後、その虫は開いた窓に飛んでいき、金網にリズミカルに体を打ち付け始めたのである。一連のぶつかる音が続き、さらに同じ長さのぶつかる音が続き、今度は休止する、そうした行動が繰り返された。この振る舞いに潜む何かが、私にしばらくの間、身動きを取らせなかったのだが、それが終わると窓際に向かい、有害な虫を殺そうとした。いつものように、徒労に終わった。そいつは部屋を横切ってランプに飛んでいき、硬いボール紙製のシェードの上で同じ鼓打ちを繰り返した。私はやや自暴自棄になって、目に見えない穴が空いているらしい網戸のある窓だけでなく、全ての扉を閉ざし始めた。執拗なつきまといが急速に私の心を蝕む、あの蠅をどうあっても殺さねばならないと考えたのだ。やがて、無意識に数えたところ、そいつの連続した打叩が、毎度五回ずつであることに気づき始めた。

〝5〟——今朝、その生物が天井に止まり、インクでなぞってみせた数字と同じではないか！　わざと関連性を持たされているのだろうか？　交雑種の蠅に、人間の知性や文字を書く知識があるということになるので、この考えは偏執狂じみていた。人間の知性——ウガンダの黒人たちの幼稚きわまる伝説のことを思い出さないか？　それでも、この種の蠅の通常の愚かさとは対照的に、私を巧みに逃れるあの振る舞いには、悪魔じみた賢しさがあった。折り畳んだ新聞を傍らに置き、いや増す恐怖を感じながら座り込んだ時、あの虫がブンブンと羽音を立てて舞い上がり、暖房器具のパイプが上階の部屋に伸びている天井の穴から姿を消した。

　蝿がいなくなっても、恐るべき思考が次々と脳裏に浮かび上がっていたので、私の精神は落ち着かなかった。この蝿に人間の知性があるというのなら、その知性はどこから来たのだろうか？　この生物が、犠牲者の死後にその人格を獲（え）るという、原住民の観念は真実なのか？　そうなのだとしたら、この蝿は誰の人格を帯びているのだろうか？　私は、あの蝿がムーアが咬（か）まれた時に逃げ出した蝿の一匹に違いないと推測していた。この個体こそが、ムーアを咬（か）んだ死の遣いだったのか？　もしもその通りなら、そいつは私をどうしたいのか？　私に何をしたかったのか？　冷や汗をかきながら、バッタが死んだ時にあの男を咬（か）んだ蝿の行動を思い出した。あの蝿の人格は、死んだ犠牲者の人格に置き換えられたのだろうか？　ムーアが死んだ時、ダイスンを目覚めさせたという蝿についての、煽情的（せんじょうてき）な新聞記事のこともあった。私を猟犬のようにしつこく追い回す蝿だが――復讐心に燃える男の人格に駆り立てられているなどということがあるのだろうか？　ましてや、そいつがムーアの著書にまとわりつくとは！――私は、この件についてそれ以上考えないことにした。私は唐突に、その生き物が実際に感染していて、しかも毒性がかなり強いのだという確信を抱き始めた。あらゆる行動にはっきりと表れている悪意からして、アフリカ全土で最も致死的な病原菌を故意に詰め込んでいるのに違いない。心底動揺した私の心は、今やそいつが人間性を帯びていることを、自明のものと受け止めていた。

　ただちにフロント係に電話を入れて、暖房器具（ラジエーター）のパイプの穴や部屋の他の隙間を塞いでくれるよう、誰か寄越してくれと要請（ようせい）した。蝿に悩まされているのだと話すと、とても同情してくれた。そのフロント係がやって来た時、天井のインクを示したところ、彼は難なくそれを識別した。ということは、現実のものなのだ！　クエスチョンマークと数字の〝5〟に似ていることに困惑すると共に、魅了されたようだった。最終的に、見つかった穴を全て塞ぎ、網戸を修理してくれたので、今では両方の窓を開けたままにできる。彼はどうやら私を少しおかしな人間だと思ったらしく、この部屋にいる間、虫を全く見なかったのでなおさらだった。しかし、そんなことはどうでもいい。今のところ、今晩は蝿が現れていない。あれが何なのか、何を欲していて、私に何か起こるのかは、神のみぞ知るだ！

一月一九日――恐怖にすっかり呑み込まれている。あれが私に触れたのだ。怪物的で、悪魔的な何かが私の周囲に働いていて、私はその無力な犠牲者なのだ。今朝、朝食を終えて戻って来る時、あの地獄から来た翅のある悪魔が私の頭上を通り抜けて部屋に入り込み、昨日のように窓の網戸に体を打ち付け始めたのである。だが、今回の連続した打叩は四回だけだった。窓に駆け寄って捕まえようとしたが、いつものように逃れると、ムーアの論文のところまで飛んでいき、嘲るようにブンブンと羽音を立てて飛び回った。そいつが音を発する手段は限られているが、ブンブンいう羽音が四回ずつのグループになっていることに気がついた。

この頃になると、私は間違いなく頭がおかしくなっていて、「ムーア、ムーア、一体全体、何がしたいんだ？」と大声で叫んでしまった。そうすると、生き物は急にぐるぐると旋回するのをやめて、私の方に飛んでくると、優雅に身をかがめるように空中で少し降下して、その様子はどこかお辞儀をしたように見えた。そしてまた本のところに戻った。少なくとも私は、そいつがこうした全てのことを行うのを見たように思う――だが、もはや自分の感覚を信じていない。

やがて、最悪の事態になった。たとえ捕まえられなくとも、怪物（モンスター）が出ていってくれることを期待してドアを開けたままにしていたのだが、一時半頃にいなくなったと判断して、ドアを閉めてしまった。ちょうど正午に首の後ろがむずむずしたのだが、手をあててみても何もなかった。次の瞬間、再びむずむずして——手を動かす前に、名付けられざる地獄の落とし子が私の背後から現れて、またもや嘲笑うような空中下降を幾度か繰り返した後、鍵穴（かぎあな）から飛び出したのだ——通り抜けられるほど大きいとは、夢にも思わなかった。

触（さわ）られたことについては疑う余地がなかった。あいつは私を傷つけることなく、私に触れたのだ——ムーアが正午に首の後ろを咬（か）まれたことを思い出し、急に湧き上がった寒気に震え上がった。以来、侵入されていないが、私は全ての鍵穴に紙を詰めて、出入りするためドアを開ける時にはいつも、折り畳んだ新聞を用意しておくつもりだ。

一月二〇日——私はまだ、超自然的な現象が起きていることを完全には信じられずにいるが、それでもなお自分が狂い果ててしまうことを恐れている。この件は、自分には荷が重すぎる。今日の正午前に、あの悪魔が窓の外に現れて、叩くような動作を繰り返した。ただし、今回は三回連続だった。窓のところに行くと、悪魔は視界から飛び去った。もう一度だけ、身を守る策を講（こう）じるだけの覚悟があった。両方の窓の網戸を外し、その外側と内側に粘着剤——インク壺に使ったものだ——を塗りつけて、元の位置に戻したのである。あの生き物がまた打叩（だこう）を試みようとしたら、それでおしまいだ！

以後は何事もなく、平穏に過ぎた。狂気に陥ることなく、この経験を乗り越えられるのだろうか？

一月二一日——ブルームフォンテーン行きの列車に乗車中。

これは敗走だ。あの蠅が勝利を収めつつあるのだ。あいつは悪魔のような知性を持っていて、仕掛けは全て無力だ。今朝、あいつは窓の外に現れたが、ねばつく網戸には触れなかった。そうする代わりに、明かりもなしに飛び去ると、円を描くようにブンブンと飛び始め——二回転する毎に空中で静止した。これを数回繰り返した後、そいつは都市の屋根の上を飛び去り、見えなくなった。この数字のほのめかしは恐ろしい解釈が成り立つので、私の神経は限界まで張り詰めている。月曜日には五の数字にこだわり、火曜日は四、水曜日は三、そして今日は二だ。五、四、三、二、一——何か怪物じみていて考えたくもないことだが、日数のカウントダウン以外の何だろうか？　何の目的があってのことか、それを知り得るのは宇宙の邪悪な諸力のみなのだろう。午後いっぱいをかけて荷造りとトランクの整理をし、今は夜行の急行列車に乗ってブルームフォンテーンに向かっている。逃げても無駄かもしれないが、他に何ができるだろうか？

一月二二日——ブルームフォンテーンのオレンジ・ホテルに落ち着いた——快適で素晴らしいホテル——だが、恐怖が私を追いかけてきた。全てのドアと窓を閉め、全ての鍵穴を塞ぎ、隙間がありそうな場所がないかと探し回り、全てのブラインドを下ろした——だが、正午の直前に、窓の網戸の一つを叩く音が聞こえてきた。私は待ち構えた——長い沈黙の後、叩く音がまた聞こえた。二度目の沈黙の後、また叩く音が一回。ブラインドを上げると、予想していた通り、あの呪わしい蠅がいた。蠅は空中でゆっくりと大きな円を描き、それから視界の外に飛び去った。私はボロ布のように弱りはてて、ソファーで休まなければならなかった。〝1〟だと！　怪物（モンスター）から告げられたばかりのメッセージが負担となったのは明らかだ。一度叩いて、一度円を描く。思考の及ばぬ悍（おぞ）ましい破滅が私を訪れるまで、あと一日という意味だろうか。また逃げるべきか、それとも部屋を閉め切って閉じこもるべきだろうか。

一時間休んだ後、行動できると感じたので、大量の缶詰や袋詰の食料の備蓄――リネンやタオルもだ――を注文して、部屋に届けさせた。明日はどんなことがあっても、ドアや窓にわずかにも隙間を作らないようにしよう。食料とリネンを届けた黒人が、私を胡乱げな目つきで見たが、私はもう自分がどれほど常軌を逸しているように見えようと――あるいは正気を失っているように見えようと――気にしてはいられない。人類の嘲笑よりも悪しき力に、猟犬のようにしつこく追い回されているのだから。物資を受け取った後、壁を一平方ミリメートル刻みに調べ、見つけられる限りの微細な隙間を、全て塞いでいった。ようやく本当に眠ることができる。

［この箇所から筆跡が乱れ始め、神経を昂（たかぶ）らせた判読し難いものになっている］

一月二三日――正午の直前、何かひどく恐ろしいことが起こりそうな気がする。前の晩は、列車でひどく寝つきが悪かったのに、期待よりも遅い時間まで眠れなかった。早朝に起きてから、何をしようとしても――読書にも執筆にも――集中できずにいる。あんな風にじっくりと、これみよがしに日数をカウントされたのが負担に過ぎたのだ。大自然か、それとも私の頭か——どちらが常軌を逸してしまったのか、私にはわからない。一一時頃まで、部屋の中を行ったり来たりすることしかできなかった。

その時、昨日運ばれてきた食料の包みがカサカサ音を立てるのが聞こえたかと思うと、あの魔性の蠅が私の目の前に這い出してきた。私は平らなものを引っ摑んで、パニックに陥りながらもそいつに近づいたが、いつもと変わらずどうにもできなかった。私が前に進み出ると、青い翅（はね）の恐ろしい生物は、いつものように本が積み重なったテーブルまで退いて、ムーアの『アフリカ中央部並びに南部の双翅目（そうしもく）』に一瞬だけ止まった。私が追いかけると、マントルピースの時計に飛んでいき、文字盤の12の数字の近くに止まった。私が次にどうするか思いつく前に、そいつは文字盤の縁（へり）を非常にじっくりと、これみよがしに——針の方へ——這っていった。分針の下をくぐり、上下に曲線を描いてから時針の下をくぐり、ついには12の数字の真上でぴたりと静止した。そして、その直上で滞空（ホバリング）しながら、翅（はね）を羽ばたかせてブンブンと音を立てたのだった。

これは何かしらの先触れなのだろうか？　私は黒人と同じくらい迷信深くなってきている。時刻は一一時を少し回った。一二時が終わりだということか？　最後の手段が一つだけあって、それは絶望の余り思いついたものだ。もっと早く思いついていたら良かったのに。塩素ガスを発生させるのに必要な物質が二つとも薬箱に入っていることを思い出し、部屋を致死性のガスで満たす決意を固めた。蠅を窒息死させつつ、私自身はアンモニアを染み込ませたハンカチを顔に巻いて防御するのだ。幸い、アンモニアはたっぷりある。この粗製品のマスクが、虫が死ぬまでの間——あるいは、少なくとも叩き潰せる程度に弱まるまでの間——刺激臭のある塩素ガスを中和してくれるだろう。だが、急がねばならない。準備が完了する前に、そいつが急にこちらへ飛んでこないと確信できるだろうか？　この日録を書くために手を止めている場合ではない。その後――両方の薬品――塩酸と二酸化マンガン――をテーブルの上に置いて、混ぜ合わせる準備が調った。私は鼻と口にハンカチを巻き付け、塩素ガスがなくなるまでそれに浸せるように、アンモニアのボトルを用意した。窓は両方とも雨戸を閉めてある。あの交雑種の悪魔の振る舞いが気に入らない。時計に止まっているのだが、12の数字からゆっくりと後ろ向きに這いずって、刻一刻と進む分針に近づこうとしているのだ。

　これが、この日録の最後の記述になるのだろうか？　疑っていることを否定しようとしても無駄だ。これ以上なく荒誕かつ幻想的な伝説の背後に、信じ難い真実の一粒が潜んでいることは、あまりにも頻繁だ。ヘンリー・ムーアの人格が、この青い翅の悪魔を介して私を捕らえようとしているのだろうか？　これは彼奴を咬んだ蝿で、その結果、彼奴が死んだ時に意識を吸収したのだろうか？　そうなのだとして、そいつが私を咬んだら、それが原因で私が後日命を落とした時には、私の人格がムーアの人格に取って代わり、あのブンブンと羽音を立てる体に入り込むのだろうか？　たぶんそうなのだろうが、たとえ咬まれたとしても、死ぬことになるとは限らない。トリパルサミドがあれば、いつだってそのチャンスがある。それに、私は何も後悔していない。どんな結末を迎えることになろうと、ムーアは死ななければならなかったのだ。

　少し後。

　蝿は文字盤の四五分の近くに止まっている。現時刻は一一時半。顔に巻いたハンカチをアンモニアに浸し、さらに濡らす時のためにボトルを手元に置いている。これが、塩酸とマンガンを混ぜ合わせて塩素を放出する前に書き込む、最後の記述（エントリー）になる。時間を無駄にすべきではないが、紙に書き留めることで気分が落ち着くのだ。この記録がなければ、ずっと前に理性を失っていたことだろう。蝿が落ち着きをなくしているようで、分針がそいつに近づきつつある。よし、塩素を……

［日録（ジャーナル）の末尾］

一九三一年一月二四日の日曜日、オレンジ・ホテルの三〇三号室に滞在中の風変わりな男性客が何度ノックしても応答がなかったため、黒人の接客係が合鍵を使って入室したものの、すぐに悲鳴をあげて階下に逃げ出し、目にしたことをフロント係に伝えた。フロント係は、警察に通報した後に支配人を呼び出した。支配人は、デ・ウィット巡査、ボガート検視官、そしてヴァン・クーレン医師らを同伴し、死者の出た部屋に向かった。

宿泊客は、床に横たわって死んでいた——上を向いた顔には、アンモニア臭の強いハンカチが縛（しば）り付けられていた。覆いの下にあった顔の表情は、満面に純然たる恐怖の感情を顕（あらわ）していて、それは立ち会った者たちにも伝わった。ヴァン・クーレン医師は、男の首の後ろにツェツェ蝿か、それよりも無害ということはない種類だと思われる毒のある虫に咬（か）まれた跡——暗い赤色で、周りに紫色の環（わ）があった——を見つけた。検査の結果、死因は咬傷というよりも、むしろ恐怖によって引き起こされた心臓発作だった——だが、その後の検死では、トリパノソーマ症の病原体が体内に侵入していたことが判明した。

テーブルの上には、いくつかのものがあった——前述の日録（ジャーナル）が書かれている、使い古された革装丁のノート、ペン、メモ帳、蓋の開けられたインク壺、金文字で〝T・S〟のイニシャルが記された医師向けの薬箱、アンモニアと塩酸の瓶、そして黒い二酸化マンガンが四分の一あたりまで入った平底のガラス容器（タンブラー）などである。アンモニアの瓶には、液体以外の何かが入っているようだったので、もう一度調べる必要があった。検視官のボガートが近くから目を凝らし、その異物が蠅であることに気がついた。

ツェツェ蠅と関係があるように見えなくもない交雑種のようだが、その翅（はね）は――強いアンモニアの作用にもかかわらず、かすかに青みがかっていた――途方に暮れさせる代物（しろもの）だった。その翅（はね）の何かが、ヴァン・クーレン医師に新聞記事を読んだ時のかすかな記憶を思い出させた――その記憶は、日録（ジャーナル）によってすぐに確認することができた。蠅の下部はインクで汚れていたようで、アンモニアでも完全に漂白（ひょうはく）されなかった。おそらく、インク壺に落ちたことがあるのだが、翅（はね）は免れたのだろう。それにしても、どうやって口の狭いアンモニア瓶の中に落ちたのだろうか？　まるで、その生き物がわざとその中に入り込み、自殺したかのようではないか！

だが、何にも増して奇異だったのは、デ・ウィット巡査が好奇心たっぷりに周囲を見回した時に、頭上の滑らかな白天井に見つけたものだった。彼の叫びで、他の三人もその視線を追った――しばらくの間、恐怖と魅了、そして疑心が入り混じった表情で、使い古された革装丁の本をめくっていたヴァン・クーレン医師ですらそれに倣（なら）った。天井にあったのは、インク塗（まみ）れになった虫が這ってできたような、よろめくような連続する線と、散在する点からなるインクの跡だった。皆がすぐに、アンモニア瓶の中に見つかった蠅の汚れのことを思い浮かべた。

しかし、それらは普通のインクの跡ではなかった。一目見ただけで、何かしら心に取り憑く馴染み深さがあって、しげしげと観察していた四人全員が、驚きの喘（あえ）ぎを漏らした。検視官のボガートは本能的に部屋を見回し、この散らばったインクの跡が人の手で描かれたものである可能性を示すような道具や、積み上げられた家具の山がないかと確認した。だが、そのようなものは何も見つからず、彼は畏怖の念を抱きながら、興味深げな様子で改めて上方に視線を向けた。

　疑問の余地なく、これらのインクの染みはアルファベットの文字列――つまり、筋の通った英語の文章を形作っていたのである。最初にはっきり読み取ったのは医師で、人間の手が届かない場所に、信じ難くも書き殴られていたメッセージを彼が朗読するのを、他の者たちは固唾（かたず）をのんで聞き入った。

「我が日録（ジャーナル）を見よ――そいつが私を捕らえた――私は死んだ――それから、自分がそれの中にいることに気付いた――黒人たちは正しい――自然界には不思議な力がある――これより私は、残ったものに飛び込んで溺（おぼ）れ――」

　やがて、困惑気味の沈黙が続く中、使い古された革装丁の日録（ジャーナル）を、ヴァン・クーレン医師が声に出して読み上げ始めたのだった。

訳注

1 南アフリカ South Africa
作中時期である一九三二年の時点では南アフリカ連邦。一九一〇年に成立した英国の自治領だったが、一九三一年末に採択されたウェストミンスター憲章によって英連邦内の独立王国となった。

2 ブルームフォンテーン Bloemfontein
南アフリカ中央部の都市で、オランダ系白人を中心としたボーア人（ブール人、アフリカーナーとも呼ばれる）が一八五四年に建国したオレンジ自由国の首都。第二次ボーア戦争（一八九九年）の結果、英国の植民地となり、南アフリカ連邦の体制下ではオレンジ自由州となった。

3 塩酸、マンガンの黒色酸化物 hydrochloric acid, black oxide of manganese
濃塩酸と二酸化マンガンを化合すると塩素が発生する。
化学式：$4HCl + MnO_2 \rightarrow MnCl_2 + 2H_2O + Cl_2$

4 モンバサ Mombasa
現在のケニア東部の都市。作中時期にはウガンダ、タンザニアともども英領東アフリカの一部で、一九二〇年に直轄のケニア植民地となった。

5 ウガンダ Uganda
東アフリカの国家。ブガンダ王国、ブニョロ王国などが割拠する土地だったが、一八九四年に英国の保護領となり、英領東アフリカに組み込まれた。緑豊かな土地で、ベルギー領コンゴ（現在のコンゴ民主共和国）との国境あたりに広がるブウィンディ原生林は、マウンテンゴリラの生息地として知られている。

6 ウィス大 U. of Wis.
原文では略称だったので、それに従った。当時交流していたオーガスト・W・ダーレスの出身校である。

7 ガラ族 Gallas
エチオピア南部の高原やケニア、ソマリアの山裾に居住する部族。アムハラ語で「未開人」を意味する呼称なので、現在はオロモ人と呼ばれている。

8　**ツェツェ蠅**　tsetse

ウガンダを含む、サハラ砂漠以南のアフリカ各地に棲息する蠅。"グロッシーナ・パルパリス"の学名や、アフリカ特有の疾患であるトリパノソーマ症（睡眠病）の原因となるトリパノソーマ原虫の中間宿主であり、主にこの蠅の刺咬（しこう）によって伝播（でんぱ）したことは歴史的な事実である。

9　**トリパルサミド**　tryparsamide

一九二三年にロックフェラー医学研究所が大々的に発表した、トリパノソーマ症の治療薬。

10　**《外世界よりの漁者（いさり）ども》**　"The Fishers from Outside"

「前哨地」の訳注を参照。

11　**ツァドグワ、クルル**　Tsadogwa and Clulu

ツァトーグァ、クトゥルーの現地での呼称。発音が困難などの記載が特にない点に注意。

12　**前哨地**　outpost

同作以前に書かれた「前哨地」の匂わせ。この箇所で描写されている巨石遺構は、グレート・ジンバブエ遺跡がモチーフなのだろう。

13　**ムロロ湖**　Lake Mlolo

架空の湖。実在するムブロ湖 Lake Mburo あるいはムルヘ湖 Lake Mulehe がモチーフなのかもしれない。

14　**プレトリア大学**　Pretoria

一九〇八年、南アフリカの北東部、ハウテン州のプレトリアに設置された実在の大学。原文では University の記載はないが、別の箇所にあるコロンビア、ハーバードについても同様だったので、これも大学名と判断した。

15　**〈モンバサ・ギャゼット〉**　Mombasa Gazette

おそらく架空の新聞。一九三二年当時、同地には〈ケニア・ギャゼット〉と呼ばれる刊行物が存在したが、これは一般の新聞ではなく政府発行の官報である。

封函

The Sealed Casket

リチャード・F・シーライト

（HPL の協力のもとに書かれたもの）

1934

エイボンの七度目の転生体たるクラーカシュ＝トン〔クラーク・アシュトン・スミスのあだ名〕のため、Ｒ・Ｆ・シーライト殿「封函」（〈ウィアード・テイルズ〉一九三五年三月号）の冒頭に置かれるべき不可解なる銘文をここに。

「……そして、いかなる者にも増して力強き魔法使いオム・オリスが、魔神アヴァロスに巧妙なる罠を仕掛け、冥き魔法をもって対抗したのだと、旧き時代の記録にある。というのもこのアヴァロスが、あたかも生けるものの如く忍び寄る、氷雪の異様なる増殖をもって南方の台地を侵し、山林を呑み込んでしまったのである。魔神との戦いがいかなる結末を迎えたか、そのことは知られていない。しかし、往時の魔法使いたちは、アヴァロスを識別することは容易ではなく、大いなる熱をもってのみ滅ぼすことができるのだと主張していた。当時、その手段は知られていなかったものの、魔法使いたちの中にはいつの日にかそうなるはずであると予見する者もいた。しかして今この時、氷原は縮み、やせ細り、ついには消え去って、大地を新たに開いた花々が覆い尽くしたのである」

――『エルトダウン・シャーズ』[*1]の欠片

（一九三五年六月、クラーク・アシュトン・スミス宛ＨＰＬ書簡より抜粋）

ウェッソン・クラークは、密封された小函を一時間近くかけて調べ回し、彼の鋭敏な黒い目は、粗雑な彫刻の施された金属の輪郭を貪るように味わっていた。小函は、彼の目の前に卓上灯が投げかける光の環の中に置かれていた。その光はまた、彼の典雅で計算高そうな顔を青白く照らし出す一方で、本が列をなす洞窟を思わせる書斎に、視界の及ばぬ影を投げかけていた。

屋外では三月の強風が甲高い音を立てて鳴り響き、古い屋敷の天井蛇腹や破風を、凍てついた指でかきむしっていた。やや暖房を強くしすぎた二階の書斎の暗がりでくつろぎながら、屋外で風が唸る音に耳を傾けるのは、クラークに心地よく贅沢な安心感を与え、穏やかな気分にさせてくれるのだった。うかつで不器用なシンプキンス老人は、古い暖炉をいっぱいに焚いた後、夜のうちに帰ってしまったので、クラークはおあつらえむきに、屋敷の中で一人きりだった。

彼は微笑を浮かべると、ガーシュウィン[*2]の最新のヒット曲の一節をハミングしながら、視線を獲物に戻した。函は小ぶりでかさばらず、たぶん長さ一六インチ［一インチは約二・五センチメートル］、幅は六、七インチばかりで、経年で鈍色に変色した金属で出来ているのだが、ぱっと見でその出自を同定するのは難しかった。表面に彫り込まれた、何かがのたくるような粗野な形象も、鑑定の手がかりにはなりえなかった。クラークはそれらを、早期美術のいかなる時代にも当てはめることができなかったのである。

骨董品の玄人にとって、この古びた函は満足のいく贈り物だった。生前、老マルトゥッチは夢にも疑わなかったはずだ。マルトゥッチの若い妻と密かに関係を結びながら、クラークは露見を疑い――恐れを抱くこともあった。今となってはどうでもいいことだ――あの倒錯したユーモアのセンスを有する、陰険な老科学者は死んだのだ。ノンナは、相変わらずラテン系特有の情炎に包まれてはいたが、法的な障害が取り除かれた今となっては、あまり魅力的ではなくなっていた。

彼女はまた、少しばかり独占欲が強くなり、少しばかり自信過剰にもなっていた。クラークにはお見通しだった。彼は小函を眺めながら、皮肉っぽい笑みを浮かべた。マルトゥッチの生前、クラークは彼と友情を育みながら、ノンナの攻略を愉しむべく、細心の注意を払いながらこっそりと事を進めていた。しかし、もはや恐れるものは何もない。少なくとも今この瞬間、彼はノンナの魅力にいささか食傷気味だった。そして、疑り深い老考古学者に発見され、復讐される心配もなく、いつなりと好きなように彼女を捨てられるという自由を感じていた。さらに言えば、新しい獲物をモノにするためにも、自由が必要なのだった――イタリア人の娘よりも魅力的で、ほとんど神話的と言って良い金額の財産を有する人物を、である。この点において、彼はとことん冷徹なのだった。

マルトゥッチの遺言書の追加条項に含まれる奇妙な条文を思い出して、彼は笑みをこぼした――小函の譲渡契約にまつわる一節である。

「そして余はここに、かつての友であるウェッソン・クラークに〝アルゥ＝トーの古箱〟を遺贈する。そして、鉛の封については余が三〇年そうしてきたが如く、手をつけぬことを強く求める」

クラークはそっとほくそ笑んだ。マルトゥッチは科学界では評判が悪く、非情にして倫理にもとるやり口が大いに顰蹙を買っていたものだが、その実、世間知らずの愚か者だった。

よもや、封印を解かずそのままにしていたとは。こいつの中身に、いったいどれほど貴重な古代の財宝が隠されているのかも考えず！　あの男は一生を費やして地面を掘り起こし、その余録としてわずかな財産（今やその大部分が消え失せている）を手に入れて引退したのだが、この小函の中にこそ、あるいは本物の富が眠っているかもしれないのに。

　とはいうものの、あのイタリア人は変わり者だった――単に金持ちであることにさほど重きを置いていないように見える、奇妙で理解しがたい種族の一人だったのだ。科学的な発見による名声の拡大や、秘されたオカルト伝承に見られる禁断の事物の探求、人間性にまつわる斜に構えた研究といったものの方が、彼にとっては遥かに意義深いものと思われていたのである。

　函を封印している溶けた鉛の染みは、歳月を経て黒ずんでいて、誰かにいじられた形跡は見当たらず、あの男はたしかにこの函を開けたことがないようだった。

　享楽的なシュバリス市民さながらの[*3]気怠げな態度も露わに横たわり、クラークは獲物を満足げに眺めていた。遠い昔、まだ金属の熱が冷めぬうちにこの鉛製の印象に刻み込まれたに違いない、はっきりしないがどこか蜘蛛の巣を思わせる、謎めいたいくつかのシンボルを、彼はより間近くから精査した。

　どれをとっても一様に、彼がこれまでに見たことのあるいかなるシンボルにも似ていなかった。だが、あたかも意思を宿すかのような描線には、どうにもはっきりしない不穏なものがあった。決して存在するはずのない生き物を想起させたのである。何とも馬鹿げた印象だと、彼は自嘲の笑みを浮かべた。

　とはいえ、いかなるものを表しているにせよ、それらのシンボルは大変古いものだ。その原始的な粗さは、フェニキアのアルファベット[*4]やマヤの碑文[*5]よりも古い時代のものであることを示唆していた。

クラークは、この方面に疎いことを残念に思った。何となれば、ここにあるのは最古の原始文字――現在知られている最初期の手書き文字を生み出すことになる、思考を書き写すための手探りの図案化の試み――の実例なのではないかと、彼は半ば疑っていたのである。この封印はそのままの状態で保存し、専門家に調べてもらおうと彼は考えた。あるいは、これ自体に結構な価値があるかもしれないのだ。

マルトゥッチも知っていたに違いない。碑文学にまつわる彼の造詣は深く、その分野における研究成果の全てが学問に還元されたわけではないと囁かれていたのである。碑文がある以上、マルトゥッチがそれを解読していた可能性は大いにありえるのだ。

それはそれとして、クラークは函を開くつもりだった。あの男が、函を開けるつもりだったことは間違いない。だが、マルトゥッチらしいといえばらしいのだが、何というか偏屈な変わり者だったので、自分自身の手では開けずじまいに終わったのである。とはいうものの、新たな所有者がそのような理屈に合わない自制心を働かせるなどと、本気で考えていたのだろうか。クラークは含み笑いを漏らした。

ともあれ、あのイタリア人が函について何も話さなかったのは、どうにも奇妙だった。数ヶ月前に譲渡を決めていたのだから、なおさらである。そのことは、遺言書の追加条項の日付からも明らかだった。「かつての友人」を少しばかり驚かせようとしたのに違いないのだが――それはそれとして、妙な話ではあった。古美術に造詣の深い落ちぶれた学者と素人愛好家のクラークは、この函を巡って考古学者も楽しませるような議論を戦わせることもできただろうに。

それに――「かつての」という妙な言い回しのこともある。マルトゥッチがその文章を口述した際、疑念を抱いていたのではないかと思えてしまうほどだった。だが、そんなはずはあるまい。このような珍しい遺物を譲るということ自体が、全面的な信頼と好感の証ではないか。何だかんだ考えはしたが、書き手の死後に読まれることを意図したこの言葉の意味は、十分にはっきりしていた。

　さて、もうこれ以上時間をかける必要はない。心ゆくまで眺めたのだ。ずっしりと重い真鍮製のペーパーナイフを机から取り上げると、彼は黒い目を貪欲に輝かせながら、おぼつかない手付きで封印に刃を食い込ませた。塗りつけられている鉛は驚くべき硬さで、どうやら妙な合金か何かのようだ。

　こじ入れる力をさらに強めて、彼はようやくナイフの刃先を、封印と年月を経て黒ずんだ箱の金属の間に差し込むことに成功した。しかし、鉛はそれ以上曲がろうとはせず、その古くなった封印箇所に、しつこくしがみついたままなのだった。

　やがて、クラークは函から離れ、何か良い道具はないものかと家の中をひっかき回した。ハンマーを手に戻ってきた彼は、書斎に唯一存在するドアの鍵を慎重にかけ直してから、腰をおろした。

ナイフを楔のように使うと、最初の一撃で鉛が綺麗にはがれ、その下に鈍く光る金属の剝がし跡が見えた。封印が鍵穴を覆っているとは思わなかったし、実際そうしたものは見当たらなかった。この箱は明らかに、そういう仕掛けが生まれるよりも遥かに古いものなのだ。

　心臓が高鳴った。期待に胸を膨らませながら、彼はナイフの刃先を蓋の間にこじ入れた。少し力を入れるだけで事は済んだ。蓋が開き始めたのだ。箱は空っぽだった。

　クラークは心底驚いた。護られるべき中身がないというのに、箱がこれほどまで厳重に密閉されているというのは、おかしな話だ。理屈に合わない。彼が戸惑い、途方に暮れながら函の磨き抜かれた内面を見つめていると、かすかな悪臭のようなものが鼻孔へと漂ってきたことに気がついた。くんくんと臭いを嗅いでみた彼は、不快げな面持ちで鼻に小じわを寄せた。ほんのわずかではあるが、その臭いには漠然と、長いこと閉ざされていた墓から漂い出す死臭を思わせるところがあったのだ。

その時、冷たい風が吹いてきた。だんだんと鬱陶しいほど気温のあがってきた密閉された書斎の空気を抜けて、氷のような一陣の風が彼の顔に吹き付けたかと思うと、腐敗臭のような不快な臭いがにわかに強くなった。その風が収まると、何事もなかったかのように熱せられた空気が彼を再び取り巻いた。

クラークは跳ねるように立ち上がり、そしてまた力なく椅子に腰を下ろした。彼は顔をしかめ、ランプが投げかける光の輪の外側に広がっている、影のような暗がりに半ば隠れているドアや窓をじろりと見つめた。厳重に鍵をかけてあるはずで、その事実を確かめると、不安な胸騒ぎがわき起こってきた。

次第に強くなっていくかすかな腐敗臭が、彼の注意を引き戻した。その臭い——静かな書斎には似つかわしくない、じめついて毒気のある異様な悪臭は、今や部屋中にたちこめていた。

警戒の色も露わに、彼はゆっくりと立ち上がった。すると再び、氷河期の墓場から吹きつけてきたかのような、悪臭を孕む凍てつく冷気が、彼の顔面を軽く叩いた。彼の首は後ろにのけぞり、その両眼には恐怖が宿っていた。長年住み慣れた屋敷の最上階にある、まさにこの鍵のかかった部屋で、正気の世界からかけ離れた、まったくもって尋常ならざる何事かが起きているのだ。

クラークは書斎を横切ってドアの方にゆっくりと歩き出したのだが、急に立ち止まった。

部屋の奥まったところ、重厚なサルーク絨毯が壁から一フィート[約三〇・五センチメートル]ばかりのところまで床を覆っているあたりの物陰から、かすかな音が聞こえたのである。ほとんど聞こえるか聞こえないかというくらいの、隠れ潜むようなさわさわいう音——あたかも大きな蛇が、絨毯に覆われていない裸の床を這い進むような音だった。そして、その音は彼とドアの間から聞こえてきたのだ！

クラークはこれまで、沈着冷静を自負していたのだが、今は呼吸が早くなり、罠にかかった動物のような気違いじみた理由なき恐怖が彼の心に押し寄せた。部屋の中にいる〝もの〟がいかなる存在であれ――もはや疑うべくもない――それは彼の逃走を巧妙に阻んでいるのだ。そいつは悪意とたくらみを孕んだ眼で、彼の一挙一動を見張っているに違いない。そのことを理解し、彼は恐怖に震え上がった。

彼は書斎の中央にじっと立ち尽くしていた。頭の中で、狂おしい恐怖がぐるぐると回っていた。何か獣じみた原初の堕落のような、圧倒的な穢れのようなものが押し寄せてくる感覚が急激に高まり、確固たる形をとって彼の脳を麻痺させた。逃げ出そうなどという考えは切り離された――切迫する危険が、理性を失わせたのである。しかし、彼の意識を貫く恐怖の波を通して、彼は自分の生命――そう、彼の魂そのもの――が、言語を絶する宇宙的な悪意によって脅かされていることを悟った。

凄まじい努力の末、彼はヒステリーを抑え込んで、部分的にではあるが自分の思考を制御下におくことに成功した。両眼を前方と周囲の暗がりに据えた。動くものは何もなかった。

いかなる悍ましき古代のものが、あの函に入っていたというのだろうか。想像もつかないし、知りたいとも思わなかった。だが、マルトゥッチは知っていたのだ――古伝承の権威にして、秘された伝承の探求者たる、あのマルトゥッチであれば！　マルトゥッチは、全てを知っていたのだ。彼は復讐を目論んで――ああ、何と狡猾な罠だろう！――その結果がこれなのだ。死者が知ることができたなら、あの老人は自分の仕掛けた巧妙な罠が獲物に迫るのを見て、どれほどほくそ笑んだことだろう。

今や、クラークは冷たい振動が自分に襲いかかってくるのを感じた。人間離れした、人格を伴っていない邪悪な振動である。彼の神経は、厭わしい接触から逃れるようにもがき、縮みあがった。落ち着かなげに体を動かすと、何物かがひそやかに絨毯を横切り、ずるずると滑るように近づいてくる音が聞こえてきた。彼は、背後の壁に肩がぶつかるまで後ずさりした。それでも、その柔らかい音が止まることはなく、ゆっくりと近づいてきた。音は一方に寄ったかと思うと、別の一方に寄り、再び正面に戻ってきて、いよいよ接近してくるのだった。

彼の眼は、狂おしく影の中を探った。空っぽで、姿形がなく、謎めいているばかりで、彼の視覚は何の動きもとらえなかった。全身の神経が張り詰め、何かしらの脅威が潜むことを主張しているのだが、未だに何も見えないままだった。

己の眼が確かなら、この部屋には彼一人しかいない。しかし彼は、冷たく——しかし生きている何物かが、すぐ近くに迫っていることを感じていた。永劫の長きに亘り使われず、半ば失われていた、人類に進化する以前の感覚を通して、確固たる存在感をはっきりと彼に示していた。何物であれ、そいつが室内に満ちている息苦しいほどの熱気を吸収し、現に今、温度を急速に下げているのだった。

この起こり得ない、信じがたい状況に対する恐怖が突如、彼が造り上げて必死に抵抗していた、心の防波堤を突き破った。何かがぷつりと音を立てて切れ、彼は声をあげて笑った——ヒステリーが高まったような甲高い笑い声が、恐怖のあまり笑みの形に歪んだ唇から荒々しく響いた。

なすすべもなく恐怖に身を任せ、彼は両手を高くあげて縮こまった。狂笑の漏れ出す唇からは、支離滅裂のうわ言がほとばしった。薄暗い部屋がぐるぐると回る中、彼は自分でも気づかぬうちに膝が砕けて前のめりになり、今しも近づいてくる危険から逃れようと、両手を顔の前でこわばらせた。

再び、原初の穢れと並び称されるべき凍てついた吐息が、恐ろしいほど近くから吹きつけてきた。そいつは顔の上を敏捷に通り過ぎ、その猛烈な腐敗臭に彼は吐き気を催した。

宇宙空間のように冷たく細長い触手が、喉と体をまさぐるように撫でた。その致死性の冷たさが、あたかも一糸まとわぬ姿でいるかのように衣服を突き抜けて襲いかかってくると、彼は絶望のあまり身動ぎもできず、一度だけ悲鳴をあげた。

巨大で締まりのない、無定形の冷たいものが、彼を包んでいた。そいつは厭わしいほどに柔らかく、かさばっていて、彼がもがこうとすると冷たい鋼鉄のように容赦ない力強さで、彼をがっしりと摑んだ。まったく異質で、理解し難い生き物の規則的な鼓動が感じられて――そいつが何をしようとしているのかがわかり始めると、彼は幾度も繰り返し悲鳴をあげた。それから、仄暗い部屋が彼の周囲で渦を巻いた――彼は空中に浮かび上がり、異臭を放つ怪異が凍てつく抱擁を次第に強めていく中、目を見開いて天井を見つめていたのだが、その天井からは小さな炎がいくつか入り込もうとしていた。

凍てついた闇黒が果てしなく続く縦穴を通り抜けて、原初の汚泥がわだかまる底知れぬ泥濘の中へと、彼はどこまでも落下していった。巨大な咆吼が耳を満たした。怪物じみた幻が、急降下の最中に幾度も繰り返された、炸裂する炎の只中に垣間見えた。

やがて、全てが静寂と闇黒、そして忘却に包まれたのだった。

消防隊が到着した時には、強風に煽られた炎が古い屋敷をほとんど焼き尽くしていた。検視官の調査の手がかりになるようなものは、ほとんど残っていなかった。

至極当然のことではあるが、建物の上階から、甲高く苦しげな口笛のような音が聞こえてきたとか、上階が崩壊してその口笛がやんだ後、悪臭を放つ煙がそこから吹き出してきたといった内容の、早めに現場に到着した者たちの空想的な証言については、彼は黙殺を決め込んだ。

シンプキンスが、暖炉の通風孔を閉じ忘れたことを認めたので、火災の原因は明らかになった。

しかし、歯科医がウェッソン・クラークの死体であることを確認した黒焦げの死体における、死後の検視で判明した特異な点について、検視官は内心ひどく困惑を覚えていた。

まるで獲物を絞め殺す種類の大蛇に抱きしめられでもしたかのように、その死体の事実上全ての骨が破壊されていたのは、何とも不思議なことだった。加えて、全身の血管や臓器から、いかにして一滴残らず血液が失われたのかについては、永遠に解けぬ謎なのである！

訳注

1 『エルトダウン・シャーズ』 Eltdown Shards

本作が初出となる神話典籍。この箇所は本作が〈ウィアード・テイルズ〉一九三五年三月号に掲載された時点で削除されていたため、ＨＰＬの書簡で引用されたものをここで掲げている。解説も参照。

2 ガーシュウィン Gershwin

米国の人気作曲家、ジョージ・ガーシュウィン。「ザ・マン・アイ・ラブ」（一九二四年）、「アイ・ガット・リズム」（一九三〇年）などジャズのスタンダード・ナンバーを数多く作曲したことで知られている。

3 享楽的なシュバリス市民さながら sybaritic

紀元前八世紀、イタリア半島南部に建設された古代ギリシャの植民都市。エトルリアやミレトスとの交易で大いに繁栄し、市民が豪奢（ごうしゃ）で自堕落（じだらく）な生活を送ったことから、この都市は享楽的なライフスタイルの代名詞となった。

4 フェニキアのアルファベット Phenician alphabet

フェニキア人というのは古代ギリシャ人からの呼称で、紀元前一五世紀頃から地中海東岸のレバノンのあたりに都市国家を建設した民族。紀元前一〇世紀頃から二二文字からなる音素文字を使用し始め、いわゆるアルファベットの原型となった。海洋民族であったことから、マサチューセッツ州バークレイのトーントン川の川床から見つかったダイトン・ロックの碑文など、世界各地で謎めいた文字が見つかるたびにフェニキア文字説が流れる。

5 マヤの碑文 Mayan inscriptions

マヤは、メキシコの南東部に栄え、一二世紀頃に衰退した民族あるいは文明のこと。独特の体系の絵文字を使用し、一六世紀のスペイン人の侵略によっていったん失伝するが、ユカタン司教となったディエゴ・デ・ランダによる『ユカタン事物記』の記述を手がかりに、一九世紀後半に一気に解読が進んだが、怪しげな誤読も多数生まれた。後にムー大陸の元ネタとなった、大災害によって水没したというムン王国Mumも、マヤの古文書の写本『トロアノ絵文書』の誤読によって生まれた言葉である。

イィスの夢

Dreams of Yith

ドウェイン・ライメル

（HPL、C・A・スミスの協力のもとに書かれたもの）

1934

I

嘗て遥けきイィスに、不揃いに切り立つ峰々あり。
世俗の眼には触れぬ遠く離れたる島々にて、
古の星々の空隙より来たりし影は探し求む。
洞窟の裡より声高に挑発を叫びしものを。
そして毛深き住民は、粘つくソトー[*1]が横たわる
深き坑より語りかく。
されど、夜風が彼処を這い回るや、彼らは飛ぶように
逃げ出しぬ——ソトーは人の貌を持たざる故に！

II

時間の及ばぬ遠き過去より霧烟る
混沌の只中に横たわる太陽の谷々の彼方、
其は更に明るく暖けき気候の訪いを俟望みつつ、
飛び過ぐる永劫の歳月を氷下にわだかまる。

ここに幻視あり――いつか仄暗(ほのくら)き版図に
秘(かく)されし太古の墓所(ぼしょ)より登りつめ、
全ての角度を押し戻し――封蓋を解くに違いなき
狂気を垣間見んと、我が虚(むな)しく試みるとや。

Ⅲ

嘗(かつ)て栄えし都邑(まち)の近く、黯(かぐろ)き一筋の
腐(くさ)れたる川が、のたうちつつ流れしなり。
地面に突き立つ崩(くず)れかけたる尖塔(せんとう)を映(うつ)して
漂(ただよ)う霧(きり)の裡(うち)に輝くその川よりはぐれたる流れの中に、
かつて住人を連れ戻す秘密ありし
死の門へと続くものはなし。
而(しか)して漆黒(しっこく)の流れは今もなお、渦(うず)を巻きてイィスの
銀の門をくぐり、涸(か)れたる海底へと流れ込む。

Ⅳ

雲に覆(おお)われし永劫の幻影の中に聳(そび)え立つ
《古きものども(オールド・ワンズ)》に知らるる円形の小塔にて、
夢見人たちも見ること稀(まれ)なる、
深くすり減り、触手(しょくしゅ)にて拭(ぬぐ)われたる銘板(めいばん)によりて。
宇宙に吊(つ)るされしイィスには、崩れては新たに
築かるる、蛇行(だこう)する滴(したた)るき壁(かべ)に、
刻(きざ)み込まれたる彫像(ちょうぞう)あり。されど、ああ神よ！
鉛色(なまりいろ)の空に向け、菌様なる眼茎の先に揺るるあの眼！

Ⅴ

待ち受くるが如(ごと)き古(いにしえ)の荒廃(こうはい)を取り囲む、
正気を保てるいかなるものも眠ることなき光の失せたる領域へと
夜に星々の手招くがごとき感情を掻(か)き立つる
直(すぐ)に高く聳え立つ蛋白石(オパール)の壁の上にて、

死を知らぬ一人の衛兵は、星々に向けてすすり泣くが如き
叫(おら)びをあげつつ、微(かす)かなる光の中を足早に通り過ぐ。
されど、足跡の続くべきその通り道には、
眼を持たぬ、大きに膨(ふく)れ上がりたる頭部の転がるなり。

Ⅵ

毒ある苔(こけ)の瘴気(しょうき)撒(ま)き散らす薄暗い丘の只中、
清浄(せいじょう)なる地球の大地と海より遠く離れて、
恐ろしき悪夢の影が踊(おど)り狂(くる)う——狂おしき歓声が
こだまする魔性の神殿(しんでん)の向こうに続く、粘(ねば)つく
柱列の上に、遥(はる)かなる太古に生まれしものの捻(ねじ)れたる鉤爪(かぎづめ)、
忌(い)まわしくも伸ばされたり。
その領域に、正気の眼は絶えて見らるることなし
——黒檀(こくたん)の空より、黒々(こくこく)たる光の射し込むが故に。

Ⅶ

黴臭(かびくさ)き墓場にて臥(ふ)して待ち受くる群れを押し止(とど)むる
彼(か)の胡乱(うろん)なる山脈にて、秘(かく)されし君主に呻(うめ)き、つぶやく
ものどもは今も、使い古びたる救いの鍵(かぎ)をぞ待ち受くる。
そこには、年経(としふ)りた洞窟の数々に侵入者の入り込む隙を
与えぬ監視者(みはり)の棲(す)みつくなり。
而(しか)れどもいつの日にか、夢見人(ゆめみびと)たちは妖幻(あや)しき畫(え)の描かるる
灰色の径(みち)へと入り込む術(すべ)を
見出すことのあるやもしれぬ。

Ⅷ

人気(ひとけ)の絶えたる街路の上に幾久(いくひさ)しく
もたれかかりし列なす塔のその先へ、
仄暗き隠れ家の秘密を覆う
壁や銀幕の遥けき彼方へ、

生き身の者を訪うことなき放埓なる幻の裡に
目にせし者もありけん、緋色の径は続く。
而して、恐ろしげなる飛妖どもは、夜闇の中に
身をよじり、先を急ぎて、仄暗き径を下りゆく。

Ⅸ

鱗覆いたる翼もて黒檀の空高く、ねじくれた通廊に
広がるものを貪欲に覗き込まんと、蝙蝠にも似たる
恐ろしき獣どもは、灰色の塔宇を越えて舞い上がる。
而して、彼のものどものの
身の毛のよだつ飛翔の影の落つる時、住民たちは
粘土の上にどんよりと曇れる眼をぞ持ち上ぐる。
されど、その眼は再び重く閉じられん。
待ちたるなり——ソトーの扉を開かんを！

X

今しも、心騒がす幻像の帳（とばり）は
ぬばたまの闇を抜けて眠りの世界へと続く
秘（かく）されし道を覆いて視界より隔（へだ）て、
昼夜すら知らぬ余に取り憑（つ）きしかど、
ソトーの戯（たわむ）れしイィスでの邂逅（かいこう）を約する
仄暗（ほのくら）き径（みち）をぞ感ぜらる。
而（しか）して、余は赫々（かくかく）と光耀（かがや）ける小塔を見たり。
余は向かう、その鍵は我がものなるが故に！

訳注

1　ソトー　Sotho

本作でのみ言及される謎めいた存在。関係があるかどうかはわからないが、HPLは一九三〇年一二月二五日付のクラーク・アシュトン・スミス宛書簡において、ヨグ゠ソトースの名前を〝ヨグ゠ソト゠オース Yog-Soth-Oth〟と分割した上で、真ん中の〝ソト〟についてアブドゥル・アルハズレッドが『ネクロノミコン』で言及したツァトーグァの異名だと書いている。

丘の木

The Tree on the Hill

ドウェイン・ライメル
（HPLとの合作）
1934

I

ハムデン[*1]の南東、曲がりくねったサーモン川[*2]の渓谷(けいこく)の近くには険しい岩だらけの丘陵(きゅうりょう)が連なり、屈強(くっきょう)な入植者(にゅうしょくしゃ)たちのあらゆる奮闘(ふんとう)をはねのけてきた。峡谷(きょうこく)はあまりに深く、斜面は峻厳(しゅんげん)に過ぎて、特定の季節に限った家畜の放牧を除き、いかなる用途にも向かなかった。

最後にハムデンを訪れたとき、この地域――〝地獄の地所(ヘルズ・エーカーズ)〟として知られていた――はブルー・マウンテン森林保護区の一部だった。この近づき難い場所と外の世界を結ぶ道路はなく、丘(おか)の民の言うには、この地こそはまさしく悪魔陛下(サタニック・マジェスティ)の前庭から移された場所なのだとか。

この界隈(かいわい)は何かに取り憑(つ)かれているという地元の迷信がある――だが、何に、あるいは誰に取り憑かれているのかについては、誰も知らないようだ。先住民たちは、測り知れぬ世代を重ねた昔からこの地域を忌避(きひ)してきたネズ・パース族のインディアンによって語り継(つ)がれてきた話を信じていたので――彼らによれば、そこは外側(アウトサイド)からやってきた巨大な悪魔(あくま)どもの遊び場なのだそうな――その謎(なぞ)めいた奥地に踏み込もうとはしなかった。こうしたいわくありげな話に、私はいたく好奇心を掻(か)き立てられた。

私が初めて――そして、これが最後になったことを、神に感謝する！――この丘陵地に足を伸ばしたのは、コンスタンティン・テューニスと私がハムデンに住んでいた一九三八年の夏のことだった。

彼はエジプト神話に関する論文を書いていて、私はといえば、六〇年以上前にエクサー・ジョーンズ[*3]が建てた悪名高い海賊屋敷(かいぞくやしき)が視界に入る、ビーコン・ストリートのつつましい小屋(キャビン)で彼と同居していたにもかかわらず、気がつけば大部分の時間を一人きりで過ごしていた。

六月二三日の朝、私はあの妙に歪んだ形の丘陵地を歩いていて、七時に出発してからしばらくの間は、ごくありふれた景色ばかりが続いているようだった。私が異変に気がついた時には、ハムデンから南に七マイル［約一一・二キロメートル］ばかり進んでいたに違いない。とりわけ深い峡谷を見下ろす草深い尾根を登っていた時、そこらじゅうにあった雑多な草むらや低木が全く生えていないところに出くわしたのだ。

そのような場所が、たくさんの丘や谷を越えて、南の方に広がっていた。最初、私はそこが前年の秋の火事に焼かれたのだろうと思ったのだが、地面を調べてみると、燃焼の形跡はなかった。近くの斜面や渓谷は、まるで巨大な火炎によって吹き飛ばされ、植物が一掃されでもしたかのように、ひどく傷み、焼け焦げているように見えた。

にもかかわらず、火が燃えた痕跡はないのだった……

私は、草一本生えていない豊かな黒い土の上を進んだ。この人気のない陰鬱な土地のおおよその中心を目指していると、奇妙に静まり返っていることに気がつき始めた。雲雀もいなければ兎の姿も見えず、虫たちすらもこの場所を見捨てたように見えた。

私は小高い円丘の頂に登り、この荒涼とした不可解な地域がどのくらい広いのか推測しようとした。

一本の木が見えたのは、その時のことである。

その木は、他よりもいくらか高い丘に立っていて、全く思いがけないものだったことから目を引いたのだった。それまでの何マイルにもわたり木々を目にすることはなく、浅い渓谷にはサンザシやエノキの茂みが群生していたのだが、成木は一本たりともなかった。

だから、丘の頂に一本きりで立っている木を見つけたことは、何とも奇妙だったのだ。

二つの険しい峡谷を横切ってその丘に辿(たど)り着くと、驚きが待ち構(かま)えていた。それは、松でもなければモミの木でもなく、エノキの木でもなかった。生まれてこの方、これと比べられるような木を見たことは一度もなかった――そして、今日に至るまで一度も目にしていないことを、永遠に感謝する！

何に一番似ているかといえば、オークだった。巨大でねじくれた幹は直径が優に一メートルはあり、地面から七フィート［約二・一メートル］もない高さのあたりから、大きな枝が外側に向かって広がっていた。葉は円形で、大きさといい形状といい、どれもこれも不思議なほど似通っていた。まるで絵画(キャンバス)に描かれた木のようだったが、本物だったことは誓(ちか)ってもいい。後になって、テューニスがあれこれと言ったものだが、私はいつだってあれが本物だったと理解している。

時計は見なかったが、たしか太陽をちらっと見て、時刻は午前一〇時頃だろうと判断したのだった。日差しが暖かくなってきて、私は人待ち顔をする大木の陰にしばらく座っていた。それから、樹下に生える草むらを眺(なが)めていた――これまで歩いてきた荒涼たる地勢を思えば、これもまた異様な現象だ。丘陵、渓谷、断崖絶壁が作り上げる天然の迷路が私の四囲を取り囲んでいたが、今しも座っていた高台は、他のどれにも増して高いものだった。

私は東方の遥(はる)か遠くに目をやった――そして、驚きと困惑(こんわく)のあまり、跳(は)ねるように立ち上がった。遠方の青い霞(かすみ)の向こうに、ビタールート山脈[*4]が煌々(こうこう)と輝いているではないか！

ハムデンから三〇〇マイル［約四八二・八キロメートル］の範囲に、雪を戴(いただ)く山脈は他にない。そして私は――この標高では――それが見えるはずがないことを知っていた。

数分の間、私はその驚異を眺めていた。やがて眠くなってきたので、樹下の草むらに横たわった。吊り紐で下げたカメラをはずし、帽子を脱いで体の力を抜くと、緑色の葉群の間から空を見つめた。

私は目を閉じた。すると、奇妙な現象が私を襲い始めた――漠然として雲のかかったような幻視――見慣れたものとはかけ離れたものをちらちらと瞥見するか、白昼に夢を見ているかのようだった。

薄紅色の空に三つの太陽が輝く中、どろどろした海のそばに壮大な神殿が見えた気がした。広大な墓所、あるいは神殿は、異様な色――名状しがたい青みがかった菫色をしていた。

曇った空には大型のけだものどもが飛び交い、鱗に覆われた翼の羽ばたきが聞こえてくるようだった。

石造りの神殿に近づくと、巨大な扉が眼前にそそり立った。扉の中では渦巻く影がいくつもあって、私をその恐ろしい闇の中に引きずり込もうとしているように見えた。

戸口で揺れ動く虚空の中に、三つの焔をあげる目が見えたような気がして、私は死の恐怖で悲鳴をあげた。その有害な深みに、全き破滅――すなわち死よりもさらに悪い生き地獄が潜んでいるのだと、私は知っていた。私は再び悲鳴をあげた。幻視が消え去った。

円形の葉と、健全なこの星の空が見えた。どうにか立ち上がった。

ぶるぶると震え、冷たい汗が玉滴の数珠となって額に浮かんだ。

逃げ出したいという狂おしい衝動に駆られた。丘の上のあの禍々しい木から、後先考えず逃げ出したかったのだ――だが、不条理な直感を抑え込んで腰を下ろし、感覚を落ち着けようとした。

かくも現実味があって、恐ろしい夢を目にしたことなど、一度たりともなかった。古代エジプトにまつわるテューニスの著書を何冊か読んでいたので、それがこの幻視をもたらしたのかもしれない……

汗をぬぐい、そろそろ昼食の時間だと考えた。だが、食欲が湧かなかった。

その時、閃きがあった。テューニスのために、木のスナップ写真を撮影しておこう。いつだって無関心なあいつの態度に、衝撃を与えられるかもしれないじゃないか。夢のことを話しても良いだろうし……

私はカメラの蓋をはずすと、木の写真を六枚と、木のあるところから見える全方位の風景を撮影した。また、雪を戴いて輝く山頂の写真も撮った。

またこの場所に来たいと思った時に、これらの写真が役に立つかもしれない……

カメラに蓋をし、私は柔らかい草のクッションに戻った。樹下のその場所にはある種、異界的な魅力があって、私をなかなか立ち去らせなかった……

私は奇妙な円形の葉群を見上げた。目を閉じた。そよ風が枝を揺らし、囁くような音楽を奏でて、穏やかな忘却へと私を誘った。

そして突然、再び淡紅色の空と三つの太陽が見えた。その地には三つの影があった！　そしてまた、壮大な神殿が見えてきた。私は空中に浮いているようで――まるで、肉体を持たぬ魂が、狂った多次元の驚くべき世界を探検しているかのようだった！

神殿の奇妙な角度のある水平帯に脅かされ、地球上の人間がこの上なく奔放な夢でさえ見たことのない場所であることを悟った。

再び広大な戸口が私の眼前で口を開き、その黒々とした蠢く雲の中に吸い込まれていった。

私は無限の宇宙を見つめているようだった。私の語彙では言い表しようのない虚空が見えた。それは名付けようのない形状のものや実体――シャンバラより漂い出す霧の如き、狂気や錯乱の世界に属するもので満たされた、暗澹(あんたん)たる底なしの深淵(しんえん)なのだ。

私の魂は縮み上がった。ひどく恐ろしかった。繰り返し悲鳴をあげ、すぐにも気が狂ってしまうだろうと思った。それから、夢の中で純然たる恐怖の熱気に駆られて走り出したのだが、何から逃げているのかはわからなかった……そうして、あの悍ましい神殿と、地獄めいた虚空を後にしたのだが、奇蹟(きせき)か何かが起こらない限り、引き戻されるに違いないとわかっていた……

ようやく目が開いた。私がいたのは、あの木の下ではなかった。岩の斜面に倒れていて、衣服は破れ、乱(みだ)れていた。両手から出血していた。

私は痛みを感じながら立ち上がった。その場所には見覚えがあった——炎(ほのお)に吹き飛ばされたような土地を最初に目にした尾根ではないか！ 何マイルも歩いてきたに違いない——意識を失ったままで！

木は見えなかったので、嬉しく思った……まるで、ここまでの道中で這(は)い進んだことがあったように、ズボンの膝(ひざ)が破れていた……

私は太陽に目をやった。午後の遅(おそ)い時間だ！ 私はこれまで、一体どこにいたのだろうか。時計を取り出した。一〇時三四分で停止していた……

Ⅱ

「ということは、スナップ写真があるんだな」と、テューニスが物憂(ものう)げに口にした。

朝食のテーブルごしに、彼の灰色の瞳(ひとみ)と目が合った。

した。

〝地獄の地所(ヘルズ・エーカーズ)〟から帰ってから、三日が過ぎていた。木の下で見た夢のことを話すと、彼は笑い飛ばした。

「うん」と、私。「昨晩、届いたんだ。まだ開封する暇(ひま)がなくてね。しっかり、じっくり調べてみようじゃないか――写し損(そこ)ねていなければの話だが。そうなら、きみも考えが変わるだろうさ」

テューニスは笑みを浮かべて、コーヒーをすすった。

未開封の封筒を渡すと、彼はすぐに封を切って、写真を取り出した。最初の一枚を目にするや、ライオンを思わせるテューニスの顔から笑みが消えた。彼は煙草(たばこ)を揉(も)み消した。

「なあおい！　こいつを見ろよ！」

私は光沢のある長方形の紙を手に取った。それは、五〇フィートほど離れたところから最初に撮影した木の写真だった。テューニスが興奮している理由が、私にはわからなかった。木は丘の上に堂々たる様子で立っていて、下には私が横たわった草叢(くさむら)が広がっていた。

遠くには、雪を戴く山脈が見えた！

「ほらみろ」と、私は叫んだ。「僕の話が嘘(うそ)じゃないって――」

「いいから見ろって！」と、テューニスが嚙(か)み付いた。「影だよ――岩、茂み、木もそうだ、三つの影があるんだ！」

彼の言う通りだった……木の下では、調和を欠いて扇状(おうぎじょう)に広がる三つの影が重なり合っていた。

突如(とつじょ)、この写真には矛盾(むじゅん)を孕(はら)む異常な要素があることに気がついた。

その木の葉は、まともな自然の被造物にしては青々とし過ぎているし、幹は膨(ふく)れ上がり、これ以上ないくらい忌まわしい形の瘤をなしていた。

　テューニスはテーブル上に写真を放り出した。

「何かがおかしいぞ」と、私は呟いた。「僕が見た木は、こんなに不愉快なものじゃなかった……」

「確かなのか？」と、苛立ったようにテューニスが言った。「実際には、きみはこの写真に写し取られていない多くのものを目にしたのかもしれないぞ」

「僕が見た以上のものが写ってるよ」

「問題はそこだ。この景色にはひどく忌まわしい、場違いな何かがある。この木を見ていると、ある考えを思い起こさせられるんだが――俺の理解を超えているね……あまりにもぼんやりして、あまりにも不確かで、あまりにも現実離れしている！」

　彼は神経質そうな様子でテーブルを指で叩いた。残りの写真を手に取り、素早く目を通した。

　私は彼が放り出したスナップ写真に手を伸ばし、その細部に目を奪われるうちに、奇妙な不確かさと異質さを感じた。花や雑草が様々な角度を向いている一方で、草の一部はこの上なく胡乱な生え方をしていた。木は不鮮明に過ぎて、ぼんやりと曇っていたので、すぐには識別ができなかったのだが、私は巨大な枝と、今にも倒れそうで倒れていない、半ば折れ曲がった花の茎に注目した。

　そして、幾重にも重なり合う影……まったくもって、ひどく不穏な影だった――いずれも長過ぎるか短過ぎるかしていて、安心できる平常さが感じられなかった。あそこを訪れた日には、その風景にこうも衝撃を受けなかったのだが……そこには暗澹たる馴染み深さと嘲笑的な暗示があった。実体を伴ってそこにあるのにもかかわらず、銀河の彼方の星々のように遠くかけ離れているのだ。

テューニスが我に返った。

「夢の狂宴の中で、三つの太陽を見たと言ってたよな」

私は頷いたが、正直を言うと困惑していた。やがて、気づいたことがあった。

指をかすかに震わせながら、私は再び写真を見つめた。

夢だ！　もちろん、そうに決まっている——

「他のやつもまさにそんな感じだよ」と、テューニス。「同じように不確かで、同じように暗示がある。雰囲気を掴むことができるはずだ。本当の光のもとでこいつを見ればだが、それはあまりにも……おっつけわかるはずだ、長い時間をかけて見ていればな」

私たちはしばらくの間、無言で座っていた。にわかに、あの木をまた訪れてみたいという言いようのない奇妙な切望に促されて、ある考えが頭に浮かんだ。

「遠出してみよう。半日もあればきみを連れていけると思うよ」

「近寄らない方がいい」と、テューニスが物思わしげに言った。「そうしたくても、見つかるかどうかはわからないぞ」

「バカバカしい」と、私。「ほら、この写真を道しるべにすれば——」

「見覚えのあるランドマークは写っているかい？」

彼の観察の鋭さは、薄気味悪く思えるほどだった。残りの写真に注意深く目を通したが、そうしたものが何もないことを認めざるをえなかった。

テューニスは声を殺して何やら呟くと、煙草を荒っぽく吸い込んだ。

「完璧なまでにごくごく普通の――そうでなくとも、それに近い――写真だよ、どこから降って湧いたかもわからない場所のな。こんなに低い標高で山脈が見えるのもおかしな話だが……いや、待てよ！」

彼は、猟で追い込まれる動物のように椅子から跳ね上がると、部屋を飛び出した。彼が大声で悪態をつきながら、急ごしらえの書斎を歩き回る音が聞こえてきた。

やがて彼は、古い革表紙の書物を携えて再び戻ってきた。

テューニスは恭しい手つきでその本を開き、奇妙な文字をじっと見つめた。

「何という本なんだ？」と、私は尋ねた。

「古代エジプトの妖術師ヘルメース・トリスメギストスからその知識の一部を拝借したドイツの神秘主義者にして錬金術師、ルドルフ・ヤーグラーの手になる、『ナスの年代記』[*5]の初期の英訳本だよ。ここに、きみが興味を抱くかもしれない一節がある――ここを読めば、どうしてこの件がきみの思っている以上に尋常ならざる話なのかが理解できるかもしれない。聞いてくれ」


「斯くて黒き山羊の年、地球に存在し得ぬ影がナスに現れたのだが、それは地球に属する者の眼には映らぬ姿かたちを帯びていた。影は人の魂を貪り、齧られた者は夢に誘われて盲となり、それは恐怖と果てなき夜に覆われるまでの間続いた。彼らが、己を齧るものを目にすることはなかった。その影は人が知る、あるいは夢見るような偽りの姿形を取っていて、解放はただ三つの太陽の土地でのみ果たされると思しかったからだ。だが、古の書の神官どもが告げるところによれば、影の真なる姿を目にし、その後に生き永らえ得た者は、破滅の運命を避け、それを産み落とした星なき深淵に影を送り返すこともできるやもしれぬ。これは、宝玉なしでは誰しも成し得ぬことであり、それが故に大神官カー＝ネフェル[*6]は宝玉を神殿に祀ったのだ。そして、恐怖に果敢に立ち向かい、二度と姿を現すことのなかったフレネスと共にそれが失われた時、ナスには嘆きの声があがった。されど、影はついに満たされて立ち去り、周期が廻りきて黒き山羊の年に至るまで、再び飢えることはないだろう」

テューニスは言葉を止め、私は困惑しながら彼を見つめていた。最後に彼はこう言った。

「さて、シングル、この全てがどう結びつくのかはきみにも見当がつくだろう。この件の背後にある原初の伝承を深く掘り下げる必要はないが、古い伝説によれば、今年がいわゆる〝黒き山羊の年〟にあたるのだと言っておくよ——底知れぬ外世界から、ある種の恐怖が地球に到来して、果てしない害をもたらすとされている年だ。それがどのような形で現れるのかはわからないが、奇妙な蜃気楼や幻覚といったものが含まれていると考えるのが妥当だろうさ。きみが出くわしたもの——きみの話や写真が、僕は好きになれない。ひどくまずいことかもしれないから、くれぐれも気をつけろと言っておくよ。だが、まずは老ヤーグラーが書いていることを試してみないとな——書かれている通りのものを垣間見ることができるかどうか確認するんだ。幸い、彼が言及した古の宝玉は再発見されているんだ——そいつをどこで入手できるかも心得ている。それを写真に使ってみて、何が見えるかを確かめないとな」

「その宝玉は、レンズやプリズムみたいなものなんだが、そいつを使って写真を撮ることはできない。特異な感受性の持ち主なら、それを通して見ることで、目にしたものをスケッチできるかもしれんがね。

少しばかり危険があるし、見た人間の意識がいささか揺さぶられることになるかもしれない。何しろ、影の真の姿は気持ちの良いものではないし、地球のものではないわけだからな。とはいえ、何もしないでいる方が遥かに危険だ。ともあれ、きみが自分の命と正気を大切にしているなら、あの丘に――でもって、丘の上の木だときみが思っているものには近づかないでくれ」

私は、これまで以上に困惑した。

「外世界（アウトサイド）からやってきた組織的な存在が、僕たちの世界に入り込んでいるだなんてことがありえるのかい？」と、私は叫んだ。「そんなものが存在するなんて、どうやってわかるんだ」

「きみは、このちっぽけな地球の観点で推論している」と、テューニスは言った。「きみとて、この世界が宇宙を測る物差しだと思っているわけじゃないだろう。俺たちの鼻先を漂っているだなんて、夢にも思わなかった実体があるんだよ。現代科学は未知の境界線を押し戻して、神秘主義者たちがそれほど的外れではなかったことを証明しつつあるのさ――」

突如、私はその写真を二度と目にしたくないと考えた。それを破壊したかった。そこから逃げ出したかった。テューニスは、彼方の何かをほのめかしていた危惧（きぐ）……身震いと共に宇宙的な恐怖が私を捉え、悍ましい写真を忌避させた。それに写っている何かを認識してしまうのが恐ろしかったからだ……

私は友人にちらりと目を向けた。彼は奇妙な表情を浮かべながら、古い書物をじっと眺めていた。

彼は座ったまま背筋（せすじ）を伸ばした。

「今日はここまでにしておこう。いつまでも推測だの疑問だのが続いて、疲れ果てたよ。宝玉を所蔵している博物館からそいつを借りてきて、やるべきことをしなくちゃな」

「そうしよう」と、私は答えた。「クロイドン[*7]に行かなきゃならないのかな？」

テューニスは頷いた。

「なら、一緒に帰るとしよう」私は決然と口にした。

Ⅲ

その後の二週間に起きた出来事を、事細かに述べる必要はない。私について言えば、夢と解放をもたらす謎めいた木のもとに戻りたいという狂おしい思いと、その木に関わるあらゆるものに対する熱に浮かされたような恐怖の板挟(いたばさ)みで、絶え間なく生ずる葛藤(かっとう)にすっかり消耗(しょうもう)してしまった。私が戻らなかったのはたぶん、私自身の意志というよりも、全くの偶然によるものだったのだろう。

そうこうする間にも、テューニスは極めて胡乱な性質の調査——謎めいた自動車旅行や、秘密裏の帰還が含まれていた——に必死で取り組んでいるようだった。電話口で伝えられたヒントによって、彼らが例の古い書物に〝貴石(ジェム)〟として記載されている、世に知られていない古(いにしえ)の遺物をどこかから借りてきて、私に預けられた写真にそれを応用する手段を考案するのに忙しいことがわかった。彼は「屈折」「偏光(へんこう)」「空間と時間の未知なる角度」といった言葉を断片的に口にして、その貴石(ジェム)の助けを借りて、例の奇妙なスナップ写真を調査するためのある種の箱、あるいはカメラ・オブスクラを製作しているのだとほのめかした。

クロイドンの病院から衝撃的なメッセージが届けられたのは、一六日目のことだった。テューニスが入院していて、すぐにも私に会いたがっているというのである。彼は奇妙な発作を起こしていた。彼が致命的な苦痛と恐怖の悲鳴をあげているという話を耳にした友人たちが、彼の家に入り込んで、うつ伏せで意識を失っているのを発見したということである。

彼はまだ衰弱していて、何かをできる状態ではなかったが、意識を取り戻して、私に何事かを伝えて、何やら重要な仕事を任せようと必死になっているようだった。

病院からの電話でそうしたことを伝えられると、私は三〇分とかけず友人のベッドの傍らにやってきたのだが、ごく短期間顔を合わせない間に、心痛と緊張が彼の顔に刻み込まれていたことに驚いた。

彼が最初にしたことは、完全に内密の話をするべく、看護師たちを遠ざけることだった。

「シングル――僕は見たぞ！」彼の声は緊張し、掠れていた。「全部破棄しなきゃだめだぞ――あの写真のことさ。僕は、あいつを見ることで送り返してやったんだが、写真も捨てた方がいい。あの木が、丘の上で二度と目にされることはないはずだ――少なくとも、そう願いたいもんだ――計り知れない永劫の歳月が流れて、黒き山羊の年が巡ってくるまではね。きみはもう安全だ――人類は安全だ」

彼は言葉を切り、ぜいぜいと息を喘がせてから、話を続けた。

「貴石を装置から取り出して、金庫におさめてくれ――組み合わせの暗証番号は知っているよな。もとの場所に返さないといけない――世界を救うため必要になる時がくるかもしれないからな。医者連中はまだここから出させてくれないんだが、あれが無事だとわかれば安心して休めるよ。くれぐれも、箱の中をそのまま覗き込んだりするなよ――僕がそうなったみたいに、きみも囚われてしまうからな。でもって、あの忌々しい写真を燃やしちまえ……箱の中にあるのも、そうでないやつもだ」

だが、テューニスはもう疲労困憊（こんぱい）だったので、看護師たちが前に進み出てきた。そして、彼がベッドに体を倒して目を閉じると、私に身振りで退室を促したのである。

さらに三〇分後、私は彼の家に赴くと、ひっくり返った椅子の脇（わき）にある書斎のテーブルに置かれた細長く黒い箱に、好奇心たっぷりの視線を向けた。散らばっていた紙が開けっ放しの窓からの風に舞い上げられる中、箱の近くに自分が撮影した写真の封筒があることに気づき、私は胸騒ぎを覚えた。

箱を調べ、片方の端からあの木を撮った最初の写真を、もう片方の端から、分類しようのないあやふやな角度でカットされた、琥珀色（こはくいろ）の奇妙な水晶を取り出すまでに、わずかな時間しかかからなかった。

そのガラス片は妙に温かく、ぴりっと痺（しび）れたような感触があったので、テューニス邸（てい）の壁（かべ）の金庫の中にそれを隠すのがやっとだった。

例のスナップ写真を扱う際には、当惑混じりの複雑な感情が湧き上がった。封筒に移し替えて残りの写真と一緒にした後でさえも、私はこれを保存して満足気に眺め、写真のオリジナルを目指して丘を駆け上がりたいという病的な切望に見舞われた。写真の細部からあの異様な線の配置が浮かび上がって、私の記憶を襲い、混乱させた……画像（ピクチャー）の背後にある光景（ピクチャー）……半ば見覚えのあるものに潜み棲む秘密……しかし、それに反発するより健全な本能が同時に働き、得体の知れない恐怖に衝き動かされた活力と熱意を与えられた私は、慌てて暖炉に火をつけると、問題の封筒が灰になるのを見守った。

どういうわけか、私を震え上がらせた恐怖——それが何であるかわからなかったからこそ、ことさらに途方もなく恐ろしかった恐怖——が地球から一掃されたように感じられた。

テューニスに恐ろしいショックを与えた原因については、首尾一貫した推測を立てることができず、そのことについて深く考えることもままならなかった。貴石（ジェム）と写真を取り出す前に、箱の中を覗き込もうなどという衝動が全く起きなかったことは、注目に値する。古色蒼然（そうぜん）たる水晶のレンズないしはプリズムのような力によってあの写真に映し出されたものは、常人の脳が直面してはならないのだと、私には奇妙な確信があった。それがいかなるものであれ、私はあの遠く離れた丘の上に、一本の木と見慣れぬ風景の形をとったそれがわだかまっているのを、間近で見ていたのだった――その魅惑にすっかり取り憑かれた状態で。自分がかろうじて逃れたものの正体など、知りたくもなかった。

全く無知なままでいられたなら！　夜にもっと安らかに眠れただろうに。

実を言えば、部屋から出る前に、テーブル上の黒い箱の傍らに散らばる紙の山が、カサカサと音を立てているのに目を奪われたのだ。一枚を除いて全て白紙だったのだが、その一枚には鉛筆（えんぴつ）で粗雑な絵が描かれていた。その瞬間、貴石（ジェム）が露（あら）わにする恐怖をスケッチするとテューニスが言っていたことが思い出され、私は目を逸らそうとしたのだが、純然たる好奇心が健全な意図を打ち負かした。

ここぞといった感じで再び目を向けると、神経質な筆遣いと、スケッチ者が恐怖のあまり発作を起こしたことで未完成のままに終わった端の部分が目に入った。それから、ひねくれた大胆さがこみあげるままに、私は暗澹たる禁断のスケッチをまっすぐに見つめて――気絶したのだった。

私が目にしたものを、完璧に描写することは決してできないだろう。しばらくして意識を取り戻すと、私はその紙を消えかけの火の中に突っ込んで静かな通りに出て、よろめく足取りで家路についた。

水晶越しに写真を見なかったことを神に感謝し、テューニスが目撃したものを恐ろしくもほのめかすスケッチのことを忘れられるよう、熱烈な祈りを捧げた。

その時以来、私は以前と同じではいられなくなった。この上なく美しい景色すらも、その背後に潜み、仮面に匿した本質を形成しているかもしれない、名状しがたい冒瀆を漠然と、おぼろげにほのめかしているように思えたのである。

そもそも、あのスケッチはあまりにもざっくりしていて——後になって、テューニスが慎重に口にしたことから判断するに、彼が認識したに違いない事の全てのさわりを示したのに過ぎないのだ！

そのスケッチには、風景の基本的な要素がわずかに描かれているだけだった。見えているところの大部分は、雲を思わせる異様な蒸気に占められていた。見覚えのあるかもしれない事物は全て、曖昧模糊とした見知らぬ、全くこの世ならぬものの一部であるように見えた——それは、人間の目が捉えられる範囲を遥かに超える無限に大きなもので、見える範囲の断片から推測されるのは、それが果てしなく異質で、怪物的で、醜悪なものであることだった。

風景それ自体の中で、捻れて半ば知覚力のある木を私が目にした場所について、あのスケッチには節くれだった恐ろしい手だか鉤爪だかが見えるだけだった。その手だか鉤爪だかにはぞっとするように膨れ上がった指ないしは触角があって、まるで地面か、それとも観察している者の方向にある何かに向かって手探りしているかのようだった。そして、その膨れ上がったのたうつ指の真下の草むらには、人間が横たわっていたような痕跡が見えたような気がした。

しかし、そのスケッチは慌ただしく描かれたものだったので、確信は持てなかった。

訳注

1 ハムデン Hampden
ライメルが、自身にとってのアーカムとして設定した架空の町。「シャーロットの宝石」以降の作品ではハムドンHampdonに名称が変更され、明らかにワシントン州に位置するのだが、サーモン川やブルー・マウンテン森林保護区（一九〇六年に設立されたオレゴン州北東部の国有林）の名前が出ているあたり、本作の執筆時点ではオレゴン州だった可能性があるのだが、この森林保護区が含まれる原生林は州境を越えてワシントン州側にも延びているので、そのあたりなのかもしれない。

2 サーモン川 Salmon River
オレゴン州、ワシントン州には複数箇所にこの名前の川がある。本作では、オレゴン州北東部の森林地帯を流れる同名の川かもしれない。「シャーロットの宝石」以降の作品では、スネーク川（実在）に変更された。

3 エクサー・ジョーンズ Exer Jones
おそらく架空の人名。ジョーンズ姓は、船乗りの間で海の悪魔と信じられたデイヴィ・ジョーンズを想起させる、いかにも海賊らしい名前ではあるが、作中時期の六〇年前は一九世紀後半で、私掠船（しりゃくせん）の活動時期ではない。

4 ビタールート山脈 Bitterroot Mountains
アイダホ、モンタナ両州にまたがるロッキー山系の山脈。ワシントン州、オレゴン州からは東の方角になる。

5 『ナスの年代記』 Chronicle of Nath
初出。詳しくは解説を参照のこと。

6 カー＝ネフェル Ka-Nefer
HPLが加筆した設定。「アウトサイダー」が初出の、エジプト史から抹消されたファラオ、ネフレン＝カーNephren-Kaを想起させる名前だが、関連性は不明。

7 クロイドン Croydon
ライメル作品に登場するハムデン（ハムドン）近くの町。『ナスの年代記』を所蔵するクロイドン大学がある。

シャーロットの宝石

The Jewels of Charlotte

ドウェイン・ライメル

（HPL の協力のもとに書かれたもの？）

1934

「きみはたぶん、あの腐敗の進む古い街で起きた事件についての僕の話を疑うだろうけれど、それでもあれは興味深いと思うよ」

コンスタンティン・テューニスは、ゆったりと椅子にもたれかかった。

私たちは、手入れの行き届いた彼の自宅の客間で、パチパチと音を立てる暖炉の炎を前に座っていた。明かりは消え、屋敷の周囲では秋の冷たい風がびゅうびゅうと気味の悪い声をあげて吹き荒び、雪の降りそうな気配を漂わせていた。ただし、揺らめく影や陰鬱な雰囲気は、テューニスにとっては二の次だった。パイプに火をつけ、燃える炎をじっと見つめながら、彼はどうやら物思いに沈んでいた。

彼は、ある話——まだ正確な内容を説明したことのなかった話——を聞きたいかと、私に水を向けた。

「七月の休暇のことを覚えているかい、シングル?」

彼の言う古い街というのはハムドン[*1]だろうなと当たりをつけながら、私は「もちろんさ」と答えた。

「ずっと黙っていたんだが、あそこに滞在中に一連の奇妙な出来事が起きたんだ。連邦捜査官[*2]が二人と、保安官が一人、それと僕だけで——彼らは義務から、僕は好奇心から——この出来事全体を探り、そして真相に辿り着いたんだが——その前に、少しだけ時間を戻そう」

「きみも知っているように、ハムドンは新しいものと古いものが混在する、この上なく不思議な場所だ。それが、僕がハムドンに滞在した理由の一つでもあったからね。あそこは孤立した場所で、険しい丘陵地に囲まれていて、耳に届くゴシップの全てを鵜呑(うの)みにする地元民が住んでいる。彼らは必ずしもよそ者を歓迎するわけではなく、僕がホテルに現れたことも、さほど好ましくは思われなかった。だけど、村のそばにあるいくつかの石の彫刻(ちょうこく)や、近くの洞窟(どうくつ)を少しばかり探検してみたくてね。五日の間、僕は素晴らしい時間(とき)を過ごし、うまい山の空気をたっぷり吸い込み、丘の中腹にある洞窟を覗(のぞ)き、地元のゴシップを堪能(たんのう)した」

「村のあちこちで、バラエティ豊かなひそひそ話や、村の知恵者や浮浪者(ふろうしゃ)の時間の大半を占有(せんゆう)している、控(ひか)えめな噂話(うわさばなし)が聞こえてきたよ。何人かをうまいこと口車に乗せて聞き出そうとしたんだが、失敗に終わってね――実際の話、僕がいること自体に腹を立てているみたいだった。宿の亭主も見るからに不機嫌(ふきげん)で、食事を出したかどうかすらどうでもいいみたいだった」

「最終的に、彼らがひっきりなしに口にしている噂の殆(ほとん)どが、〝シャーロットの宝石〟[*3]と呼ばれている極上の宝石にまつわる話題なのだとわかったんだ。だけど、それ以上のことは何も耳に届かなくてね。村人のグループが、僕が近づくとぴったり話をやめてしまうのを見るのは、まあ面白かったよ。滞在期間の終わりの方になると、僕の方もその不思議な宝石についていよいよ興味が募(つの)ってきてね。せめて意見をぶつけられる相手がいないかと、切に願ったものさ。というのも、僕の興味は丘の中腹の暗い洞窟から、みすぼらしい住人たちの使うごちゃまぜの地元言葉の方に移りつつあってね」

「滞在の六日目にホテルに入ったとき、クロイドンで何度か会ったことのある、それなりの地位にある二人の紳士(しんし)を見かけた僕の驚きを想像してみてくれよ。それが、さっき話した捜査官さ。僕たちは挨拶(あいさつ)を交わし、こんな場所で知り合いを見つけたことを、彼らの方も僕と同じく喜んでいるみたいだった。

裏手に車を停めていたんだが、僕はそれに気が付かなくてね。幸運なことに、彼らは僕の泊まっている部屋の隣室を確保した」

「僕たちはすぐに打ち解けた――つまり、彼らの職務の許す範囲だがね。この小さな集落に二人がかりというのは大掛かりに過ぎるようにも見えたので、犯人の追跡か、それと同じくらい重大な何かが進行中なのだとわかった」

「彼らの言うには、他に事情を打ち明けたのは郡の保安官だけで、目的について断じて漏洩してはならないということだった」

「二人は四〇歳前後で、年長のサージェントがもっぱら話をした。相棒のロバーツは、あまり話したがらないようだった。私服だったので、彼らの正体や目的を疑った村人はいなかったはずだ。僕が彼らの任務を知ったのは全くの偶然だったわけだが、その偶然が、これまでに遭遇したことのない不可解な事態を招くことになったのさ。おっと、また先走りすぎた」

「その日の夕食の席で、二人は妙に黙りこくっていた。粗野な外見の男が同じテーブルについていて、どうやら保安官らしかった。僕は食堂の片隅に座って、だらしない格好をした給仕が置いていった食事をゆっくりと食べていた。三人は、何も注文していなくてね。室内には、得体のしれない緊張感が漲っていたよ。他の客たちはそれぞれ、好きなようにやっていた。すぐそばの窓が開いていて、遠くから蛙たちの鳴き声がかすかに聞こえてきた。二人の捜査官は、僕の方に半分だけ顔を向けて、保安官の方はといえば反対側を向いていた。こんな具合に詳しく描写したのは、その後に起こったことを踏まえたものでね。繰り返しになるが、蛙たちが合唱し、空気の中には未知の悪意が漲っていた」

「突然、どこからともなく朗々たる美しい鐘の音が鳴り響いた。束の間、室内の空気は禍々しくも甘やかな、まるで涼やかな山の空気に響き渡る森の妖精の声のような音色に満たされた。全身の肌がぞわっとしたよ。そのエルフの魔法じみた響きには、紛れもなく人には知られていない禁断の要素があったんだ。一瞬、手で触れることすらできる力強い生命力が大気を満たしたように見えた――虹のようにとらえどころがないのだけど、完全に異質な力に僕は驚かされ、背筋が冷たくなった。その音がどこから聞こえてきたのか、説明することはできない。あの暗澹たる丘陵と、部屋の空気そのものから同時に湧き出したみたいだったんだ。相当に驚いたようで、テーブルの上で指が震えていたよ」

「地元民の反応にも驚きだった。誰もが耳を澄ませて、凍りついたように動かなくなったんだ。例の無骨な保安官は、声を殺して悪態をつくと、すぐに立ち上がった。二人の連邦捜査官の顔はと見ると、畏敬の念と驚きしか浮かんでいなくて、僕の表情も同じだったに違いない。何てことだろう、シングル、あの鐘の音が僕には今でも聞こえるんだ！　何てまろやかな響きだろう。息を呑むように唐突で、本質的に邪で現実離れしているんだ。僕には何もできなかった。僕の周りにいた何人かの住人は、その響きをともかくも認識していて――怖がっているようだった。保安官は帽子を摑み、急ぎ足で薄暗い食堂から出ていくと、開いた窓を横目で見ていた連邦捜査官たちも後に続いた。やがて、彼らが裏手に回り、高出力の自動車のエンジンをかけ、大きな音を立てて夜道を走り去っていくのが聞こえてきた。彼らの行き先は、あの禍々しい響きに関係があるのじゃないかと、僕は疑った。食堂を出た後も、その考えが頭にこびりついていたんだ。食堂にいた人々の顔に一様に浮かんだ、全き恐怖と畏怖については、くだくだしく説明するまでもない。あの、ただ一回の鐘の音が彼らに及ぼした効果には——僕自身は漠然とした不安を掻き立てられるくらいだったが——全く恐ろしいものがあったんだ」

「その夜、部屋で眠っていた僕は、話し声で目が覚めた。床につく前、あの異様な鐘の音のことをずっと考えていたんで、眠りが浅かったのに違いない。話し声は、隣の部屋のものだった。壁が薄いんで、声がはっきりと漏れ聞こえていたわけだ。僕の寝ていたベッドが壁に近かったのもあってね。寝ぼけ眼をこすると、月明かりがむき出しの床を照らしているのが見えた。それから僕は、夕方に妙な様子で立ち去った三人の話し声に耳を凝らしたんだ」

「そしてようやく、彼らがハムドンに秘密裏にやってきた二人の不審な人間を尾行しているってことが判明したのさ。そんな連中がやって来るのを見たことも聞いたこともないのは妙だったけれど、知っての通り町の住民は何も話してくれなかったからね。あの一回きりの鐘の音についての話が出てくるのを期待してはいたんだが、しばらくすると、本当に話題がそちらに向かっていった。もちろん、それまで彼らがあれに触れないことについて、不思議に思っていたよ。驚いたことに、町の外からやってきた二人はそのことについて何も知らず、ひどく困惑をしていると言っていた。僕は息を潜めて、二人が保安官を質問攻めにするのを聞いていた。彼はそれについてあまり話したくないみたいだった。でも、しばらくの間、ひそひそ話を続けた後で、男は世にも不思議な話を語り始めたんだ。僕の記憶では、彼がしわがれ声で話したのは、こういう物語だった」

＊＊＊

「ずっと昔、ハムドンが一集落に過ぎなかった頃、変わり者の男とその娘のシャーロットが、神のみぞ知るところからやって来て、丘陵の近くに家を建てた。正確に何年前だったのか誰もわからなかったが、その男は——今や大変な高齢だ——未だに同じ住居で暮らしていた。張り出した崖の下にある、その朽ち果てた地所には、人々が近寄らなくなって久しかった。いずれにせよ、彼の美しい娘シャーロットは、伝えるところによれば高い山々から落ちて亡くなったということで、老人——クルースという名だ——はその衝撃からついに回復することがなかったそうだ」

「彼は最愛の我が子を葬った丘陵の要害に、とんでもなく大きな墓を建てたと言われていた。どこか別の場所に神隠しにあったのだと言い立てる者たちもいた。大多数の人々は、隠された墓の存在の方を信じていた。彼女の死から二年ばかり経った頃、シャーロットの墓の中に数え切れぬほどの財宝が埋められているという噂が流れ始めた。それがどんなものなのか誰も知らなかったが、ある者はダイヤモンド、ある者は真珠、またある者はオパールだと主張した。若者たちの中には、クルースを脅して隠された墓を探し出し、莫大な財産を奪い取ってやろうという、強い憧れが育っていた。もちろん、この件には多くのあやふやな点があったわけだが、もう何年もの間——とりわけ、ある事件が起きてからは——町の住民たちの間で話題になっていた。新たに流れ始めたゴシップに熱狂した若者たち——全部で五人いた——が、謎めいた墓を探し求めて丘陵地を探検する決意を固めたのである。もちろん、これは二〇年近く前のことで、当時は謎めいた宝石のことなど、大多数の人間が鼻で笑い飛ばしていた。クルース老人にそのことを尋ねた者はいなかったし、気にかける者もいなかった。この略奪者たちはある日、朝のうちに出発し、姿を見せたのは夜遅くだった。彼らは、隠された場所を見つけはしたのだが、何やらはっきりしないぼんやりした理由で、最後の最後に怖くなって中に入らなかったという、支離滅裂な妙な話をした。五人組から具体的な話を引き出せた人間は誰もいなかった。彼らは前日の出来事のことを話したがらないようで、謎めいた墓についてはほとんど何もわからなかった」

「翌日、彼らはひどく興奮した状態で、早い時間にさっさと出発したので、どこでそれを発見したのかを誰にも話さないままだった。町の人々はもう一日待たされることになったわけだが、若い連中の悪ふざけを大目に見てやることにした。しかし、彼らはその夜、姿を見せなかった。そして、二度と戻ってこなかった！　数十人規模の捜索隊が丘陵地帯に送り込まれたが、行方不明の五人の謎を解いた者は誰もいなかった。以来、シャーロットの宝石の話題が出ても、結局その存在が知れ渡ったので、人々は笑い飛ばさなくなった。宝石の存在を疑った人間もいて、他ならぬ保安官もそうだった。しかし、この件全体の最も奇妙で、最も重大な出来事が起きた。五人が帰ってくるはずだった夜――八時頃のこと――たいそう特別な出来事が起きたのだ。丘陵地のどこかから、朗々たる美しい鐘の音が聞こえてきたのである！　そして今また、呪われた鐘の音が再び聞こえ始めていた――それからというもの、人々は彼らの家族がいなくなっていないか、いちいち数えるようになっていた」

「しかし、それで全てではなかった。一ヶ月ほど前、粗野な外見の二人組の男たちがハムドンにやってきて、クルース老人が住んでいる場所に間近い、老朽化した小屋に腰を据えたのだった。保安官は事の最初から、彼らの行動を気に入らなかった。しかし、彼らを拘束できる理由が何もなかったので、保安官は事が動く時間を待ち続けた。ややあって、彼は二人組が老人に声をかけるのを目撃した。保安官は茂みに隠れていたのだが、連中が家から出てきた時、その顔には暗い憎しみと怒りが浮かんでいた。そして、老人がしわがれた声で、貴様らの忌々しい申し出とやらを抱えて小屋から出ていけと命令するのが聞こえてきた。男たちが少し離れたところで、クルースは外に出てきて大声でがなりたてた——保安官は、その言葉を決して忘れなかった」

「老人は、弱った足をよろめかせながら、こう叫んだのだ——あの石群に悪さをしおったら、また鐘が鳴るでな！　保安官には、老人がその言葉を意味あるものとして発したのかどうかわからなかったが、二人組の顔立ちがそう受け取ったように見えたのは確かだった。ほんの二日前のことだった。その後に、連邦捜査官たちが到着したのだった。〝おかしいと思うかね？〟と、保安官は締めくくった。〝今夜、あの音が聞こえてきた時、俺が飛び上がってあの連中の小屋に押しかけたことを。だが、あそこは空っぽで——今夜また、あの鐘が鳴った……〟」

「その晩は、よく眠れなかったよ」

「翌朝に起き出すと、盗み聞きしたことを告白することにした。朝食の席で、僕は二人の捜査官に聞き耳したことを打ち明けた。最初のうち、彼らは不快そうだったけれど、結局は胸襟を開いてくれたよ。あの話は、僕と同じくらい彼らにも大きな影響を与えていたんだ。実際、彼らはその地域全体と事件全体に不穏な感じが漂っていると信じていた。そのことは、僕にとってもひどく気がかりな発想だった。そのことについて話し合っていると保安官が到着して、僕は改めて昨晩、自分が話を盗み聞きした人物を紹介された。いったん知り合ってみると、なかなか面白い人物だったよ。サージェントとロバーツが、僕がこの件に興味をもった経緯と、偶然盗み聞きしてしまったことを説明した。保安官は喜んで、闖入者を一味に加えてくれたんだ」

「僕たちはただちにクルースの家に向かい、姿を消した二人の男たちの件を捜査することにした。僕自身の興味は、あの奇妙な鐘の音に集中していたわけだが、保安官たちもそうだったと思うよ。だけど、何もかもが絶望的にごちゃついていて、どこから手をつければいいのか誰にもわからなかったんだ。轟音をあげて車が古びた住居に向かっている間、僕は偶然、地元の警官をちらりと見た。彼のどこか切なげな視線は、ぐんぐん近づいてくる家の方ではなく、人を寄せつけない険しい森の斜面に向けられていた。後になって、その理由がわかったよ。彼は、行方不明になった五人組の中に自分の兄弟がいたことを、僕たちには黙っていたのさ……」

「僕たちが、その古ぼけた住居に車を停めた時、生活の痕跡らしいものは、傾いた煙突から立ち上っている細い煙くらいのものだった。遥か頭上には暗澹たる丘陵地が聳えていて、黒い岩がゴツゴツと突き出ていたよ。周囲には苔むした背の高い松の木々が生えていて、老人の家はそのせいで永遠の薄暗さに包まれているみたいだった。小さな家に近づくと、保安官が扉を叩いた。しばらくの間、中からは何の音もしなかった——ややあって、よろめくような足音が聞こえて、軋む音を立てて扉が開かれた。年老いて皺が寄った顔が、僕たちをじろりと睨みつけた。クルースの両の眼は落ち窪み、血走っていて、歪んだ扉の枠によりかかって弱々しく体を支えていた」

「〝何の御用かね？〟と、彼は弱々しく尋ねた。皺の寄った両手が、杖をしっかりと握りしめていた」

「サージェントが進み出て、〝今朝方、隣人のお二人に会ったかどうか知りたいんですが〟と、切り出した。〝隣人かい〟と、老人はしわがれ声で言った。〝あの忌々しい泥棒どもが、隣人などであるものかね！　儂は会っておらんし、会いたいとも思わんわ！〟〝何故です？〟と、サージェントが尋ねた。〝何故だと？〟老人はぜいぜいと息を切らしながら、言葉を絞り出した。〝何故かといえば、奴らは儂の娘――毀れてしまった小さな娘――の墓と、あの娘の美しい墓石にどう行けばいいのか、教えろなどとぬかしおったからだ！〟彼の声は次第に小さくなり、ついには途切れた。しかし、急にこう言った。〝だがな、儂は教えてやった！――奴らに教えてやったのだとも！――そして昨晩――昨晩……〟老人の呼吸が荒くなった。〝……鐘だ――鐘が――また！　鐘だ！　朗々たるあの鐘！　儂の……〟〝おい、行くぞ〟と保安官が囁いた」

「僕たちは彼に続いたが、老人はまだ戸口に立っていて、半ば独り言のようにぶつぶつと喋っていた。彼の最後に口にした言葉がかすかに聞こえてきたが、僕たちはそれを決して忘れないだろうよ」

「〝――そして、じきに鐘が鳴り響くだろうよ――再びな、何しろ――儂はあの道をよく知っておるからよ……古の門を抜けて――その彼方にある――あの場所……イィスでは、儂のシャーロットは――毀されることなく――儂も往かねば……〟」

「エンジンの轟音が、それ以上の言葉をかき消した――あの言葉を最後まで聞いておきたかったのだけどね――あの言葉こそが、この事件の鍵となるかもしれなかったのだから。朽ちかけた住居がカーブの向こうに消えると、奇妙な寂寥感が僕の中を流れるのを感じた。保安官は、曲がりくねった道をまっすぐ見つめていたよ。彼にも聞こえていたのさ」

「僕たちは、流れ者二人が暮らしていた小屋に少しばかり滞在したが、そこはすっかりもぬけの殻で、最近まで誰かが住んでいた痕跡がはっきり残っていた。あの老人と面会した今となっては、この老朽化した小屋が無人なのは、ひどく意味ありげなものに思えたので、僕たちは急いでそこを離れた。曲がりくねった道に車を走らせていくと、小屋はすぐに見えなくなって、僕は何かしら完全に異質で禍々しいもの——妨げてはならないものを暗示する、あの腐朽した建物から離れることができてほっとしていた。何とも不思議で、説明のつけられない根拠なのだけれど、あそこの住人たちは、二度とあのみすぼらしい住居に戻ってこないような気がしていたんだ」

「その晩、バスに乗って町から離れた——彼らが秘密を解いたのかどうかはわからない。少なくとも、新聞には何も載らなかったよ。僕としては、隠されたままでいいと思う。クルース老人の眼差しが、今でも心の奥底に残っているんだ。彼の年経りた声の背後には、深い智慧が隠されていた——それはおそらく、語るべきではない智慧なんだ」

「あの夜、ハムドンから続く曲がりくねった高速道路を移動するバスに乗りながら、僕は遠くにちらつく小さな町の明かりが消えていくのを眺めた。遥か西では、沈む太陽の残光が丘陵を薔薇色の輝きで包み込み、下方の峡谷や渓谷に濃い影が集まっていた。そして、景観がゆっくりと視界から消えていくと、エンジンの轟音に被さるように、夕暮れにかすかに反響する忘れ難い鐘の音が聞こえてきたのさ」

訳注

1　ハムドン　Hampdon

「丘の木」が初出のハムデンは、本作以降ハムドンに変更され、八〇年代に発表された「ハムドンの怪異 The Hampdon Horror」「ハムドンの彼方の丘 The Hills Beyond Hampdon」では、近くを流れる川についてもワシントン州の南東部を流れるスネーク川に変更されている。ダンウィッチのモチーフのひとつとして知られるマサチューセッツ西部の町、ウィルブラハムの近くにはハムデンという町があり、ＨＰＬはここも訪れたことがあるので、ライメルはそれを知って意識的に変更したのかもしれない。

2　連邦捜査官　federal agents

連邦捜査局（ＦＢＩ）の設立は本作執筆の翌一九三五年なので、その前身である司法省捜査局（ＢＯＩ：Bureau of Investigation）などに所属する捜査員と思われる。

3　〝シャーロットの宝石〟　〝The Jewels of Charlotte〟

原文では複数形なので、単一の宝石ではない。

時間(とき)を超えてきた影

The Shadow Out of Time

1934-1935

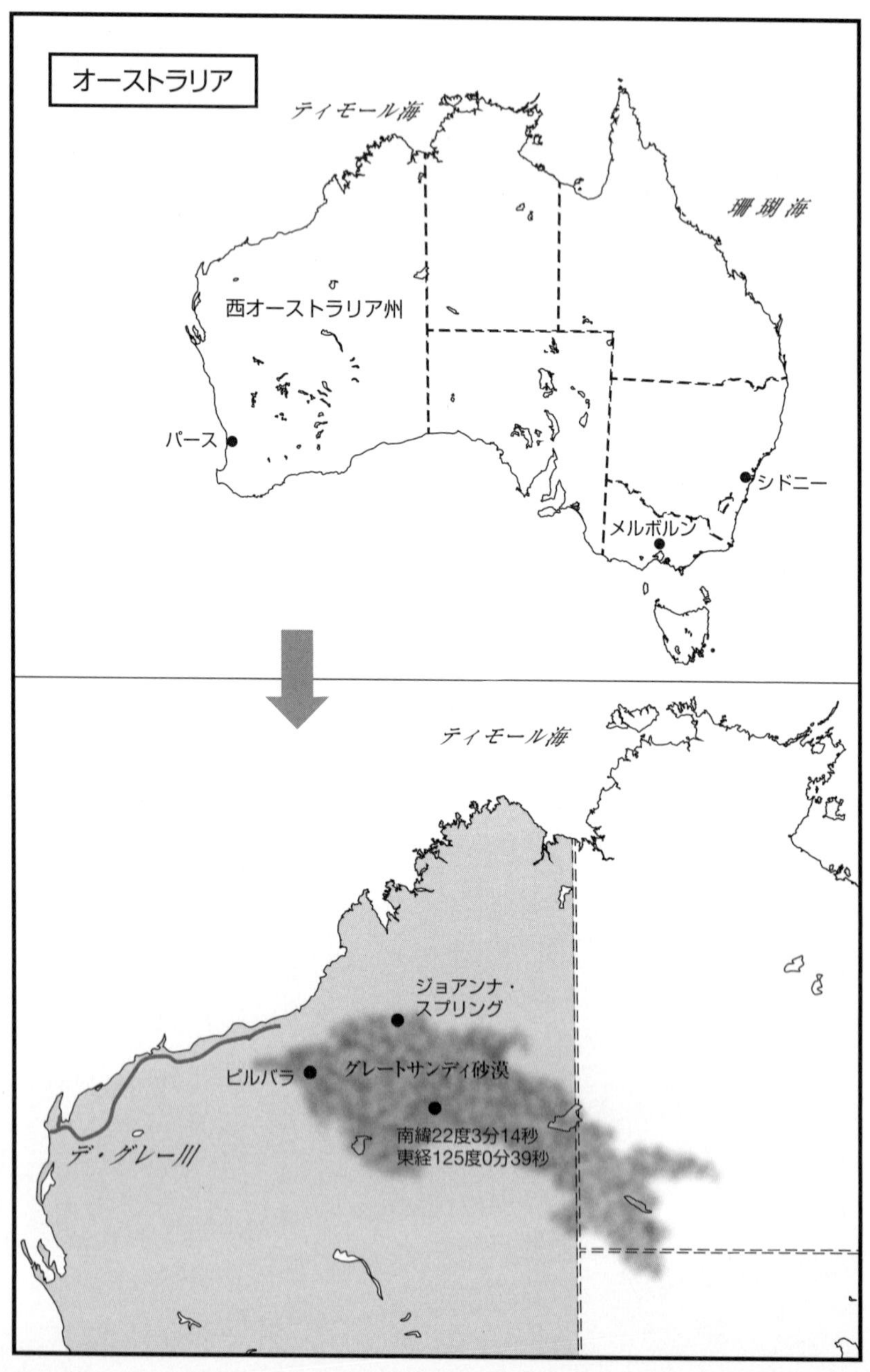
オーストラリア
ティモール海
珊瑚海
西オーストラリア州
パース
シドニー
メルボルン
ティモール海
ジョアンナ・
スプリング
ピルバラ
グレートサンディ砂漠
南緯22度3分14秒
東経125度0分39秒
デ・グレー川

I

悪夢と恐怖の二二年間を経て、私が感じてきたある種のおぼろげな印象が、神話的な源泉に由来するという絶望に満ちた確信だけを恃みとしてきた私は、一九三五年七月一七日から一八日にかけての夜、自分が西オーストラリア州[*1]で発見したと考えているものについて、その真実性を保証するつもりはない。私が体験したことの全部が、あるいは一部が幻覚だったと期待すべき理由がある――実際、幻覚を引き起こすだけの要因が数多く存在した。とはいえ、そのリアリティはあまりにも恐ろしく、時に希望を抱くことは不可能だと思えてしまうほどだ。

もしも、あれが本当に起きたことなのであれば、人類は、ほんの一言口にしただけでも気が遠くなるような宇宙の概念や、流動する時間の渦における己の位置についての概念を受け入れる覚悟をしなければならない。人間はまた、人類全体を巻き込むことは決してないとはいえ、冒険家肌の同輩たちに途方もなく怪物的で、予測不能の恐怖を課す可能性のある、ある種の潜み棲む恐怖に対する警戒を怠ってはならないのである。

後者の理由から、私の遠征隊が調査に手を付けた未知なる原始的な石造建築物の一部なりとも、発掘しようという試みの一切を最終的に断念するよう、私はあらゆる手を尽くして強く求めるものである。

私が正気で目が覚めていたのであれば、あの夜の体験は、これまでに何人たりとも見舞われたことのないものだった。しかもそれは、私が神話や夢に過ぎないと退けようとしていたことの全てを、恐ろしい形で裏付けるものでもあった。

ありがたいことに、私は恐怖のあまり、あの恐ろしい物体を失（な）くしてしまっていた――もしもあれが真物で、あの有害な深淵（しんえん）から持ち出されたのであれば――反駁（はんばく）の余地なき証拠となるはずだったのだが。

あの恐怖に相対した時、私は一人きりだった――そして、今まで誰にもそのことを話していない。

他の者たちがその方向に向かって穴（あな）を掘（ほ）るのを止めることはできなかったが、偶然と流砂のお陰（かげ）で、今のところあれは見つからずに済んでいる。

今こそ、私は決定的な声明のようなものをまとめなければならない――私自身の精神の平衡（へいこう）を保つためだけでなく、それを真剣に読んでくれるかもしれない、他の人々に警告するためである。


以下の文章――その前半部の大部分は、大衆紙や科学雑誌の熱心な読者であればつとにご存知のことだろうが――は、私を故国へと運ぶ船の客室で書かれている。

私はこれを、息子であるミスカトニック大学のウィンゲイト・ピーズリー教授――家族の中で、かなり昔に私が奇妙な記憶喪失（そうしつ）に陥（おちい）った後も、私を支えてくれた唯一の人物であり、私の病状の内情を最もよく知っている人間だ――に渡すつもりでいる。生きている人間の中で、あの運命の夜について語ることを嘲笑（あざわら）う可能性が、最も低いのが彼なのだ。

出航前に、口頭で話しておかなかったのは、この事実の暴露（ばくろ）を文字の形で知らされた方が良いと考えたからである。時間をかけて何度も読み返せば、私の混乱した舌（した）では伝えることの望めない、より説得力のある心象が彼に残されることだろう。

彼はこの記録について、自分が最善だと考えた通りにしてくれて構わない——適切なコメントを添えて、それが役に立ちそうなあらゆる方面に回覧するのも良いだろう。私の病状の初期段階を知らない読者に配慮して、暴露にとりかかる前に、まずは背景事情を詳しくまとめておくことにする。

私の名前はナサニエル・ウィンゲイト・ピーズリー。一世代前の新聞に掲載された記事——あるいは、六、七年前に心理学の専門誌に掲載された手紙や記事——を覚えているなら、私が誰で、何者なのかをご存知のことだろう。一九〇八年から一九一三年にかけての私の奇妙な記憶喪失の詳報は、各紙の紙面を埋め尽くし、当時も今も私の居住地となっているマサチューセッツ州の古い町の背後に潜む恐怖、狂気、魔術の伝統が盛んに取り沙汰されたものだった。

とはいえ、私の遺伝的背景や幼少期には、狂気や禍々しさが微塵も存在しなかったことを、どうかご承知いただきたい。このことは、外部の要因から突然、私に降り掛かった影のことを考えると、きわめて重要な事実である。何世紀にもわたって暗くわだかまってきたものが、崩れかけ、声を潜めた噂話に取り憑かれてきたアーカムに、そのような影に対する格別の脆弱性を与えていたのかもしれない——だが、後に私が調査した他の事例に照らすと、この見解さえも疑わしく思える。

ともあれ、重要な点は、私自身の先祖や背景が、全くもって正常だということである。

到来したものは、どこか別のところから——今ですら、はっきりとした言葉で断言することが躊躇われてしまうところからやって来たのだ。

私はジョナサン・ピーズリーとハンナ・ピーズリー（旧姓はウィンゲイト）の息子で、両親は二人とも健全なヘーバリル[*2]の古い家柄(いえがら)の出身だ。ヘーバリル——ゴールデン・ヒルに近いボードマン・ストリートの古い屋敷——で生まれ育ち、アーカムに行ったのは、一八歳でミスカトニック大学に入学した時が初めてだった。それは一八八九年のことで、卒業後はハーバード大学で経済学を学び、一八九五年に政治経済学の講師としてミスカトニック大学に戻った。

それから一三年以上の間、私の生活は順調かつ幸福だった。一八九六年にヘーバリルのアリス・キーザーと結婚し、三人の子供たち——ロバート・K[*3]、ウィンゲイト、ハンナがそれぞれ一八九八年、一九〇〇年、一九〇三年に生を享(う)けた。一八九八年に助教授になり、一九〇二年には教授になった。オカルトだの異常心理だのには、わずかでも興味を持ったことは一度もなかった。

奇妙な記憶喪失が発症したのは、一九〇八年五月一四日の木曜日のことだった。まったく突然の出来事だったが、後になって私は、発症の数時間前に目にした、ちらちらと明滅(めいめつ)するある種の短い幻視(ビジョン)——前例がなく、ひどく当惑させられる混沌(こんとん)とした幻視(ビジョン)である——が、続く症状を引き起こしたに違いないのだと思い立った。頭が痛み、他の誰かが私の思考を手中に収めようとしているという感覚——私にとっては初めての感覚——があった。

心神喪失の状態に陥ったのは午前一〇時二〇分頃で、三年生(ジュニア)と数人の二年生(ソフォモア)を相手に政治経済学Ⅵの講義——経済学の歴史と現在の動向——を行っている時のことだった。目の前に奇妙な形をしたものがいくつも見え始め、教室ではないグロテスクな部屋にいるような気がしてきたのだ。私の思考と言葉は講義のテーマから逸脱(いつだつ)していき、学生たちも何かひどくまずいことが起きていると悟(さと)った。

私は意識を失(うしな)って椅子(いす)に崩(くず)れ落ち、誰も呼び覚ますことのできない昏睡(こんすい)状態に陥った。それから五年四ヶ月と一三日日もの間、私の本来の心身機能は、正常な世界の日の目を見ることがなかったのである。

もちろん、他の人々から聞いたことなのだが、その後に何が起きたのかを私は把握している。

私はクレーン・ストリート[*4]二七番地の自宅に運ばれ、一六時間半にわたり意識の兆候を示さなかったが、この上なく手厚い医療看護を受けた。

五月一五日の午前三時に、私は目を開いて話し始めたのだが、医師も家族も、私の表情や言葉の傾向に心底ぎょっとさせられた。何らかの理由でそのことをひたすら隠そうとしているようなのだが、私は明らかに自身の身分境遇や過去の記憶を憶えていなかったのである。

私の目は周囲の人間をよそよそしく凝視し、顔面の筋肉の曲げ方は全く馴染みのないものだった。話し方すらもぎこちなく、異国人じみていた。私が発声器官を扱うやり方は、不器用かつ手探りするようで、言い回しについても、書物から苦労して英語を学んだかのような、奇妙な堅苦しさがあった。

発音には粗野な異質さがある一方で、慣用表現には風変わりな擬古調の片鱗と、全く理解しがたい表現の両方が含まれているようだった。とりわけ後者のひとつについては、医師たちの中でも最も若い者が二〇年後に、まざまざと——恐怖すらも——思い出すことになった。というのも、後年、そのような言葉遣いが——最初のうちは英国で、続いて合衆国で——実際に使われ始めたのだ。その言葉遣いは非常に複雑で、間違いなく新しいものだったのだが、一九〇八年に奇妙なアーカムの患者が口にしていた謎めいた言葉を、完膚なきまでに再現していたのである。

体力はただちに回復したのだが、手や足、そして身体器官全般を扱うために、奇妙に思えるほど多くの再訓練が必要だった。このことと、記憶力の衰えに伴う他の様々な障碍により、私はしばらくの間、厳重な看護態勢の下に置かれた。記憶喪失を隠そうとする試みが失敗に終わったと見ると、私はそれを公然と認めて、あらゆる種類の情報を熱心に求めるようになった。

実際、記憶喪失の症例が不自然なものではないと受け入れられていることを知るや否や、それらしい人格を演じることに興味を失ったように医師たちには思えたようだった。

彼らは、私の主たる努力が、歴史、科学、芸術、言語、そして民間伝承などの特定の事項――いくらかは非常に深遠なものだが、いくらかは幼稚で単純なものだった――を習得することに向けられていることに気がついたが、そうして学び取ったことの多くは、何とも奇妙なことに、私の意識の外側に残留していたのである。

彼らは同時に、私が不可解にもほとんど未知の種類の知識を身につけていて、それをひけらかすよりも隠しておきたいと考えていることにも気がついた。私は、一般的に知られている歴史の範囲外にあるおぼろな時代の特定の出来事について、うっかりと――さりげなくはあったが、確信のある口調で――言及することがあったのだ――医師たちの驚きを目にすると、そうした言及を冗談だと誤魔化すのだが。

また、未来についての私の話しぶりが、他人を怯えさせるようなことも実際に二、三度あった。

こうした薄気味悪い閃きはすぐに見られなくなったが、私を観察していた人の中には、その背後にある奇妙な知識が鳴りを潜めたというよりも、ある種の用心深さを身につけたからだと考える者もいた。

実際、私は自分を取り巻く時代の言葉や習慣、物の見方を吸収することに異常に貪欲で、まるで遠い異国からやって来た勉強熱心な旅行者のようだった。

許可が取れるや否や、私は大学図書館に時間いっぱい入り浸り、ほどなく以後数年にわたり様々に議論を呼び起こすこととなる例の奇妙な旅行や、欧米諸国の大学での特別課程の受講を手配し始めた。

私の病状については、当時の心理学者の間でそこそこ有名だったので、学識者との接触に事欠くことはなかった。私は、第二の人格の典型的な症例として講義の題材となった——とはいうものの、時折、異様な症状や、密かに嘲笑を隠しているような妙な素振りを見せて、講師を当惑させたようではあった。

しかしながら、心の底からの厚意には、滅多に遭遇しなかった。私の顔つきや話し方に潜む何かが、あたかも私が正常で健康的なあらゆるものから永遠に隔離された存在ででもあるかのように、出会った人々全ての漠然とした恐怖と嫌悪感を掻き立てたようなのだ。ある意味で遠く離れた計り知れぬ深淵に関連する、隠された闇黒の恐怖とも言うべきこの考えが、妙に広範囲に根付くこととなった。

私自身の家族も例外ではなかった。奇妙な覚醒の瞬間から、妻は極端な恐怖と嫌悪感を孕む視線を私に向けるようになり、私のことを彼女の夫の肉体を奪い取った全くの別人だと断言した。

一九一〇年に、彼女は法的に離婚を認められて、一九一三年に私が正常に戻った後も、決して私と会おうとはしなかった。長男と小さな娘も同じ気持ちで、以来、私は二人のどちらとも会ったことがない。

次男のウィンゲイトだけが、私の変化が引き起こす恐怖と反発を克服することができたらしい。私のことを、確かに見知らぬ人間だと感じていたものの、わずか八歳にして、本来の私がいずれ帰ってくるだろうと固く信じていたのである。

果たして、私が元に戻ると、彼は私のことを探し出し、裁判所は私に彼の監護権を与えてくれた。

それから何年にもわたり、彼は私が否応なく従事することとなった研究を手伝ってくれて、今では三五歳になり、ミスカトニック大学の心理学教授となっている。

とはいうものの、私が恐怖を引き起こしたのも無理はない——確かに、一九〇八年五月一五日に覚醒（めざ）めた存在の心も、声も、表情も、ナサニエル・ウィンゲイト・ピーズリーのものではなかったのだから。

読者諸氏は、古い新聞や科学雑誌のファイルから、外面的に必要な情報を——私自身が大々的に行ったように——全て拾い集めることができるだろうから、一九〇八年から一九一三年にかけての私の人生については、あまり多くのことを語ろうとは思わない。

私は自分の財産を管理下におき、旅行や様々な学習センターでの勉強に、ゆっくりと時間を費やして、全体的に見れば賢明（けんめい）に過ごした。しかし、私の旅行は極端に風変わりで、荒涼（こうりょう）とした僻地（へきち）への長期間にわたる訪問が含まれていた。一九〇九年にはヒマラヤ山脈で一ヶ月を過ごし、一九一一年にはアラビアの知られざる砂漠をラクダで旅行して、多くの注目を集めた。そうした旅行において何が起きたのか、私は結局、知ることができなかった。

一九一二年の夏、私は船をチャーターして、スピッツベルゲン島よりも北の北極海を航海したものの、その結果に失望したようだった。同じ年の後半には、バージニア州西部の広大な鍾乳洞群（しょうにゅうどうぐん）——私の足取りを再び辿（たど）ることなど思いもよらぬ、暗澹（あんたん）たる迷宮——の、後にも先にも探査されたことのない場所に入り込み、一人きりで数週間を過ごした。

各大学での私の滞在は、まるで第二の人格が本来の私自身よりも遥（はる）かに優（すぐ）れた知性を備えているかのように、異常な速度で知識を吸収していく様が注目を集めた。また、私の読書と独習の速度が、驚異的（きょういてき）なものであることも判明した。私はページをめくるのと同じくらいの速さでちらりとそれを見るだけで、本の全ての内容を隅々まで習得することができたのだ。かと思うと、一瞬で複雑な計算を理解する私のスキルは、実に恐るべきものだった。

時に、他の人間の考えや行動に影響を与える私の力について、実に厄介な噂が流れることもあったが、私自身はこの能力の発露を最小限に抑えようと注意を払っていたようではあった。

別の厄介な噂は、私がオカルティストのグループの指導者たちや、忌まわしい旧世界の秘教的な導師たちの名前も定かならぬ組織との関わりが疑われる学者たちとの、親密な交流を懸念するものだった。

当時、これらの風評は結局証明されなかったのだが、私の読んでいる本の性質が知られ、それに触発されたのに違いなかった——何しろ、図書館での稀覯本の閲覧は、秘密裏には行えないのだから。

ダレット伯爵の『屍食教典儀』、ルートヴィヒ・プリンの『妖蛆の秘密』、フォン・ユンツトの『無名祭祀書』、支離滅裂な『エイボンの書』[*5]の現存する断片、そして〝狂えるアラブ人〟アブドゥル・アルハズレッドの恐るべき『ネクロノミコン』のような代物の一字一句を私が読み込んでいたという、具体的な証拠——ノートの余白の書き込み——も存在する。

それに、私が異様な変異を遂げた頃から、アンダーグラウンドのカルト活動の悪しき流行が、新たに始まったことも否定できないのである。

一九一三年の夏、私は倦怠感と興味の衰えの兆候を見せ始め、各方面の知人たちに、遠からず変化が訪れるかもしれないとほのめかした。私は、以前の人生の記憶が蘇りつつあると話していた——だが、聞き手の大部分は、私が本当のことを話していないと判断した。私が口にした記憶はその時々でばらばらで、古い私文書を読めばわかるようなものばかりだったのである。

八月の中頃、私はアーカムに戻り、長いこと閉ざされていたクレーン・ストリートの自宅の門扉を、再び開放した。ここに、私は欧米の様々な科学機器メーカーがばらばらに部品を製造した、この上なく奇妙な外観の装置を取り付けて、それを分析できるほどの理解力を備えた人間の目に触れないよう、注意深く隠匿した。それを見た人々——作業員、召使い、加えて新しく雇った家政婦たち——によれば、それはいくつもの棒や車輪、鏡を組み合わせた奇妙な装置で、高さはおよそ二フィート、横幅は一フィート、奥行きは一フィートほどしかなかったということだ［一フィートは約三〇・五センチメートル］。中央の鏡は、円形の凸面鏡だった。こうした全てが、見つけられた限りの部品の製造元に裏付けられている。

九月二六日金曜日の晩、私は翌日の正午まで、家政婦とメイドに暇をやった。屋敷の中には遅い時間まで明かりが点り、痩せて肌の黒い、妙に外国人風の見かけの男が自動車でやって来た。最後に明かりが見られたのは午前一時頃だった。午前二時一五分には、警官が暗闇に包まれているその屋敷を目にしているのだが、来客の車はまだ道端に停められていた。

四時になるまでには、その車も間違いなくいなくなっていた。六時になると、こもった声の外国人がウィルスン医師に電話をかけてきて、特異な失神状態にある私を起こしてくれるよう要請してきた。

この電話——長距離電話だった——は、ボストンのノース・ステーションの公衆電話ボックスからかけられたものだと、後に判明しているものの、痩せた外国人の手がかりは見つからなかった。

医師が私の屋敷に着いてみると、私は居間で意識を失っていた——前方にテーブルが引き寄せられた、安楽椅子に座っていたのである。よく磨かれたテーブルの上には、何か重い物が置かれていたことを示す引っかき傷がついていた。妙ちくりんな機械は消え失せていて、その消息は杳として聞かれなかった。間違いなく、あの色黒の痩せた外国人が持ち去ったのだ。

書斎の暖炉の火床には、記憶喪失になってから私があれこれ書いていた紙片を燃やした跡と思われる、大量の灰が積もっていた。ウィルスン医師は、私の呼吸がひどくおかしいことに気付いたが、皮下注射をすると、呼吸は正常な状態に近づいた。

九月二七日の午前一一時一五分、私は激しく身動ぎし、それまでは仮面のようだった顔に表情が現れ始めた。ウィルスン医師の話では、その表情は第二の人格のものではなく、私本来の人格の表情によく似ていたということだった。一一時三〇分頃、私はひどく奇妙な言葉を数音節ばかり呟いた——それは、いかなる人間の言葉とも関係のなさそうな言葉だった。

また、私は何かに抗ってもがいているようにも見えた。やがて、ちょうど正午を回る頃——その間に、家政婦とメイドが戻ってきた——私は英語で何やら呟き始めた。

「……当時の正統派の経済学者の中でも、ジェヴォンズ[*6]は科学的相関関係を志向する主流の傾向の体現者だったのです。商業的な繁栄と不況のサイクルと、太陽黒点の物理的なサイクルを結びつけようとする彼の試みは、おそらくその最たるもので……」

ナサニエル・ウィンゲイト・ピーズリーが帰還した——その魂が属する時間軸は今も、経済学の講義を受ける学生たちが教壇上のボロボロの机を見上げていた、あの一九〇八年の木曜日の朝のままだった。

Ⅱ

普通の暮らしに戻るのは、苦しく困難な道のりだった。五年以上の歳月が喪われたことは、思っていた以上の複雑な問題を数多く引き起こし、私の場合は特に、調整すべき問題が数え切れないほどあった。一九〇八年以来の行動について聞かされた話は驚くべきものであり、不安にさせられたものだったが、私はできるだけ冷静にこの件を把握しようと努力した。ようやく、次男のウィンゲイトの監護権を取り戻したので、私は彼と一緒にクレーン・ストリートの家に腰を据え、教職に復帰しようと努力した——何とも親切なことに、大学が以前の教授職を提示してくれたのである。

私は、一九一四年二月の学期から仕事を始め、丸一年間それを続けた。その頃には、あの経験がどれほど私を痛めつけたのかを悟っていた。私は完全に正気で——そう願いたいものだ——本来の人格が損なわれたわけではなかったが、かつてのような力強い活力はなかった。漠然とした夢や奇妙な考えが絶えず私を悩ませ続け、世界大戦が勃発して歴史に関心を抱くようになった時には、自分が時代や歴史的な出来事について、ありえないほどに奇妙な流儀で考えていることに気がついた。

時間についての私の概念——つまり、連続性と同時性を区別する能力——は微妙に混乱しているらしかった。そのため、私はある時代に生きていながら、過去や未来の時代を知るために、永劫の時全体に精神を投げかけるという、奇天烈な考えを抱くようになったのだ。

あの戦争は、遠い昔に行われた戦争の結果を思い起こしているような、奇妙な印象を私に与えた——

あたかも、それがどのように起きるかを知っていて、未来の情報に照らして回顧できるかのように。

そうした擬似記憶は全て、大きな苦痛と、何やら人為的な心理的障壁に抑え込まれているとの感覚を伴っていた。自分の印象について、控えめに他の人間にほのめかしてみると、反応は様々だった。不快そうな目を向ける者もいたが、数学部の人々は、後年、非常に有名になる——当時は学界でしか話題になっていなかった——相対性理論における新しい展開について話してくれた。彼らによれば、アルベルト・アインシュタイン博士[*7]は、時間を単なる次元の地位へと急速に格下げしつつあるというのだった。

しかし、夢と不安感が私を蝕み、一九一五年には正規の仕事を辞めざるを得なくなった。

私を捉えた印象の中には、悩ましい種類のものもあった——私の記憶喪失が、ある種の不浄な交換をもたらしたのではないか。第二の人格は、実際には未知の領域より侵入してきた力であって、私自身の人格はどこかに転移していたのではないだろうか。そんな考えに取り憑かれたのである。

かくして私は、別の誰かが私の肉体を占有していた数年間、真の自分はどこにいたのかという、漠然とした恐るべき思索に駆り立てられた。この肉体のかつての住人の奇妙な知識や行動が、人々や新聞、雑誌からさらなる詳細を知れば知るほど、いよいよ私を悩ませた。

他の人々を戸惑わせた胡乱な振る舞いは、私の潜在意識の深い亀裂を膿み爛れさせる暗澹たる知識の背景と、恐ろしくも調和しているように思われた。私は冥き歳月のもう一人の私の研究や旅行に関連する情報を、細かい断片に至るまで熱に浮かされたように探し始めた。

私を悩ませる全てが、こうした半ば抽象的なものだったわけではない。夢があり——それは、次第に鮮明で具体的なものになっていくようだった。大抵の人間が、その夢をどう受け止めるかはわかっていたので、息子や信頼できる心理学者たち以外には滅多に話さなかったのだが、私は最終的に、記憶喪失に見舞われた犠牲者の間で、そのような幻覚がどの程度典型的なのか、それとも典型的でないのかを調べるべく、他の症例の科学的な研究を開始した。

心理学者、歴史家、人類学者、幅広い経験を持つ精神病の専門家の助けを借り、さらには悪魔憑きの伝説の時代から実証的以外の現在に至る多重人格のあらゆる記録を含む研究によって得られた結論は、最初のうち私を慰めるよりも、むしろ思い悩ませることになった。

ほどなく私は、自分の見てきた夢の数々が、圧倒的多数の真正の記憶喪失の症例には全く当てはまらないことを知った。しかし、私自身の体験と類似していることに何年も私を当惑させ、衝撃を与えた記録も、わずかな数ではあるが残っていた。その内のいくつかは古代の民間伝承の断片で、医学の年鑑に含まれていた症例の記録もあれば、一般的な歴史書にひっそりと埋もれている逸話も一つ二つあった。

このようにして、私のような特殊な病患は極めて稀なものではあるが、有史以来、長い間隔をおいてそうした症例が発生してきたようだ。一、二件、あるいは三件の事例が発生した世紀もあれば、そうした事例がなかった——あるいは、少なくとも記録に残っていない——世紀もあった。

その本質は常に同じだった——鋭敏で思慮深い人物が、奇妙な第二の人生に捕らわれ、最初の内は声と身体動作のぎこちなさによって、後になると科学的、歴史的、芸術的、さらには人類学的な知識の節操のない習得——熱に浮かされたような情熱と、完全に異常な吸収力で取り組まれた——によって特徴づけられる、長短の差異はあるものの、全くの異質な存在となるのだ。やがて、唐突に本来の意識が戻るのだが、その後はずっと、念入りに消去された何やら悍ましい記憶を断片的にほのめかす、漠然とした正体不明の夢に、断続的に悩まされるのである。それらの悪夢は――ごく些細（ささい）な点ですらも――私自身のそれと酷似（こくじ）していたので、その意味ありげな典型性を疑うべくもなかった。一、二の事例には、わずかだが冒瀆的な親しみがあって、あたかも、あまりに病的で恐ろしいため思いを凝らしたくもない、宇宙的な経路（チャンネル）を介して、以前にも聞いたことがあるかのようだった。三つの事例では、第二の変化が起きる前に自宅にあったような未知の機械について、具体的な言及があった。

調査中に私の漠然とした悩みの種になっていたことがもう一つあって、それは、明確な記憶喪失に見舞われていない人間が、典型的な悪夢をぼんやりと垣間見る事例がやや多かったことだ。

これらの人たちは、大多数が平凡（へいぼん）かそれ以下の精神性の持ち主だった――尋常（じんじょう）ならざる学識や、超自然的な精神を獲得（かくとく）した器（うつわ）だとは到底考えられないほど幼稚（ようち）な人間も中にはいた。彼らはごく短い間、異質な力を受けて精神を輝かせる――だが、その後は元に戻り、非人間的な恐怖の記憶がうっすらと残りはするものの、急速に薄れていくのである。

過去半世紀の間に、同様の事例が少なくとも三件あった――そのうち一件はわずか一五年前のものだ。何物かが、大自然の思いもよらぬ深淵から、盲滅法（めくらめっぽう）に時間（とき）を手探りしたのだろうか。これらの貧弱な症例は、正気の人間には到底信じがたい類（たぐい）の、怪物的で不吉な実験だったのだろうか。

これらは、私が弱りきっていた時に考えた、形の定まらない憶測（おくそく）――調査を通してその存在を発見した神話群に煽（あお）られた空想の一端である。というのも、近年の記憶喪失の犠牲者や医師には明らかに知られていない、記録されざる太古の時代からの根強い伝説が、私と同様の記憶喪失の驚くべき、そして恐ろしい細部を形成していることは、疑いようがなかったからだ。

いよいよ騒々しくなっていく夢や印象の性質については、今でも口にすることが恐ろしいほどだ。それらからは狂気の気配が感じられ、自分が本当は狂いかけているのだと信じる時もあった。記憶の欠落に苦しむ人間を苛む、特殊な種類の妄想があるのだろうか。思うに、潜在意識が不可解な空白を擬似記憶で埋めようとする努力が、奇妙な想像力の迷走を引き起こすのかもしれない。

確かにこれは（結局のところ、民間伝承に基づくもう一つの説の方がもっともらしく思えるのだが）、類似した症例の探索を手伝ってくれた精神科医の多くが信じていたことであり、彼らはそっくりな類似症例を時折発見しては、私と困惑を分かち合ったものだった。

彼らはこの状態を真正の精神異常とは見なさず、どちらかと言えば神経症に分類した。彼らは、この症状を突き止めて分析しようとする私の方針を、むやみに却下したり忘れたりしようとするのではなく、心理学の最善の原理に照らして正しいことだと心から支持してくれた。私が特に重んじたのは、別の人格に取り憑かれている間に私を調査した医師たちからの助言だった。

当初、私を動揺させたのは視覚的なものではなく、ここまでに述べてきたような、より抽象的な事柄に関わるものだった。また、私自身に関係のある、深く説明のつかない恐怖感もあった。私は自分の姿を見ることに、奇妙な恐怖を覚えるようになったのだ。まるで、私の目がそれを全く異質で、考え難いほど忌まわしい何かと見なしているかのようだった。ひとたび目を伏せて、地味な灰色や青の衣服に身を包んだ、見慣れた人間の姿を見ると、いつだって不思議な安堵を覚えたものだが、この安堵を得るためには、果てしない恐怖を克服せねばならなかった。

私はできるだけ鏡を避け、いつも床屋で髭を剃ってもらっていた。

こうした支離滅裂の感覚と、徐々に現れ始めた束の間の視覚的印象を結びつけて考えるようになるまでには、長い事時間がかかった。最初に結び付けたきっかけは、私の記憶が外部から人為的に制限されているという、奇妙な感覚と関わりがあった。

私がかつて目にした断片的な光景には、深遠で恐ろしい意味があり、私自身とも恐るべき繋がりがあると感じていたのだが、何らかの意図的な影響によって、その意味と関係性を摑めなくなっているようだった。やがて、時間という要素についてのあの胡乱な感覚が生じ、それに伴って、断片的な夢を時系列と空間配列に当てはめようとする、死にもの狂いの努力も生まれたのである。

垣間見えるものそれ自体は、最初のうち、恐ろしいというよりもただひたすらに奇妙だった。私は、巨大な丸天井の部屋にいるようで、その部屋の高い位置にある石造りの穹稜［天井部分のアーチが交差する部分］は、頭上の影に殆ど隠れていた。その場面が、いかなる時代のいかなる場所であったにせよ、アーチの原理がローマと同じくらいに知られ、広く用いられていた。巨大な丸窓と背の高いアーチ型の扉があり、普通の部屋の天井と同じくらいの高さがある台座やテーブルがあった。周囲の壁には黒ずんだ木材で造られた非常に大きな棚が並び、奇異な象形文字が背に記された巨大な書物が何冊も収められていた。

石造構造物がむき出しになっているところには、奇妙な彫刻が施されていて、いずれも数学的な曲線の意匠で、巨大な本に記されているのと同じ文字が彫刻された碑文もあった。

黒い花崗岩の石積みは怪物的な巨石文明風の造りで、頂部が凸状になっている石塊の列が、その上に置かれた凹状の底面にぴったりと嵌め込まれていた。

椅子はなかったが、巨大な台座の上には本や書類、筆記用具らしきもの——奇妙な紋様の描かれた、紫がかった金属製の壺（つぼ）や、先端が変色した棒など——が散乱していた。台座は高かったのだが、私は折に触れてそれを上から眺めることができた。いくつかには、ランプの役目を果たしている、発光する大きな水晶球（すいしょうだま）や、ガラス管と金属の棒で造られた不可解な機械が置かれていた。

窓はガラス張りで、頑丈（がんじょう）そうな棒で造られた格子が取り付けられていた。近づいて外を覗（のぞ）き込む勇気はなかったが、私がいた場所からも羊歯（シダ）のような植物の先端が波打つ様子が見えた。

床はどっしりした巨大な八角形の板石で造られていて、絨毯（じゅうたん）や掛布は全くなかった。

後に私は、巨石造り（キュクローピアン）の廊下を足早に通り抜け、同じく怪物じみた石積みの巨大な傾斜路（けいしゃろ）を上ったり下ったりする幻視（ビジョン）を思い浮かべた。階段はどこにもなく、幅が三〇フィート［約九・一メートル］を下回る通路もなかった。私が動き回った構造物の中には、空に向かって数千フィートの高さに聳（そび）え立つものもあったに違いない。

下方には何層にも重なっている黒々とした丸天井の房室（ぼうしつ）と、決して開くことのない跳（は）ね上げ戸があり、金属の帯で封印（ふういん）されていて、何かしら特別な危険があることをおぼろげに暗示していた。

私は囚人（しゅうじん）だったようで、目にした全てのものに恐怖が重くのしかかっていた。

もしも私が慈悲深（じひぶか）い無知によって護（まも）られていなければ、壁に記された嘲笑的な曲線の象形文字（ヒエログリフ）が、その文面（メッセージ）をもって私の魂を吹（ふ）き飛ばしてしまったことだろう。

さらに後になると、私の夢には、大きな丸窓や巨大な平屋根から見える、奇妙な庭園や広大な不毛の土地、傾斜面の最上部に続く、背が高くて石造りの、波打つ欄干（らんかん）といった眺めが含まれるようになった。

どこまでも果てしなく連なる巨大な建物は、それぞれが庭に囲まれていて、優に幅が二〇〇フィート

［約六一メートル］ほどもある舗装道路に沿って並んでいた。各々の外観は大きく異なっていたが、五〇〇フィート四方、高さ一〇〇〇フィートに満たないものはほとんどなかった。大部分は、正面の幅が数千フィートはありそうな、果てしなく広大な建物ばかりで、霧がかった灰色の空に、山のような高さにまで聳え立つものもいくつかあった。

　主に石材かコンクリートで造られているようで、その大多数が、私が囚われていた建物に見られるような、妙に曲線的な石造の建築様式を体現していた。屋根は平らで庭園に囲まれ、波型の欄干を備えたものが多いようだった。時にはテラスや高階層があり、庭園の真ん中に広い空き地がある建物もあった。大きな道路を何かが動いているようだったが、早い時期に見た幻視からは、この印象の細部を解明することはできなかった。

　いくつかの場所には、他のどの構造物よりも遥かに高く聳える、巨大な暗澹たる円筒形の塔が見えた。これらは全く独自の性質の建物であるらしく、桁外れの荒廃の兆候を示していた。異様な形状の四角い玄武岩を用いる石造建築技術によって造られていて、丸みのある頂部に向かって、わずかに先細りになっていた。いくつかの巨大な扉を除くと、窓やその他の開口部の痕跡がどこにも見当たらなかった。私はまた、基本的な構造がこれらの暗澹たる円筒形の塔に似ている、より背の低い建物——いずれも、永劫の歳月の中で風化し、崩れかけていた——がいくつかあるのに気がついた。

　四角く切り出された石材で造られたこれらの異様な建造物群の周囲には、封印された跳ね上げ戸から生じているのと同じ、脅威と凝縮された恐怖の説明しがたい雰囲気が漂っていた。

　そこらじゅうにある庭園の奇妙な有り様は恐ろしいほどで、異様で見慣れない植物が、風変わりな彫刻の施された一枚岩(モノリス)が並ぶ小道の上で揺(ゆ)れながら頭(こうべ)を垂(た)れていた。異常に巨大な羊歯(シダ)に似た植物が比較的多く、緑色のものもあれば、不気味な菌類(きんるい)じみた青白い色をしたものもあった。中には、蘆木(カラミテス)［古生代の化石植物］に似た巨大な幽霊(ゆうれい)じみた植物が立っていて、その竹のような幹は途方もない高さにまで聳(そび)えていた。それから、物語に出てくるような蘇鉄(そてつ)に似た房(ふさ)のある植物や、グロテスクな暗緑色の低木や、針葉樹らしき木々もあった。

幾何学的(きかがくてき)な形の花壇や草木の緑のそこかしこに花々が咲いていたが、小さい上に無色なので、見つけにくかった。いくつかのテラスや屋上庭園には、ほとんど不快感を催させるほどの形をした、より大きくて鮮(あざ)やかな花が咲いていたのだが、これは人為的に育てられたもののようだった。

想像を絶する大きさ、形状、色をした菌類が、未知のものではあるが何かしら確立された園芸の伝統を物語る配置で、風景の中に点在していた。

地上にあるさらに大きな庭園では、自然の不規則性を再現しようと試みられているようだったが、屋上庭園では剪定(せんてい)が行われ、装飾的な刈(か)り込みの痕跡がより多く認められた。

空はほとんど恒常的に霧で曇っていて、時には凄(すさ)まじい大雨が降ったように思った。しかし、折に触れて太陽――異様に大きく見えた――と月が垣間見えることがあり、月については、その模様が普通と少し違っていたのだが、はっきりとはわからなかった。

夜空が――ごく稀に――いくらか晴れた時には、その大部分を認識できない星座が眺められた。既知の星座の輪郭(りんかく)に近いものもあったが、同じものは滅多になかった。そして、私が識別することのできた数少ない星群の位置から、自分がいるのは地球の南半球、南回帰線の近くに違いないと考えた。

遠くの地平線は、常に蒸気で覆(おお)われて霞(かす)んでいたのだが、未知の木生羊歯(シダ)や蘆木(カラミテス)、鱗木(レピドデンドラ)、封印木(シギラリア)の巨大な密林が街の外にまで広がり、その幻想的な葉叢(はむら)が、流動する蒸気の中で嘲笑うように揺れているのが見えた。

時折、空で何かが動いている気配があったが、私の初期の幻視(ビジョン)では解明できなかった。

一九一四年の秋までに、私は都市やその周辺地域を動き回る、奇妙な夢を時折見るようになった。

その幹に斑模様(まだらもよう)や縦(たて)の溝(みぞ)、縞(しま)模様が入っていたりする恐ろしい植物の森や、私にしつこく取り憑いている都市と同じくらい奇妙な他の都市を通る道を夢で目にした。

永遠の薄暮が支配する森の空き地や伐採地(ばっさいち)にある、黒や虹色の石で造られた怪物的な構造物を目撃し、屹立(きつりつ)するじめついた植物がほとんど見分けられないほど暗い、沼地を横切る長い土手道を横断した。

一度は、何マイルにもわたって続く、風化して崩れ落ちた玄武岩の廃墟(はいきょ)が点在する地域を目にしたが、その廃墟の建築様式は、私に取り憑く都市にいくつか立っている、窓がなく頂部が丸い塔に似ていた。

そしてまた、私は一度だけ海を見た――ドームとアーチから成る巨大な町の、途方もなく巨(おお)きい石造の埠頭(ふとう)の彼方に果てしなく広がる、蒸気に覆われた空間を。

形なき大きな影がいくつもその上を動き回り、海面のそこかしこが異様な水噴流にかき乱(みだ)されていた。

Ⅲ

既に述べたように、これらの突飛な幻視(ビジョン)が、ただちに恐怖の感覚を孕み始めたわけではない。確かに、本質的にもっと奇妙な夢を見た者が大勢いる——それは日常生活、絵画、読書という無関係の断片が混ぜ合わされ、睡眠中の野放図な空想によって、途方もなく奇抜な形で配置されたものだ。

　私自身はといえば、以前には極端な夢を見ることのない人間だったのだが、しばらくの間、そうした幻視をごくあたりまえなものと受け入れていた。漠然とした異常な夢の多くは、追跡しきれぬほど数が多い、ありふれた源から生じたのに違いないと納得していた。その一方で、他の夢については、一億五千万年前の原始世界——つまり、ペルム紀ないしは三畳紀——の植物やその他の状況に関連する、教科書に載っているような一般的な知識を反映しているようだった。

　しかし、数ヶ月のうちに、恐怖の要素が次第に強まってきた。この頃になると、夢は間違いなく記憶の様相を呈し始め、私の心はそれらを募りゆく抽象的な不安——記憶を束縛されている感覚、時間に関する奇妙な印象、一九〇八年から一三年にかけての第二の人格との忌まわしい交換の感覚、そしてこれは大分後になってのことだが、自分自身に対する説明のつかない嫌悪感——と結びつけ始めた。

　特定のはっきりした細部が夢に入り込むようになると、その恐ろしさは千倍にも増した——一九一五年一〇月までには、私は何かしなければならないと感じていた。他の記憶喪失や幻覚の症例について、集中的に研究し始めたのはその時のことだった。そうすれば、自分の悩みを客観視して、その感情的な束縛から逃れられると感じたのである。

　だが、前述したように、最初のうちに得られた結果は、ほぼ正反対だった。自分の夢とあまりにもよく似ていたことに、私はひどく動揺した。特に一部の記述は、報告者が地質学の知識を——したがって、原始時代の風景についての観念を——持っているとは考えられないほど早い時期のものだった。

その上、こうした記述の多くは、大きな建物や密林の庭園――その他の幻視に関連する、実に恐ろしい細部と説明を提供するものだった。実際の光景や漠然とした印象だけでも十分に酷いものだったのだが、他の夢想家たちがほのめかしたり主張したりしたことには、狂気と冒瀆の匂いが漂っていた。最悪だったのは、私自身の疑似記憶が呼び覚まされて、さらに荒唐無稽な夢を見たり、これから起きることの啓示をほのめかしたりし始めたことだ。

だというのに、大多数の医師は、私の経過は概ね望ましいものだと見なしたのである。

私は心理学を体系的に学び、その刺激を受けて、息子のウィンゲイトも同様に学び始めた――その研究が、最終的に現在彼が就いている教授職に繫がったのだ。一九一七年と一九一八年に、私はミスカトニック大学で特別課程を受講した。その最中にも、医学、歴史、人類学の記録を根気よく調査し続けていた。遠方の図書館に足を運ぶこともあり、ついには私の第二人格が不穏な興味を抱いていた、禁断の旧き伝承にまつわる悍ましい書物の数々にすら手を出した。

後者のいくつかは、変性していた頃の私があたった本の現物で、妙に人間離れした筆跡や慣用表現による、悍ましいテキストの欄外の注釈や、本文に書き込まれた訂正を目にして、ひどく動揺させられた。これらの書き込みの殆どが、様々な本のそれぞれの言語で書かれていて、筆者はそれらの言語を明らかに学者的な流暢さで使いこなし、均しく理解しているようだった。

しかし、フォン・ユンツトの『無名祭祀書』に添えられたとある注記は、驚くほど異なっていた。それはドイツ語の訂正と同じインクで書かれた、曲線的な象形文字で構成されていたのだが、それは人間の用いる言語とは思えなかった。しかも、これらの象形文字は、私が夢の中でしょっちゅう目にする文字――一瞬ではあるが、その意味を知っているか、さもなくば今にも思い出せそうな気がする文字だ――間違いなくそっくりだったのである。

暗澹たる混乱の総仕上げをしたのは、件の書物についての以前の調査結果と閲覧記録からして、これらの書き込みは全て第二の人格だった頃の私の仕業に違いないという、図書館員たちの断言だった。そのうち三つの言語を、当時も今も私が知らないのにもかかわらず、である。

古今に散らばっている人類学と医学の記録を繋ぎ合わせて、私は神話と幻覚で織り成される、首尾一貫した混成物を得たのだが、その広がりと荒誕な内容には心底啞然とさせられた。私を慰めてくれたのはただ一つ、その神話がかくも早い時代から存在したという事実だった。

いかなる失われた知識が、古生代や中生代の描写をこれらの原始的な説話にもたらしたのか、私には推測すらままならなかったのだが、そうした描写が確かにそこにあったのだ。だとすると、固定的なタイプの妄想を形成する基盤が存在したということになる。記憶喪失の症例が全般的な神話の類型を創り出したことは間違いない――しかし、神話の空想的な蓄積が後に、記憶喪失の患者と反応を起こして、彼らの疑似記憶にもっともらしい色をつけたのに違いない。私自身、記憶が欠落している間に、あらゆる昔の物語を読んだり聞いたりしていたのだ――そのことは、私の探求から十分証明されている。ならば、後に私が見た夢や感傷的な印象が、私の記憶が第二人格から微妙に引き継いだものによって色づけられ、形作られたのも当然なのではないだろうか。

いくつかの神話は、人類が誕生する以前の世界にまつわる曖昧な伝説――とりわけ余人を呆然とさせるような時間の深淵を包含し、現代の神智学者たちの伝承の一部を形成している、ヒンドゥー教の物語と意味深な繫がりがあるようだった。

原初の神話と現代の妄想の結びつきは、この惑星の長い、大部分が知られていない歴史の中で、人類は高度に進化し、支配的だった種族の一つに過ぎない――おそらく、最も劣(おと)っている――という仮定を生み出した。三億年前、人類の祖先である最初の両生類が熱い海から這(は)い出してくる以前から、想像を絶する姿形をしたものたちが空に向かって塔を建造し、自然のあらゆる秘密を探求していたことを、それらはほのめかしていた。星々から降りてきたものがいた。宇宙そのものと同じくらい古い存在もわずかにいた。他に、私たちの生命周期の最初の微生物よりもずっと昔、その微生物自体が我々よりも遥か遠い昔の存在であるのと同様、地球の微生物から急速に進化したものもいた。

数十億年規模の時間の長さや、他の銀河や宇宙との繫がりが腹蔵(ふくぞう)なく語られた。実際、人間が受け入れている意味合いでの時間というものは、そこには存在しなかった。

しかし、物語や印象の大部分は比較的最近の種族に関するものであり、科学に知られているいかなる生命形態にも似ていない奇妙で複雑な形状をしていて、人類の出現のわずか五千万年前まで生きていた。この種族は、それらの神話が語るところによると、あらゆる種族の中で最も偉大(いだい)な種族だった。何故なら、この種族だけが時間の秘密を手中に収めていたからである。

とりわけ鋭敏な精神を過去や未来に投影し、数百万年もの時の深淵を超えて、あらゆる時代の伝承を研究する力によって、彼らは地球上でかつて知られていたこと、これから知られるであろうことの尽(ことごと)くを学び取った。この種族の成し遂げたことから、人間の神話に登場するものも含め、預言者にまつわるあらゆる伝説が生まれたのである。

その広大な図書館には、地球の全記録――すなわち、過去に存在したか今後存在するであろうあらゆる種族の歴史と解説、その芸術、業績、言語、心理についての完全な記録である、文書や絵図から成る書物が数多く収められた。この永劫に亘（わた）る知識によって、《大いなる種族（グレート・レース）》はあらゆる時代と生命形態の中から、自分たちの性質や状況に適した思想、芸術、そして生活様式を選択した。

認識される感覚の外側にある、精神投射のような力で獲得された過去の知識は、未来の知識よりも収集が困難だった。後者の場合、やり方はより簡単で物質的だった。適切な機械の助けがあれば、その精神は自らを時間流の未来に投影し、おぼろげで感覚を超越した道を辿って、希望する時代に近づける。それから、予備的な試行を繰り返した後、その時代の生命形態の中でも、発見し得る最良の依代（よりしろ）を捕らえた。そうやって有機体の脳に入り込み、そこに自身の振動を設定する一方で、交換された精神は交換した側の時代に引き戻され、逆の手順が実行されるまで後者の体内に留まるのである。

未来の生物の体内に投影された精神は、その外形を纏（まと）った種族の一員になりすまして、選ばれた時代とその蓄積された情報や技術について、学べる限りの全てをできるだけ早く学び尽くす。

その最中、追い出された精神は、追い出した者の時代と肉体に引き戻されて、注意深く保護されることになる。その精神が宿る肉体を傷つけることがないようにされた上で、熟練の質問者によって全ての知識が吸い上げられるのだ。自身の使用言語で質問を受けられることもしばしばあったが、それは以前に行われた未来への探求で、その言語が持ち帰られていたケースである。

もしもその精神が、《大いなる種族（グレート・レース）》が物理的に再現できない言語を用いる肉体に由来したのなら、精巧（せいこう）な機械が用意されて、その機械で異生物（エイリアン）の言葉を楽器を奏（かな）でるように演奏できる。

《大いなる種族》の身体は、高さ一〇フィート［約三メートル］の巨大な皺のある円錐体で、頭やその他の器官は、胴体の頂部から伸びる太さ一フィートの伸縮可能な肢についていた。彼らは四本の肢のうち二本の先端についている、巨大な蹄ないしは鉤爪のある手をカチカチ鳴らしたりこすったりすることで会話し、一〇フィートの巨大な基部についている粘性の層の収縮によって歩行した。

捕らわれた精神の驚きと憤りが収まり（《大いなる種族》とは全く異なる肉体から来たと仮定して）、仮宿りしている見慣れない姿形に対する恐怖がなくなると、その精神は新しい環境を研究し、自分を追い出した者のそれに近い驚異と智慧を体感することを許された。

適切な予防措置を講じ、さらには適切な奉仕と引き換えに、その精神は巨大な飛行船や、大きな通りを横切る巨大な船に似た原子力エンジン搭載の乗り物に乗ったりして、居住可能な領域全体を動き回り、この惑星の過去と未来の記録を収めた図書館を自由に調べることが許された。

こうした措置により、捕らわれた精神の多くが運命を受け入れた。なぜなら、皆が鋭敏な精神の持ち主であり、そうした精神にとって地球の隠された謎――すなわち、想像を絶する過去の閉ざされた章や、本来属している時代よりも先の年月を含む未来の時間の目眩く渦――を明らかにすることは、底知れぬ恐怖が暴露されることもしばしばだったが、いつだって人生の最高の経験となるからだ。

時に、特定の虜囚は、未来から捕らわれた他の虜囚の精神と会うことを――つまり、自分たちの時代よりも百年、千年、あるいは百万年も前か後に生きていた意識体と思考を伝え合うことを――許された。そして全員が、自分自身とその次代について、自分の言語で大量の文章を書くように促され、そうした文書は巨大な中央文書館に保管された。

大多数の者より遥かに大きな特権を有する、特別なタイプの哀れを誘う虜囚もいたことを、付け加えておこう。彼らは死に瀕した永久追放者で、死に直面して精神の消滅を逃れようとした《大いなる種族》の中でも鋭敏な精神を持つ成員により、未来にある肉体を奪われたのである。

こうした塞ぎ込んだ追放者は、思っていたほど多くはなかった。なぜなら、《大いなる種族》の寿命が長くなったので——殊に精神を投影できる優れた者たちの間で——生への愛着が薄れたからである。

後の歴史——人類のものも含まれる——を通して目についた、終生の人格変化事例の多くは、《大いなる種族》の長生者たちの精神が永続的に投影されたことによって発生したのだ。

通常の探検の場合——つまり、入れ替わった精神が未来において望んだ知識を学び終えてしまうと、出発した時と同様の装置を作って、投影のプロセスを逆転させる。その精神は再び本来の時代の自身の肉体に入り、最近捕らわれた精神の方は、本来属していた未来の肉体に戻る。ただし、入れ替わっている間にいずれかの肉体が死んだ場合にのみ、この復元は不可能となった。もちろん、そのような場合、探検に出ていた精神は——死から逃れた者たちのように——未来において、異生物の肉体で人生を送らなければならなかった。また、捕らわれた精神の方が——死にゆく永久の追放者のように——《大いなる種族》の肉体を纏い、過去の時代でその生涯を終えなければならないこともあった。

捕らわれた精神も《大いなる種族》のものであった場合、この運命は最も恐ろしさが乏しかった——そうしたことも、珍しくはなかった。なぜなら、この種族はどの時代においても、自分たちの未来に強い関心を抱いてたからである。

《大いなる種族》の中で、死に瀕した永久追放者の数はごくわずかだった——その最大の理由は、死に瀕した者が未来の《大いなる種族（グレート・レース）》の精神と入れ替えることについては、莫大なペナルティが科されるからである。投影を通じて、法に背いて新しい未来の肉体を得た精神にペナルティを与えるための取り決めがなされ——時には強制的な再交換が行われることもあった。

探検中ないしは既に虜囚となっている精神が、過去の様々な地域の精神によって交換されるというややこしい事例も知られていて、慎重（しんちょう）に修正が行われた。

精神投影の確立以来、全ての時代において、ごくわずかではあるが人口に占める一部が、過去の時代から長期ないしは短期滞在中の《大いなる種族（グレート・レース）》の精神であることはよく知られていた。

異生物の捕らわれた精神が未来の自分の肉体に戻る時、その精神は機械を用いた複雑な催眠術（さいみんじゅつ）により、《大いなる種族（グレート・レース）》の時代に学び取った全ての知識を忘却させられた——これは、大量の知識を伝達させると大抵、ある種の厄介な結果が発生するからだ。現在も知られている数少ない明確な伝達の事例は、大きな災害を引き起こした上に、未来の特定の時代にも引き起こすことがわかっている。

そして、人類が《大いなる種族（グレート・レース）》に関わることを知ったのは、この種の二つの事例——古い神話によれば——の結果によるところが大きかったのである。

永劫を隔（へだ）てたあの世界から、物理的かつ直接的に残存しているのは、遠隔地や海底に存在するいくつかの巨大な石造の廃墟と、恐るべき『ナコト写本』のテキストの一部のみだった。

このようにして、戻ってきた精神は、その発作以来経験したことのごくかすかで断片的な幻視（ビジョン）のみを胸に、本来の時代に到達した。消去できる記憶は全て消去されたので、殆どの場合、最初に交換された時まで遡（さかのぼ）る、夢幻のような空白が広がるのみだった。

他の精神よりも多くのことを思い出すことができた者もいて、稀なことではあったが偶然、記憶が結合して、禁断の過去にまつわる暗示が未来の時代にもたらされることもあった。

いつの時代にもおそらく、ある種の集団やカルトが、そうした暗示の何かしらを秘蔵していた。『ネクロノミコン』には、人間社会におけるそうしたカルト――《大いなる種族(グレート・レース)》の時代から永劫の時を渡ってきた精神を援助することがあるというカルト――の存在がほのめかされている。

その一方で、《大いなる種族(グレート・レース)》自体がほとんど全知の存在となり、他の惑星の精神との交換を開始し、その過去と未来を探検する仕事に取りかかっていた。《大いなる種族(グレート・レース)》はまた同様に、自身の精神的系譜(けいふ)がそこからやってきた、遥か遠くの宇宙にある、永劫の昔に滅びた闇黒の天球(ほし)の過去と起源を解明しようとした――《大いなる種族(グレート・レース)》の精神は、肉体を纏う以前から存在していたからである。

滅びに瀕する老いた天体(せかい)に属するその生物は、窮極(きゅうきょく)の秘密を知って賢(かしこ)くなり、長く生きられるであろう新しい世界と種族を待ち望んだ。そして、彼らを住まわせるのに最も適した未来の種族――すなわち、一〇億年前の地球に住んでいた円錐型の生物に、彼らの精神を一斉に送り込んだのだ。

かくして《大いなる種族(グレート・レース)》が生を求めて到来したのだが、過去に送られた無数の精神は、見慣れぬ姿に恐怖しながら死にゆくままに任された。

この種族は、やがて再び死に直面するのだろうが、彼らの中でも優れた精神が、より長く肉体寿命を持つ他の生物の肉体へと再び未来への移民を繰り返し、生き延びていくのである。

絡(から)み合った伝説と幻覚の背景は、このようなものだった。一九二〇年頃、私の研究が首尾一貫した形になってきた頃、私は研究の初期段階において高まった緊張が多少なりとも和(やわ)らいだのを感じた。結局のところ、行き場を失った感情によって空想が引き起こされはしたが、私の身に起きた現象の大部分は、容易に説明がつくものでなかっただろうか。記憶喪失の間、何かのきっかけで、私の精神が冥(くら)い研究に向かったのかもしれず――それで私は禁断の伝説を読み、評判の悪い古いカルトの成員に会いもした。明らかにそのことが、記憶を取り戻した後に襲(おそ)われた夢や不安感の材料となったのだ。

図書館員たちが私に責任を負わせた、夢の中の象形文字(ヒエログリフ)と、私の知らない言語で書かれた欄外のメモについては――第二の人格だった時にそれらの言語を少しばかり齧(かじ)ることは容易であったろうし、象形文字(ヒエログリフ)は古い伝説の記述から私の想像力が創り出し、それが後になって私の夢に織り込まれたものであるのに違いない。私は、有名なカルトの指導者たちと話をして、いくつかの点を確かめようとしたのだが、適切な関係を築くことができなかった。

遠く離れた時代における多くの事例が類似していることに、調査を始めた当初と同じように心乱されることもあったが、その一方で、あの刺激的な民間伝承は、現在よりも過去においてよく知られていたのに違いないとも考えた。

おそらく、私と同じような症状を経験した犠牲者たちは皆、私が第二の人格だった時に初めて知った物語を、遠い昔から熟知していたのだろう。そうした犠牲者たちは、記憶を失った時、お馴染みの神話に登場する生物(クリーチャー)――人間の精神に取って代わるとされる伝説的な侵略者――と自分を結びつけ、人間ではない空想上の過去に持ち帰ることができると考えて、知識の探求に乗り出したのだ。

やがて記憶が戻ると、彼らは連想のプロセスを逆転させ、自分自身が入れ替わった者ではなく、かつて捕らわれていた精神なのだと考えるようになった。このような理由から、従来の神話のパターンに準拠した夢や疑似記憶が生まれたのである。

こうした解釈は回りくどいようにも見えるが、私の中では最終的に、他のあらゆる解釈よりも有力なものと思われるようになった——対立する理論の弱点が大きいというのが、その大きな理由だった。そして、少なからぬ著名な心理学者や人類学者も、次第に私に賛同するようになった。

考えれば考えるほど、私の推論は説得力を持つように思われた。ついには、私をなおも襲い続ける夢や印象に対する、実際に効果を発揮する防壁となったのである。

夜に奇妙なものを見た？　それは、私が聞いたり読んだりしたことに過ぎない。

奇妙な嫌悪感や視点、疑似記憶を持っていた？　第二の人格が吸収した神話の残響に過ぎない。

私が夢見るものも、感じるものも、実際には何の意味も持ち得ないのだ。

こうした哲学に支えられて、私の神経の平衡は大いに改善されたのだが、幻視（抽象的な幻視ではなく）は着実に頻度が増え、不安になるほど具体的になっていた。

一九二二年、私は再び正規の仕事に就けるようになり、大学の心理学の専任講師を引き受けて、新たに得た知識を実際に活用した。以前担当していた政治経済学の教授職は、とうの昔に埋まっていた——それに、経済学の教授法も、私が現役だった頃から大きく変わっていた。

折しもその頃、私の息子が現在の教授職へと繋がる大学院での研究を始めたところだったので、私たちは親子二人で大いに仕事に取り組んだのだった。

Ⅳ

とはいえ、私は鮮烈に押し寄せてくる奇妙な夢を、注意深く記録し続けた。そのような記録は、心理学の資料として真正の価値があるというのが、私の考えだった。

垣間見た一連の夢はやはり、忌々しいほど自分の記憶であるかのように感じられたが、私はこの印象をうまく撃退することに成功した。執筆中は、幻覚を自分の目で見たもののように扱ったが、それ以外の時には、夜の儚い幻影と同じように無視することにした。

日常会話の中でも、そうした事柄に触れたことはなかった。しかし、そういう話はえてして漏れ出すもので、私の精神状態に関する様々な噂を引き起こした。これらの噂を真に受けたのは素人（しろうと）ばかりで、医師や心理学者が一人もいなかったというのは、面白い話ではある。

一九一四年以降に私が見た夢について、真摯（しんし）な研究者であればより詳しい説明や記録を利用できるはずなので、ここでわずかな例を挙げておこう。

時が経つにつれて、幻視（ビジョン）の範囲が大幅に拡大したところを見ると、奇妙な抑制がいくらか弱まったことは明らかだった。しかし、それらは一見、明確な動機付けのない、ばらばらの断片に過ぎなかった。

夢の中で、私は次第に自由に動けるようになったようだ。

数多（あまた）ある奇妙な石造りの建物から建物へと、共用の移動経路であるらしい広大な地下の通路群に沿って通り抜けた。最下層に点在する、例の巨大な密閉された跳ね上げ戸に遭遇することもあったが、その周囲には恐怖と禁忌の気配が漂っていた。

途方もない規模のモザイクのタイルで覆われたプールや、多種多様の奇妙で不可解な器具が置かれた部屋をいくつも目にした。それから、複雑な機械が組み込まれた、途方もなく巨きな洞窟があったが、それらの機械の輪郭と用途は異様この上なく、音については数年も夢を見続けた後にようやく聞こえるようになった。あの幻視の世界で私の働かせた感覚が視覚と聴覚のみだったことを、ここで書いておこう。

真の恐怖が始まったのは一九一五年五月、私が初めて生きている物を目にした時に始まった。これは神話や症例の歴史からいかなるものが予想されるかを、研究を通して学ぶ以前のことだった。精神的な障壁が薄れるにつれて、建物の様々な場所や下方の街路に、薄い靄のかかった大きな塊が見えるようになった。それらは次第に固体化し、はっきりと見えるようになり、ついには不愉快なほど容易にその怪物的な輪郭を捉えることができるようになった。

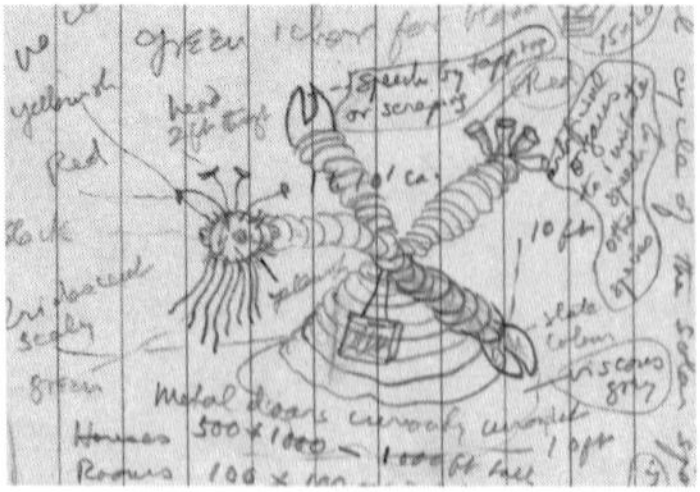

HPLによる“大いなる種族”のスケッチ
（「「時間を超えてきた影」のための覚書」より）

それらは巨大な虹色の円錐体で、高さ約一〇フィート〔約三メートル〕、基部の幅も一〇フィートあり、畝のある鱗状の、やや弾性のある物質でできているようだった。頂部からは、それぞれ一フィートの太さがある柔軟な円筒形の器官が四本突き出ていて、円錐体自体と同じ畝のある物質でできていた。

これらの器官は、縮んでほとんどなくなることもあれば、最長で一〇フィートほどの長さに伸びていることもあった。そのうち二本の先端には、巨大な鉤爪ないしは鋏がついていた。三本目の先端には、トランペットに似た赤い付属器官が四つあった。四本目の先端には、直径がおよそ二フィートの歪な球体があって、中央の円周上に大きな黒い眼が三つ並んでいた。この頭部の上部には、花に似た付属器官がついている灰色の細い茎が四本伸びていて、その一方で下部からは緑がかった触角ないしは触手が八本垂れ下がっていた。

中央の円錐の大きな基部は、ゴムのような灰色の物質に縁取られていて、それが膨張と収縮を行うことで体全体を移動させていた。

彼らの行動は無害ではあったが、その外見以上に私に恐怖を抱かせた――何故なら、人間にしかできないと思っていたことを、怪物じみた物体が行うのを目にすることは、健全なことではないからだ。

これらの物体は、広大な部屋の中のあちらこちらへと理知的に動き回り、棚から本を取ってテーブルに運んだり、その逆のことを行ったりして、時には頭部の緑がかった触手に握らせたペンのような奇妙な棒を用いて、熱心に書き物をすることもあった。

巨大な鋏は本の運搬と会話に用いられた――会話は、カチカチと打ち鳴らす音や、引っ掻いたりする音から成り立っているようだった。

衣服は着ていなかったが、円錐状の胴体の上から肩掛け鞄やナップサックのようなものを提げていた。

頭部とそれを支える器官は、通常は円錐体の頂部にあったが、頻繁に上げ下げされた。他の三つの大きな器官は、使わない時には五フィートほどに縮められ、大抵は円錐の脇に下向きに垂らされていた。

彼らの読み書きや機械を操作したりする速度（テーブルの上にある機械は、何らかの形で思考と関係しているようだった）からして、彼らの知能は人間よりも遥かに優れていると、私は結論付けた。

その後、彼らを至る処で目にするようになった。あらゆる大きな部屋や廊下に群がり、丸天井の地下房で怪物じみた機械の手入れを行い、巨大な船のような形の車に乗って広大な道路を走り回っていた。私は彼らを恐れなくなった。この環境を形成する、ごく当たり前の存在だと思えたからである。個別の差異もはっきりわかるようになってきて、少数の者は何らかの束縛を受けているようだった。

後者については、身体的な変化はないものの、仕草や習慣が多様で、大多数の者たちと異なっているだけでなく、そうした者たち同士でも互いに大きく異なっていた。

彼らは、雲がかかったような私の幻視から窺える限りでは、多種多様の文字を書いているようだったが、多くの者が用いる曲線的な象形文字は決して使わなかった。

我々が慣れ親しんでいるアルファベットを用いる者も、わずかにいたようだった。彼らの大多数は、一般的な実体のグループに比べて、遥かにゆっくりと動いていた。

この間ずっと、夢の中での私自身の映像は、通常よりも視野が広く、意識が肉体から離れているような感覚で、自由に動き回りながらも、普通の道しか通れず、移動速度も制限されていた。

肉体の存在を思わせる何かが私を悩ませ始めたのは、一九一五年八月になってからのことだった。

悩ませたというのは、その最初の局面が、前述した自分の肉体への嫌悪と幻視の光景に関係があるという、純粋に抽象的なものではあったが、この上なく恐ろしい連想だったからだ。

しばらくの間、夢見の間に私が主に気にかけていたのは、自分自身を見下ろさないようにすることで、どの奇妙な部屋にも大きな鏡が全くなかったことをどれほど有り難く思ったか、よく憶えている。

大きなテーブル——その高さが一〇フィートを下回るということはないはずだ——を、いつも天板よりも低くはない位置から見ていたという事実にも、大いに困惑させられた。

やがて、自分の姿を見下ろしたいという病的な誘惑がどんどん強くなり、ある夜のこと、私はついにその誘惑に抗(あらが)えなくなった。最初は、視線を下に向けても何も見えなかった。その直後、これは私の頭部が非常に長く柔軟な首の先についているからだと気がついた。首を引っ込め、急な角度で下を見ると、高さ一〇フィート、基部の幅も一〇フィートある、鱗状で皺が多く、虹色をした巨大な円錐形の肉塊(にくかい)が目に入った。私が眠りの底から半狂乱で飛び上がり、アーカムの住民たちの半分を目覚めさせるほどの絶叫(ぜっきょう)をあげたのは、まさにこの時のことである。

数週間にわたる悍(おぞ)ましい繰り返しの後で、私は自分が怪物じみた姿になっているという幻視(ビジョン)を、半信半疑ではあったが受け入れた。今や、夢の中の私は、肉体を有する状態で他の未知の実体の間を動き回り、果てしなく続く棚から恐ろしい本を取り出しては読み、頭部から垂れ下がっている緑色の触手で操る尖筆(スタイラス)で、大きなテーブルで何時間も書き物をした。

読んだり書いたりしたものの断片が、記憶に残るようになった。他の天体(せかい)や他の宇宙、そして全ての宇宙の外側に存在する、姿形なき生命の活動にまつわる恐ろしい年代記があった。忘れ去られた過去、この天体(せかい)に棲息(せいそく)していた奇妙な生物の集団の記録や、最後の人間が死んでから数百万年後にそこに棲み着くことになる、グロテスクな身体(からだ)を備えた知性体についての恐ろしい年代記もあった。

そして私は、今日のいかなる学者もそんなものが存在すると推測したことのない、人類史のいくつかの章について学び取った。これらの文書の大部分は、例の象形文字(ヒエログリフ)の言語で記述されていた。私は、ブーンと唸る機械の支援を受けた、奇妙なやり方でその言語を学習した。それは明らかに、人類の言語に見られるものとは全く異なる語根を持つ膠着語［言語分類のひとつ］だった。

他にも、同じような奇妙なやり方でそれを学んだ、未知の言語で書かれた書物がいくつもあった。知っている言語で書かれていたものはごく一部だったが、そうした記録に挿入されていたり、別個のコレクションを形成したりしていた非常に精巧な絵図が、大いに私の参考になった。

そうした間にも、私はずっと自分の属する時代の歴史を英語で書き記していたようだった。目が覚めた時、夢の中で習得した未知の言語について、意味をなさないごくわずかな断片しか思い出せなかったが、通史的に用いられている全ての慣用表現は頭の中に残っていた。

私は、自分の周囲にいる実体こそが――間違いなく夢の源泉となった類似症例や古い神話を、目が覚めた私が研究し始める以前にすら――時間を征服し、あらゆる時代に探検家気質の精神を送り込んだ、この世界の最も大いなる種族に他ならぬのだと知った。私はまた、別の者が本来の時代にある私の肉体を使っている間に、自分がそこから連れ去られていたこと、そして他の奇妙な姿形をした生物の中に、私と同じように捕らわれた精神を宿した者たちがいることも知った。私は、鉤爪を打ち鳴らす奇妙な言語で、太陽系のあらゆる場所にある肉体から追い出された知性体たちと語り合ったらしかった。

測り知れぬ時代を経て生き続ける、金星として知られる惑星から来た精神と、六〇〇万年前の木星の外側の衛星から来た精神が一体ずつあった。地球由来の精神の中には、古第三紀の南極に棲んでいた、有翼で星型の頭部を備える半植物種族[*8]が複数と、伝説的なヴァルーシアの爬虫人類[*9]が一人、ツァトーグアを崇拝している、人類以前の毛むくじゃらのヒュペルボレイア人[*10]が三人、全くもって厭わしいチョー

＝チョー族[*11]が一人、地球最後の時代の蜘形人（ちゅうけいじん）が二人いた。人類のすぐ後に出現する頑強な甲虫（こうちゅう）種族が五体いて、《大いなる種族（グレート・レース）》がいつの日にか恐ろしい危機に直面した時、その最も鋭敏な精神を一斉にこの種族に送り込むことになるはずだった。

また、人類の様々な種族に属する人々とも話をした。

西暦五千年頃に興（おこ）るツァン＝チャン帝国の哲学者、イアン＝リーの精神と話をした。

紀元前五万年頃に、南アフリカを支配していた頭部の大きな褐色（かっしょく）の民族の将軍と話をした。

バルトロメオ・コルシという一二世紀フィレンツェの修道士と話をした。

一〇万年前に西方からやってきた、ずんぐりして背の低い黄色人種イヌート族に飲み込まれる前に、恐ろしい極地を支配していたロマール[*12]の王とも話をした。

西暦一万六千年の、闇黒の征服者たちの魔術師ナグ＝ソートとも。

スッラの時代の財務官だった、ローア人ティトゥス・センプロニウス・ブラエサスとも。

ナイアルラトホテプの悍（おぞ）ましい秘密を私に教えてくれた第一四王朝[*13]のエジプト人ケプネスとも。

アトランティスの中期王国の神官とも。

クロムウェルの時代のサフォークの紳士階級（ジェントルマン）、ジェイムズ・ウッドヴィルとも。

プレ・インカ時代のペルーの宮廷天文学者とも。

西暦二五一八年に亡くなるオーストラリアの物理学者ネヴィル・キングストン・ブラウンと。

太平洋に消えたイェー[*14]の大魔術師とも。

紀元前二〇〇〇年のグレコ・バクトリアの役人テオドティデスとも。

ルイ一三世の御世の老フランス人ピエール＝ルイ・モンマニーとも。

紀元前一万五千年のキンメリアの族長クロム＝ヤー[*15]とも。

他にも数多くの者たちから学んだ衝撃的な秘密や目眩く驚異は、私の脳には到底収まりきれない。

私は毎朝のように発熱して目を覚まし、現代人の知識の範囲内にある情報の真偽(しんぎ)を必死に確かめた。

昔から伝えられている事実が新たな疑わしい様相を呈し、私は歴史と科学にこのような驚くべき補足を加えることのできる夢の空想力に驚嘆した。過去に隠されているかもしれない神秘に戦慄(せんりつ)し、未来にもたらされるかもしれぬ脅威に身震いを覚えた。人類の運命について、人類以後の実体との対話の中でほのめかされたことは、私に非常に大きな影響を与えたので、ここではとても書くことができない。

人間の後には、力強い甲虫種族の文明が興り、未曾有(みぞう)の破滅が旧世界を襲った時、その成員たちの肉体を《大いなる種族(グレート・レース)》の精鋭が乗っ取ることになるだろう。

その後、地球の寿命が尽きると、転移した精神は再び時間と空間を転移する——水星の球根状の植物状生物の肉体という、別の停留地へと向かうのである。だが、彼らが去った後にも、冷えた惑星に哀れにもしがみつき、恐怖に満ちた惑星の中心に潜り込み、ついには完全な終焉(しゅうえん)を迎える種族がいるだろう。

一方、夢の中の私は、《大いなる種族(グレート・レース)》の中央文書館に収めるべく——半ば自発的に、半ば図書館利用や旅行の機会を増やしてくれるという約束のために——自分の属する時代の歴史を延々と記し続けた。

文書館は、都市の中心近くにある広大な地下構造物の中にあり、私は労働や書物の参照を頻繁に行っていたことから、その場所のことをよく知るようになった。例の種族と同じくらい長く存続し、地球を見舞ういかなる規模の激変にも耐(た)えられるよう設計されたこの巨大な保管庫は、その重厚で山の如(ごと)き堅固な構造において、他のあらゆる建造物を凌駕（りょうが）していた。

セルロースで造られた妙に丈夫で大きなシートに書かれ、あるいは印刷された記録は、上開きの本に製本され、灰色がかった色合いの、非常に軽くて錆（さ）びることのない奇妙な金属で造られた個別のケースに保管された。そのケースは、数学的な意匠で装飾され、《大いなる種族（グレート・レース）》の曲線的な象形文字（ヒエログリフ）でタイトルが記されていた。

これらのケースは、ケースと同じ錆びない金属で造られている長方形の地下保管庫——閉ざされ、鍵（かぎ）のかけられた書棚に似ていた——に収められ、複雑な構造の回転式のつまみで施錠（せじょう）されていた。私自身の記録は、最下層あるいは脊椎（せきつい）動物の階層の地下保管庫に、特別の場所が割り当てられた——そこは人類と、その直前に地上で優勢だった毛深い種族や爬虫類種族の文化のためのセクションである。

しかし、どの夢も私に、日常生活を完全な形で伝えてくれる映像を与えてはくれなかった。全ての夢が切れ切れの断片でしかなく、正しい順序に並んでいないことは確かだった。たとえば、私は夢の世界における自分の生活環境について、非常に不完全な印象しか持っていない。ともあれ、自分用の大きな石造りの部屋を持っていたようではあった。

虜囚としての制限は徐々に消えてなくなったので、強大な密林の道路を旅する鮮烈な幻視（ビジョン）や、奇妙な都市に滞在する幻視（ビジョン）、《大いなる種族（グレート・レース）》が妙に恐ろしげに体を縮める、窓のない暗澹たる広大な廃墟のいくつかの探検の幻視（ビジョン）といったものが含まれた。

また、信じられないほどに速い、甲板（かんぱん）がたくさんある巨船で長期間にわたり航海をしたし、電気的な斥力によって浮遊し、移動する密閉された発射体（ロケット）のような飛行船で未開の地域を旅行した。

茫洋とした温暖な大洋の彼方には《大いなる種族》の他の都市があって、ある遠方の大陸では、《大いなる種族》が忍び寄る恐怖から逃れようと、主だった精神を未来に送り込んだ後、支配的な種族として進化することになる、黒く大きな鼻のある有翼の生物の粗末な村々を見た。丘陵は低くまばらで、大抵、平坦さと繁茂した緑の植物が、どの場所でも風景の基調を占めていた。丘陵は低くまばらで、大抵、
火山活動の兆候を見せていた。

私が目にした動物については、何冊もの本を書くことができる。全て野生だった。《大いなる種族》の機械化文明では、とうの昔に使役獣が廃止され、食物も野菜か合成物に占められていたのである。

図体の大きい不格好な爬虫類が、蒸気の立ち上る沼地をもがくように歩き、重い空気の中で羽ばたき、海や湖で水を噴き出していた。これらの生物たちの中に、古生物学で馴染みのある多くの形態——恐竜、翼竜、魚竜、迷歯類、長尾型翼竜、首長竜など——の、比較的小型で古い時代の祖型が漠然と認められたような気がする。鳥類や哺乳類の中に、私が識別できた種はいなかった。

地面と湿地には、蛇や蜥蜴、鰐が常に蠢き、緑豊かな植生の中では、昆虫が絶えずブンブンと賑やかに飛び回っていた。そして、海の遠い沖合では、姿の見えない未知の怪物たちが、靄のかかった空に、泡立つ山のような水柱を噴き上げていた。一度だけ、私は探照灯を備えた巨大な潜水艦で海洋の下に連れて行かれ、生ける恐怖さながらの、畏怖の念すら湧く巨大な生物たちを垣間見たことがあった。

また、この目で見ても到底信じられない沈んだ都市の廃墟や、至る処に蔓延する海百合類、腕足類、珊瑚、魚類といった、豊かな生物たちも目にした。

《大いなる種族》の生理、心理、習俗、そして詳細の歴史については、私の幻視にはほとんど情報が残

されておらず、ここに書き記した散漫（さんまん）な事柄の大部分は、私自身の夢からというよりも、古い伝説や他の事例の研究から寄せ集めたものである。むろん、私の読書や研究はやがて、多くの面で夢に追いつき、追い越したので、ある種の夢の断片はあらかじめ説明されていて、私が学んだことの検証になった。

　これによって、第二の私がやりとげた同様の読書と調査が、疑似記憶の恐ろしい構成全体の源になったという信念が立証されたことは、私にとっての慰めとなった。

　私が夢に見た時代は、明らかに一億五千万年前よりもいくぶんか新しい、古生代から中生代への移行期だった。《大いなる種族（グレート・レース）》に占有されている肉体は、地球上に残存している――それとも、科学的に知られている――いかなる進化の系統にも属していないのだが、独特でありながら相同性を備え、動物的であると同時に植物的でもある高度に分化した生物種だった。

　細胞活動は、疲労がほとんど生じない独特なタイプで、睡眠の必要も全くなかった。大きく柔軟な肢（あし）の一つについている、赤いトランペットのような付属器官を通して消化吸収される食物は、半ば流動食じみたものばかりで、既存の動物の食物とは多くの面で全く異なっていた。

　この生物は、私たちにも認識できるものとしては二つの感覚――それは視覚と聴覚で、後者は頭部の上の灰色の茎についている花に似た付属器官で伝達された――しか備えていなかったのだが、他にも不可解な感覚（ただし、彼らの肉体に入り込んでいる異生物の虜囚の精神にはうまく扱えない）を数多く備えていた。

　三つある眼は、通常よりも幅広い視野を得られるように配置されていた。

　血液は、濃緑色をした非常に濃厚な霊液（アイコール）じみたものだった。

性別はなく、基部に房をつける種子だか胞子だかによって繁殖し、水中でのみ成長した。幼体の成育には、大きくて浅い水槽が使われた――しかしながら、一般的な個体の寿命が四、五千年と非常に長いことが原因で、養育されている数はごくわずかだった。

著しく欠陥のある個体は、その欠陥が認められ次第、目立たないように処分された。

病や死期の接近については、触覚や肉体的苦痛がないので、視覚的な症状によってのみ判別された。

死者は、荘厳な儀式と共に焼却された。既に述べたように、鋭敏な精神が時間の前方投影によって死を免れることがあったが、そのようなケースはそれほど多くなかった。そのような事態が発生した場合、未来から追放された精神は、馴染めない借家と契約解消できるまで、この上なく親切な扱いを受けた。

《大いなる種族》は、四つの管区にはっきり分かれてはいたが、主だった施設を共有する、緩やかに結合された国家ないしは同盟を形成しているようだった。それぞれのユニットの政治・経済システムは、一種のファシズム的な社会主義体制で、主要な資源は合理的に分配され、権力については、一定の教育的・心理的テストに合格した者の投票によって選出された、少数の当地委員会に委ねられていた。

家族制度はさほど重視されなかったが、共通の血筋に属する者同士の連帯は認められていて、若者は一般的に親元[*16]で養育された。

人間の態度や制度との類似がとりわけ顕著なのは、もちろん、高度に抽象的な要素が関係する分野と、全ての有機生命体に共通の、基本的で専門化されていない衝動が支配的な分野だった。

《大いなる種族》が未来に探りを入れて、気に入ったものを模倣する中で、意識的に採用されたことで、新たに追加された類似点もいくつかあった。

産業は高度に機械化され、個別の市民に要求される時間はごくわずかだった。有り余る余暇は、様々な種類の知的、審美的活動に満たされていた。私が夢に見た時代は既に最盛期を過ぎていたが、科学は信じがたいほどの高みに発展し、芸術は生活の必要不可欠な一部だった。生き残るため、そして原初の時代における桁外れの地質学的変動の負荷を受ける、大都市の物理的構造を存続させるための不断の努力によって、テクノロジーが大いに刺激されたのである。

犯罪は驚くほど少なく、非常に効率的な治安維持活動によって対処されていた。刑罰は、特権剝奪や禁錮刑から、死刑や主要な情動の矯正刑にまで及んだが、犯罪者の動機を注意深く調べずに執行されることは決してなかった。

戦争は、ここ数千年は大規模な内戦ばかりだったが、爬虫類型や蛸型の侵略者や、南極を中心に活動している有翼で、星型の頭を備えた《古きものども》と戦争状態になることもあり、頻度は稀ながら際限なく壊滅的なものだった。

凄まじい電気的効果を生み出す写真機に似た兵器を用いる大規模な軍隊が、滅多に言及されることのない、しかし暗澹たる窓のない旧時代の廃墟や、地下の最下層に存在する封印された大きな跳ね上げ戸に対する絶え間ない恐怖と関係のある、何らかの目的のために維持されていた。

この玄武岩の廃墟や跳ね上げ戸に対する恐怖は大抵、暗黙のほのめかしにとどまるか——さもなくば、せいぜい周囲の眼を憚るように囁かれるくらいのものだった。

この件についての具体的な情報が、一般の書棚にある本に全く書かれていないことも、何とも意味ありげだった。それは、《大いなる種族》の間で完全に禁忌視されている唯一のテーマであり、過去の恐ろしい闘争(とうそう)だけでなく、いつの日にかこの種族が鋭敏な精神を一斉に未来へと送り出すことになるのだろう将来的な危機とも関わっているように思われた。

夢や伝説が伝える他の事柄が不完全で断片的なものだったのと同様、この問題はより不可解な帳(とばり)に包まれていた。朦朧(もうろう)とした古い神話も、そのことに触れていなかった――あるいは、何らかの理由で、あらゆるほのめかしが削除されていたのかもしれない。

そして、私自身や他の人々の夢の中にも、それを暗示するものは妙に少なかった。《大いなる種族(グレート・レース)》の成員がこの件について恣意的(しいてき)に言及することは決してなく、拾い集められた情報は、捕らわれた精神の中でもとりわけ鋭敏な観察力を備えた一部の者から得られたものだけだった。

この断片的な情報によると、恐怖の根底にあるのは恐るべき半ポリプ状の先住種族[*17]――測り知れぬほど遠い銀河から、宇宙空間を超えてやってきて、六億年ほど前に地球と太陽系の他の三つの惑星を支配した、完全に異質な存在だった。彼らは、部分的にしか物質――我々が理解するような物質――でなく、意識の型と知覚の手段は、地球上の生物とは全く異なっていた。たとえば、彼らの感覚には視覚が含まれておらず、その精神世界は異様な、映像的でない印象の配列なのである。

しかし、彼らが通常の物質を含む宇宙の領域にいる時には、通常の物質で造られた道具を扱えるほどに物質的で、住居――特異な種類ではあったが――を必要とした。

彼らの感覚は、あらゆる物質的な障壁を貫通できたが、彼らの実体はそうではなかった。また、ある種の電気エネルギーによって、完全に破壊することもできた。

翼や、その他の目に見える浮遊手段を有していないにもかかわらず、彼らは空中を移動する能力を有していた。彼らの精神は、《大いなる種族(グレート・レース)》が交換できない構造を備えていた。

この怪物(シング)どもは地球にやってくると、窓のない塔から成る巨大な玄武岩の都市を建設し、何とも恐ろしいことに生き物を見つけるそばから餌食(えじき)にした。《大いなる種族(グレート・レース)》の精神が、不穏で議論の余地がある『エルトダウン・シャーズ』[*18]においてイィス[*19]と呼ばれる、あの知られざる銀河系外の天体(せかい)から虚空(こくう)を駆け抜けてやってきたのは、まさにそうした状況だった。

新来者たちは、自ら造り出した道具を用いて、捕食性の実体を易々(やすやす)と制圧し、怪物(シング)どもが既に居住地と連結し、そこに住み始めていた地中深くの洞窟に追いやったのである。

続いて彼らは、その入り口を封印して彼らを運命の手に委ね、その後、怪物(シング)どもの大都市の殆どを占領したが、無関心や無謀(むぼう)、科学的ないしは歴史的な熱意といったものよりも、迷信に関わる理由から、いくつかの重要な建物を保存した。

しかし、永劫の時が過ぎ去るにつれ、内部世界で《先住者(エルダー・シング)》どもが力をつけ、数も増えているという漠然とした悪しき兆候が現れた。辺鄙な場所にある《大いなる種族(グレート・レース)》の小都市や、彼らが居住しなかったいくつかの無人の古代都市——それらの都市には、地下の深淵へ通ずる道が、適切に封鎖ないしは警備されていなかった——において、この上なく悍(おぞ)ましい性質の侵入が散発的に発生した。

その後、より大規模な予防措置が取られ、多くの道が永遠に塞がれた——ただし、予期せぬ場所で《先住者(エルダー・シング)》どもが出現した場合の戦略的な対処のために、封印された跳ね上げ戸がいくつか遺(のこ)された。それは、いくつかの道を塞ぎ、征服者による破壊を免れた外部世界の構造物や廃墟の数をゆっくりと減らすことになった、地質学的な変化によって新たに生じた亀裂なのだった。

《先住者（エルダー・シング）》どもの突発的な出現は、言葉では言い表せぬほど衝撃的だったに違いない。何しろそれは、《大いなる種族（グレート・レース）》の心理を永久に色付けてしまったのだから。

　恐怖の空気が焼き付いてしまったので、その生物の実際の姿形は言及されぬままとなった――彼らがどのような姿をしていたのか、はっきりしたほのめかしに遭遇したことは一度もなかった。いかなる形にも変化する怪物じみた性質や、一時的な視界の喪失についての遠回しなほのめかしや、彼らが強風を操って軍事的に利用することについての断片的な噂もあった。口笛のような奇妙な音や、五つの円形の指跡から成る、途方もなく巨（おお）きな足跡も、彼らと関係があるようだった。

《大いなる種族（グレート・レース）》がかくも絶望的な恐れを向けていた、来るべき破滅の運命――ある日、数百万の鋭敏な精神を、時間の亀裂を超えてより安全な未来の異質な肉体へと送り込むことになる破滅の運命――が、《先住生物（エルダー・ビーイング）》の最終的な侵入の成功と関わりがあることは明白だった。

　数世代を重ねた精神の投影から、そのような恐怖がはっきりと予見されたので、《大いなる種族（グレート・レース）》は、逃れられる者は誰一人として、それに立ち向かうべきではないと決意していた。この侵略の目的が外部世界の再占領ではなく、復讐（ふくしゅう）のためであることを、彼らはこの惑星の後の歴史から知っていたのだ――というのも、後の時代に現れては消えていくいくつもの種族が、あの怪物じみた実体に悩まされることがないことを、彼らの投影が示したからである。

　これらの実体にとって、光は何の意味も持たないので、変化しやすく嵐（あらし）の猛威（もうい）に晒（さら）される地表よりも、地球内部の深淵を好むようになったのだろう。また彼らは、悠久の歳月を経て、次第に衰えたのかもしれない。実際、逃亡した精神が移住する人類以後の甲虫種族の時代において、彼らが完全に死滅しているらしいことが判明しているのだった。
《大いなる種族(グレート・レース)》はさしあたり、普段の会話や目に見える記録から、この話題を恐ろしくも抹消してしまったのだが、強力な兵器を絶えず準備して、用心深く警戒を続けていた。そして、封印された跳ね上げ戸や、黒くて窓のない、旧(ふる)き塔の周りには、名状しがたい恐怖の影が常に漂っていたのである。

V

私の夢が、毎晩のようにおぼろげな切れ切れの残響をもたらした世界は、そのようなものだった。こうした残響に含まれる恐怖や畏怖について、本当のところを伝えられるとは思わない。何故なら、そうした感情は主に、全く捉(とら)えどころのない性質——それが疑似記憶だという鋭い感覚——をもっぱら拠(よ)り所(どころ)にしていたからだ。

既に述べた通り、私の研究は合理的な心理学的説明という形で、このような感情に対する防御手段を徐々に私に与えてくれていた。そして、時間の経過と共に生じた微妙な慣れによって、その救いの効果はさらに強まったのである。

それでも、漠然と忍び寄る恐怖が、折に触れて一瞬、蘇(よみがえ)ることがあった。だが、以前のように圧倒されることはなくなった。そして、一九二二年以降は、仕事と娯楽のごく普通の生活を送るようになった。

何年か経つうちに、私は自分の経験——類似の事例や関連する民間伝承と合わせて——を真摯(しんし)な研究者のためにしっかり要約し、公表するべきだと感じるようになった。

そこで、この問題の全体を簡潔にまとめ、夢から思い出された姿形や情景、装飾的なモチーフ、象形文字(ヒエログリフ)の粗(あら)いスケッチを添えた一連の論文を作成した。

これらの論文は、一九二八年から一九二九年にかけて複数回、〈アメリカ心理学協会ジャーナル〉に掲載されたが、あまり注目されなかった。その間にも、私は細心の注意を払い、増え続けるレポートの山が手に負えないほど膨大な数になっても、夢を記録し続けていた。

一九三四年七月一〇日、心理学協会から転送されてきた手紙が、この狂気じみた試練の頂点にして、最も恐ろしい局面の幕を開いた。その手紙には西オーストラリア州ピルバラ[*20]の消印が捺(お)され、署名者は、私が調べてみたところ、かなり高名な鉱山技師だとわかった人物のものだった。

同封されていたのは、非常に興味深い数枚のスナップ写真だった。以下に全文を転載するつもりだが、この文書を読んでこられた方であれば、この手紙と写真がどれほど大きな衝撃を私に与えたか、きっと理解していただけることと思う。

しばらくの間、私は信じられない思いで、殆ど茫然自失となった。私の夢の数々を彩(いろど)った伝説の特定の側面には、何かしら基礎(きそ)となる事実があるに違いないと繰り返し考えはしたが、想像を絶する遠い昔に失われた世界に由来する、具体的な遺物に直面する心の準備など、できているはずもなかったのだ。

何にも増して衝撃的だったのは、写真だった——そこには、議論の余地のない冷然たるリアリズムで、摩耗(まもう)し、水に浸食され、嵐に晒された石材の塊が砂を背景に屹立していた。そして、やや凸状の上面とやや凹状の底面が、その来歴を物語っていたのである。

拡大鏡で調べてみると、私にとってその意味がひどく忌まわしいものになっていた、あの曲線的な意匠の装飾や点在する象形文字（ヒエログリフ）の痕跡が、あまりにもはっきりと確認できた。

ともあれ、ここにある手紙が、全てを物語ってくれるはずだ。

49番地、ダンピア・ストリート、
ピルバラ、西オーストラリア州、
1934年5月18日
N・W・ピーズリー教授、
アメリカ心理学協会気付、
30番地、東41番街、
ニューヨーク市、U.S.A.

拝啓

先日、パースのE・M・ボイル博士と話す機会があり、博士が送ってくださった貴兄の論文が掲載されている論文集を拝見し、当地の金鉱の東に位置するグレートサンディ砂漠[*21]において、小生が目にしたいくつかのものについてお知らせするのが賢明だろうと考えました。

貴兄が説明されている、巨大な石造建造物と奇妙な意匠の装飾や象形文字（ヒエログリフ）のある古い都市にまつわる異様な伝説の数々を考慮すると、小生は非常に重要なものに遭遇したようなのです。

黒い民（ブラック・フェロー）［オーストラリア先住民を指す古い俗語表現］たちは〝印（しるし）のある大きな石組み〟についてよく話していて、そうしたものをひどく恐れているようです。彼らはそれを、幾星霜（いくせいそう）もの間、腕に頭を乗せて地下で眠っていて、いつの日にか目を覚まして世界を食べ尽くすという巨大な老人ブダイ[*22]にまつわる、自分たちの民族が共有している伝説と、何らかの形で結びつけています。大きな石で造られた、巨大な家が地底にあって、下へ下へと続く通廊の先で恐ろしい出来事が起きたという、非常に古く、半ば忘れ去られた昔話もあります。

黒い民（ブラック・フェロー）の話では、昔、闘（たたか）いから逃げ出した戦士たちがそうした家のひとつに降りていって、二度と戻らなかったのですが、直後にその場所から恐ろしい風が吹き始めたということです。とはいうものの、こういう原住民の話すことには、大した意味はありません。

ですが、小生がお知らせしたいことは、それだけではありません。二年前、砂漠の中心から東におよそ五〇〇マイルの位置で試掘を行っていた時、たぶん三×二×二フィート［一フィートは約三〇・五センチメートル］ほどの大きさで、極限まで風化して穴だらけではありましたが、表面が加工された奇妙な石をたくさん見つけたのです。最初のうちは、黒い民（ブラック・フェロー）が言っていたような印（しるし）など何も見つかりませんでしたが、じっくりと見ると、風化しているのにもかかわらず、深く刻（きざ）まれた線が何本かあるのがわかりました。それは、黒い民（ブラック・フェロー）が説明しようとしていたのとそっくり同じ、異様な曲線でした。たぶん、あの石は三〇個か四〇個はあったはずで、砂に埋もれかけているものもあり、全てが直径四分の一マイル［約四〇二・三メートル］ほどの円の中にありました。

いくつかを見つけた後、もっとあるのではないかと周囲を探し回り、計器でその位置を慎重に計算しました。また、とりわけ典型的な石を一〇個か一二個ばかり写真に撮影しましたので、プリントを同封致します。小生はこの情報と写真をパースの行政府に渡しましたが、彼らは何もしませんでした。小生はその後、〈アメリカ心理学協会ジャーナル〉掲載の貴兄の論文を読んでいたボイル博士と会い、その時にたまたまあの石のことを話したのです。博士は大変興味を持ってくださり、スナップ写真をお見せすると、その石と模様は貴兄が夢に見て、伝説に語られているものとそっくりだと言って、たいそう興奮されておりました。彼は貴兄に手紙を書くつもりでおりましたが、手間取っているようでした。その間、貴兄の論文が掲載されている雑誌の殆どを送ってくださり、貴兄の描いたものと説明文から、小生が見つけた石が、貴兄の言われる種類のものだとただちにわかりました。同封した写真を御覧になれば、おわかりいただけるかと思います。追って、ボイル博士からも連絡が行くかと思います。

今では、これらの全てが貴兄にとってどれほど重要なことであるか、小生にもわかります。我々は、これまでに誰もが夢にも思わなかったほど古い、貴兄の伝説の基盤となっているのに相違ない、未知の文明の遺跡を目の当たりにしているのです。鉱山技師として、小生は地質学の知見をいささか身につけておりますが、これらの石が怖気（おぞけ）を震ってしまうほどに古いものだと断言できます。大部分は砂岩と花崗岩ですが、そのうち一つはほぼ確実に、奇妙な種類のセメントないしはコンクリートで出来ています。

これらの石には、この一帯が水没し、長い歳月を経て再び浮上したかのような、水の浸食作用の痕跡があります――その全てが、これらの石材が造られ、使用された後に起きたことなのです。数十万年の――それとも、さらに長い歳月を経ているのかもしれませんが、それこそ神のみぞ知るというところでしょう。私としては、そのようなことは考えたくもありませんが。

例の伝説とそれに関連するあらゆることを追跡されている、貴兄のそれまでの熱心な御研究を考えると、貴兄が砂漠への遠征隊を率いて、考古学的な発掘を行いたいと望まれていると信じて疑いません。ボイル博士も私も、貴兄――あるいは貴兄の知る組織――が資金を調達できるなら、そのような仕事に協力する用意があります。私は、大がかりな発掘作業のために、十数人の鉱夫を集めることができます――黒人は役に立たないことでしょう。彼らは特にこのあたりの場所に対して、ほとんど狂気に近い恐怖を抱いているようなのです。ボイルと私が、余人に口外することはありません。というのも、いかなるものを発見するにせよ、名誉を受けるにせよ、貴兄が優先されるべきなのが明白だからです。

その場所は、ピルバラからトラクター――装備を運ぶのに、これが必要となるはずです――に乗って四日ほどで到着できます。一八七三年にウォーバートン[*23]が通った道のやや南西、ジョアンナ・スプリング[*24]の南東一〇〇マイル〔約一六〇・九キロメートル〕のところです。ピルバラから出発する代わりに、デ・グレー川を船で遡って物資を運搬することもできます――ともあれ、それは後で話し合えば良いでしょう。ざっくり言うと、石は南緯二二度三分一四秒、東経一二五度〇分三九秒の地点にあります。気候は熱帯性で、砂漠の地勢は苛酷（かこく）です。遠征するならば冬、つまり六月か七月か八月に実行するのが良いでしょう。以後、この件についてのやり取りを歓迎しますし、貴兄が何かしらの計画を立てられるのであれば、喜んで協力致します。貴兄の論文を読んで、この件全体の重大な意義に深く感銘（かんめい）を受けております。ボイル博士も、追って手紙を送られるでしょう。緊急の連絡が必要な場合は、パースへの国際電報を打ってくだされば、無線で中継できます。

速やかな御連絡を、心よりお待ち申し上げます。

どうかお疑いなきよう

敬具

ロバート・B・F・マッケンジー

この手紙を受け取った直接の余波については、新聞から多くのことがわかるはずだ。幸いなことに、ミスカトニック大学の後援を得られたし、マッケンジー氏もボイル博士も、オーストラリア側でのあれこれの手配に大いに役立ってくれた。この件全体が、安っぽい新聞各紙にセンセーショナルで滑稽（こっけい）な扱いを受けるという不愉快な事態を招く恐れがあったので、私たちは一般の大衆には目的をあまり詳しく話さなかった。その結果、活字になった報道は少なかったが、オーストラリアの遺跡らしき場所の探求や、諸々の準備段階を記録する上では、十分な数の記事が掲載された。

同大学の地質学部のウィリアム・ダイアー教授[*25]（一九三〇～三一年のミスカトニック大学南極遠征隊のリーダー）、古代史学部のファーディナンド・C・アシュリー教授と、人類学部のタイラー・M・フリーボーン教授――そして息子のウィンゲイト――が、私に同行した。

文通相手のマッケンジーは、一九三五年の初めにアーカムに来て、最終的な準備を手伝ってくれた。彼は五〇歳前後の、非常に有能で愛想の良い人物で、驚くほど博識で、オーストラリアを旅する上でのあらゆる事情に精通していた。彼は、ピルバラにトラクターを待機させていて、私たちは川のその地点まで問題なく遡れる、小型の不定期貨物船をチャーターした。

私たちは、砂の一粒一粒を篩いにかけ、発端となった場所とその近くに存在していそうなものの一切を乱さないような、この上なく細心の科学的なやり方で発掘を行う準備を整えていた。

一九三五年三月二八日、私たちは喘鳴のような音を立てる《レキシントン》号に乗ってボストンから出航し、大西洋と地中海を渡ってスエズ運河を通り抜け、紅海を下り、インド洋を越えて目的地に向かうという旅程を、ゆっくりと時間をかけて移動した。西オーストラリア州の沿岸地域の、低く砂だらけの景色がいかに気が滅入るもので、トラクターに最後の荷を積み込んだ粗野な鉱山町や陰鬱な金鉱を私がどれほど嫌悪したかは、わざわざ口にするまでもない。

私たちを出迎えてくれたボイル博士は、年配で感じが良く、聡明な人物だった――心理学の知識のおかげで、息子と私とで、幾度も長い議論を交わすことができた。

総勢一八人のグループが、ようやく砂と岩だらけの山道をガタガタと音を立てて進み始めた頃には、殆どの人間の胸のうちで不安と期待が妙に入り混じっていた。五月三一日金曜日、私はデ・グレー川の支流を渡り、すっかり荒廃した地域に入り込んだ。伝説の背後にある旧世界の現地へと向かうにつれてある種の否定しがたい恐怖が、私の心の中に芽生えてきた――その恐怖は当然の如く、不穏な夢や疑似記憶が依然として衰えることなく私を責め苛み続けているという事実によって、さらに増幅された。

私たちが半ば埋もれた石塊（ブロック）の最初のものを目にしたのは、六月三日の月曜日のことだった。

私が夢に見た建物の壁にあった石塊（ブロック）とあらゆる点で同じ、巨石建造物（キュクロープス）の欠片（かけら）に、実際に――客観的な現実として――触れた時の感情は、言葉では言い表せないほどだった。彫刻の痕跡がはっきりと残っていて、長年にわたる悪夢の苦しみと不可解な研究を通じて、私にとっては地獄（じごく）のようにも思えた曲線的な装飾様式の一端を認めた時、私の両手はぶるぶると震え出した。

一ヶ月間掘削したところ、摩耗や崩壊の程度がそれぞれに異なる石塊（ブロック）が、全部で一二五〇個ほど見つかった。大部分は彫刻が施された巨石で、上部と下部が湾曲（わんきょく）していた。少数のものは――夢の中で目にした床や舗道の敷石と同じように――より小さくて平べったく、四角形ないしは八角形に切り取られていたが、丸天井や穹稜（きゅうりょう）、あるいはアーチや丸い窓枠の一部として使われていたように思われる、並外れて大きく、湾曲したり傾斜したりしているものもいくつかあった。

深く――北と東に向かって――掘れば掘るほどに、より多くの石塊（ブロック）が見つかった。だが、それらの石塊（ブロック）が並べられていた痕跡は、未だに発見できなかった。

ダイアー教授は石の欠片（かけら）の計り知れない古さに愕然（がくぜん）とし、フリーボーンはパプアやポリネシアのこの上なく古い伝説と暗に符合する象徴（シンボル）の痕跡を発見した。

石塊（ブロック）の状態や散らばり具合は、宇宙的な荒々しさの中にある、目の眩（くら）むような時間（とき）の循環（じゅんかん）と地質学的な大変動を、無言の裡（うち）に物語っていた。

飛行機を一機、持ってきていたので、息子のウィンゲイトがしばしば様々な高度を飛行して、砂と岩ばかりの曠野を精査し、大規模な輪郭の兆候——高低差なり、散らばった石塊の痕跡なり——がおぼろげなものであっても見つからないかと探し回った。成果はあがらなかったも同然で、特定の日に、何かしら意味ありげな地形の傾きがちらりと見えたように思っても、次に飛行すると、その印象は——風に吹かれて移動する砂のせいで——平坦で無意味な地形に変化していたのである。

しかし、こうした束の間の暗示の一つか二つは、私に奇妙で不快な影響を及ぼした。それらは、私が夢で見たり読んだりしたが、もはや思い出せない何かと、恐ろしいほど一致しているように思えたのだ。恐るべき親近感のようなものがあり——そのために、私は北と北東に広がるこの忌まわしくも不毛の大地を、誰かの目につかないようにしながら、不安げに見渡したものだった。

七月の第一週頃、私はあの北東の地域一帯について、様々な思いの入り混じった言い知れぬ感情を抱くようになっていた。恐怖があり、好奇心があったのだが——それ以上に、記憶の形をとった幻覚が執拗にこびりつき、私を困惑させた。こうした観念を頭から追い出そうと、あらゆる心理的な手段に訴えてみたものの、一向に成功しなかった。

不眠症も募ってきたが、結果的に夢を見る時間が短くなったので、私はこれを歓迎すらした。

夜も遅くなってから、私は長時間、たった一人で砂漠を散歩する習慣が身についた——大抵は北か北東の方向で、新しく感じるようになった奇妙な衝動が、私をそちらに引き寄せているかのようだった。

こうした散歩の途中で時々、ほとんど埋もれかけている古の石積みの欠片につまずくことがあった。そのあたりには、発掘を始めた地点よりも目に見える石塊が少なかったのだが、地表の下には膨大な量が埋まっているのに違いないと確信していた。地面がキャンプ地よりも平坦ではなく、時折吹きつける強風がいっとき、幻想的な丘の形に砂を積み上げて――古（いにしえ）の石の痕跡を露出させた一方で、他の痕跡を覆い隠した。

奇妙なことに、私は発掘調査がこの地域にまで広がることを待ち望んでいたのだが、それと同時に、何かが露（あら）わにされることを恐れてもいた。明らかに、私はひどく調子を崩していた――説明がつけられないことが、いっそう悪かった。

神経衰弱の兆候があったことは、夜の散歩中に奇妙な発見をした時の反応からも察せられる。それは、七月一一日の晩のことで、半月が神秘的な丘陵全体を妙に青白い光で照らしていた。普段の範囲よりも少し遠くまで足を伸ばして歩き回っていると、それまでに遭遇したことのあるどんな岩とも明らかに違って見える、大きな岩に出会（でくわ）したのだ。その岩はほとんど砂で覆われていたのだが、私は屈（かが）み込むと手で砂を払い、それから懐中（かいちゅう）電灯の光を月明かりの足しにして、その岩を注意深く観察した。

他の非常に大きな岩とは違い、この岩は完全な正方形に切り出されていて、表面には凹凸がなかった。また、今では見慣れたものとなった花崗岩や砂岩、時にコンクリートで造られた岩片とも全く異なる、黒っぽい玄武岩のような材質で造られているようだった。

突然、私は立ち上がって振り返り、キャンプ地に向かって全速力で走り出した。それは全く無意識の、不合理な逃亡に他ならず、テントの近くまで来て初めて、自分が逃げ出した理由を完全に理解した。その時、思い当たってしまったのだ。あの奇妙な黒色の石は、私が夢に見たり本で読んだりしたものであり、永劫の太古の伝説に語られる極限の恐怖に関係のあるものなのだと。

あれこそは伝説的な《大いなる種族（グレート・レース）》がかくも恐れ慄（おのの）いた、玄武岩のような旧（ふる）き石造建造物――あの大地の底の深淵に潜む、陰鬱で半ば物質の肉体を備えた異生物によって遺され、その風に似た目に見えない力に対抗するべく、跳ね上げ戸が封印されて寝ずの番が置かれた、背が高く窓のない廃墟——の、石塊（ブロック）のひとつなのである。

その晩はずっと眠れなかったが、夜明けまでには、神話の影に心を乱された自分がいかに愚（おろ）かだったかに気がついた。怯えるのではなく、発見者としての熱意を持つべきだったのだ。

その日の午前中、私は他の者たちにもその発見のことを話し、ダイアー、フリーボーン、ボイル、私の息子、そして私で、あの異様な石塊（ブロック）を見に出かけた。

しかし、失敗が待ち受けていた。石の位置についてはっきりした見当をつけていなかった上に、夜遅くに吹きつけた風が、流動する砂の小山をすっかり変えてしまっていたのである。

VI

さて、私の話の重要かつ最も難しい部分にさしかかりつつある——それが現実に起きたことなのかどうか確信できずにいるので、いっそう困難なのだ。折に触れて私は、自分が夢を見たり、惑わされたりしたのではないことを、不愉快なほど確かに感じることがある。そして、その感情こそが——私の経験が客観的な事実であったなら、ひどく重大な事実が潜んでいるとの考えから——この記録をしたためるよう私を駆り立てたのだ。私が語らねばならないことについては、まず第一に私の息子——私の症状全体に誰よりも詳しく、誰よりも親身に考えてくれている熟練の心理学者——に判断を仰（あお）ぐつもりでいる。

手始めに、キャンプにいた人間も把握している、事態の外観（アウトライン）をざっくり説明させてもらいたい。七月一七日から一八日にかけての夜、風の強い一日が終わった後で、私は早めに寝床に潜り込んだが、なかなか眠れなかった。一一時の少し前に起き出すと、いつものように、北東方向の地域にまつわる奇妙な感覚に悩まされていた私は、すっかり習慣になっていた夜の散歩に出かけることにした。

キャンプ地から離れる時、私が会って、挨拶を交わしたのはただ一人——タッパーという名前のオーストラリア人の鉱夫だけだった。

満月をわずかに過ぎた月が澄（す）んだ空で輝き、古（いにしえ）の砂に白く、膿（う）み爛（ただ）れたような光を浴びせていたのだが、どうしたことか、その光景は私の目に、限りなく邪（よこしま）なものと映った。

風は既にやんでいて、その後も五時間近くやんだままだった。そのことは、一晩中眠らなかったタッパーや他の者たちの証言によって、十分に裏付けられている。あのオーストラリア人が私を最後に目にした時、私は秘密を護る青白い小山の上を、北東の方角へと足早に歩いていたということだ。

午前三時半頃、猛烈な強風が吹き荒れ、キャンプにいた全員が目を覚まし、テントが三つ倒壊した。空は曇っておらず、砂漠はまだ膿み爛（ただ）れたような月光に照らされて、強い輝きを放っていた。

一同は、テントの状態を確認した時に、私の不在に気づいたのだが、これまでにもよく散歩に出ていたので、この状況に不安を覚える者はいなかった。

それでも、三人の男たち——いずれもオーストラリア人である——が、大気が不吉な気配を孕んでいることを、漠然と感じていたようだった。その恐怖は、黒き民（ブラック・フェロー）の民間伝承から広まったものだろうと、マッケンジーはフリーボーン教授に説明した——彼によれば、澄んだ空の下で長い間隔を空けて砂漠の上を吹き渡る強風について、先住民たちが悪意に満ちた神話の奇妙な布地を編み上げたのだということだった。声を潜めて語られるところによれば、そのような風は、恐ろしいことが起こった地面の下の大きな石の家から吹いてくるもので——印を帯びた大きな石が散らばっているところへ近づきさえしなければ、決して感じられることはないのだとか。

もう少しで四時になるという頃、強風は始まった時と同じく唐突に収まって、見慣れぬ新しい形に変化した砂丘が後に残された。

ちょうど五時を回り、膨らんだ真菌のような月が西に沈む頃、私はよろめきながらキャンプに帰り着いた——帽子はなく、服はぼろぼろ、顔は引っかき傷で血だらけになり、懐中電灯も失くしていた。大半の男たちは寝床に戻っていたが、ダイアー教授はテントの前でパイプをふかしていた。私が息も絶え絶えで、ほとんど半狂乱になっているのを見て取ると、彼はボイル博士を呼んで、二人がかりで私を自分の簡易寝台に寝かせ、楽にしてくれた。その騒ぎで起き出してきた息子も彼らに加わり、皆して私がじっと横になり、眠るように言い立てた。

しかし、私は眠れなかった。私の心理状態は頗る異常で——これまでに体験したことのないものだった。ややあって、私は話をしたいと言い張って——興奮した様子で、細々と自分の状態を説明した。私は、疲れてしまったので、砂の上に横たわって居眠りをしていたのだと彼らに報告した。いつもより恐ろしい夢を見て——そして、突然の強風で目が覚めた時、興奮のあまり神経がプツンと切れてしまったのだ。長い時間眠っていたに違いなく——それで、何時間も不在だったのだ、という具合に。

奇妙なことを目にしたり、体験したりしたといったようなことは、おくびにも出さなかった。その点について、私はこれ以上ない自制心を発揮した。だが、遠征隊の発掘作業全体については、方針を変更するつもりだと話し、北東の方角への掘削作業を全面的に取りやめるよう、熱心に主張した。

私の論拠は明らかに弱かった――私が口にしたことといえば、石塊（ブロック）が少ないだの、迷信深い鉱夫たちを怒らせたくないだの、大学からの支援金が底を突くかもしれないだの、事実ではないか、的はずれなことばかりだったのである。当然のことだが、誰一人として私の新たな要請に耳を貸さなかった――私の健康を気遣っていた息子すらもそうだったのである。

翌日、私は起床するとキャンプの周囲を歩き回ったが、発掘には参加しなかった。作業を止められないとわかったので、神経を安らげるためにも可及的速やかに帰国することにして、私が手を出さずにいて欲しいと望んでいた地域の調査を終えたらすぐに、パース――南西方向に千マイル離れている――に飛行機で連れて行ってくれるよう約束させた。

もしも――と、私は考えた――私が見てしまったものが未だに視認できるようであれば、笑いものになる覚悟で具体的な警告を試みても良いかもしれない。土地の言い伝えを知っている鉱夫たちが、私を支持してくれるかもしれないのだから。

その日の午後、息子は私の機嫌を取りながら、私が歩き回った可能性のある地域全ての上空を飛行し、調査を行った。しかし、私が見つけたものは何も残っていなかった。あの特異な玄武岩の石塊（ブロック）と全く同じことが繰り返された――流動する砂が、あらゆる痕跡を拭（ぬぐ）い去ってしまったのである。

一瞬だけ、私は茫然自失としながらも、とある恐ろしいものを失（な）くしてしまったことを後悔しかけた――だが、今となってはその喪失は、天の慈悲深い恩寵（おんちょう）だったのだと理解している。

私は今でも、あの体験は全て幻覚だったと信じることができている――あの地獄のような深淵が決して発見されないことを、私は切に祈っている。

ウィンゲイトは、七月二〇日に私をパースに連れて行ったが、遠征を断念して帰国するのは拒絶した。リバプール行きの汽船が出航する二五日まで、彼は私と一緒にいた。そして今、私は〈エンプレス〉号の船室で、この件の一切について狂おしく長考し、少なくとも息子には知らせておこうと決意した。それをもっと広範囲に報せるかどうかは、息子次第である。

いかなる事態にも対応できるよう、私は自分の背景事情――これは既に、散発的な形で余人にも知られていることだが――の要約をここにしたためた。ここからは、あの悍ましい夜、私がキャンプを離れていた間に起きたと思われる出来事について、できるだけ簡単にお話ししよう。

神経が張り詰め、あの説明のつかない恐怖の入り混じった疑似記憶の衝動によって、私を北東の方角に向かわせようとするある種倒錯的な熱意に駆り立てられた私は、邪に燃え上がる月の下を重い足取りで一歩、また一歩と進み続けた。そこかしこに、忘却された、名付けられざる永劫の過去の時代の残滓である、原初の巨石群が、砂に半ば覆われているのが見えた。

この怪物じみた荒野の測り知れぬ古さと、わだかまる恐怖とが、かつてないほど私に重くのしかかり、私は狂おしい夢や、その背後にある恐るべき伝説、そして砂漠と彫刻の施された石に関係のある原住民や鉱夫たちが、現在もなお抱いている恐怖について、思いを巡らさずにいられなかった。

それでも私は、まるで気味の悪い逢引の場所に向かうかのように――心を乱す空想、衝動、疑似記憶に、ますます頻繁に襲いかかられながら――一歩、また一歩と進み続けた。

息子が上空から目にした石の列の輪郭をいくつか思い浮かべ、それが不吉であると同時に懐（なつ）かしくも思われたのは何故だろうかと考えた。何かが、私の記憶の掛け金をぎこちなく手探りし、ガチャガチャと音をさせていた一方で、もうひとつの未知の力が扉を閉ざそうと働きかけていた。

あの夜は風がなく、まるで凍（こお）りついた海の波のように、青白い砂が上下に弧（こ）を描いていた。行く当てがあるわけではなかったが、どういうわけか運命に縛（しば）られた確信があるかのように、私は突き進んだ。目覚めた世界に夢がこんこんと湧き上がり、砂に埋（うず）もれた巨石のひとつひとつが、人類の誕生以前の石造建造物の、《大いなる種族（グレート・レース）》の虜囚の精神として過ごした長い年月にどうしようもなく見慣れてしまった、象徴（シンボル）を伴う彫刻や象形文字（ヒエログリフ）で装飾されている、果てなく続く部屋や廊下の一部であるように見えてきた。

時折、あの円錐型をした全知の恐怖そのものが、いつもの作業のために動き回っている光景が視（み）えたような気がして、彼らと同じ姿になっていやしないかと恐ろしく、下方に視線を向けられなかった。しかし、その間にもずっと、私には部屋や廊下と同時に、砂に覆われた石塊（ブロック）が視（み）えてもいたのだった。光り輝く水晶のランプと同時に、燃えるような輝きを放つ邪（よこしま）なる月が。窓の向こうで揺れている羊歯（シダ）や蘇鉄（ソテツ）と同時に、果てしない砂漠が。私は覚醒（めざ）めながらにして、夢を見ていたのである。

昼間の風で剝（む）き出しの状態になった山積みの石塊（ブロック）が最初に目に入るまでに、私がどれほど長い距離を――そして実際の話、正確にどの方角へ――歩いたのかはわからない。

それは、一箇所にまとまったものとしては、これまでに見つかったものの中でも最大のグループで、私に強烈な感銘を与えたので、永劫の太古の幻視（ビジョン）は唐突に消え去った。

そこには再び、砂漠と邪（よこしま）な月、そして想像を絶する過去の破片（かけら）があるだけだった。

近くに移動してからいったん立ち止まり、崩れかけている山積みの石を懐中電灯の光で照らし出した。小山が風で吹き飛ばされた跡に、巨大な石とそれよりも小さい欠片（かけら）が、幅は四〇フィート〔約一二・二メートル〕ほど、高さは八フィートほどの、背の低く不規則な円を描くように固まっていた。

ひと目見た時から、これらの石が、それまでに見つけたものとは異なる性質のものだとわかっていた。石の数が格段に多いだけでなく、月光と懐中電灯の光のもとでじっくり調べた時、砂で摩耗した意匠の中にある何かが私の心を捕らえた。いずれも、既に発見した標本と本質的な違いはなく、もっと微妙な何かである。その印象は、単独の石塊（ブロック）を目にした時ではなく、複数の石塊（ブロック）に目を走らせた時に感じたのだった。

やがて、真相が閃（ひらめ）いた。これらの石塊（ブロック）の多くに見られる曲線的な模様は互いに密接に関連していたのだ――その一つ一つが、単独の巨大な装飾図案のパーツなのである。

永劫の歳月に揺さぶられた曠野で、かつてと同じ場所にある石の塊に、私は初めて遭遇したのである――正味のところ、崩落してばらばらになってはいるが、それでも疑いようがなく現存するものに。

低くなっているところに取り付き、私は苦労してその石の山をよじ登った。そこかしこの砂を指で払い除けながら、それぞれの図案の大きさや形、表現の様式、そして意匠の関係性を解釈しようと努めた。そうこうするうちに、私はこの遺構の性質や、原初の石造建造物の巨大な表面に広がっていた意匠の数々を、漠然と思い描けるようになった。夢で一部を垣間見た記憶が、その全体像と完全に一致していたことに私は愕然となり、落ち着きを失った。

ここはかつて、八角形の敷石で舗装され、頭上には堅固な丸天井がある、高さ三〇フィート〔約九・一メートル〕の巨大な石造りの廊下だったのだ。右側には部屋がいくつも口を開けていて、突き当たりからは、上方からぐるぐると巻きながら降りてくる奇妙な傾斜路の一つが、さらに深くへと伸びていたはずだ。

このような考えが思い浮かび、私は激しく狼狽した。というのも、石塊の山それ自体から教えられたことを上回る何かが、そこに存在していたからだ。

この階層が地下深くにあったはずだと、どうやって知ったのか？

上方に伸びる傾斜路が奥にあるはずだと、どうやって知ったのか？

〝列柱の広場〟に続いている長い地下の通路が、私が現在いるところから一つ上の階層の、左手にあるはずだなどと、どうやって知ったのか？　機械が並んでいる部屋と、中央文書庫へと続く、右方向に伸びるトンネルが二階層下にあるはずだと、どうやって知ったのか？　四階層を下った最下層に、あの恐ろしい金属の帯で封じられた跳ね上げ戸の一つがあることを、どうやって知ったのか？

夢の世界からの侵入に狼狽するあまり、私の身体はガタガタ震え、冷たい汗が全身を濡らした。

やがて、最後の耐え難い駄目押しとして、巨大な石塊の山の真ん中あたりの落ち窪んだところから、冷たい空気の流れがかすかに、じわじわと立ち上ってくるのが感じられたのだった。

その瞬間、先ほどのように私の幻視は消え失せて、邪な月明かりと陰鬱な砂漠、そして塚山の如く積み上がった古第三紀の石積みだけが視界に蘇った。

現に存在し、手で触れることのできるものでありながら、夜の闇に包まれた神秘をこの上なく強く暗示する堆積物に、今しも私は直面しているのだった。何しろ、異論があるやもしれないが、その空気の流れはただ一つのこと——地表に散乱する石塊（ブロック）の下に、深淵へと通ずる巨大な穴が隠されていることを意味しているのだから。

最初に頭に浮かんだのは、かつて恐ろしいことが起きて、大いなる風がそこから生じるという、巨石に取り囲まれた地下の大きな家にまつわる、黒き民（ブラック・フェロー）の不吉な伝説のことだった。

続いて、私自身の夢が再び思い浮かび、ぼんやりした疑似記憶が私の精神を誘引するのを感じた。

私の足下に横たわっているのは、いったいいかなる場所なのだろうか。

太古の神話大系と私に取り憑いている悪夢を生み出した、想像を絶する原初の源泉を、私が今まさに明らかにしようとしているのだろうか。

躊躇（ためら）いはほんの一瞬で、好奇心と科学的情熱以上の何かが私を駆り立て、募りゆく恐怖に抗（あらが）った。

まるで、何かの避け難い運命に囚（とら）われているかのように、ほとんど自動的に動いているようだった。

懐中電灯をポケットにしまい、自分でもそんなものがあるとは思ってもみなかった膂力（りょりょく）を振り絞って、巨大な石の欠片（かけら）を一つ、また一つともぎ取っては脇に押しのけていると、強い影が噴き上げたのだが、それが孕む湿（しめ）り気は砂漠の乾（かわ）いた空気と奇妙な対照をなしていた。

黒々とした裂（さ）け目が口を開き始め、ついに——動かせる小さな破片を全て押しのけた時——膿（う）み爛（ただ）れたような月明かりが、私が十分に入り込める程度の幅の開口部を照らし出していた。

私は懐中電灯を取り出して、その開口部に明るい光を当てた。私の眼下（がんか）には、崩れた石組みの混沌が広がっていて、およそ四五度ほどの角度の北向きの下り勾配（こうばい）になっていたが、それは過去に上から崩落した結果であるらしかった。その表面と地表の間には、見通すことのできない漆黒（しっこく）の深淵があって、その上端には圧力を加えられて膨らまされたらしい巨大な丸天井らしきものの痕跡があった。

この場所ではどうやら、地球の若かりし頃に造られた巨大構造物の床を、砂漠の砂が直に覆っているようだった——長い年月にわたる地質学的な大変動を経て、いかにして保存されてきたのか、私は当時も今も推測すらできずにいる。

今にして思うと、かくも怪しげな深淵に——しかも、自分の居場所を誰一人として知らない時に——ただ一人でいきなり降りていくなどという無謀な考えは、狂気の極みのように思える。おそらく、その通りだったのだろう——しかしあの夜、私は躊躇することなく、そのような下降に乗り出したのだ。

これまでずっと私の進路を導いてきた、あの誘惑と運命の衝動が再び現れた。電池を節約するべく、懐中電灯を断続的に点けたり消したりしながら、私は開口部の下にある不気味な巨石積みの斜面を狂おしく這い降りていった——時折、前方を窺っては手がかりや足がかりを見つけ、そうでない時には巨石の山の方を向いていっそう危なっかしく摑まりながら、手探りで進んでいった。

左右それぞれの方向には、彫刻が施されている崩れかけの石の壁が、懐中電灯の明かりに直に照らされて、ぼんやりと遠くに見えていた。だが、前方には途切れることのない暗闇があるのみだった。

下降する間、私は時間の経過を気にしなかった。私の精神は不可解な暗示やイメージで煮えたぎり、客観的な事柄は全て、計り知れないほど遠くに引っ込んでしまったようだ。肉体的な感覚が麻痺し、恐怖さえも、私を無気力に睨めつける亡霊じみた動かぬ怪物像のようなものでしかなくなっていた。

やがて私は、崩れ落ちた石塊に、形をとどめていない石の欠片や砂といった、あらゆる種類の岩屑が散乱している、平坦な床に辿り着いた。両側には——おそらく三〇フィート［約九・一メートル］ほどの間隔を空けて——どっしりした壁が聳（そび）え立ち、その先は巨大な穹稜（きゅうりょう）で終わっていた。彫刻が施されていることは辛（かろ）うじて見分けられたが、彫刻の性質は私の理解を超えていた。

何にも増して私を惹（ひ）きつけたのは、頭上の丸天井だった。懐中電灯の光は屋根まで届かなかったが、怪物じみたアーチの下部をはっきりと浮かび上がらせた。それらは、私が旧（ふる）き世界の数知れぬ夢の中で目にしたものと完全に一致していたので、私はその時初めて本格的に体を震わせた。

背後の遥か上方に見える、かすかに光るぼんやりとしたものが、月明かりに照らされた、今は遠くになる外界の存在を教えていた。漠然とした何かの警戒心が、帰る時の道標（みちしるべ）を失（な）くしてしまわぬよう、それを見失わないように警告していた。

私は今、彫刻の痕跡が最もはっきりしている、左側の壁に向かっていた。散乱する床は、堆積物だらけの下り勾配を降りるのと同じくらい通るのが大変だったが、苦労してどうにか進むことができた。

ある場所で、いくつかの石塊（ブロック）を脇にどかし、岩屑（がんせつ）を蹴散（けち）らして、舗道がどうなっているか確かめたところ、大きな八角形の石に全くもって致命的な見覚えがあり、私は戦慄した。

壁から程よく離れたところにやってくると、私は摩耗した彫刻の残骸（ざんがい）に、懐中電灯の明かりをゆっくりと注意深く向けた。過去に流れ込んだ水が作用したようで、砂岩の表面には説明のつかない奇妙な付着物もあった。ところどころの石積みがひどく緩み、歪んでいて、この秘（かく）された原初の建造物が、地殻変動の中で今後どれほどの歳月を、現在残っている形の痕跡を保てるものかと、私は思いを巡らせた。

しかし、私が最も興奮したのは、彫刻そのものだった。経年で崩れた状態であるのにもかかわらず、近距離からは比較的容易に輪郭を辿ることができた。そして、あらゆる細部に至るまで完全な、親しみすら感じる見覚えのあることに、私の想像力はほとんど茫然自失の有り様となった。

この年経(としふ)りた石積みの主だった特徴に馴染みがあるということ自体は、まだ普通に信じられなくもなかった。ある種の神話の紡(つむ)ぎ手たちに強烈な印象を与えたそれらのものは、一連の隠秘的な伝承の中で具体化されていて、それがどういうわけか記憶を失っていた時期の私の目に留まり、私の潜在意識に生々しいイメージを呼び起こしたのである。

しかし、これらの奇妙な意匠の線や螺旋(らせん)が、私が二〇年以上にわたり夢見てきたものと正確かつ精緻(せいち)に一致していることを、どのように説明すれば良いのだろうか。眠っている私の視(み)ている幻視(ビジョン)をあれほど執拗に、克明に、変化することなく攻囲し続けた繊細な陰影やニュアンスの一つ一つを、いかな世に知られず忘れ去られた図像だとて、ここまで再現できるものだろうか。

これは偶然の一致や、どことなく似ているというものではなかった。間違いなく、そして絶対的に、私が立っている千古の昔の、永劫の歳月を通して秘(かく)されてきた廊下は、私がアーカムのクレーン・ストリートにある自分の家と同じくらい、眠りの中でよく知っていたものの現物(オリジナル)だったのだ。

私の夢は確かに、その場所が荒廃する前の最盛期だった頃の姿を見せていた。だが、それによって同一性が薄れたのかというと、そんなことは全くなかった。完全に、そして恐ろしいことに、私は自分の居場所を把握してしまっていたのである。

私がいるこの建造物を、私はよく知っていた。夢に出てきたあの恐ろしい旧(ふる)き都市のどこにあるのかも知っていた。無数の時代にわたる変化と破壊を免れたその建物や都市のいかなる場所であれ、間違いなく移動することができるだろうと、悍(おぞ)ましくも本能的な確信をもって、私は悟っていた。

一体、これは何を意味するのだ。私はどうやってそんなことを知ったのか。

そして、この原初の石の迷宮を棲処（すみか）とした生物にまつわる大昔の物語の背後には、一体どのような恐るべき現実が潜んでいるのだろう。

私の精神を蝕んだ恐怖と困惑の渦は、言葉ではほんのわずかしか伝えることができない。私は、この場所を知っていた。眼前に何があるのかを、聳（そび）え立つ無数の階層が崩れ落ちて、塵（ちり）や瓦礫（がれき）、砂漠と化す以前、頭上に何があったのかを知っていた。今となってはもう、あの弱々しくも朧（おぼろ）な月明かりを、視界に入れておく必要はない――そう考えて、私は身震いした。逃げ出したいという切望と、燃えるような好奇心や人を駆り立てる運命の熱との間で引き裂かれていた。

夢に見た時代から数百万年の間に、この旧世界（エルド）の怪物的な巨大都市（メガロポリス）に一体、何が起きたのだろうか。都市の地下に張り巡らされ、あらゆる巨塔を結んでいた地下迷路のうち、一体どれほどの数が地殻の変動に耐えて残存しているのだろう。

私は太古に埋（うず）もれた不浄なる世界に行き着いたのだろうか。書記長の館や、星型の頭部を備えた、南極の植物性肉食動物から捕らわれた精神であるスググハーが、壁の空白部分にいくつかの絵を彫（ほ）り込んだ塔は、今なお見つけることができるのだろうか。

異生物の精神のホールへと続く二階層下の通路は、まだ塞がれておらず、通行可能だろうか。

そのホールには、到底信じがたい生物――一八〇〇万年後の未来に、冥王星の外側にある未知の惑星内部の空洞を棲処としている、ある程度肉体を変形させられる生物――の虜囚の精神が、粘土で拵（こしら）えたある物が保管されていたのである。

私は目を閉じ、頭に手を当てて、これらの正気でない夢の断片を意識から追い出そうと、みじめったらしい無益な努力をした。その時初めて、周囲の空気の冷たさや動き、湿り気を痛切に感じた。私は体を震わせながら、永劫の昔に塞がれた黒々とした深淵の広大な連なりが、彼方にあるどこか下の方にぽっかりと口を開けていることに気がついた。

夢の中から思い出された、恐ろしい部屋や廊下、傾斜路のことを考えた。中央文書庫への道は、今も通じているのだろうか。錆びることのない金属で造られた四角い保管庫にしまい込まれた、畏怖すべき記録のことを思い出すと、私を駆り立てる運命がまたしても脳を執拗に誘引した。

夢や伝説によれば、あそこには宇宙的な時空連続体の過去から未来に至る全歴史――太陽系のあらゆる天球（ほし）とあらゆる時代から捕らわれた精神によって書かれたものだ――が眠っているのだ。

もちろん、そんなことは狂気の沙汰だ――だが、私は今、自分と同じくらい狂った夜闇の世界に迷い込んでしまったのではないだろうか。

私は鍵のかかった金属製の棚や、その一つ一つを開けるのに必要な、つまみの奇妙なひねり方のことを考えた。私用の棚のことが、生々しく意識に浮かび上がった。最下層にある地球産脊椎動物の区画で、あれこれと回したり押したりするあの複雑な手順を、幾度繰り返したことだろうか！　それぞれの細部が鮮烈に、懐かしく思い出された。夢に出てきた金庫があれば、すぐに開けることができるだろう。

狂気が完全に私を捕らえたのは、その時だった。次の瞬間、私は堆積した瓦礫を飛び越えると、足元をよろめかせながら、忘れるはずもない地下の深みへと続く傾斜路に向かったのである。

Ⅶ

その時点から、私の印象は殆ど当てにならないものになった――実際、それら全てが悪魔的な夢――さもなくば精神錯乱による幻覚の一部――だという最後の絶望的な希望を、私は今なお抱いているのだ。頭の中で熱気が暴れ猛(たけ)り、全てがある種の靄(もや)を通して私の前に――時にはただ断続的に――現れた。懐中電灯の光が、あたりを覆い尽くす暗闇に弱々しく射し込み、悍(おぞ)ましくも見覚えのある壁や彫刻を幻(まぼろし)のように閃(ひらめ)かせたが、全ては星霜を重ねた腐朽によって損なわれていた。

ある場所では、かつて丸天井だった巨大な岩塊が崩落していたので、ごつごつしたグロテスクな鍾乳石の天井に届くほどの、巨大な石の山をよじ登り、乗り越えなければならなかった。

それは悪夢の窮極的な頂点であり、疑似記憶の冒瀆的な引力によってさらに酷いものとなった。ただ一つだけ馴染みのないものがあって、それは怪物的な石造建造物に対する自分の大きさだった。自分がいつになく小さいという、圧迫されているような感覚があった。それはまるで、ちっぽけな人間の身体(からだ)から聳(そび)え立つ壁を見ることが、かつて経験したことのない異常なことであるかのようだった。私は神経質に自分の身体(からだ)を何度も見下ろして、人間の姿をしていることに漠然とした不安を覚えた。

奈落の暗闇の中を時に飛び跳ね、時に突進し、時に足をもつれさせながら私は先に進んだ――何度も転倒しては怪我をして、一度などは懐中電灯を壊してしまいそうになった。

その悪魔的な深淵にある、あらゆる石や角(かど)を私はよく知っていて、其処彼処(そこかしこ)で足を止めては、塞がったり崩れかけたりしているが、それでも見覚えのあるアーチ道に光を向けた。

完全に崩壊した部屋もあったが、他の部屋は空っぽだったり瓦礫だらけだったりした。

いくつかの部屋には金属の塊——殆ど無傷のものもあれば、壊れたり、へしゃげたり叩き潰されたりしたものもあった——が見えて、それは夢に見た巨大な台座かテーブルだとわかった。それが実際は何だったのか、推測する気にもならなかった。

下り勾配の傾斜路を見つけて、下降を始めた——だが、しばらく進んだところで、最も狭いところでも幅が四フィート〔約一・二メートル〕を下回らない、ギザギザの口をぽっかりと開けている亀裂に足止めされた。そこでは石組みが崩れ落ちて、その下にある計り知れない漆黒の深みが露わになっていた。

この巨大な建物に、さらに二階層分の地下があることを私は知っていたが、締め金で封印された最下層の跳ね上げ戸のことを思い出して、新たな恐怖に打ち震えた。

今は見張りもいないはずだ——地下に潜んでいたものは、遥かな昔に悍ましい仕事を終えて、長い衰退期に入ったのだから。人類の後を襲う甲虫種族の時代には、完全に死に絶えていることだろう。

それでも原住民の伝説のことを思うと、私は再び震え上がった。

床が散らかっていて助走をつけられなかったので、口を開けている亀裂を飛び越えるのには、大変な

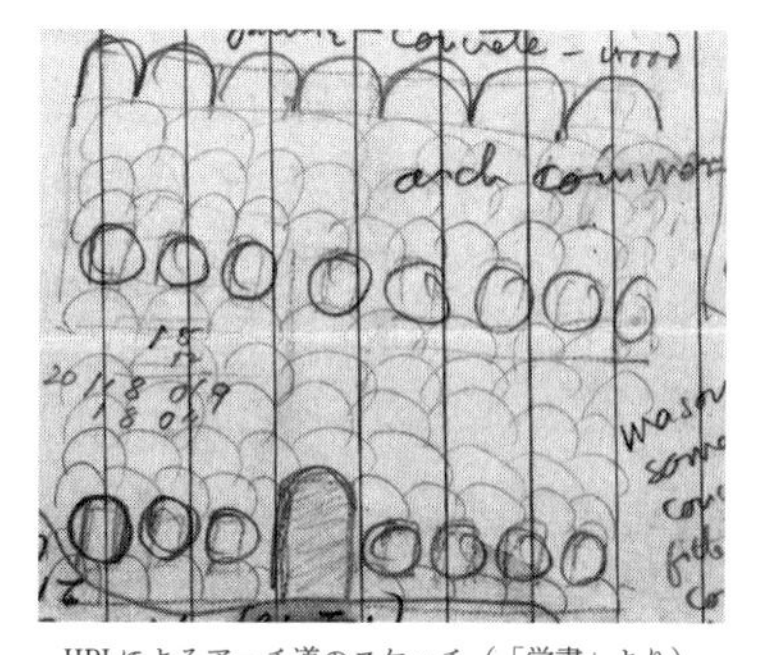
HPLによるアーチ道のスケッチ（「覚書」より）

努力が必要だった――しかし、狂気が私を衝(つ)き動かした。

私は左手の壁に近い場所を選んだ――そこなら裂け目が一番狭く、着地点にも危険な残骸があまりなかったのである――そして、死物狂いの一瞬の後、無事に反対側に着地できた。

ようやく下層に辿り着いた私は、機械室――その中では、崩落した丸天井の下に、異様な金属の廃墟が半ば埋(うず)もれていた――の並ぶアーチ道をよろめく足取りで通り過ぎた。

何もかもが知っていた通りの場所にあって、私は広大な渡り廊下の入り口を塞ぐ堆積物を、自信たっぷりに乗り越えた。この通路を通れば、都市の地下にある中央文書庫に行けることがわかっていた。瓦礫が散乱する廊下をよろめき、飛び跳ね、這い進むうちに、果てしない歳月が過ぎ去ったような気がした。時折、星霜を重ねて汚れた壁に、彫刻が散見された――見覚えがあるものもあれば、夢の中で見た時代よりも後に追加されたものもあるようだ。

ここは地下の住宅に続く幹線道路なので、様々な建物の下層階を通り抜ける時を除いて、アーチ道は存在しなかった。いくつかの交差点で、私は長いこと脇に顔を向けて、よく覚えている廊下や部屋の中をじっくりと眺めた。夢に見たものと劇的に変わっていたところは二箇所だけだった――そのうち一箇所では、記憶していたアーチ道が封印されていたのだが、その輪郭をなぞることができた。

私が激しく身体(からだ)を震わせ、奇妙な脱力感に襲われたのは、その異質な玄武岩の石組みが、声を潜めて語られる恐ろしい起源を物語っている、廃墟と化した窓のない塔の地下室を、いやいやながら急ぎ足で通り抜けた時のことだった。

この原初の地下室は円形で、優に二〇〇フィート［約六一メートル］の幅があり、暗い色調の石組みには何も彫り込まれていなかった。床には埃(ほこり)と砂以外は何もなく、上下に通じる開口部が見えた。階段も傾斜路もなく——実際、夢に出てくる伝説上の《大いなる種族(グレート・レース)》は、旧(ふる)き塔を全く手つかずで放置していた。それらの塔を建てたものたちは、階段も傾斜も必要としなかったのである。

夢の中では、下方に向かう開口部が厳重に封鎖され、神経質に警備されていた。今や、その開口部は開かれていた——黒々とした口をぽっかりと開け、冷たく湿った空気の流れを吐(は)き出していた。その下に、永遠の夜闇に鎖(とざ)された洞窟が、どこまでも果てしなく広がっているのかもしれないなどと、私は考えたくもなかった。

その後、廊下の瓦礫がひどく堆積した部分を手探りで進んでいくと、天井が完全に崩れ落ちた場所に辿り着いた。聳え立つ瓦礫の山を、よじ登って乗り越えると、懐中電灯の光を向けても天井や壁に届かない、広大で虚(うつ)ろな空間を通り抜けた。文書庫からそう遠くない第三広場に面した、金属徴発官たちの建物の地下室に違いないと、私は考えた。そこで何が起きたのかは、推測が及ばなかった。岩屑(がんせつ)と石の山の向こうには、また廊下があったのだが、少し先に進むと、崩落した穹稜(きゅうりょう)が危険なほどたわんだ天井に今にも触れそうになっていた。

どうやって通り道を作れるだけの数の石塊(ブロック)をもぎ取り、引き裂いて脇にどかしたのか、わずかでも平衡が崩れたら覆いかぶさる何トンもの石組みが崩れて私を粉砕(ふんさい)し、無に帰してしまうかもしれないのに、どうやって密集した石の欠片(かけら)をかき乱すなどということができたのか、私にはわからない。

私を衝き動かし、導いたのは、純然たる狂気だった——もしも、あの地下での冒険全体が——私がそうあって欲しいと望んでいるように——地獄めいた幻覚か夢の一時でなかったとしたら。

しかし、私は身体（からだ）をよじって通り抜けられる通り道を作った——あるいは、作ったという夢を見た。のたうつようにして這い登り、瓦礫の山を乗り越えた時——点けっぱなしにしていた懐中電灯を、口の奥深くまで咥（くわ）え込んでいた——私は頭上にある上層の床から垂れ下がっている、幻想的なギザギザの鍾乳石によって裂傷を負ったのを感じた。

私は目下、目的地だと考えている地下の巨大な文書庫の建物に近づいていた。障壁の向こう側を滑（すべ）ったり這ったりして降りていき、手に持った懐中電灯を断続的に点けたり消したりしながら、残りの廊下をそろそろと進んでいくと、ついに天井が低く、アーチがいくつも開いている円形の地下堂に到着した——今でも驚くほど保存状態が良く——あらゆる方向に道が開いていた。

壁には、というよりも懐中電灯の光が届く範囲にある壁には、象形文字（ヒエログリフ）がびっしりと刻まれ、典型的な曲線状の象徴（シンボル）がいくつも彫り込まれていた——私が夢に見た時代よりも後に加えられたものもあった。

この場所が、運命に定められた目的地であると悟り、ただちに左手にある見慣れたアーチ道に入った。

残存している全ての階層に繋がっている傾斜路を上り下りできる、障害物のない通路が見つかると、奇妙な話ではあるが私は殆ど確信していた。

太陽系全体の年代記を収蔵している、この広大な、大地に護られた積層構造物は、太陽系それ自体と同じくらい長く保つように、卓越した技術と強度で建造されたのである。

途方もない大きさの石塊（ブロック）が、数学的な天才の術（わざ）によってバランスを取られ、信じがたいほどの強度を持つセメントで繋ぎ合わされて、惑星の中心核の岩と同じくらい堅固な

HPLによる象形文字（ヒエログリフ）と曲線状の象徴（シンボル）のスケッチ（「覚書」より）

塊を形成していた。

　ここでは、私が正気では到底理解できないほど途方もない歳月を経てもなお、その埋(うず)もれた塊が、本来の輪郭を完全に保ったまま建っていたのだ。埃が舞う広大な床には、他の場所で目につくようなゴミが、殆ど散らばっていなかった。

　そこから先は比較的楽に歩けるようになったが、奇妙なことに私の頭は混乱した。ここまで、障害物に邪魔されてきた狂おしい熱望が、今やある種の熱狂的な速度で優勢になり、私はアーチ道の向こうの、天井の低い、ぞっとするほどよく覚えている通路を、文字通りの意味で駆け抜けた。

　目に映るものが馴染み深いものに見える感覚は、驚くような段階を通り越していた。

　どの方向にも、象形文字(ヒエログリフ)の刻まれた金属製の棚の扉が怪物のように聳え立ち、あるものは今も閉まったままで、あるものは開け放たれ、あるものは過去の地殻変動の圧力で曲がったり歪んだりしていたが、巨大な石造建造物を毀(こわ)すほど強い力ではなかったようだ。

　ぽっかりと口を開いた空っぽの棚の下には、埃を被った堆積物の山がいくつもあって、地震でいくつかのケースが落下したことを示すようだった。ところどころの柱には、書物の分類や副分類をはっきりと示す大きな記号や文字が書かれていた。

　一度だけ、開かれた保管庫の前で立ち止まった。そこでは、砂埃が舞う中に、見慣れた金属のケースがまだいくつか所定の位置に置かれているのが見えた。私は手を上に伸ばし、比較的薄いケースの一つを多少苦労して取り出すと、調べようと床に置いた。いつもの曲線的な象形文字(ヒエログリフ)で表題が書かれていたが、文字の配置が微妙に他と異なっているように思えた。

フックのついた留め金の奇妙な仕掛けについて、私は完璧に把握していたので、今なお錆びておらず、ちゃんと動作する蓋（ふた）をパチンと開けると、中の本を引っ張り出した。

予想通り、その本は大きさが約二〇×一五インチ、厚さが二インチで［一インチは約二・五センチメートル］、薄い金属製のカバーが上向きに開いた。丈夫なセルロースで造られたページは、数知れぬ時間（とき）の循環の影響を免れたようで、私は風変わりな色彩の筆で書かれた文字を――通常の湾曲した象形文字（ヒエログリフ）にも、人間社会で学術的に知られているいかなるアルファベットとも全く異なる記号を――半ば覚醒して私に取り憑く記憶とも照らし合わせながら調査した。

それは、夢の中で少しだけ知っていた、虜囚の精神が使っていた言語だとわかった――その精神は、太古の生物や伝承の多くが生き延びた原初の惑星の断片の一つである、大型の小惑星に由来していた。同時に、この階層の文書庫が、地球以外の惑星に関する書物に割り当てられていたことを思い出した。

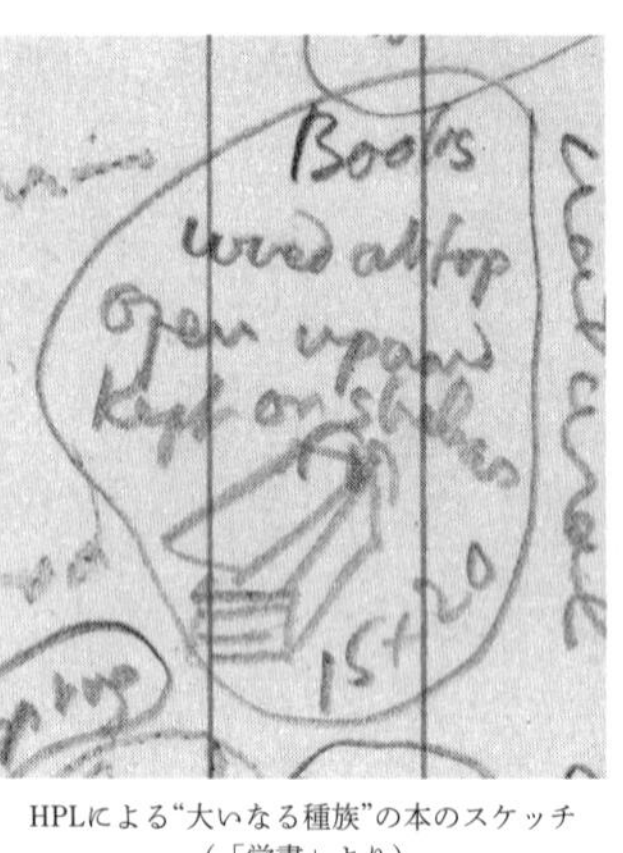

HPLによる“大いなる種族”の本のスケッチ
（「覚書」より）

この信じがたい文書を熟読するのをやめた時、懐中電灯の光が弱まってきたことに気がついたので、いつも持ち歩いている予備の電池をすぐに挿入した。

それから私は、より強い輝きを手に、通路や廊下が果てしなく絡み合う中を、熱に浮かされたように走り回った――時折、見覚えのある棚に気がついたが、永劫の長きにわたる死と静寂（せいじゃく）に満ちたこの地下墓地（カタコンベ）で、不相応に足音を反響させる音響効果に何とはなしの苛立（いらだ）ちを覚えた。

幾千年にわたり足を踏み入れた者のいない土埃に、私の靴跡が残っているのを目にするだけで、私は身震いを覚えた。私の狂った夢に一抹の真実が含まれているのだとすれば、記憶されざる遠い過去から、人間の足がこの舗道を踏みしめたことは、一度たりともなかったのだ。

正気とは思えぬ疾走の明確なゴールについて、私の意識は何のほのめかしも与えなかった。とはいえ、私の朦朧とした意思と埋もれた記憶を引き寄せる、何かしら邪悪な力が働いていたので、私は出鱈目に走っているわけではないのだと、漠然と感じていた。

下方に向かう傾斜路にやってきて、それを辿ってさらなる深みに向かった。駆け抜けていくうちに、いくつもの階層を次々と通り抜けていったが、足を止めてそこを探検したりはしなかった。ぐるぐると回転する頭の中で、ある種のリズムが鼓動を始め、それと同時に右手がピクピクと動き始めた。私は何かの鍵を開けたいと願い、そのために必要となる複雑な回し方や押し方を全て知っているような気がした。それは、組み合わせ式の錠がついている、現代の金庫に似たものなのだろう。

夢であろうとなかろうと、私はかつて知っていたし、今も知っていた。夢が――それとも、無意識に吸収した伝説の切れ端が――どうしてそれほどに細かく、複雑で、入り組んだ詳細を私に教えてくれたのか、自分自身を納得させようともしなかった。

筋の通った思考が全くできなくなっていた。何しろ、この経験全体――未知の廃墟に対する衝撃的な親近感や、目の前のあらゆるものと、夢や神話の断片の示唆に他ならなかったはずのものとの恐るべき一致――こそが、あらゆる道理を超えた恐怖ではなかっただろうか。

たぶん、あの時の私の基本的な確信は――今も比較的正気な時はそうなのだが――私は目を覚ましてなどおらず、この埋もれた都市全体が熱に浮かされて目にした幻覚の断片である、というものだった。

やがて私は最下層に達し、傾斜路の右側に降りた。何らかのぼんやりした理由で、たとえ速度を落とすことになっても、私は足音を抑えようとした。この最後の深く埋もれた階層には、横切るのが恐ろしくてならない空間があった。近づくにつれて、その空間にある何を私が恐れていたのかを思い出した。それは、金属の閂で封じられ、厳重に警備されていた跳ね上げ戸の一つに過ぎなかった。

今は警備員はいないだろうから、似たような跳ね上げ戸が口をぽっかり開いていた、あの黒い玄武岩の地下室を通り抜けた時と同じように、私は震えながらつま先立ちで歩いていった。あそこで感じたのと同じく、冷たく湿った空気の流れを感じた私は、自分の進む先が別の方向であれば良かったのにと考えた。どうして他ならぬこの進路を取らねばならなかったのか、自分でもわからなかった。

その空間に来ると、跳ね上げ戸が大きく口を開けているのが見えた。前方には改めて棚が並び、そのうちの一つの前の床に、最近いくつかのケースが落ちたことを示す、ごく薄く埃を被った堆積物の山が見えた。同時に、新たな恐慌の波が私を襲ってきたのだが、しばらくは理由がわからなかった。

落ちたケースの山は珍しくなかった。何故なら、この光なき迷宮は永劫の時間を重ねる間ずっと、地殻の変動に悩まされ、時折、物が転倒しては、耳を聾する音が響き渡っていたのだった。

その空間をほぼ渡りきった時に初めて、自分がどうしてあれほど激しく震え上がったのか理解した。私を悩ませていたのはその堆積物ではなく、平らな床に積もった埃に関わる何かだったのだ。

懐中電灯の光で見ると、埃が本来そうあるべき均一な状態ではないように見えた――つい数ヶ月前にかき乱されたことがあるかのように、ところどころ薄くなっているようだったのだ。

ぱっと見、他よりも薄く見えた場所でさえも、かなり埃が積もっていたので、確信は持てなかった。しかし、その不均一さの中に規則性があるのではないかという疑念が、不安を強く搔き立てた。そうした奇妙な場所の一つに懐中電灯の光を近づけた時、見えたものが気に入らなかった――何しろ、規則性があるという幻覚が、非常に強くなったのである。そこにはまるで、複合的な圧迫痕が規則正しく並んでいるかのようだったのだ。圧迫痕は三つごとに分かれていて、それぞれが一フィート四方をわずかに超える大きさで〔一フィートは約三〇・五センチメートル〕、三インチ〔約七・六センチメートル〕ほどのほぼ円形の跡が五組あって、そのうち一つが他の四つよりも前に出ていたのである。

一フィート四方の圧迫痕と思(おぼ)しい列は、まるで何かがどこかに行って戻ってきたかのように、二つの方向に続いているように見えた。もちろん、ごくかすかな痕跡なので、幻覚や偶然の産物なのかもしれない。しかし、何かが移動した跡だと私が考えたものには、おぼろげで、まさぐるような恐怖の要素があった。というのも、片方の端にはそう遠くない以前に騒々しい音を立てて落下したに違いないケースの山があり、もう一つの方の端には冷たく湿った風を吹き出す不気味な跳ね上げ戸があって、想像を絶する奈落の底へと通じる口を、ぽっかりと無防備に開けていたのである。

Ⅷ

私の奇妙な強迫観念が深く、圧倒的なものだったことは、それが私の恐怖を克服したことからも明らかだ。足跡についての悍(おぞ)ましい疑惑があり、それに呼び起こされて、夢の記憶がじわじわと蘇(よみがえ)りつつある今、なおも私を引き寄せる合理的な動機などあろうはずもなかった。

それでも、私の右手は恐怖で震えているというのに、あの錠を見つけたい、解錠したいという切望で、ピクピクとリズミカルに動いていた。

いつの間にか私は、最近落下したケースの山を通り過ぎ、全く埃が乱されていない側廊をつま先立ちで走って、恐ろしいことだが病的なほどよく知っているらしい、ある場所を目指していた。

私の精神は、それがどこから生じて、この件とどのような関連性があるのかをようやく推測し始めたばかりの疑問を、自分自身に問いかけていた。その棚には、人間の身体（からだ）でも届くのだろうか。人間である私の手は、永劫の昔に覚えた錠前の操作を全てこなせるのだろうか。錠前は壊れておらず、動作するだろうか。そして私は、見つけたいと望み、恐れていたもの（今しも、それが何なのか気づき始めているのだが）を使って、一体どうするのだろう——何を敢えてしようとしているのだろう。

それは、何かしら通常の概念を超越した、脳を揺さぶる畏怖すべき真実を証明することになるのか、それとも私が夢を見ていたのに過ぎないことを示すのみだろうか。

次に我に返ると、私はつま先立ちで走るのをやめ、じっと立ち尽くして、気が狂いそうなほどに見覚えのある象形文字（ヒエログリフ）が書かれた棚の列を見つめていた。棚の保存状態はほぼ完璧で、近くにある扉のうち、開け放たれていたのは三つだけだった。

これらの棚に対する私の感情は、言葉ではとても言い表せなかった——昔からよく知っているという感覚が、それほどまでに強く、執拗だったのである。私はずっと高いところ、天辺近くの全く手の届かない列を見上げ、どうすれば一番うまく登れるだろうかと考えた。下から四列目の開いた扉が役に立ちそうだし、閉じている扉の錠も、手がかりや足がかりに使えそうだ。両手を使う必要があった他の場所でそうしたのと同じように、懐中電灯を歯で咥えることにしよう。何よりも、決して音を立ててはいけない。取り出したものを下に降ろすのは大変だろうが、コートの襟に可動式の留め具を引っ掛けて、ナップサックのようにして運ぶことはできるだろう。

錠が壊れていないかどうか、改めて心配になった。慣れた動作の一つ一つを繰り返せるかどうかについては、私は微塵も疑わなかった。ただ、装置が軋んだり、耳障りな音を立てたりしないことを――そして、私の手がちゃんと操作できることを願っていた。

そんなことを考えながら、私は懐中電灯を口に咥えて登り始めた。突き出ている錠は支えとしては貧弱だったが、期待通り、開いていた棚が大いに役に立った。開閉しにくくなっている扉と、開口部の端の両方を登るのに利用し、大きな軋み音をどうにか鳴らさずに済んだ。

扉の上端に乗ってバランスを取り、右の方に大きく身体を傾けると、目当ての錠にちょうど手が届いた。登攀で半ば麻痺していた私の指は、最初のうちはひどく不器用だったが、解剖学的に問題なく動かせることはすぐにわかった。そして、記憶のリズムが指の中で強く脈打っていた。未知なる時間の深淵から、複雑な秘密の動作が、どういうわけか細部まで正確に、私の脳に届いたのだった――五分も試していないうちに、カチッという音が聞こえた。その音の馴染み深さは、意識的に予期していなかっただけに、驚きもひとしおだった。

次の瞬間、金属の扉が、ごくかすかな軋み音と共にゆっくりと開き始めた。

こうして露（あら）わにされた、灰色がかったケースの背の列を呆然となって眺めるうちに、全く説明のつかない感情が俄（にわか）に湧き上がるのを感じた。右手の届くところに一つのケースがあって、その湾曲した象形文字（ヒエログリフ）は、単なる恐怖を遥かに凌ぐ複雑な心痛をもたらして、私を震え上がらせた。

震えはなおも続いていたが、砂混じりの埃が降り注ぐ中、私はどうにかケースを取り出すと、騒々しい音を立てないように、自分の方にそっと引き寄せた。

先ほど扱った別のケースと同じく、それは二〇×一五インチ強［一〇インチは約二五・四センチメートル］の大きさで、数学的な曲線の意匠の浅浮き彫りが施されていた。厚さは三インチをわずかに超えた程度だった。

登っている棚面と自分の間にケースを乱暴に挟（はさ）み込むと、留め金具をまさぐって、ようやく鉤を外すことが出来た。私はカバーを持ち上げて、その重量物を背中に回し、鉤を襟に引っ掛けた。

今や両手が自由になったので、私は埃っぽい床へぎこちなく降りていき、獲物を調べる準備をした。

砂混じりの埃の只中（ただなか）に跪（ひざまず）き、背中からぐるりとケースを回して自分の前に置いた。

私の両手は震え、その本を引き出すことを切望していたのだが――そうせざるを得ないと感じたのと同じくらいに――そうすることを強く恐れていた。

自分が何を見つけることになるのかが次第にはっきりしてきて、そのことに気づいた時、私の心身機能はほとんど麻痺していたも同然だった。もしも、それがそこにあったなら――そして、私が夢を見てるのでなかったなら――その意味するところは、人間の精神が耐えられる力を遥かに超えているだろう。

何よりも私を苦しめたのは、その瞬間、自分を取り巻くものが夢だと感じられなかったことだった。現実感は悍（おぞ）ましいほどで――あの場面を思い出すと、改めてそう感じるのである。

ついに、私は恐れ慄きながらも本をケースから取り出して、表紙のよく知っている象形文字を魅せられたように凝視した。保存状態は最高で、表題を示す曲線的な文字は、まるでそれを読むことができるように思わせる、催眠状態に私を引き込んだ。確かに、恐ろしくも異常な記憶に一瞬だけ呼び起こされたこともあり、実際にそれを読んだことはないと断言することはできなかった。

あの薄い金属製のカバーを思い切って開くまでに、どれほどの時間がかかったかはわからない。私はだらだらと時間を引き延ばして、自分に言い訳をした。

懐中電灯を口から取り出し、電池を節約するためにそれを消した。それから、暗闇の中で勇気を振り絞り——ついには、明かりなしでカバーを持ち上げた。そして最後に、露わになったページに懐中電灯の光を当てて、何があっても物音一つ立てることのないよう、あらかじめ気を引き締めた。

一瞬目を向けただけで、気が遠くなりそうだった。だが、歯を食いしばって沈黙を守った。

床に全身を横たえ、暗闇が覆い尽くす中で額に手を当てた。私が恐れ、予期していたものがそこにあった。夢を見ているのでなければ、時間と空間が滑稽な茶番劇になってしまったのだろう。

夢を見ているのに違いない——だが、もしこれが本当に現実なのであれば、この代物を持ち帰って息子に見せ、その恐ろしさを確かめたかった。

途切れることのない暗闇の中に、周囲で渦を巻く目に見える物体など何もなかったのだが、ひどい目眩を起こしたようだった。この上なく恐ろしい考えや情景が——あの一瞥によって開けた展望に刺激されて——次から次へと私の中に押し寄せて、感覚を曇らせ始めた。

埃の上に残されていた足跡かもしれないものを思い出しながら、自分の呼吸音に震え上がった。

もう一度懐中電灯をつけて、蛇に襲われた犠牲者が、自身に破壊をもたらす者の眼と牙を見るように、改めてページを眺めた。それから、暗闇の中で不器用に指を動かして本を閉じ、ケースに戻すと、蓋と鉤付きの風変わりな留め金をパチンと閉めた。もしもこの本が本当に存在するのなら――この奈落全体が本当に存在するのなら――そして世界そのものが本当に存在するのなら――外部世界に持ち帰らなければならなかった。

よろよろと立ち上がり、引き返し始めたのが正確にいつだったかは定かではない。そういえば、奇妙なことではあるが――正常な世界から隔離されているという感覚を測る尺度として――地下で過ごしたあの悍ましい数時間、私は一度も時計を見なかった。

懐中電灯を携え、不吉なケースを脇に抱え、私は最終的にある種の恐慌状態に陥りながら、風を吹き出す奈落と、そこに潜み棲む足跡の痕跡を、忍び足で通り過ぎた。

果てしない傾斜路を登っていく時には、警戒を緩めていたが、降りてきた時の行程では感じなかった不安の影を、振り払うことはできなかった。

この都市それ自体よりも古く、無防備な深みから風が吹き上げてくる、あの黒い玄武岩の地下室を再び通らなければならないことが恐ろしかった。

私は、《大いなる種族》が恐れていたものと、たとえ衰弱して死にかけているのだとしても、まだそこに潜んでいるかもしれないもののことを考えた。あの五つの円から構成される足跡かもしれないもの、その足跡について夢が教えてくれたこと、さらにはそれと結びついている、奇妙な風や笛の似た音のことを考えた。そして、強風と名付けられざる地下の廃墟の恐怖が物語られていた、現代の黒人たちの昔話のことも考えていた。

　壁に刻まれた象徴（シンボル）から、入り込むべき階層を知り、ついには——先に調べた別の本の近くを通り過ぎた後——アーチ道がいくつも枝分かれしている、大きな円形の空間に辿り着いた。

　右手に、私が通ってきたアーチ道があるのは、すぐに判別できた。私は今、そこに入り込んだのだが、文書庫の建物の外にある石組みが崩れているので、この先の道程（みちのり）はさらに困難なものとなるだろうと、自分でもわかっていた。

　新たに入手した、金属ケース入りの荷物が私の上に重くのしかかり、あらゆる種類の瓦礫や石の欠片（かけら）の中をよろよろと歩くにつれて、音を立てずにいることがいよいよ難しくなっていった。

　やがて私は、身体（からだ）をよじって狭い道を通り抜けた、天井の高さに積み重なった瓦礫の山に辿り着いた。そこを再び通り抜けるのは、この上なく恐ろしかった。最初の時に、多少の音を立ててしまったし、今となっては——足跡らしきものを見てしまったので——他の何よりも音を恐れていたのである。しかも、ケースがあるせいで、狭い隙間を抜けるのがいっそう困難になっていた。

　とはいえ、私はどうにかこうにか障壁をよじ登り、目の前の隙間からケースを押し込んだ。それから懐中電灯を口に咥えると、這いつくばって通り抜け——前回と同じく、鍾乳石に背中を裂かれた。

　改めてケースを摑もうとした時、それは瓦礫の斜面を私の少し先のあたりに落ちていき、ガタガタいう騒音と反響音を立てて、私はひやひやした。すぐにケースに飛びかかって、それ以上の音を立てずにケースを取り戻した——しかし、次の瞬間、足下の石塊（ブロック）がいくつも滑り落ちたかと思うと、未曾有（みぞう）の騒音が出し抜けに響き渡った。

その騒音が、私の破滅を招くことになった。空耳なのかもしれなかったが、遥か後方の空間から、その騒音に応(こた)える恐ろしげな音が聞こえたような気がしたのだ。地球上で他に似たもののない、言葉ではうまく説明できないような、甲高い口笛のような音だった。

私の想像に過ぎなかったのかもしれない。だとすれば、その後に起きたことは何とも不気味な皮肉である——この出来事でパニックを起こしていなければ、第二の出来事は起きなかったかもしれないのだ。実際、私は完全に逆上し、収まるところを知らなかった。この悪夢のような廃墟から、砂漠と月明かりのある遥か上方の覚醒めの世界へと駆け出したいという狂おしい欲求を除いて私の脳裏にはなく、私は前方へ荒々しく飛び出した。

崩落した屋根の向こうの、広大な暗闇に聳え立つ瓦礫の山に辿り着いた時、ほとんどそのことに気付かなかった。ギザギザの石塊(ブロック)や破片の急斜面をよじ登り、幾度も打ち身や切り傷を負った。

やがて、大惨事が起きた。急な傾斜に気づかぬまま、やみくもに頂きを乗り越えた瞬間、私は完全に足を滑らせて、気がついた時には石積みが滑り落ちる怒濤(どとう)の雪崩(なだれ)に巻き込まれていて、その大砲のような大音響が闇黒の洞窟の空気を裂き、耳をつんざくような一連の地響きを轟(とどろ)かせた。

この混乱からどうやって抜け出したのか覚えていないのだが、一瞬の意識の断片が、騒擾(そうじょう)の中、私が廊下を転げ落ち、つまずき、よじ登ったことを教えてくれた——ケースと懐中電灯はまだ手元にあった。そして、私があれほど恐怖を向けていた原初の玄武岩の地下室に近づいた時、全き狂気が訪れた。

雪崩の反響が静まると、以前にも聞いたと思った、恐ろしくも異質な口笛の音が繰り返し聞こえてきたのである。今回は疑いようもなく——さらに悪いことに、背後ではなく前方から聞こえてきたのだ。

その時に、私はたぶん大声で叫んだのだろう。地獄のような《先住者(エルダー・シングス)》の玄武岩の地下の堂宇(どうう)を自分が走り回り、果てしない冥土(めいど)の暗闇にある見張りなき扉から、あの忌まわしい異質な音が響き渡るのを耳にしたという、朧気(おぼろげ)な映像(イメージ)が脳裏に浮かんだ。

風も吹いていた――ただの冷たく湿った空気の流れではなく、あの胸をむかつかせる口笛の音が聞こえてくる忌まわしい深淵から暴力的で意志を孕む突風が、激しく冷然と吹き上げてくるのだった。

飛び上がったりよろめいたりしながら、あらゆる種類の障害物を越えていったことや、突風と甲高い音が刻一刻と大きくなり、背後や下方の空間から悪意をもって襲いかかってきて、私の周囲で意図的に渦を巻き、からみついてくるように見えたことを覚えている。

だが、背後から吹いているというのに、その風は私の前進を助けるどころか、むしろ妨げるという奇妙な効果を及ぼした。まるで、私の周囲に輪索(わなわ)や投げ縄(なわ)が投じられでもしたかのように。

音を立ててしまうのも気にせず、私は石塊(ブロック)の積み上がった大きな障壁を乗り越えて、地上に続いている構造物の中に再び入り込んだ。

機械室へのアーチ道をちらりと見て、二階層下で、あの冒瀆的な跳ね上げ戸の一つが口を開けているのに違いない場所に通じている傾斜路が目に入り、もう少しで悲鳴をあげそうになったのを覚えている。

しかし、私は叫ぶ代わりに、これは全部夢で、もうすぐ目が覚めるに違いないと、ぶつぶつと呟き続けた。たぶん、自分はキャンプにいるのだ――ひょっとすると、アーカムの自宅かもしれない。

もちろん、もう一度渡らなければならない四フィート〔約一・二メートル〕の裂け目があることはわかっていたのだが、他の恐怖に苛(さいな)まれていたので、その恐ろしさを実感したのは近くまで来た時だった。

降りてきた時には、飛び越えるのは簡単だった――だが、上り坂となると、恐怖や疲労、金属のケースの重さ、それにあの魔性の風の異常な後方への引力に邪魔されながら、この裂け目をそう簡単に乗り越えることができるものだろうか。最後の瞬間、私はこうしたことに加えて、亀裂の下の黒々とした奈落の底に潜んでいるのかもしれない、名前のわからない実体のことにも思いを巡らせた。

ゆらゆらと揺れる懐中電灯の光は次第に弱々しくなっていたが、裂け目に近づくにつれて、朦朧（もうろう）とした記憶によってそれがわかるようになった。背後から吹き付ける冷たい突風と、吐き気を催させる口笛めいた哭（な）き声が、暫（しば）しの間、慈悲深い阿片（アヘン）の如く、前方の口を開ける深淵の恐怖に対する私の想像力を鈍らせた。

その時、私は前方からも突風が吹き始め、口笛が聞こえてくることに気がついた――それは、誰しも想像したことがなく、想像することもできぬ深みから、裂け目そのものを通って押し寄せてくる忌まわしい潮流に他ならなかった。まさに今、純然たる悪夢の真髄（しんずい）が、私に襲いかかったのである。

正気を失い――動物的な逃走本能以外の全てを無視し、私はひたすらもがきながら、まるで裂け目など存在しなかったかのように傾斜路の瓦礫を乗り越えて、上へ上へと突き進んだ。やがて亀裂の端が見えると、私は持てる力の全てを振り絞って狂おしく飛び上がり、たちまちのうちに胸をむかつかせる音と、手で触れてしまえそうな実体感がある全く異様な闇黒の、万魔殿の如き渦に呑（の）み込まれた。

思い出せる限りにおいて、これが私の体験の終わりだった。そこから先の印象は全て、幻灯仕掛け（ファンタスマゴリア）のような譫妄（せんもう）の域に属している。夢と狂気と記憶とが、現実とは何の関わりも持たない、一連の幻想的で切れ切れの妄想の中で荒々しく混ざり合っていた。

知覚力を備えた粘つく暗闇の計り知れない深みへと、地球とその有機生命体について私たちが知るものとは全く異質な喧騒（けんそう）の混沌（バベル）が鳴り響く中、私は悍（おぞ）ましくも落下していった。私の中で眠りについていた原始的な感覚が活気づき始めたようで、浮遊する恐怖が棲まう坑（あな）や空隙（くうげき）の数々のことや、太陽の光の届かぬ岩山や海、そしてかつて光が照らしたことのない、窓のない玄武岩の塔が林立する数多（あまた）の都市のことを告げるのだった。

原初の惑星と、その記録されざる永劫の太古の秘密の数々が、視覚や聴覚の助けなしに私の脳裏を駆け巡り、かつて見た最も荒唐無稽な夢ですら仄めかさなかった事柄が、私に知らされた。その間中、湿った蒸気の冷たい指が私を引っ摑んだりつついたりして、あの不気味で厭（いと）わしい口笛の音が、周囲に渦巻く暗闇の中で、交互に襲いかかる喧騒と静寂の全てを凌いで、悪鬼の如き金切り声をあげていた。

その後に、夢に見た巨石建造物（キュクロープス）の都市の幻影が浮かび上がった——廃墟ではなく、夢に見た通りの姿だった。私は再び人ならぬ円錐型の肉体に戻り、高架の廊下や広大な傾斜路を上り下りして本を運んでいる、《大いなる種族（グレート・レース）》や捕らわれた精神の群れに混ざっていた。

それから、口笛のような音を立てる風の触手に摑まれて、身悶（みもだ）えしながら逃げ出す様子や、半ば固体化した空気の中を気が狂った蝙蝠（こうもり）のように飛翔する様子、大竜巻（サイクロン）が吹き荒れる暗闇の中を熱に浮かされたように突き進む様子、そして崩れ落ちた石組みをよじ登り、乗り越える様子を伝える、視覚的なものではない意識の一瞬の閃（ひらめ）きが、こうした映像に次々と重なった。

一度だけ、半ば視覚的な奇妙な閃きが割り込んだ——遥か頭上で、青みがかった光がかすかに、ぼんやりと漂っているような気がしたのである。続いて、風に追われるままによじ登ったり、這い進んだりする夢がやってきた――ぞっとするほど病的な大嵐（ハリケーン）の只中で、私の背後で滑ったり崩れたりするごちゃ混ぜの瓦礫の山を、身体（からだ）をひねってすり抜けていき、冷笑的な月明かりの輝きの中に出ていく夢だった。そうして、かつて私が現実の覚醒めた世界として知っていたものがついに蘇（よみがえ）ったことを、人を狂わせる月光の邪（よこしま）で単調な鼓動が、私に告げたのである。

私はオーストラリアの砂漠の砂を、うつ伏せの状態でかき分けていて、周囲ではこの惑星（ほし）の地表がそれまでに経験したことのない激しい風が、騒々しい金切り声をあげていた。

私の服はぼろぼろで、全身の至る処に打ち身や引っかき傷があった。

意識が完全に戻るまでには非常に長い時間がかかり、現実の記憶がどこで終わり、錯乱した夢がどこから始まったのか、私には全くわからなかった。

巨石の積み上がった小丘や、その下の奈落、過去からの怪物的な啓示、そして最後には悪夢の如き恐怖があったように思えた――だが、これはどれくらい現実だったのだろうか。

懐中電灯を失（うしな）い、私が発見したかもしれない金属のケースも同じように失（な）くなっていた。

そのようなケースが――さもなくば深淵が――あるいは小丘が――本当にあったのだろうか。

頭を上げて背後を振り返っても、見えるものといえば砂が波打つばかりの、不毛の曠野のみだった。

魔性の風は止んで、膨らんだ真菌（きのこ）のような月が赤く染まって、西に傾いていた。

よろめきながら立ち上がり、キャンプのある南西の方向にふらふらと歩き始めた。

本当のところ、私の身に一体何が起きたのだろうか。砂漠で倒れ、夢に苛（さいな）まれる身体（からだ）を引きずって、砂と埋（うず）もれた石塊（ブロック）ばかりが広がる中を、何マイルも歩き続けただけだったのだろうか。

そうでなかったのだとしたら、この先どうやって生き続けることができるだろうか。この新たな疑念によって、私の幻視（ビジョン）が神話から生じたもので、現実のものではないという私の信仰が、かつての地獄めいた疑念の中に再び溶解してしまったのだから。

あの奈落が現実であるなら、《大いなる種族（グレート・レース）》もまた現実だ——そして、宇宙規模の時間（とき）の渦の中で、その冒瀆的な到達と強奪は、神話でも悪夢でもなく、魂を打ち砕（くだ）く恐ろしい現実だということになる。

ひどく悍（おぞ）ましい事実として、私はあの暗く不可解な記憶喪失の日々に、人類誕生以前の一億五千万年前の世界に引き戻されていたのだろうか。私の現在の肉体は、遥かな太古の時間（とき）の深淵から到来した、恐ろしい異生物の意識の乗り物となっていたのだろうか。

よろめき歩く恐怖に囚（とら）われた私は、あの呪（のろ）わしい石造都市を、原初の時代の最盛期全盛期に実際に知っていて、私を捕らえた者の厭（いと）わしい姿形で、あの見覚えのある廊下を這いずっていたのだろうか。

二〇年以上も苦しめられたあの夢は、あの怪物じみた記憶の純然たる産物だったのだろうか。

私はかつて、到達不能な時間と空間の片隅から来た精神と実際に語り合い、過去と未来の宇宙の秘密を学び、あの巨大な文書庫の金属ケースに収めるべく、自分の世界の記録を書き綴（つづ）ったのだろうか。

そして、彼らとは別の存在——狂える風を操り、悪魔の笛の音を響かせる衝撃的な《先住者（エルダー・シング）》——は、事実、長きにわたり隠れ潜んできた脅威であり、多様な生命体が歳月に蝕まれるこの惑星の地表で数千年にわたる歩みを続けている間、黒々とした奈落の底で待ち構えながらゆっくりと衰えてきたのだろうか。

私にはわからない。もしもあの奈落と、そこにあったものが現実のものなら、もはや希望はない。

そうなのだとすれば、それが事実だとは思いたくないのだが、この人間の世界には嘲笑的で信じ難い、時間(とき)を超えてきた影が重くのしかかっているのである。

しかし、ありがたいことに、こうしたものが神話から生まれた私の夢の、新たな局面ではないという証拠は存在しない。私は証拠となり得た金属のケースを持ち帰らず、これまでのところ、あの地下の廊下も発見されていないのである。

宇宙の法則が情け深いものであるなら、あれらは決して見つからないだろう。とはいえ、私は自分が見たもの、あるいは見たと思ったものを息子に伝え、心理学者としての判断で私の経験の真偽を見極めさせ、その説明を他の人々に伝えさせなければならない。

夢見に苛(さいな)まれた年月の背後に恐ろしい真実があるのかどうかは、あの埋(うず)もれた巨石建造物(キュクロープス)の廃墟で見たと思ったものが実在するかどうかにかかっていると、私は言った。

読者諸氏の誰しも、それが何なのか正しく察しておられるはずだが、この重大な啓示をありのままに書き記すことは、私にとってはひどく困難だった。

もちろん、それは金属のケース——百万世紀もの間、乱されることのなかった埃の只中で、忘れられた隠し場所から私が引っ張り出したケースだ——に収められた、あの本の中身だった。人類がこの惑星に出現して以来、何人(なんびと)の眼もその本を見たことがなく、何人(なんびと)の手もその本に触れたことがなかった。だというのに、あの恐ろしい巨石(メガリス)の奈落の底で懐中電灯をそれに閃(ひらめ)かせた時、もろく、永劫の歳月で褐色に変じたセルロース紙のページに奇妙な色素で書かれた文字が、地球が若かりし頃の名付けられざる象形文字(ヒエログリフ)ではないことがわかった。

代わりにそこに並んでいたのは、我々が慣れ親しんでいるアルファベットの文字で、英語の文章を私自身の筆跡で書き綴ったものだったのである。

訳注

※アーカムやミスカトニック大学、『ネクロノミコン』などの一般的なクトゥルー神話用語については、既刊の訳注や解説、あるいは拙著『クトゥルー神話解体新書』(コアマガジン)を参照されたい。

1 西オーストラリア州 Western Australia
オーストラリアの西部、東経一二九度線よりも西がわを占める地域区分。しばしば「オーストラリア西部」とされるが、単語の頭が大文字なので、これは地名だろう。

2 ヘーバリル Haverhill
マサチューセッツ北部、メリマック川沿いの町で、インスマスのモチーフであるニューベリーポートの西にある。

3 ロバート・K Robert K.
このミドルネームの〝K〟は、HPL自身のミドルネーム〝フィリップス〟やキャラクター・ネーミングの傾向から、母方の姓キーザー Keezar の頭文字と思われる。

4 クレーン・ストリート Crane Street
HPLが作成したアーカムの地図(第5集巻頭に掲載)によれば、ミスカトニック大学キャンパスのすぐ西に位置する短い通り。大学職員の居住区なのかもしれない。

5 『エイボンの書』 Book of Eibon
ミスカトニック大学の図書館が切れ切れの断片から成る『エイボンの書』を所蔵しているという話は、「魔女の家で見た夢」(第5集収録、一九三二年)にもある。

6 ジェヴォンズ Jevons
一九世紀英国の経済学者・論理学者ウィリアム・スタンレー・ジェヴォンズ。新古典派の経済学者で、その著作『経済学の理論』(一八七一年)において限界効用による価値理論を提唱した。

7 アルベルト・アインシュタイン Albert Einstein
ドイツの理論物理学者。特殊相対性理論(一九〇五年)、一般相対性理論(一九一六年)などを発表し、時間と空間の概念を大きく変えたことで知られる。彼の理論に含まれる〝時空連続体〟の言葉は、本作以外にも「狂気の山脈にて」「魔女の家で見た夢」「戸口に現れたもの」「銀の鍵の門を抜けて」などの作品で使用されている。

8　半植物種族　half-vegetable race

「狂気の山脈にて」に登場する、南極の異星種族《古きもの(オールド・ワンズ)ども》のこと。

9　ヴァルーシアの爬虫人類　the reptile people of fabled Valusia

ヴァルーシアは、ロバート・E・ハワードが〝蛮勇(ばんゆう)コナン〟もの以前に発表した〝アトランティスのカル〟の最初の作品「影の王国」の舞台で、アトランティスの七帝国における最も偉大な国とされたが、実は蛇人間に影から支配されてきた国でもある。ちなみに、ハワードが後に〝蛮勇コナン〟ものの背景設定をまとめた「ハイボリア時代」では、ヴァルーシアは現代のユーラシア大陸に相当するトゥーレ大陸の西端――つまり西ヨーロッパのあたりに、広大な版図を領有した国とされている。

10　ヒュペルボレイア人　Hyperborean

人類以前のツァトーグァを崇拝した毛むくじゃらの種族ということなので、これはクラーク・アシュトン・スミスのヒュペルボレイアもの（ハワード作品に登場するハイパーボリア（英語読み）とは位置も歴史も異なる）に登場するヴーアミ族のことだろう。リン・カーターは後に「モーロックの巻物」などの作品で、ヴーアミ族そのものをツァトーグァの眷属(けんぞく)とし、この神と下級神シャタクの間に生まれた太祖ヴーアムを設定した。

11　チョー＝チョー族　Tcho-Tchos

オーガスト・W・ダーレスとマーク・スコラーが共作した「星の忌み子の棲まうところ」（既訳邦題は「潜伏するもの」など）に登場する矮人(わいじん)種族。ビルマ（現ミャンマー）のシャン＝シ地方の奥地、スン高原にある古代都市アラオザルの住人で、地下湖に潜むロイガーとツァールを崇拝している。この作品を読んだHPLは、自作品でチョー＝チョー族を使うとダーレスに約束していた。

12　ロマール　Lomar

〝ロマール〟はラテン語風の読み方で、英語読みは〝ローマー〟。HPL「北極星(ポラリス)」の舞台である太古の北極圏にあった土地で、HPLは一九二九年一二月三日付のクラーク・アシュトン・スミス宛書簡において、スミスの作品の舞台であるヒュペルボレイアとロマールが、時代が異なる同じ場所だと書いている。スミス「ウボ＝サスラ」によれば、ヒュペルボレイアは「グリーンランドと概ね一致する」ので、ロマールの位置もそうなのだろう。「銀の鍵の門を抜けて」「蠟人形館（ろうにんぎょうかん）の恐怖」には、人類の誕生以前にロマールが隆起したという記述があるので、そのあたりはかつて海だったらしい。なお、「蕃神（ばんしん）」「未知なるカダスを夢に求めて」などの作品では、ロマールは幻夢境（ドリームランド）の土地とされていて、これを設定の混乱と見るか、夢と現（うつつ）の両方に存在したと見るかは、読者次第である。

13　第十四王朝　14th Dynasty
古代エジプト史における時代区分のひとつ、第二中間期に栄えた下エジプトの王朝で、記録の欠落があるため、学者によって紀元前一七二五〜一六五〇年頃と、紀元前一八〇五〜一六五〇年頃の二説に分かれている。

14　イェー　Yhe
ＨＰＬ作品では本作でのみ言及。リン・カーターは、イェーやルルイェをムー大陸の地域名と解釈し、「時代より」「陳列室の恐怖」などの連作において、イェーの裂溝をクトゥルーの子であるイソグサの幽閉地とした。

15　クロム＝ヤー、キンメリア　Crom-Ya, Cimmeria
キンメリアというのは古代ギリシャ語での読み方で、現代英語ではシメリアと読む。ホメーロスの『オデュッセイアー』などに言及される、古代ギリシャ世界で知られた伝説的な最果ての土地ないしは民族の名前だが、ここではロバート・Ｅ・ハワードの〝蛮勇コナン〟ものにおける主人公コナンの出身地で、その版図はスカンジナビア半島の西端とブリテン島の北東部、さらには両者に挟まれる北海全体にまたがっている。クロムというのは、キンメリア人が信仰する山上に棲まう峻厳なる神であり、ＨＰＬがここに登場させているのは、クロム神の原型を想定した古代の人物なのだろうと考えられている。

16　親元で　by their parents
ここでいう〝親〟は複数形だが、この種族は単性かつ胞子生殖なので、いわば親株にあたる個体だろう。

17 半ポリプ状の先住種族 elder race of half-polypous

作中では《先住者（エルダー・シング）》とも呼ばれている異星の種族。『クトゥルフ神話TRPG』では〝空飛ぶポリプ flying polyp〟と呼ばれているが、HPLはこの表現を用いたことがない。また、一九八六年にホビージャパンから発売された最初の日本語版『クトゥルフの呼び声』では《盲目のもの》とされていて、これはフリッツ・ライバーによる評論「ブラウン・ジェンキンとともに時空を巡る―思弁小説におけるラヴクラフトの功績」におけるライバーの独自呼称《盲目のもの Blind Beings》を採用したもののようだ。

18 『エルトダウン・シャーズ』 Eltdown Shards

リチャード・F・シーライト「封函（ふうかん）」が初出の神話典籍。HPLが本作に取り込み、「彼方よりの挑戦」で設定を膨らませた。詳しくはこれらの作品の訳注と解説を参照。

19 イィス Yith

HPLが改稿に協力したドウェイン・ライメルの詩「イィスの夢」が初出となる、地球外の惑星。本作では「知られざる銀河系外の天体（せかい）」と書かれているが、英語の〝world〟には天体、星の意味があり、HPLはこの語をしばしばそちらの意味で使用した。

20 ピルバラ Pilbarra

西オーストラリア州を九つに分割する地域のひとつで、赤土の多い美しい景観と鉄鉱石の鉱床で知られている。先住民族（アボリジニ）の言語であるニャマル語とバニジマ語で〝乾燥した〟を意味する〝ビリバラ〟に由来する地名だと言われているが、魚の〝ボラ〟を意味する言葉で、そういう名前の川があったからだとの説もある。

21 グレートサンディ砂漠 Great Sandy Desert

ピルバラ地域の東半分を占め、南のキンバリー地域にもまたがる砂漠。西部にはマルトゥ族、東部にはピントゥピ族のコミュニティがあるが、人数は少なく、他には鉱夫の町がいくつかある。

22 ブダイ Buddai

オーストラリアの共和主義者、聖職者であるジョン・ダンモア・ラングによる『オーストラリアのクイーンズランド州：移住先として非常に適し、英国の綿花の産地となるであろう地域。原住民の起源、風習、習慣に関する解説付 Queensland, Australia: A Highly Eligible Field for Emigration, and the Future Cotton-Field of Great Britain, With a Disquisition On the Origin, Manners and Customs of the Aborigines』（一八六四年）で報告されている、オーストラリア東部の先住民族の間で共通の祖先と見なされている伝説的な巨人。ブッジャ Budjah などの異名も知られる。概要はここで述べられている通りだが、ラングは報告の中で、ブダイあるいはブッジャと仏陀（ブッダ）の名前が似通っていることと、現ミャンマーのペグー（バゴーの旧名）の寺院で祀られているらしいキアキアックという破壊神的な涅槃仏（英国の神話学者ジェイコブ・ブライアントの『古代神話の新しい体系あるいは分析 A New System or Analysis of Ancient Mythology』（一七七三年）が出典）との類似に注目している。キアキアックは六千年の間眠りについているのだが、彼が目を覚ますと世界は消滅し、ダゴン Dagon あるいはダグン Dagun と呼ばれる別の神が破片を集めて新しい世界を作るというのである。仮にＨＰＬがこの本を読んだのだとしたら、偶然の一致であるにせよダゴンの名前に着目したことだろう。

23 ウォーバートン Warburton
英国の軍人、警察官僚、探検家ピーター・エジャートン＝ウォーバートン（一八一三〜八九年）。少佐階級で軍を退役した後、一八五三年、現在のメルボルンのあたりにあった南オーストラリア植民地の警察長官に就任した。しかし、在職中に繰り返し探検に赴いて職務をおざなりにしたことが問題視され、一八六七年に解任される。

24 ジョアンナ・スプリング Joanna Spring
西オーストラリア州北東部、グレートサンディ砂漠の只中にある泉で、ウォーバートンが一八七八年の遠征において、恒久的な水源地として示した。

25 ウィリアム・ダイアー教授 Professor William Dyer
「狂気の山脈にて」の語り手。ウィリアムというファーストネームは、本作が初出となる。

彼方よりの挑戦

The Challenge from Beyond

C・L・ムーア、A・メリット、HPL、
ロバート・E・ハワード、F・B・ロング
1935

I　C・L・ムーア

ジョージ・キャンベルは、眠気でぼんやりした目を暗闇に開き、何が自分の目覚めを促したのか不思議に思うまでの数分間、テントの垂れ布から青白い八月の夜空を眺めていた。

このカナダの森の、身を切るような澄んだ空気には、どんな麻薬にも劣らない催眠効果があった。キャンベルは少しの間、静かに横たわり、甘美な疲労感、存分に酷使した筋肉が、今では弛緩してすっかり楽になっているという不慣れな感覚を覚えながら、心地よい微睡みの端境にゆっくりと引き戻されていった。結局のところ、こういったものがバカンスの一番楽しい瞬間なのだ——労苦を終えて、空気の澄み切った香しい森で休息するといったような。

精神が忘却の彼方へと沈んでいく中、この先さらに三ヶ月もの長い自由が目の前に控えているとは、何と贅沢なことだろうかと、彼は独りごちた——それは、都会とありきたりな日常からの自由であり、教授の仕事と大学、そして彼がその頑なな耳に噛んで含めるように話しかけることで日々の糧を得ている、地質学にかけらも興味のない学生どもからの自由だった。そして——

突然、心地よい微睡みが砕け散った。どこかテントの外からブリキとブリキがぶつかるような音が聞こえてきて、平穏を乱したのである。ジョージ・キャンベルはぎくしゃくと体を起こすと、懐中電灯に手を伸ばした。それから彼は、笑って懐中電灯を戻し、真夜中の暗闇の中に目を凝らした。糧食の缶詰がいくつか転がる間に、名も知れぬ黒っぽい夜行性の小動物がうろついていたのだった。彼は長い腕を伸ばすと、テントの入り口あたりにある岩の間を手探りして、投げられそうなものを探した。指が大きな石を掴んだので、彼はそれを投げつけようと手を引っこめた。

だが、彼はそれを投げなかった。闇の中で彼が見つけたのは、ひどく奇妙な物体だったのだ。四角く、水晶のように滑らかで、明らかに人工物であり、角は鈍く丸みを帯びていた。指で感じた岩の表面の手触りがひどく奇妙だったので、再び懐中電灯に手を伸ばし、握りしめたものに光を向けた。

何の気なしに手探りで拾い上げたものの正体を確かめて、眠気はすっかり吹き飛んだ。この奇妙で滑らかな立方体は、水晶のように透明だった。間違いなく石英なのだが、通常の六角形の結晶の形をしていない。どのようにしてか――その方法は推測できなかったが――摩耗した面ごとに、寸法およそ四インチ［約一〇・二センチメートル］の、完全な立方体に加工されていた。摩耗の度合いは、信じ難いほどだった。この堅硬な水晶は、今や角がほとんどなくなるくらいに丸みを帯び、球体の輪郭を取り始めていた。この奇異なる透明な物体は、摩耗に摩耗を重ねる、数え切れぬほどの長い年月を経てきたのに違いない。

だが、何にも増して不思議だったのは、水晶の中心にぼんやりと見えるものだった。というのも、その中心には、名も知れぬ青白い物質で造られた小さな円盤が横向きに置かれていて、石英に包まれたその表面には文字が深く刻まれていたのである。かすかに楔形文字を思わせる、楔の形をしたいくつかの記号が。

ジョージ・キャンベルは眉間に皺を寄せ、手の中の小さな謎の上に顔を近づけて、どうにも途方にくれてしまった。どうしてこんなものが純粋な水晶に埋め込まれているのだろうか？　水晶のことを、あまりにも固く凍りついていて、再び溶けることのない氷だと呼んだという、古代の伝説にまつわる記憶が、わずかに心に浮かんだ。氷――そして楔の形をした楔形文字――そうだ、ああいった文字は、有史以前の遥かな昔に北方から移動してきた、原初のメソポタミアの窪地に定住したシュメール人たちの間で生まれたものではなかったか？　やがて、健全な落ち着きを取り戻して、彼は笑った。もちろん、石英は地球の地質年代的に最も初期の時代に形成されたもので、当時は熱と隆起する岩石くらいしか存在しなかった。この物体が形成されてから数千万年もの間、氷などというものは出現しなかったはずなのだ。

　そこへもってきて――あの文字である。人間の手になるものであることは確かだが、かすかに楔形文字をほのめかしていることを除くと、全く見慣れない文字だった。あるいは、古生代の世界には、文字のある言語を身につけた生物が存在し、彼が手に持っている石英で覆われた円盤に、これらの謎めいた楔形文字を刻んだということなのだろうか？　またあるいは――このような物体が宇宙から流星のように落ちてきて、いまだどろどろに融解していた地球の、形の定まらない岩石の中に嵌まり込みでもしたのだろうか？　まさかそんな――

　そこで、彼は急に我に返り、自分のあられもない想像力に、耳が熱くなるのを感じた。静寂と孤独、そして手の中にある奇妙な物体が、彼の常識を引っ掛けてやろうと共謀しているようだった。

　彼は肩をすくめると水晶をベッドの端に置き、明かりを消した。たぶん、朝になって頭がはっきりすれば、今のところは解決できないように思える疑問の数々に、答えが見つかることだろう。

　しかし、眠りはそう簡単に訪れてくれなかった。理由の一つとして、明かりを消した時、あの小さな立方体が周囲の暗闇に呑み込まれる前、まだ明かりが消えていないかのように、束の間輝いているように見えたことがある。あるいは、思い過ごしなのかもしれない。たぶん、彼の目が眩んでいたせいで、光が立方体からなかなか離れず、その謎めいた深部を妙にしつこく輝かせているように見えただけなのだろう。

彼は、長いこと落ち着かないまま横たわり、答えのでない疑問を頭の中で反芻し続けていた。測り知れざる過去、おそらく歴史全体の黎明期に由来するこの水晶の立方体には、彼から睡眠を奪うほどの挑戦となる何かがあったのである。

Ⅱ　A・メリット

彼には、自分が何時間もそこに横たわっていたように思えた。なかなか消え去らない光、熱を伴わないその光が、彼の心を捕らえていた。まるで、立方体の中心に潜む何かが目覚め、眠たげに身動きし、俄に警戒し始めて――彼に集中しているかのようだった。

とんだ空想だ、これは。苛立たしげに体を起こし、明かりを時計に向けた。もうすぐ一時。夜明けまで後三時間ある。光線を下に向け、気味の悪い立方体に集中した。数分間、光を近くから当て続けた。パチンと音を立ててスイッチを切り、さらに観察した。

今や疑いの余地はなかった。目が暗闇に慣れてくると、奇異なる水晶の奥深くで、サファイア色のか細い稲妻を思わせる、小さくかすかな光が煌めくのが見えた。その光は水晶の中心にあり、あの心をかき乱す記号のついた青白い円盤から発せられているように見えた。そして、円盤そのものが次第に大きくなり……記号（しるし）の形状が変化し……立方体（キューブ）も大きさを増し……これはあの小さな稲妻がもたらした幻覚（げんかく）なのだろうか……

音が聞こえた。まるで幻霊（ゴースト）の指でかき鳴らされる幻霊（ゴースト）の竪琴（ハープ）の音のような、それはまさしく音の幻霊（ゴースト）だった。そのような音が、立方体（キューブ）から聞こえていた……

下草の中でちゅうちゅうと軋（きし）るような声が聞こえたかと思うと、いくつもの体がぶつかり合う音、断末魔（だんまつま）の子供のような苦しげな嘆声（たんせい）が聞こえてきたが、すぐに静かになった。荒野（こうや）の小さな小さな悲劇、殺し屋と獲物（えもの）といったところか。彼は音が聞こえた現場に足を運んでみたが、何も見えなかった。再びパチンと明かりのスイッチを切ると、テントの方に目をやった。地面には、淡（あわ）い青色（ブルー）の煌（きら）めきがあった。あの立方体（キューブ）だ。身を屈（かが）めてそれを拾い上げようとして――何となく嫌な予感がしたので、手を引っ込めた。

そして再び、輝きが消えていくのが見えた。小さなサファイア色の稲妻が、途切れ途切れに明滅（めいめつ）しながら、光源である円盤の方に退いていく。音はもう発せられていなかった。

彼は座り込んで、熱を伴わない光が明滅を繰り返すうちに、弱まっていくのを眺めていた。この現象を起こすには、二つの要素が必要であることに彼は思い至った。電光それ自体と、彼自身の固定された意識である。彼の精神を懐中電灯の光に沿（そ）って移動させれば、立方体（キューブ）の心臓部に固定させられるはずで、もしもそれで脈動が強まれば、いずれは……どうなるんだ？

何か異なる世界（ほし）のものに触（ふ）れたかのように、魂（たましい）が凍（こお）りつくのを感じた。それが異なる世界（ほし）に属するものだと、彼にはわかっていた。地球のものではない。地球の生命のものでもない。竦み上がりそうになるのを堪(こら)え、立方体(キューブ)を拾い上げてテントに持ち込んだ。それは温かくもなければ冷たくもなく、これで重みまでもなかったら、手に持っていることに気づかなかったことだろう。懐中電灯を向けないようにしながら、彼はその物体をテーブルに置いた。続いてテントの垂れ布(フラップ)に歩み寄り、それを閉めた。

テーブルのところに戻った彼は、キャンプチェアを引き寄せて、明かりを直に立方体(キューブ)に向けると、可能な限り心臓部(しんぞうぶ)に光線の焦点(しょうてん)を合わせた。ありったけの意志と集中力をその光に沿って送り込み、光と同じように意志と視線を円盤に集中させた。

まるで命令されたかのように、サファイア色の稲妻が強い輝きを放った。円盤から飛び出した稲妻は水晶の立方体(キューブ)の本体に飛び散り、跳(は)ね返されて円盤と記号(しるし)を包みこんだ。それらの記号(しるし)が再び変化し始め、青い輝きの中で位置を変え、前後に移動した。もはや、楔形文字(せっけいもじ)ではなかった。それらは物……物体になっていたのだ。

サラサラとさざめくような、竪琴(ハープ)の弦(げん)が爪弾(つまび)かれるような音色が聞こえてきた。音はどんどん大きくなり、今や立方体(キューブ)全体がそのリズムにあわせて振動(しんどう)していた。水晶の壁(かべ)が溶け出して、ダイヤモンドの霧(きり)で形作られているみたいに霞(かす)み始めていた。円盤そのものも大きくなって……形状が変化し、分裂(ぶんれつ)して増殖(ぞうしょく)し、あたかも何かの扉(とびら)が開かれ、群れをなす幻影が流れ込んでいるかのようだった。その間にも、脈動する光がいよいよ明るさを増していった。

俄(にわか)にパニックに陥(おちい)った彼は、視線と意志を引き戻そうとして、明かりを下に向けた。立方体(キューブ)はもはや、光線を必要としていなかった……彼は引き戻せなかった……引き戻せないどころか！　彼自身が、今や球体となった円盤の中に吸い込まれているのだった。球体の内部では、それを絶えず輝きに浸している音楽に合わせて、名状しがたい姿のものが踊っていた。

テントは消え失せていた。ただ、煌めく霧の巨大なカーテンが広がっていて、あの球体がその背後で光り輝いていた……彼は、自分が霧の中に引き寄せられ、まるで強風に吹かれたかのように球体に向かってまっすぐに吸い込まれていくのを感じていた。

Ⅲ　H・P・ラヴクラフト

サファイア色のいくつもの光点の光がいよいよ強まるにつれて、その前方にある球体の輪郭が揺らぎ、攪拌される混沌へと融解していった。その蒼白さ、その動き、その音楽が、全てを呑み込んでゆく霧と溶け合って——その霧を淡い鋼色に漂白し、波打つように動かした。そしてサファイア色の光点もまた、確かな形を取らない脈動という灰色なす無限の中に、いつしか溶け込んでいった。

その間にも、前方へ、外側へと進む感覚は、耐え難いほど、そして信じ難いほどに、その宇宙的な速度を増していった。地球で知られている速度の基準の尽くが卑小なものと思われるほどで、物理的な現実におけるこのような飛行が、人の身には即座の死を意味することを、キャンベルは心得ていた。だというのに——この奇異で地獄めいた催眠状態ないしは悪夢の中で——流星の如き疾走の疑似視覚的な印象は、彼の精神を陶然とさせた。この灰色の脈動する虚空には、基準となるべき客観的な地点がないのだが、彼は自分が光速に近づき、それを超越しつつあることを感じていた。ついに、彼の意識は埋没し——慈悲深い闇が全てを呑み込んだ。

ジョージ・キャンベルの頭に思考と認識が再び浮上したのは全く突然のことで、それも見通すことのできない暗闇の只中だった。灰色の虚空を飛んでからどれだけの時間が経ったのか——それとも歳月が——それとも永遠の時間が過ぎ去ったのか、彼には見当もつかなかった。自分が静止していて、苦痛がないことだけがわかった。実際、肉体的な感覚の完全な欠落が、彼の状態の顕著な特徴だった。そのせいで、暗闇すらもそれほどの黒さには見えなかった——そのことは、彼が通常の物体知覚の感覚を剝奪された肉体的な存在であるというよりも、肉体的な感覚を超えた状態にある、実体を持たない知性体になっていることを示唆していた。彼は鋭敏かつ迅速に思考することができた——ほとんど超人的な速度だった——が、自分の置かれた状況については全く理解できずにいた。

半ば直感で、自分がテントの中にいないことはわかった。確かに、彼はテントの中で悪夢から目覚め、どこも真っ暗な世界にいるということなのかもしれない。だが、そうではないとわかっていた。身体の下にキャンプ用の簡易ベッドはなく——周囲にあるはずの毛布やテントの帆布や懐中電灯を触ろうにも両手がなくなっていて——空気の冷たさも感じられず——テントの外の青白い夜陰を垣間見られる垂れ布もない……何かが間違っている、ひどく間違っているのだ。

彼は意識を過去に向けて、自分を催眠状態に陥れたあの蛍光を放つ立方体のこと——その物体と、その後に起こった全てのことについて考えを巡らせた。自分の意識が前に進んでいることはわかっていたが、引き戻すことができなかった。あの最後の瞬間、衝撃的な狂おしい恐怖——悪魔的な忌避感によって引き起こされた恐怖すらも凌ぐ、潜在意識下の恐怖——があった。それは漠然とした閃きや遠い記憶に由来するもので——その正体が何なのか、すぐにはわからなかった。脳の奥の細胞群が、不確かではあるが、どこか馴染み深い性質をあの立方体に見出したようだった――そして、その馴染み深さには、かすかな恐怖が伴っているのだった。今しも彼は、その馴染み深さと恐怖の正体を思い出そうとしていた。

彼は少しずつ、それが何なのか思い出してきた。かつて――ずっと昔、地質学のライフワークに関連したことで――あの立方体のようなものについて読んだことがあったのだ。それは、三〇年前に英国南部の石炭紀以前の地層から発掘された、『エルトダウン・シャーズ』[*1]と呼ばれる、議論の余地がある不穏な粘土板の破片と関係があった。その外見と模様があまりにも特異だったので、一部の学者たちが人工物ではないかとほのめかし、その起源について荒唐無稽な憶測をしたものだった。明らかに、地球上に人間が存在しているはずのない時代の産物である――だが、その輪郭と模様は厭わしいほどに不可解なものだった。名前の出所は、そうしたものである。

ただし、キャンベルが円盤を内包する水晶の球体についての言及を目にしたのは、真っ当な科学者の著作ではなかった。その出典はかなり評判が悪かったが、この上なく鮮烈だった。一九一二年頃、オカルトに傾倒する、学識豊かなサセックスの牧師[*2]――アーサー・ブルック・ウィンターズ＝ホール師――が、『エルトダウン・シャーズ』の模様を、特定の神秘主義サークルにおいて累代を重ねて大切にされ、秘儀として伝承されてきた、いわゆる〝人類誕生以前の象形文字〟の一種であることを特定したと主張し、この原初の不可解な〝碑文〟の〝翻訳〟と称するものを自費出版した――この〝翻訳〟は、今でもオカルト・ライターたちによって頻繁に、そして大真面目に引き合いに出されているのである。この〝翻訳〟の中には――現存する〝陶片〟の数が限られていることを考慮すると、驚くほど長文のパンフレットなのだが――今となってはひどく恐ろしい言及を含む、人類誕生以前の著者によるものと思われる物語的な文章が記されていた。

その物語によれば、外宇宙のとある天体――そして最終的には他の無数の星々にも――に、地球上の想像力を遥かに超える能力と、自然を制御する力を有する、芋虫じみた生物の強壮なる集団が棲息していた。彼らは発達段階の初期に恒星間航行の技術を習得し、自分たちの銀河系にある居住可能な惑星全てに植民していた――彼らが見つけた種族の尽くを絶滅させて。

自身の銀河系――そこは我々の銀河系ではなかった――の境界の外側に、彼らは自分の肉体で航行することはできなかった。しかし、全ての空間と時間に関する知識を探求する過程で、銀河系間の深淵を自分たちの精神に飛び越えさせる方法を、彼らは発見したのだった。彼らは特異な物体を考案した――不思議なエネルギーを与えられた奇妙な水晶の立方体で、未知の物質で造られた球状の外皮に閉ざされている、催眠効果のある呪符が内包されている――それは彼らの銀河系の境界の外側へ強制的に発射することができ、冷たく堅固な物質の引力にのみ反応するのである。

これらの物体のいくつかは、必然的に彼らの銀河系の外側にある様々な生物が居住する天体に着陸し、精神的なコミュニケーションに必要なエーテル・ブリッジを形成した。大気の摩擦によって防護外皮が燃え尽きると、立方体は露出した状態となり、落下した天体の知的生命体の目に触れることになる。立方体には、他者の注目を集め釘付けにしてしまう特性がある。これに光の作用が組み合わさることで、その特性が万全な状態で機能し始めるのだ。

立方体に気がついた精神は、円盤の力によって立方体の中に引き込まれ、朧なエネルギーの糸に乗って円盤の来たところ——広大無辺な銀河の深淵を超えた先にある、芋虫(ワーム)じみた宇宙探検家たちの天体——へと送り込まれることになる。個々の立方体(キューブ)が、その目的に調整されている機械の一つに受け取られると、捕らえられた精神は、支配種族の一体によって検査されるまでの間、身体も感覚もない宙吊(ちゅうづ)りの状態で放置される。その後は、不明瞭な交換プロセスによって、中身の全てが排出される。審問者の精神が奇妙な機械に、捕らわれた精神は審問者の芋虫(ワーム)じみた身体(からだ)にそれぞれ取り込まれる。それから、新たに交換が行われ、審問者の精神は無限の空間を飛び越えて、彼らの銀河系の外側の天体にある捕虜(ほりょ)の、空っぽで意識のない肉体に飛び移る——そして、宿主となった異星人の肉体をできる限りうまく動かして、その住人の外観を装って異星の世界を探検するのである。

探検を終えると、冒険者(ぼうけんしゃ)は立方体(キューブ)とその内包する円盤を使って帰還を果たす——そして、時には捕らわれの精神が、本来属していた遠隔(えんかく)の天体に無事に帰還することもある。しかし、この支配種族が常にそんな風に寛大(かんだい)だったわけではない。宇宙旅行が可能な潜在的に重要な種族が見つかった場合、この芋虫(ワーム)じみた種族は、立方体(キューブ)を用いて幾千(いくせん)の精神を捕らえては抹殺(まっさつ)し、外交上の理由からその種族を根絶させるのである——この際、探検中の精神が、破壊のエージェントとして活用される。

他のケースでは、芋虫の民(ワーム・フォーク)の一部が銀河の外側の惑星を恒久的に占拠(せんきょ)したことがあった——捕らえた精神を破壊し、残りの住民を一掃して、慣れぬ肉体に落ち着く準備を整えたのである。だが、そのようなケースでは、母星の文明を完全に複製することはできない。新たな惑星に、芋虫の民(ワーム・フォーク)の芸術に必要な材料が全て揃(そろ)っているわけではないからだ。たとえば、立方体(キューブ)は母星でしか製造できないのである。

送り出された無数の立方体(キューブ)のうち、生物が棲む世界に着陸して反応を示したのは、わずか数個だけだった――そんなものを、視覚も知識も及ばぬゴールに狙(ねら)いをつけて射(う)ち出すことなど、どだい無理な話だったのだ。この物語によれば、我々の属するこの銀河系において、ヒトの棲む天体に着陸したのはたった三つだった。一つは二〇億年前に銀河の縁(へり)に近い惑星に突き当たり、もう一つは三〇億年前に銀河の中心に近い天体に着陸した。三つ目は――太陽系に侵入した、知られている限りで唯一のもの――一億五千万年前に、我々の地球に到達した。

ウィンターズ＝ホール博士の〝翻訳〟が主に取り上げているのは、この最後のものである。立方体(キューブ)が地球に突き当たった時、地球を支配していた種族は巨大な円錐型(えんすいがた)の種族であり[*3]、その精神性と業績において、それ以前及びそれ以降のあらゆる種族を凌駕(りょうが)していたと、彼は書いている。この種族は高度に発達していて、宇宙探検のために時間と空間両方の彼方へと精神を送り出していたので、立方体(キューブ)が空から落下してきて、それを凝視(ぎょうし)した複数の個体が精神の変化に見舞われた時、何が起きたのか正しく理解した。変化した個体が侵入者の精神に入れ替わっていることを察知すると、その種族の指導者たちは彼らを駆除(くじょ)した――交換された者たちの精神が、異なる銀河系に追放されてしまうという代償(だいしょう)を払(はら)うことも辞さなかった。彼らは、さらに奇異なやり方の精神変容の経験を積んでいた。空間と時間の精神的な探検を通して、立方体(キューブ)の正体を大まかに把握(はあく)すると、彼らはそれを光と視線の届かぬところに注意深く隠蔽(いんぺい)し、脅威(きょうい)としてこれを監視下においた。後に様々な実験を行える可能性があるこの物体を、破壊しようとまでは考えなかった。時折、無分別で悪辣(あくらつ)な冒険家が密(ひそ)かにその立方体(キューブ)に接触し、結果を恐れずにその危険な力を試みることもあった――だが、そうしたケースは全て発覚し、安全かつ徹底的な対処が行われた。

この邪悪（じゃあく）な干渉（かんしょう）のもたらした唯一の悪しき結果は、芋虫（ワーム）じみた姿の外宇宙種族が、地球に辿（たど）り着いた探検者の身に何が起きたのかを新たに追放されてきた者たちから学び取り、この惑星とその全ての生命体に対する激しい憎悪（ぞうお）を抱くようになったことだ。彼らは、可能ならこの惑星を絶滅させようと考え、地球上の無防備な場所に偶然行き当たってくれるかもしれないという無謀（むぼう）な望みを抱いて、実際にさらなる立方体（キューブ）を宇宙空間に送り込んだ――だが、その偶然は決して実現しなかった。

地球の円錐型生物は、唯一存在するその立方体（キューブ）を、遺物（レリック）かつ実験の基盤として特別な祀堂（しどう）に保管していたのだが、永劫（えいごう）の歳月の後、戦争の混乱とそれが護持されていた極地の巨大都市が壊滅に見舞われた最中（さなか）に失われた。そして五千万年前、その生物が地球内部に潜む名付けられざる危険を避（よ）けるべく、無限の未来へと精神を送り出した時点で、宇宙から飛来した不吉な立方体（キューブ）の所在は不明のままだった。

かの学識豊かな神秘主義者（オカルティスト）によれば、『エルトダウン・シャーズ』はこれだけ多くの内容を語っていた。キャンベルにとって、この記述が得体の知れぬ恐ろしいものとなったのは、異星立方体（キューブ）の描写の細部にわたる正確さだった。寸法、密度、象形文字（ヒエログリフ）の書かれた中心の円盤、催眠効果――細部の尽（ことごと）くが一致した。この奇異なる状況の暗闇の中で、繰り返しそのことを考えているうちに、彼は水晶の立方体（キューブ）にまつわる自分の経験全体が――いや、その存在そのものが――昔に読んだ突飛でインチキ臭（くさ）い本の奇妙な記憶が潜在意識に残っていて、それによって引き起こされた悪夢なのではないかと疑い始めた。だが、その通りだとしても、悪夢は依然として続いているのに違いなかった。何しろ、明らかに肉体を失っているという彼が現在置かれている状態に、正常なところは何一つとしてありはしないのだから。

どれほど長い時間を、このひどく混乱した回想と熟考に費やしたのか、キャンベルには見当もつかなかった。彼の状態の全てがあまりにも非現実的で、通常の長さや大きさは何の意味もなかった。永遠のようにも思われたが、それが突然に中断したのはたぶん、すぐ後のことだったのだろう。起きたことは、その後に続いた暗闇と同じくらい、奇妙で説明のつかないものだった。何かを感じた——身体ではなく精神で——かと思うと、キャンベルは俄に、自分では制御できないままに、自身の思考が荒っぽく混沌としたやり方で押し流され、吸い上げられていくのを感じた。

記憶の数々が適当に、脈絡なく立ち現れた。彼が知っていることの全て——個人的な経歴、習慣、経験、学問、夢、アイディア、インスピレーションといったもの——が、突然一斉に湧き上がり、目の眩むような速さと物量とで、すぐにその一つ一つを把握することなどできなくなった。彼の心の中身全てが続々と行進して、雪崩となり、滝となり、渦となった。水晶の立方体に引き寄せられて宇宙空間を催眠状態で飛行した時に匹敵する恐怖と目まぐるしさがあった。とうとう、立方体は彼の意識を搾り尽くし、新たな忘却をもたらしたのだった。

計り知れない空白が再び訪れ——やがて、感覚がゆっくりと滴り落ちてきた。今度のそれは精神的なものではなく、物理的なものだった。サファイア色の光と、遠くから響いてくる低い音。何かに触れている印象があり——自分が何かの上に身体を大きく伸ばして横たわっていることに気がついたが、姿勢の感覚には不可解な違和感があった。身体を支えている体表の圧力と、自分の輪郭——あるいは、人間の姿形での輪郭——を、全く一致させることができなかった。腕を動かそうとしたものの、その試みを受けてのはっきりした反応がなかった。その代わり、胴体らしきあたりの全面に、小さくて何の意味もない神経質な痙攣が起きた。

目を大きく見開こうとしたが、その仕組みを制御できないことに気がついた。拡散したサファイア色の光がぼんやりと輝く中、意識的に目の焦点を合わせてはっきり見ることができなかった。しかし、視覚的なイメージが段階的に、妙に煮(に)えきらない感じで流れ込んできた。視野の範囲も性質も彼が慣れ親しんできたものではなかったが、その感覚を、彼が視覚として知っていたものと大まかに結びつけることはできた。この感覚がある程度安定してくると、キャンベルは自分がまだ苦悶(くもん)に満ちた悪夢の中にいるのに違いないと得心した。

かなり広い部屋にいるようだった――中くらいの高さだが、面積は割合に広かった。部屋のどの側面にも――彼はどうやら四方を同時に見渡せるようだった――ドアと窓を兼(か)ねたような、背が高くて狭いスリットがあった。

異様に背の低いテーブルや台座がいくつかあったが、普通の大きさや種類の家具はなかった。スリットからはサファイア色の光の洪水(こうずい)が溢(あふ)れ出していて、その向こうには立方体(キューブ)の集合体のような幻想的な建物の側面や屋根が、ぼんやりと見えていた。壁の上――スリットとスリットの間に挟まれた縦長のパネル――には奇妙な模様が描かれていた。どうしてその模様が心をかき乱すのか、キャンベルが理解するまでにしばらく時間がかかったが――やがて、それが水晶の立方体(キューブ)の円盤に描かれた象形文字(ヒエログリフ)とそっくりであることに思い至った。

しかし、真に悪夢的な要素は、それ以上のものだった。それは、スリットの一つからはいってきた生き物をもって幕を開けた。その生き物は、妙に歪(いびつ)で均

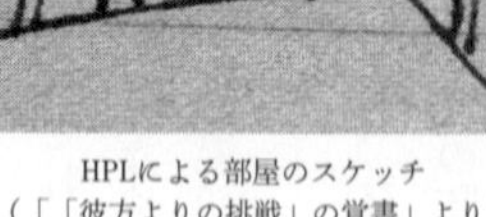

HPLによる部屋のスケッチ
（「「彼方よりの挑戦」の覚書」より）

整の取れていない、表面がガラスや鏡のような金属製の箱を携えて、もったいぶった感じでゆっくりと彼の方に向かってきた。この生き物には人間らしいところが全くなく――地球のものでもなく――人間の神話や夢想にすら関わりのない代物だった。そいつは巨大な薄灰色の芋虫ないしは百足であり、胴回りは人間と同じくらい、体長は二倍以上もあり、見たところ目のついていない、繊毛に縁取られた円盤状の頭部には、その中心に紫色の孔があった。二本ある後脚で滑るように移動し、身体の前部は直立していて――肢――少なくとも二対ある肢が、腕の役目を果たしていた。脊柱の隆起に沿って、奇妙な紫色の肉冠があり、灰色の膜組織で出来た扇型の尾が、そのグロテスクな巨体の最後部についていた。頸の周りにはよく曲がる赤い棘が環をなしていて、これを捻り合わせてカチカチ、ビョーンという具合の音が、何かの意図を反映する規則正しいリズムで聞こえてきた。

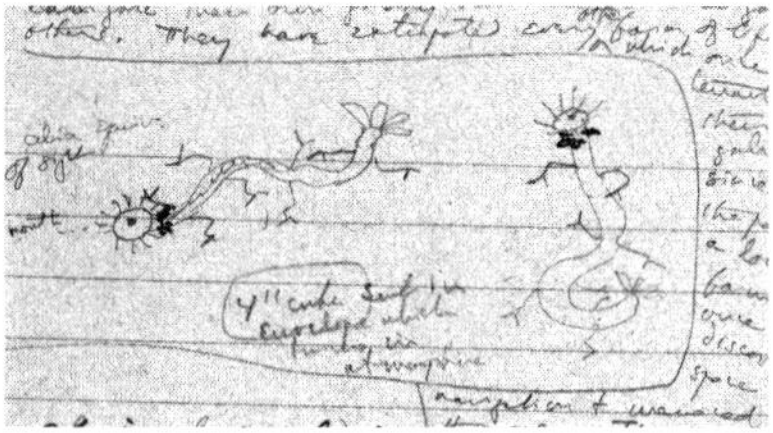

イェクーブ人のスケッチ（「覚書」より）

　まさしく悪夢の極みであり――移り気な空想の頂点だった。だが、この錯乱した光景ですら、ジョージ・キャンベルを三度失神させることになった原因ではないのだった。それを引き起こすにはもう一つ――耐えられるはずもない最後の一撃――が必要だったのである。名付けようのない芋虫がキラキラと輝く箱を携えて前進してきた時、横たわる男はその箱の鏡のような表面に、自分の身体であるはずのものを垣間見た。しかし――彼の混乱した不慣れな感覚を恐ろしくも裏付けているように――磨き抜かれた金属に映っていたのは、彼自身の肉体ではなかった。代わりにそこに映っていたのは、巨大な百足どもの一匹――その薄灰色の忌まわしい巨体だったのである。

Ⅳ　ロバート・E・ハワード

人事不省の最終周回から脱出した時、彼は自分の置かれた状況を完全に把握していた。彼の精神は、異星の恐ろしい原住民の肉体に囚われの身となり、その一方で、宇宙のどこか別の場所では、彼自身の肉体が怪物の人格を宿しているのである。

彼は理不尽な恐怖に抗った。宇宙的な視座に立てば、どうして彼の変身を恐れる必要があるのだろうか？　生命と意識こそが、この宇宙のただ一つの現実ではないか。姿など重要ではなかった。彼の現在の肉体が悍ましいというのも、偏に地球の基準に照らせばそうだということでしかない。恐怖と嫌悪感は、壮大な冒険の興奮にかき消された。

そもそも、彼のそれまでの肉体は、いずれにせよ死と共に脱ぎ捨てられる外套に過ぎなかったではないか？　彼は、自分がはじき出された人生に対し、感傷的な幻想をこれっぽっちも抱いていなかった。苦労、貧困、絶え間ない挫折と抑圧以外に、その人生が何を与えたというのだ？　眼前に広がるこの人生がそれ以上のものを与えなかったとしても、少なくともそれ以下ということはないはずだ。彼の直感は、もっと多くのもの——いや、遥かに多くのものを与えてくれると告げていた。

人生を剝き出しの根本に至るまで丸裸にした時にのみ可能となる正直さで、彼は自分が楽しく思い出せるのは、以前の生活における肉体的な喜びだけであったことに気がついた。しかし、彼は地球の身体に備わる肉体的な可能性の全てを、とうの昔に使い果たしていた。だというのに、新たに異質な肉体を手に入れたことによって、彼は奇妙でエキゾチックな喜びが約束されていると感じたのだった。

無法の歓喜が、彼の裡に湧き上がった。彼は世界に属さぬ人間であり、地球やこの奇異なる惑星のいかなる慣習や抑制からも自由であり、この大宇宙のあらゆる人為的な束縛から自由なのだ。彼は一柱の神だった！　彼の本来の肉体は、地球の職場や社会の中で動き回っているのだが、その間中ずっと、ジョージ・キャンベルの目という窓越しに人々をじっと見つめているのは、異星の怪物なのだ。人々が知れば、逃げ出すことだろう——昏い愉悦と共に、彼はそうした考えを弄んだ。

彼奴にはこのまま地球上を歩き回らせ、好きなように殺戮と破壊をやらせておけばいい。ジョージ・キャンベルにとって、地球とその現住種族はもはや何の意味も持たなかった。かつて彼は、山のように積み上がった慣習、法律、社会常識にがんじがらめに縛り上げられ、みすぼらしい地位のまま一生を終える運命にある、何十億もの取るに足りない人間の一人だった。しかし、盲滅法の跳躍を経て、彼は有象無象の者たちの上に舞い上がったのだ。これは死ではなく、むしろ再誕だった。イェクープ[*4]での肉体的な捕囚など、何ほどのことがあるだろうか。

彼はハッとした。イェクープ！　それがこの惑星の名前なのだが、どうやってそれを知った？　次の瞬間、自分がその肉体を占拠している者の名前——トーテだ——を知っていたように、彼はその理由を識っていた。トーテの脳裏に深く刻まれた記憶が、彼の中で蠢いていたのだ——それは、トーテが持っていた知識の影だ。脳組織の深奥に刻まれたそれは、ジョージ・キャンベルに植え付けられた本能として、ひそやかに語りかけた。そして、彼の人間としての意識がそれを捉え、翻訳して、安全と自由を獲得するための道筋だけでなく、原始的な衝動がむき出しになった彼の魂が渇望する力への道筋を指し示した。奴隷としてではなく、王としてイェクーブに棲まうのである！　昔、蛮族が堂々たる帝国の玉座に就いていたのと同じように。

ここに至って、彼は初めて周囲に注意を向けた。彼は今しも、例の幻想的な部屋の中で、ソファのようなものの上に横たわっていた。百足人間が彼の前に立っていて、磨き抜かれた金属の物体を抱え、頸の棘をぶつけ合っていた。そいつが自分に話しかけているのだとキャンベルは心得ていて、植え付けられたトーテの思考プロセスを通じてそいつが言ったことをぼんやりと理解すると同時に、その生き物がユークスという科学を司る至高王であることも知った。

だが、キャンベルは気に留めなかった。というのも、彼は命知らずの計画を立てていたのだが、それはイェクーブ人の流儀とはあまりにもかけ離れた計画で、ユークスの理解を超えていたので、完全に不意を突かれる格好になった。ユークスには、キャンベルと同じく、近くのテーブルの上に鋭い金属片があるのが見えていたが、彼にとってそれは単なる科学的な道具の一つに過ぎなかった。それが武器として使えることすら知らなかったのだ。キャンベルの地球的な精神が、知識とそれに続く行動をもたらし、トーテの肉体をイェクーブ人がかつて実行したことのない動作に駆り立てた。

キャンベルはその尖った破片を引っ摑むと、そのまま突き刺し、上方に向かって獰猛に引き裂いたのである。ユークスは仰け反ってからばったり倒れ、内臓が床にこぼれ出た。その一瞬に、キャンベルは扉に向かって突進した。そのスピードは驚くべきもので、爽快でもあり、新鮮な身体感覚を与える約束を真っ先に果たしてくれたのだった。

トーテの肉体の反射神経に植え付けられた本能的な知識に、全面的に導かれるままに彼は走り続け、それはまるで足の中に別の意識が宿っているかのようだった。トーテの肉体は、かつてトーテの精神に動かされていた頃、何万回と通り抜けた道をひた走った。

曲がりくねった廊下を下り、ねじれた階段を上り、彫刻(ちょうこく)の施(ほどこ)された扉をくぐり抜けた。そして、彼をそこまで導いたのと同じ本能が、探していたものを見つけたと告げた。彼は、青白い光が輝く、ドーム状の屋根のある円形の部屋の中にいた。虹色(にじいろ)の床の真ん中には、奇妙な構造物が何層にも重なっていて、それぞれが鮮(あざ)やかな色で塗(ぬ)り分けられていた。最上部の層は紫色の円錐で、その頂点からは青い煙(けむり)のような霧が立ち上り、宙に浮かぶ球体へと向かっていた。その球体は、半透明の象牙(ぞうげ)のように輝いていた。

これこそが——と、トーテに深く刻まれた記憶がキャンベルに告げた——イェクーブの神なのだが、イェクーブの民衆がどうしてそれを恐れ、崇拝(すうはい)したのかは、百万年の昔に忘れ去られていた。芋虫(ワーム)の司祭が彼と祭壇(さいだん)の間に立っていたが、生身の肉体がその祭壇に触れたことはなかった。それが触れられるということ自体が、イェクーブの民が思ってもみなかった冒瀆(ぼうとく)なのだ。芋虫(ワーム)の司祭は、キャンベルの持つ破片が彼の命を奪うまで、凍(い)てつく恐怖の中で立ち尽くしていた。

百足(むかで)のような足を動かして祭壇をよじ登ったキャンベルは、祭壇が突然震えだしたことにも、浮遊する球体に起きている変化にも、青い雲となって立ち上る煙にも無頓着(むとんちゃく)だった。

彼は、力の感触に酔(よ)い痴(し)れていた。イェクーブの迷信を恐れるなど、地球の迷信を恐れるも同然なのだ。この球体を掌中(しょうちゅう)に収めたなら、彼はイェクーブの王となるだろう。芋虫(ワーム)人間どもとて、自分たちの神を人質に取られている以上、敢(あ)えて彼を拒絶する勇気はないだろう。彼はボールに手を伸ばした——もはや象牙色ではなく、血のように赤かった……

V　F・B・ロング

ジョージ・キャンベルの肉体がテントから出て、八月の青白い夜の中を歩き出した。巨大な木々の幹の間をゆっくりとよろめくような足取りで、甘い香りの松葉が散らばる森の小道を進んでいった。空気は、身を切るような冷たさだった。空は星屑が散りばめられた、逆さまの銀色のボウルのようで、遥か北の方ではオーロラが光り輝く流れを散らしていた。

歩いている男の頭は、右に左にと悍ましく揺れ動いていた。弛んだ口の端からは琥珀色の泡が太い糸を引いて滴り、夜風にたなびいていた。最初のうちはまっすぐに立ち、人間が歩くような恰好で歩いていたが、テントが遠ざかるにつれて、次第に姿勢が変化した。胴体はほとんどそれとわからない内に傾き始めていて、手足も短くなった。

遥か彼方にある外宇宙の天体では、ジョージ・キャンベルという百足じみた生き物が、血のような赤に染まった神を胸部に抱き、昆虫のように体を震わせながら虹色の広間を横切り、巨大な坑門をくぐり抜けて、異星の太陽の明るい光の中に躍り出た。

地球の木々の間を縫うように、まるで獣人のようなぎこちない足取りで、ジョージ・キャンベルの肉体は無意識のまま神意を遂行していた。光り輝く水の広がる場所に向かいながら、先が鉤爪になった長い指が、香しい松葉の絨毯を引っ掻いた。

遥か遠く、銀河系の外側にある芋虫の民の天体では、ジョージ・キャンベルが丸くて赤い神を高々と掲げながら、黒々とした巨大な石積み(キュクロープス)に囲まれた、羊歯(シダ)が植えられている長い道を進んでいった。

地球上の輝く湖、その畔(ほとり)の茂(しげ)みの中から、耳障りな獣(けもの)の叫(さけ)びが聞こえてきた。そこには、芋虫(ワーム)じみた生き物の精神を宿す、本能に衝(つ)き動かされる肉体があった。人間の歯が柔(やわ)らかい獣の毛皮の中に食い込み、黒ずんだ肉を引き裂いた。小さな銀狐が死物狂いで反撃(はんげき)し、毛むくじゃらの人間の手首に牙を突き立てたが、血が吹き出すと恐怖に身を捩(よじ)った。ジョージ・キャンベルの肉体がのっそりと立ち上がり、その口元には新鮮な血が飛び散っていた。上肢を奇妙な具合に揺らしながら、それは湖の水面(みなも)へと移動し始めた。

ジョージ・キャンベルであった異形の生き物が黒い石塊の間を這(は)い進むと、幾千(いくせん)もの芋虫(ワーム)のような姿をした生き物が、前方の煌(きら)めく塵(ちり)の中にひれ伏した。地球のいかなる権力をも凌駕する霊的な帝国の玉座に向かって、ゆっくりと波打つような動作で進みゆく間、その揺らめく肉体からは神の如き力が発せられているように見えた。

芋虫(ワーム)じみた生物がジョージ・キャンベルの肉体に宿ったテントの近く、深い森の中を疲労困憊(こんぱい)でよたよたと歩いていた罠猟師(わなりょうし)が、輝く湖に辿り着いて、何か黒いものが浮いているのに気がついた。一晩中森の中で迷っていたので、薄暗い朝の光の中で、疲労がまるで鉛(なまり)の外套のように彼を包み込んでいた。とはいえ、その黒いものは彼にとって無視できない挑戦だった。彼は水辺まで移動すると、柔らかい泥の中に跪(ひざまず)き、浮かんでいる塊(かたまり)に手を伸ばした。そして、ゆっくりとそれを岸に引っ張った。

遥か外宇宙の彼方で、赤く輝く神を抱いた芋虫(ワーム)じみた生き物が、幾多の超太陽の輝く天蓋(てんがい)の下(もと)で、カシオペヤ座の如く輝く玉座に昇(のぼ)った。彼が高々と掲げた大いなる神は、その芋虫(ワーム)様の依代(よりしろ)にエネルギーを与え、超俗の霊感を宿す白い炎でもって、あらゆる獣性を灼き浄めた。

　地球では、溺死した男の黒ずんだ毛むくじゃらの顔を、言い知れぬ恐怖を感じながら、罠猟師が見つめていた。それはけだものの如き顔で、造作は厭わしいほど人間に似ていて、捻れ、歪んだ口からは黒い体液が流れ出していた。

「時間の深淵の只中にて、そなたの肉体を求めし者は、死した依代に宿ることになるであろう」と、赤き神は宣った。「イェクーブの落し子には、人間の肉体を操ることが叶わぬのだ」

「地球上の生きとし生けるものは、互いに互いを引き裂き合い、言語に絶する冷酷さで自が同胞を喰らい尽くす。いかな芋虫の精神とても、獣性を孕む人間の肉体が餌食を欲せんと願うとき、それを御することは叶わぬ。幾万の世代を重ねて本能を馴らされた人間の精神のみが、人間の本能を従属わせることができるのよ。そなたの肉体は動物の血を求め、心ゆくまで転げ回ることのできる冷たき水を求めた挙げ句、地球上で自れを滅ぼすであろう。そして、終には破滅を求める。何となれば、死を求める本能は生を求める本能より強く、そこより出で生まれたる泥に還るべく自れを滅ぼさんとするものなれば」

　時空連続体の遥か彼方、イェクーブの赤き球神は、ジョージ・キャンベルにかく語り給うた。そして、人の欲望の全てを取り除かれたキャンベルは、玉座の上から芋虫の帝国に君臨し、かつて地球上に存在したいかなる人間の帝国の支配者をも凌駕する、賢明にして情け深い善政を敷いたのである。

訳注

1 『エルトダウン・シャーズ』 Eltdown Shards

リチャード・F・シーライト「封函（ふうかん）」（本書収録）が初出の神話典籍。以下に説明されている来歴は、HPLの独自設定である。聖職者が疑わしい翻訳を行ったというあたり、マヤ文明の絵文字の解読にまつわる経緯（けいい）を参考にしたのだろう。「封函」の解説も参照。

2 サセックス Sussex

ブリテン島南岸の東部に位置する、英国の地域区分でいうところの典礼カウンティのひとつ。〝南のサクソン人（サウス・サクソンズ）〟に由来する地名で、五世紀から九世紀にかけてアングロ・サクソン人の国家であるサセックス王国が存在した。『エルトダウン・シャーズ』がこの地から発見されたのは、一九〇九年から一一年にかけて、サセックスのピルトダウンで〝発見〟されたというピルトダウン人の捏造（ねつぞう）化石を意識した設定だと思われる。

3 巨大な円錐型の種族 huge, cone-shaped race

「時間（とき）を超えてきた影」に登場する、オーストラリアの〝大いなる種族（グレート・レース）〟のこと。

4 イェクーブ Yekub

イェクーブというこの種族の名前はハワードのパートに初めて出てくるのだが、HPLの覚書におけるこの種族のスケッチに〝イェキューブ Y'cube〟という名前が示されているので、彼の創案なのだろう。若干アレンジされているのは、本編に登場する立方体（キューブ）とあからさまに被っていたからだと思われる。

覚書

Notes

1931-1935

「狂気の山脈にて」のための覚書

訳者より：この覚書は、細かいメモやスケッチが書き留められた紙片で構成されています。

遺物らしきものを発見／午後9時／石鹸石ないしは滑石――緑がかっている／崖・地層の岩／点の集まりの模様／水によって形成？／五芒の点（性質を明かさない）／ネク〔『ネクロノミコン』の略記〕の象徴（シンボル）のような模様／不安げな犬たち／怪物（シング）発見／動物？ それとも植物？／一部に破損／午後10時／まだ特定されていない／犬が狂乱――検査のために怪物（シング）が移動／13体の群れが発見／クトゥルー&その他の神話――冗談で地球上の生命を創造したという、ネクにおける宇宙的な存在（シング）の神話との比較／八体は無傷／石筍よりも古い／多数の遺物／午後11時／地上に引き上げる／近くにはもうない／犬を残し、人力の橇（そり）でキャンプ地へ搬送／装具一式を運ぶため3台の橇全てを使用／遺体14体、うち8体が無傷／報告の説明／日光の影響が胡乱――雪解けの動き／その間に雪囲いの準備／餌やりの都合上、キャンプの近くに連れてこられる犬たち。不機嫌／1月24日午前12時30分／完全無欠な標本の解剖を試みた――組織が堅固――標本を傷つけるような暴力的な手段を用いずにどうやって組織を切断するかという不可能問題／午前1時30分／ナレ〔語り手（ナレーター）の略記〕は輸送するよう要請する――風が強すぎるとのこと。誰も休憩や退却を考えない。興奮で浮かれる／午前2時／損傷した標本を鋸（のこぎり）で切ると、奇妙な革のような器官（乾燥）が驚くほど良好な状態で保存されていることが明らかになる。組織の種類は妙に劣化していない／いくつかの内嚢から湿った物質――奇怪な悪臭――近くの犬が狂乱／液汁――血液ではない／睡眠を取ることに／午後2時30分――1月24日／レイクより通信終了の伝達。ナレが《アーカム》号に最後のメッセージ（遠征隊の隊長として）を送る／パーボディと祝う――彼の装置が怪物(シング)どもを発掘した／全員就寝午前3時／再開を午前10時に決定。1月24日／非常に強い風。

1月24日／南基地に猛烈な突風／午前11時――ナレ&パーボディが無線のクリック音で目覚める。興奮したレイクからの通信に違いないと思うが、《アーカム》号だった。レイクと連絡を取ろうとしたが無駄に終わり（約束の午前10時にメッセージを送ってこなかったため）、呼び出せなかった。努力は継続する／午前8時に恐ろしい出来事が発生／マクマード基地は無風だったが、南基地では強風。正午頃に新たな突風が吹き、午後2時に余波／全員、レイクのいるあたりで強風が発生し、静電気か何かで無線が途切れていると推測。飛行機の無線が壊れた？　全部で四台もあるのに何故？　心配が募る。レイクへの頻繁な連絡。基地の風が弱まる。午後6時までに調査が決定。氷壁の貯蔵所にある五機目の飛行機を、南基地に寄越すよう命令。パイロットと2人の船員が1月24日の深夜5時頃に到着。話し合いと短い休憩／1月25日午前5時。レイクへの無駄な呼び出し。飛行機に燃料、食糧、橇、犬7匹、男性10人、無線機などを積み込み、レイクのところに出発／午前7時15分／風、雪――4時間半／ふわふわした雪玉が転がる／山脈が見える――畏怖――遮断する効果を明記――／荘厳さ／恐怖／頂(いただき)のあたりに恐怖と幻想の都市の蜃気楼／キャンプの暗青色が見える／低い裾野の丘陵の大地／数機の飛行機――右手に掘削機械／キャンプに降下／犬の囲いが倒れていた。

何もかもが風で吹き飛んでいる——／（高くなっている方の丘陵の麓から5ないしは6メートル）／犬が騒ぎ立てる／着陸——混乱と恐怖／切断された死体、全ての犬と人間／漁られた食糧——塩、砂糖、ベーコン、その他の缶詰ではない主要なものがなくなっていた。3台の橇も消え、テントにある毛皮の衣服は乱雑に、妙なやり方で切り裂かれていた／10着ほどの衣類がなくなっていた／図面、書籍類、メモ群&データが消失／単純なキャンプ用具が消失——ナビゲーション用の写真も／犬たちは怪物《シング》が触れたものに狂乱／残っているテント（2つ）の風下に血痕のある雪。奇妙な痕跡？ だが、あたり一体に強風の名残／キャンプへの影響。足跡はない／石鹼石消失。切り刻まれた骨が奇妙／9メートル超の幅広の墓が6基——ひとつは開いていて、中に怪物《シング》（欠損）が入っている。うわあ!! 様子を思い起こす／雪の中に点の集まり《グループ》／声の暗示／**犬が狂乱——攻撃**／全ての機械——飛行機&掘削機械——が奇妙&明確に操作された——風の力による被害とは考えられない／情報。誰かが発狂した？／風が橇を吹き飛ばした？／全《まった》き謎と恐怖／正午～午後4時／手がかりなし／外部に連絡するため無線機を護る／ナレとシャーマンは機体を軽くして、山越えを試みる。風で遅れる／午後7時／1月26日／激しい上昇。数々の石塊《ブロック》、塁壁&洞窟に注視。崩れた地層。石塊《ブロック》などの奇妙な不均整。標高2万フィート［約6・1キロメートル］の台地に、悍《おぞ》ましい死都が見える／見た通りのものか——それとも幻想的な造形の石に過ぎないのか？ 上空を旋回／合間にある丘陵地帯／クレバスを転げ落ちた橇の残骸が見える。引き返す——近くに折りたたまれたテント（橇から落下した）が見える／標高3万フィートはある山の高みにある不毛の斜面。洞窟の入り口近くの塁壁に囲まれた雪線より上。午後6時。キャンプに戻り、徒歩での登山を計画——探検——犬を連れて、全員で——懐中電灯を携えて。

最新版／1月26日朝／ナレとダンフォース、軽量化した飛行機で山脈上空の飛行を試みる。風のため7時から正午まで遅延。急な上昇。石塊（ブロック）、塁壁、洞窟を確認／蜂の巣状の地域を注視／捻（ねじ）れた地層。石塊（ブロック）の奇妙な不均整。人工物の暗示／火山活動らしき痕跡／陸路での通過は可能だったと判断／標高2万フィートの台地にある、輝く氷の湖に埋（うず）もれた悍（おぞ）ましい死都を見る。最も新しい岩石でも更新世よりも古いに違いない。堅固な岩から削り出された古い部分を示唆／蜃気楼のようだが、それほど完全ではない。いくつかの塔が氷の上に突き出していて、頂（いただき）が開き、下に続く大きな穴が口を開いている／残部はグロテスクに屈曲している／風がこの地域の雪を払った。氷を通して下を覗く。すべての窓が、まるで水を遮断するかのように閉ざされている／いくつかは内向きに毀（こわ）れている／丘陵の麓に着陸。徒歩で探検を続ける。とある開口部に、階段かもしれない突起の列のてっぺんが見えるが、人間の足や手に合わせたものではない。この地域は何なのか？　通常の氷河作用ではない。山脈の氷河ダムの決壊によって突然水没した人の住む峡谷か、それとも都市が放棄された跡に形成された湖だろうか？　大きな裂け目がいくつか。降りていく――石壁にかつて水が張っていた痕跡が――通路につながっている。異様な比率。都市全体が迷路のように通り抜けられる。裂け目以外の空気は良好――水流はかすかに温かい／下から湧き上がってくるようだ。部屋々々には故意に放棄された形跡が見られる。方向を見失わないように、ポケットサイズのノートを破り、〝ウサギと猟犬〟ゲームのようにばら撒いておく／川が障壁にぶつかる場所に、彫刻が施された支柱が複数ある／気流はそれほど強くなく、乱れない。行けるところまで下降してゆく――橋を渡る＆階段に相当する、妙な畔（あぜ）のある急勾配の斜面ないしは傾斜路を下る。五角形の部屋が多数。アーチの原理が知られていて、使用されています。そこかしこにタイル張り――／用途不明の窪み――／何もかもが巨大なスケール――石塊も巨大／凍結によってひび割れているが、巨大な石塊は耐えている／地元産の様々な岩で造られていて、小さな可動部を除きコマンチ紀以降のものはない。いくつかの碑文――装飾枠内の点の集まり――伝統的な芸術様式に基づくある種の浅浮き彫りには、怪物を含む様々な古代の動物が描かれている。人類はいない（ただし、特定の退化した哺乳類が人間を示唆している）。魚類や海洋性放射相称動物がこれらの建物と共存することが、謎を暗示する。芸術様式は成熟した文化を示している。幾何学的なデザイン。ついに下り坂が尽きる――部屋はより広くなる＆装飾が施されている。1階か？　紙が少なくなってきている／**笛のような音**／地下深くに続く井戸を発見。空気が薄くなっている。後で降りる予定。1階をさらに探検／遠くから音が？　金属のぶつかる音／光の柱が上まで伸びているのが見える――目が眩むほどの高さ。床の中央に恐ろしい光景（壊れた橇やテントなど）。音か？　急いで撤退――飛行機――キャンプ――埋められている男を発見。臭い――埋められた肉片の臭いを思い出す――朝にキャンプから離れる準備をする。笛のような音の夢。メモ。懐かしい南基地に戻る＆それから外の世界へ。山脈の向こうから笛のような音が鳴り響く。噴煙？／地図（ウェゲナーの）に似た図面の数々――海底の残骸が無差別に含まれている。

1月27日午前7時／テントが見えた山に向かう準備。午前8時出発。風――雪――寒気――ゆっくり進む――上り坂――10時30分、非常に急峻な斜面に到着。退屈な登攀。雪の斜面――クレバス――山の風下で、風が吹き荒れて乱された道の痕跡。塁壁と石塊――人工物の印象。洞窟の入り口――倒れたテント——柱とまぐさ石の彫刻の印象——点の集まり（グループ）、《旧き印（エルダー・サイン）》——犬が入ろうとしない。入り口の前に犬を残し、松明を携えて中に入る。／彫刻——浅浮き彫り——手を加えられたデザイン——不思議な通路が続く——彫刻——点の集まり（グループ）（遺物——墓の印——まぐさ石などを参照）上り&下り——様々な大きさと規則性で捻（ねじ）れている——人工的に造られた円形の房室——中央の円形の囲いは直径およそ5フィート、深さ3フィート［1フィートは約30センチメートル］の浅い穴を囲んでいる——円形の壁に歴史が彫刻されている——地球（つまりこの星）への降下——かくして戯れないしは事故として地球上の有機生命体が創造された。創造物を従属させる——日常生活——寒気——洞窟に籠もる——寒さが忍び寄るにつれてどんどん遠ざかる——後期彫刻。より粗雑に——上——別の神殿の房室——至聖所——椅子のフレームに、怪物（シング）どもの1体そのものがある——／図表——数学的な図形——ウェゲナーの仮説が証明された——ジンバブエ——ウル——膨大な知識。

　標本の年代から、レイクは星々の世界から降りてきて、戯れや手違いで地球の生命を作り上げてしまった、《大いなる古きものども（グレート・オールド・ワンズ）》の原初の神話を気まぐれに思い出した／オウサマペンギン　体高4フィート6インチ［約1・4メートル］、胴回り4フィート［約1・2メートル］、体重60ポンド［約27・2キログラム］

　海底の**怪物（シング）**の奴隷／家々を建てるのを手伝った／陸棲の《怪物（シング）》は翼を使って石塊（ブロック）を持ち上げていた／狩りをする《怪物（シング）》——白亜紀や第三紀の動物、そして海底で暮らす怪物（シング）を描いた絵。下には巨大な都市／目を持たぬ怪物（シング）たちが、恐ろしく巨大で光を放つ、高い知性を備えた野蛮な原形質を食い止める

――自在に形を変える漆黒の塊――厭(いと)わしい虹色の泡立ち&空気、水、エーテルなどあらゆる媒体に適応可能な一時的な器官を形成できる。地球内部の落とし子。笛のような音声を真似る。直径25フィート［約7・6メートル］の球体だが、ツァトーグァの如き粘性がある。ついに《怪物(シング)》どもに打ち克つ&彼らの言語を身につける。

悪臭――Xとガソリン／屍骸などを発見／橇(そり)はどうやって降りたのか？／彫刻のコピー――同じ技法／地図のコピー――点の集まり(グループ)／北の隧道(トンネル)に進む／外気へと続く螺旋状の傾斜路を発見。途中／非常に古い（橇が通ってきた隧道(トンネル)の入り口に続くルート）／目のない白子(アルビノ)のペンギン／暖かい空気の流れが進む／恐ろしく奇妙な彫刻／蒸気／1マイル［約1・6キロメートル］進む／奇妙に切り裂かれた毛皮とテント布の山／大きな洞窟／4分の3マイル進む／地獄のような光景――《古きものども(オールド・ワンズ)》が殺害されている――頭部がない――黒い／**笛のような音**／地下鉄の車両のような**点の集まり(グループ)**／螺旋状に上がっていき、飛行機へ――上昇――／高度が異なる／ダンフ［ダンフォースの略記］が空中に何かを目撃して悲鳴を上げる――上空――**笛の主？　蒸気？**　終わり

12人パーティー

レイク＊	アトウッド＊
ゲドニー％＋	オーレンドーフ
キャロル＋％	ワトキンス％
モールトン％＋＃	ブレナン％＃
ファウラー％＋	アイエロ
ミルズ％＋	ブードロー

7人パーティー

ダイアー教授＊
パーボディー＊
アレン
ダンフォース＋
ウィリアムスン
ミクタイグ％＃
ロペス＃％＋

増援パイロット
シャーマン％＃
グンナルソン
ラーセン

学生たち

（レイク隊）
ゲドニー
キャロル
モールトン
ファウラー
ミルズ

（ダイアー隊）
ダンフォース
ローペス

パイロット有資格者

ゲドニー	シャーマン
キャロル	ダンフォース
モールトン	ミクタイグ
アフラー	ロペス
ミルズ	ブレナン

ワトキンス（無線通信士免許なし）
ブードロー（無線通信士免許なし）

＊　教　　授
＋　学　　生
%　パイロット
#　無線通信士

「インスマスを覆う影」のための覚書

訳者より：この覚書は複数のメモをまとめたものなので、記述の食い違う箇所があります。

衰退しつつある繁栄の時代、インスマスの男たちのグループが、オーベッド・マーシュ船長がポリネシアで聞き知った海神を崇拝するようになる。人間を生贄に捧げると、信者に豊かな漁獲と高価な装飾をもたらす神。１８４０年、彼らは海底が急に落ち込んでいる岩礁の端でそうした供犠を払う。そこに恐ろしい存在が現れ、恐ろしい取引を持ちかける。月のない夜。手話＆やがて発声言語が発達。失踪。装身具が持ち込まれ、配られる。秘密を分かち合っていない人々が不審に思う。監視グループ。後をつける＆何かを発見する。ライアス＆マーシュ＆その他の者たちが投獄（１８４６年）。供給を絶たれた生物が泳いで岸に上陸＆恐怖政治始まる（外の世界は伝染病＆暴動の噂話を聞く）。反対者は全員殺害される――多くの女性が自殺するか姿を消す。生物たちは町からの完全な撤退を拒絶。恐ろしい事態――混血化。マーシュは敢えて外の世界に頼らない――生物たちが際限なく増える恐れがある。妥協が成立――全面戦争を避けたいので、秘密の住居に。彼らは人類が最後には自分たちを打ち負かすかもしれないと恐れている。村に生き残った者は全て（消極的な賛同者を除く）、ダゴン教団(カルト)に属している。生物は財宝を与えることには慎重だが、漁獲高は増える。インスマスの漁師は、自分たちの漁場で漁をするよその漁師に敵対的。異常な豊漁が注目される。マーシュはつまらない小物などを手に入れ、装飾品の十分な供給を確保する。それらを溶かす&黄金を売る&一部はそのまま遠くの地域で売却する。マーシュが身につけ、彼らや他の人々が売却した宝飾品にまつわる奇妙な話。南北戦争後、インスマスの住人たちの異様な容姿が注目された。マーシュ一族は今でも金属製錬所を運営している。大半は魚。ダゴンの会合で選ばれた生贄たち。

一八一二年以来の血統の衰退。

混交世代
1/2　第一世代　1847年
1/4　第二世代　1877年
1/8　第三世代　1907年

語り手が、地元の好奇心を刺激する。
生物は、密告者を口封じする以外に、教団(カルト)に属さない人間を敢えて捕らえようとはしない――親族が話すかもしれないので。
老ザドック・アレンは密かに和解していない生き残り――虐殺当時は15歳だった。怯え&恐れ。口外しないと約束した。誰かに話すことはあったが、酔っているときだけ。いずれにせよ、誰も信じない。町民は彼に話させまいとする。消防署の周りをぶらぶらしたり、町中をうろついたり。語り手は密造ウィスキーを手に入れ、彼を見つけようとする。見つける&防波堤の先の寂れた波止場につれていく。連邦政府の諜報員が頻繁に姿を消す。

オーベッド・マーシュ船長、ポリネシアにて奇妙な装身具を身につけた人々を発見。海底人との交易を知る。出所と儀式を発見。

深海の人々を喚び寄せる&岩礁で恐ろしい取引を成立させる。

月が暗くなるとインスマスから人々が消え始める。当初はマーシュが拉致&引き渡したが、やがて生き物たちは自分たちのために岸に上陸するようになる。双方の不満――つまらない小物&ビーズが与えられる。生物は、彼らの歴史の古い側面を思い起こさせられる、海の外の空気を好む。村に住む権利を要求。何人かは目撃&殺害。暴動マーシュは味方に協力を要請――打ち明ける。

オーベッド・マーシュ、ポリネシアにて邪悪な知識の神殿を発見&海底人&その習俗について学ぶ。神官たちから宝飾品を入手。悍ましい代償を知る――忘れ去られたポナペの歴史。犠牲者をどうやって得るか？　太平洋でのみ通信できる。通気孔を開く呪文。海の神に祈る。岩礁が隆起する。海から彼らを呼び出す呪文を知る。港から漕ぎ出して、海底が突然深くなる最も遠い岩礁まで行き、メッセージを落とす。彼らの到来。取引。岩礁に品物を持ってくる――供犠を捧げる。ダゴンの教団を導入する。やがて彼らが町に入りたがる――反対――井戸などに毒。しかし井戸に解毒剤を入れておく。教団に加わり、彼らと交わる者だけが残る。

ザドックから話を聞き出す。彼がザドックと話していると、後者は海に何かを見て非常に興奮し、不安になる。彼は叫ぶ&おそらく何かを話す前に、話を続けるのを拒絶する。だが、語り手は何も見ていない。語り手への恐怖を表明する。とにかくできるだけ早くインスマスから逃げるように言う。語り手は懐疑的。ザドックは彼に指輪を渡す？　バスがニューブ［ニューベリーポートの略称］から到着したが、運転手はこれ以上は走らせられないという。機械の故障。バスが事故を起こした――乗車できないと告げられる。下から耳障りな声が聞こえる。声質がひどい。ホテルは殆ど空室。窓からの港の眺め。月明かりに照らされた〝悪魔の暗礁〟が見える――アザラシがたくさんいるように見える。海には泳ぐ人々の列ができ、珊瑚礁とマヌセット川の河口の間を行ったり来たりしている。工場に明かり、ダゴン宗団（オーダー）のホールにも明かり。もう一度見る。すると静かになる。眠らないことに決める。扉と隣り合う両側のドアに閂（かんぬき）をかける。明かりが消えた後、床が軋む音が聞こえる。扉をそっと開けてみる。合鍵を試すが閂（かんぬき）は外れない。北側の部屋に合鍵で入り、隣接する部屋の扉に合鍵を試す。南側の部屋でも同じことを繰り返す。強烈な魚じみた臭い。再び明かりをつけようとするが、電源が落とされているとわかる。さらに軋む音。避難。ホテルから脱出&町から歩いて出ようと決意。満月が出ている&懐中電灯を持参。片方の窓をそっと開け、外を見る。庭までは三階分の高さがあるが、北側と南側には背の低い建物が見える。階段から重々しい軋み音&悍（おぞ）ましい声。扉の明り採り窓を通して、部屋の外の廊下に揺らめく光が見える。ノックの音――どんどん激しくなる。隣接する部屋への扉を壊して脱出するしかないと判断（ただし、合鍵の使用はうまくないか？）、一つ先の北か南の部屋に辿り着く――下の階を見渡せる。大きな音が出るの

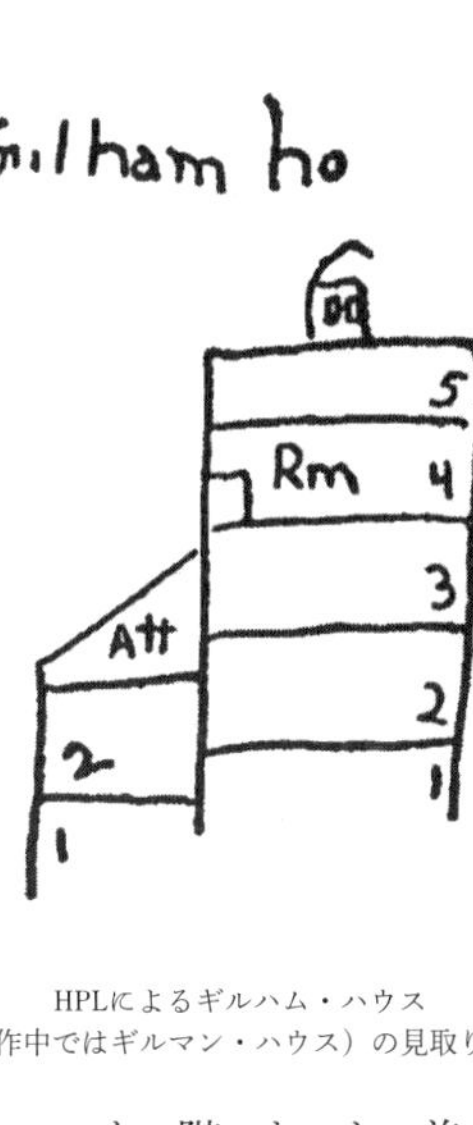

HPLによるギルハム・ハウス
（作中ではギルマン・ハウス）の見取り図

を気にせず、椅子を摑んで南の扉を叩き壊し、今や最善の逃げ道はニューベリーポートよりも近いアーカムを目指し、南に向かうことだと示す。ノックの音が大きくなり、本格的な殴打になる。悍ましい叫び声——階段で入り乱れる足音——扉を破壊しようとする新たな試み——内側の扉が開くが、新しく入り込んだ部屋の扉で合鍵の音が。

　物音を立てないようにする&ノックの音に紛れて、北側の扉（外開き）を肩で押して、無理やり開けようとする。成功すると物音が聞こえる&合鍵の音。二番目の部屋の閂を撃ち、隣室の扉を強引に開けようとするが、鍵がかかっていないことに気付く。今度は二つ目の外側の扉を乱打&三番目の扉で合鍵の音がするが、閂が間に合う——三つ目の部屋の扉にも閂をかける。二番目の部屋に足跡。恐怖。カーテンを引き下ろし、窓枠にある鎧戸の留め具に引っ掛ける——ブロック造りの傾斜した屋根に降りる。通りは暗いが、動く光がいくつも見える。脱出。

　降りていくと、ちらつく光の中で窓から何かが身を乗り出しているのが見える。疑惑？　ううっ——ヨグ＝ソトース！

　町の南部（最も人気がない）を目指す。南通から出た時、港がちらりと見える——月明かりの下で、泳いでいるものたちで賑わっている。追跡の激しい叫びが聞こえる——自動車——郊外を抜け、廃線跡を辿ってローリーに向かう、その道なら疑われまい。

脱出——慎重に説明したのだが、誰にも信じてもらえない。ミスカトニック大学のダービイ教授（宗教学の権威）に指輪（親指を除いて、人間の指にはいささか大きすぎる）を見せる。

~~南端のポーランド人居住区が突然、消失した。~~

脱出

1. フェデラルをアーカム方面に下って出発——追っ手の声が聞こえる。バブスンへ戻る&イプスウィッチ・ロードを行くことにするが、その方面に追跡隊が見える。やり過ごすまで、暗い戸口で休む——ローリーへの廃線を試してみることにする。

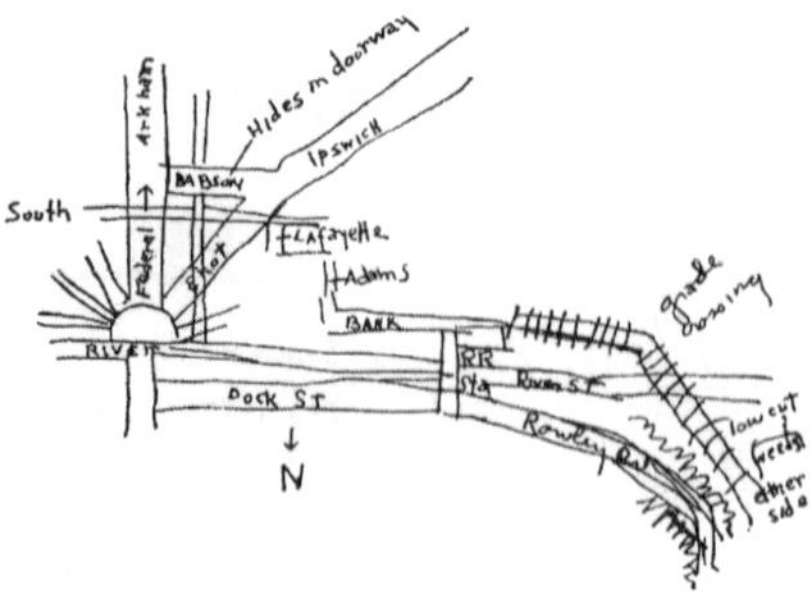

泳いできた者たちが本隊に合流。ラファイエット、ベイツ、アダムズ、バンクを抜けて廃駅へ。峡谷の土手に沿った線路をたどり、ほとんど朽ちかけた鉄道橋を渡る。つまずく——歩きにくい道。低木の茂る土地。塩沼地帯（ソルト・マーシュ）の洲（す）のような場所。ライ［判読不能］が低く開けた切り通しに入る。雑草&下草が邪魔っけ。ローリー・ロード——語り手が景観から思い出した——沿いを、追跡者たち（引き返してきた？）が来る音が聞こえる。切り通しの入り口で道を横切り、さらに南に逸れていく。途中で立ち止まり、茂みに隠れて、追跡者たちが道を横切り、分岐する道を降りていくのを待つ。彼らが道を横切ると、月明かりに照らされた彼らの姿が見える……

HPLによるインスマス中心部の地図

ンティア＝リュイ――魚怪（フィッシュ＝シング）――高祖母。紀元前７万８千年生――地上の夫の死後、１７８７年に水中に戻る。

オーベッド――高祖父。１７９８～１８７８年。インスマス生。

アリス・マーシュ――曾祖母。１８４７～１８６７年。インスマス生。アーカム出身のジョシュア・オーン（１８４０～１９０４年）と結婚。マーシュ老人のおば、父の異母姉妹。マーシュ船長の息子オネシフォラス＆怪物の娘。

イライザ・オーン――祖母。１８６７～１９年［原文ママ］。アーカム生、１８９９年没。クリーブランド出身のジェイムズ・ウィリアムスンと結婚。

メアリー・ウィリアムスン――母、１８８５～１９２２年。クリーブランド生まれ、１９２２年没。アクロン出身のヘンリ・オルムステッドと結婚。

ダグラス・オーンウィリアムスン――１８８７年生。１９１５年結婚。一子、１９１７年生。異常。

ウォルター・ウィリアムスン――１８９０年生。１９００年カントン療養所（サナトリウム）に隠匿。

ロバート・（マーティン）・オルムステッド――語り手――１９０６年生――アクロン出身？

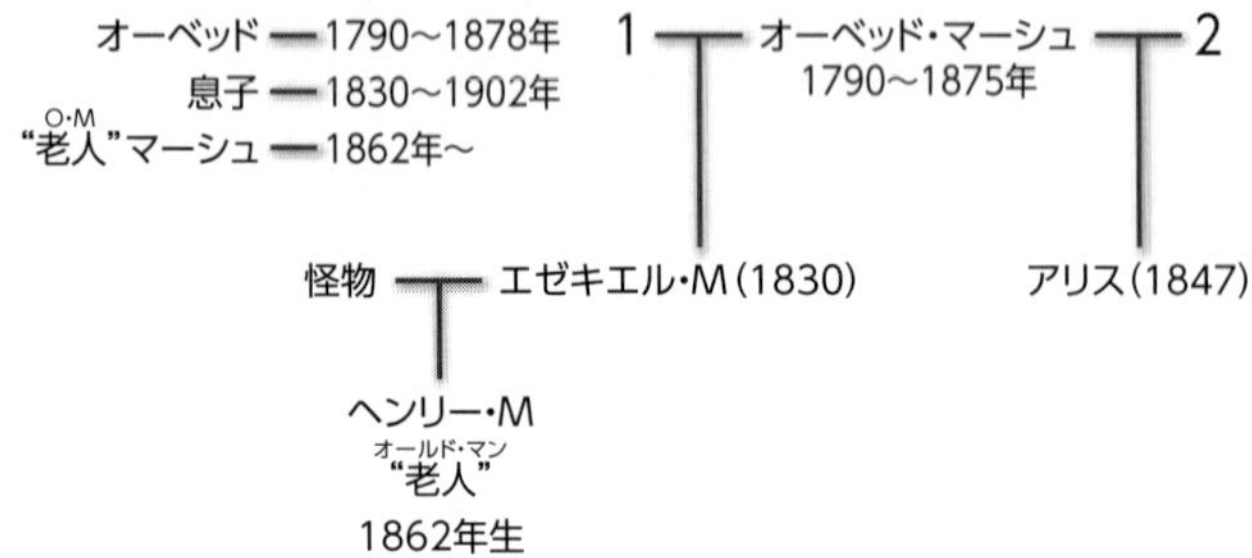

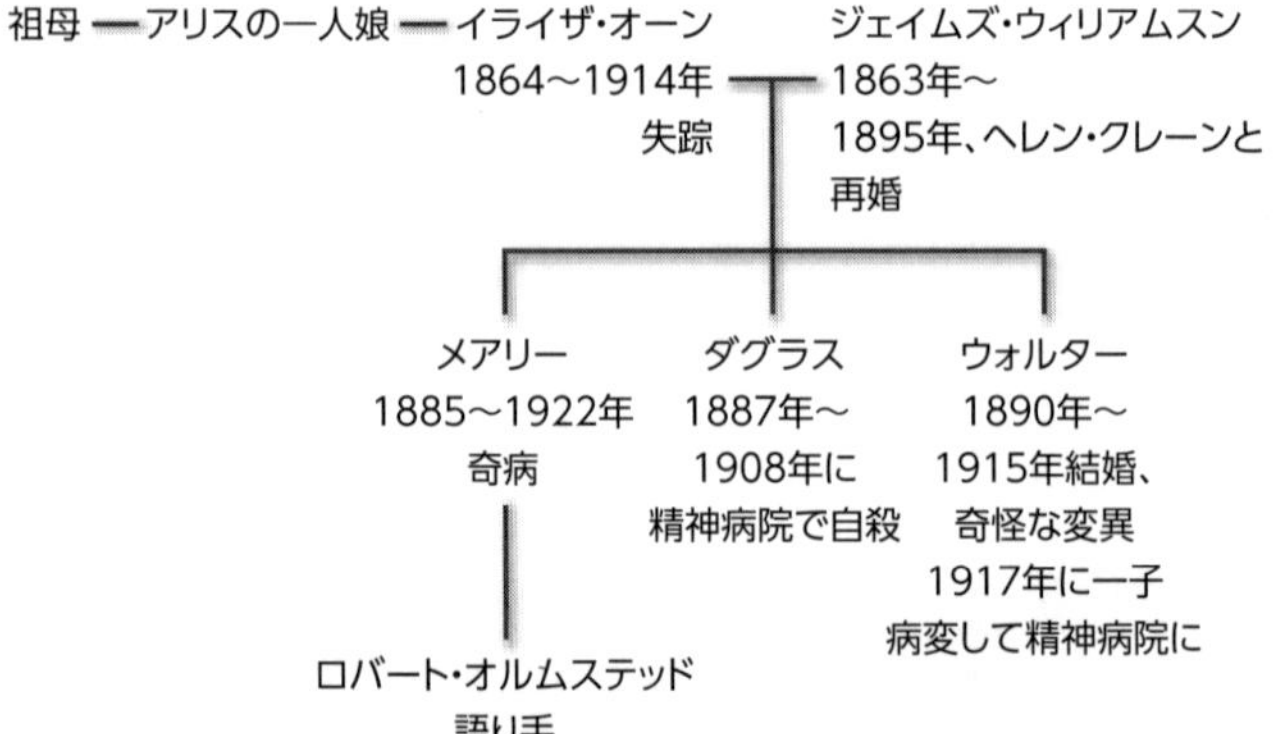

家系内での狂気、自殺、失踪

曾祖母 ── 1847年　1/2混血　インスマス生、1864年にアーカムの男と結婚
祖母 ── 1865年　1/4混血　アーカム生、家族はクリーブランドに移住
母 ── 1885年生　1/8混血　クリーブランド生
語り手 ── 1906年生　1/16混血　クリーブランド生

最後の恐怖＝証拠

1．母方の血統に狂気＆自殺の記録

2．母方のおじの写真

3．保管されていた母方の祖母の宝石類

4．マーシュ家の末裔と発覚

5．鏡に写った自身の顔

「時間（とき）を超えてきた影」のための覚書

訳者より：この覚書は、細かいメモやスケッチが書き留められた紙片で構成されています。

西オーストラリア州／南緯22°3′14″／東経125°0′39″／ジョアンナ・スプリングの南東１００マイル〔約１６０・９キロメートル〕のグレートサンディ砂漠内／１８７３年のウォーバートンの通り道の南西／マクファースン山と、１８９１年のグレゴリーの通り道の東／ドライ・ソルト・レイクとアンガス・レンジの北／セントジョージ山脈、フィッツロイ川、キンバリー金鉱の南／デ・グレー川とピルバラ金鉱の東／ブルーム（ローバック湾に面する）からジョアンナ・スプリングまで２００マイル／ガタガタ言う石だらけの山道を登って戻る。

ブダイという、砂の中に深く沈んだ腕に頭を乗せて、幾星霜もの間、眠り続けている巨大な老人にまつわる原住民の伝説。彼はいつか目を覚ます&世界を食い尽くすと予見されている。

ナサニエル・ウィンゲイト・ピーズリー、ヘーバリル生、１８７１年／ジョナサンとハンナ（旧姓ウィンゲイト）・ピーズリー夫妻の息子／ミスカトニック大学在学（１８８９～１８９３年）／ハーバード大学在学（１８９３～１８９５年）／ミスカトニック大学政治経済学講師（１８９５～１８９８年）／助教授（１８９８～１９０２年）／教授（１９０２～１９０８年）／ヘイ〔ヘーバリルの略記〕のアリス・キーザーと結婚（１８９６年）。ロバート・K生（１８９８年）／ウィンゲイト生（１９００年）／ハンナ生（１９０３年）／記憶喪失（１９０８年5月14日木曜日（37歳）～１９１３年（42歳））。

奇妙な夢と記憶喪失に関する研究――心理学の研究（１９１５年以降）／ミスカトニック精神科研究所　１９２２年＋（51歳）／１９３４年にパースでオーストラリアの伝説について聞く／１９３５年６月（12月相当）にオーストラリアを訪問／１９３５年７月クライマックス。64歳／１９３５年７月17日（水）～18日（木）の夜の体験／☾７月16日満月／午前３時30分頃　風が吹き始める／11時45分　キャンプを出る／１時30分　開口部に到着／４時30分　キャンプ到着／時速20インチ〔50・8センチメートル〕、１日で２００マイル〔マイルではなくメートルかもしれない〕。

数学的――曲線的／人類＆その他の時代に発見されたものから借用したモチーフがいくつか。幅２百フィート〔約61メートル〕の道路／虹色に輝く金属製の複雑な機械。／パピルス紙――金属製のインク壺／奇妙な黒い木で造られた高さ10フィートのテーブル／高さ15フィートの本棚／高さ20インチ〔約50・8センチメートル〕の棚／薄い金属ケースに入った15×20インチの紙束／衣服なし／Ｅ〔判読不能〕種子／曲線的なＧ〔象形文字（グリフ）の略記？〕が施された書物。上向きに開く。棚に保管されている。15×20インチ／血の代わりの緑色の粘液／奇妙な細工が施された金属製の扉／高さ１００×１００ないしは２００フ

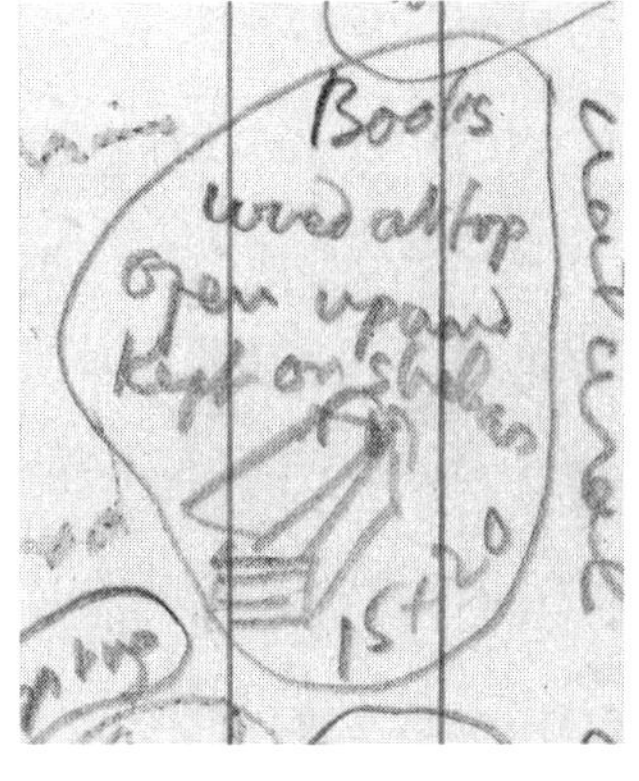

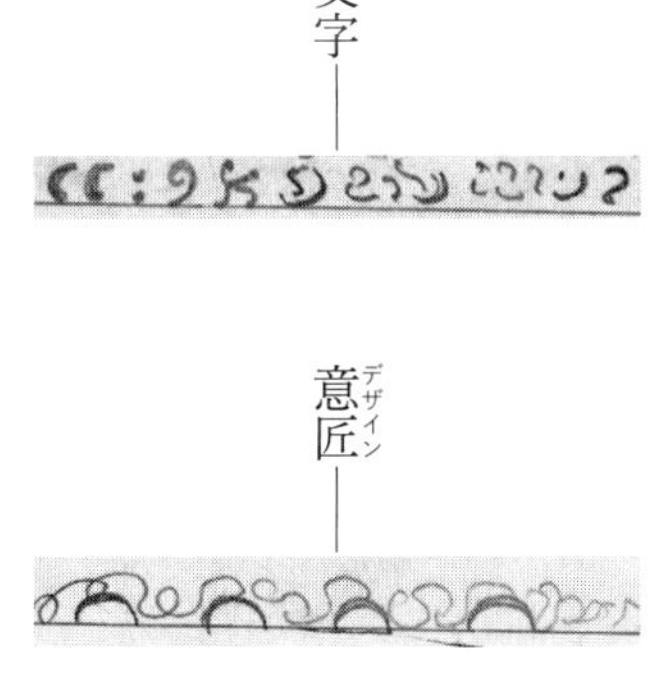

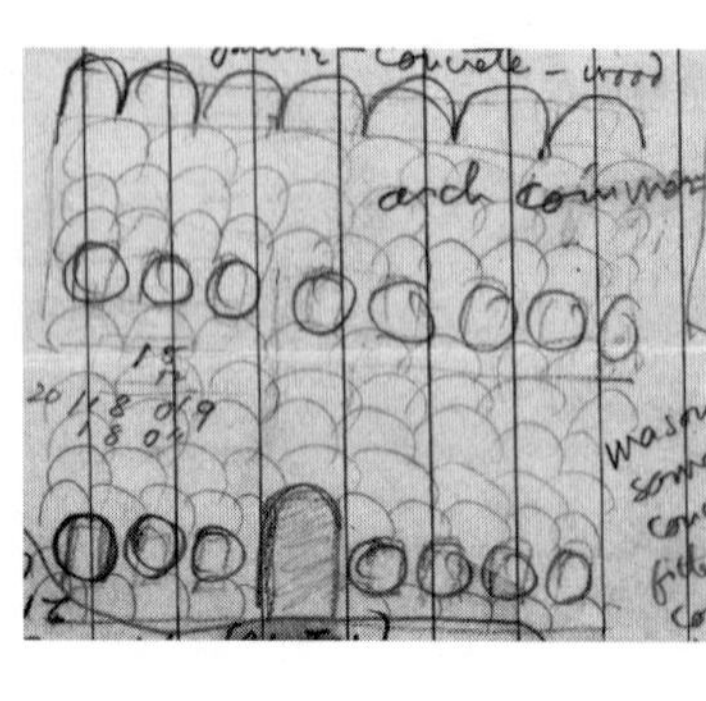

イート、高さ30フィート［10フィートは約3メートル］の吹き抜けの部屋／幅30フィート――高さ30フィートの廊下／窓は床から5～15フィート――直径10フィート、円形／傾斜路――階段なし／扉の高さは15フィート／巨大な石塊（ブロック）は3×2×2フィート／砂――石――花崗岩――コンクリート――木材／アーチが一般的／凹状の土台に凸状の頂部を組み合わせている石積みもある／原子力推進の乗り物――船型＆車輪型　夢に見た時代――一億五千万年前よりもいくぶんか新しい／当時の正統派の経済学者の中でも、ジェヴォンズは科学的相関関係を志向するヴィクトリア朝時代の風潮の体現者だったのです。商業的な繁栄と不況のサイクルと、太陽黒点の物理的なサイクルを結びつけようとする彼の試みは、おそらくその最たるもので／頻繁にある高い塔。その他の窓のない塔／地球＝（102－18）－74381－55904－21876－（4）3（2）

「彼方よりの挑戦」のための覚書

　遠く離れた銀河系の、遥かな距離を隔てた天球には、自身の銀河を航行できるが、他の銀河を航行できない、非常に優れた半物質的な生物である種族が居住している。彼らは、かつて低級な種族が宇宙航行を発見して自分たちの種族を脅かしたことで、自分たちの銀河系に棲息する他の全ての生命体を絶滅させた。彼らは、自分たちの銀河の外側を物理的に航行することはできないが、特定の通信用の物体を宇宙に射出することができる。この方法で、それらの物体が偶然着陸する可能性のある銀河外の領域に、精神を投影することが可能となる。もちろん、着陸できるのはほんのわずかだ――着陸したとしても、土着の知的生命体と接触して作動させない限り役に立たない――そして、知性は光線に沿って滑るように届かせなければならない。これらの物体――特異な水晶に囲まれた、刻印のされた円盤――は、どのような場所に落下しても知性体を惹きつけて魅了するよう設計されている。土着の知性体がこれらの物体のいずれかに反応し、相関すると、その知性は吸い込まれてその物体が属する世界に投影され――巨大な建物の壁に沿って設置された膨大な数の機械の一つに宿る（感覚はない）。それぞれの機械が、送り出された物体のひとつひとつに同調していて、遠方の知性体が対応する着陸した物体に入り込むと、紫色に発光する。機械は特別な職員によって監視されている。ひとつの機械が発光すると、個別の職員――調査官――がその機械と精神感応（テレパシー）で通信し、機械が知っている全てのことを学び取る。その間、調査対象者の肉体は、遠方の天球にある、その精神を吸い込んだ物体の前で、昏睡状態のままである。調査官は、精神からその内容を搾り取った後、自分の精神を空間（そして両端にある二機の機械装置）を通して、遠く離れた場所にある生命の不活性な体に投影する――これは言ってみれば、遠方の惑星への着陸である。彼はその物体を持ち歩き、他の者たちを捕らえることもできる――つまり個々の生物の精神を、強壮なる種族の一員の精神と交換するのである。機械装置は複数の精神を保持できる――だから、遠方の惑星にある一つの立方体（キューブ）で、任意の数の生物を迅速に捕らえることができる。完全に交換する段階では、捕らえられた存在の精神は壁の機械ではなく、転移者の体内に残る。このプロセスは、二度の転生から成っている。（a）遠くの生物から壁の機械へ。（b）調査官が壁の機械と交換。（c）壁の機械が遠方の生物の空っぽの肉体と交換。

この手順によって、惑星が完全に制圧され、征服されたことが幾度かあった――この高等種族は、かつては転移先の原住民の集団を殺した後、自発的に新しい地域と体に留まった。

帰還は、これと対応する手順で達成される。帰還の瞬間に遠方の肉体を殺害する（疑似自殺）ことで、根絶が達成される。その後、肉体を失った遠方の精神は機械に戻り、何らかの用途がない限り消滅する。この種族は過去の経験から、ある種の生物が有害で破壊的であることを発見したため、歴史記録に関する知識を汲（く）み干した後、見つけたもの全てを殺害しようとする。全てというのはつまり、宇宙を航行し、宇宙を制圧できる徴候を示す生物のことである。

永劫を重ねた太古の昔、円錐形の〝大いなる種族（グレート・レース）〟が地球に住んでいたころ、外宇宙（アウトサイド）からの立方体（キューブ）が地球に到達した。それは数体の精神を連れ去ったが、その種族は非常に高度だったので、影響を受けた肉体を簒奪した精神が異生物のものであることを理解して、拷問の末にそれらを破壊した。追放された仲間の精神を犠牲にして。彼らは時間（とき）を遡り、その他惑星人と精神を交換して何が起こっているのかを大まかに把握、その立方体（キューブ）を遺物（レリック）として一般住民から安全に遠ざけ、保管した。時折、無分別かつ冒険家気質の権化が立方体（キューブ）に手を出そうとし、一度か二度成功したが、常に露見した。成功した場合も、精神を簒奪された肉体は殺害され、精神の方は追放されたままとなった。外宇宙の天体（せかい）では、追放された虜囚から〝大いなる種族（グレート・レース）〟に関する知識が得られた——彼らは探検家たちが殺害されたことを知っていて、復讐を望んでいるが、それを達成できる方法がない。当然、彼らは可能な限りの計算を行って、地球目がけて立方体（キューブ）を射出し続けるのだが、二度と着地できなかった。地球上で事の経緯を部分的にも知ることのできるものとしては、不穏で議論の余地のある『エルトダウン・シャーズ』がある。

件（くだん）の天球は、十数個のサファイア色の太陽からなる星団のひとつである。常に特定の恒星を向いているが、他の星は常に暗い側を照らしている。大気はCO〔一酸化炭素〕と水蒸気で——植物が生い茂り——激しい嵐が吹き荒れている。その生物が、コンクリートの箱が積み重なったような家屋に居住している——部屋は高いが、出入り口は低い。あらゆる種類の奇妙な動植物が存在する。

［付録］

陰気な山脈にて あるいは、ラヴクラフトからリーコック[*1]へ

At the Mountains of Murkiness or, From Lovecraft to Leacock

アーサー・C・クラーク

1940

ナッティ教授が最近、スクラッゲム精神病院で亡くなったため、わずか五年前に彼が率いた不運なる南極遠征隊の生存者は私だけになってしまった。この遠征隊の真実の歴史はこれまでに語られたことがなかったが、陰気山の不浄なる謎を探索する新たな試みが進行中との報道が私を衝き動かし、今なお保持している正気を打ち砕く危険を冒してでも、この警告を書かねばならないと思い立ったのである。

ロンドン市の《敬虔なるジャガイモ皮むき》協会の後援を受けた私たちの遠征隊が、リンブルガー・ランド[*2]の荒涼たる岸辺に到着したのは、一九四〇年の初夏のことだった。私たちは飛行機、無線機、雪上車など、作業と快適な生活に必要な全てを取り揃え、ただちに仕事に取り掛かろうと皆が意気込んでいた——伝染性神経症の教授であるスランプ博士でさえもそうだった。

例の山脈に向けて出発した日のことは、鮮明に覚えている。私たちの雪上トラクターの車列が内陸部に向かって出発した時、極地の太陽は氷原の上で低く輝いていた。基地とは無線で連絡を取り合っていたが、すぐに海は見えなくなり、やがて未だかつて誰も足を踏み入れたことのない、これからも——そう私は信じている——足を踏み入れることがないだろう地域を通り過ぎた。海岸線はひどく荒涼として、殺伐さすら漂っていたが、私たちが通過しつつある氷雪の荒野は、凍てついた尖峰と底なしのクレバスが続く悪夢じみた世界だった。先へと進むにつれて、漠然とした倦怠感が私たち全員を捕らえた。妙に胸騒ぎのする不安感が生じ始めたのだが、その源は記憶されざる太古の時代より氷の下に埋もれている、岩石や岩山そのものであるように思われた。それは、遠い昔にほとんど忘れ去られている怪異が発生した廃屋(はいおく)に入り込んだ時に覚えるような感覚と同じものだった。

　四日目に、我々は山脈を視界に捉えたのだが、まだ何マイル〔一マイルは約一・六キロメートル〕も離れていた。その日の終わりにキャンプを張った時点で、一番近い山峰までの距離はわずか二〇マイルで、地面の突然の震動や、今なお活動中の火山が爆発(ばくはつ)する音で、一度ならず夜中に目を覚ますことになった。残りの二〇マイルを踏破(とうは)するのは二日がかりとなった。というのも、このあたりの地形はぞっとするほど連続する深い割れ目と突出した岩山で歪(ゆが)んでいて、地球上のどこかというよりも月のさらに歪んだ地域を彷彿(ほうふつ)とさせるものだった。とはいえ、地面の揺(ゆ)れもやがて収まり、私たちは気合を入れ直して前進した。私たちはほどなく、山脈までまっすぐ伸びている狭い峡谷(きょうこく)に辿(たど)り着いた。今や山脈まではわずか四、五マイルを残すのみだった。先導する私が足早になっていた時、突然、地面が激しく揺れたかと思うと、パチパチいう鋭(するど)い音が響き、目の前の地面が陥没して視界から消えた。何ともぞっとすることに、気がつけば私は恐ろしい断崖(だんがい)の端に立っていて、百もの間欠泉(かんけつせん)と、泡立(あわだ)つ溶岩(ようがん)の池から噴(ふ)き上がる、蒸気と煙(けむり)が充満した、何千フィートもの深さの裂け目を眼下に見下ろしていたのだった。狂(くる)えるアラブ人アブドゥル・ハシッシュ[*3]がかの恐るべきご禁制の書物『ペンテクニコン』[*4]の中で、地獄(じごく)のようなウーパドゥープの谷について書いた時、念頭にあったのはこのような場所であるに違いないと、私は得心した。

　危うげな地面が再び沈下しないとも限らなかったので、私たちは谷の端に長く留まらなかった。翌日、飛行機のうち一機が到着して、近くの雪上に着陸した。最初の飛行を行う少人数のパーティーを選び出すと、我々は山脈に向けて飛び立った。同行者はスランプ博士、パルシー教授、そして機体を操縦していたマクトワープ少佐だった。

我々はすぐに裂け目に到達し、その長大な地形に沿って何マイルも飛び続けた。深みのあちらこちらに、蒸気に覆われている意味深な地形が見られ、私たちは大いに困惑したが、油断のならない風が吹き荒んでいて、谷底に降下することは不可能だった。しかし、私は一度だけ、あの地獄のような深みの中で、何かが下に向かって動いているのを目にしたことがあった——双眼鏡の焦点を合わせる前に消えてしまったのだが、何か大きくて黒いものだ。

その後すぐに、私たちは陰気山の麓の広大な雪原に着陸した。エンジンを止めると、薄気味悪い静寂が私たちを包みこんだ。聞こえるものといえば、雪崩の音と、谷間の巨大な間欠泉のシューシューいう音、遠くで噴火する火山の爆発音くらいのものだった。

私たちは飛行機から降りて、荒涼たる光景を眺めた。山脈が眼前に聳え立ち、さらに一マイルほど斜面を登ると、不自然に雪のない、地面が剝き出しになっている場所があった。しかも、その崩落箇所の形状には、秩序だっていることを暗示して余りある何かがあり、私たちは唐突に、これこそがまさしく、遠征隊がそれを目的に何千マイルも長旅をしてきた遺跡そのものであることを悟ったのだった。三〇分のうちに、私たちはその遺跡の最も近い場所に辿り着き、数名の隊員が既に推測していた通り、この建造物はいかなる人種の人間の手になるものではないことを見て取ったのだった……

ほとんど崩れている入り口のところで、私たちはしばらく立ち止まっていたが、落下したまぐさ石に施されている悍ましい彫　刻を見て、あやうく引き返しそうになった。粗悪な浅浮き彫りの数々は、ダリやドビといったシュールレアリストの悪夢じみた作品を思い起こさせた——ただし、それらは夢を表現したものではなく、恐ろしい現実を表現したものだという印象を与えるものだった。

数歩ばかり先に進むと、南極の弱々しい光が薄れて完全な暗闇になり、私たちは慌てて懐中電灯のスイッチを入れた。引き返した方が良いと判断した時には、入り口から少なくとも一マイル［約一・六キロメートル］は進んでいた。用心のためチョークで目印を残していたので（妨害されなければ）地上に戻る道を見つけられるだろうと、私たちは信じて疑わなかった。だが、スランプ博士が断固として譲らなかった。

「言わせてもらうが」彼はガアガアと甲高い声で言い立てた。「少なくとも、もう一マイルは前進するべきだ。結局のところ、懐中電灯はたっぷりあるし、考古学的に並外れて重要といえるものを、まだ何も発見していないのだ——とはいえ、個人的にはきみたちの反応にこそ興味があるのだがね。ここにいるかわいそうなマクトワープ君ときたら、この一〇分間ですっかり青ざめてしまったぞ。脈を測っても構わんかね？　これ、そう邪険にしたものではないぞ。それに、パルシーとファーキンがやたらに背後を気にして、懐中電灯で隅々を照らしているのも面白いな。まったく、一流の科学者の集団にしては、きみたちの行動は極めて原始的だ！　尋常ならざるものではあるが、決して前例がないわけでもない状況下でのきみたちの反応は、私の近刊『ヒステリーとその病理学的発現』の付録に必ず掲載させていただこうじゃないか。そうだな、もしも私がきみたちの立場なら——」

こう言ってから、スランプ博士は『キングコング』*5の直近のリバイバル上映以来、私が耳にした中で最も耳障りなダミ声を張り上げた。叫び声は壁から壁へと反響し、床の穴を通って房室から出ていくと、遥か下方にある地下通路を何分も彷徨った。怪物じみたこだまと共にその叫び声がようやく戻ってきた時、パルシー教授は床に倒れて失神しており、マクトワープ少佐はまるで彼自身が浅浮き彫りと化したかのように、片隅に突っ立っていた。

「この見下げ果てた馬鹿野郎が！」と私は叫び、地獄めいた喧騒がもう一度房室から出ていった。だが、スランプ博士はメモを取るのに忙しく、私に返事をするどころではなかった。

ようやく静かになり、天井の欠片が少しばかり落ちてきた。他の二人はゆっくりと復活したが、彼らが博士をぶち殺そうとするのを阻止するのには骨が折れた。とうとう、パルシー教授が地上に引き返し始め、残りの者たちも後にぴったりくっついて彼に続いた。数百ヤード［百ヤードは約九一・四メートル］進んだところで、遠くからかすかではあるが明瞭な音が聞こえてきた。それは、ぬるぬるした何かが這いずるような音で、私たちは骨の髄まで凍りついた――しかもそれは、前方から聞こえてきたのである。低い呻き声と共に、スランプ博士が干からびたクラゲのように地面に倒れ込んだ。

「な――何だありゃ？」マクトワープがひそひそと囁いた。

「シーッ、静かに！」パルシーが、聖ヴィトゥス[*6]の死を見事に真似して答えた。

「聞こえちまうかもしれないだろ！」「横道に入るんだ、急げ！」と、私は囁いた。

「そんなのは一つもないぞ！」と、少佐が震える声で言った。

スランプ博士を後に残していくと私たちの存在がばれてしまうので、私たちは彼を引きずりながら、懐中電灯を消してこっそり房室から抜け出した。マクトワープが指二本の爪を犠牲にして、堅い岩盤を大急ぎで掘った割れ目は、私たち四人には小さかったとはいえ、それが唯一の希望となった。

あの恐ろしい音がどんどん近づいてきて、ついに房室のところまでやってきた。私たちは暗闇の中で蹲り、息をするのもやっとだった。長い沈黙が続き、永遠にも思えるほど待ち続けた後、重くて動きの鈍い、ナメクジのような体が地面を這いずって廊下に出ていく音が聞こえた。その恐ろしい音が聞こえなくなるまで私たちはしばらく待って、それから一目散に逃げ出した。

あの状況からすると、私たちが間違った方向に逃げてしまったのは、誰のせいでもなかった。ショックが大きすぎたため方向感覚を完全に見失い、何が起こったのか理解する前に、私たちが逃れようとしていたあの化け物と突如、正面から向き合ってしまったのである。

言語に絶する代物だった。目鼻がなく、不定形で、完全に邪悪なそいつは、私たちの行く手を塞ぎ、陰険に見据えているようだった。私たちは束の間、身動きも取れないほどの恐怖に襲われ、筋肉ひとつ動かすことができなくなっていた。やがて、何もないところから悲しげな声が響いてきた。

「ハロー、どちらから来られたので？」

「ロロロロロロロロロロ――」パルシーが舌をもつれさせた。

「意味のあることを話してください。そんな場所はありませんよ」

「ロンドンのことです」同僚の誰一人としてこの会話に対応できそうになかったので、私が主導権を握ることにした。「失礼ですが、あなたは何物です？　ご承知でしょうが、かなりびっくりしましたよ」

「びっくりさせた！　それは何より！　五分前にこちらの方から聞こえてきた、あの耐え難い騒音の責任者はどちらでしょうか？　《旧きものたち》に心臓麻痺を起こさせそうになり、彼らの寿命を少なくとも百万年は縮めたのですよ」

「あー――スランプ博士が説明できると思います」私は半ば昏睡状態の心理学者を指さしてそう言った。

「彼は〝あなたの声に心は開く〟を歌おうとしたのですけれど、私たちがやめさせさせました」

「どちらかといえば、モソロフの〝鉄工場〟みたいでしたね」と、その生物は皮肉っぽく言った。

「何であれ、私たちは気に入りませんでした。こちらにおいでいただいて、不可知なる陛下たち(ゼア・インスクルタブル・インテリジェンス)や、《古のものたち(エンシェント・ワンズ)》にご自身で説明した方が良さそうです――彼らがもう回復していればの話ですが」と、それは小声で付け加えた。「こちらにおいでください」

奇妙な、流れるような動きでそれは通路を通り抜け、何マイルも続くかと思われた隧道(トンネル)が巨大な広間に出たところで、私たちはこの古代世界の支配者たちと対面した。対面という言い方をしたが、実のところ面(おもて)があるのは私たちだけだった。私たちが最初に遭遇(そうぐう)した化け物(シング)よりもさらに信じがたく度肝(どぎも)を抜かれたのは、その広大な房室に足を踏み入れた時、私たちの目に飛び込んできたその異容だった。異なる銀河の落し子、時空の彼方にある世界から到来した手に負えぬ悪夢、地球がまだ若かった頃に星々から流れ着いた実体――これら全てが私たちの視界に飛び込んできたのである。

その光景に、私の心は動揺した。呆然(ぼうぜん)としながらも、私はこの怪獣(タイタン)どもの評議会の指導者であろう巨大な生物から投げかけられている質問に答えている自分に気付いた。

「どうやって入ってきたのだ?」と私は訊(き)かれた。

「山の斜面にある廃墟(はいきょ)からです」と私は答えた。「廃墟だと！　スロッグ＝ウォーロップはどこにいる?」

「こちらに」という哀(あわ)れっぽい声がして、セイウチひげを生やしたネズミに似た生き物が、うつむきがちに姿を現した。

「最後に正面入り口を点検したのは?」と、《至高の精神(シュープリーム・マインド)》が厳しい声で言った。

「三万年前の最後の懺悔の火曜日(パンケーキ・チューズディ)よりも前になります」

「ならば、ただちに点検するがいい。屋外便所と公衆便所の検査官として、構内が修理の行き届いた良好な状態に保たれていることを確認するのが、お前の義務であろう。この問題が持ち上がったのではっきりと思い出したのだが、前々回の氷河期に銀河系外からの高名なる訪問者が、我々の施設に入った途端に天井が崩れ落ち、甚大(じんだい)な被害を受けたではないか。かかることは、我らのもてなしの評判を上げるものではないし、およそ品位に欠けることだ。再発は許さぬぞ」

「飾りつけも気に入ったとは言えませんね」と、私は思い切って口にした。

「件(くだん)の客人も不満を口にしていたが、きみも同じことを言うとは。『白雪姫』[*7]のスチルを飾るなど、より適切なものに入れ替えることとしよう」ここで《精神(マインド)》はスロッグ＝ウォーロップを睨(にら)みつけると、その小さい生き物は可哀想(かわいそう)なことにホールの外に退出させられた。

《精神(マインド)》が、再び私に向き直った。

「このようなことは、秩序(ちつじょ)ある社会ではよくあることだ」と、それは言い訳がましく告げた。「さて、どうやってここまで来たのか、じっくりご教示いただけまいか？」

そこで私は、出発から洞窟に到着するまでの遠征行について、適当に省略しながら説明した。

「たいへん興味深い」私が話し終えると、《精神(マインド)》はそう言った。「最近は訪問者がほとんど来ないものでな。最後にやって来たのは——はてさて——ふむ——おお、そうだ、アラブ人のアブドゥル・ハシッシュであった」

「『ペンテクニコン』の著者の？」

「左様。あれにはだいぶん閉口させられたものだ——記者というやつは、いつだって大風呂敷(おおぶろしき)を広げすぎる。誰も奴の書いたものを信じようとはしなかったし、奴が送ってきた校閲ゲラを読んだ時にも驚きはしなかった。宣伝としては大失敗で、我々の観光業を台無しにしてくれた。きみたちには、もっとマシなバランス感覚を期待したいところだ」

「私たちの報告書は、きわめて公正かつ完璧に科学的なものになることを保証致します」と、私は大急ぎで言った。「それにしても、あなたは私たちの言語に精通しているとお見受けしますが、その理由をお聞きしても？」

「おお、我々が外の世界を学ぶ方法はたくさんあるのだよ。私自身、サーカスのつけたりのショーに加わってアメリカ中西部を巡業したものだが、その時に染み付いた訛りを矯正できたのはごく最近のことなのだ。今日ではラジオのおかげで、人目に触れずに済ませられる。ここにスウィングのファンが何体いるかを知れば、さぞかし驚くだろうとも。残念ながら、パリ発のTVドラマの方が人気があるようだが——まあ、その話はするまい」

「驚き入るばかりです」と、私は正直に言った。「でも、一番驚いたのは、あなたがたが外部とこれほど多くの接触を持っているということです」

「段取りは単純なものであった。我々はまず、自分自身についての物語を書き始め、然る後に、とりわけアメリカの作家に同じことをするよう報酬を支払った。その結果、〈ウィアード・テイルズ〉（ちなみに私は、この雑誌の優先株の五〇パーセントを取得している）など、様々な雑誌に掲載された私たちの話を皆がこぞって読み、一言たりとも信じなくなった。それで、私たちは安全でいられたわけだ」

「信じられない！　まさしく超越精神の発想だ！」

もしもそれに顔があったなら、そこにあるのだろうという場所に得意げな表情を広げて、私の対話相手は「ありがとう」と宣った。「とはいうものの、我々が真に存在することを、皆に知ってもらうことも、今となっては吝かではない。実際、我々は大規模な宣伝キャンペーンを計画しており、きみたちが協力してくれるなら大いに役立つことだろう。だが、そのことについては後で話をしようではないか。客間で休んでいかないかね？　掃除はさせておいた――四万年の間にあれほど埃が溜まるとは、驚きであった」

私たちはだだっ広い部屋――先刻、隧道から出てきた部屋よりは少し小さかった――に案内されて、奇妙な形状だが快適な寝椅子に横になることができた。

「全く信じられん！」この状況について話し合おうと私たちが腰を下ろした時、スランプ博士がぜいぜいと声を喘がせてこう言った。

「なかなかいい奴じゃないですか？」と、私はホストを評してこう言った。

「信用できるものか！　よくないことが起こりそうな気がぷんぷんするわい。この知識を世間に隠すことこそが我らの責務なのだ！」

「おや、〈ウィアード・テイルズ〉の残りの株はお前さんのものかい？」パルシーが皮肉っぽく訊ねた。

「全くもって違うが、こんなことが暴露されれば全世界が発狂してしまうし、あれら《旧きものども》の配下の勢力が、たちまち人類を奴隷にしてしまうのではないかと、私は恐れておるのだ」

「本気でそんな――」私は言いかけたが、マクトワープがそれを遮った。

「あれは何だ？」と聞きながら、彼は地面にある何かを指さした。私は屈んで、それを拾った。それは紙の切れっ端で、何やら走り書きされていた。私は苦労してその奇妙な文字を解読した。

「スログ＝ウォーロップを排水溝の調査にやること」と、私は読み上げた。その下には「デューク・エリントン[*8]、3:15、ワシントン」とあった。無害な文面だ——だが、裏返すと背筋が震え上がるような言葉が目に入った。

「空飛ぶクラゲの疫病で人類を絶滅させること（封をしていない封筒で郵送する？）。未知なるもの[*9]はよろしくない——ギリングス[*10]を試せ」

「きみの言う通りだ、スランプ！」私は息を呑んだ。「何て悍ましい計画だ！　このギリングスってやつは、あの悪鬼どもの実験台にされた哀れな悪党に違いない！　すぐに逃げないと！」

「でもどうやって？　道がわからない！」

「それは私にまかせてくれ」私は扉に向かいながら、そう言った。部屋の外には、限界まで腐敗が進んだ玄関マットにそっくりな、ぶよぶよと締まりのない奇妙な生き物がいた。

「上の回廊まで案内していただけませんか？」と、私は慇懃に尋ねた。「友人の一人が貴重な財布をなくしてしまいましてね。捜索隊を出せれば、見つけ出して自宅にいる妻君のもとに届けられるかもしれません。ついでですが」と、私は打ち解けた口調で付け加えた。「私たちがいない間に、お茶を淹れていただけると嬉しいです。角砂糖は一人二個ずつで」

その存在が疑いを抱いていたとしても、この最後に付け加えたうまい言葉で払拭されたはずだ。

「はい、喜んで[*11]」と、そいつは言った。「中国茶がお口に合えば良いのですが。それしかなくって」

それは小走りに立ち去って、すぐに戻ってきた。「では、ついてきてください」

あの恐ろしい洞窟の中を引き返した行程については、あまり言を費やしたくない。ともあれ、下りの行程とそっくりだった。そしてついに、どこまでも続くかに思われた旅路を経て、遥か前方に外界への出口が見えてきたのだが、案内役が疑い始めていたこともあり、早すぎるということはなかった。

「本当にお持ちだったので？」それは息を喘がせながら尋ねた。「背後に置き忘れたということは？」

「そうは思わんね」と、マクトワープ。「このあたりだと思う」

それで私たちは先に進み続け、もはやゴールまでわずか数百ヤード［百ヤードは約九一・四メートル］というところまでやってきた。その時、突然かつ恐ろしいことに、遥か後方から追跡してくる音が聞こえてきた。虚勢(きょせい)を張っても無駄だった。「命がけで逃げろ！」と私は叫んだ。

幸運なことに、私たちの案内者は不意を突かれ、立ち直る前にかなり先行することができた。私たちはものの数秒で出口に辿り着き、清浄なる陽の光の下に出られるかに思われた。

これで安全だと考えて、私は大胆にも背後を振り返った。

案内者は遥か後方にいて、驚きの余り呆然となっていた。だが、物凄(ものすご)いスピードで私たちに追いすがってきたのは、言葉では言い表せないほど悍(おぞ)ましい何かで……私が身を翻(ひるがえ)して逃げ出そうとすると、それが息を喘がせながら甲高い声で叫ぶのが聞こえてきた。

「皆様――ふうっ――コンデンスミルクでもよろしいですか？」

それ以上は聞こえなかった。次の瞬間、入り口にあった浅浮き彫りが粉々に砕(くだ)けてあたりに崩れ落ち、そこを完全な、そして最後の廃墟にしてしまったのである。意識を取り戻した時、私たちは既に空の上にいた。そして、私たちが長い事悩まされ、想像を絶する魔の手から辛(かろ)うじて脱出した、陰鬱(いんうつ)なる悪夢の恐怖から逃れるべく、安全な文明社会に向かって飛行していたのだった。

訳注

1 リーコック Leacock

カナダ（生まれは英国）のユーモア作家、経済学者であるスティーヴン・リーコック。日本語訳された作品も多いが、大部分が短編なので、雑誌やアンソロジーの収録にとどまっている。

2 リンブルガー・ランド Limburger Land

架空の地名。リンブルガー（英語読みはリンバーガー）は、ベルギーのリンブルフ州、リエージュ州原産の、ひどい悪臭で有名なチーズの名前である。

3 アブドゥル・ハシッシュ Abdul Hashish

もちろん、アブドゥル・アルハズレッドのパロディ。ハシッシュは大麻のこと。

4 『ペンテクニコン』 Pentechnicon

『ネクロノミコン』のパロディ。「pen-」は尖っていることを意味する接頭辞なので、ギリシャ語で〝尖った技術（芸術）〟くらいの意味の言葉だろう。なお、クラークの母国である英国では、一八三一年にロンドンで開業されたパンテクニコン（「pan-」は〝汎て〟を意味する接頭辞）という家具や絵画、馬車などを扱う商業施設が知られていて、後にこの店の使用する家具運搬車の通称ともなっている。

5 『キングコング』 King Kong

一九三三年公開のアメリカ映画。

6 聖ヴィトゥス St. Vitus

三世紀イタリアの殉教者。釜茹での拷問を受けたが何ともなかったという民間伝承があり、釜の中で両手を合わせて祈る姿が絵画や彫刻の題材となった。

7 『白雪姫』 Snow White

一九三七年公開の、ウォルト・ディズニー・アニメーション・スタジオ製作のアニメ映画のことだろう。

8 デューク・エリントン Duke Ellington

米国の作曲家、ジャズ・ピアノ奏者。本名はエドワード・ケネディ・エリントンで、〝公爵（デューク）〟は愛称あるいは芸名のようなものである。「A列車で行こう」の奏者として有名だが、これはビリー・ストレイホーンに作曲を依頼したものである。

9　未知なるもの（アンノウン）　Unknown

登場人物たちにはわからなかったが、これは一九三九年から四三年にかけてアメリカで刊行されたSF・ファンタジー雑誌〈アンノウン〉のこと。編集長はジョン・W・キャンベルで、ライアン・スプレイグ・ディ＝キャンプの〝ハロルド・シェイ〟シリーズや、フリッツ・ライバーの〝ファファード&グレイ・マウザー〟シリーズ（初期作品）などが掲載された。

10　ギリングス　Gillings

当時の著名な編集者であるウォルター・ギリングスのこと。英国最初のSF雑誌〈テイルズ・オブ・ワンダー〉（一九三七～一九四二年）の編集者で、クラークはこの雑誌の一九三八年冬号に掲載された「明日の人類帝国 Man's Empire of Tomorrow」でプロデビューした。

11　ライト＝ホー　"Right-ho"

英国のユーモア作家P・G・ウッドハウスが用いた、特徴的な合いの手。『よしきた、ジーヴス Right Ho, Jeeves』では表題にもなっている。

訳者解説

Translator Commentary

「洞窟のけだもの」

一九〇四年の春に執筆を開始し、翌年四月二一日に完成したという、少年期（一三〜一四歳）に書かれた小説のひとつ。原稿の末尾には「恐怖物語集」「一、洞窟のけだもの」とあって、本来はシリーズものの第一作と考えていたようだが、続きは書かれなかった。細かい語彙の違いこそあるが、文体についてはこの頃からＨＰＬらしさを漂わせており、才能の片鱗を見せている。

ケンタッキー州中央部に実在する米国内最長規模の洞窟、マンモス・ケーブが舞台で、観光ツアーでここを訪れていた学者らしき人物が、不注意からツアーグループから離れて洞窟の奥に迷い込んでしまい、暗闇の中で正体不明のけだものに襲われるというストーリー。辛くもけだものに致命傷を与えた語り手は、彼を探しに来たツアーガイドと合流した後、自身が仕留めたけだものの正体を確かめにいくのだが——ＨＰＬは同作の執筆にあたり、マンモス・ケーブ国立公園にまつわる情報を、プロヴィデンスの図書館で調査したということだ。この洞窟がかつて、結核患者の養生施設として使用されたという記述は、ケンタッキー州ルイヴィル在住のジョン・クローガン医師が、一八三九年に一万ドルで一帯の土地を購入し、結核患者を収容する治療施設を設立したという事実に基づいている。

「ダゴン」が執筆される前の初期作品であり、クトゥルー神話ものにカウントされることはないのだが、洞窟内で生活する人間が、体毛の白い類人猿のようなけだものに退化あるいは変容してしまうという、後の「ファン・ロメロの変容」「故アーサー・ジャーミンとその家系にまつわる事実」「潜み棲む恐怖」などの作品へと繋がる要素が見られることから、本書に収録することにした。

「眠りの壁（かべ）の彼方（かなた）」

一九一九年の春（四月以降）に執筆された作品。天文趣味（しゅみ）のＨＰＬらしい、一九〇一年二月二一日にペルセウス座のアルゴール星付近で観測されたペルセウス座新星が題材の作品で、アマチュア雑誌〈パイン・コーンズ〉一九一九年一〇月号で発表され、だいぶん後に〈ファンタジー・ファン〉一九三四年一〇月号、そしてＨＰＬの死後に〈ウィアード・テイルズ〉一九三八年三月号に再録された。

ニューヨーク州中央部に広がるキャッツキル山地は自然豊かな景勝地で、ワシントン・アーヴィング「リップ・ヴァン・ウィンクル」の舞台であり、一九世紀に活動したハドソン・リバー派と呼ばれる米国の画家のグループが好んでその風景を描いた。ＨＰＬが一九一八年から二七年にかけて交流した同州トロイ在住の詩人ジョナサン・Ｅ・ホーグ（「インスマスを覆（おお）う影」のザドック・アレンのモデル）も、しばしばこの山地を題材にした。この地域の「退廃（たいはい）した」住民については、〈ニューヨーク・トリビューン〉四月二七日号に掲載された、Ｆ・Ｆ・ヴァン・デ・ウォーターによる記事「州警察はいかにして名声を獲得したか」（p38に一部を翻訳）を参考にしていて、現地住民に対する差別的な表現の殆（ほとん）どは記事で使われていたものだ。登場人物の「スレイターないしはスラーダー Slater, or Slaader」という家名は、この記事の「キャッツキル山地にはスラーター一族 Slahters が住んでいる。どうやらこれはスレイターという姓の現地発音のようで、多くの山地民がこの姓に由来するようだ」に基づいている。なお、訳注に書いた通り、本作はブライアン・ラムレイの〝タイタス・クロウ・サーガ〟シリーズにおける《旧き神々（エルダー・ゴッズ）》の神域、エリュシアの発想源である可能性がある。

「ファン・ロメロの変容」

一九一九年九月一六日に執筆。初期作品に分類されることもあるが、書かれたのは「ダゴン」よりも後である。ネバダ州にあるカクタス山脈の鉱山を舞台に、ダイナマイトによる爆破で口を開けた洞窟の奥へと降りていく無名の語り手とメキシコ人労働者ファン・ロメロが、暗闇の中で恐ろしげな何かに遭遇するという物語で、少年期作品の「洞窟のけだもの」に既にその片鱗が窺える、多くのＨＰＬ作品に共通する〝深淵への降下〟というテーマがはっきりと形をとっている。具体的な描写はないが、生贄を伴う儀式が知られるアステカ族のウィツィロポチトリ（ただし、本作ではウィツィロポチリ表記）の名前がロメロの叫び声という形で示されることで、深淵の奥底で何が行われていたかを暗示している。

オーガスト・Ｗ・ダーレスは後年、〈ウィアード・テイルズ〉一九四四年三月号掲載の「カーウェン・ストリートの屋敷」（既訳邦題は「アンドルー・フェランの手記」）において、南米のケチュア＝アヤル族が崇拝するというウィツィロポチトリとクトゥルーを同一視していたが、これは本作を意識したのだろう。なお、ダーレスはウィツィロポチトリが中米の神であり、南米のケチュア族とは無関係だと後から知ったようで、単行本収録の際に〝むさぼり食らうもの〟に変更した。そもそもケチュア＝アヤル族というのも、ケチュア族のアーリア（アヤル）起源を説いたある種のトンデモ本、マイルズ・ポインデクスターの『アヤル・インカ AYAR-INCAS』（一九三〇年）で使用された造語であるらしい。

ＨＰＬは生前、同作を長いこと死蔵していたが、一九三二年に友人ロバート・Ｈ・バーロウが彼を説得してタイプ打ちし、アーカム・ハウスの『マルジナリア』（一九四四年）でようやく日の目を見た。

「故アーサー・ジャーミンとその家系にまつわる事実」

一九二〇年の中頃に執筆され、ミシガン州のホレス・L・ロースンとマージョリー・C・ロースンのロースン夫妻が発行していた歴史あるアマチュア文芸誌〈ウルヴァリン〉の一九二一年三月号、六月号に掲載された。人間離れした容貌や気性で知られる英国貴族の一族の背後に、一八世紀の祖先が行ったコンゴ探検に端を発する恐ろしい秘密が潜むという筋は、後年の「インスマスを覆う影」を先どったものとなっている。HPLによれば、オハイオ州の小さな田舎町の住民たちの暗部を描いたシャーウッド・アンダースンの短編集『ワインズバーグ・オハイオ』（単行本は一九一九年刊行）を人に薦められて読んだものの、これにたいそう退屈して、自分であればさらに悍ましい秘密を一族の系図に仕込むことができるとの考えから、書き上げた小説だということである。

中央アフリカの奥地に、〝白い類人猿〟の国（白人文明のルーツだとおぼろげに示唆されている）が存在するというのは、かつてHPLが愛読したエドガー・ライス・バローズの〝ターザン〟シリーズに登場する、オパルなどの国をイメージしている可能性がある。オパルは、シリーズ第二作『ターザンの復讐』だが、内容的にこちらが適切だろう）が初出の、中央アフリカの密林に存在する黄金郷だ。一万年前に栄えたアトランティスの植民都市であり、ターザンの妻となるジェーン・ポッターに次ぐシリーズ第二のヒロインとも言える女王ラーが治めている。おそらく、「列王記」において黄金の産地とされたことから、後世、シバの女王国の都市と見なされるようになった伝説的な都市オフィルがモチーフで、以後も『ターザンとアトランティスの秘宝』など複数の作品に登場するのである。

「潜み棲む恐怖」

「ハーバート・ウェスト—死体蘇生者」に続いて〈ホーム・ブリュー〉一九二三年一月号から全四回にわたり連載された、商業媒体向けの二作目の小説で、一九二二年一一月後半にまとめて執筆された。ニューヨーク州のキャッツキル山地を舞台に、異形のクリーチャーと化して地底に潜む一族のもたらす恐怖を描くオーソドックスなホラー作品で、少年期作品「洞窟のけだもの」に遡る〝人類の退化〟というテーマを扱っている。山地へのイメージは「眠りの壁の彼方」と大差なく、同じく〈ニューヨーク・トリビューン〉の記事が念頭にあるのだろう。また、第二話に登場するアーサー・マンローの家名は、HPLの幼馴染であるチェスターとハロルドのマンロー兄弟から採ったものだと思われる。

HPLは、ニューヨークがオランダの植民地ニューアムステルダムだった時代に関心があったようで、「レッド・フックの恐怖」（一九二五年）、「石の男」（一九三二〜三三年）、「アロンゾ・タイパーの日記」（一九三五年）などの作品にもオランダ出身の胡乱な一族が登場する。この関心は、本作執筆前の九月、ニューヨークを訪れた際に、ラインハート・クライナーと連れ立ってブルックリン区にあるフラットブッシュ・オランダ改革派教会の墓地（「レッド・フックの恐怖」でも言及される）を訪れたことと関係があるのかもしれない。一〇月執筆の「猟犬」は、この時の刺激的な経験に基づいている。

本作は、一九九七年に『ブレーダーズ クライチカ』（『ヘモグロビン』の邦題も）のタイトルで映像化された。ただし、こちらでは舞台がニューイングランド地方の孤島に変更されている。

なお、作中で言及される〝ニス〟の関連作である散文詩「記憶」（一九一九年）を末尾に併録した。

「前哨地」

現在、グレート・ジンバブエ遺跡と呼ばれている、ジンバブエ（当時は英領南ローデシア）の中南部にある巨石遺構を題材に、上古の秘密を知ってしまったがために、夢見を恐れる王を描く四行連形式の詩で、一九二九年一一月二六日に執筆された。HPLは、この年の五月に顔を合わせたアマチュア・ジャーナリズム仲間のエドワード・ロイド・セクリストから、この人物が実際に足を運んだジンバブエ遺跡の話を聞いていて、伯母のリリアン・D・クラークに送った同年五月六日付の手紙にも、その話題を詳しく書いている。ワシントンD．C．在住の養蜂家であるセクリストは、一九二四年にプロヴィデンスを訪ねたり、一九二五年のワシントンD．C．旅行の際にはHPLと行動をともにするなど、比較的親しい間柄だったようだ。〝外世界よりの漁者ども〟なる謎めいた存在が最初に言及された作品だが、この詩ではそれが宇宙からやってくる以外に、何の情報も提示されなかった。ただし、頭のどこかにはこの語が残っていたようで、一九三二年夏に書かれた「翅のある死」において再び言及されている。この作品には、「前哨地 Outpost」という語も使われていて、本作との関連性を匂わせている。HPLが愛読したエイブラハム・メリットの「ムーン・プール」において、ポナペの巨石遺構ナン＝マドール（作中ではナン＝タウアッチ）が、「〝父祖よりも遥か昔〟に君臨した強壮なる王、チャウ＝テ＝ルーの宝物殿」として言及されていて、これは一九二七年執筆の「クトゥルーの呼び声」におけるルルイェの原型ではないかと目されている。HPLは、セクリストから聞いたグレート・ジンバブエ遺跡の話から、ナン＝マドールを連想したのかもしれない。

「狂気の山脈にて」

一九三一年二月二四日から三月二二日にかけて執筆された中編小説。「チャールズ・デクスター・ウォード事件」「未知なるカダスを夢に求めて」に続いて、三番目に長いＨＰＬ作品である。

一九三〇年から三一年にかけてミスカトニック大学が送り出した南極遠征隊の顛末(てんまつ)を描いたもので、ヒマラヤ山脈にも匹敵する巨大な山脈の向こうに、十数億年前に「星界から降りてきて、冗談(じょうだん)ないしは何かの間違いで地球上の生命を創造(そうぞう)したという《大いなる古きものども(グレート・オールド・ワンズ)》」（『ネクロノミコン』には《先住者(エルダー・シングス)》の名前で記されている、樽(たる)のような胴体(どうたい)をした生物）の古代都市を発見するというもの。

なお、先に引用した箇所は、執筆に先立って書かれた覚書では「クトゥルーその他の神話――戯(たわむ)れに地球上の生物を創造したネク（ネクロノミコン）中の宇宙的存在にまつわる神話」とされていて、確認されている限りで最も古い、ＨＰＬが〝クトゥルー神話〟に近い言葉を使用した実例となっている。

物語が大きく展開する中盤からは、地質学部のダイアー（覚書にはダイアー教授とあり、続編的な作品である「時間(とき)を超えてきた影」ではウィリアム・ダイアーとフルネームになっている）と大学院生の助手ダンフォースの探索行が克明に描かれ、彼らが廃墟(はいきょ)で目にした彫刻(ちょうこく)を通して、ＨＰＬがそれまでの作品で断片的に示唆(しさ)してきた壮大な地球年代記が、本作をもって初めて読者に開示されるのである。

本作は、〈ウィアード・テイルズ〉では没(ぼつ)になったが、一九三五年に知り合った文芸エージェントのジュリアス・シュウォーツに売り込みを任せたところ〈アスタウンディング・ストーリーズ〉に採用され、一九三六年二～四月号の三号にわたって連続掲載された。ただし、掲載された原稿は、ＨＰＬの許可なく語彙（ごい）を中心に数多くの変更が行われていたため、ＨＰＬは書簡において同誌編集長のフレデリック・オーリン・トレメインを〝ハイエナのビチグソ野郎〟と罵倒（ばとう）していた。

極地への憧れ（あこがれ）

ＨＰＬが生きた時代は、地球上の最後の未知世界である南極大陸に人類がいよいよ足を踏み入れていく時代だった。太古の地球の様相を知るための鉱物や化石の発掘（はっくつ）や、地球上の海流の循環（じゅんかん）や気温の変化をもたらすと考えられていた地磁気の測定が、その大きな目的である。英国のロバート・フォルコン・スコットと、ノルウェーのロアール・アムンセンが南極点到達を争った一九一一年の記憶もまだ新しく、一九二九年一一月には、米国のリチャード・Ｅ・バードが飛行機を利用した大規模な遠征を行っている。ＨＰＬは、そうした極地探検の記録や論文を読み漁り、参考にした。たとえば、作中でミスカトニック大学の探検隊が辿（たど）った経路を辿ると、ラヴクラフトが過去、英国の探検隊が辿ったルートをなぞっていることがわかる。前述のバードは、一九一二年に南極点に到達したアムンセンが足がかりとしたロス海の鯨湾（くじらわん）に基地を建設した。内陸探検における鯨湾の利点を歴史が証明しているにもかかわらず、ラヴクラフトは探検隊の基地を大氷壁を挟んだ鯨湾の反対側、ロス島に設置している。この島こそ、アーネスト・シャクルトン（スコットの第一次南極探検隊にも参加した極地探検家。一九〇九年の探検では石炭を発見し、かつて南極大陸が温暖な地であったことを証明した）やスコットら先人達が最初の基地を設営した場所なのである。北極探検と見せかけて出港後に一転南極を目指し、「我南極ニ向カワントス」と打電してスコット隊を大いに動揺させ、最終的に出し抜いたアムンセンは、多くの英国人から「だまし打ち」と非難された。英国贔屓(びいき)のＨＰＬがロス島にこだわった背景には、英国の探検家たちへの敬意があったのかもしれない。

そしてまた、ＨＰＬは少年の頃から、エドガー・アラン・ポーの「ナンタケット島出身のアーサー・ゴードン・ピムの物語」、ジュール・ヴェルヌの『地底旅行』や『海底二万リュー』、アーサー・コナン・ドイルの「北極星号の船長」などの物語を通して、秘境冒険というテーマに憧れを抱いていた。実際、彼が一九〇二年に執筆した初期作品「不思議な船」は、北極に存在する〝ノーマンズランド〟が舞台の物語である。後に友人のウィリアム・ポール・クックから借りたマシュー・Ｐ・シールの『紫の雲』の冒頭に描かれる北極探検の描写も、強い印象を与えたようだ。

ＨＰＬは後年、エドガー・ホフマン・プライス宛の書簡（一九三六年二月一二日付）において、「それは一〇歳の時以来、絶えず私に取り憑(つ)いてきた、致死の荒涼(こうりょう)たる白き南方に対する、漠然とした感情を突き止めようとする試みだったのです」と述べていた。

なお、「狂気の山脈にて」をいったん書き終えた時点で、ＨＰＬはロス海とウェッデル海を結ぶ凍結(とうけつ)地域によって南極大陸が二分されていると考え、作中でもそのように書いていた。南極に内海が存在するというセオリーは、ＨＰＬが愛読した「アーサー・ゴードン・ピムの物語」や『海底二万リュー』にも見られるもので、ヴェルヌはこれを“Mer Libre”――英語では“Open Sea”、日本語では〝開放海域〟あるいは〝不凍海(ふとうかい)〟――と呼んだ。アメリカの海洋学者マシュー・フォンテーン・モーリーの『海洋の自然地理学及び気象学 The physical geography of the sea and its meteorology』（一八六一年、未訳）に示された仮説であり、ＨＰＬ自身はおそらくポーやヴェルヌの影響からそうしたビジョンを抱くに至ったのだろうが、残念ながら一九三三年から三五年にかけてのバードの二度目の南極遠征によって完膚なきまでに否定されたため、雑誌掲載時に慌てて該当箇所の記述を修正したということである。

なお、最終的に彼を本作への執筆に駆り立てたのは、憤慨と感動だった。前者は、〈ウィアード・テイルズ〉一九三〇年一一月号に掲載された、発掘された恐竜の卵が孵化するという内容のキャサリン・メトカーフ・ルーフの「百万年後の世界」を読んだことで、そのあまりの安易さに、怪物的な太古の存在が孵化する物語はどうあるべきか知らしめてやろうと考えたのだと、ＨＰＬは述懐している。南極を舞台に選んだのも、古代の生命が氷漬けになっているという状況に説得力を与えるためだということである。そして後者は、ロシア人画家ニコラス・レーリヒ（英語読み）が描いた幻想的なアジア奥地の絵画の数々を、一九二九年にニューヨークに開設されたばかりのニコラス・レーリヒ美術館で目にしたことで、この視覚的な衝撃がそのまま南極の描写に反映されている。

こうして、思い入れたっぷりに書かれた本作なのだが、〈ウィアード・テイルズ〉のファーンズワース・ライト編集長は「長すぎる」「容易に分載できない」「いかにも作り話という感じがする」という理由を挙げてこれを突き返した。同時期にＧ・Ｐ・パトナムズ・サンズ社との間で進んでいた単行本刊行計画が流れてしまったこともあり、ＨＰＬは数ヶ月にわたり意気消沈し、自身の創作についてネガティブな発言を書簡の中で繰り返すことになる――そんなＨＰＬを慰め、創作意欲を取り戻させたのが、オーガスト・Ｗ・ダーレスとマーク・スコラーが共作したクトゥルー神話小説群であったらしいことについては、本シリーズ第１集に収録した「インスマスを覆う影」の解説で述べた通りである。

付記・「ナンタケット島出身のアーサー・ゴードン・ピムの物語」について

エドガー・アラン・ポー唯一の中編作品であり、彼が編集長を務めていた文芸雑誌〈南部文芸通信〉で発表された「ナンタケット島出身のアーサー・ゴードン・ピムの物語」は、「狂気の山脈にて」の重要なイメージソースのひとつとして知られている。この物語は、ジェレマイア・N・レナルズが一八三六年四月二日に下院で行った、地球空洞説を実証するための南極探検の必要性についての講演に刺激を受けて執筆された作品である。ペンシルヴェニア州出身のレナルズは一八〇八年生まれで、『シムゾニア：発見の旅 Symzonia: A Voyage of Discovery』（一八二〇年）という、地球空洞説を題材とするジョン・クリーブス・シムズ・ジュニア小説の影響で、この奇説の熱心な支持者となった。シムズは、地球の両極から地球内部に入れると一八一八年に主張し、これを証明するべく北極探検を計画したのだが、資金不足によって実現しなかった。彼の信奉者であるレナルズは、自ら編集人を務める新聞〈スペクテーター〉と、各地で講演を繰り返して南極探検の必要性を主張した。チャールズ・ウィルクス大尉率いる一八三八年八月出発のアメリカの南極探検隊は、レナルズの働きかけで実現したものである。

さて、「アーサー・ゴードン・ピムの物語」に話を戻す。主人公アーサー・ゴードン・ピムは、ナンタケット島の商人の息子である。ナンタケット島はマサチューセッツ州の南東部に突き出したケープコッド半島の南にある島だ。世界有数の捕鯨港であるこの町は、ハーマン・メルヴィルの『白鯨』の物語が幕を開ける場所でもある。一八二七年六月のこと、冒険心に溢れるピムは、親友オーガスタスの誘いで、彼の父が船長を務める捕鯨船《グランプス》号に密航した。不運なことに、ピムが隠れ場所から出てくる前に、《グランプス》号の船上では乗組員の反乱が勃発、船長たちはボートに乗せられて追い出されてしまう。何とか連絡を取り合うことができたオーガスタスとピムは、水夫のダーク・ピーターズを味方につけてこの危機を潜り抜けたものの、暴風雨で《グランプス》号は半壊。漂流の最中にオーガスタスともう一人は命を落とし、ダーク・ピーターズとピムだけが生き残る。

幸い、彼らは南アメリカの沖でウィリアム・ガイ船長の貿易船《ジェイン・ガイ》号に救助され、南極圏へと向かう彼らの航海に同行することになるのだが、不思議なことに《ジェイン・ガイ》号は南緯八〇度を越えて航海を続け、やがて彼らは南緯八三度二〇分、西経四三度五分の位置にあるツァラル島に到着する。黒一色のこの島には白いものが一切存在せず、白人たちを目にした原住民たちは「テケリ＝リ！　テケリ＝リ！」と叫び、恐怖する様子を見せる——

原住民たちの裏切りで《ジェイン・ガイ》号の乗員たちが殺害され、ダーク・ピーターズと共にボートで再び逃亡する羽目に陥ったピムの前に、雪のようにまっ白い肌の、屍衣をまとったような巨大な人間の姿が立ち塞がる。彼らの行く手には海の水が瀑布のように流れ落ちる裂け目が開いていた——。

そして、「アーサー・ゴードン・ピムの物語」はここで唐突に終了し、編集者としてのポーによって、最近、ピム氏がだしぬけに痛ましい死（おそらく自殺）を遂げたことが告げられるのである。

なお、やはりＨＰＬに大きな影響を与えたフランス人作家ジュール・ヴェルヌは、「アーサー・ゴードン・ピムの物語」の続編的な物語である『氷のスフィンクス』を一八九七年に発表した。同作で重要な役割を果たす、氷原に黒々とそびえ立つスフィンクスの如き氷山の位置は、奇しくも狂気山脈の最高峰の領域と重なっているのだが、残念ながらＨＰＬがこれを読んだエビデンスは見つかっていない。

「翅(はね)のある死」

ヘイゼル・ヒールドのためのゴーストライティング作品のひとつで、一九三二年夏に執筆された。最初は〈ストレンジ・テイルズ〉に送られたものの、他の作品と内容が被ったという理由で不採用となり、最終的に〈ウィアード・テイルズ〉一九三四年三月号に掲載された。

南アフリカ連邦やウガンダなど、当時は英国領だったアフリカ各地の土地が舞台で、原住民から〝悪魔の蝿(デビル・フライ)〟と呼ばれ、咬(か)まれた者から魂(たましい)と人格を奪(うば)うと恐れられている昆虫(こんちゅう)を凶器(きょうき)に、学問上の敵の殺害を目論(もくろ)む医師の辿(たど)る恐ろしい運命を描く。この蝿(はえ)は作中で〝グロッシーナ・パルパリス〟と呼ばれていて、これはつまりアフリカ睡眠病(すいみんびょう)を媒介(ばいかい)するツェツェ蝿のことである。

一九二九年に、ジンバブエ（当時は英領南ローデシア）にある巨石遺構グレート・ジンバブエを題材に書かれた詩「前哨地(ぜんしょうち)」と関連がある作品で、〝前哨地 outpost〟のワードが作中で使われているのみならず、人類よりも古い時代のウガンダ奥地において、ツァドグワ（ツァトーグァ）やクルル（クトゥルー）と共にこの地を前哨地としていたらしい存在として、〝外世界よりの漁者(いさり)ども The Fishers from Outside〟の名前が挙がっている。ＨＰＬが〝外世界よりの漁者(いさり)ども〟に言及したのはこの二作品のみで、リン・カーターは後にこれを「未知なるカダスを夢に求めて」に登場するシャンタク鳥と、ロバート・Ｅ・ハワード作品に言及されるゴル＝ゴロスと結びつけたが、筆者としてはむしろ「暗闇(くらやみ)で囁(ささや)くもの」（第5集収録）において〝外側のもの〟と呼ばれている異星種族を推したい。同作において、この生物は太陽系最外縁のユゴス星を〝前哨地 outpost〟としているのである。

「封函」

ミシガン州在住の怪奇小説家リチャード・フランクリン・シーライト（一九〇二〜一九七五年）が一九三四年頭に完成させた小説で、ＨＰＬの手は殆ど入っていないものの、彼の指南のもとに書かれた。シーライトは、〈ウィアード・テイルズ〉一九二四年一一月号掲載の「壺中の脳」（ノーマン・Ｅ・ハマーストームとの合作）で作家デビューした後、しばらく創作から遠ざかった。その後、改めて作家として立とうと考えた彼は、一九三三年に面会した〈ウィアード・テイルズ〉のファーンズワース・ライト編集長の勧めでＨＰＬに小説添削を依頼するのだが、シーライトの文章力が決して低くないことを考えたＨＰＬは、小説執筆を指南するようになった。こうして書かれた作品のひとつが、「封函」なのである。なお、冒頭に掲げられる『エルトダウン・シャーズ』の引用文（ＨＰＬが数語を変更したとのこと）は、〈ウィアード・テイルズ〉一九三五年三月号への掲載時、ライトに削除されてしまっていた。

幸い、ＨＰＬの書簡に転載されていたので、本書では完全な形とするべくこちらから訳出した。

シーライトは、続いて執筆した「知識を守るもの」において『エルトダウン・シャーズ』の掘り下げを行い、英国南部のエルトダウン近くの砂利採取場にある三畳紀初期の地層から、一八八二年に発見された二三枚の粘土板だと設定した。しかし、この作品は〈ウィアード・テイルズ〉に採用されず、フェドガン&ブレマー社の『ラヴクラフト神話集 Tales of the Lovecraft Mythos』（一九九二年、未訳）に掲載されるまで、六〇年近く死蔵されたままだった。そのため、『シャーズ』を気に入ったＨＰＬが「時間を超えてきた影」「彼方よりの挑戦」で言及した設定の方が、広く知られている。

「イィスの夢」

　この作品は、一九三四年からＨＰＬと文通し、創作の手ほどきを受けた音楽家・作家ドウェイン・ライメル（一九一五〜一九九六年）が同年に書いた全十歌のソネット連作で、ファンジン〈ファンタジー・ファン〉一九三四年七・九月合併号に掲載された。初稿では「イィドの夢」というタイトルで、これを読んだＨＰＬは、手を加える際にタイトルを「イィスの夢」に変更した。〝イード Yid〟はユダヤ人の蔑(べつ)称(しょう)だというのがその理由である。なお、クラーク・アシュトン・スミスの手も加わっているらしい。難解な言葉遣いの詩で、英語圏の読者も解読に頭を悩ませたようだ。今回の翻訳では、トーア・ブックス社のオンラインマガジン〝リアクター〟に掲載されているルサンナ・エムリスとアン・M・ピルズワースの記事「約束されし皺(しわ)だらけの円錐(えんすい)生物は何処(いずこ)？　ドウェイン・ライメルの「イィスの夢」Where Are the Rugose Cones I Was Promised? Duane Rimel's "Dreams of Yith"」も参考にした。

　舞台であるイィスは、地球から遠く離れた暗い雰囲気の漂う惑星のようで、深い坑(あな)に棲(す)むというソトー Sotho なる存在が繰り返し言及されている。このソトーについては作中で何の情報もないが、ＨＰＬは一九三〇年一二月二五日付のスミス宛の書簡において、〝ヨグ＝ソト＝オース Yog-Soth-Oth〟に含まれる〝ソト Soth〟について、アブドゥル・アルハズレッドが『ネクロノミコン』で言及したツァトーグァの異名だと書いていて、時期的にこれを連想した可能性が低くない。ともあれ、ＨＰＬはイィスを気に入ったらしく、一九三四年一一月に書き始めた「時間(とき)を超えてきた影」に登場する〝大いなる種族〟の出身地として、イィスを採用したのである。

「丘の木」

　一九三四年五月、ＨＰＬの気を引こうとドウェイン・ライメル（「イィスの夢」解説を参照）が送った初稿を、ＨＰＬが全面的に改稿した実質的な合作。ライメルは同作を商業雑誌に載せようと売り込んだもののうまくいかず、ＨＰＬの死後になってポール・フリーハーファーの発行するファンジン〈ポラリス〉一九四〇年九月号にようやく掲載された。ライメルが一九八六年に発表したエッセイ「『ナスの年代記』の歴史 A History of The Chronicle of Nath」によれば、『ナスの年代記』にまつわる記述は全て加筆部分にあったものである。〝ナス Nath〟というのはどうやら地名らしいのだが、ＨＰＬ作品で言及されたことはない。（幻夢境(ドリームランド)の〝ナスの谷 Vale of Pnath〟とは綴(つづ)りが異なる）

　ＨＰＬの死後、ライメルは『ナスの年代記』が他の作家たちの神話典籍と同じくらい広まることを期待し、自身も関わるファンジン〈アコライト〉一九四三年春号に「星界の音楽 Music of the Stars」を書き下ろして、著者ルドルフ・ヤーグラーがこの本を書き上げた後に失明し、初版本の刊行後にベルリンの精神病院に強制的に収容されたなどの設定を追加した。この試みは果たせず、ライメルはいったん怪奇小説ジャンルから離れたということだが、一九八〇年代になって「ハムドンの怪異 The Hampdon Horror」、「ホワイト・クラウド酋長(しゅうちょう) Chief White Cloud」、「ハムドンの彼方の丘 The Hills Beyond Hampdon」などの神話作品を新たに発表し、これらの作品に『ナスの年代記』を登場させている。ちなみに、「ハムドンの怪異」によれば、この典籍はハムドンの五マイル（約八キロメートル）ほど下流のクロイドンにある、クロイドン大学の図書館に所蔵されているということである。

「シャーロットの宝石」

「丘の木」の後に書かれた続編的な作品で、いわばコンスタンティン・テューニスものの第二作であり、「イィスの夢」に続いてイィスが言及された作品でもある。発表されたのは〈アンユージュアル・ストーリーズ〉一九三五年五・六月合併号だが、少なくとも一九三四年八月には完成していて、同月二三日付のHPLの書簡に読み終えたと書かれている。明確なエビデンスはないが、スナンド・T・ヨシなどのHPL研究家は、この作品にもHPLの手が入った可能性があると指摘している。これを裏付けるかのように、スペイン語に翻訳された際には合作と銘打たれたようだ。なお、「丘の木」に出てきた架空の町ハムデン（おそらくワシントン州）は、本作以降、ハムドンに変更されている。ライメルによれば、この町は彼の住むワシントン州アソーティンを、西にずらした位置にあるとのこと。

ライメルは〝イィス〟という言葉から、どうやらブルターニュ地方（フランス）の伝説上の水没都市イスYsを連想したようだ。五世紀頃の伝説的なコルヌアイユ王グラドロンの時代に、ダユー王女の愚行によって堤防が決壊し、海に沈んだと言われる都市で、地元では干潮になると組み鐘の音が海の底から聞こえることがあると言い伝えられた。この伝承は、一八三九年に刊行されたテオドール・エルサール・ド・ラ・ヴィルマルケ蒐集のブルターニュ歌謡集『バルザス・ブレイズ』に収録され、フランスの作曲家クロード・ドビュッシーが一九一〇年に発表した『沈める寺院』の題材になるなど、当時の文化人の間でよく知られていた。日本では、アクションRPG『イース』シリーズ（一九八七年〜）のタイトルの元ネタとして知られ、これに先立つOVA『ウインダリア』（一九八六年）の題材ともなった。

「時間(とき)を超えてきた影」

一九三四年一一月一〇日から三五年二月二二日にかけて執筆された中編小説。ミスカトニック大学の経済学教授ナサニエル・ウィンゲイト・ピーズリーの身に起きた、イィスの〝大いなる種族〟と呼ばれる異星人との精神交換による侵略が前半部で描かれ、後半部では彼らの遺跡が存在するオーストラリアのグレートサンディ砂漠への遠征が描かれる。同時に、本作と同じミスカトニック大学の遠征にまつわる物語で、共通の登場人物である地質学部のダイアー教授（ウィリアム・ダイアーというフルネームは本作で開示）が主人公格の「狂気の山脈にて」の続編的な位置づけの作品でもある。「狂気〜」において、ダイアーは彼が《古きものども(オールド・ワンズ)》と呼ぶ先住種族の都市を調査するべく「遠く離れた特定のいくつかの地域で、パーボディの考案したような装置を使って、組織的なボーリング調査を行うようとある考古学者に提案している」と言っていて、これが本作のオーストラリア遠征に繋(つな)がるのかもしれない。ちなみに、作中でピーズリー教授が講義中に神経衰弱で倒れ、意識を交換されていた期間（一九〇八〜一三年）は、HPLが同じ理由で高校を中退し、自宅に引きこもっていた時期と重なっている。

本作はHPLとしては不満足な出来だったようで（彼はこの作品を三回頭から書き直した）、一九三五年の夏にロバート・H・バーロウがタイプ打ちした原稿をドナルド・ウォンドレイが読み、〈アスタウンディング・ストーリーズ〉に持ち込まなければ、そのまま死蔵されてしまったかもしれない。

ともあれ、本作は〈アスタウンディング・ストーリーズ〉一九三六年六月号に掲載された。この号の表紙は、参照したかどうかはわからないが、HPL自身のスケッチとそっくりな〝大いなる種族〟の姿が描かれた、ハワード・V・ブラウンによるカラフルなイラストが飾っている。これは、「狂気の山脈にて」の評判が良かったことを裏付けている。ただし、一緒に描きこまれている人間と対比する限り、胴体の高さを一〇フィート（三メートル）とする作中設定は無視されたか、伝達されなかったようだ。

なお、掲載誌を読んだHPLは「狂気の山脈にて」の時ほどには不満を覚えなかったようだが、実際には編集部側でかなり手が加えられていた。

太古の地球に棲息していた種族が、現代の地球人と精神を交換するというアイディアについて、HPLは少なくとも一九三二年三月の時点で思いついていたようで、クラーク・アシュトン・スミス宛の手紙で「おそらくオラトエの建設以前、ヒュペルボレイアのコモリウムの最盛期に、原初のロマールに存在した種族が、未来の時代に生きる人間の精神を奪うために思考の流れを送り出し、あらゆる芸術と科学と知識を獲得する」という、本作とは細部が異なるものの、間違いなく原型となるアイディアを書いている。彼はまた、彼と同世代の英国の作家H・B・ドレイクの「影のもの The Shadowy Thing」（一九二八年に刊行された北米版のタイトル）、フランスの作家アンリ・ベローの「ラザルス」（一九二四年刊行で、HPLは二五年刊行の英語版を二八年に読んだ）といった精神交換がテーマの作品を読み、さらには憑依による時間旅行を描く映画『バークレー・スクエア』（一九三三年）を観たことが判明しており、これらの作品から影響を受けたと考えられている。また、本作でちらりと言及されているオーストラリア人鉱夫のタッパーは、HPLが友人イーディス・ミニターの遺品としてその手紙を手元に置いていた彼女の大おじ、ジョージ・ワシントン・タッパーから名前を採ったようだ。この人物は、ゴールドラッシュ時に金採掘のためカリフォルニアにやってきた〝フォーティナイナー〟だったのである。

「彼方（かなた）よりの挑戦」

この作品は、キャサリン・L・ムーア、エイブラハム・メリット、HPL、ロバート・E・ハワード、フランク・ベルナップ・ロングによるリレー小説だ。ジュリアス・シュウォーツ（「狂気の山脈にて」解説も参照）の提案で、彼が編集するファンジン〈ファンタジー・マガジン〉の創刊三周年企画として一九三五年九月号に掲載された。なお、これは「彼方よりの挑戦」の怪奇編で、スタンリー・G・ワインボウム、ドナルド・ウォンドレイ、E・E・スミス、ハール・ヴィンセント、マレイ・ラインスターによる同タイトルのSF編も存在する。怪奇編では、カナダのキャンプ場で奇妙な水晶立方体が発見されるという、H・G・ウェルズの「水晶の卵」を彷彿（ほうふつ）とさせる導入から、地球侵略の物語が展開する。

HPLの担当した第三パートは、他の作家たちのパートの数倍の長さがあり、物語全体の半分を占めていた。彼は同時期に執筆した「時間（とき）を超えてきた影」と連動させ、侵略者の正体を〝大いなる種族〟の敵対者としたのみならず、リチャード・フランクリン・シーライトが「封函（ふうかん）」で言及した『エルトダウン・シャーズ』を掘り下げた。執筆にあたってHPLが作成した覚書を本書に併録（へいろく）したので、そちらも参照してみてほしい。こうしてHPLが作品全体の方向性を定めたと思いきや、ハワードのパートになった途端に物理的暴力が前面に立ち上がってくるなど、リレー小説の面白さが詰まった作品である。

ちなみにシュウォーツは、DCコミックス社の関連会社で、後に吸収合併（がっぺい）されるオール＝アメリカン・パブリケーションズ社に一九四四年に入社し、以後はコミック編集者として活躍（かつやく）した。DCコミックス社時代のシュウォーツは、シルバーエイジのヒーロー復権の立役者の一人として知られている。

「覚書」

本書には、「狂気の山脈にて」「時間を超えてきた影」「「彼方よりの挑戦」のための覚書」に加えて、「インスマスを覆う影」の執筆にあたり、HPLがプロットを書き留めた覚書を収録した。

「「狂気の山脈にて」のための覚書」に含まれる「冗談で地球上の生命を創造したという、ネクにおける宇宙的な存在の神話」というフレーズは、現時点で確認されている限りHPLが最初に用いた、〝クトゥルー神話 Cthulhu Mythology〟に近い言葉である。同じ頃、オーガスト・W・ダーレスが「ハスター神話 The Mythology of Hastur」という呼称を書簡でHPLに提案しているのだが、これに対する返信（一九三一年五月一六日付）の中で、HPLは自分なら「クトゥリズム&ヨグ゠ソトーサリー Cthulhuism & Yog-Sothothery」と述べている。また、ロバート・H・バーロウ宛の一九三一年七月一三日付書簡では「クトゥルーとその神話大系 Cthulhu & his myth-cycle」という言葉も用いており、クトゥルーを中心に神話を体系化しつつあったことが窺える。

「「インスマスを覆う影」のための覚書」には、作中には出てこなかった語り手のフルネーム（ロバート・（マーティン）・オルムステッド）が見られるほか、ヨグ゠ソトースやミスカトニック大学のダービイ教授への言及（この覚書を本書に収録したのは後者による）など、興味深い要素が散見される。

「「時間を超えてきた影」のための覚書」「「彼方よりの挑戦」のための覚書」にも、それぞれ興味深い記述やスケッチ（重要なものは本編中に挿入した）が含まれていて、HPLの創作方法だけでなく、読者に様々な示唆を与えてくれる。

「陰気(いんき)な山脈にて」

英国のアーサー・Ｃ・クラーク（一九一七〜二〇〇八年）は、『宇宙の旅』シリーズや『宇宙のランデヴー』シリーズで知られる、二〇世紀を代表するＳＦ作家の一人である。その彼に大きな影響を与えた一人が他ならぬＨＰＬで、自伝『楽園の日々』の第一九章の大部分を彼に割いたのみならず、複数箇所で言及している。彼は、大学時代に〈アスタウンディング・ストーリーズ〉誌に掲載された「狂気の山脈にて」「時間(とき)を超えてきた影」に感銘(かんめい)を受けて彼のファンとなり、「この上なく誠実な尊敬の表現」として「陰気な山脈にて、あるいはラヴクラフトからリーコックへ」と題するパロディ小説を執筆、ＳＦファンジン〈サテライト〉第四号（一九四〇年三月）に発表した。サブタイトル「ラヴクラフトからリーコックへ」に含まれているリーコックというのは、ユーモア作家として活躍していたカナダ（生まれは英国）の経済学者スティーヴン・リーコックのことで、つまるところＨＰＬの小説をユーモア小説の文体で再現するという試みなのである。クラークへのＨＰＬの影響は、直接的なものとしては『楽園の泉(いずみ)』（一九七九年）や、デイヴィッド・Ｇ・ストーク編集のノンフィクション『ＨＡＬ伝説』（一九九七年）に寄せた序文におけるミスカトニック大学への言及（後者では何と、『ＨＡＬ９０００オペレーティング・マニュアル』がミスカトニック大学（ただしカリフォルニア州オークランドにあるらしい）から刊行されたことになっている！）があるのをはじめ、随所に散見される。クトゥルー神話研究家のロバート・Ｍ・プライスは、『２００１年宇宙の旅』がＨＰＬの影響下にあると指摘しているが、筆者は『宇宙のランデヴー』におけるラーマ内部の描写にＨＰＬ味を強く感じるのだ。

年表

年表の記載事項は史実並びにラヴクラフトの主要作品に基づく。本シリーズの収録作については行頭に番号を付す。

4 クトゥルーの呼び声　6 インスマスを覆う影　11 『ネクロノミコン』の歴史　12 ダンウィッチの怪異
21 蠟人形館の恐怖　22 闇の跳梁者　27 銀の鍵　29 銀の鍵の門を抜けて　34 暗闇で囁くもの　38 洞窟のけだもの
39 眠りの壁の彼方　40 ファン・ロメロの変容　41 故アーサー・ジャーミンとその家系にまつわる事実
42 潜み棲む恐怖　43 狂気の山脈にて　44 翅のある死　45 丘の木　46 時間を超えてきた影　47 彼方よりの挑戦

四六億年前――地球誕生はこの頃とされている。
三〇億年前――47 イェクーブ人の立方体、銀河の中心に近い天体に到着。
二〇億年前――47 イェクーブ人の立方体、銀河の縁（へり）に近い惑星に到着。
十数億年前――43 《古きものども》と呼ばれる樽型異星人が地球に到来。
六億年前――46 半ポリプ状の先住種族が太陽系に侵入。
三億五千万年前？――クトゥルーとその眷属が暗黒の星々より到来。
三億年前？――クトゥルーが眠りにつく。
二億五千万年前～一億五千万年前――《ユゴスよりの真菌（きのこ）》の到来。
二億二千五百万年前以前――《大いなる種族》がオーストラリア大陸の円錐状生物の肉体に転移。
一億五千万年前――43 南極の《古きものども》とショゴスの戦争。
　47 イェクーブ人の立方体、地球に到着。
五千万年前――46 《大いなる種族》が円錐状生物の肉体を去る。
三百万年前――21 アラスカにある廃墟で、ラーン＝テゴスが眠りにつく？
七三〇年頃――11 アブドゥル・アルハズレッド、『アル・アジフ』を執筆。
九五〇年――11 テオドラス・フィレタス、『アル・アジフ』を『ネクロノミコン』の題でギリシャ語訳。

一〇五〇年――[11]総主教ミカエルが『ネクロノミコン』の出版を禁止、焚書に処す。
一二二八年――[11]オラウス・ウォルミウス、『ネクロノミコン』をラテン語に翻訳。
一二三二年――[11]教皇グレゴリウス九世により『ネクロノミコン』ギリシャ語版、ラテン語版が禁書に。
一二四〇年――ガスパール・デュ・ノール、ギリシャ語版『エイボンの書』をフランス語へと翻訳。
一五世紀――[11]ラテン語版『ネクロノミコン』がおそらくドイツで印刷される。
一六世紀――[11]ギリシャ語版『ネクロノミコン』がイタリアで印刷される。
[11]英国のジョン・ディーが『ネクロノミコン』を英訳する。
一五四一年――ルートヴィヒ・プリン、獄中で『妖蛆の秘密』を執筆。
一七世紀――[11]ラテン語版『ネクロノミコン』が、おそらくスペインで印刷される。
一六七〇年――[42]ゲリット・マーテンス、マーテンス館を建てる。
一六九二年――マサチューセッツ湾植民地のセイラム村（現ダンバース）にて魔女裁判事件が発生。
一七六二年――[42]ヤン・マーテンス死亡。
一七六五年――[41]ウェイド・ジャーミンがハンティンドンの癲狂院に入院。
一七七五年――この年の四月、アメリカ独立戦争が勃発。一七八三年九月三日に終戦。
一八三八年――[6]東インド諸島のとある島の住民が消失。その後、マサチューセッツ州インスマスのオーベッド・マーシュ船長が、悪魔の暗礁において《深きものども》と接触する。
一八三九年――フリードリヒ＝ヴィルヘルム・フォン・ユンツトの『無名祭祀書』がドイツで刊行。
[38]ジョン・クローガン医師、ケンタッキー州のマンモス・ケーブに療養所を設置。
一八四〇年――フォン・ユンツトが怪死する。
一八四四年――[22]五月、イーノック・ボーウェン教授がエジプトより帰国。
[22]七月、ボーウェン教授、プロヴィデンスにて《星の智慧派》を創設。

一八四五年――英語版『無名祭祀書』がロンドンで刊行される。

一八四六年――[6]インスマスにて伝染病が流行。同じ年にダゴン秘密教団が設立。

一八五二年――[41]一〇月一九日　探検家のサミュエル・シートンがジャーミン邸で殺害される。

一八六一年――この年の四月一二日、南北戦争が勃発。一八六五年四月九日に終戦。

一八六八年――ジェームズ・チャーチワードが、インドの高僧より『ナアカル碑文』を見せられる。

一八七七年――[22]二月、《星の智慧派》の教会が閉鎖される。

一八九〇年――ロードアイランド州プロヴィデンスにて、H・P・ラヴクラフト誕生。

一八九四年――[40]一〇月、ネバダ州のノートン鉱山で怪事件。

一九〇〇年頃――[44]ウガンダで眠り病が流行する。

一九〇〇年から一九〇一年にかけての冬――[39]ジョー・スレイター（スラーダー？）が措置入院。

一九〇一年――[39]二月二二日、ペルセウス座新星が観測される。

一九〇八年――[4]ミズーリ州セントルイスにて開催されたアメリカ考古学会の年次大会の席上にて、ルイジアナ州ニューオーリンズで押収されたクトゥルーの神像が話題となる。
[46]五月一四日、ミスカトニック大学のナサニエル・ウィンゲイト・ピーズリー教授が、《大いなる種族》の一体と精神を交換される。

一九〇九年――削除版『無名祭祀書』がニューヨークのゴールデン・ゴブリン・プレスより刊行。

一九一一年――[41]アーサー・ジャーミン卿、ベルギー領コンゴに探検隊を送り込む。

一九一二年頃――[47]アーサー・ブルック・ウィンターズ＝ホール師、『エルトダウン・シャーズ』の翻訳と称する冊子を刊行。

一九一三年――[41]六月、ベルギー人ヴェルハーレンが剝製の女神を発見したとの手紙が到着。
[46]夏、ピーズリー教授の精神が帰還する。

[41]八月三日、アフリカより剝製が到着。アーサー・ジャーミン卿自殺。

一九一四年――七月二八日、第一次欧州大戦勃発。

一九一五年――[34]五月一日、ヘンリー・W・エイクリー、くらやみ山（ダーク・マウンテン）にて謎の儀式を録音。

一九二一年――[42]八月、キャッツキル山地の集落のひとつで凄惨な殺人事件。

一九二五年――[4]三月一日、H・A・ウィルコックスがジョージ・ガメル・エンジェル教授を訪問する。

[4]三月二二日、ニュージーランド船籍の《エマ》号、武装船《アラート》号と交戦。

[4]三月二三日から四月二日にかけて、太平洋上にルルイェあるいはその一部が浮上する。

[4]三月二三日、《エマ》号の乗員たち、ルルイェに上陸する。

一九二六年――詩人ジャスティン・ジェフリイが精神病院で狂死。

[4]年末、エンジェル教授が怪死。

ジェームズ・チャーチワードの『失われたムー大陸』刊行。

一九二七年――[6]七月一六日、ロバート・オルムステッドがインスマスから逃亡。

一一月三日、バーモント州にて集中豪雨による大洪水が発生する。

[6]年末から翌年にかけて、政府機関がインスマスにて一斉検挙を行う。

一九二八年――[12]九月九日、ダンウィッチに怪異が襲来。

[34]九月一二日、ミスカトニック大学のアルバート・N・ウィルマース教授がエイクリー宅を訪問する。

[12]九月一五日、ダンウィッチの怪異が収束する。

[27][29]一〇月七日、ランドルフ・カーターがアーカム背後の丘陵地で失踪する。

一九二九年――ニコラス・レーリヒ（ニコライ・リョーロフ）美術館がNYに設立。

一九三〇年――二月一八日、ローウェル天文台で撮影された写真により、冥王星が発見される。

[43]九月二日、南極遠征隊ボストン港を出港。

29 一〇月、ランドルフ・カーター、地球に帰還するという。

一九三一年――43 一月六日、南極遠征隊の隊員数名が南極点の上空を飛行。

44 九月、ヘンリー・サージェント・ムーア博士死亡。

一九三二年――44 一月二三日、ブルームフォンテーンにてトーマス・スローエンワイトが怪死。

29 ド・マリニー邸にてランドルフ・カーターの遺産を巡る会合が開かれる。

一九三四年――46 五月、鉱夫ロバート・B・F・マッケンジーが、ピーズリー教授に手紙を送る。

一九三五年――46 三月二八日、ミスカトニック大学のオーストラリア遠征隊がボストンを出港。

22 四月末、怪奇小説家ロバート・ブレイクがフェデラル・ヒルの廃教会に侵入する。

46 七月一七日から一八日にかけて、ピーズリー博士が《大いなる種族》の都市を再訪。

22 八月八日、午前零時頃より嵐と停電。夜半にブレイクが変死する。

一九三八年――45 シングル、ハムデン近くの奇妙な丘陵地に入り込む。

遠い未来――46 人類が滅んだ後に栄える甲虫種族の肉体を《大いなる種族》が奪う。

索引

この索引は、『狂気の山脈にて』収録作品に含まれるキーワードから、物語及びクトゥルー神話世界観に関わるものを中心に抽出したものです。それぞれのキーワードの言及されるページ数ではなく、それが含まれる作品を番号で示しています（番号と作品の対応は以下を参照）。

洞窟のけだもの……①　眠りの壁の彼方……②　フアン・ロメロの変容……③
故アーサー・ジャーミンとその家系にまつわる事実……④　潜み棲む恐怖……⑤
前哨地……⑥　狂気の山脈にて……⑦　翅（はね）のある死……⑧　封函……⑨　イィスの夢……⑩
丘の木……⑪　シャーロットの宝石……⑫　時間（とき）を超えてきた影……⑬
彼方よりの挑戦……⑭

なお、人名については「姓、名」の順に記載しています。
例）アブドゥル・アルハズレッド　→アルハズレッド、アブドゥル

星海社
FICTIONS
ラ1-06

狂気の山脈にて　新訳クトゥルー神話コレクション6

2025年2月17日　第1刷発行　　定価はカバーに表示してあります

著　者 —— H・P・ラヴクラフト
訳　者 —— 森瀬繚

協　力 —— 本方暁、植田清吉、竹岡啓

発行者 —— 太田克史
編集担当 —— 丸茂智晴

発行所 —— 株式会社星海社
〒112-0013 東京都文京区音羽 1-17-14 音羽 YK ビル 4F
TEL 03(6902)1730 FAX 03(6902)1731
https://www.seikaisha.co.jp

発売元 —— 株式会社講談社
〒112-8001 東京都文京区音羽2-12-21
販売 03(5395)5817 業務 03(5395)3615

印刷所 —— TOPPAN株式会社
製本所 —— 加藤製本株式会社

ISBN978-4-06-537994-3　N.D.C.913 575p 19cm　Printed in Japan